中外语言文化比较研究丛书
丛书主编 许明武 谭 渊

中央高校基本科研业务费资助项目成果
2014年华中科技大学自主创新研究基金项目结项成果
项目名称：法国作家贝尔纳诺斯作品中的教士形象研究
项目编号：2014AC028

贝尔纳诺斯小说中的圣洁观

董艳丽 著

La sainteté dans les romans de Bernanos

WUHAN UNIVERSITY PRESS
武汉大学出版社

中外语言文化比较研究丛书

总　序

时光如白驹过隙，不经意间，外国语学院已经走过而立之年，缤纷蹉跎的岁月见证了它从幼婴到成年的转变。回望三十多个春秋，无论就人才培养还是科研创新而言，这所年轻的学院都已凝练出自己独特的风格，跻身于同辈中的前列。古人常说“温故而知新”，我们在即将跨入不惑之年的时刻回过头来，对学院的成长历程进行回顾，不仅必要，而且也正顺应了先贤的至理名言。

遥想当年，学院的开创者们筚路蓝缕，以工科院校基础课部为平台，避繁就简，聚焦大学英语教学，从实践中总结出宝贵经验，参与全国性课程研究及教材编写，出版了20世纪七八十年代学习者们所津津乐道的《发展阅读技巧》阅读教程、《中高级英语考试指南》、《英语水平考试指南》等一系列学习用书，以语义研究为代表、凸显科技英语文体等领域研究的成果亦屡见不鲜。1986年，我校获批了外国语言学及应用语言学硕士授权点，为当时少数几个拥有外国语言文学硕士点的理工院校之一。

经过三十多年的不懈努力，昔日的基础课部已然成为外国语学院。学科点已发展成为学科方向明确、研究特色鲜明、师资力量雄厚、应用性和研究性相结合的多语种人才培养基地。我院目前拥有中外语言文化比较研究二级博士点、外国语言文学一级学科硕士点（湖北省重点学科），下设外国语言学及应用语言学、英语语言文学、日语语言文学、德语语言文学四个二级学科硕士点，学科教学（英语）和翻译两个专业学位硕士点。学科点按照研究方向与特色成立了七个研究中心，为学科发展、学术交流与合作搭建了良好的平台。

当前，学院中教学科研人才辈出。以语言研究、翻译研究、比较文化与文学研究为代表的多学科研究开展得如火如荼，理论语言学、语料库语言学、计算语言学、专门用途外语研究、国别研究方兴未艾，正逐步在各自的领域中赢得声誉。各语种教研人员也雄姿英发，竞相在为学院学科发展献力献策。

为更好地展望未来，学院特地结合外国语言文学学科研究的特点，推出这套“中外语言文化比较研究丛书”，从本院教师三十多年来发表的学术成果中精选出具有代表性的一批作品，并结合未来的学科布局选入少量未发表作品集结成书。首批计划推出十册。我们殷切期盼该丛书作为学院科研发展历程的见证，能使广大读者窥一斑而知全豹，充分了解本学科点科学研究的特色。

相信在大家的共同努力下，我们的学院将在国际文化交流、地方政治经济建设、引领学术发展等方面发挥出日益重要的作用，创造出更加美好的明天！

华中科技大学外国语学院院长

许明武

2016 年 8 月 30 日于喻家山下

LISTE DES ABRÉVIATIONS

Dans le corps de notre étude, les citations des romans de Bernanos sont suivies d'une abréviation et d'un simple numéro de page entre parenthèses. Ces pages renvoient à :

SSS :	*Sous le soleil de Satan*, Paris, Plon-Nourrit et Cie, 1926.
I :	*L'Imposture*, Paris, Plon, 1927.
J :	*La Joie*, Paris, Plon, 1929.
C :	*Un crime*, Paris, Plon, 1935.
JCC :	*Journal d'un curé de campagne*, Paris, Plon, 1936.
NHM :	*Nouvelle Histoire de Mouchette*, Paris, Plon, 1937.
MO :	*Monsieur Ouine*, Paris, Plon, 1946.
MR :	*Un Mauvais Rêve*, Paris, Plon, 1951.

Lorsque plusieurs citations successives sont tirées de la même page, nous ne répétons pas la mention de la référence.

TABLE DES MATIÈRES

PARTIE Ⅲ LES OBSTACLES À LA SAINTETÉ

INTRODUCTION

Georges Bernanos (1888-1948) mérite d'être classé parmi les écrivains les plus importants du XXe siècle. Il se fait connaître dès son premier roman *Sous le soleil de Satan* paru en 1926. Son troisième roman *La Joie* est récompensé par le prix Femina en 1929. Et en 1936, le Grand prix du roman de l'Académie française lui est attribué pour *Journal d'un curé de campagne*. Bernanos est apprécié par François Mauriac, lauréat du prix Nobel de littérature en 1952: « Le don magnifique de Bernanos, [...] c'est de rendre le surnaturel naturel.»① André Malraux, récipiendaire du prix Goncourt en 1933, le considère comme le meilleur romancier de son époque: « Il a écrit les plus belles scènes de la fiction moderne, par la profondeur et la puissance.»② Julien Green parle aussi de sa grandeur: « Bernanos savait toutes ces choses qui nous font souffrir. C'est même de cela que sa grandeur était faite.»③ Les honneurs, les appréciations positives données par de grands auteurs et l'entrée de son œuvre romanesque dans la prestigieuse collection de Gallimard « Bibliothèque de la Pléiade » prouvent qu'il est nécessaire d'étudier

① LE PRIOL Pierre-Yves, *Un romancier du surnaturel*, *Bernanos*, mis en ligne le 15 octobre 2015. URL: http://www. la-croix. com/Culture/Livres-Idees/Livres/Un-romancier-du-surnaturel-Bernano s-2015-10-15-1368747, consulté le 10 décembre 2016.

② Ce commentaire est imprimé sur la quatrième de couverture du roman *La Joie*, paru chez Seuil en 1983.

③ Ce commentaire est imprimé sur la quatrième de couverture du roman *La Joie*, paru chez Seuil en 1983.

cet écrivain en profondeur.

Bernanos est généralement présenté comme un romancier catholique. Cependant, lui-même ne veut pas accepter cette étiquette: « J'ai déjà écrit en ce sens que je refusais le nom de romancier catholique, que j'étais un catholique qui écrit des romans, rien de plus, rien de moins. »① Pourquoi Bernanos refuse-t-il le nom de romancier catholique? Évidemment, dans l'expression *romancier catholique*, *romancier* est l'élément primordial qui aurait pu déterminer l'identité de Bernanos, alors que *catholique* n'est qu'un élément secondaire qui indiquerait une méthode ou un outil. En fait, c'est tout l'inverse: pour Bernanos, le roman n'est qu'un support qui sert à exprimer sa foi. C'est la foi qui demeure le noyau dur de sa vie personnelle et de sa création littéraire. Il exprime ses pensées chrétiennes et pratique sa foi à travers ses ouvrages. Autrement dit, son imaginaire est alimenté par l'expérience personnelle.

Bernanos semble déconnecté de la société moderne laïque, puisque ses romans sont profondément nourris par sa foi chrétienne, saupoudrés d'une très forte ambiance religieuse. Bernanos risque d'être sous-estimé ou négligé par les lecteurs actuels. Notre étude visera à montrer que l'œuvre de Bernanos est digne d'être lue, d'être analysée à n'importe quelle époque, et que de nos jours, elle est encore apte à toucher les lecteurs, qu'ils soient croyants ou non-croyants.

En effet, Bernanos est un écrivain engagé. Il a beaucoup réfléchi aux problèmes de la société moderne. Il se préoccupe toujours des chances de salut ainsi que des risques omniprésents de perdition. Il est parvenu à prendre le pouls de son époque et à interpréter raisonnablement ce qu'il a perçu: « Le monde moderne n'a pas le temps d'espérer, ni d'aimer, ni de rêver. »② Il fait

---

① BERNANOS Georges, *Essais et Ecrits de combat*, tome I, Paris, Gallimard, 1971, p.1316.

② C'est l'opinion que Bernanos a exprimée sur la misère des hommes vivant dans le monde moderne dans son journal intime *Les Enfants humiliés*. Voir *Essais et écrits de combat*, tome 1, Paris, Gallimard, 1971, p.899.

de sa plume une arme contre le mal, de son talent un instrument au service de son ambition de prescrire un remède à ses contemporains : espérance, amour et rêve, au sens le plus large de ces trois mots.

Le seul objectif de son écriture est de faire reconnaître les valeurs de la foi chrétienne, d'inviter à s'approcher ou se rapprocher de Dieu. Il s'intéresse au monde surnaturel, qui est le plus réel à ses yeux, contrairement à ce que la plupart d'entre nous pensons. Les deux êtres les plus importants dans le monde surnaturel sont naturellement Dieu et son adversaire Satan. S'il semble que Dieu soit absent du monde romanesque de Bernanos, c'est parce que l'existence et la puissance de Dieu sont incontestables pour les croyants. Bernanos n'a pas besoin de révéler à ses lecteurs une fois de plus cette vérité bien connue. Néanmoins, d'innombrables gens ignorent ou nient l'existence d'une entité surnaturelle nommée Satan. Même de nombreux « chrétiens » pratiquants refusent d'accepter cette idée. La plupart des croyants authentiques ont, au mieux, une idée vague et simpliste de la manière dont Satan règne sur le monde. Il semble que très peu de croyants comprennent véritablement comment Satan attaque les êtres humains. Satan a donc le champ libre avec les croyants comme avec les non-croyants. Dans ce cas, Bernanos met l'accent sur la révélation de la puissance et de la manière d'agir de Satan, afin de réveiller ses lecteurs, de les mettre en garde contre cet ennemi effrayant.

Le pouvoir tentateur peut être considéré comme une des caractéristiques dominantes de Satan, puisque ce dernier est souvent appelé « le Tentateur » dans la Bible. Certes, Satan est également désigné dans la Bible par « le Menteur », « le Calomniateur », « le Voleur » ou « le Meurtrier » — des substantifs renvoyant à ses autres caractéristiques dominantes. Mais en fin de compte, le mensonge et la calomnie constituent deux méthodes tentatrices : le mensonge relève d'une tentation directe et la calomnie d'une tentation indirecte. De plus, qu'il soit « le Voleur » ou « le Meurtrier », Satan n'atteint pas ses objectifs par la force, comme tout le monde le sait. En effet, il a pour objectif de voler ou tuer l'âme des êtres humains en usant de la tentation. La tentation est donc le terme le plus adéquat pour définir la nature du diable.

Comme la tentation est l'œuvre principale de Satan, les romans de Bernanos sont pleins du Tentateur et de tentateurs. À travers ces personnages, Bernanos nous aide à découvrir les entrailles du mal. Il est inutile d'avoir peur du mal. Comme Nicolas Boileau l'a dit, souvent la peur d'un mal nous conduit dans un pire①. La meilleure façon de résister au diable est de le connaître profondément et réellement, de mettre à jour ses secrets cachés longuement et subtilement. En un mot, on ne peut connaître véritablement Dieu le Sauveur sans connaître le plus possible son contraire Satan.

Rappelons-nous que sans aucun doute, Georges Bernanos est un croyant authentique. S'il met l'accent sur la puissance de Satan, cela ne signifie pas du tout qu'il le vénère, ou qu'il doute de la toute-puissance de Dieu. Bernanos n'a jamais perdu sa foi inébranlable en Dieu. La source de son écriture ne peut être rien d'autre que le seul Créateur. Nous ne savons pas si Dieu a besoin de l'auteur. Mais nous sommes complètement convaincus que l'auteur ne peut absolument pas se passer de Dieu, tant dans le domaine de la vie privée que dans celui de la création littéraire.

L'interprétation des romans de Bernanos doit se baser sur un acte de foi aussi résolu que celui de leur auteur. Les lecteurs ne peuvent pas nier que Dieu constitue un pôle essentiel, ou plus exactement, le véritable support à la fois structural et sémantique de l'œuvre bernanosienne. Par opposition à Satan qui est appelé « le Tentateur » dans la Bible, Dieu y est appelé « le Saint ». Même Dieu lui-même déclare d'une manière claire et nette qu'il est saint. Il exhorte les êtres humains à être saints comme lui. La Bible, qui est la parole de Dieu, est définie comme l'Écriture sainte. Il est évident que la principale qualité de Dieu est la sainteté. Ainsi, nous pouvons dire que Dieu est la sainteté même. « La sainteté de Dieu est plus que sa perfection ou sa pureté exempte de péché; c'est l'essence même de cette différence, c'est-à-dire sa transcendance. »②

---

① Cette citation provient du Chant I de *L'Art poétique* de Boileau.

② HOUDMANS. Michael, *Que signifie le fait que Dieu soit « saint, saint, saint » (3 fois)*?, http://www.gotquestions.org/Francais/saint-saint-saint.html., consulté le 22 avril 2016. C'est un site spécialisé en interprétation de l'Écriture sainte et de la doctrine chrétienne.

Dans l'Ancien Testament, la sainteté se rapporte essentiellement à Dieu. Dans le Nouveau Testament, elle se fait plus proche des hommes.

Comme nous l'avons évoqué plus haut, Bernanos vise à faire reconnaître les valeurs de la foi chrétienne. Cette ambition le pousse à porter son regard sur la sainteté — l'attribut le plus important de Dieu. Bernanos est un écrivain audacieux, puisque la sainteté de Dieu est aussi sa qualité la plus difficile à expliquer.

Presque tous les critiques sont d'accord pour direque Bernanos a créé des saints dans ses romans. En effet, beaucoup de personnages bernanosiens peuvent faire preuve de sainteté: des prêtres fidèles tels que Donissan, Chevance, de jeunes filles innocentes telles que Mlle de Clergerie, même de pauvres enfants tels que la deuxième Mouchette, qui ne sont cependant pas adorables à première vue.

Parallèlement, Bernanos décrit de nombreux personnages qui se comportent contrairement à la norme de sainteté. En particulier, beaucoup de prêtres ne sont pas dignes du tout de représenter Dieu dans ce monde. Il est possible qu'ils soient capables de très bien citer la Bible, de parler de la foi de manière éloquente. Cependant, ils se contentent d'apprendre des faits et des principes, de transmettre cette connaissance à d'autres, sans jamais connaître réellement Dieu ni communier continuellement avec lui. Il s'agit de faux chrétiens qui ont dissipé la grâce de Dieu.

Nous sommes donc convaincus que Bernanos, toujours fasciné par la spiritualité chrétienne, place le surnaturel au cœur de l'essence de l'existence humaine. Nous chercherons justement à saisir l'essence de la conception bernanosienne du surnaturel, à continuer d'interpréter « ce fond secret de l'Être » dont a parlé Monique Gosselin①.

---

① GOSSELIN-NOAT Monique et MILNER Max, *Bernanos et la question du sujet: une poétique des profondeurs*, dans *Bernanos et le monde moderne*, Lille, Presses Universitaires de Lille, 1988, pp.37-38.

Nous prendrons l'ensemble des romans publiés par Georges Bernanos comme corpus pour notre étude : *Sous le soleil de Satan* (1926), *L'Imposture* (1927), *La Joie* (1929), *Un crime* (1935), *Un Mauvais Rêve* (1935)①, *Journal d'un curé de campagne* (1936), *Nouvelle Histoire de Mouchette* (1937), *Monsieur Ouine* (1943). Cette liste nous permet de saisir facilement les caractéristiques dominantes des titres de ses romans : simplicité, sobriété, absence d'ambiguïté ou d'incertitude — toutes les qualités qui ont trait à la notion bernanosienne de sainteté, comme nous le verrons. D'ailleurs, les années de parution de ces romans montrent que Bernanos n'a jamais cessé de réfléchir sur la sainteté. C'est une des raisons pour lesquelles nous affirmons que la sainteté est un sujet récurrent, sinon obsédant dans l'œuvre romanesque de Bernanos. C'est autour de la notion de sainteté que nous pouvons établir un corpus composé de tous ses romans.

Ces huit titres peuvent être classés en deux catégories. Premièrement, les titres eux-mêmes sont des thèmes majeurs en corrélation avec celui de la sainteté, ou plus précisément, des sous-thèmes de la sainteté. Le titre *La Joie* concerne ce qu'est la sainteté; les autres titres *L'Imposture*, *Un crime* et *Un Mauvais Rêve* dénoncent ce qui n'est pas la sainteté. Deuxièmement, le personnage principal qui incarne soit le bien, soit le mal apparaît directement dans le titre du roman, ce qui suggérerait que l'auteur s'inquiète obsessionnellement du destin de l'humanité. Ce qui est impressionnant, c'est qu'il est raisonnable de prendre tous les autres titres de romans comme titres de chapitres du roman intitulé *Sous le soleil de Satan*. En effet, le premier roman de Bernanos comprend quasiment tous les thèmes majeurs qui seront exploités dans ses romans ultérieurs. Autrement dit, transplantés dans un

---

① En fait, ce roman a été achevé en 1935, mais publié pour la première fois en 1950, à Paris, chez Plon. Cette année entre parenthèse constitue une exception, car toutes les autres citées ici désignent celle de parution des romans pour la première fois. Cette exception s'explique par notre souci de diviser la carrière de Bernanos en des périodes afin de dévoiler sa préoccupation principale respectivement à chaque période.

nouveau genre littéraire ou une nouvelle perspective, ses romans ultérieurs développent respectivement, de manière beaucoup plus approfondie, un certain thème qui est apparu dans *Sous le soleil de Satan* sans être interprété d'une manière satisfaisante. Nous pouvons remarquer aussi que le problème de la sainteté devient beaucoup plus compliqué dans ses deux derniers romans qui peuvent être considérés comme deux récits de la sainteté cachée. Une telle évolution montre non seulement l'amélioration des compétences littéraires de Bernanos, mais aussi une meilleure compréhension de la complexité de l'expérience humaine.

Les différents types des titres de romans de Bernanos correspondent à ses différentes préoccupations idéologiques et esthétiques. Sa carrière littéraire peut se diviser en deux périodes bien distinctes: avant 1936, il s'intéresse plutôt à la définition de la sainteté; après 1936, il se préoccupe davantage de l'incarnation de la sainteté dans ce monde et de la quête de soi.

Les romans de Bernanos sont caractérisés par leurs qualités esthétiques, et surtout par leur double originalité thématique et idéologique: à cette époque-là, toute tentative de représentation de la réalité mystérieuse de la sainteté dans le cadre du roman était critiquable. De nombreuses personnes partageaient l'avis de Simone Weil: « L'objet de la recherche ne doit pas être le surnaturel, mais le monde. Le surnaturel est la lumière; si on en fait un objet, on l'abaisse. »① Dans cette perspective, Bernanos est vraiment un écrivain audacieux et original. Aux yeux de ses contemporains, Bernanos a mis dans ses romans ce qui n'est pas romanesque et dans la littérature ce qu'elle est incapable ou indigne d'exprimer. En traitant de la sainteté, du mal ou de Satan, Bernanos a lancé un défi à l'idéologie dominante: un rationalisme qui refusait toute attention sérieuse et artistique aussi bien à Satan qu'à Dieu.

En 1926, Bernanos a déjà obtenu un succès éclatant avec son premier

---

① WEIL Simone, *La pesanteur et la grâce*, Paris, Plon, 1948, p.132.

roman *Sous le soleil de Satan*. Son talent est immédiatement reconnu tant par la critique que par le public. Très jeune, il est devenu un écrivain comparable aux grands noms de la littérature française: « le succès de Bernanos est plus étendu que celui de Proust, le roman étant synthétique et non analytique et rentrant en somme dans la grande catégorie des Balzac et des Barbey d'Aurevilly »①. Cette réussite immédiate s'expliquerait par le fait que l'œuvre de Bernanos est capable de toucher au plus profond du cœur des lecteurs.

En tant qu'écrivain catholique et monarchiste, Bernanos a une grande influence sur nombre d'écrivains, dont paradoxalement sur Lydie Salvayre, lauréate du prix Goncourt 2014, femme de gauche, libertaire et sans aucune religion. D'ailleurs, les romans de Bernanos ont connu un grand succès à l'écran. Tout cela prouve que bien que Bernanos soit classé parmi les écrivains catholiques, ses romans ont certainement une valeur universelle qui peut être comprise par les gens venant de différents pays, ayant différentes croyances et opinions politiques. Cette valeur, celle qui nous intéresse le plus, est l'objet de la présente étude.

Après avoir lu tous les romans de Bernanos, nous avons raison de croire que la sainteté peut être cette valeur commune. En effet, l'œuvre romanesque de Bernanos relève du « drame de la sainteté »②. Dans son premier roman *Sous le soleil de Satan*, la sainteté constitue déjà un thème majeur. L'intrigue se déroule autour du personnage de l'abbé Donissan qui a pour seule vocation la quête de la sainteté. Dans les autres romans, le thème de la sainteté n'apparaît plus d'une manière si explicite ni si claire. Cependant, le fait que Bernanos crée au moins un personnage de saint dans chacun de ses romans démontre que le thème de la sainteté est une préoccupation constante chez lui. De plus, la grande attention que Bernanos accorde en continu à la sainteté

---

① DAUDET Léon, *Ecrivains et artiste*, tome 4, Paris, Editions du Capitole, 1928, p.173.

② SIMON Pierre-Henri, *Témoins de l'homme: la condition humaine dans la littérature contemporaine*, Paris, Payot, 1967, p.145.

s'est manifestée par la prédominance de la description révélatrice de l'intériorité des personnages, car la sainteté est plutôt à ressentir, non à voir.

Les romans de Bernanos sont des « poèmes du sacerdoce »①. Cette définition donnée par Malraux démontre aussi explicitement que la sainteté tient une place primordiale dans l'œuvre bernanosienne. Il faut remarquer que Bernanos est un auteur catholique, alors que Malraux est agnostique et privé de l'attente du salut. Sans doute, c'est grâce au thème de la sainteté que l'œuvre bernanosienne a touché une corde sensible dans le cœur de Malraux.

L'aveu de Bernanos nous offre une preuve convaincante de sa préoccupation de la sainteté et nous permet de voir clairement sa démarche d'écriture: «j'écris pour elles, je pense à ces fortes âmes tenues loin de Dieu, par les passions, qui pourraient seulement forcer le spectacle de la sainteté, son sublime, son sacrifice, son arrachement surhumain. Il y a peut-être à cette minute un Bloy, un Barbey qui cherche Dieu »②. Cette citation prouve également que notre travail sera faisable et significatif.

Bernanos adopte deux façons d'aborder le thème de la sainteté, comme les titres de ses huit romans nous l'ont indiqué. Premièrement, les romans traitent de front de sainteté, c'est-à-dire de manière directe et claire: *La Joie*, *Journal d'un curé de campagne*, *Nouvelle Histoire de Mouchette*. Deuxièmement, les romans se concentrent sur ce qui est contraire à la sainteté afin de supprimer toutes sortes de pièges et d'obstacles qui empêchent de découvrir la voie de la sainteté: *Sous le soleil de Satan*, *L'Imposture*, *Un crime*, *Monsieur Ouine*, *Un Mauvais Rêve*. D'ailleurs, la quête de la sainteté peut être définie comme un combat spirituel. Ainsi, notre étude ne se limitera pas à la représentation directe de la sainteté, mais examinera les deux forces antagonistes du combat spirituel: Dieu qui appelle à la sainteté et parle

① BERNANOS Georges, *Journal d'un curé de campagne*, Préface d'André Malraux, Paris, Plon, 1987, p.15.

② BERNANOS Georges, *À Jacques Maritain*, Paris, le 13 février 1926, dans *Correspondance I*, Paris, Plon, 1971, pp.211-212.

principalement à travers les personnages de saints, Satan qui résiste à la sainteté, s'incarne quelquefois en une personne ordinaire, mais exerce son pouvoir et son influence principalement à travers des personnages médiocres ou méchants.

Nous allons interpréter la sainteté sous trois aspects: en premier lieu, dans l'univers romanesque de Bernanos, les personnages sont appelés à la sainteté; en deuxième lieu, l'auteur lui-même, qui est incarné dans des figures de prêtre, est appelé à la sainteté; en dernier lieu, l'auteur appelle ses lecteurs à la sainteté. Nous tenterons de montrer comment un tel appel est lancé et entendu par les trois parties: personnage, auteur et lecteur. En particulier, nous essaierons de répondre à ces trois questions: Quelle est la signification de la sainteté bernanosienne? Quelles sont les voies de la sainteté proposées par l'auteur? Comment et pourquoi l'auteur écrit-il la sainteté dans les romans?

À l'étranger, surtout en France, les études sur Georges Bernanos et son œuvre sont incessantes et abondantes. Comme Bernanos est avant tout un brillant romancier, la critique prête plus d'attention à ses romans.

Parmi les huit romans de Bernanos, ce sont *Sous le soleil de Satan*, *Journal d'un curé de campgane*, *Nouvelle Histoire de Mouchette* et *Monsieur Ouine* qui sont les plus étudiés. Cette préférence est facile à justifier. *Sous le soleil de Satan* est le premier roman de Bernanos et a obtenu un succès éclatant et immédiat. *Journal d'un curé de campagne* est le roman le plus célèbre de l'auteur et le roman que l'auteur lui-même aime le plus. *Nouvelle Histoire de Mouchette* est le roman qui est complètement différent des autres, car dans ce roman, littéralement, l'auteur n'écrit que la réalité tout à fait naturelle et vulgaire qui n'a pas de lien évident avec le surnaturel. *Monsieur Ouine* est le dernier roman de Bernanos et son roman le plus énigmatique, car ce roman donne l'impression que la puissance du mal est si irrésistible qu'il va remporter la victoire finale.

De nombreux articles sont consacrés aux personnages bernanosiens, parmi lesquels les deux Mouchette, l'abbé Donissan, le curé d'Ambricourt et M. Ouine retiennent le plus d'attention. Cette priorité s'expliquerait en partie par la violence effrayante du combat spirituel dans lequel ils sont engagés, ou la complexité exceptionnelle de leur monde intérieur.

La plupart des critiques sont intéressés par les aspects doctrinaux de l'œuvre romanesque de Bernanos. Pour étudier les contenus religieux qui s'y laissent lire, les méthodes thématiques sont les plus utilisées. On a étudié comme thème la mort, l'agonie, le mal, le néant, la grâce, l'amour, l'espérance, l'esprit d'enfance, la pauvreté, l'angoisse, l'existence humaine, la folie, la prière, etc. Citons, par exemple, les travaux de Guy Gaucher[1]. Grâce à ces études, nous pouvons nous faire une idée claire et complète de la théologie chrétienne de Bernanos.

En même temps, aussi nombreuses sont les études sur le romancier Bernanos, non le chrétien Bernanos, consacrées soit à un seul roman, soit à l'ensemble de son œuvre romanesque, tant sur le plan du contenu que sur celui de la forme. Les études se sont effectuées sous différents angles: le langage, la structure, le style, le temps, la narration, l'appellation des lieux et des personnages, les signes de la boue, de l'eau, de la route et de la nuit, l'expression de la passion intérieure, le tragique, le réel, l'imaginaire, etc. Le contenu et la forme de ses romans contribuent tous à sa grande réputation dans le milieu littéraire. Ces études nous montrent aussi que Bernanos est un écrivain à la fois classique et innovant. D'une part, l'influence de Balzac et de Maupassant sur Bernanos a été mise en évidence. D'autre part, plusieurs critiques affirment que Bernanos a inventé le nouveau roman bien avant Alain Robbe-Grillet. Dans cette perspective, la mise en valeur de la littérarité de l'œuvre de Bernanos est privilégiée, sous l'influence de la nouvelle critique, bien que cette initiative soit une trahison des intentions profondes de Bernanos,

---

① GAUCHER Guy, *Le thème de la mort dans les romans de Georges Bernanos*, Paris, Minard Lettres modernes, 1967; GAUCHER Guy, *Georges Bernanos ou l'invincible Espérance*, Paris, Cerf, 1994.

pour qui la recherche formelle est totalement au service de Dieu, ou de la perpétuelle recherche de l'Être. Michel Guiomar a fourni un travail bien remarquable à cet égard en analysant exclusivement la forme pour elle-même①.

De plus, pas mal de critiques ont abordé les liens entre la conscience théologique de Bernanos et son geste littéraire. Il y a, entre autres, des études sur les liens entre l'œuvre romanesque de Bernanos et la Bible②. Ces études montrent que l'Écriture biblique a constamment nourri la réflexion poétique, éthique et esthétique de Bernanos. D'un côté, les romans de Bernanos sont pleins d'images, de termes empruntés à la Bible, ou de paraphrases du livre sacré; la présence de l'Écriture se voit en surface. D'un autre côté, les références à la Bible se font en profondeur, sous la forme d'un véritable palimpseste. Dans ses romans, inspiré par la Bible, Bernanos médite principalement sur le mystère de la Passion et le terrible pouvoir de la Parole unique.

Beaucoup de critiques ont effectué une étude comparative entre Bernanos et d'autres écrivains tels que Balzac, Péguy, Gide, Malraux, Céline, Mauriac, Green et Dostoïevski. Dans ce domaine, le travail de Marie-Françoise Canérot est à la fois important et inspirant. Elle affirme que l'expérience de l'absolu pendant l'enfance pourrait « unir en profondeur Bernanos, Mauriac, Green, Gide et Bosco »③.

N'oublions pas que les romans de Bernanos ont même contribué à l'élaboration d'une théorie linguistique et sémiotique. Algirdas Julien Greimas, fondateur de la sémantique structurale, a pris pour échantillon de description

---

① GUIOMAR Michel, *Miroirs de ténèbres. Images et reflets du double démoniaque. Tome II. Georges Bernanos*, *« Sous le soleil de Satan » ou les ténèbres de Dieu*, Paris, José Corti, 1984.

② Voir notamment ESTÈVE Michel, *Le Christ, les symboles christiques et l'incarnation dans l'œuvre de Georges Bernanos*, Lille, service de reproduction des thèses, 1982; GIL Marie, *Les deux écritures: Étude sur Bernanos*, coll. « Littérature », Paris, Éditions du Cerf, 2008.

③ CANÉROT Marie-Françoise, *Quand la foi devient roman*, dans *Cahiers de l'Association internationale des études francaises*, n°45, 1993, p.87.

les romans de Bernanos afin de décrire l'univers sémantique de ce dernier.

Comme certains des romans de Bernanos ont été adaptés au cinéma et ont obtenu un grand succès, il ne manque pas de travaux comparatistes sur ses romans et les films correspondants. Dans une certaine mesure, le cinéma a élargi le champ des études bernanosiennes.

En plus des romans, Bernanos a écrit plusieurs pamphlets beaux, violents et célèbres, qui permettent aux critiques non seulement de mieux comprendre ses œuvres romanesques, mais aussi d'effectuer des études d'ordre politique ou historique. Ce sont Thomas Molnar, Gilles Brochard et Daniel Bermond qui ont analysé ses pensées politiques. Grâce à ces travaux, nous voyons que Bernanos est un royaliste catholique. Son appartenance politique pourrait expliquer en partie sa création littéraire.

D'ailleurs, des critiques cherchent à répondre à la question suivante: les œuvres de Bernanos sont-elles déjà un anachronisme? Ils ont prouvé que Bernanos est un prophète, homme de sagesse et de perspicacité, qu'il vit toujours dans le monde moderne à travers ses brillants écrits. En fait, l'écrivain lui-même a bien l'intention de dialoguer avec les générations futures: « Qu'importe d'ailleurs que mon œuvre survive? La grâce que j'attends c'est qu'elle revive, fût-ce en autre siècle, un autre temps, une autre terre, une autre âme »①.

Dans la critique bernanosienne, il y a quelques grands noms qui ne peuvent pas passer inaperçus: Albert Béguin, Urs von Balthasar, Michel Estève, Max Milner et Éric Benoit. Albert Béguin a présenté des images et des textes inédits sur la biographie, la création littéraire et l'expérience religieuse de Bernanos dans *Bernanos par lui-même* publié en 1954, qui « constitue pour bien des bernanosiens une source d'inspiration »②. Dans *Le*

---

① BERNANOS Georges, *Les Enfants humiliés*, dans *Essais et écrits de combat*, tome 1, Paris, Gallimard, 1971, p.902.

② GOSSELIN-NOAT Monique, MILNER Max, *Bernanos et le monde moderne*, Lille, Presses universitaires de Lille, 1988, p.259.

chrétien Bernanos publié en 1956, Urs von Balthasar a bien profité de son érudition pour éclaircir la pensée religieuse de Bernanos et est ainsi devenu un exemple remarquable qui a été suivi par bien d'autres chercheurs. Michel Estève a apporté une contribution ineffaçable aux études bernanosiennes en rédigeant nombre d'articles et d'ouvrages consacrés à Bernanos et en dirigeant des ouvrages collectifs à son sujet. Depuis les années 1960, Bernanos demeure un objet d'étude important de Max Milner (1923-2008), un véritable spécialiste dans ce domaine. Sous sa direction, ont vu le jour beaucoup de publications collectives consacrées à Bernanos, parmi lesquelles des travaux sur la modernité qui sont originaux et inspirants. À l'heure actuelle, c'est Éric Benoit qui joue un rôle irremplaçable dans la critique bernanosienne. Il a publié en 2013 *Bernanos. Littérature et théologie*, « un essai d'une profondeur et d'une hauteur de vue éblouissantes », où « toute l'œuvre de l'écrivain Georges Bernanos est [...] analysée avec une remarquable profondeur »①.

Cependant, en Chine, le nom de Georges Bernanos reste inconnu pour la plupart des gens, y compris des spécialistes ou amateurs de la littérature française. Par conséquent, il y a très peu d'études sur cet homme et son œuvre. Nous n'avons trouvé aucun travail à son sujet dans la banque de données des mémoires et thèses universitaires chinois. Parmi les articles parus dans des revues prestigieuses, on trouve seulement deux articles de M. Liu Mingjiu, qui fait une présentation excellente mais assez brève de deux de ses romans. En fait, Bernanos est plus célèbre dans le milieu du cinéma chinois, du fait que plusieurs de ses romans ont été portés à l'écran.

Notre travail se divise en quatre parties. Dans la première partie, nous

---

① DELAROCHE Philippe, *Bernanos, inclassable anticonformiste*, publié le 23 septembre 2013, http://www.lexpress.fr/culture/livre/bernanos-inclassable-anticonformiste_1284522.html, consulté le 23 avril 2016.

chercherons à préciser la signification de la sainteté dans les romans de Bernanos. Nous voudrions commencer par un petit historique de la notion de sainteté afin de mieux discerner l'héritage et l'innovation dans la conception bernanosienne de la sainteté. Pour saisir les caractéristiques dominantes de la sainteté bernanosienne, il est nécessaire d'analyser les saints bernanosiens qui incarnent parfaitement cette vertu. Bien que chaque saint représente une sainteté spécifique, nous notons des points communs entre eux : leur cœur est rempli d'amour ; ils ne renoncent jamais à faire des sacrifices ; ils ont une foi inébranlable face à l'ennemi ; ils sont vraiment ordinaires et imparfaits ; mais ils ont du charme, tout au moins aux yeux de certains. Parallèlement, il sera utile d'analyser des personnages qui forment un contraste évident avec les saints, car ces premiers nous montrent ce que n'est pas la sainteté. Ainsi, nous pourrons nous faire une idée complète et profonde de la sainteté bernanosienne. Nous essaierons aussi de saisir les diverses dimensions de la sainteté bernanosienne dans la présente partie. En plus de sa connotation religieuse qui sera notre premier objet d'étude, nous chercherons encore à appréhender la sainteté bernanosienne sous l'angle de la sociologie ou de la philosophie. Nous viserons à trouver les raisons pour lesquelles l'œuvre de Bernanos intéresse et touche à la fois les lecteurs croyants et les lecteurs non-croyants.

Dans la deuxième partie, nous chercherons à montrer comment atteindre la sainteté prônée par Bernanos. Évidemment, ce romancier est très influencé par la théologie de la « petite voie » de sainte Thérèse de Lisieux. Il est convaincu que l'esprit d'enfance, l'humilité et surtout la simplicité permettent à tout homme d'accéder à la sainteté. En plus de l'analyse des saints bernanosiens qui ont une âme simple, nous décortiquerons un personnage de prêtre brillant mais incapable de devenir saint. À travers la comparaison, nous pourrons mieux comprendre la simplicité.

Par ailleurs, Bernanos a sa propre réflexion sur la question. D'abord, il propose l'ancrage dans la société profane. Il est nécessaire que les saints attachés au royaume terrestre soient mis à l'épreuve. C'est pour cette raison qu'aucun des saints bernanosiens ne cherche à s'enfuir de la réalité d'ici-bas en se retirant dans un couvent, ou en s'enfermant dans sa chambre, ou en adoptant une vie d'ermitage. Ils ne ferment jamais les yeux sur les péchés d'autrui. Les vrais saints pensent non seulement à garder leur propre sainteté, mais aussi à aider les autres à devenir saints. La rencontre de Donissan avec Satan suffira à montrer les fonctions des épreuves.

Ensuite, nous traiterons de la relation entre la sainteté bernanosienne et le corps humain pour démontrer qu'on ne peut accéder à Dieu sans passer par le corps, que le corps constitue lui-même une voie possible vers la sainteté. Dans l'Histoire, la dévalorisation du corps existe depuis longtemps et s'est largement répandue. Bernanos cherche à rappeler que le corps aurait dû posséder également l'attribut de sainteté étant donné qu'il est le temple de Dieu et qu'il fait partie des dons de Dieu. Nous aborderons également le thème de la maladie — une des souffrances courantes éprouvée surtout par les saints bernanosiens — pour montrer comment le corps conduit à la sainteté. Nous analyserons en passant les personnages de médecins qui, aux yeux de Bernanos, ne peuvent rien contre les maux de la société. Nous passerons ensuite à l'interprétation des deux langages du corps : le rire et les larmes.

Enfin, en lisant les romans de Bernanos, nous pouvons nous apercevoir que l'auteur a une opinion négative de l'Église, qui a tendance à perdre son influence sur les croyants, qui risque de perdre sa plus grande qualité — la sainteté, car elle se préoccupe de plus en plus de la gloire terrestre et de ses intérêts propres. Dans les romans de Bernanos, l'Église adopte une attitude défavorable envers les saints, autrement dit, il existe une relation d'opposition entre l'Église et les saints, d'où nous pouvons déduire qu'aux yeux de Bernanos, nous avons tous l'occasion d'accéder à la sainteté sans nous appuyer sur l'Église. La voie de la sainteté que Bernanos propose ne s'inscrit pas dans la lignée de celle que l'Église prône d'après le droit canon. Bernanos n'est pas le porte-parole de l'Église. Cette position prouve encore une fois que l'œuvre de Bernanos s'adresse à un public potentiel beaucoup plus vaste que nous ne l'aurions imaginé.

Dans la troisième partie, nous récapitulerons les obstacles à la sainteté dévoilés par Bernanos. Dans ses romans, si la plupart des personnages se sont détournés de la bonne voie, c'est parce qu'ils sont tombés dans une tentation quelconque, dont ils ignorent ou méconnaissent le pouvoir destructif. Ainsi, il est nécessaire d'analyser le problème de la tentation pour mieux interpréter la sainteté. Nous mettrons l'accent sur des tentations d'ordre spirituel.

Bernanos veut nous avertir que le plus grand obstacle à la sainteté est installé par Satan le Tentateur ainsi que ses disciples les tentateurs. Dans la présente étude, nous chercherons à mettre en évidence les façons d'empêcher la réalisation de la sainteté de ces êtres qui prennent les saints pour leurs principales cibles. Sans s'appuyer sur la violence, les tentateurs sont capables de pousser ingénieusement et sournoisement leurs victimes à tomber dans la folie, même à se suicider, ce qui prouve largement la grande force destructive de la tentation qui mérite bien notre attention. En ce qui concerne le Tentateur, nous rappellerons d'abord ses attributs; ensuite nous mettrons en évidence ses modes d'incarnation: maquignon, homme ou bête, voix et mouche. Quant aux tentateurs, il y en a non seulement dans la société profane, mais aussi au sein de l'Église. Nous en analyserons principalement trois catégories: l'abbé Cénabre et M. Ouine qui représentent des prêtres influents, Saint-Marin et Cadignan qui sont des laïques ayant un haut statut social et la première Mouchette qui fait partie des laïques ordinaires.

Chez Bernanos, la parole est aussi un acte qui peut conduire ou bien à la sainteté, ou bien au péché. La tentation s'effectue en particulier à travers le langage. Sur ce point, nous aborderons d'abord le thème du mensonge, car le Tentateur est avant tout le Menteur. En plus, l'ironie et le langage somptueux relèvent aussi du mauvais langage qui fait obstacle à la sainteté, à la foi, au dialogue avec Dieu. Parallèlement, nous prendrons l'abbé Donissan pour contre-exemple afin de montrer qu'il est tout à fait possible de surmonter ces obstacles qui paraissent infranchissables.

La dernière partie sera consacrée à l'écriture bernanosienne de la sainteté. Nous proposerons d'abord une analyse intertextuelle, car l'intertextualité est une clé de l'écriture bernanosienne. Les romans de Bernanos peuvent être considérés comme une réécriture des Livres Saints: *Sous le soleil de Satan* est un roman de l'Ancien Testament①; *L'Imposture* et *La Joie* sont deux romans du Nouveau Testament②; les autres romans sont aussi parsemés d'éléments bibliques. Ce rapprochement lui-même démontre que pour Bernanos, le fait d'écrire est déjà un acte de sainteté et de foi, que ses romans ont pour objectif de transmettre un message sérieux et important qui est déjà révélé dans la Bible: la sainteté. D'ailleurs, les différents romans de Bernanos se font écho, se répondent, servent tous à traiter le même thème de la sainteté. Bernanos suit sa vocation chrétienne en suivant sa vocation littéraire, agit réellement à l'instar de ses saints. Enfin, inconsciemment peut-être, Bernanos dialogue encore avec d'autres écrivains qui ont aussi abordé le thème de la sainteté.

Ensuite, nous porterons notre regard sur l'incipit et la fin des romans bernanosiens. De manière générale, le roman de Bernanos commence par la représentation d'une société sous l'emprise du mal et finit par la description d'une lueur de sainteté et l'appel à la sainteté. Nous avons pour objectif de montrer que l'appel à la sainteté résonne d'une telle manière. Pour y arriver, notre étude s'appuiera non seulement sur le contenu, mais aussi sur la forme.

Dans la suite de cette partie, nous essaierons de répondre à la question suivante: pourquoi Bernanos prête-t-il attention au thème de la sainteté dans ses romans? D'abord, l'écriture de Bernanos s'inscrit dans la tradition biblique: dans la Bible, ou l'Écriture sainte, le thème de l'appel universel à la sainteté est récurrent. Ensuite, en tant qu'écrivain engagé, Bernanos s'inquiète des problèmes apparemment négligeables mais en fait mortels dans une société où le christianisme est en train de se décomposer et se préoccupe

---

① ESTÈVE Michel, *Georges Bernanos: Un triple itinéraire*, Paris, Hachette, 1981, p.129.

② ESTÈVE Michel, *Georges Bernanos: Un triple itinéraire*, Paris, Hachette, 1981, p.141.

du destin de ses contemporains. À travers sa création littéraire, Bernanos essaie de proposer des solutions. Enfin, nous chercherons à expliquer pourquoi Bernanos choisit le roman — un genre qui risque de donner une impression d'irréalité — pour interpréter la sainteté — la première réalité que l'homme doit reconnaître aux yeux de l'auteur. Deux aspects mériteront une réflexion approfondie: premièrement, l'Église en déclin n'est plus capable d'accomplir la vocation de répandre largement les valeurs chrétiennes; deuxièmement, le mouvement de la renaissance littéraire catholique donne à Bernanos beaucoup d'inspiration et de soutien. Bernanos y apporte sa contribution en retour.

À l'appui d'analyses textuelles, nous utiliserons des approches thématiques tout en nous référant à des travaux de recherche concernant la théologie, la sociologie et la philosophie. Nous aimerions démontrer qu'à l'instar de ses personnages de saints, Bernanos a pour ambition de faire s'épanouir pleinement une vertu surnaturelle dans la vie quotidienne.

PARTIE I

LA SIGNIFICATION DE LA SAINTETÉ

Sous le soleil de Satan est « sans doute le premier roman français dont la clef de voûte soit la quête passionnée [...] de la sainteté, entendue comme l'accomplissement de l'homme dans sa recherche de l'infini »①. Le reste de l'œuvre romanesque de Bernanos aborde aussi plus ou moins ce thème majeur, en particulier dans *La Joie*, et *Journal d'un curé de campagne*. L'auteur considère la sainteté comme la réalité « la plus haute et la plus pure à laquelle puisse accéder l'homme »②. Bernanos a affirmé clairement sa volonté de « suggérer la réalité mystérieuse de la sainteté par l'intrigue d'un roman »③.

La sainteté signifie avant tout une « perfection absolue attribuée à Dieu »④. C'est une qualité propre et essentielle à Dieu. C'est pour cette raison qu'on dit que Dieu est la sainteté même. Nous ne pouvons pas parler de la sainteté sans la relier à Dieu. En dehors de ce cadre, il s'agira certainement d'une fausse sainteté. Comme Péguy l'a dit, « toute sainteté vient de Dieu, qui en est la source éternelle »⑤. À cet égard, nous pouvons définir cette sainteté comme la sainteté absolue — une des caractéristiques qui distinguent Dieu de tout le reste. C'est par la sainteté que se manifestent l'altérité de Dieu et sa transcendance.

En outre, le mot *sainteté* peut signifier un « fait d'être, de vivre comme un saint »⑥. Sans aucun doute, nul ne peut posséder les mêmes qualités que Dieu, nul ne peut parvenir à la perfection absolue. Mais l'homme peut

---

① ESTÈVE Michel, *Georges Bernanos: Un triple itinéraire*, Paris, Hachette, 1981, p.129.

② ESTÈVE Michel, *Georges Bernanos: Un triple itinéraire*, Paris, Hachette, 1981, p.129.

③ ESTÈVE Michel, *Georges Bernanos: Un triple itinéraire*, Paris, Hachette, 1981, p.117.

④ Cette définition est donnée par le CNRTL (Centre National de Ressources Textuelles et Lexicales), créé en 2005 par le CNRS. URL: http://www.cnrtl.fr/definition/saintete, consulté le 15 septembre 2015.

⑤ PÉGUY Charles, *Le Mystère de la charité de Jeanne d'Arc*, Paris, Cahiers de la quinzaine, 1910, p.139.

⑥ http://www.cnrtl.fr/definition/saintete, consulté le 15 septembre 2015.

toujours prendre Dieu pour modèle. Donc, les saints, serviteurs fidèles de Dieu, peuvent aussi témoigner d'une sainteté, car les saints ne sont que ceux de Dieu. En fait, Dieu fait connaître la sainteté par l'intermédiaire des saints qui, dans une telle circonstance, ne se représentent pas eux-mêmes mais leur maître Dieu. La sainteté est un don de Dieu à ses élus. Grâce à la sainteté, l'homme pourrait devenir semblable à Dieu. À noter que pour Dieu, la sainteté porte sur un état d'être, alors que pour les êtres humains, la sainteté représente un objectif que l'on ne peut atteindre qu'après avoir fait des efforts. Ainsi, il est question d'une sainteté en devenir.

De plus, la sainteté peut désigner: « caractère, qualité d'une chose sainte et en particulier de ce qui est consacré » ou « caractère de ce qui inspire un respect quasi religieux »①. Les choses sans âmes sont susceptibles de manifester la sainteté seulement à condition qu'on établisse un lien étroit entre Dieu et elles. Dans ce cas, ce sont des choses sur lesquelles Dieu a laissé sa trace et qui deviennent également des représentants de Dieu sur terre.

Bien sûr, dans les deux dernières acceptions du terme, il s'agit d'une sainteté relative, qui constitue une preuve incontestable de la grâce accordée par Dieu. En effet, la sainteté relative ne serait possible que par le biais de la grâce de Dieu. Cette sainteté est encore une qualité morale ou spirituelle. Ce qui compte le plus, c'est que la sainteté marque à la fois l'appartenance à Dieu et la participation à l'être même de Dieu. Dans une certaine mesure, l'acte de devenir saint est la meilleure façon de témoigner de la foi et d'accomplir la pleine communion avec Dieu.

Les hommes sont susceptibles d'atteindre la sainteté relative grâce à Jésus-Christ, qui est à la fois Fils de Dieu, aussi parfait que son Père céleste, et homme comme les autres hommes, ayant la volonté humaine, capable de représenter tous les êtres humains. Jésus-Christ joue un rôle de « médiateur de la nouvelle alliance » (Hébreux 12: 24). C'est en Jésus-Christ

---

① http://www.cnrtl.fr/definition/saintete, consulté le 15 septembre 2015.

que se réalise la véritable communication de l'homme avec Dieu. À cause du péché commis par Adam et Ève dans le Jardin d'Éden, l'homme, chassé par Dieu du paradis, a perdu ainsi sa ressemblance à Dieu, c'est-à-dire sa sainteté, de sorte qu'il ne peut plus voir clairement Dieu, car « la sanctification, sans laquelle personne ne verra le Seigneur » (Hébreux 12: 14), est une condition obligatoire pour accéder au royaume des cieux. Cependant, il n'est jamais vraiment abandonné par Dieu qui a envoyé dans ce monde son Fils unique Jésus-Christ incarné dans un vrai homme pour rendre de nouveau l'homme semblable à son créateur. Dieu a fermé une porte, mais en même temps il a ouvert à l'homme une fenêtre. L'amour de Dieu est si profond que c'est lui qui s'est rabaissé en vue du salut de l'homme pécheur. Par son existence humaine, Jésus-Christ a montré clairement ce qu'est la sainteté et comment y accéder. Il rend ainsi ce qui est invisible visible, ce qui est abstrait concret. Par la crucifixion, Jésus-Christ a racheté les péchés de tous les hommes, supprimant l'obstacle essentiel à la quête de la sainteté. En un mot, Jésus-Christ a pour mission d'être un modèle, un guide, et une lumière dans ce monde.

Certains critiques ont déjà abordé la conception bernanosienne de la sainteté. Citons, par exemple, Michel Estève qui envisage la sainteté bernanosienne comme une « source même de l'épanouissement de l'homme »① et affirme que Chantal de Clergerie « incarne dans la société française des années 1910 une conception de la sainteté qui se veut indissociablement liée au dialogue avec autrui »②. De plus, il pense que « *Sous le soleil de Satan* est le premier roman français consacré à l'évocation de la sainteté conçue comme

---

① ESTÈVE Michel, *Georges Bernanos: Un triple itinéraire*, Paris, Hachette, 1981, p.120.

② ESTÈVE Michel, *Georges Bernanos: Un triple itinéraire*, Paris, Hachette, 1981, p.152.

une magnifique aventure, une exaltation de la vie »①.

Dans les romans de Bernanos, la sainteté est incarnée principalement par les saints bernanosiens. Ainsi, l'analyse des personnages de saints nous permet de saisir les caractéristiques dominantes de la sainteté. Dans une perspective théologique, si certains personnages peuvent être appelés des saints, c'est essentiellement parce que Dieu a laissé en eux un signe distinctif. Une part d'eux-mêmes est donc déjà marquée par l'expérience de Dieu. La sainteté ne rend pas ces gens plus riches, plus savants, plus ingénieux, en un mot plus brillants selon les critères profanes. La sainteté les rend plus conformes à l'attente de Dieu, plus proches du Seigneur. Dans une perspective sociologique, la sainteté représente des qualités extrêmement précieuses dans ce monde, qui permettent de retrouver la paix, le calme, l'équilibre, l'harmonie dans la société moderne caractérisée par l'indifférence et l'égoïsme.

Certes, les saints bernanosiens ont tous pour fonction d'interpréter la notion de sainteté. Ils ont bien des points communs qui nous permettent de toucher à l'essence même de la sainteté. Mais à travers chacun de ses saints, Bernanos met l'accent sur une des facettes de la sainteté pour représenter le plus complètement possible ce terme qui demeure souvent flou et mal défini: l'héroïsme de Donissan, la pureté de Chantal de Clergerie, l'humilité de Chevance, l'altruisme du curé d'Ambricourt, l'innocence de la deuxième Mouchette, etc.

Comme la notion de sainteté est très riche de sens et donc assez difficile à définir, il est évident que nous n'arriverons certainement pas à donner une interprétation exhaustive de la sainteté. Notre ambition consiste principalement à saisir les attributs essentiels et inaliénables de la sainteté à travers l'interprétation particulière de Bernanos au sujet de cette notion.

---

① *Georges Bernanos*: *Sous le soleil de Satan*, extraits commentés par Michel Estève, Paris, Bordas, 1973, p.100.

Chapitre I

La sainteté est un amour parfait

Il est bien facile de dire ce qu'est Dieu, car il est écrit clairement dans la Bible que « Dieu est amour » (1 Jean 4: 16). Nous pouvons aussi dire que Dieu « est la charité même par essence », que la charité est de Dieu. C'est-à-dire que pour comprendre Dieu, les deux mots clés sont amour et charité. Dans cette perspective, la sainteté, qui caractérise avant tout Dieu, est synonyme de l'amour, qui sert à définir l'essence de Dieu. Les saints bernanosiens agissent conformément au commandement de la Bible selon lequel sainteté signifie « amour parfait » (1 Jean 4: 18). Bernanos nous rappelle cette définition dans ses romans à travers ses saints. Nous citons ici deux exemples. Dans *L'Imposture*, à l'image du Christ, Chevance, qui se considère comme l' « unique ami » (*I*, p.262) du pécheur Cénabre, ne pense qu'au rachat de ce dernier lors de son agonie. Chevance éprouve envers cet imposteur un amour bien impressionnant, totalement désintéressé, de même que le Père céleste manifeste son amour et accorde sa grâce à tous les êtres humains. Dans *Nouvelle Histoire de Mouchette*, Mouchette éprouve un sentiment d'amour chaste envers Arsène, un braconnier victime d'une crise d'épilepsie. Il s'agit d'un amour maternel qui relie cette jeune fille pauvre à Sainte Marie. Ces deux genres d'amour composent les facettes primordiales de l'amour parfaite.

La tristesse des saints bernanosiens s'explique par le fait qu'ils regrettent de voir que le pouvoir diabolique reste si irrésistible, que leurs semblables restent si aveugles. S'ils ressentent une grande douleur, c'est parce qu'ils s'inquiètent pour les autres, non pour eux-mêmes, ce qui constitue justement une preuve convaincante de l'amour apporté par les saints bernanosiens.

De plus, la lucidité dont les saints bernanosiens font preuve est aussi une interprétation de l'amour. Comme Michel Estève l'affirme, cette lucidité « ne saurait s'expliquer ni par la seule intelligence, ni par la seule sensibilité, mais se comprend dans la perspective d'un amour de l'autre poussé au plus haut point »①. C'est un amour semblable à celui qu'a le Christ pour les êtres humains, ou le Créateur pour ses créatures. Cet amour pourrait prendre les visages de la pitié, de la compassion. Il permet aux saints de parvenir à la communion avec ses semblables. Comme cette lucidité est enracinée en l'amour divin, elle ne saurait s'expliquer par le rationalisme.

L'amour parfait est un sentiment qui bannit du cœur, de par sa nature même, toute haine, toute animosité contraire à l'amour. Dans cette perspective, la sainteté est un état dans lequel ne subsistent ni colère, ni désir de la bonne opinion des hommes, ni honte de la croix, ni aucun mauvais désir ou penchant. En un mot, l'amour parfait permet de rejeter tout mauvais sentiment et tout désir égoïste. Les saints doivent se revêtir « d'entrailles de miséricorde, de bonté, d'humilité, de douceur, de patience » (Colossiens 3: 12), si nous reprenons les termes employés dans la Bible.

Remarquons que le premier saint bernanosien Donissan a cependant éprouvé de la haine:

> *La haine aveugle qui l'animait contre lui-même était de celles que rien n'apaise ici-bas, et pour lesquelles tout le sang de la race humaine, s'il pouvait couler d'un seul coup, ne serait qu'une goutte d'eau sur un fer rouge*...(*SSS*, p.120)

---

① ESTÈVE Michel, *Georges Bernanos*: *Un triple itinéraire*, Paris, Hachette, 1981, p.124.

« Pour les personnages bernanosiens, la haine de soi est le signe le plus manifeste du désespoir [...]. Elle est aussi liée à Satan.»① En effet, la haine de Donissan à l'égard de lui-même traduit parfaitement la victoire du Tentateur qui sème partout la haine, contrairement à Dieu qui est l'amour même. Sa haine est accompagnée de sa volonté de se détruire. Sa haine n'est pas née d'un coup, elle grandit dans son cœur. Cette haine explique partiellement la flagellation folle de Donissan. Sa haine s'explique par l'idée de « l'amour trompé » (*SSS*, p.119) qui résulte justement de la tromperie de Satan. Donissan aurait cru en l'amour de Dieu. Il attendait peut-être la grâce de Dieu. Cependant, quand il est en délire, il ne peut ressentir qu'un « amour trompé ». Il a l'impression d'être indigne de cet amour et éprouve donc trop de remords. Dans ce contexte, il éprouve une haine de plus en plus profonde, jusqu'à ce qu'il haïsse tout son être, c'est-à-dire son corps ainsi que son âme. C'est dans cette haine aveugle et maléfique que Donissan rejette véritablement le don de Dieu. L'ennemi réalise ainsi son odieux dessein.

> En fait, la haine que Donissan éprouve alors est la représentation fidèle d'une haine satanique, surnaturelle et implacable. À ce sujet, Bernanos lui-même a donné une interprétation concise et claire : « Il y a dans l'homme une haine secrète incompréhensible, non seulement de ses semblables, mais de lui-même. On peut bien donner à ce sentiment mystérieux l'origine ou l'explication qu'on voudra, mais il faut lui en donner une. Pour nous, chrétiens, nous croyons que cette haine reflète une autre haine, mille fois plus profonde et plus lucide — celle de l'Esprit indicible qui fut le plus rayonnant des astres de l'abîme, et qui ne nous pardonnera jamais sa chute immense.»②

---

① *Georges Bernanos* : *Sous le soleil de Satan*, extraits commentés par Michel Estève, Paris, Bordas, 1973, p.110.

② BERNANOS Georges, *La liberté pour quoi faire?* Paris, Gallimard, 1953, p.252.

Donissan éprouve deux sortes de haine. En plus de la haine de soi, provoquée totalement à cause de l'intervention de Satan, il a encore la haine du péché. Il faut remarquer que ce que Donissan hait véritablement, c'est le péché lui-même, non les pécheurs. En fait, il aime tous les êtres humains, en particulier les infimes et les faibles. La haine du péché peut être définie comme une haine sacrée. En fin de compte, ces deux sortes de haine proviennent de l'amour, l'amour imparfait bien sûr, puisque la Bible exhorte à surmonter la haine par l'amour: « Aimez vos ennemis, bénissez ceux qui vous maudissent, faites du bien à ceux qui vous haïssent, et priez pour ceux qui vous maltraitent et qui vous persécutent » (Matthieu 5: 44). Comme il aime Dieu, Donissan ne veut pas se voir dans l'impossibilité d'accomplir la volonté de Dieu; comme il aime ses frères, il ne veut pas les voir perdre leur salut à cause du péché. Quoi qu'il en soit, la haine que le saint éprouve n'a rien à voir avec l'égoïsme. Chez les saints bernanosiens, quand la haine disparaît, l'amour imparfait se transforme en amour parfait.

Au-delà du domaine religieux et théologique, nous voyons que la sainteté a trait à la maîtrise des émotions. La sainteté exige un quotient émotionnel supérieur, mais pas forcément un brillant quotient intellectuel. L'amour est la source de tout bon sentiment. La haine de Donissan prouve justement qu'il n'est qu'un saint en ébauche à ce moment-là, puisqu'il n'est pas encore capable de bien gérer ses émotions. Au fur et à mesure de son évolution, c'est-à-dire de sa croissance spirituelle, sa haine s'apaise petit à petit, jusqu'à se dissiper. En plus, dans les romans ultérieurs de Bernanos, le lecteur ne voit plus que les saints éprouvent de la haine. Si les saints arrivent à déraciner la haine, toute sorte de haine, c'est parce que leur âme est toujours nourrie par l'amour.

Pour interpréter de manière plus profonde la notion d'amour, Bernanos fait souvent appel au contraste entre les saints et les non-saints. Face au malheur, la réaction des deux Mouchette est totalement différente. Cette comparaison nous est bien utile pour comprendre ce qu'est le vrai amour, donc ce qu'est la sainteté. Après le viol, la deuxième Mouchette n'éprouve qu'une honte indicible, au lieu de la haine. Au contraire, la première Mouchette est gonflée de haine après avoir été trompée.

Si les saints bernanosiens représentent l'amour, la plupart de leurs concitoyens représentent justement le non-amour. Leur manque d'amour se fait sentir à travers leurs attitudes envers les saints. Si nous croyons que « la commémoration d'un saint est un symbole d'amour »①, le mépris d'un saint pourrait être considéré comme symbole de non-amour.

M. Ouine possède la même capacité de clairvoyance que l'abbé Donissan. Ce qui distingue nettement l'un de l'autre, c'est que la source de la clairvoyance de ce premier « n'est pas l'amour passionné des âmes et l'anxiété de leur sort éternel »②. Ce qui pousse M. Ouine à s'intéresser au problème de l'âme, ce n'est qu' « une pure curiosité, une curiosité sans amour, terriblement aiguë et qui lui livre sans défense ses victimes, comme des insectes immobilisés sous le microscope »③.

Bien que la sainteté exige l'amour, cela ne veut pas dire que tout amour conduit à la sainteté. Bernanos nous avertit surtout d'un amour trompeur donné par Satan. Le contraire de l'amour comprend non seulement le non-amour, mais aussi la haine et l'amour satanique qui est par essence la haine. Qu'est-ce que Satan? Il est bien connu que Satan est présenté dans la Bible comme un ange révolté contre Dieu (Esaïe 14 et Ezéchiel 28). C'est sur cette base que Bernanos donne sa réponse à la question précédente à travers la bouche de son personnage principal Mouchette: « Haïr et mépriser » (*SSS*, p.54). Il s'agit d'une haine et d'un mépris absolus et inconditionnels, comme l'amour et la charité de Dieu sont inconditionnels. Satan hait et méprise non seulement Dieu le Créateur, ses créatures divines et humaines, mais aussi ses propres

---

① MAXIME Vasiljević, *La conception de la sainteté dans l'œuvre hagiographique de Syméon le Métaphraste*, dans *Revue des études byzantines*, n° 1, 2008, p.200.

② BÉGUIN Albert, *Bernanos par lui-même*, Paris, Seuil, 1954, p.78.

③ BÉGUIN Albert, *Bernanos par lui-même*, Paris, Seuil, 1954, p.78.

disciples qu'il n'hésiterait pas à abandonner pourvu qu'ils ne lui soient plus utiles.

Contrairement à l'amour et à la charité qui peuvent nous apporter la paix, le calme et le bonheur, la haine et le mépris ne conduisent les gens qu'à se perdre dans l'abîme du néant, sans jamais pouvoir satisfaire leur envie qui est pourtant obscure et confuse. Comme Mouchette l'indique, même si vous vous laissez tomber jusqu'au fond, « rien ne vous contente... quelque chose vous manque encore...» (*SSS*, p.55) Satan tente fréquemment les gens par quelque chose d'indéfini, d'ambigu, mais effectivement de vide, ou d'inexistant. Il n'est donc pas surprenant que Satan finisse par décevoir tout le monde, y compris ses disciples fidèles.

La nuit où Donissan rencontre Satan pour la première fois, Satan a essayé de tenter Donissan par un amour pervers, homosexuel, comprenant bien que Donissan sera certainement vigilant face à une femme. En d'autres termes, il est certainement impossible pour Satan d'entrer dans l'intimité de Donissan et de toucher son cœur sous la forme d'une femme.

Tout homme a ses besoins affectifs. Fidèle à la tradition catholique, Donissan a transféré son aspiration à l'amour conjugal vers l'amitié, qui est aussi une affection précieuse. En effet, « nous sommes appelés à développer des amitiés étroites et durables sur terre, amitiés qui sont elles-mêmes l'annonce de l'amitié véritable et définitive qui nous est offerte par le Christ »①. Donissan attend tant d'un ami potentiel qu'il veut s'ouvrir à lui, en lui confiant son secret le plus profond, contrairement à ses habitudes. Cependant, il est saisi par un intense sentiment de désespoir qui s'est traduit par « ce flot de larmes » (*SSS*, p.144) quand il croit à tort que cet étranger, « lui aussi », « a hâte » de l' « écarter de son chemin » (*SSS*, p.143). En fait, c'est une ruse employée par Satan: lâcher sa proie à dessein pour mieux la rattraper ensuite. Donissan est vraiment le jouet de ses illusions, car il ne

---

① PERCY Anthony, *La théologie du corps décomplexée: Introduction aux catéchèses de Jean-Paul II*, Paris, Editions de l'Emmanuel, 2007, p.10.

pense même pas à refuser les gestes homosexuels du maquignon. Quand ce dernier « couche presque de force son compagnon » (*SSS*, p. 144) sur son manteau étendu par terre, Donissan le relie à un « rude Samaritain » (*SSS*, p.144) qui est une figure biblique emblématique de la générosité, dont le geste « est attentif, délicat, fraternel » (*SSS*, p. 144), qui donne une impression de « tendresse » (*SSS*, p.144) irrésistible. En un mot, Donissan a déjà éprouvé de l'attrait pour cet homme.

Ensuite, c'est Donissan lui-même qui s'offre à son compagnon de son plein gré: « Il la prend, cette main, il la presse » (*SSS*, p. 144); « Il inclinait presque malgré lui la tête sur l'épaule de son singulier compagnon. Sa main n'avait point lâché non plus le bras déjà familier » (*SSS*, p. 145); « Écartant les mains, il étreignit des deux bras les solides épaules, il s'y cramponna de toutes ses forces » (*SSS*, p. 146). Ces gestes hardis s'accompagnent d'un « vertige » (*SSS*, p. 145, p. 146) et d'une « chute » (*SSS*, p.145, p.146) qui entraînent ce pauvre prêtre vers l'abîme où règne Satan.

Satan cherche à contracter une alliance spirituelle avec Donissan dont l'instinct s'efforce quand même de l'empêcher d'être tenté par le mal, même s'il s'est déjà trouvé dans un état délirant à cause de l'intervention de Satan qui commence toujours son assaut d'une manière subtile et imperceptible: « Le vertige ceignait sa tête d'une couronne souple, et pourtant, resserrée peu à peu, inflexible » (*SSS*, p. 145); « Il lui sembla qu'il glissait dans le silence, d'une chute oblique, très douce » (*SSS*, p. 145); « Le glissement reprit d'une chute sans cesse accélérée, perpendiculaire » (*SSS*, p.146).

D'ailleurs, Satan essaie de persuader Donissan qu'il existe aussi de l'amour entre eux, que c'est l'amour qui les unit étroitement. Pas un amour unilatéral ou forcé, puisque Satan « aime » Donissan « tendrement » et que Donissan aime également l'incarnation de Satan de manière volontaire et forte: « Comme tu m'aimes! » (*SSS*, p.147) Satan souligne que l'amour qu'éprouve Donissan envers lui est vrai, fidèle et fécond, car cet amour a été mis à l'épreuve et Donissan a réussi à vaincre les tentations: « Je t'ai bien cherché, bien chassé. Te voilà. » (*SSS*, p. 147) Comme Satan est rusé ! Même si Donissan n'était pas dupe, il serait encore la proie de remords et de désespoir, étant donné que c'est lui-même qui s'est jeté volontairement dans les bras de Satan qui avait fait des allusions à sa vraie identité et lui avait donné l'occasion de prendre la fuite. D'une part, l'ennemi de l'amour sait bien profiter de l'amour généreux que les saints éprouvent pour tout être. D'autre part, il cache sournoisement sa haine sous le masque de l'amour. Cependant, finalement, ces deux genres d'amour de nature hétérogène sont incompatibles : éprouvant toujours une anxiété plus ou moins intense, le saint n'est trompé que pendant un certain temps, il finit par dévoiler le vrai visage de Satan.

Une représentation de l'amour satanique se trouve dans l'amour de Mouchette pour Gallet : « *Pis*, *elle l'aimait*. Autant qu'elle pouvait aimer, elle l'aimait.»①(*SSS*, p.51) En même temps, Gallet aime Mouchette. Il déclare son amour à cette dernière : « Je t'aime, dit l'homme de l'art. Avant de t'aimer, je ne savais rien.» (*SSS*, p.58) Littéralement, ces phrases suffisent à montrer combien ils s'aiment.

Toutefois, cette signification littérale est mise en doute de manière ingénieuse avec « Pis » et « l'homme de l'art », ainsi que l'emploi de l'italique. L'amour, qui est la première et la plus grande manifestation du fruit de l'Esprit, est une chose merveilleuse, digne d'être admirée, encouragée et répandue dans tous les coins du monde. Il est écrit dans la Bible : « Bien-aimés, aimons-nous les uns les autres ; car l'amour est de Dieu, et quiconque aime est né de Dieu et connaît Dieu. Celui qui n'aime pas n'a pas connu Dieu, car Dieu est amour. » (1 Jean 4 : 7-8) Dans cette circonstance, le narrateur, qui décrit l'amour de Mouchette comme une mauvaise chose, nous amènerait à réfléchir de nouveau sur la nature de cet amour.

Pour désigner le docteur Gallet, le narrateur emploie l'expression « l'homme de l'art ». Ce choix n'est pas le fruit du hasard. Certes, cette

---

① C'est le romancier qui souligne.

expression est employée pour désigner surtout les médecins. Mais elle peut signifier aussi *personne qui connaît parfaitement son métier*. Tous les lecteurs qui ont lu attentivement le roman savent que dans le récit, Gallet n'est apprécié nulle part pour sa qualité et sa compétence en médecine. Mais au contraire, on a l'impression qu'il n'est qu'un médecin bien médiocre. S'il peut jouir d'une certaine réputation dans son village, c'est seulement parce qu'il y exerce la fonction de député et d'officier de santé. Alors, quel est le vrai métier de Gallet? Ce n'est ni une exagération ni une calomnie de répondre « l'imposture ». Cet homme de l'art connaît bien l'art de duper les gens. Évidemment, la déclaration d'amour d'un excellent menteur n'est absolument pas fiable. Cet homme n'aime que lui-même. Ou plus précisément, cet homme n'aime que le corps de Mouchette.

Si nous interprétons l'art comme une pratique qui a pour objet la production ou la découverte de la beauté, Gallet est bien habile à proférer des phrases très belles mais vides de sens, qui sont des appréciations à contre-cœur et donc des mensonges destinés à dissimuler l'inavouable.

Pour écrire de manière indirecte la sainteté et la tentation, le romancier Bernanos fait fréquemment appel aux italiques — un mode de mise en valeur — qui servent à rappeler au lecteur que le mot ou le groupe de mots n'est pas transparent, qui l'amènent à creuser le mystère caché du monde mystique. Ici, grâce à l'italique, le lecteur est invité à se poser des questions sur l'amour de Mouchette: Mouchette aime-t-elle vraiment Gallet? Si oui, est-ce un amour sain? Pourquoi l'aime-t-elle? Pourquoi le pronom « l' » ne peut-il désigner un autre être que Gallet, par exemple Satan? Apparemment, « *Pis, elle l'aimait* » est une proposition énonciative. L'emploi de l'italique la transforme en phrase interrogative, même en phrase négative.

En fait, le véritable sentiment que Mouchette éprouve pour Gallet, ce n'est pas l'amour mais justement son contraire: la haine. Elle a déjà perdu sa capacité d'aimer. Comme elle le révèle elle-même plus tard à Gallet, « Je sais que tu me hais... Moins que moi! » (*SSS*, p. 54) Une personne qui ne s'aime plus elle-même est-elle encore capable d'aimer les autres? L'amour de Mouchette n'est rien d'autre qu'un mensonge complet. Dans sa relation avec

Gallet, sa véritable identité est la « servante de Satan », la « sainte Brigitte du néant » (*SSS*, p.193). Mouchette alimente Gallet de son venin, de sorte que ce dernier devient à son tour une plante qui distille du venin, ou un serpent venimeux.

S'il est vrai que « celui qui demeure dans l'amour demeure en Dieu, et Dieu demeure en lui » (1 Jean 4: 16), nous n'allons pas douter que celui qui demeure dans la haine et le mépris demeure en Satan, et Satan demeure en lui. Les propos de Mouchette constituent pour ainsi dire une preuve majeure de la possession démoniaque: « Je sais que tu me hais... Moins que moi! » (*SSS*, p.54) À partir de cet aveu, nous pouvons voir que Mouchette se hait et se méprise même elle-même à un très haut point, sans parler des autres.

Il faut remarquer que c'est l'amour de Donissan qui accompagne Mouchette mourante ayant envie d'être conduite au pied de l'église pour y expirer. Ce dernier désir n'est pas pris en considération par son père, qui n'aime jamais vraiment sa fille, ni par l'Église, qui ne pardonne pas à cette fille son passé et son indifférence religieuse. Presque tout le monde pense que cette mourante est « en pleine démence » (*SSS*, p.214), et que « l'approche de la mort bouleversait sa faible raison » (*SSS*, p.215). Donissan est le seul à répondre à la demande de Mouchette dont le repentir est sincère, en « arrachant la malade aux mains paternelles » (*SSS*, p.215) et en la portant « tout ensanglantée et moribonde à l'église » (*SSS*, p.215). Cette « imprudence », ce « véritable rapt », commis par « le malheureux vicaire », ou ce « scandale » (*SSS*, p.215), — si nous reprenons les termes employés par les supérieurs de Donissan —, ne peuvent s'expliquer que par un amour parfait, c'est-à-dire un amour pur, spirituel, désintéressé et inconditionnel. Donissan et Mouchette ne se disent plus rien, mais ils se comprennent. La communion est enfin accomplie dans l'amour. En contraste avec cette compréhension mutuelle, leur entourage dépourvu d'amour ne comprend ni Mouchette, comme nous l'avons indiqué plus haut, ni Donissan qui ne sait que prononcer « des étranges paroles » à leurs oreilles.

Chapitre II

La sainteté est un sacrifice complet

Parmi les nombreux saints bernanosiens, l'abbé Donissan incarne le mieux l'esprit de sacrifice. Son esprit de sacrifice procède justement de son amour parfait. Son expérience donne une impression de sainteté grâce à son sacrifice incomparable et absolu. Chez ce personnage, tout fait l'objet du sacrifice : son corps, sa richesse, sa gloire, voire son âme et son salut.

Du point de vue matériel, il a réduit au plus bas niveau tous ses besoins nécessaires à la survie en ce monde, tels que la nourriture, l'habillement, le logement, le déplacement. Il a abandonné volontairement les plaisirs charnels qui, cependant, ne sont pas absolument interdits par Dieu. Son comportement dans ce domaine n'évoque le sacrifice qu'au sens le plus strict du terme. Son sacrifice s'accomplit notamment dans le domaine spirituel.

Donissan fait de son mieux pour suivre l'exemple de Jésus-Christ, ce qui garantit la résurrection de ce premier. Son nom a un lien étroit avec le mot *don*, dans le sens de *ce qu'on offre à quelqu'un*, qui manifeste parfaitement la qualité la plus importante de Donissan. Pour lui, être prêtre est une vocation. Il forme un contraste frappant avec les prêtres médiocres que Bernanos a dépeints : pour eux, la prêtrise n'est qu'un métier comme les autres, qui permet de gagner leur vie. Ils ne réfléchissent jamais à leur vocation, à ce que signifie le mot *prêtre*. Ce qui compte plus, c'est le savoir-vivre. Même certains prêtres qualifiés de *sagaces* pensent à faire plaisir à leurs supérieurs plutôt qu'à Dieu — la mission naturelle des prêtres, dans l'espoir, conscient ou inconscient, de mener une meilleure vie matérielle, d'obtenir une promotion. Donissan vient au monde pour faire des sacrifices en tant que rappel du grand sacrifice expiatoire de Jésus-Christ pour tous ceux qui ont vécu ou vivront sur la terre. Il consacre sa personne au combat contre Satan. Son corps sert de champs de bataille. Il est l'incarnation de l'esprit de sacrifice. Tout au long du roman, Donissan se comporte consciemment, volontairement, instinctivement même comme un homme sacrificiel, d'où la sainteté de Donissan : « un homme réellement supérieur est naturellement sacrificiel, [...] il tend naturellement à s'immoler pour quelque chose qui le dépasse » (*MR*, p.57).

Don a un autre sens : aptitude innée. Grâce à son aptitude innée mais négligée par la plupart des gens, Donissan a été choisi par Dieu qui lui fait une grâce. Ainsi, ce nom suggère que Donissan lui-même reçoit aussi un don de Dieu. D'une telle manière, le sacrifice est étroitement lié à la divinité.

Le premier sacrifice fait par Donissan à Dieu est celui de son propre sang, qu'il a versé lors d'auto-punitions tout au long de sa vie, en portant un cilice incroyablement étroit, en se frappant impitoyablement avec une grosse chaîne. Il a l'intention de chasser le Tentateur qui habite son corps. Cependant, ce sacrifice n'est pas approuvé par l'abbé Menou-Segrais, car ce n'est pas un sacrifice commandé par Dieu : « Vous ne m'offrirez plus l'effusion du sang ; oui, vos sacrifices et vos holocaustes cesseront...» (3 Néphi 9 : 19)

Le deuxième sacrifice de Donissan se manifeste dans son cœur brisé et son esprit contrit. Sa vie est marquée par une tristesse profonde, un fort sentiment de honte et de regret. Ce sacrifice est conforme aux commandements de Dieu : « Les sacrifices qui sont agréables à Dieu, c'est un esprit brisé : Ô Dieu ! tu ne dédaignes pas un cœur brisé et contrit.» (Psaumes 51 : 17) Ceux qui ont le cœur brisé et l'esprit contrit seront certainement sauvés par le Seigneur : « L'Éternel est près de ceux qui ont le coeur brisé, Et il sauve ceux qui ont l'esprit dans l'abattement.» (Psaumes 34 : 18) Celui qui a le cœur brisé et l'esprit contrit doit être humble et obéissant à la volonté de Dieu. Une personne humble et docile surtout devant Dieu peut ressentir une tristesse profonde pour ses péchés et donc avoir une volonté sincère et ardente de se repentir. En réalité, le premier sacrifice de Donissan résulte justement de son deuxième sacrifice. Dans cette perspective, son premier sacrifice paraît moins condamnable.

Le deuxième sacrifice de Donissan semblable à celui de Jésus-Christ constitue une garantie majeure et un facteur clé pour qu'il puisse être nommé « le saint de Lumbres ». En effet, l'humilité et la docilité servent à Donissan de bouclier divin contre la tentation, le rendent totalement ouvert à l'Éternel. Rappelons que Jésus-Christ est le meilleur exemple à cet égard: il a été brisé pour que le cœur brisé des êtres humains soit guéri; il a été blessé pour les délivrer du péché; il s'est montré humble devant tout homme comme devant Dieu, il n'a jamais été indocile devant le Père céleste.

Donissan cherche toujours à convertir ses paroissiens, sinon, à changer leur attitude à l'égard du catholicisme. Ses efforts ne sont pas vains. Au fur et à mesure, son humilité, sa simplicité, sa sincérité et sa persévérance réussissent à faire disparaître, sinon complètement, du moins partiellement, toutes sortes de réactions négatives: hostilité, méfiance, mépris et moquerie. En effet, Donissan a abandonné tous ses scrupules et s'est donné entièrement et courageusement à Dieu ainsi qu'aux autres. De cette manière, « il avait pris peu à peu sur tous l'irrésistible ascendant de celui qui ne calcule plus les chances et va droit devant. [...] Le rire du plus grossier est arrêté dans sa gorge, lorsqu'il voit sa victime s'offrir en plein à son mépris.» (*SSS*, p.104) Il s'agit là aussi d'un dévouement comparable à celui de Jésus-Christ qui offre sa vie en sacrifice pour le salut de l'humanité. Ce que Donissan offre en sacrifice pour le salut de ses compatriotes, c'est sa dignité.

Le troisième sacrifice de Donissan est vraiment inédit, aventureux et donc litigieux. Il souffre le martyre spirituel en sacrifiant sa propre âme. À la différence de ceux qui vendent leur âme à Satan et qui sont égocentriques, Donissan, pour qui l'âme est le bien le plus précieux qu'il possède en ce monde, sacrifie son âme, avec une douleur indicible, en faveur de toute l'humanité, pour percer les secrets de Satan, sonder la profondeur de l'enfer, dévoiler le mystère du mal. L'âme de Donissan patauge jusqu'au cou dans la boue du Péché. Il ressemble à un soldat espion qui est absolument fidèle à sa troupe d'origine et qui doit en même temps gagner la confiance de la troupe ennemie. En particulier, son opération semble une violation de la discipline et de la loi militaires, établies par sa troupe d'origine. Il s'ensuit que Donissan est fréquemment accablé par le désespoir et le sentiment de déchirement obsessionnels.

À la différence des autres saints bernanosiens, Donissan incarne une sainteté héroïque à travers son martyre dont la particularité réside dans le sacrifice de sa vie spirituelle, et non celui de la vie charnelle comme le faisaient tant de martyrs dans l'histoire religieuse. Comme la vie spirituelle peut se nourrir de la prière, l'hésitation ou le renoncement à la prière peuvent être considérés comme signes d'un tel sacrifice dans la mesure où la foi de Donissan ne doit pas être mise en question.

D'ailleurs, Donissan a même renoncé à la joie qu'un chrétien fidèle est capable d'éprouver et que le Bon Dieu veut bien donner. De tout le roman, Donissan ne sourit ou ne rit presque jamais. Ses larmes manifestent sa tristesse, son angoisse, son découragement, ses tourments. Il est un véritable pauvre au sens le plus large du terme, qui ne possède rien du tout. Ce qui lui est resté, il n'y avait que l'espérance, qui fait aussi l'objet de son sacrifice①. En fait, chez les saints bernanosiens, vivre dans le désespoir est aussi un comportement sacrificiel. La doctrine théologique indique clairement que la foi, l'espérance et la charité sont les trois vertus théologales chrétiennes. Cependant, Donissan a cru « pouvoir vivre hors de l'espérance »② en déclarant qu'il ne veut même plus d'espérance (*SSS*, p.125) et en essayant d'« arracher de lui-même cette espérance » (*SSS*, p.131). Ainsi, il a renoncé de son propre mouvement à l'espérance que Dieu lui a accordée pour combattre l'ennemi corps à corps dans le désespoir.

---

① À ce sujet, voir aussi le chapitre IV de la Partie I de notre travail.

② ESTÈVE Michel, *Georges Bernanos: Un triple itinéraire*, Paris, Hachette, 1981, p.139.

En effet, aux yeux de Donissan, la sainteté ne représente pas seulement sa vocation, mais aussi tout le sens de sa vie. Toutes ses pensées et ses préoccupations sont relatives à Dieu. Sur ce point, la deuxième Mouchette qui figure aussi parmi les saints bernanosiens semble constituer un cas particulier. Apparemment, Mouchette n'a jamais pour vocation son dévouement pour le rachat des autres. Les lecteurs ne savent même pas si elle a pensé à Dieu, ne fût-ce que quelques minutes. En fait, le fait que Mouchette finisse par se suicider — une façon de mourir généralement condamnée par les chrétiens et considérée comme un péché grave dans le catholicisme — est révélateur. En effet, elle ne répond pas à la définition théologique de la sainteté sur plusieurs points. Cependant, cette jeune fille tout à fait innocente est victime du malheur et de l'injustice largement répandus dans ce monde. Sa mort signifie qu'elle veut se débarrasser du mal qui l'étouffe et trouver une issue vers le bien, ou tout simplement vers Dieu. C'est pour cette raison qu'elle peut être considérée comme un sacrifice offert à Dieu. Car ce n'est pas à cause de ses propres fautes qu'elle est morte. Pour les chrétiens, la sainteté de Mouchette s'explique par le fait que sa mort rappelle celle de Jésus-Christ. Pour les non-croyants, la mort de Mouchette donne également une impression de sainteté, car elle lutte contre le mal apparemment si puissant par ses forces apparemment si faibles. En un mot, la mort de Mouchette lui permet d'accomplir finalement sa consécration. C'est vraiment une consécration complète, étant donné que cette fille extrêmement pauvre a déjà consacré sa vie — sa seule possession précieuse et réelle.

Avant son suicide, Mouchette éprouve de la haine envers elle-même: « sa crainte et sa fureur se retournent déjà contre elle-même, c'est elle-même qu'elle hait.» (*NHM*, p.127) Cette haine s'explique par la souillure de son corps causée par le viol et la destruction de son seul asile. Si sa réaction n'était pas si violente, cela signifierait seulement qu'elle est indifférente au mal. Pour effacer les traces laissées par le mal dans son cœur, elle choisit de détruire son corps qui, malheureusement, est déjà devenu, dans une certaine mesure, l'enveloppe du mal. De ce point de vue, Mouchette ne se sacrifie-t-elle pas courageusement et dignement?

D'ailleurs, bien que la deuxième Mouchette ne ressemble à celle de *Sous le soleil de Satan* qu'à travers son nom et sa fin tragique, pourquoi ne pouvons-nous pas dire qu'inconsciemment, l'auteur voudrait réaliser le rachat de l'âme de la première Mouchette qui s'est abandonnée à Satan① à travers cette fille qui porte le même nom? Dans ce cas-là, la deuxième Mouchette accomplit un sacrifice de soi à proprement parler.

En un mot, Donissan incarne le sacrifice conscient, alors que la deuxième Mouchette incarne le sacrifice inconscient. Un point commun important entre les deux personnages est qu'ils se donnent sans réserve pour autrui.

---

① Sur ce point, nous pouvons faire référence au passage suivant: « C'est alors qu'elle appela — du plus profond, du plus intime — d'un appel qui était comme un don d'elle-même, Satan. » (*SSS*, p.192)

Chapitre Ⅲ

La sainteté est une foi inébranlable

Ⅲ.1 La foi

La foi établit un pont entre la tentation et la sainteté. Dans la tentation, c'est la foi qui est mise à l'épreuve; la sainteté se manifeste principalement au travers de la foi. Celui qui a perdu sa foi n'a aucun rapport avec la sainteté. À la différence des prêtres chez Hugo, les prêtres qui font l'objet de la satire de Bernanos ne sont pas tentés par la volupté. En apparence, ce sont des prêtres irréprochables, dignes d'estime. Mais au fond de leur cœur, ils cachent un secret: ils ne croient plus en Dieu. Ils trahissent leur foi, leur mission.

De même qu'on ne peut prétendre que la terre promise n'est qu'un mensonge du fait de souffrances telles que la guerre, de même on ne peut nier que Donissan est un saint du fait qu'il a connu des tentations et a commis plusieurs péchés. Tout homme est pécheur. Donc le fait qu'il a commis des péchés ou non n'est pas ici le critère que l'on utilisera pour juger de sa sainteté. Aux yeux de Bernanos, celui qui ne succombe finalement pas aux tentations du diable et qui ne perd jamais sa foi peut être considéré comme un saint. Les saints de Bernanos sont à notre portée. Effectivement, il arrive que la lumière du « soleil de Satan » pénètre dans le monde intérieur de Donissan. Cependant, le soleil de la foi, qui n'est quelquefois couvert que temporairement par celui de Satan, n'a jamais arrêté de briller en Donissan. Dans le cas où il se laisserait emporter par l'étourdissement produit par le soleil de Satan, il pourra toujours éprouver une inquiétude profonde, qui peut passer pour un avertissement venant directement du fond de son âme. C'est aussi grâce à sa foi qu'il peut toujours reconnaître et accepter providentiellement cet avertissement. Soumis à l'obligation du désespoir, il refuse quand même de se rendre, d'abandonner sa foi en Jésus-Christ.

Le plus important est que les saints chez Bernanos sont ceux qui se considèrent de bon cœur comme les serviteurs de Dieu. Ce à quoi ils pensent en priorité, c'est comment mieux servir Dieu. Pour eux, la prêtrise n'est jamais un métier, mais c'est ce qui définit le sens de leur existence dans ce monde. La foi en Dieu, sans laquelle ils seront certainement accablés par un sentiment de néant, et même ne pourront plus vivre, est déjà devenue une nécessité, au même titre que le fait de s'alimenter, de se reposer. Ce sont des gens qui ont été appelés par Dieu. Donissan, par exemple, a entendu « la voix inoubliable » et « le dernier cri au-dessus des collines », il a senti « la divine main tendue », il a même vu « le visage plein de reproche » de Dieu qui a pourtant laissé un « signe » ineffaçable sur son front, signe qui démontre qu'il a été choisi par Dieu et que seul « le serviteur de Dieu » (*SSS*, p.111) est capable de reconnaître.

La foi ne se présente pas comme un savoir, mais une expérience de vie, un don gratuit de Dieu. Marie-Françoise Canérot a montré que la foi des saints bernanosiens n'est pas le fruit d' « un enseignement reçu de l'extérieur; elle fait partie intégrante de la vie, le surnaturel étant la composante essentielle de la réalité »①. En effet, Donissan a des notes « franchement médiocres » (*SSS*, p.83) au séminaire, ce qui n'empêche pas du tout ce jeune prêtre apparemment nul, mais en fait très doué, de devenir saint. D'ailleurs, comme le dit l'abbé Menou-Segrais des notes, « Dieu sait dans quel sens, et si c'est la médiocrité de l'élève qu'elles prouvent, ou du maître » (*SSS*, p. 83).

---

① CANÉROT Marie-Françoise, *Quand la foi devient roman*, dans *Cahiers de l'Association internationale des études francaises*, n°45, 1993, p.89.

L'enseignement risque même de laisser les hommes élus par Dieu dans l'obscurité, dans l'oubli. Ainsi, l'abbé Menou-Segrais condamne implicitement mais fermement l'enseignement et l'autorité religieux: « *Ils* n'ont pas su reconnaître le plus précieux des dons de l'Esprit [...]. *Ils* ne reconnaissent jamais rien. C'est Dieu qui nous nomme. Le nom que nous portons n'est qu'un nom d'emprunt »① (*SSS*, p. 100). Ce vieux prêtre veut dire que seul le jugement de Dieu est juste et fiable, que Donissan ne doit pas se décourager à cause des appréciations défavorables qu'il a obtenues au petit séminaire et au grand séminaire. De même que Jésus-Christ était méconnu et rejeté par tant de personnes aveugles, de même Donissan, victime d'une incompréhension, est méprisé et mal jugé par les gens qui se croient cultivés et sanctifiés, à cause du surnaturel dans lequel Donissan est en mesure de vivre et qui le distingue des autres. Ce surnaturel le rend aussi étrange aux yeux des ignorants. Si ces derniers ne peuvent pas ou ne veulent pas comprendre ou reconnaître le surnaturel qui se manifeste dans le réel, c'est principalement parce qu'ils ne croient pas, ou ne croient pas suffisamment en Dieu. C'est la foi qui fait sentir le surnaturel dans le monde humain. En fin de compte, c'est le problème de la foi qui cause l'incompréhension et empêche la communion.

L'abbé Chevance, un autre saint bernanosien, représente aussi la foi même et démontre la puissance surprenante de la foi. Chez lui, la foi peut s'interpréter de deux manières. Premièrement, il s'agit certainement de la foi en Dieu. Deuxièmement, cette foi se concrétise en faisant croire à l'abbé Chevance la rédemption de l'abbé Cénabre qui a perdu sa foi.

L'abbé Chevance est un humble prêtre bien simple. Il est juste celui qui tâche de ramener l'abbé Cénabre sur la bonne voie. Ce premier envisage la rédemption de ce dernier comme son devoir impérieux. Chevance se croit capable d'exercer une certaine influence sur Cénabre: « Je suis le seul homme, [...] devant lequel il puisse rougir.» (*I*, p.261) Si Cénabre sait

---

① C'est le romancier lui-même qui l'a souligné.

encore rougir, cela veut dire qu'il n'a pas encore perdu sa pudeur, qu'il a encore conscience du bien et du mal. Chevance a confiance et estime que Cénabre peut vraiment se racheter car ce dernier en tout cas, ne fait pas partie des réprouvés. Quelque fort que soit Cénabre en imposture, il n'arrive jamais à dissimuler ses véritables intentions devant Chevance.

Pourquoi l'abbé Chevance a-t-il confiance en lui-même et en un prêtre renégat? Comment ce premier construit-il une emprise éventuelle sur l'abbé Cénabre, qui est considéré par ses connaissances, en particulier par ses confrères et ses paroissiens, comme un prêtre « si instruit, si raffiné » (*I*, p.39) et donc « hautement respectable » (*I*, p.142), un « éminent écrivain » (*I*, p.53) et un « illustre historien » (*I*, p.88), dont l'intelligence, le talent sont exceptionnels? Tout cela est dû à la grâce de Dieu. Dans ce récit, le narrateur n'évoque pas explicitement l'appel de Dieu, mais il est suggéré en filigrane du récit. C'est « malgré lui, à l'insu de tous » que l'abbé Chevance est lié ainsi « au prêtre célèbre dont il ne prononçait jadis le nom qu'avec une admiration enfantine », que « partager [...] son redoutable destin, lui avait longtemps paru comme un mauvais rêve, dont il allait s'éveiller » (*I*, pp.262-263). Nous pouvons en déduire qu'au départ, Chevance était aussi dupe de Cénabre, qu'il n'osait même pas penser qu'il serait capable et obligé de sauver un homme bien meilleur que lui, en apparence, bien sûr, qu'il avait cru que c'était une tentation au-dessus de ses forces, ou pour reprendre les termes utilisés par le narrateur qui transcrit ici la psychologie de Chevance, « un mauvais rêve », qui est interprété par Michel Estève comme « source de perversion », « privation d'être, obstacle à l'irruption de la grâce »①.

Cependant, finalement, Chevance, qui se comporte comme un enfant, prend conscience de sa vocation, entend l'appel de Dieu et y répond. Cette prise progressive et surprenante de conscience témoigne non seulement de la mysticité de l'appel de Dieu, puisqu'il a été lancé « à l'insu de tous », à la

---

① ESTÈVE Michel, *Georges Bernanos: Un triple itinéraire*, Paris, Hachette, 1981, p.187.

surprise de Chevance lui-même et contre son gré initial, mais aussi de la puissance de la foi, puisque sa lucidité, son obéissance et sa confiance sont toutes de véritables actes de foi. Il serait plus juste de dire que c'est Dieu qui allait éveiller ce pauvre prêtre déjà prêt à tout moment à recevoir les révélations divines et à obéir aux volontés de Dieu.

Le narrateur n'a pas fini la phrase suivante: « Alors il doutait pour un moment d'avoir vu et entendu. » (*I*, p. 263) Selon le contexte, il est raisonnable de la compléter avec Dieu ou l'appel de Dieu. Comme nous le verrons plus tard, le doute et la foi ne sont pas incompatibles. C'est grâce à l'expérience du doute qu'on pourrait mieux comprendre les valeurs de la foi, qui s'est ainsi renforcée.

L'adjectif « redoutable » traduit aussi la foi de Chevance: pour un lecteur ordinaire, surtout un non-croyant, le destin de Cénabre n'aurait rien de redoutable, puisqu'il n'a pas commis de péchés impardonnables, que ce soit sur le plan moral ou juridique, sauf qu'il ne croit plus en Dieu en tant que prêtre. Cependant, pour un saint bernanosien tel que l'abbé Chevance, la perte de la foi d'un prêtre est justement le péché le plus grave et le plus affreux, car la foi doit être une vertu essentielle des prêtres. Seul celui qui a une foi bien vivace est sensible à la perte de la foi, et capable de prévoir les conséquences catastrophiques d'un tel péché. Le refus initial de Chevance de partager le redoutable destin de Cénabre se révèle aussi refus instinctif du péché, du mal.

Ce vieux prêtre est encore caractérisé par un fort sens des responsabilités étroitement lié à sa foi, puisqu'il se prend pour « le seul homme » qui puisse faire confesser ses péchés à Cénabre. Sur ce point, il est totalement différent de Cénabre, qui refuse d'assumer réellement ses fonctions en tant que prêtre. Certes, Chevance a peur de la mort, et en réalité il ne voudrait pas mourir. Mais cette crainte ne résulte pas du regret de sa propre vie. Elle est totalement due à sa vive inquiétude au sujet du destin de Cénabre. Il craint de ne pas pouvoir accomplir son devoir avant sa mort, « de mourir trop tôt, d'emporter avec lui la dernière chance du vaincu, sa possible justification » (*I*, p.262).

D'où est né un sentiment d'urgence chez Chevance.

Les saints bernanosiens croient que la communion est la meilleure façon de sauver les misérables, les pécheurs. Pour y parvenir, Chevance se plonge dans la solitude qui écrase aussi Cénabre.

Chevance participe à la Passion du Christ. Il se voit gratifié des péchés de Cénabre. Sa souffrance assume donc une fonction de purification, de rédemption. C'est pourquoi « une excessive douleur, loin de l'abattre, l'avait renouvelé tout entier, purifié » (*I*, p.263). Dans la perspective surnaturelle, les vives douleurs physiologiques susceptibles de provoquer un profond désespoir représentent en réalité les assauts violents lancés par le diable. Chevance est en mesure de supporter et de vaincre ces excessives douleurs, parce que, d'une part, en tant que « prêtre aussi surnaturel » (*I*, p.43), il est capable de voir clair les stratagèmes de l'ennemi, si bien qu'il se tient toujours en garde contre le mal; d'autre part, il croit que dans la douleur, il n'est plus seul, car le Christ le soutient assurément.

III.2 Le doute

Le curé d'Ambricourt et l'abbé Donissan sont des prêtres tourmentés, en proie aux doutes, à de nombreux questionnements et aux remises en question; il n'empêche qu'ils sont pris pour deux saints.

Certes, le doute implique souvent la présence de Satan. Le tentateur procède par interrogation, et tâche d'abord de produire un doute. C'est le cas de Donissan. Après lui avoir indiqué explicitement la vocation de Donissan, l'abbé Menou-Segrais l'avertit du double doute qui risque de le détourner de la bonne voie en lui faisant commettre involontairement un péché: « En doutant, non pas seulement de vos forces, mais des desseins de Dieu sur vous, vous vous engagiez dans une impasse. » (*SSS*, p. 101) Le doute que Donissan éprouve envers lui-même implique une transgression de la volonté de Dieu, puisque Dieu l'a appelé à assumer une vocation sacrée — la sainteté, comme l'abbé Menou-Segrais le lui rappelle à plusieurs reprises:

La force qui vous a été départie, votre adresse même à certains travaux manuels, c'était là sans doute le signe d'une vocation moins haute, où la Providence vous appelait. (*SSS*, p.94)

Mon petit, Notre-Seigneur n'est pas mécontent de vous, [...] *un jeune prêtre irréprochable doit avoir du linge blanc.* (SSS, p.99)

À partir du moment où il a commencé à en douter, Donissan s'est déjà exposé à une certaine tentation. Le doute est le prologue du désespoir. Le doute de Donissan envers lui-même s'est déjà si profondément enraciné dans son esprit que « ses yeux pâles témoignaient d'une hésitation mortelle » (*SSS*, p.101). Sa promesse d'obéir totalement à la résolution de l'abbé Menou-Segrais ne suffit pas à anéantir un doute si bien ancré qu'il ne saurait être éliminé en un clin d'œil. Ses propos trahissent son incertitude: « Je... je crois... être tel... que vous pouvez le désirer...et...» (*SSS*, p.102).

Cependant, cette séquence de combat contre Satan finit par une victoire temporaire de Donissan qui arrive à vaincre le diable grâce à sa foi solide: « et Dieu ne permettra pas que je sois tenté au-delà de mes forces.» (*SSS*, p.102) C'est la parole de Dieu qui donne à Donissan courage et confiance①. D'ailleurs, l'expérience de Donissan prouve aussi la parole de Dieu: « mais avec la tentation il préparera aussi le moyen d'en sortir, afin que vous puissiez la supporter.» (1 Corinthiens 10: 13) Dans ce passage, c'est son obéissance qui lui permet de sortir du doute.

De retour dans sa chambre la nuit même, dès qu'il s'est rappelé le mot *sainteté* « trop précis, trop net, impossible à parer » (*SSS*, p.110), le cœur de Donissan est envahi de nouveau immédiatement par un doute désespéré. En fait, ce dont Donissan doute cette fois-ci, ce n'est pas le fait qu'il est appelé par Dieu, mais sa capacité à assumer cette vocation qui « l'accablait d'une

---

① La Bible nous indique que « Dieu, qui est fidèle, ne permettra pas que vous soyez tentés au-delà de vos forces » (1 Corinthiens 10: 13).

fatigue surhumaine » (*SSS*, p.110). Ce doute, qui ne devrait pas s'interpréter comme une réponse négative à l'appel de Dieu, pourrait s'expliquer par l'extrême humilité dont Donissan fait toujours preuve, et qui est conçue par Bernanos comme une qualité fort précieuse des saints.

Chez Bernanos, la foi n'exclut pas absolument le doute. La foi de Donissan, par exemple, est remplie de doute. Du point de vue de la durée, son doute dépasse même largement sa foi : vingt-quatre heures de doute contre une minute de certitude. Du point de vue de l'intensité, une minute de certitude est capable de l'emporter sur vingt-quatre heures de doute, de pénétrer jusqu'au plus profond de son âme et d'éclairer son univers intérieur. Honoré de Balzac va dans le même sens quand il affirme que « le Doute n'est ni une impiété, ni un blasphème, ni un crime; mais une transition d'où l'homme retourne sur ses pas dans les Ténèbres ou s'avance vers la Lumière »①.

---

① BALZAC, *Œuvres complètes*, tome 16, Paris, éd. Houssiaux, 1874, p.291.

Chapitre IV

La sainteté n'est pas forcément la perfection absolue

Comme la sainteté absolue dont Dieu fait preuve est incontestable et inaccessible aux créatures, Bernanos met l'accent sur la sainteté relative que les êtres humains sont susceptibles d'atteindre. En fait, la sainteté bernanosienne n'est pas la perfection absolue qui n'appartient qu'à Dieu; elle n'est pas non plus une perfection angélique, ni celle qu'Adam possédait avant sa chute. Il s'agit dans les romans de Bernanos d'une perfection chrétienne, qu'on peut attendre même d'un être vil et déchu, secouru par la toute-puissance et la grâce divines.

La sainteté ne s'oppose pas absolument au péché. À cause des imperfections dans sa mémoire, son jugement et sa raison, l'homme est sujet aux erreurs, aux péchés. Mais aux yeux de Dieu, ce qui compte le plus, ce sont la bonté de ses intentions, l'amour et la foi dans son cœur. Ainsi, il n'est pas étonnant que le Pape François présente le roi David comme « pécheur mais saint », car il n'est pas corrompu par ses péchés. Le roi David passe du péché à la sainteté en se confiant totalement à Dieu.

Nous pouvons en conclure que pour que le péché ne devienne pas nuisible, ou mortel, il y a deux conditions élémentaires à remplir obligatoirement: de la part de l'homme, sa foi doit être inébranlable; de la part de Dieu, sa grâce est indispensable. En fin de compte, ces deux conditions ne font qu'une, car il ne s'agit ici que de la foi en Dieu, en le seul

Sauveur dont la grâce est destinée à toutes ses créatures.

Parmi les saints bernanosiens, c'est Donissan qui a commis le plus de péchés. Cette imperfection apparente pourrait s'expliquer par deux raisons. Premièrement, Donissan est le personnage le plus important et le plus focalisé dans *Sous le soleil de Satan*. Généralement, plus on porte d'attention à une personne, plus on découvre de qualités ainsi que de défauts. Deuxièmement, Donissan est plutôt un « manuscrit encore informe », un « brouillon d'un vrai saint »①. Bernanos vise à montrer comment un homme est tenté par Satan, comment il résiste à la tentation, comment il se sort du péché quand il y est tombé, de sorte qu'il accède à la sainteté. En un mot, le romancier se focalise sur le processus de la sanctification, non sur le résultat final, sur lequel il n'y a pas de suspense.

IV.1 Le désespoir

Le désespoir constitue une des tentations les plus fatales pour un chrétien. C'est une « attitude qui est l'inverse parfaite de l'expérience de la plénitude »②. Aussi, la meilleure façon d'inciter l'homme à offenser Dieu est de le faire tomber dans la tentation du désespoir. Comme Bernanos a l'habitude de prêter davantage attention à des thèmes majeurs et vifs qui conduisent directement à l'origine des problèmes, il a choisi *la Tentation du désespoir* comme le titre de la Première Partie de son premier roman. Le Malin commence en général ses assauts par nous enlever notre courage et notre espérance. Il sait bien profiter du remords ou de la honte que nous éprouverions après avoir eu des pensées impures qui, pourtant, ne souilleraient pas nécessairement notre pauvre âme tentée.

---

① ESTÈVE Michel, *Georges Bernanos: Un triple itinéraire*, Paris, Hachette, 1981, p.129.

② CANÉROTMarie-Françoise, *Quand la foi devient roman*, dans *Cahiers de l'Association internationale des études francaises*, n°45, 1993, p.93.

Pour les chrétiens, le désespoir est un péché très grave, un péché « qui est plus dangereux que le manque de foi [...] ou la haine de Dieu »①. Ainsi, nous pouvons même l'envisager comme le plus dangereux de tous les péchés, étant donné qu'il pousse ses victimes à considérer le pardon et le salut comme trop difficiles, sinon impossibles, à obtenir. Une personne envahie par le désespoir risque donc de ne plus oser rêver de la vie éternelle, de s'entraîner par une aveugle fureur et de se précipiter dans tous les excès.

En règle générale, le désespoir est contraire à la foi. L'expérience de l'abbé Cénabre en fournit une preuve. Il est saisi du plus violent désespoir si bien qu'il a l'intention de se suicider. C'est juste à ce moment que l'abbé Cénabre perd tout à fait sa foi.

Ce qui mérite d'être considéré, c'est que le désespoir, comme un serpent, est en mesure de s'insinuer dans le cœur sous l'apparence d'une humilité, qui fait partie des vertus chrétiennes les plus prisées. « La meilleure définition de l'humilité serait un sentiment réel et authentique de conviction qu'on est totalement et complètement indigne de la bonté, de la miséricorde et de la grâce de Dieu et incapable de quoi que ce soit de valeur en dehors de ces dons divins.»② La véritable humilité ne pousse l'homme qu'à adorer Dieu davantage, en reconnaissant sa propre impuissance et sa propre faiblesse. En définitive, la nature de la fausse humilité réside dans la mise en relief de l'importance de l'homme en tant qu'individu, alors que la vraie humilité a pour effet l'oubli de soi-même et le renforcement de la foi.

Ne confondons pas le désespoir et la tristesse. D'après Spinoza, la tristesse est une passion par laquelle l'âme passe à une moindre perfection. La joie, la tristesse et le désir composent les trois passions primitives d'où

---

① PALUCH Michal, *La profondeur de l'amour divin: évolution de la doctrine de la prédestination dans l'œuvre de saint Thomas d'Aquin*, Paris, Librairie philosophique J. Vrin, 2004, p.209.

② MACARTHUR John, *The power of integrity*, Wheaton, Crossway, 1997, p.94.

naissent toutes les autres passions①. Ainsi, Dieu ne veut pas que l'homme soit triste, mais la tristesse ne signifie pas que l'on soit déjà condamné, privé de perfection.

Dans cette partie, nous nous demandons d'abord pourquoi Donissan est plongé dans le désespoir et comment il en est sorti, afin de dévoiler la nature de ce sentiment négatif que le saint éprouve.

Il semble que Donissan éprouve un sentiment de désespoir parce qu'il est médiocre, même nul aux yeux d'autrui, quelque effort qu'il fasse, si bien que Dieu n'est pas content de lui. Tous les personnages, sauf l'abbé Menou-Segrais, ont de lui une opinion plutôt défavorable. L'abbé Demange qui est gentil et indulgent l'appelle « un jeune prêtre mal léché » (*SSS*, p.79). Son supérieur Monseigneur Papouin dit qu'il est « un petit sauvage » « sans éducation ni manières » (*SSS*, p. 83). Il se croit aussi un curé « sans expérience, sans lumière, sans véritable dignité » qui ferait rougir même « le dernier paysan du canton » (*SSS*, p. 93), « un prêtre ignorant, grossier, impuissant à se faire aimer » (*SSS*, p.96).

Face à son incompétence, Donissan se sent tomber dans une impasse qui aggrave son désespoir: d'après l'abbé Menou-Segrais, son rappel à Tourcoing est une affaire délicate; il n'a pas encore l'honneur d'entrer dans un couvent; il ne peut rien faire d'autre que de continuer d'exercer son ministère à Campagne qui est un diocèse trop pauvre « pour nourrir une bouche inutile » (*SSS*, p. 93). Dans cette circonstance, d'une part, il se croit incapable d'accomplir ses fonctions de prêtre; d'autre part, il a le fort désir de les accomplir.

L'abbé Menou-Segrais, le seul guide de Donissan, qui est un vieux prêtre lucide et sagace, connaît bien la situation dans laquelle se trouve ce pauvre prêtre. C'est grâce à l'aide de son guide que Donissan parvient temporairement à se débarrasser du désespoir. À travers ces deux personnages, Bernanos montre que de même que la main gauche a besoin de

---

① SPINOZA, *L'Ethique, le Scolie de la Proposition XI, Partie III.*

la main droite, l'homme, quel qu'il soit, a besoin de l'autre. Tous les hommes auraient dû constituer un corps. Les différentes parties du corps interagissent et s'entraident. De même qu'un nouveau-né ne peut pas se passer des soins de ses parents, de même Donissan, qui est aussi un enfant sur le chemin de la foi, a besoin d'un directeur spirituel.

L'abbé Menou-Segrais joue un rôle de prophète. Il prédit non seulement la chute inévitable de Donissan dans le désespoir, mais aussi le remède contre le désespoir. Nous analysons d'abord une première prédiction: «je vous donne à ceux qui vous attendent, aux âmes dont vous serez la proie.» (*SSS*, p.101) Dans le passage plus haut, l'abbé Menou-Segrais dit expressément à Donissan qu'il lui faudra monter « là où Dieu vous attend » (*SSS*, p.101). Ici, le sujet du verbe « attendre » est au singulier. Quand son sujet devient pluriel, l'abbé Menou-Segrais prédit la future rencontre de Donissan avec Satan: non seulement Dieu, mais aussi Satan l'attendent, car la grâce de Dieu est accompagnée toujours de la tentation de Satan qui vise à saboter le projet de Dieu. La phrase « je vous donne [...] aux âmes dont vous serez la proie » correspond parfaitement à l'expérience de Donissan décrite dans la deuxième partie du roman « Le saint de Lumbres » où bien qu'il se trouve dans un endroit très isolé, il jouit d'une telle réputation que tant de personnes affluent à sa paroisse pour l'écouter prêcher, se confesser à lui. Même le célèbre écrivain Saint-Marin vient lui rendre visite, attiré par son expérience exceptionnelle. Cependant, Donissan se rend compte avec une douleur écrasante que toutes ces âmes sont si impures et si nombreuses qu'il n'est pas capable du tout de les sauver. Il est vraiment la proie des personnes qui font semblant d'être dévotes.

Une autre prédiction réside dans la phrase suivante: « N'attendez aucun secours humain.» (*SSS*, p.101) Dans une nuit extrêmement profonde, Satan apparaît devant Donissan en se déguisant en un maquignon aimable et jovial, qui a réussi pendant un certain temps à inspirer la gratitude, la confiance, même l'amour de Donissan envers cet homme inconnu. Sur le chemin de la foi et dans le combat contre le diable, le seul secours ne peut venir que de Dieu.

Si Donissan avait abandonné au tout début l'idée de s'appuyer sur l'aide d'un autre homme, il ne serait pas tombé dans la tentation de Satan.

À noter que Donissan ne peut même pas espérer que l'abbé Menou-Segrais sera en mesure de lui accorder un secours. Bien qu'il soit capable de percevoir les premiers signes de l'appel divin lancé à Donissan, la vocation ou la responsabilité de l'abbé Menou-Segrais ne se limitent qu'à la révélation, la prédiction. Comme maître donné à Donissan par Dieu et l'Église, il ne peut pas offrir d'aide véritable dans le combat postérieur mené par Donissan contre Satan. Il ne peut rien faire d'autre que de se montrer soucieux et angoissé. Naturellement, il ne peut pas accompagner cet enfant prodigieux jusqu'au bout, il ne peut que l'assister au début de son voyage spirituel. Pour souligner un tel rôle de l'abbé Menou-Segrais, le narrateur laisse pressentir l'agonie de ce vieux prêtre lucide dès sa première apparition.

L'abbé Menou-Segrais révèle aussi à Donissan la situation critique où il se trouve: « monter ou vous perdre » (*SSS*, p.101). Il est question d'une troisième prédiction. C'est la seule alternative qui reste à Donissan. Puisque Dieu lui a déjà lancé l'appel, Donissan ne pourra jamais échapper à la surveillance, aux assauts de Satan. S'il refuse de répondre à l'appel divin, son choix veut dire naturellement qu'il choisit volontairement de se joindre aux troupes de l'ennemi. Si Donissan ne monte pas, il sera certainement saisi par le désespoir; le seul moyen de chasser le désespoir réside justement dans l'action de monter.

Menou-Segrais comprend que pour sortir Donissan du désespoir, il faut d'abord faire reconnaître à Donissan ses valeurs, ses qualités. Cependant, le vieux prêtre craint que ses paroles constituent « une tentation au-dessus » (*SSS*, p.96) des forces de Donissan. À cause de son entêtement, Donissan risque toujours de perdre l'équilibre sur le chemin de la foi. Son « impatience à vaincre la nature d'un coup décisif » (*SSS*, p.96) sous prétexte qu' « il n'y a pas d'exemple que Dieu n'ait relevé un misérable tombé à terre » (*SSS*, p.95) relève de la version moderne de la troisième tentation subie par Jésus-Christ dans le désert: risquer sa vie afin de mettre à l'épreuve la grâce de Dieu.

Ce qui tourmente véritablement Donissan, ce sont « des sentiments si âpres...si violents » réveillés par « le juste mépris d'autrui » (*SSS*, p.96) , dont la nature est indéfinissable: soit qu'il s'agisse d'un appel de Dieu, soit qu'il s'agisse de la ruse de Satan. Quelle pensée obsédante occupe l'esprit de Donissan? Remarquons qu'avant de confier à l'abbé Menou-Segrais son secret: « je n'ai pu vaincre encore tout à fait une obstination...un entêtement » (*SSS*, p.96) , Donissan dit une phrase qui rappelle le curé d'Ars①: « Intelligence, mémoire, assiduité même, tout me manque » (*SSS*, p.96). Apparemment, Donissan se rabaisse, ce qui n'empêche pas qu'il ait l'intention, au moins inconsciente, de suivre l'exemple de ce prêtre brillant. Notamment, les termes qui se succèdent tout de suite « et cependant » mettent en relief le sous-entendu. Il n'a même pas le courage de finir sa phrase, peut-être parce qu'il va raconter son ambition qui semblerait ridicule et audacieuse. Un autre fait permet aussi de pressentir son ambition: il n'estime pas l'abbé Menou-Segrais pour des raisons suivantes. Premièrement, l'abbé Menou-Segrais mène une vie semblable à « celle d'un laïque bien renté » (*SSS*, p. 97); deuxièmement, sa demi-oisiveté lui « fait honte » (*SSS*, p. 97); troisièmement, son expérience louable est en fait « sans profit pour les âmes, stérile » (*SSS*, p.97). En considérant son comportement habituel, on peut en conclure que Donissan est indifférent à l'argent. S'il exerce le métier de prêtre, il veut se conduire tout à fait comme un véritable prêtre. Ensuite, il veut consacrer tout son temps, même sa vie à ce métier. Et puis, ce dont il se préoccupe, c'est le problème des âmes — le noyau de la foi chrétienne; il ne veut pas perdre de temps dans la mondanité. Il est donc probable que l'essentiel de cette pensée est l'appel à la sainteté. Mais Donissan ne s'est pas encore rendu compte de ses valeurs, de sa vocation. Dans ce cas, si l'abbé Menou-Segrais lui révèle la vérité, il sera éventuellement considéré comme un tentateur. C'est juste la crainte de l'abbé Menou-Segrais. Pour éviter tout

---

① Voir *Georges Bernanos*: *Sous le soleil de Satan*, extraits commentés par Michel Estève, Paris, Bordas, 1973, p.95.

malentendu, il souligne que son rôle est un « juge », comme Dieu qui ne prononce que la vérité, non un « tentateur » (*SSS*, p.97), comme Satan qui ne pense qu'à perdre l'homme par l'intermédiaire des mensonges.

Dans *La Tentation du Désespoir*, le narrateur n'est qu'un fidèle secrétaire qui note objectivement et subtilement les changements psychologiques du héros. Ni le narrateur, ni le personnage, ni le lecteur ne connaissent la vérité. Cette perspective du narrateur correspond bien aux traits suivants du caractère de Satan: ambiguïté et tromperie. Ainsi, le désespoir qui tourmente tellement Donissan est étroitement lié à la présence de Satan.

Jusqu'à sa mort, Donissan ne se libère pas vraiment du sentiment de désespoir, accablé par « la hantise d'une victoire possible de Satan sur Dieu »①. Il ne s'agit pas d'un désespoir qui se dissiperait à un certain moment, mais d'un désespoir qui lui « fondait dans le cœur » (*SSS*, p. 257), et qui est condamné à l'accompagner jusqu'à son dernier soupir. Nous pouvons en conclure que le désespoir marque les trois parties du roman. C'est dans ce cadre que s'établit la structure du roman. Malgré tout ça, Donissan garde quand même son amour envers Dieu et sa foi ferme. S'il n'a pas pu résister à la tentation du désespoir, cela ne signifie pas qu'il a perdu sa foi, ou qu'il est déçu par Dieu. En fait, son désespoir n'est pas dû au monde divin puissant, incompréhensible et mystérieux, mais au monde d'ici-bas, aux comportements décourageants de ses semblables. De ce point de vue, Bernanos fait partie des écrivains réalistes en analysant la société sous l'angle religieux.

À travers son expérience, Donissan veut démontrer que le désespoir ne conduit pas forcément à la mort, qu'elle soit corporelle ou spirituelle. Dans une certaine mesure, c'est une sorte de martyre qui consiste à porter tout le désespoir sur une seule personne pour faire vivre les autres dans l'espérance. Effectivement, le saint de Lumbres ne laisse jamais contaminer les autres par le désespoir si bien que « les plus rebelles ne lasseront pas l'espérance »

---

① ESTÈVE Michel, *Georges Bernanos*: *Un triple itinéraire*, Paris, Hachette, 1981, p.138.

(*SSS*, p.112) de Donissan. Il est capable de « relever l'espérance au fond de tant de cœurs » (*SSS*, p.131). Seul l'abbé Menou-Segrais est si clairvoyant qu'il découvre le secret de Donissan: « L'espérance est presque morte en vous, à jamais. » (*SSS*, p. 211) De plus, il avertit Donissan des périls potentiels sur la route qu'il a choisie. Parmi les périls, il y a la solitude absolue: « vous serez seul, décidément seul » (*SSS*, p.211). Cette prédiction laisse entendre que Donissan va même jusqu'à perdre la compagnie de Dieu.

Donissan lui-même réussit à discerner la ruse de Satan: « il m'aidait à user en moi l'espérance » (*SSS*, p.254). D'une part, cette lucidité aggrave son désespoir; d'autre part, elle excite aussi sa combativité. La haine profonde de Satan et l'amour constant de Dieu sont à l'origine de son désespoir qui implique dans une bataille féroce un ingénieux ennemi puissant et un vaillant combattant entêté. Ayant pour objectif de « donner quelque idée de la puissance du mal »①, Bernanos fait voir en même temps la puissance d'un saint.

L'homme doit-il faire appel à l'aide de Dieu pour résister à la tentation? Certainement! Les forces de l'homme sont nécessaires mais insuffisantes. Ce qui est le plus indispensable, c'est la grâce de Dieu. L'homme peut sortir de la tentation en priant Dieu d'intervenir en sa faveur pour dissiper le péril affreux, pour ne pas le laisser se séparer de Lui, de l'Amour. La prière est l'arme la plus tranchante pour vaincre Satan. L'intrigue de Satan s'y rapporte également: quand il subit une tentation, parfois l'abbé Donissan n'arrive même pas à prier, ce qui s'explique par l'opération menée par Satan qui réussit à l'empêcher d'entrer en communication avec Dieu en le privant temporairement de sa capacité de prière. En s'appuyant sur ses propres forces pour lutter tout seul contre le mal, le pauvre prêtre éprouve une peine insupportable, de sorte qu'il risque de se plonger dans le désespoir qui est une arme privilégiée de Satan et considéré comme le seul péché impardonnable par

---

① ESTÈVE Michel, *Georges Bernanos: Un triple itinéraire*, Paris, Hachette, 1981, p.139.

Marcel Achard. Ainsi, l'abbé Donissan a commis pendant un certain temps un double péché : au désespoir s'ajoute une attitude typique du pécheur qui se glorifie lui-même en ne s'appuyant pas sur l'intervention de Dieu. N'oublions pas que même Jésus, Fils de Dieu, ne réussit à repousser les tentations que grâce au guidage du Saint-Esprit, une composante de la Trinité chrétienne.

« Le désespoir du pécheur » et celui de « l'humanité souffrante »① manifestés dans l'*Histoire de Mouchette*, sont à l'origine du désespoir de Donissan, prêtre innocent comme un enfant. Le mystère de la communion des saints lui permet de ressentir ce profond désespoir qui vient d'autrui, et d'ailleurs. Ainsi, le désespoir de Donissan n'est pas égoïste, car ce sentiment ne se mêle pas du tout à la préoccupation du destin et des intérêts individuels. Il souffre pour les autres. Son désespoir reflète justement son amour envers toute l'humanité et sa sensibilité à la vraie misère, sa répugnance pour le péché et le véritable auteur du péché. Le désespoir du saint ne corrompt pas sa foi, ne le fait pas tomber dans la folie, mais au contraire, renforce son sentiment de dépendance à Dieu.

Bernanos lui-même a interprété ses romans tout en clarifiant dans un de ses essais la dialectique de l'espérance et du désespoir : « On ne va jusqu'à l'espérance qu'à travers la vérité, aux prix de grands efforts. Pour rencontrer l'espérance, il faut être allé au-delà du désespoir. Quand on va jusqu'au bout de la nuit, on rencontre une autre aurore. [...] La plus haute forme de l'espérance, c'est le désespoir surmonté. »② La vérité, c'est l'existence de Satan qui règne cruellement sur ce monde. Sans aucun doute, c'est une vérité bien décourageante. Satan, qui sème partout le désespoir, s'installe inévitablement entre l'humanité et Dieu, source de l'espérance. À cause de cette condition, l'homme est obligé de traverser la vallée du désespoir pour

---

① ESTÈVE Michel, *Georges Bernanos : Un triple itinéraire*, Paris, Hachette, 1981, p.130.

② BERNANOS Georges, *La Liberté, pour quoi faire?*, Paris, Gallimard, 1953, pp.14-15.

toucher à la vraie espérance. Sinon, il n'aura jamais l'occasion de venir à Dieu. Surmonter le désespoir signifie surmonter Satan — le plus grand et le dernier obstacle à l'approche de Dieu.

En fait, il n'est pas aussi facile d'espérer que la plupart d'entre nous le croient. L'espérance du plus grand nombre n'est qu'une fausse espérance, une espérance camouflée par le désespoir. Bernanos affirme que « n'espèrent que ceux qui ont eu le courage de désespérer des illusions et des mensonges où ils trouvaient une sécurité qu'ils prenaient faussement pour de l'espérance »①. Ce qui est facile à faire, c'est de désespérer, car le désespoir ne demande pas de courage alors que l'espérance est « un risque à courir », « même le risque des risques », et « la plus grande et la plus difficile victoire qu'un homme puisse remporter sur son âme »②.

Les propos de Bernanos sur l'espérance suggèrent que l'espérance est plutôt un don de Dieu pour récompenser ceux qui ont surmonté une épreuve pénible. De plus, les verbes employés ici « aller » et « rencontrer » donnent l'impression que l'auteur parle d'un endroit ou d'une personne. En effet, l'espérance pourrait désigner soit le royaume des cieux, soit Dieu personnifié. Les romans de Bernanos se concentrent sur la mise en scène des saints qui ont été tentés par le désespoir et qui l'ont finalement surmonté, c'est-à-dire des saints qui ont rencontré l'espérance et ont pour vocation de répandre cette espérance théologale parmi tous les hommes. En un mot, chez Bernanos, plus le désespoir décrit s'avère féroce, plus le degré de l'espérance représentée serait haut, plus on serait proche de la sainteté.

Ⅳ.2 L'orgueil

Certes, comme nous l'avons dit plus haut, chez Donissan, de temps en temps, le désespoir s'accompagne de l'orgueil. Lors de sa rencontre avec le

---

① Georges Bernanos, *La Liberté, pour quoi faire?*, Gallimard, 1953, p.132.

② Georges Bernanos, *La Liberté, pour quoi faire?*, Gallimard, 1953, p.132.

maquignon-Satan, Donissan fait aussi quelquefois preuve d'orgueil, comme nous le verrons plus tard. Nous portons ici notre regard sur l'orgueil qui se manifeste en particulier dans son héroïsme, à cause duquel il a une prédilection évidente pour l'aventure.

La prédilection de Donissan pour l'aventure pourrait s'expliquer par le passage suivant: « la signification de l'homme n'apparaît pas dans la signification et le bonheur de ce monde, mais dans l'expérience du risque et de la confiance aveugle qui n'a vraiment plus aucun appui suffisant dans la réussite de ce monde. »① On ne peut trouver le sens de la vie dans la vie présente elle-même, seulement au-delà de ce monde. L'aventure ouvre à Donissan une porte qui lui permet de se dégager du quotidien — se dégager donc symboliquement de ce monde.

Donissan se reproche son incapacité à faire preuve « de ces excès dans le bien, des magnifiques imprudences des grandes âmes » (*SSS*, p.111); il se considère comme « le moins héroïque des hommes » (*SSS*, p.111). En général, ce dont on n'est pas satisfait révèle juste ce à quoi on aspire, consciemment ou inconsciemment. Le reproche que Donissan se fait à lui-même trahit donc son rêve, ou ses jugements de valeur. Ces fragments qui relèvent du discours indirect libre témoignent de l'évolution psychologique de Donissan. D'où on peut voir la prédilection de Donissan pour l'héroïsme, ou à proprement parler l'héroïsme individuel qui consiste à valoriser l'acte exceptionnel, l'abandon de la routine. Les « excès » et les « imprudences » des héros peuvent être négligeables par rapport à leur exploit, à condition que leur intention soit bonne. Le héros n'est pas quelqu'un de parfait, ses défauts ne peuvent dissimuler sa grandeur. L'héroïsme lui-même implique la nécessité de vivre des aventures. Chez Donissan, il existe des contradictions considérables: il ne nie pas sa médiocrité, mais son entêtement ne lui permet pas de s'y résigner. Cette reconnaissance attise au contraire une volonté apparemment implacable de défier le destin, surtout quand il commence à se rendre compte

① RAHNER Karl, *Vivre et croire aujourd'hui*, Paris, DDB, 1967, p.36.

de sa vocation sacrée, cette volonté devient plus forte et plus claire. Le défi participe en fait de l'aventure. À noter que Donissan se montre de plus en plus héroïque au fur et à mesure qu'il vieillit. Même la mère de l'enfant mort remarque aussi que Donissan a un « visage de héros, non de saint » (*SSS*, p.259) avant qu'il ne retourne dans la chambre de l'enfant. En effet, face à un ennemi puissant, un saint fera appel à Dieu et contournera cet ennemi afin d'éviter la confrontation directe. Il croit Dieu seul capable de vaincre définitivement cet ennemi alors qu'un héros, sans craindre la mort, mènera le combat même s'il se sait incapable de remporter la victoire. En fin de compte, l'héroïsme trahit l'orgueil et la présomption de l'homme, qui ne plaisent pas à Dieu.

En fait, saint et héros ne sont pas deux concepts contradictoires. Nous pouvons dégager plusieurs ressemblances intrinsèques entre ces deux « catégories d'acteurs : ils jouent un rôle de médiateur entre le monde visible et invisible, pratiquent l'ascétisme de manière radicale, possèdent des dons particuliers de leur vivant, sont prêts à offrir leur vie pour leurs convictions »①. Le saint de Lumbres Donissan satisfait parfaitement à ces exigences : comme prêtre, il doit avoir en même temps affaire aux gens qui vivent dans le monde visible et aux êtres surnaturels tels que Satan qui appartient à un monde invisible ; il pratique en secret des mortifications bien sévères : par exemple, son buste est si « étroitement serré » par un « affreux justaucorps » « rigide du crin le plus dur » (*SSS*, p.98) qu'on ne peut même pas trouver une peau intacte, ou il ne dort que moins de deux heures par nuit pendant presque un an ; il possède le don exceptionnel de lire les âmes ; il ne ménage jamais sa santé en menant une vie d'ascèse de façon extrême pour atteindre l'objectif de chasser les mauvaises suggestions, il ose même se plonger dans son aventure spirituelle au prix de son propre salut. De ce point de vue, Donissan est un

---

① BIZEUL Yves, *Le statut de la sainteté dans les "religions politiques"*, dans *Conserveries mémorielles* [En ligne], n° 14, 2013, mis en ligne le 1er juillet 2013. URL: http://cm.revue s.org/1643, consulté le 25 octobre 2016.

véritable héros. La différence entre héros et saint réside principalement dans la façon d'interpréter le comportement humain : le titre de héros correspond à une estimation d'un point de vue séculier alors que celui de saint renvoie à une appréciation d'un point de vue religieux. C'est-à-dire qu'une même personne peut posséder à la fois ces deux statuts. Aujourd´hui, ces deux concepts peuvent réaliser leur unité dans « le héros culturel »①, concept proposé par Phyllis Passariello.

À cause de l'orgueil, Donissan renonce quelquefois à faire appel à Dieu dans ses aventures spirituelles. En effet, la joie d'un héros provient du fait qu'il arrive à vaincre son ennemi en s'appuyant sur ses propres forces. L'aide d'autrui, qui qu'il soit, ne lui fait éprouver que de la honte. Il faut remarquer que l'orgueil de Donissan ne veut pas dire qu'il doute de la puissance de Dieu. Ce ne sont que des moments où il veut se montrer indépendant.

Si Donissan fait preuve d'héroïsme, ce n'est pas pour rechercher la gloire ou la célébrité, généralement considérées comme source de l'orgueil. C'est juste le contraire. Il fait tous ses efforts pour se faire oublier et même mépriser. Son héroïsme se passe de l'appréciation d'autrui. Parallèlement, son orgueil est difficile à percevoir. En réalité, personne n'associe à l'orgueil le nom de ce prêtre toujours humble et médiocre : les contemporains de Donissan ne peuvent comprendre sa quête, si bien qu'ils considèrent son comportement comme de la démence ; l'Église ne sanctionne jamais sa conduite en lui attribuant officiellement un honneur quelconque. Son titre de « saint de Lumbres » est plutôt conféré par le narrateur. En revanche, il jouit d'une gloire céleste, accordée par Dieu, « auprès de laquelle toute gloire humaine pâlit » (*SSS*, p.215). Ce n'est pas Donissan qui revendique cette gloire. C'est cette gloire qui « alla chercher » (*SSS*, p.215) Donissan à Lumbres. À noter que la gloire céleste ne le rend jamais orgueilleux.

---

① BIZEUL Yves, *Le statut de la sainteté dans les "religions politiques"*, dans *Conserveries mémorielles* [En ligne], n° 14, 2013, mis en ligne le 1er juillet 2013. URL: http://cm.revue s.org/1643, consulté le 25 octobre 2016.

Nous pouvons définir l'orgueil du saint comme l'appui exagéré sur ses forces personnelles sans invoquer le secours divin. Cet orgueil exclut le mépris, la vanité et l'amour propre. Il implique en particulier un désir de maîtriser son existence.

Certes, c'est un péché si le saint de Lumbres n'a pas besoin de Dieu. Mais s'il n'a pas non plus besoin des autres, c'est parce qu'il ne trouve personne qui puisse lui porter secours. La communion des chrétiens est capable de sauver une âme souffrante et impure. Malheureusement, Donissan est privé de cette chance, car « J'ai tant besoin de prières, et ce sont des louanges qu'on me donne » (*SSS*, pp.112-113). Les autres âmes attendent de lui une consolation, un rachat alors que son âme elle-même si souffrante ne peut trouver aucun appui. Il n'est compris par personne dans ce monde. Il est condamné à la solitude.

L'orgueil dont Donissan fait preuve peut être divisé en deux catégories. Premièrement, dans la plupart des cas, il s'agit de l'orgueil inconscient, qui va à l'encontre de son essence et donc qui finit toujours par inspirer angoisse ou honte. Cela se voit dans le fait qu'en ces tragiques moments, il n'ose pas lui-même affronter le regard de Jésus-Christ. Deuxièmement, Donissan ne fait preuve d'orgueil conscient que devant Satan. Dans ce cas-là, Donissan se montre extrêmement vulnérable et souffrant, car Satan sait tirer immédiatement profit de cet orgueil. Heureusement, Donissan peut toujours s'apercevoir tout de suite de sa faute et la corriger. En un mot, l'esprit contrit de Donissan est capable de le délivrer de l'orgueil.

Ⅳ.3 L'excès ou le manque d'équilibre

Après s'être rendu compte de sa vocation, pour remédier à son défaut en matière d'intelligence, au lieu de dormir la nuit, Donissan a employé pendant toute une année presque toutes ses nuits à « dévorer » « des Livres saints » dont la connaissance « nourrissait sa pensée » (*SSS*, p.102). Ce que cette assiduité exceptionnelle inspire chez l'abbé Menou-Segrais, ce n'est pas de l'admiration, mais « une inquiétude grandissante » (*SSS*, p.103), parce que Donissan répond à l'appel de Dieu d'une manière excessive: il cherche à se perfectionner au prix de sa santé qui « est un don de Dieu » (*SSS*, p.94) et qu'on doit aussi ménager. L'abbé Menou-Segrais a senti les dangers imminents, car il faut se méfier des excès, le diable travaille dans l'excès. L'entêtement est à la fois la qualité et le défaut de ce pauvre prêtre. Grâce à ce trait de caractère, il ne perdra jamais sa foi quelle que soit la difficulté qu'il rencontre; parallèlement, à cause du même trait de caractère, il risque toujours d'aller aux extrêmes. D'ailleurs, son entêtement trahit une prédilection imperceptible pour l'aventure, qui constitue une tentation potentielle pour lui.

Sans doute, Donissan comprend la sainteté comme exigence de mortifications, surtout excessives, de jeûnes prolongés et de pénitences fréquentes. Il ne fait point place à la jouissance, à la joie. En un mot, son chemin de la sainteté sera inévitablement convert de souffrances. En premier lieu, Donissan considère la souffrance comme une punition infligée par lui-même et exclusivement à lui-même pour ses mauvaises idées, pour les péchés qu'il a commis, et même pour les péchés que ses paroissiens ont commis. Pour ce prêtre fidèle, il est davantage question des souffrances recherchées librement que des souffrances forcées et subies passivement. Certes, il a avoué les tourments et le désespoir causés par ses souffrances, mais ces sentiments sont loin d'être écrasants et ils n'arrivent jamais à faire de Donissan un renégat. En second lieu, Donissan voit la souffrance comme une épreuve de sa foi en Jésus-Christ. En réussissant à sortir de la souffrance, il deviendra plus fort et plus proche de Dieu, il sera en mesure de mieux comprendre Dieu.

Certes, le jeûne et la mortification sont des actes conformes aux lois divines. L'intention de Donissan aurait été bonne: comme l'ego est la source des malheurs des hommes, il voudrait effacer cet ego dans son intériorité spirituelle en s'infligeant impitoyablement une auto-flagellation. Cependant, la lutte contre les maux demande un état d'équilibre: on doit agir en fonction de ses forces. Si nous ne savons pas maîtriser le jeûne et la mortification, ils sont sources de tentations et de péchés. Si Dieu autorise les tentations, c'est parce qu'Il nous donne en même temps les forces de les combattre, les moyens d'y résister. Saint Paul nous assure que Dieu ne permettra pas que nous soyons tentés au-delà de nos forces (1 Corinthiens 10: 13). Avec cette forte croyance, l'homme parviendra certainement à surmonter les tentations sans aller au-delà de ses limites. Il suffit de découvrir et de déchiffrer les signes envoyés par Dieu pour ne pas succomber aux tentations.

La description du narrateur suggère clairement l'infiltration de Satan dans la mortification que Donissan pratique:

> *Chaque fois la chaîne sifflante, un instant tordue au-dessus de sa tête, venait le mordre au flanc, et s'y reployait comme une vipère: il l'en arrachait du même geste, et la levait de nouveau, régulier, attentif, pareil à un batteur sur l'aire.* (*SSS*, p.118)

La chaîne que Donissan utilise pour se punir ressemble vraiment à un serpent méchant et robuste, tant du point de vue de la forme que de celui des actes. En particulier, l'orthographe, la prononciation de la première lettre du qualificatif « sifflante », ainsi que la signification même de ce mot renvoient tous à cette image. Comme tout le monde le sait, le serpent est reconnu comme le symbole de Satan. La comparaison avec « une vipère », serpent venimeux et redoutable, implique déjà qu'une telle mortification n'est plus saine ni bénéfique.

Ici, la chaîne n'est pas simplement présentée comme un objet inanimé à la disposition de Donissan. Juste au contraire, la chaîne ressemble à un être vivant, qui a ses propres intentions et sa propre manière d'agir: siffler, tordre, mordre et se replier. Il semble que c'est la chaîne qui lance en premier les assauts alors que Donissan, en tant que victime, est obligé de mener une contre-attaque. Cette scène représente en fait celle du combat spirituel entre Donissan et son ennemi Satan. Évidemment, il y a des hauts et des bas pour les deux parties. Ce combat se caractérise par des va-et-vient, des alternances d'avance et de recul. Les attaques et les contre-attaques qui se déroulent toutes de façon répétée suffisent largement à faire voir l'acharnement barbare de Satan ainsi que la persévérance admirable de Donissan. Dans ce passage, ce jeune prêtre se comporte comme s'il faisait une besogne ordinaire, sans doute fatigante, sans avoir éprouvé la moindre douleur.

Il faut remarquer que les deux comparaisons mentionnées dans ce passage ne sont pas cohérentes, c'est-à-dire que la réaction de Donissan qui est à ce moment-là « pareil à un batteur sur l'aire » n'est pas une réaction normale lors de la vue d'« une vipère ». Il se comporte comme une personne qui travaille sérieusement et tranquillement pour accomplir une tâche. Cela impliquerait sans doute que Donissan ne prend pas la chaîne pour « une vipère », qu'il la considère plutôt comme un outil qui lui permet d'accomplir son devoir chrétien. Alors, il s'agirait dans ce passage du point de vue du narrateur, qui décrit non seulement d'une manière relativement objective cette scène insolite, mais aussi d'une manière indirecte mais bien ingénieuse le monde intérieur du personnage principal qui, au début, ne s'est pas attendu à la présence de Satan dans cette pratique.

Le fait que Donissan « frappait et frappait sans relâche, d'une rage froide » (*SSS*, p. 118), sans aucune hésitation, sans pitié, prouve sa grande détermination. Alors, qu'est-ce qu'il frappe? Ici, l'omission du complément d'objet direct du verbe « frapper » n'est pas insignifiante. En apparence, il frappe certainement son propre corps. Cependant, il le traite comme celui d'une autre personne dont la souffrance n'affecte pas le sien, sinon comme un objet inanimé qui est insensible à la douleur. Sans doute, cette omission suggérerait le refus de Donissan à l'égard de son propre corps auquel il n'est pas attaché, dont il voudrait se libérer: « Peut-être croyait-il étreindre et détester cette part de lui-même, trop pesante, le fardeau de sa misère, impossible à tirer jusqu'en haut; peut-être croyait-il châtier ce corps de mort dont l'apôtre souhaitait aussi d'être délivré » (*SSS*, p.119).

Il est probable que pour Donissan, son corps constitue le principal obstacle à surmonter pour accéder à la sainteté, à la pureté de l'âme, étant donné qu'aucun corps ne peut échapper à la mort, à la pourriture, à la rencontre avec Satan, et que tout corps a ses besoins indispensables, est donc sujet à être séduit par les plaisirs, le confort, et beaucoup d'autres pièges de Satan. Ces caractéristiques du corps expliquent pourquoi Donissan éprouve « une rage froide ». Donc, il a très envie de sacrifier son corps, s'il n'est pas capable de se délivrer de ce fardeau. Cette envie se manifeste non seulement dans les coups de fouets qu'il donne à son propre corps, mais aussi dans l'omission du complément d'objet que le narrateur fait délibérément, car c'est lui qui connaît le mieux le dessein de Donissan.

Si nous disons que la mortification constitue une tentation pour Donissan, c'est parce que ce prêtre va de plus en plus loin sur ce chemin et dévie malgré lui, petit à petit, du droit chemin. Il perd progressivement son calme, ou plus exactement, « une rage froide », si je cite les termes utilisés par le narrateur, et commence à se plonger dans son délire.

En réalité, il n'est pas absolument insensible à la douleur: au début, il a éprouvé réellement la « douleur aiguë, à laquelle il avait répondu d'abord par un gémissement sourd, puis seulement de profonds soupirs ». Cependant, la douleur semble disparaître peu à peu, car Donissan devient plus tard le jouet de ses illusions: « il sentait seulement la terrible caresse » du « sang tiède qui ruisselait sur ses reins ». Donissan commence à jouir de l'effusion effrayante de sang provoquée par sa mortification excessive. Cette attitude envers le sang — une chose vitale et sacrée pour les hommes et les animaux, n'est pas conforme aux commandements de Dieu qui nous donne le sang et nous exhorte à y tenir avec le respect et la crainte: « Si un homme de la maison d'Israël ou des étrangers qui séjournent au milieu d'eux mange du sang d'une espèce quelconque, je tournerai ma face contre celui qui mange le sang, et je le retrancherai du milieu de son peuple. Car l'âme de la chair est dans le sang.» (Lévitique 17: 10-11) Bien sûr, Donissan ne mange de sang de personne mais il fait couler le sien, qui est un sang innocent. Cela ne peut que déplaire également à Dieu. Nous devons respecter et bien traiter chaque vie, y compris la nôtre. Le qualificatif « terrible » servirait à révéler que cette « caresse » a quelque chose de trompeur.

Dans ce contexte, Donissan ne voit plus les choses réelles autour de lui : « À ses pieds une tache brune et rousse s'élargissait sans qu'il l'aperçût. » (*SSS*, pp. 118-119) La couleur brune signifie que Donissan s'est fouetté pendant bien longtemps. La couleur rousse signifie que Donissan n'a pas cessé de saigner, car il n'a pas encore arrêté de se battre, ce qui est confirmé par le verbe « s'élargir ». Le fait qu'il n'y a qu'une tache sur le sol signifie que Donissan se tient debout et reste sur place sans même bouger d'un pas. Quelle scène incroyable !

Si Donissan n'aperçoit pas la tache sur le sol, il y a une autre explication : face à une telle douleur, Donissan ne baisse pas la tête, il porte courageusement son regard sur le devant, sur le haut, les deux directions qui invitent à rêver, à aspirer. Bien sûr, le sentiment de désespoir a contribué à le pousser à pratiquer cette mortification cruelle. Cependant, il ne perd jamais espoir, même s'il se trouve au plus profond du désespoir. Les deux sentiments contradictoires sont merveilleusement compatibles chez ce personnage admirable. Peut-être s'agit-il là d'une particularité des saints bernanosiens.

Ensuite, Donissan a de plus en plus de fantasmes, perd progressivement sa capacité à se contrôler, si bien qu'il tombe totalement dans les ténèbres : « Une brume rose était entre son regard et le ciel livide, qu'il contemplait d'un œil ébloui. Puis cette brume disparut tout à coup, et avec elle le paysage de neige et de boue, et la clarté même du jour. » (*SSS*, p. 119) Évidemment, c'est Donissan, non le narrateur, qui voit la « brume rose ». La brume elle-même est capable de créer un monde imaginaire, mystérieux et séduisant, de retirer l'homme du monde réel, de l'empêcher d'avoir des idées claires et d'y entraîner l'âme. Elle peut être considérée comme un symbole de Satan étant donné son vagabondage, sa flexibilité, son ambiguïté, son opacité, son incertitude et sa mobilité. Par ailleurs, comme Satan, elle est là, sous les yeux, sans conteste, mais elle est insaisissable, intangible ; elle vous séduit, vous appelle, vous caresse et finit par vous dévorer doucement et subtilement.

Elle vous rend aveugle, sinon rêveur et dupe de vos rêveries. La brume qui est « entre son regard et le ciel » correspond parfaitement à Satan qui est un obstacle entre l'homme et Dieu. La couleur rose contribue également à dévoiler la nature de cette brume dont l'état normal est sans couleur. Sans aucun doute, le rose relève d'une couleur véritablement séduisante. Cette couleur romantique reflète en fait l'état d'âme de Donissan qui est enivré, euphorique et en extase à ce moment-là. Si « cette brume disparut tout à coup », ce n'est pas parce que Satan a interrompu son complot, s'est retiré et s'en est allé, mais parce que ce diable trompeur choisit de se présenter sous une autre forme: les ténèbres totales.

La couleur éclatante de la « brume rose » qui ne relève que d'une illusion, forme un contraste frappant avec la couleur terne et sans éclat du « ciel livide » qui relève d'une description réaliste. Cette différence en matière de couleur implique celle de nature entre le Créateur et le Tentateur. Ce premier exerce un puissant magnétisme même s'il cache tout son éclat, alors que ce dernier ne peut se passer des ruses trompeuses, des trompe-l'œil. Le narrateur lucide nous révèle que ce que Donissan aurait voulu contempler, ce qui aurait pu attirer son regard, ce n'est pas la « brume », mais le « ciel », où l'Éternel habite. Donissan a tort de prendre l'ennemi pour son sauveur. La nature trompeuse de Satan est encore une fois confirmée et dénoncée clairement. D'ailleurs, ce passage continue de démontrer que Donissan ne veut jamais s'éloigner de Dieu. Sans doute, le « ciel livide » impliquerait non seulement une distinction profonde et essentielle entre Dieu et Satan, mais aussi le mécontentement de Dieu à l'égard du comportement de Donissan.

La folie de Donissan atteint son paroxysme dans les ténèbres:

Mais il frappait et frappait encore dans ces nouvelles ténèbres, il eût frappé jusqu'à mourir. Sa pensée, comme engourdie par l'excès de la douleur physique, ne se fixait plus et il ne formait aucun désir, sinon d'atteindre et de détruire, dans cette chair intolérable, le principe même de son mal. Chaque nouvelle violence en appelait une autre plus forte, impuissante encore à le rassasier. (*SSS*, p.119)

Donissan ressemble à une machine hors de contrôle, qui fonctionne automatiquement et ne peut plus s'arrêter, qui se dirige vers son auto-destruction. L'une des ruses de Satan consiste surtout à faire perdre le sens des réalités, le bon sens, la capacité à réfléchir et à juger, c'est-à-dire à rendre la tête vide. Par conséquent, Donissan interprète incorrectement son propre mal, si bien qu'il envisage lui-même, non Satan, comme la véritable source du mal. Si Donissan agit ainsi, c'est parce que d'une part, il exige de lui-même trop de perfections, d'autre part, il accorde une importance démesurée à ses propres fautes, fussent-elles moindres. Au cours de cette mortification, Donissan ne parvient toujours pas à un état d'équilibre. Il a pour objectif de réprimer ses pulsions, de déraciner ses désirs. Cependant, ses pulsions s'avèrent de plus en plus fortes, à tel point qu'elles deviennent enfin incontrôlables; quant à ses désirs, au lieu de disparaître, ils deviennent indéfinissables, indiscernables et donc extrêmement difficiles à combler. Il a envie d'oublier son corps et de se concentrer sur la spiritualité qui exige la cohérence et la subtilité de la pensée. Cependant, le résultat est décourageant car chez lui, l'expérience corporelle est tellement mise en relief qu'il ne peut plus trouver le chemin qui conduit à la spiritualité avec sa pensée engourdie.

En effet, la mortification modérée est estimable et profitable: « Mortifications et pénitences doivent être ordonnées et réglées pour plaire à Dieu.»① Il est tout à fait raisonnable que Donissan s'inflige des violences pour montrer son mépris du corps, car il n'est pas le seul, ni le premier à adopter une telle position. Tout risque de changer, dès qu'on est influencé par Satan.

Si Donissan ne s'est pas aperçu de la présence du diable, le narrateur comprend très bien ce qui se passe et dénonce l'intervention de l'ennemi:

---

① ROULLET Antoine, *Corps et pénitence*: *Les carmélites déchaussées espagnoles* (*ca* 1560-*ca* 1640), Madrid, Casa de Velázquez, 2015, p.189.

Car il en était à ce paroxysme où l'amour trompé n'est plus fort que pour détruire. Peut-être croyait-il étreindre et détester cette part de lui-même, trop pesante, le fardeau de sa misère, impossible à tirer jusqu'en haut; peut-être croyait-il châtier ce corps de mort dont l'apôtre souhaitait aussi d'être délivré, mais la tentation était dès lors plus avant dans son cœur, et il se haïssait tout entier. (*SSS*, p.119)

Le comparatif nous rappelle que la tentation, comme une bête féroce, patiente et maligne, est toujours là pour attendre une meilleure occasion. La cible visée par le Tentateur n'est pas le corps, mais le cœur. Mais il est plus facile d'ouvrir une brèche dans le corps humain. C'est la première fois que le narrateur indique d'une manière si claire et si certaine la nature de la mortification pratiquée par Donissan: Satan fait de la mortification une tentation à laquelle sa proie n'a pas réussi à résister, tout au moins pendant une certaine période.

En effet, le narrateur voudrait expliquer le comportement impressionnant de Donissan sous différents angles. Il analyse d'abord les intentions de Donissan. Avec les deux « peut-être », d'une part il manifeste son incertitude en la matière, d'autre part il sous-entend qu'on ne peut pas trouver la cause primordiale chez ce personnage. En revanche, avec « mais » et le ton affirmatif, le narrateur nous amène à croire qu'il va présenter une vérité, que tout roule là-dessus. La juxtaposition de l'incertitude concernant le facteur interne et de la conviction concernant le facteur externe pousse le lecteur à accorder plus d'importance à l'affirmation du narrateur, c'est-à-dire au pouvoir destructif de l'ennemi commun de l'humanité.

Quand la tentation était-elle « plus avant dans son cœur »? De quelle occasion Satan s'est-il saisi? C'est lorsque Donissan est noyé dans les ténèbres, sans rien voir, sans rien penser, lorsqu'il devient l'esclave de sa folie qui a atteint le sommet.

Comme il est dit dans la Bible et que Donissan le croit fermement, « Dieu ne permettra pas que je sois tenté au-delà de mes forces » (*SSS*, p.102). Dieu ne va pas laisser son pauvre enfant se faire enlever et dévorer par le diable. Dieu s'incarne au moment critique, au moment où Donissan est le plus faible et donc a le plus besoin du soutien divin. Une ligne de blanc et le mot « cependant » (*SSS*, p.119) par lequel la scène suivante commence suggèrent tous que la situation a changé.

De la part de Donissan, maintenant, il a « les yeux clos », les « paupières serrées » et les oreilles remplies par un « bourdonnement aigu » (*SSS*, p.119). Il essaie de résister à la tentation qui s'accomplit surtout à travers des illusions et des propos démagogues. En effet, ce que l'homme doit faire et peut faire face aux attaques de Satan, c'est de ne le voir ni ne l'entendre. Toutes les images relatives à l'eau (« trempé de sueur et de sang », « glissé à pic dans une eau profonde ») assumeraient une fonction purificatrice, serviraient à laver les péchés que Donissan vient de commettre, à le protéger des atteintes portées par le Tentateur.

Quelques efforts que Donissan fasse, il est impossible qu'il soit assez puissant pour vaincre tout seul le diable. La grâce de Dieu est indispensable à la victoire sur la tentation, car l'ennemi de l'humanité est l'être le plus rusé, le meilleur à se servir de la haine — son arme la plus tranchante : « La haine aveugle qui l'animait contre lui-même était de celles que rien n'apaise ici-bas, et pour lesquelles tout le sang de la race humaine, s'il pouvait couler d'un seul coup, ne serait qu'une goutte d'eau sur un fer rouge » (*SSS*, p.120). Par conséquent, pour dissiper cette haine, l'homme doit faire appel à ce qui n'appartient pas à ce monde, c'est-à-dire à ce qui relève du surnaturel. Il s'agit là de la condition humaine. Combien l'homme est petit et impuissant devant Satan ! Ainsi, il est obligatoire que l'homme comprenne ses limites et ses devoirs. Comme le narrateur l'indique aussi clairement, « il n'avait dans la main qu'une arme inoffensive, dont il se déchirait en vain » (*SSS*, p.119). En apparence, le pronom « il » désigne Donissan, mais nous avons tout à fait raison de l'élargir à tous les êtres humains.

Miraculeusement, Donissan, « avec les yeux clos », voit « une flamme brève et haute » (*SSS*, p.119). C'est cette flamme qui constitue une preuve de la présence de Dieu. Il ne se fait pas voir à travers les yeux, mais à travers le cœur. Il est capable d'éclairer le monde intérieur de l'homme égaré dans les ténèbres et de le conduire à en sortir. Pour y parvenir, il doit avant tout aider Donissan à reprendre conscience. C'est pourquoi « ses tempes battirent à coups si rapides que sa tête douloureuse vibra » (*SSS*, p. 119). Il est nécessaire que Donissan se débarrasse de l'état d'étourdissement le plus tôt possible, qu'il s'aperçoive de ce qu'il est en train de faire.

Effectivement, le cœur de Donissan, toujours ouvert au bien, est éclairé par le soleil de Dieu; Donissan répond de manière positive à l'exhortation non verbale de Dieu:

> *Jamais celui qu'on appela le saint de Lumbres n'osa depuis forcer la nature d'un cœur si follement téméraire. Jamais il ne lui porta tel défi.* (*SSS*, p.119)

À travers l'appellation « le saint de Lumbres », le narrateur voudrait nous apprendre que malgré tous les péchés que Donissan a commis, il est quand même digne d'être appelé un saint, et qu'il se comporte déjà comme un véritable saint à ce moment-là, avant qu'il soit généralement reconnu pour le saint de Lumbres. C'est sans doute la raison pour laquelle le narrateur emploie ici le passé simple (« appela ») , qui sert à exprimer un fait incontestable, pour remplacer le futur dans le passé (appellerait) , qui aurait été plus approprié au contexte, mais qui contient plus ou moins l'incertitude, la possibilité d'un changement.

En fin de compte, qu'est-ce qui rend Donissan saint? La tentation n'empêche pas l'homme de devenir saint mais au contraire, quelquefois, elle le conduit à accéder à la sainteté. À la grâce de Dieu, Donissan parvient à se rendre compte de ses péchés. Il comprend qu'il a « un cœur si follement téméraire », c'est-à-dire qu'il fait preuve d'une audace imprudente, excessive, jusqu'à aller au-delà de ses forces, jusqu'à déplaire à Dieu. Cette audace folle est nuisible à la fois au corps et à l'âme de l'homme, mais favorable au projet de Satan. En effet, c'est toujours Satan qui pousse l'homme à la folie. Ainsi, reconnaître la folie, c'est reconnaître la présence de Satan. Les péchés de Donissan résident dans le fait qu'il perd la raison et se porte à des extrémités à cause de la tentation de Satan. En croyant que Dieu ne permettra pas qu'il soit tenté au-delà de ses forces, Donissan porte un défi à lui-même. Mais en réalité, c'est la puissance de Dieu qu'il défie.

Le plus important, c'est qu'après avoir reconnu ses péchés, Donissan est capable de s'en repentir, d'interrompre à temps ses comportements qui ne sont pas conformes aux commandements de Dieu. Le mot « jamais » qui est répété deux fois et est placé en début de phrase démontre largement le charisme et l'énergie incroyables que Dieu possède et la grande détermination dont Donissan fait preuve pour s'éloigner du mal. Cette attitude constitue le facteur clé qui lui permet de devenir saint. De plus, ses actes ne démentent jamais ses paroles ou ses pensées.

En un mot, à condition qu'on soit prêt à écouter les ordres de Dieu, à y obéir inconditionnellement, qu'on soit sensible au bien ainsi qu'au mal, on a la possibilité de figurer parmi les saints, car Dieu est tellement charitable qu'il n'abandonnera jamais aucun enfant égaré.

Notons que dans la scène précédente, le verbe « frapper » est toujours employé de manière itérative : « il frappait et frappait sans relâche », « il frappait et frappait encore dans ces nouvelles ténèbres ». Cette répétition montre à la fois la fréquence et l'intensité de la flagellation. Cependant, dans la nouvelle scène qui suit, « il frappait sans relâche ». Le changement s'est déjà produit, tant du point de vue de la forme que de celui du contenu. Avec un seul verbe, le narrateur implique que la folie de Donissan s'est affaiblie progressivement, ce qui est dû non seulement à ses propres efforts, mais en particulier à la grâce de Dieu.

À plusieurs reprises, le narrateur invite les lecteurs à remarquer l'arrivée, au moins éventuelle, des forces surnaturelles. Après avoir subi tellement de coups insupportables, Donissan n'est cependant pas tombé par terre. Le narrateur donne une explication : « et seule le tenait debout, sans doute, sa mystérieuse colère.» (*SSS*, p.119) D'abord, seulement la colère d'un être divin a quelque chose de mystérieux. Il est certain que Dieu n'éprouve jamais de haine. En revanche, Dieu risque de manifester sa colère face aux péchés. Dans la Bible, il ne manque pas de textes concernant ce point. De plus, la scène précédente se termine par la haine — le seul sentiment qui domine Donissan à ce moment-là. Si nous interprétons « sa mystérieuse colère » comme celle de Donissan seul, ce changement de sentiment s'avère brutal et donc peu convaincant. De ce fait, l'explication la plus raisonnable serait que cette colère appartient à Dieu, qui habite à ce moment-là Donissan. En effet, Satan a pour objectif final d'abattre les hommes, alors que seul Dieu vise à soutenir ses enfants, à relever les enfants qui sont déjà tombés.

Dans le passage suivant, nous pouvons trouver de plus en plus de preuves de la présence de Dieu:

> *La surprise, plutôt que la souffrance même, lui arracha un cri aigu, vite étouffé, tandis qu'il levait encore la discipline de bronze. Le feu qui brûlait dans ses yeux n'était plus de ce monde.* (*SSS*, p.120)

La surprise de Donissan prouve justement qu'il se passe quelque chose de différent, plus exactement, quelque chose de merveilleux, que Donissan s'est déjà réveillé de sa torpeur. Son réveil se manifeste aussi dans le fait qu'il retrouve sa sensation de douleur, bien que cette douleur lui semble supportable et moins importante que la surprise. À travers cette comparaison, la cause de sa surprise devient plus évidente: seule la vue de la puissance divine est capable de susciter une telle surprise. Dans ce contexte, ce que Donissan tient à la main, ce n'est plus une simple « chaîne » — une métamorphose de Satan, mais une « discipline de bronze » — un outil utilisé pour se flageller dans un but de mortification et de pénitence.

Dans une certaine mesure, Donissan joue le même rôle que la chaîne dans ce combat spirituel: tous les deux peuvent servir d'outil, ou d'arme, leur nature varie en fonction de celui qui profite d'eux. Les vrais protagonistes dans ce combat demeurent Dieu et Satan. Mais la différence la plus importante entre Donissan et la chaîne est que ce premier a le libre arbitre et peut donc choisir son chemin, alors que le destin de cette dernière, insensible et passive, est totalement contrôlé par l'autre. Alors, ce n'est plus une folie que Donissan commet, mais une véritable mortification qui correspond à la volonté de Dieu. Donissan est une brebis égarée que Dieu a ramenée au bercail.

D'ailleurs, chez Bernanos, Satan est le froid lui-même. Dans un tel contexte, Dieu est naturellement l'incarnation de la chaleur, puisque Dieu et Satan sont deux êtres absolument opposés. Ainsi, il est aussi raisonnable que nous considérons le feu comme l'une des figures de Dieu. Naturellement, le narrateur partage cette opinion et confirme de manière bien claire la présence de Dieu: « Le feu qui brûlait dans ses yeux n'était plus de ce monde ». Le fait que le feu brûle dans les yeux signifie que Dieu est entré dans le cœur, puisque les yeux sont reconnus comme la fenêtre du cœur. Ce feu surnaturel ne peut venir que de Dieu qui a rempli Donissan à travers le Saint-Esprit.

Pour éloigner Donissan de Satan, ce que Dieu fait ensuite, c'est de l'empêcher de continuer de se punir follement et excessivement. Il faut remarquer que ce n'est pas Donissan lui-même qui prend l'initiative d'arrêter la flagellation:

> *Mais, comme il abaissait le bras, ses doigts s'ouvrirent d'eux-mêmes, et il sentit sa main retomber. En même temps ses reins fléchirent et tous ses muscles se relâchèrent à la fois. Il glissa sur les genoux, fit pour se relever un effort immense, chancela de nouveau, les bras étendus, à tâtons, secoué par un tremblement convulsif. En vain il tenta de regagner la fenêtre, vers la pâle clarté du dehors, entrevue sans la reconnaître, à travers ses yeux mi-clos. L'affreuse lutte soutenue n'était déjà plus qu'un souvenir vague, indéterminé, comme d'un rêve. Ainsi l'anxiété survit au cauchemar, présence invisible, inexplicable, dans la paix et le recueillement de l'aube... Il s'assit au pied du lit, laissa retomber sa tête et s'endormit.*

(*SSS*, p.120)

Même Donissan a l'impression que quelqu'un d'autre lui fait relâcher la main, lui fait abaisser le bras, lui fait jeter cette infernale machine et brise son orgueil en le faisant s'agenouiller. En effet, Donissan a abaissé le bras, mais il aurait voulu le relever pour se donner un coup aussi violent. L'emploi d'une série de verbes pronominaux qui renverraient au sens passif (s'ouvrir, se relâcher) prouve justement que Donissan n'est que l'objet de ces actions consécutives.

Le mot « mais » sert également à prouver la présence de Dieu. Il montre que l'idée que le narrateur va exprimer s'opposera à l'affirmation précédente. Alors, de quoi s'agit-il dans l'affirmation précédente? Littéralement, le narrateur parle de « la haine aveugle », inapaisable pour les êtres humains. Comme tout le monde le sait, Satan représente justement la haine, alors que Dieu est l'amour même. Ce lien s'avère d'autant plus étroit qu'il s'agit là d'une haine surnaturelle, inhumaine. Par conséquent, le mot « mais » nous dit déjà que le narrateur va opposer la présence de Dieu à celle de Satan. De plus, le récit postérieur révèle que Donissan n'est plus sous l'emprise de cette haine qui semble se dissiper. Évidemment, Donissan, qui fait partie de l'humanité, est certainement incapable d'y parvenir, comme le narrateur l'a indiqué plus haut. Étant donné la personnalité de Donissan qui se conduit généralement comme un héros vaillant, il n'a pas l'habitude de se rendre ou de renoncer facilement, c'est-à-dire qu'il ne devrait pas arrêter de se punir au moment où il éprouve une telle haine. Tout cela contribue à prouver l'intervention divine.

La deuxième moitié de ce paragraphe très long est presque remplie de signes en rapport avec le Sauveur, le Créateur: « la pâle clarté du dehors », « présence invisible, inexplicable », « la paix », « le recueillement », « l'aube ». Enfin, les ténèbres de la nuit font place à la clarté de l'aube, la haine et la folie à l'équilibre, au calme et à la raison.

Cependant, Donissan n'arrive pas encore à se dégriser complètement, bien qu'il ait déjà éprouvé fortement le sentiment intime de la vérité, qu'il soit réellement attiré et guidé par cette vérité: « En vain il tenta de regagner la fenêtre, vers la pâle clarté du dehors, entrevue sans la reconnaître, à travers ses yeux mi-clos.» La description de ses yeux reflète l'état de son âme. Son sentiment de vertige s'atténue peu à peu, mais demeure quand même. Sans doute, c'est pour cette raison que Donissan a vraiment besoin de sommeil: «Il s'assit au pied du lit, laissa retomber sa tête et s'endormit.» Ce sommeil est beaucoup plus qu'un repos quotidien. Il contribue plutôt à une renaissance.

Face à l'intervention divine et à la résistance de Donissan, Satan, dont la chaîne demeure le symbole, qui n'est jamais aisément battu, lance à son adversaire (plus exactement, ses adversaires, puisque Dieu est avec Donissan à ce moment-là) des assauts plus violents:

> *La chaîne était entre ses doigts raidis à chaque coup plus souple et plus vive, étrangement agile et perfide, avec un bruissement léger.* (*SSS*, p.119)

Les qualificatifs et le bruit particulier rappellent une fois encore l'image de Satan. Surtout le mot « étrangement », qui laisse clairement entendre qu'il y a une force invisible et malveillante derrière cet objet ordinaire et innocent. Le plus important est que la chaîne, qui occupait tout à l'heure une position supérieure (« tordue au-dessus de sa tête »)① et dominante (« venait le mordre au flanc »)② n'est plus en dehors du contrôle de Donissan (« entre ses doigts »). Il est tout à fait possible que Donissan, la personne dominée, se transforme en dominateur. Comme nous le savons bien, si on réussit à saisir la partie vitale d'un serpent, quelque agile et méchant qu'il soit, il ne parvient plus à nous porter atteinte. De plus, les termes « entre ses doigts » évoqueraient une expression figée dans la langue française « entre les mains de

① Cette localisation suggère la disparité de puissance entre les deux parties intéressées.

② La chaîne a l'air d'un prédateur et Donissan de sa proie.

quelqu'un », qui signifie « en la possession de quelqu'un, sous l'autorité de quelqu'un ». Par ailleurs, si nous comparons « sifflante » et « un bruissement léger », nous aurions l'impression qu'un bruit dissuasif et provocant est remplacé par une sorte de gémissement, par les sanglots du vaincu. Dans ce contexte, le contraste entre la souplesse qui caractérise la chaîne et la raideur dont Donissan fait preuve est vraiment significatif. La souplesse donne à entendre une puissance apparente, la possibilité de l'asservissement, alors que la raideur rappelle la véritable force, la persévérance, la résolution inébranlable que Donissan manifeste. Même la tournure « à chaque coup » devient ambivalente. Pourquoi ne pouvons-nous pas l'interpréter comme des coups mutuels? En un mot, à partir du court passage mentionné plus haut, nous pouvons constater le changement considérable de la situation.

Enfin, Satan reconnaît qu'il est certainement incapable de vaincre son ennemi et a donc l'intention de s'enfuir:

> *Tout à coup, la chaîne trop tôt brandie, se repliant sur elle-même, faillit échapper à sa main et le frappa rudement à la poitrine. Le dernier maillon l'atteignit au-dessous du sein droit avec une telle force qu'il y fit voler un lambeau de chair comme un copeau sous la varlope.* (*SSS*, p.120)

Même avant sa fuite, Satan n'oublie pas de donner à Donissan un dernier coup extrêmement brutal. Cette fois-ci, il a choisi comme cible « la poitrine », le « sein droit », où se cache le cœur. Le projet de Satan est bien clair: il vise finalement à détruire l'âme de l'homme. La blessure corporelle de Donissan peut être considérée comme une métaphore qui sert à dévoiler le degré de gravité de l'atteinte que Satan veut porter à l'âme humaine. De plus, la fuite de Satan nous rend plus sûrs de la présence de Dieu.

Sans aucun doute, les coups de fouet si brutaux que Donissan se donne le font beaucoup souffrir tout au long de sa mortification. Cependant, Donissan n'éprouve pas toujours la même souffrance. Comme Péguy nous révèle dans *Le Mystère de la Charité de Jeanne d'Arc*, il existe en fait deux sortes de souffrances : l'une, « qui peut

servir », qui est « sœur de la souffrance de Jésus-Christ »; l'autre, « qui ne sert pas, qui ne sert éternellement pas », qui est « toujours vaine, vide, qui est creuse »①. Dans cette perspective, avant l'intervention de Dieu, la souffrance que Donissan subit est comme celle de l'enfer, stérile, inutile pour la purification de l'âme. Elle ne conduit qu'au néant, à la mort. C'est seulement grâce à Dieu que la nature de la souffrance de Donissan connaît un changement essentiel. Dès lors, sa souffrance devient efficace, purificatrice et relève donc de la véritable souffrance du saint.

Dans ce cas, la description de la blessure de Donissan rappelle à son tour la scène où Jésus-Christ s'est crucifié :

> *La chair de ses reins n'était qu'une plaie ardente, cent fois mâchée et remâchée, baignée d'un sang écumant, et cependant toutes ces morsures ne faisaient qu'une seule souffrance — indéterminée, totale, enivrante — comparable au vertige du regard dans une lumière trop vive lorsque l'œil ne discerne plus rien que sa propre douleur éblouissante*... (*SSS*, pp.119-120)

Dans ce passage, plusieurs termes ont trait à la divinité : « ardente », « lumière trop vive », « éblouissante ». Ainsi, la scène ne s'avère pas effrayante du tout, mais au contraire, tranquillisante, rassurante.

Le point de vue adopté est interne : Donissan ressent fortement une puissance surnaturelle, dont il n'arrive cependant pas à être tout à fait certain. C'est bien raisonnable, car Dieu lui-même ne saurait être visible. Comme sa souffrance est pénétrée par l'Éternel, elle s'avère « indéterminée » et « totale »; comme sa souffrance sera récompensée par le Seigneur, elle s'avère « enivrante ». À travers le personnage de Donissan, le narrateur nous révélerait le secret de

---

① PÉGUY Charles, *Œuvres poétiques complètes*, Paris, Gallimard, « Bibliothèque de la Pléiade », 1984, pp.427-428.

la souffrance de Jésus-Christ.

Certes, Donissan a commis pas mal de péchés. Néanmoins, ces péchés ne sont pas capables de voiler sa sainteté, étant donné que la sainteté comme perfection absolue est propre à Dieu, ce qui signifie que les péchés commis par les saints sont admissibles et pardonnables aux yeux de Dieu, car tout homme, y compris les saints, est sujet au péché. D'ailleurs, Donissan n'a nullement l'intention consciente de pécher. Malgré cela, chaque péché fait beaucoup souffrir son âme, qui est instinctivement sensible à tout moment à la transgression de la volonté de Dieu. Les tourments de l'âme prouvent justement sa foi fervente en Jésus-Christ.

Chapitre V

La sainteté peut être une tentation

D'après la Bible, Dieu, qui ne peut être tenté de faire le mal et ne tente personne, nous appelle tous à être des saints. Autrement dit, Dieu, pour qui la sainteté est un appel universel, un idéal accessible et humain, n'utilise jamais la sainteté comme une amorce pour attirer des disciples. Cependant, Satan sait profiter de cet appel à la sainteté et faire d'elle une tentation. En effet, Satan ne renonce jamais à démolir tout ce qui appartient à Dieu et tout ce qui vient de Dieu. En un mot, la sainteté ne peut se transformer en une tentation que dans le contexte de l'intervention ingénieuse et malveillante de Satan.

Au sujet de l'appel à la sainteté, Satan ferait de manière secrète un discours maléfique: « La sainteté n'est rien d'autre qu'un leurre, ou une illusion, qui contribuent à faire oublier le présent douloureux par les hommes malheureux, à engourdir leur esprit, à faire taire leur voix, à annihiler leur volonté et à effacer leur mémoire.» Tout simplement, Satan prétendrait que la sainteté est seulement une tentation effectuée par Dieu, et qu'elle est inaccessible aux hommes vivant ici-bas dans la chair.

Naturellement, celui qui manifeste la sainteté n'a jamais l'intention de tenter les autres. Mais en réalité, il arrive que les saints deviennent à coup sûr une source de tentation. Dans ce cas, nous pouvons dire que la sainteté est plutôt une tentation imaginaire. Certains sont poussés par une curiosité irrésistible à percer les secrets des saints: c'est une raison principale pour laquelle Saint-Marin est allé rendre visite au saint de Lumbres. D'autres ont même la perfide intention de porter atteinte à la sainteté: c'est le cas de Fiodor, qui est séduit par la merveilleuse jeune fille Chantal de Clergerie, mais finit par la tuer. Dans cette perspective, le tentateur conscient est absent; il n'existe que la prétendue victime.

Pour voir comment la sainteté pourrait être envisagée par un saint comme une tentation, nous analysons ici la réaction de l'abbé Donissan quand l'abbé Menou-Segrais lui indique clairement, sérieusement et courageusement, pour la première fois, que la sainteté est la vocation de ce jeune prêtre, l'appel que Dieu lui a lancé:

> *À ces derniers mots, comme un soldat qui se sent touché, et se dresse d'instinct avant de retomber, l'abbé Donissan se mit debout. Dans son visage immobile, à la bouche close, aux fortes mâchoires, au front têtu, ses yeux pâles témoignaient d'une hésitation mortelle. Un long moment, son regard erra sans se poser. Puis ce regard rencontra la croix pendue au mur et, se reportant aussitôt sur l'abbé Menou-Segrais, en se fixant, parut s'éteindre tout à coup. Le doyen n'y lut plus qu'une soumission aveugle que le tragique désordre de cette âme, encore soulevée de terreur, rendait sublime.* (*SSS*, p.101)

Évidemment, Donissan ne s'est jamais attendu à ce que son supérieur tire de telles conclusions le concernant. Il a l'impression d'être, sans préavis, porté au pinacle d'une grâce qui le dépasse et l'effraie. Son acte de se dresser brusquement traduirait son énorme étonnement, sa crainte irrésistible. Effectivement, il a même peur d'entendre le terme « sainteté » comme il a peur d'être tenté par Satan, car il a peur qu'on réveille son désir instinctif de la sainteté, qu'on lui impose une vocation au-delà de ses forces. Jusqu'alors il n'a jamais explicitement aspiré à la sainteté. Il ne pense qu'à être un bon prêtre, c'est-à-dire un prêtre pauvre mais laborieux, charitable, pieux, modeste, capable d'accomplir une œuvre qui soit profitable aux âmes des autres. Il a une si mauvaise estime de lui-même qu'il se fait constamment des reproches sévères, se sent vraiment incapable de ne rien accomplir : « Le ministère paroissial, [...] est une charge au-dessus de mes forces. [...] Ici même, je suis un obstacle au bien. Le dernier paysan du canton rougirait d'un curé tel que moi, sans expérience, sans lumières, sans véritable dignité. Quelque effort que je fasse, comment puis-je espérer suppléer jamais à ce qui me manque? » (*SSS*, p.93) Il ne se contente que de remplir les conditions minimales pour exercer le ministère dans un petit village où les gens ne sont pas exigeants.

Le zèle et la piété dont Donissan fait preuve pourraient contribuer à expliquer pourquoi Donissan éprouve une telle crainte, une telle angoisse, quand il entend Menou-Segrais prononcer le mot « sainteté » pour lui seul. Sa foi ferme et vive en Dieu lui ferait croire que pour les chrétiens, la sainteté est un point culminant que seuls les grands hommes peuvent atteindre, que l'aspiration d'une personne nulle à la sainteté risque de déshonorer la sainteté de Dieu. Par conséquent, plus Donissan est pieux, plus la sainteté serait précieuse et inaccessible à ses yeux, plus il aurait peur d'y faire face, de l'accepter, ou même tout simplement, d'y penser.

En un mot, Donissan, qui ne met jamais en doute la sainteté elle-même, ni la dénature, comme Satan a l'habitude de le faire, est quand même susceptible d'avoir l'impression d'être tenté au-delà de ses forces si on lui demande de rechercher la sainteté, d'essayer d'y arriver, même d'accomplir obligatoirement cette vocation. Donissan croirait que la sainteté est une vertu suprême, que seules les personnes brillantes, lui non compris, bien sûr, ont la possibilité d'atteindre.

En réalité, c'est justement ce dont l'abbé Menou-Segrais se soucie tellement. Il a vraiment peur d'être pris par Donissan pour son tentateur. Pour dissiper le doute de ce dernier concernant ses propres compétences, ou tout au moins l'atténuer, le convaincre d'accepter sa vocation, l'abbé Menou-Segrais fait preuve d'une habileté considérable dans leur conversation. Avant de révéler sa vocation à Donissan, Menou-Segrais cherche à détruire l'image irréelle que Donissan se fait de lui-même.

Menou-Segrais commence leur conversation par des reproches apparents qui sont en réalité des louanges, des avis favorables: quand il apprend à Donissan: « Le diocèse est trop pauvre, [...] pour nourrir une bouche inutile » (*SSS*, p.93), il veut dire que Donissan n'est pas inutile du tout pour ce diocèse, que juste au contraire, il incarnera l'espoir et la force, apportera des changements considérables à Menou-Segrais, ainsi qu'à beaucoup d'autres personnes. Les propos ultérieurs de Menou-Segrais confirmeront totalement ce point. S'il dit à Donissan: « Je suis prêt à demander votre rappel à Monseigneur » (SSS, p.93), il veut dire qu'il est nécessaire que l'évêque évalue de nouveau les compétences de Donissan, réfléchisse de nouveau à sa nomination. Quand il demande à Donissan: « Vous avouant incapable de guider et de conseiller autrui, comment seriez-vous bon juge dans votre propre cause? » (*SSS*, p.94) il veut dire que le jugement que Donissan fait de lui-même est insoutenable, qu'il doit lui faire confiance, lui obéir pour reconnaître ses véritables valeurs.

Quand Donissan prétend être impropre à son poste et a l'intention de quitter Campagne, Menou-Segrais lui coupe la retraite: il voudrait « solliciter de Monseigneur son rappel à Tourcoing » (*SSS*, p.93), mais Menou-Segrais lui dit que « l'affaire n'en est pas moins délicate » (*SSS*, p.93); il avait « fait le projet [...] de trouver dans un couvent une place, au moins provisoire » (*SSS*, p.93), mais Menou-Segrais lui révèle qu'un couvent « n'est pas un lieu de repos, un asile, une infirmerie » (*SSS*, p.93). Il semble qu'il ne reste à Donissan qu'un choix: continuer d'exercer le ministère à Campagne. En effet, Donissan est destiné à être prêtre.

Il faut remarquer que dans ce passage, Menou-Segrais ne dit jamais d'une manière explicite et certaine que Donissan est incapable d'assumer les responsabilités d'un prêtre. C'est toujours Donissan lui-même qui avoue son incapacité en la matière et croit que tout le monde partage cet avis. Et quand Donissan fait l'aveu de son incapacité, ce que Menou-Segrais fait, ce n'est pas de lui rétorquer tout de suite, de renverser directement toutes ses conclusions, mais de faire un détour. Ce détail lui permet d'éviter d'être contradictoire dans ses propos et annonce le point culminant de l'intrigue. Par ailleurs, la cohérence dont Menou-Segrais fait preuve dans son argumentation rend ses propos plus convaincants. La dévalorisation actuelle de Donissan forme un contraste frappant avec la haute appréciation dont il jouira par la suite. Cette affabulation suggère non seulement que le romancier veut rendre son héros plus impressionnant, mais aussi qu'il veut nous enseigner qu'en général, ce qui est précieux tarde, voire ne parvient jamais, à être reconnu par le public.

Grâce au guidage de Menou-Segrais, Donissan a réussi à poser la première question signifiante: « que veut-on que je fasse? » (*SSS*, p.94) Le dialogue entre Menou-Segrais et Donissan s'avère aussi instructif pour le lecteur, parce que l'auteur montre ici qu'il faut penser davantage à ce qu'on peut faire qu'à ce qu'on ne peut pas faire. En effet, quand on pense davantage à ce qu'on peut faire, on peut renforcer sa confiance en soi et son sens des responsabilités, alors que quand on ne pense qu'à ce qu'on ne peut pas faire, le sentiment de désespoir s'insinuera imperceptiblement dans notre cœur.

Après avoir changé sa manière de penser, Donissan commence vraiment à s'examiner de façon différente, réussit à entrevoir ses propres qualités, bien que celles-ci lui semblent extrêmement dérisoires: «je ne suis pas absolument incapable d'aucun travail apostolique, proportionné à mon intelligence et à mes moyens. Ma santé physique heureusement ...» (*SSS*, p. 94) Pour continuer de dissiper le doute de Donissan, Menou-Segrais rappelle à Donissan, pour la première fois d'une manière explicite et grave, qu'il fait déjà partie des élus de Dieu, qu'il doit reconnaître la grâce de Dieu et discerner sa vocation religieuse: «La santé est un don de Dieu [...]. La force qui vous a été départie, votre adresse même à certains travaux manuels, c'était là sans doute le signe d'une vocation moins haute, où la Providence vous appelait...» (*SSS*, p.94)

Pour se rendre plus fiable, Menou-Segrais fait appel à l'autorité de Dieu et à celle de l'évêque, auxquels Donissan obéit inconditionnellement, qu'il respecte sincèrement: « Dieu et votre évêque, mon enfant, vous ont donné un maître: c'est moi. [...] Vos supérieurs vous ont laissé recevoir les Saints Ordres; je pense que leur décision n'a pas été prise légèrement. » (*SSS*, p.94) Voilà la logique de Menou-Segrais: si Donissan continue de s'avouer totalement incapable, cela signifie seulement que ses supérieurs auraient pris une décision incorrecte et irresponsable. Évidemment, Donissan ne veut jamais rejeter la faute sur les autres, en particulier sur les gens qu'il doit respecter. Donissan ne peut mettre en doute que son jugement et son raisonnement. Autrement dit, il est obligé de trouver lui-même ses qualités, des arguments pour justifier qu'il est en fait capable, tant bien que mal, d'exercer le ministère paroissial.

De plus, auparavant, Menou-Segrais a appelé Donissan « mon ami » (*SSS*, p.92, p.93) — une appellation qui suggère une position égalitaire entre les deux interlocuteurs; maintenant, cette appellation est remplacée par « mon enfant » — une appellation qui implique une position basse par rapport au sujet parlant. Ce changement montrerait que d'une part, Menou-Segrais voudrait raccourcir la distance psychologique et lui exprimer plus de tendresse; d'autre part, il voudrait profiter des avantages de son âge et de son expérience, adopter une position de supériorité et donc de domination, pour se faire plus convainquant. En effet, pour communiquer efficacement avec les autres, le positionnement que l'intéressé adopte vis-à-vis de lui-même et de ses interlocuteurs est un facteur clé.

En un mot, l'abbé Menou-Segrais nous montre comment éviter, en particulier dans l'acte de langage, que la sainteté ne devienne une tentation.

Chapitre VI

La dimension œcuménique de la sainteté

La sainteté est un état auquel on peut parvenir avant l'heure de la mort. Elle est accessible à tous ceux qui habitent la terre, y compris les hommes ordinaires. Certes, Bernanos interprète la notion de sainteté principalement à travers des personnages de religieux. Mais cela ne veut absolument pas dire que la sainteté est réservée aux croyants : il y a effectivement des profanes qui ont également accédé à la sainteté chez Bernanos. En fait, la sainteté peut être conçue comme une vertu œcuménique, qui permet de classer tous les êtres humains en deux catégories : les saints et les non-saints. Dans cette perspective, dépassant les frontières entre les croyances, entre la croyance et l'incroyance, la notion de sainteté s'inscrit dans une dimension anthropologique. De plus, la sainteté prônée par Bernanos conserve une actualité permanente, car on peut vivre une telle sainteté à sa façon. Rien ne pose problème : ni l'âge, ni la santé, ni la situation familiale ou professionnelle, ni le contexte économique et social, ni l'environnement politique...

VI.1 La sainteté des religieux

Bernanos cherche à dévoiler la sainteté qui se trouve dans l'accomplissement des petits devoirs de chaque instant, réalisé par des personnes ordinaires, « oubliées de l'histoire, oubliées des canonisations canoniques, invisibles comme le levain de la pâte »①. Cette comparaison elle-même implique déjà que les saints ignorés et sous-estimés jouent un rôle irremplaçable dans ce monde.

Dans *Journal d'un curé de campagne*, le personnage principal, le curé d'Ambricourt, est désigné par la paroisse où il travaille. Sans doute, l'auteur pense que ce prêtre est si ordinaire que les lecteurs n'ont pas besoin de connaître son nom. Cette omission consciente et volontaire suggère que l'auteur ne veut pas créer un personnage individuel et distinct, mais un personnage collectif, ou plus précisément, un chrétien anonyme.

De plus, le titre du roman implique que l'auteur ne se contente pas de décrire un curé unique: comme le mot « campagne » pourrait désigner toute la terre, un curé de campagne pourrait représenter les curés qui se dispersent dans tous les coins du monde.

Parmi tous les saints, c'est le curé d'Ambricourt que Bernanos aime et admire le plus. Si Bernanos ne donne pas un nom à son personnage préféré, c'est sans doute parce que l'auteur espère dire encore aux lecteurs que le curé d'Ambricourt représente une sainteté imitable. À vrai dire, les qualités de ce saint ne sont pas difficiles à acquérir. Il ne fait rien de foudroyant. En tant que prêtre, il est parfaitement fidèle à sa fonction.

Dans ce roman, bien que l'auteur emploie la première personne, le récit conserve une forte dimension impersonnelle. Comme Malraux l'a remarqué dans la préface de *Journal d'un curé de campagne*, « Bernanos n'est nullement en face du curé d'Ambricourt, il n'est en face que des âmes perdues ».

Les religieux représentent avant tout les chrétiens. À travers les personnages de prêtres qui sont vraiment ordinaires, même humbles, Bernanos veut montrer ce que doit être un véritable chrétien. Ces personnages contribuent fortement à la désacralisation de la sainteté bernanosienne. En

---

① TAUSSIG Sylvie, *Le roman, saint et bâtard*, mis en ligne le 8 juillet 2016, consulté le 16 octobre 2016. URL: http://www.implications-philosophiques.org/actualite/une/le-roman-saint-et -batard/.

réalité, dans son premier roman *Sous le soleil de Satan*, Bernanos n'a pas affirmé de manière claire que Donissan est un véritable saint. Le personnage lui-même essaie toujours de nier qu'il soit un saint. C'est plutôt le public qui le décrit comme saint, d'une manière admirative ou dédaigneuse. Sans doute, Bernanos voudrait nous rappeler que ce qui manque à la chrétienté ce sont des véritables chrétiens, non des saints. Le public a tort de croire que la sainteté est une qualité difficile, voire impossible à obtenir. En fait, la sainteté est l'arme la plus efficace pour résister à la tentation de Satan. Cependant, à cause de la méconnaissance de la sainteté et du manque de véritables chrétiens, Satan a la chance de devenir le roi de ce monde. Il faut remarquer que chez Bernanos, les chrétiens doivent être avant tout des saints, contrairement à ce que croient bon nombre de gens. La sainteté doit représenter l'état ordinaire du chrétien, non un idéal à suivre.

Comme nous avons analysé en détail des personnages de religieux saints dans les chapitres précédents, nous allons focaliser notre attention dans le présent chapitre sur des profanes saints.

Ⅵ.2 La sainteté des profanes

L'œuvre romanesque de Bernanos démontre que la sainteté est également susceptible d'être manifestée à travers un personnage non-croyant. Ainsi Bernanos prouve-t-il à sa manière la vérité de l'amour de Dieu: « il fait lever son soleil sur les méchants et sur les bons, et il fait pleuvoir sur les justes et sur les injustes » (Matthieu 5: 45).

La sainteté est accessible à tous les hommes sur terre, qu'ils soient croyants ou incroyants. La deuxième Mouchette est un bon exemple. Si cette fille peut figurer parmi les saints bernanosiens, en plus du sacrifice que nous avons analysé plus haut, la pauvreté constitue aussi une condition indispensable: « la sainteté consiste dans un état de pauvreté »①.

---

① *Florilège de texte du Père Marie-Eugène*, http://www.carmel.asso.fr/Florilege-de-texte.html # sommaire.

Certes, dans la doctrine catholique, la pauvreté est une vertu purificatrice. Ce concept comprend en fait deux dimensions : d'une part, les pauvres, résignés à leur pauvreté, n'aspirent pas à une vie pompeuse et voluptueuse, n'ont pas pour objectif d'accumuler des richesses ; d'autre part, les riches, comprenant que la pauvreté est un état ontologique de l'homme, manifestent leur dédain des richesses, par exemple en faisant l'aumône. Au final, ces deux catégories de personnes n'en font qu'une sur le plan de la pauvreté d'esprit. C'est celle-ci qui est préconisée par la Bible : « Heureux les pauvres en esprit, car le royaume des cieux est à eux ! » (Matthieu 3 : 5) Bernanos nous montre aussi que « pauvreté ou richesse (d'ordre matériel) ne sont pas en soi des critères de sainteté »① et que nous devons avoir pour critère la pauvreté d'esprit.

Dans le cas de Mouchette, la pauvreté atteint son apogée, si bien qu'il vaudrait mieux que nous employions le mot *misère* pour caractériser cette pauvre fille. En effet, Mouchette vit dans une extrême misère, tant du point de vue matériel que spirituel. Commençons par sa famille : son père alcoolique ne fait rien d'autre que de la gronder et battre ; sa mère, gravement malade, n'est plus capable de la protéger ni de s'occuper d'elle ; ses grands frères, comme son père, sont totalement dans l'indifférence ; son petit frère n'est qu'un petit bébé, qui a encore besoin d'elle. En un mot, c'est une famille froide qui manque d'amour, d'union, et de tendresse. Cette famille habite dans une maison en très mauvais état : « Les murs de torchis, crevés par les gelées cèdent de toutes parts, la charpente de poutres volées çà et là, s'effondre. Le père, aux premiers froids, se contente de boucher les trous avec des fagots.» (*NHM*, p.20) La fillette Mouchette porte des vêtements et des chaussures usés, qui ne sont pas à sa taille, et que ses grands frères avaient portés auparavant.

À l'école, où elle n'a ni amis ni instituteurs aimables, Mouchette est

---

① GILLES Veinstein, *Les voies de la sainteté dans l'islam et le christianisme : Présentation*, dans *Revue de l'histoire des religions*, n°1, 1998, p.13.

également accablée par la solitude et l'humiliation : elle est sous-estimée et méprisée par son institutrice, qui manque de sympathie, de compassion, comme un tyran autoritaire et dominateur ; elle est blessée « au plus profond de l'âme » (*NHM*, p.13) par les « mots lourds que les garçons lui jettent en passant, à voix basse, qu'elle feint de ne pas entendre, mais qu'elle emporte parfois avec elle jusqu'au soir, qui ont l'air de coller à la peau » (*NHM*, p.13) ; elle hait la chanson que l'institutrice exige de chanter, en allant jusqu'à toute musique « d'une haine farouche, inexplicable » (*NHM*, p.13), parce que cette chanson est une ironie et un mensonge pour elle — on prône l'espoir et promet un meilleur monde dans cette chanson alors qu'en réalité, rien ne peut inspirer l'espoir dans un tel monde isolé, misérable, dans lequel elle est condamnée à vivre sans espoir de jamais parvenir à s'enfuir①.

Quant à son village, c'est un endroit isolé et stérile : « au sol pauvre et sableux, grouillant de lapins mal nourris, à peine plus gros que des rats » (*NHM*, p.20). Les habitants sont incroyablement indifférents : au cours du dernier chapitre du récit, Mouchette aurait pu éviter son destin tragique si un passant avait porté un regard sur elle. À l'égard de Mouchette, les habitants se montrent fréquemment moqueurs ou méprisants. La mort de la mère de Mouchette est tellement silencieuse comme si rien n'était. *Nouvelle Histoire de Mouchette* est le seul récit romanesque de Bernanos où on ne « discerne aucune présence de prêtre, aucune référence explicite aux mystères chrétiens, aucune connotation religieuse dans le choix du vocabulaire »②. L'absence de prêtre suggère explicitement celle de Dieu, ce qui est, pour les chrétiens, la plus grande misère du monde. Le nom Saint Venant du hameau que Mouchette habite peut être interprété dans une double perspective. Premièrement, la signification littérale de ce nom forme un contraste avec la

---

① La sensibilité de Mouchette à la musique et aux injures témoigne justement de sa pureté et de sa pudeur.

② ESTÈVE Michel, *Georges Bernanos : Un triple itinéraire*, Paris, Hachette, 1981, p.192.

réalité du hameau: absence de Dieu et des saints, domination de la misère. Deuxièmement, ce nom transcrit l'appel du romancier à Dieu et la prévision optimiste de l'avenir: la grâce de Dieu va gagner ce territoire occupé temporairement par Satan.

Parmi son entourage, monsieur Arsène est le seul à l'apprécier et la respecter, si bien que cette fillette a considéré ce braconnier comme un compagnon, un ami. Elle semble voir la possibilité de se débarrasser de la solitude. Cependant, son « étrange ami » (*NHM*, p. 68) ne peut pas la comprendre vraiment. Ayant une voix limpide et ne voulant chanter que pour exprimer son vrai sentiment, elle chante tout à coup, contrairement à son habitude, lors de la crise d'épilepsie de monsieur Arsène qui « ressemble à un enfant mort » (*NHM*, p. 62) à ce moment de sorte que dans le cœur de Mouchette est né un sentiment complexe, semblable à la fois à l'amour maternel et à l'amour conjugal. Et pourtant, ce chant de l'âme qui a déjà pris un caractère saint ne fait pas l'admiration de monsieur Arsène qui, en revanche, considère que son chant ne convient pas aux circonstances: « À c't'heure, tu chantes? » (*NHM*, p.67) Le pire, c'est qu'elle a été violée par cet ivrogne, ce bel homme, auquel elle avait voulu faire confiance et se donner elle-même. Un don volontaire est remplacé brutalement par un acte forcé. La voie de la communion est encore une fois bloquée. Elle a compris enfin que cet homme ne peut pas l'emmener dans un autre univers.

De retour chez elle, Mouchette trouve que sa mère fait preuve d'une tendresse et d'une patience bien inhabituelles. Résistant au départ à cet amour maternel qui lui est si étranger, elle finit par décider de confier son secret à sa mère qui, cependant, est déjà morte sans rien entendre. Quel malheur! À cet instant, elle est dévorée par une solitude sans bornes. Elle s'est plongée inévitablement dans le désespoir. Elle ne comprend pas pourquoi elle est obligée de connaître tant de malheurs et d'injustices alors qu'elle-même n'a jamais commis aucune faute. Elle ne sait non plus comment s'en sortir, car nul ne peut l'aider, elle ne peut faire confiance à personne. Dans de telles circonstances, Mouchette succombe assurément à la tentation du suicide, surtout après la visite de la vieille sacristine qui porte un intérêt pervers aux cadavres. Cette dernière la pousse, en définitive, à la mort.

Enfermée dans un tel enfer de misère, Mouchette essaie de trouver une issue, mais malheureusement en vain. Cette intrigue n'est pas surprenante du tout, étant donné que le romancier affirme lui-même que « la vraie misère n'a pas d'issue »①.

Ce qui s'avère paradoxal, c'est que Mouchette est finalement sauvée dans le suicide, péché mortel aux yeux des chrétiens. Michel Estève, comme Albert Béguin, sont tous d'accord sur ce point.

En premier lieu, Mouchette a pris la décision de se donner la mort avec lucidité et sang-froid, dans un état d'âme calme, après avoir réfléchi à la signification de la mort. Autrement dit, ce n'est pas sur un coup de tête que Mouchette a ainsi agi. Tout autour d'elle ne lui inspire que le dégoût, alors qu'elle voit dans la mort « une découverte prodigieuse, l'imminente révélation d'un secret » (*NHM*, p. 168). Sa mort peut être interprétée, en quelque sorte, comme une tentative de lutter contre le mal.

À noter que la mort de Mouchette, qui « crut sentir la vie se dérober sous elle tandis que montait à ses narines l'odeur même de la tombe » (*NHM*, p.181), est totalement différente de celle de M. Ouine, qui n'est même pas capable de se voir mourir. Cette différence s'explique facilement par leur état d'être respectif: M. Ouine, un mort vivant, n'est pas sensible à la vie ni à la mort, alors que Mouchette, dont la vie est fraîche et vivante, est bien capable de discerner la frontière entre la vie et la mort. Comme ceux qui sont tentés par Satan tombent fréquemment dans un état de délire, la lucidité dont Mouchette fait preuve à cet instant décisif nous révèle que l'influence exercée par Satan sur cette fillette s'est déjà dissipée. Mouchette est parvenue à vaincre la tentation satanique en donnant à son acte un autre sens.

En second lieu, tout au long du récit, Mouchette se montre innocente,

---

① BERNANOS Georges, *La Vocation spirituelle de la France*, Paris, Plon, 1975, p.240.

de même qu'un agneau est jeté dans un groupe de loups méchants. Elle n'est pas capable de changer la nature de ces puissants. Mais comme un martyr, elle est capable de disposer de sa mort, le seul moyen de mettre fin à sa souffrance, de réaliser son rêve, de garder sa pureté — son seul trésor caché au plus profond de son cœur. Nous avons tout à fait raison de considérer Mouchette comme une petite héroïne, parce qu'elle témoigne de l'honneur de l'homme.

En troisième lieu, Mouchette se donne la mort en se jetant dans une eau claire, douce et limpide, qui est « en harmonie avec la pureté de Mouchette [...], symbolise en même temps un espoir de rédemption »①. De plus, cette eau évoque l'eau « donnée à la Samaritaine de l'Évangile, qui purifie et permet d'accéder à la vraie vie »②. Évidemment, le romancier donne une perspective surnaturelle à cette scène du suicide: comme Pierrette Renard-Georges l'indique, le suicide de Mouchette représente plutôt une « fusion avec l'eau claire »③, c'est-à-dire une communion avec Dieu, qui suggère sa présence à travers des substances, au lieu de se présenter directement dans ce monde. Comme le romancier éprouve une grande compassion pour cette fillette traquée par le malheur et l'injustice, qu'il croit que « la vraie misère des misérables n'a d'issue qu'en Dieu »④, il est raisonnable d'établir un lien étroit entre cette eau merveilleuse et la grâce de Dieu. Comme Michel Estève l'indique encore, « Mouchette cherche dans la mort la paix de l'éternité, où l'attend la pitié du Christ »⑤. Bien sûr, Mouchette n'en a pas pris une conscience tellement claire, mais son essence lui

---

① ESTÈVE Michel, *Georges Bernanos: Un triple itinéraire*, Paris, Hachette, 1981, p.195.

② ESTÈVE Michel, *Georges Bernanos: Un triple itinéraire*, Paris, Hachette, 1981, p.195.

③ RENARD-GEORGES Pierrette, *Métamorphoses et spiritualité du paysage*, dans *Etudes bernanosiennes*, n° 9, 1968, pp.31-54.

④ BERNANOS Georges, *La Vocation spirituelle de la France*, Paris, Plon, 1975, p.240.

⑤ ESTÈVE Michel, *Georges Bernanos: Un triple itinéraire*, Paris, Hachette, 1981, p.198.

permet de vouloir instinctivement rechercher Dieu.

Au sujet de son intention de créer la *Nouvelle Histoire de Mouchette*, l'auteur dit qu'il voudrait « essayer de montrer l'éveil désespéré du sentiment de la pureté chez une enfant misérable — d'une pureté toute charnelle »①. Si Mouchette n'est fascinée finalement par rien d'autre que l'eau claire, en apparence, c'est parce que cette eau peut lui rendre le corps propre et la séparer d'un environnement sale et dégoûtant; en profondeur, sans doute, c'est parce que Mouchette voudrait se laver de l'impureté résultant du viol commis par monsieur Arsène. Chez Mouchette, l'éveil du sentiment de la pureté est progressif, de même qu'une graine germe et pousse petit à petit au point de sortir un jour du sol dur. La fin du récit correspond à la manifestation la plus vive du sentiment de la pureté. À cause de son bas âge, elle ne peut envisager la vertu de pureté qu'à travers le corps, c'est-à-dire, du visible à l'invisible, ou du concret à l'abstrait. Malgré tout, cet éveil est « désespéré », parce qu'en réalité, Mouchette ne veut pas mourir, alors que la mort est pour elle le meilleur choix.

Sur le plan surnaturel, la mort de Mouchette est symbolique. Elle pourrait être interprétée comme un sacrement de baptême que la fillette s'est proposé dans le contexte d'absence de prêtre. Seule la perspective surnaturelle, écrit Michel Estève, est « capable, en définitive, de donner aux faits relatés leur véritable sens »②.

Contrairement aux morts ordinaires dont les caractères dominants sont la souffrance ou la tristesse, la mort de Mouchette se déroule dans une atmosphère tendre et joyeuse, qui évoque au contraire une naissance, ou un retour à la maison familiale. Donc, le suicide de Mouchette témoigne à la fois de la sainteté de la mort et de l'espérance du salut.

---

① BERNANOS Georges, *Correspondance*, tome II, 1934-1948, Paris, Plon, 1971, p.136.

② ESTÈVE Michel, *Georges Bernanos*: *Un triple itinéraire*, Paris, Hachette, 1981, p.193.

Sans aucun doute, Mouchette est aussi une enfant de Dieu. Même si elle est abandonnée par tout le monde, elle a encore Dieu le Père céleste qui la regarde, l'appelle et la console. À la fin de sa vie terrestre, « elle renversa la tête en arrière, fixant le point le plus haut du ciel » (*NHM*, p.181). Cette scène trahit son aspiration à la vie céleste, bien que sans doute, elle ne s'en aperçoive pas. Mais pourquoi cette scène ne pourrait-elle pas s'expliquer par la perception par Mouchette de l'appel de Dieu?

Guillaume Monod « définit l'humilité comme sainteté laïque »①. Cette définition nous permet également de classer la deuxième Mouchette parmi les saints bernanosiens. En fait, la mort de Mouchette peut être également interprétée comme la représentation d'une humilité qui conduit à la sainteté: « la mort reste pour Bernanos ce qui permet à l'homme d'atteindre son bonheur, à savoir son humanité, en se hissant jusqu'à l'humilité »②. Mouchette va jusqu'au bout de son malheur ainsi que de sa pauvreté, en glissant « hors du monde sans cri et même sans révolte »③. Dans une certaine mesure, Mouchette est une véritable martyre, elle est morte pour défendre aussi sa dignité en tant qu'enfant. Nous pouvons dire que Mouchette incarne une triple sainteté, c'est-à-dire sainteté enfantine, féminine et séculière.

---

① TAUSSIG Sylvie, *Le roman, saint et bâtard*, mis en ligne le 8 juillet 2016, consulté le 16 octobre 2016. URL: http://www.implications-philosophiques.org/actualite/une/le-roman-saint-et -batard/.

② GOSZTOLA Matthieu, *Georges Bernanos en La Pléiade*, consulté le 16 octobre 2016. URL: http://www.lacauselitteraire.fr/georges-bernanos-en-la-pleiade.

③ CAHNÉ Pierre, *Les deux Mouchette et la pauvreté*, dans *Transversalités*, n° 111, 2009, p.22.

PARTIE II

LES VOIES DE LA SAINTETÉ

Le philosophe français Blaise Pascal nous a dit il y a longtemps que « pour faire d'un homme un saint, la grâce est absolument nécessaire »①. Autrement dit, la réception de la grâce de Dieu est une condition indispensable pour devenir saint. Les chrétiens comprennent bien que la grâce de Dieu est donnée gratuitement, sans dépendre des œuvres accomplies par les êtres humains. Cela ne veut pas dire que l'homme n'a besoin de faire aucun effort pour accéder à la sainteté. L'homme a ses propres obligations à remplir en ce monde.

---

① SEGURA Pierre, *La grâce de Dieu*, consulté le 10 mars 2016. URL: http://www. topchretie n.com/topmessages/view/31/la-grace-de-dieu.html.

Chapitre I

La petite voie de sainte Thérèse de Lisieux

Bernanos entend la sainteté de la même manière que sainte Thérèse de l'enfant Jésus, appelée aussi sainte Thérèse de Lisieux, qui appelle à accéder à la sainteté en empruntant une « petite voie »① caractérisée par « un engagement quotidien et indéfectible, nourri par la foi et la patience »②. Dans *Sous le soleil de Satan*, nous pouvons voir ce modèle réel en le personnage du carrier qui est un « juste ignoré de tous et de lui-même » (*SSS*, p.165), qui a « une âme simple et sans histoire, attentive, quotidienne, occupée de pauvres soucis » (*SSS*, p. 165) et permet de sentir « une humilité souveraine, ainsi qu'une lumière céleste » (*SSS*, p.165). En un mot, c'est un homme capable d'inspirer à la fois l'amour, le respect et la crainte. Il a pour fonction de conduire Donissan sur la bonne voie et lui révéler le mystère de la sainteté.

La sainteté de sainte Thérèse de Lisieux se traduit en particulier par la simplicité enfantine que nous allons mettre en exergue dans le présent

---

① « Homélie du Saint-Père Jean-Paul II, Lisieux, 1980 » [archive], publié le 2juin1980 sur le site officiel du Vatican, consulté le 9 avril 2016. URL: https://w2.vatican.va/content/john-paul -ii/fr/homilies/1980/ documents /hf _ jp -ii_hom_19800602 _lisieux-francia.html.

② LOUET Maëva, *A la (re) découverte de Bernanos*, mis en ligne le 18 novembre 2015, consulté le 12 mars 2016. URL: http://www.viabooks.fr/article/a-la-redecouverte-de-bernanos-51900.

chapitre. Les titres des romans de Bernanos constituent déjà une preuve de la quête de la sainteté. Tous les titres sont exceptionnellement courts, simples, concis et faciles à comprendre.

Chez Bernanos, la simplicité est une qualité importante dont l'enfant fait preuve. C'est pour cette raison que les saints bernanosiens sont décrits toujours comme un enfant. D'après la Bible, « si quelqu'un ne naît de nouveau, il ne peut voir le royaume de Dieu » (Jean 3: 3) ; « si quelqu'un ne naît d'eau et d'esprit, il ne peut entrer dans le royaume de Dieu » (Jean 3: 5). Grâce au baptême et à la foi, un chrétien peut accomplir sa renaissance, c'est-à-dire qu'il devient enfant de Dieu, qui a des chances d'hériter de certaines qualités de son Père, y compris la sainteté. Au moins, il a les semences de la sainteté en lui. Le voyage à destination de la sainteté commence au moment où un enfant de Dieu est né.

Ici, nous prenons d'abord l'exemple de Donissan. Il ne se montre jamais agressif envers les autres hommes. Son seul ennemi, c'est le diable. Il traite tout le monde avec une compassion qui vient du fond du cœur. Il aime même les pécheurs de tout son cœur. Tout ce qu'il accomplit, ce n'est que pour les libérer du joug du diable. Il pleure pour sa propre impuissance et la souffrance d'autrui. Surtout, il ne ment jamais dans une société pourtant dominée par l'imposture, « à une époque où les mots les plus sûrs étaient pipés »①.

Dans le récit, Donissan est effectivement présenté comme un enfant, ce qui se manifeste non seulement dans sa simplicité, sa maladresse, mais aussi dans son appellation, comme Stéphane Gallon l'affirme, « à l'opposé des pécheurs soumis à la matière, à la souffrance, à l'usure de l'âge, Donissan est très souvent désigné par l'isotopie de l'enfance »②. À maintes reprises, il

---

① ESTÈVE Michel, *Georges Bernanos: Un triple itinéraire*, Paris, Hachette, 1981, p.11.

② GALLON Stéphane, *Sous le Soleil de Satan, à l'ombre des dénominations*, dans *Questions de style*, n° 6, 2009, p.141.

est appelé « enfant » par le vieux prêtre sagace l'abbé Menou-Segrais; il est appelé « le grand enfant » (*SSS*, p.109) à la fois par l'abbé Menou-Segrais et par le narrateur; il est appelé « un véritable enfant » (*SSS*, p.127) par l'autre vieux prêtre imbécile, myope et superficiel l'abbé Chapdelaine; il est appelé « notre cher enfant » (*SSS*, p.214) par un évêque égoïste, hypocrite et utilitaire; il est même appelé « nourrisson de mon cœur », « mon chérubin » (*SSS*, p.147) par Satan, « présenté comme terriblement clairvoyant »①.

Évidemment, des personnes totalement différentes ont cependant la même opinion de Donissan. Ces personnes peuvent représenter toutes sortes d'hommes, même tous les hommes. Cela prouve largement que Donissan se comporte comme un véritable enfant, à tous égards.

D'ailleurs, avant de prendre congé de l'abbé Menou-Segrais, l'abbé Demange dit: « Cependant, je vous laisse à plus puissant et plus clairvoyant que moi, mon ami. La mort n'a pas grand-chose à apprendre aux vieilles gens, mais un enfant, dans son berceau! Et quel Enfant!...» (*SSS*, p.90) Littéralement, l'abbé Demange parle de Jésus-Christ, car c'est une nuit de Noël. D'ailleurs, il n'a pas accordé une haute appréciation à ce jeune prêtre. Cependant, peut-être à la surprise de l'abbé Demange, le texte ultérieur prouvera qu'on a tout à fait raison de croire que cet « enfant » désigne aussi Donissan. Il est probable que l'abbé Demange fait une telle prévision, guidé par le Saint-Esprit.

En plus, derrière de nombreuses opinions défavorables à l'égard de Donissan se cache la sainteté de ce futur saint de Lumbres. Les propos de l'abbé Menou-Segrais, par exemple, nécessitent ainsi une nouvelle interprétation: « Il a crotté mon pauvre vieux Smyrne, et failli briser les pieds de la chaise qu'il a choisie la plus précieuse et la plus fragile, avec son ordinaire à-propos...[...] Hélas! ce n'est pas le bon Dieu qui est entré, mais un grand garçon aux larges épaules, d'une bonne volonté ingénue à faire

---

① GALLON Stéphane, *Sous le Soleil de Satan, à l'ombre des dénominations*, dans *Questions de style*, n° 6, 2009, p.141.

grincer des dents, plus assommant encore d'être discret, de dérober ses mains rouges, d'appuyer prudemment ses talons ferrés, d'adoucir une voix faite pour les chevaux et les bœufs...» (*SSS*, pp.80-84). Son avis semble négatif, mais en fait, il n'a nullement tourné Donissan en dérision. Ses propos trahissent surtout une inquiétude profonde pour ce jeune prêtre. En fait, tous les prétendus défauts ou imperfections de Donissan prouvent justement la simplicité, la pureté et l'innocence de cet « enfant ».

La préférence que l'auteur a pour Donissan est bien évidente. Son appréciation de ce prêtre est clairement positive: l'identité dominante de Donissan n'est pas celle d'un pécheur, mais d'un homme qui peut plaire à Dieu, comme l'abbé Menou-Segrais le lui dit expressément: « Mon petit, Notre-Seigneur n'est pas mécontent de vous » (*SSS*, p.99). C'est à la fois l'opinion de ce vieux prêtre, de l'auteur et de Dieu, car c'est « avec un indéfinissable accent » et « un geste presque maternel » (*SSS*, p.99) que l'abbé Menou-Segrais prononce cette phrase. D'une part, en général, ce qui est de Dieu est indéfinissable; d'autre part, nous pouvons observer un brusque changement d'habitude de la part de l'abbé Menou-Segrais lorsq'il reprend « aussitôt ce ton habituel de bienveillance un peu hautaine dont il aimait à déguiser sa tendresse » (*SSS*, p.99). Pourquoi ne pouvons-nous pas interpréter ce brutal changement comme preuve de la présence divine?

Un autre saint qui peut incarner la simplicité est le curé d'Ambricourt. C'est un curé franchement ordinaire, occupé par les affaires quotidiennes les plus infimes et les plus pesantes. Sa simplicité est constatée par le curé de Torcy, et comparée par lui à « une espèce de feu qui [...] brûle [ses paroissiens]» (*JCC*, p.201). C'est l'image du feu qui rapproche le curé d'Ambricourt de Dieu. La Bible a dit que le feu est une des manifestations de Dieu: « Dieu est aussi un feu dévorant.» (Hébreux 12: 29) Le feu de Dieu est capable de détruire toutes les œuvres du diable. Alors, comment est le feu du curé d'Ambricourt? Pour y répondre, nous devons savoir d'abord comment sont ses paroissiens. Ce sont des gens qui sont dévorés par l'ennui, comme le curé d'Ambricourt l'a souligné dès le début du journal, ou des gens qui haïssent la simplicité du curé d'Ambricourt et s'en défendent, si nous reprenons les termes utilisés par le curé de Torcy. Les paroles de ces deux personnes sont fiables. En fin de compte, ce sont des gens qui sont tombés dans les pièges de Satan. Alors, le feu qui brûle ce genre de gens est purificateur, et donc intrinsèquement semblable au feu divin.

Quant à Chantal, elle satisfait aux exigences traditionnelles qui définissent un saint. C'est une jeune fille extrêmement simple, agissant comme un petit enfant qui n'est pas encore souillé par les tentations sociales. Elle n'a pas honte de reconnaître sa faiblesse, sa médiocrité, qui déterminent sa dépendance à Dieu, de même qu'un enfant fait naturellement appel à ses parents quand il se trouve dans une situation délicate. Ce qu'elle recherche, c'est l'humilité, l'obéissance. La foi de Chantal en Dieu est inébranlable. C'est pourquoi elle peut devenir l'incarnation de la joie: elle peut non seulement ressentir elle-même une joie surnaturelle, mais aussi apporter de la joie à son entourage.

Un autre personnage, l'abbé Menou-Segrais, a l'air d'un bon prêtre. Cependant, il ne peut pas passer pour un saint. Il forme un contraste frappant avec Donissan. Nous allons voir que c'est principalement le manque de simplicité qui l'empêche d'accéder à la sainteté dans ce monde. Le cas de l'abbé Menou-Segrais nous montre également que le talent n'est pas une condition à remplir obligatoirement pour devenir saint. En réalité, les gens qui ont l'air incompétent, inutile ont même plus d'occasions d'atteindre la sainteté. Contrairement à l'abbé Donissan — un représentant typique des saints bernanosiens, l'abbé Menou-Segrais accorde une assez grande importance à la richesse matérielle, à la gloire terrestre et à son propre corps, c'est-à-dire à tout ce qui est considéré comme un fardeau, ou un obstacle par les saints bernanosiens.

À vrai dire, l'abbé Menou-Segrais possède de nombreuses qualités. Il se caractérise par sa lucidité et son sang-froid. Pendant sa jeunesse, il a déjà fait preuve d'un véritable talent, bien qu'il n'ait toujours pas trouvé l'occasion de le déployer. Dans sa vieillesse, il se distingue clairement de son entourage, bien sûr, par sa noblesse, mais surtout par sa clairvoyance. Sa noblesse est d'autant plus remarquable et impressionnante qu'il vit dans un petit village particulièrement pauvre, isolé et morne comme un « grand seigneur exilé qui rapporte, au fond de la province, quelque chose des façons et des mœurs de la Cour » (*SSS*, p.81). Si sa noblesse donne une impression profonde plutôt aux autres personnages du roman, sa clairvoyance attire en particulier l'attention du lecteur. Quand tout le monde méprise Donissan ou se moque de lui, l'abbé Menou-Segrais est le seul à voir les qualités et les dons de ce jeune homme; quand Donissan, accablé par le désespoir, conteste sa capacité à exercer le sacerdoce, l'abbé Menou-Segrais le console et l'encourage pour relever son âme abattue en lui révélant sa vocation; quand Donissan se décide à répondre à l'appel de Dieu et que personne ne s'inquiète de lui, l'abbé Menou-Segrais est aussi le seul à prévoir les dangers que ce pauvre prêtre rencontrera sur son chemin; quand Donissan lui raconte sa rencontre incroyable avec Satan, l'abbé Menou-Segrais, qui connaît très bien les règles de jeux de la société et la psychologie de ses contemporains, est capable de lui donner des conseils efficaces et pratiques pour éviter que Donissan ne fasse l'objet de perpétuelles moqueries de la part des autres, tout en ne mettant pas en doute la parole de Donissan.

La lucidité précieuse de l'abbé Menou-Segrais se manifeste également dans le jugement objectif qu'il se porte à lui-même. Quand il est déjà arrivé à obtenir le respect et l'éloge de ses confrères et de ses paroissiens, il reconnaît clairement que Donissan est une exception: « vous venez de vous mettre entre les mains *d'un homme que vous n'estimez pas* »①(*SSS*, p.97). Cette mise en relief suggérerait que c'est avec une grande douleur que l'abbé Menou-Segrais reconnaît et accepte cette réalité telle qu'elle est. Cette remarque surprend non seulement le prêtre extrêmement docile et humble, dont le visage « était d'une pâleur livide » et qui a levé « sur le terrible vieux prêtre un regard plein de

---

① C'est l'auteur qui souligne.

stupeur » (*SSS*, p.97), mais aussi le lecteur, qui croirait le narrateur dont la préférence pour ce vieux prêtre est bien évidente, car c'est quasiment la seule appréciation négative mais juste faite à l'égard de l'abbé Menou-Segrais. Ces propos sont d'autant plus fiables que c'est la personne intéressée elle-même qui révèle cette réalité à une autre personne intéressée dont la réaction confirme totalement « cette étrange confession » (*SSS*, p. 97), car elle ne ment jamais.

C'est aussi un homme riche d'expériences forgées dans la sphère sociale et professionnelle, qui a vécu bien des épreuves. Au commencement, son génie, ses modes particuliers de pensée et de comportement « éveillèrent d'abord la méfiance de l'évêque » (*SSS*, p.81). Cependant, son « irréprochable distinction » (*SSS*, p.81) lui valut finalement « les bonnes grâces » (*SSS*, p.81) de ce supérieur. Malheureusement, ce supérieur fut bientôt mort. Son successeur l'a « d'abord poliment tenu à l'écart, puis franchement disgracié » (*SSS*, p. 81). Enfin, il est nommé « à la cure, d'ailleurs enviée, de Campagne » (*SSS*, p.81), village pauvre et isolé. Toutes ces épreuves, ou plus exactement, toutes ces souffrances lui ont permis de devenir une personnalité appréciée de tous dans le petit village, mais en particulier d'interpréter de manière plus profonde la vie, le sacerdoce, même le surnaturel, de voir clairement dans quelle situation se trouve Donissan, de servir à ce dernier de « maître » (*SSS*, p.94), de « juge » (*SSS*, p.97). En effet, selon une certaine perspective, la souffrance est un don de Dieu. Elle pourrait être favorable à la vie spirituelle.

Le plus important, c'est que l'abbé Menou-Segrais, honteux d'être associé aux complots de Satan, est en fait assez vigilant envers les attaques de l'ennemi, comme il a dit à Donissan : « Je puis être votre juge en cette affaire : je ne serai point votre tentateur. » (*SSS*, p. 97) Cette affirmation montre que l'abbé Menou-Segrais préfère imiter Dieu, qui ne joue jamais le rôle de tentateur et qui est incontestablement « notre juge » (Ésaïe 33 : 22). De plus, l'imitation de Dieu est un acte conforme à la Parole de Dieu : « Devenez donc les imitateurs de Dieu, comme des enfants bien-aimés. »

(Éphésiens 5: 1) En même temps, nous pouvons remarquer que l'abbé Menou-Segrais s'éloigne volontairement de Satan, qui n'est jamais qu'un tentateur et qui ne peut jamais jouer le rôle de juge.

Quoi qu'il en soit, l'abbé Menou-Segrais conserve la capacité de distinguer le bien du mal, d'éviter d'être trompé par les apparences, d'oser défier l'autorité et la puissance d'une manière indirecte et subtile, d'avoir sa propre opinion au lieu de suivre le courant. Malgré ces qualités précieuses, l'abbé Menou-Segrais ne peut figurer parmi les saints bernanosiens. Une des raisons principales est qu'il met fréquemment à la première place son propre intérêt, à la différence d'un saint qui met Dieu à la première place dans tout ce qu'il fait. En d'autres termes, pour les saints, Dieu est tout, moi n'est rien. Évidemment, l'abbé Menou-Segrais fait rarement le mal, il s'abstient de participer aux complots des malfaiteurs. Mais dans la plupart des cas, il laisse faire le mal, il laisse le mal se multiplier, pourvu qu'il ne soit pas atteint. Il sait se protéger, ou tout au moins il sait s'exposer le moins possible aux risques, ou réduire le plus possible le danger, tout en évitant de porter atteinte à l'intérêt des autres. Sans aucun doute, c'est un homme de principes. Mais il ne se prépare pas à lutter avec acharnement contre l'injustice et les péchés.

L'abbé Menou-Segrais et l'abbé Donissan connaissent très bien, tous les deux, les défauts des habitants locaux. Une différence importante entre ces deux hommes honnêtes et intègres est que le premier, qui cherche toujours à garder son esprit lucide au lieu de suivre la foule, ne travaille pourtant plus à ramener tous les gens sur la bonne voie, afin de ne pas détruire l'équilibre apparent de son quartier, alors que le second, dont un des traits de caractère les plus dominants est son obstination, ne renonce jamais à corriger les fautes, qu'il s'agisse des siennes ou de celles des autres, et ce bien qu'il ressente effectivement de temps en temps un profond désespoir.

D'ailleurs, l'abbé Menou-Segrais ne fait pas partie de ceux qui font concorder l'apparence avec la réalité, l'acte avec la pensée. Il est capable de mener en même temps deux vies différentes, même contradictoires: une vie extérieure et une vie intérieure.

Dans le domaine de la vie extérieure et visible, il cherche à maintenir l'équilibre existant dans la société, à éviter de susciter le jugement ou les reproches de son entourage. Cette vie est principalement destinée à se faire remarquer et juger par les autres, sans se soucier de répondre à l'appel de sa propre âme. Pour vivre en harmonie avec le monde extérieur, il se contente de « servir paisiblement la paix religieuse dans le diocèse », de se réjouir d'un « agréable balancement » (*SSS*, p. 81). Il fait semblant de s'en tenir aux usages du lieu où il vit, aux idées dominantes de son époque. Ainsi il mène une vie qui est « en apparence celle d'un laïque bien tenté » (*SSS*, p.97). À partir de cet aveu, nous pourrions conclure que l'idéologie dominante est hostile à la religion et à l'Église, ou tout au moins, n'y accorde plus beaucoup d'importance, que les contemporains de l'abbé Menou-Segrais ont une forte prédilection pour la richesse matérielle. Sans doute, la bonne réputation que l'abbé Menou-Segrais a gagnée à Campagne s'expliquerait non seulement par son charme personnel, par ses qualités, mais en particulier par sa grande fortune. Dans une telle circonstance, en tant que doyen de Campagne, l'abbé Menou-Segrais, d'une part, n'oublie pas de garder, même de multiplier sa fortune déjà immense en vivant « de peu » et en l'administrant « avec sagesse » (*SSS*, p.81); d'autre part, il demeure presque oisivement dans sa paroisse. De plus, en particulier dans sa vieillesse, l'abbé Menou-Segrais se résigne à rechercher le bonheur terrestre. Il se contente de mener une vie confortable et tranquille.

Cependant, l'expression « en apparence » que l'abbé Menou-Segrais a employée lors de sa confession démontre que sa vie intérieure est tout à fait différente. Dans cette vie, sans aucun doute, Dieu occupe une place irremplaçable et primordiale. Il espère encore que son monde intérieur est éclairé par la lumière divine. Il essaie toujours de garder son monde intérieur intact. Pour y arriver, la meilleure façon serait de ne permettre à personne d'y pénétrer, d'éviter d'éveiller la curiosité. Il s'agit là d'un secret qu'il s'efforce de garder depuis longtemps, que jusqu'à maintenant, personne n'a percé. En réalité, il n'a pas abandonné complètement le « goût très vif de la spiritualité la plus haute » (*SSS*, p.81) qu'il a eu pendant sa jeunesse. Seulement il l'a caché au fond de son cœur, qui est fermé à tous sauf à Donissan. Il a hautement évalué l'influence que Donissan exerce sur lui-même et qu'il exercerait sur les autres: « Mais c'est vous qui me formez », « Mon enfant, l'esprit de force est en vous » (*SSS*, p.100). Il fait une critique implicite mais sévère tout en affirmant la puissance de Dieu: « *Ils* n'ont pas su reconnaître le plus précieux des dons de l'Esprit [...]. *Ils* ne reconnaissent jamais rien. C'est Dieu qui nous nomme. Le nom que nous portons n'est qu'un nom d'emprunt...»①(*SSS*, p.100) Naturellement, le pronom « ils » désigne d'abord les dirigeants de l'Église, ensuite les habitants de sa paroisse, ou même tous ceux qui ne croient pas en Dieu.

Certes, le vieil abbé Menou-Segrais demeure un prêtre fidèle, sage, clairvoyant et talentueux, ayant un fort sens de la justice. Mais les innombrables revers qu'il a subis dans sa carrière ont fait d'un jeune homme caractérisé par son esprit de résistance et son « esprit d'indépendance farouche » (*SSS*, p.81) un diplomate, ce qui le rend incapable d'interpréter parfaitement un rôle d'authenticité, étant donné qu'il est bien possible qu'un diplomate ait recours à des stratagèmes, même à des ruses qui rappelleraient tout de suite Satan.

En un mot, la vie intérieure de l'abbé Menou-Segrais témoigne de sa forte envie de sainteté alors que sa vie extérieure nie sans cesse cette recherche. Cette dysharmonie, ou ce déchirement fait de lui un personnage complexe, torturé. Par conséquent, il est impossible pour l'abbé Menou-Segrais d'accéder vraiment à la sainteté. En fait, il a une conscience claire de ce résultat potentiel, car il a prédit son avenir de manière très affirmative: « J'arrive au port les mains vides » (*SSS*, p.100). Pourquoi « les mains vides »? Évidemment, c'est d'abord parce qu'il comprend très bien qu'il ne pourra jamais emporter sa fortune, sa gloire dans l'autre monde. Mais sans

---

① C'est l'auteur qui souligne.

doute, l'abbé Menou-Segrais voudrait dire qu'il n'est pas digne de recevoir la grâce de Dieu, car il n'a pas accompli la volonté de Dieu, que devant Dieu, tout ce qu'il s'est procuré dans ce monde ne vaut rien du tout. C'est pour cette raison qu'il n'ose même pas indiquer clairement sa destination finale : le paradis ou l'enfer. Il n'a pas de prétention démesurée à entrer forcément dans le paradis. En même temps, il ne veut absolument pas tomber dans l'enfer. Le terme « port » nous permettrait de voir un cœur déchiré et un sentiment d'impuissance.

Il faut remarquer que la sainteté n'exige pas de mener une vie particulière, qu'elle ne vise pas à séparer les saints du reste du monde, ni à les retirer de la vie d'ici-bas. Les chrétiens doivent avoir une seule identité, une seule existence où la sainteté leur sert de règle de conduite, de principe de pensée, les éclaire, les guide dans le chemin de progrès. Évidemment, l'abbé Menou-Segrais, ayant une double identité — une identité sociale appréciée par les autres, mais condamnée en fait par lui-même, une identité intérieure ignorée par les autres, dont il rêve, qu'il n'a cependant pas achevé de construire — n'a pas correspondu au critère de sainteté mentionné plus haut.

Cependant, la présence de Donissan réveille d'une manière incroyable l'envie de sainteté qui sommeille au fond de son cœur, si bien qu'il ne peut ni ne veut plus vivre en paix — une paix apparente et trompeuse, qu'il se décide aussi à se plonger dans une aventure sans précédent pour lui, contrairement à sa personnalité dominante. Bien sûr, il ne compte pas sur lui-même pour arriver à la sainteté. Il met tout son espoir en Donissan, qui est « un homme bien différent » (*SSS*, p. 100) de lui, qui l'a retourné « comme un gant » (*SSS*, p.100).

En effet, à la différence de l'abbé Menou-Segrais, Donissan est un homme simple et cohérent. Il est tout à fait le même extérieurement et intérieurement. Il pense ce qu'il dit, dit ce qu'il va faire, et fait ce qu'il dit. Il n'a pas recours à un double langage qui risque d'engendrer la confusion chez ses interlocuteurs. Il y a un parfait alignement entre sa personnalité profonde et son comportement extérieur. Tout ce qu'il ressent intérieurement est aussi ce qu'il exprime. Les personnages du roman ainsi que le lecteur peuvent remarquer une correspondance exacte entre l'expérience de Donissan et sa prise de conscience. Il est capable d'extérioriser sa vie intérieure et de faire de sa vie extérieure un reflet fidèle de sa vie intérieure.

La simplicité dont Donissan fait preuve constitue un facteur clé pour qu'il puisse figurer parmi les saints bernanosiens. La simplicité implique la congruence, l'authenticité, la sincérité, l'honnêteté, l'unité du moi, le refus du mensonge et de la tromperie. De ce fait, la simplicité permet naturellement d'inspirer confiance aux autres, qui qu'ils soient: « les plus grossiers l'écouteront (Donissan) bientôt sans se défendre, ne se refuseront pas. C'est qu'il est impossible de se croire une minute la dupe d'un tel homme: où il vous mène on sent qu'il monte avec vous. » (*SSS*, p. 106) De plus, la simplicité ajoute de plus en plus de charme à ce personnage, si bien qu'il attire enfin les gens qui viennent de tous les coins du monde, quels que soient leur statut social et leur profession.

En résumé, l'abbé Menou-Segrais n'est pas l'exemple d'un bon prêtre que Bernanos nous invite à suivre. Tout au contraire, le romancier aurait pour objectif de nous mettre en garde contre cette indifférence particulière, qui semblerait anodine, mais est en fait bien dangereuse, car il s'agit là aussi de la tentation de Satan. En effet, ce que Dieu attend de ce monde, c'est que tous les êtres humains soient sauvés, que chacun d'entre eux recherche volontairement la sainteté tout en s'éloignant consciemment du péché. Comme tous les hommes ne font qu'un, chaque membre doit se sentir dans l'obligation d'aider les autres à combattre l'ennemi commun.

Quand l'abbé Menou-Segrais affirme à Donissan: « Là où Dieu vous attend, il vous faudra monter, monter ou vous perdre. N'attendez aucun secours humain » (*SSS*, p.101), il révèle en fait une réalité importante: si l'on ne cherche pas à atteindre la sainteté, que notre cœur ne s'élève pas vers le ciel, c'est-à-dire vers Dieu, cela signifie déjà qu'on est tombé dans le piège dressé par Satan, qu'on est réellement devenu, consciemment ou inconsciemment, volontairement ou involontairement, un serviteur du diable. Il n'y a pas de compromis en la matière: si l'on ne se dirige pas vers Dieu, on ne peut que se diriger vers Satan. Ainsi, nous pouvons dire que Menou-Segrais ne s'adresse pas seulement à Donissan, mais à tous les êtres humains. Dans une perspective existentialiste, l'homme est condamné à être libre, il est donc condamné à faire des choix. L'homme ne pourra jamais modifier une telle condition humaine, en apparence décevante.

Chapitre II

L'affection envers le royaume terrestre

L'aspiration de Bernanos au royaume céleste n'exclut aucunement son attachement au royaume terrestre. Imaginez ce fort sentiment qui l'a poussé à formuler ces propos tellement touchants: « Quand je serai mort, dites au doux royaume de la terre que je l'aimais plus que je ne saurais dire »①. Les saints bernanosiens éprouvent le même sentiment que leur créateur. Ainsi, même si le monde semble tomber totalement dans les ténèbres, ces saints n'éprouvent pas de haine envers les pécheurs, ne parlent pas d'eux avec mépris.

La sainteté authentique doit ressembler aux fleurs de lotus qui sortent de la boue sans être souillées. Elle doit s'enraciner dans le réel.

II.1 Les noms propres renvoyant au sentiment envers ce monde

Chez Bernanos, la nomination des personnages ou des lieux est loin d'être arbitraire. Les noms que l'abbé Donissan porte, par exemple, ont déjà traduit son attachement au royaume terrestre. Donissan exerce la fonction de vicaire à Campagne avant d'être nommé curé de Lumbres. Le mot « campagne » est synonyme de « champ ». Dans la Bible, le Seigneur Jésus dit expressément: « Le champ, c'est le monde; la bonne semence, ce sont les enfants du

---

① GOSSELIN-NOAT Monique, MILNER Max, *Bernanos et le monde moderne*, Lille, Presses universitaires de Lille, 1988, p.24.

royaume ; l'ivraie, ce sont les enfants du Malin ; l'ennemi qui l'a semée, c'est le diable ; la moisson, c'est la fin du monde ; et les moissonneurs sont les anges. » (Matthieu 13 : 38-39). Ainsi, dans *Sous le soleil de Satan*, Campagne est beaucoup plus qu'un petit village français. Il représente en réalité le monde entier, chaque recoin de la terre. De ce fait, nous pouvons dire que le romancier adopte une perspective œcuménique. Il se préoccupe du bonheur de toute l'humanité, il s'adresse à tous les êtres humains, à tous les pécheurs.

Il semble que personne ne puisse faire contrepoids au Malfaiteur, puisque tout l'univers romanesque est « sous le soleil de Satan ». Cependant, « le saint de Lumbres », le nom que l'abbé Donissan mérite bien, nous a déjà appris que Donissan constitue une exception, qu'il est destiné à s'engager dans un combat cruel, car le mot « Lumbres » se rapporte évidemment aux mots « l'ombre ». Bien sûr, l'ombre est souvent considérée comme une figure de l'obscurité et de la mort. Cependant, pour mieux comprendre ce nom, il vaudrait mieux se référer au sens propre du mot « ombre » : l'ombre est la partie de l'espace où la lumière ne pénètre pas derrière un corps opaque. Donissan intercepte par son propre corps les rayons du soleil de Satan, de sorte que Lumbres apparaît comme un lieu relativement paisible, grâce aux beaux sacrifices qu'a faits Donissan, si médiocre et si impuissant qu'il paraisse. Dans ce contexte, l'ombre devient une figure de protection, de repos et de rafraîchissement. Le titre du roman qui a trait à la lumière et le surnom de Donissan qui se rapporte à l'ombre se font ainsi écho et forment un contraste impressionnant. En plus, le couple lumière et ombre prend respectivement une toute nouvelle connotation : la lumière est méchante, trompeuse et froide, alors que l'ombre est béatifique, combattante et douce.

D'ailleurs, comme il est dit à plusieurs reprises dans *Sous le soleil de Satan*, Satan est le prince de ce monde. Généralement, Satan est étroitement lié à l'ombre. Ainsi, nous pouvons en déduire que l'ombre désigne en fait le royaume terrestre, ou plus précisément, que le royaume terrestre est dominé par les ténèbres, et caractérisé par l'ombre. Dans cette perspective, la tournure « le saint de Lumbres » suggère que Donissan est déjà devenu saint dans ce monde, qu'il a accompli sa vocation avant d'entrer dans le royaume céleste.

Stéphane Gallon voit dans le nom propre « Lumbres » un mixte de « l'ombre » et « lumière », « mixte qui synthétise parfaitement la conception chrétienne de la nature humaine, une nature duelle: l'homme est un mélange d'argile et de souffle, un mélange de matière et d'esprit, un mélange d'humanité et de divinité »①. Le saint de Lumbres est avant tout un homme. Donc, il ne peut pas se débarrasser de sa nature inférieure, c'est-à-dire qu'il ne peut pas éviter de commettre des péchés. Cependant, les péchés qu'il a commis prouvent à leur tour que Donissan est un vrai homme, non un homme illusoire. En particulier, la dénomination du « saint de Lumbres » suggérerait sans doute que la plupart du temps la divinité l'emporte sur l'humanité en Donissan.

La dénomination du « saint de Lumbres » signifierait principalement que Donissan est un être de lumière capable d'éclairer ce monde si noir, que Donissan peut apporter une lueur d'espoir à tous les pécheurs qui souffrent.

Notons que Donissan lui-même n'est pas le producteur de cette lumière, que la lumière guérissante ne peut provenir que de Dieu, le seul Sauveur. En d'autres termes, ce que Donissan a fait et peut faire dans ce monde, c'est de réfléchir et diffuser la lumière divine, la lumière de la Vérité.

D'ailleurs, le mot « Lumbres » ressemble beaucoup à « limbes » — un mot qui désigne en théologie chrétienne le lieu où se retrouvent les enfants morts sans baptême et les justes décédés avant l'avènement du Christ. Dans cette perspective, l'auteur entendrait par cette dénomination qu'aux yeux de Dieu, Donissan est avant tout un enfant, ou un juste, qui n'est pas encore lavé du péché originel.

Selon les critères définis par l'Église, Donissan n'a pas les capacités requises pour figurer parmi les véritables saints. Même dans l'univers

---

① GALLON Stéphane, *Sous le Soleil de Satan, à l'ombre des dénominations*, dans *Questions de style*, n° 6, 2009, p.141.

romanesque, peu de personnages ont vraiment du respect envers lui, comme envers les saints. Même Donissan lui-même se sent peu méritant de ce titre et assure qu'il n'a rien d'un saint, d'un vrai saint. Sans doute, tout le monde a raison, parce que Donissan est effectivement une ébauche sainte. Cette interprétation coïncide également avec l'un des sens du mot « limbe » apparaissant dans l'expression « dans les limbes » qui signifie *à l'état de projet*, ou *dans un état flou et indéterminé*. Cette ébauche forme un contraste évident avec Satan qui est aussi une ébauche, avec la seule différence que Satan reste et ne sera toujours qu'une ébauche, l'ébauche d'une création hideuse, avortée, alors que pour Donissan, l'ébauche ne représente qu'une étape de son grandissement, un état provisoire, qui sera certainement récompensé. Le romancier voudrait nous montrer que chacun est capable de devenir saint, que chacun peut trouver un saint parmi les hommes apparemment ordinaires, que le saint a besoin d'un processus de développement.

La définition du mot « limbes » nous permet de déduire que Bernanos n'a pas pour objectif de dépeindre un personnage parfait dans son premier roman. Certes, Donissan n'est pas tout à fait innocent. Mais il représente l'espérance de la résurrection, résurrection de lui-même ainsi que des autres hommes. Finalement, il atteindra certainement l'état parfait de la sainteté. Cette conclusion sera justifiée dans deux perspectives.

D'abord, les limbes sont réservés à ceux qui méritent et attendent l'avènement du Christ, qui est un fait incontestable, établi comme un fondement de la foi chez tous les chrétiens. Ainsi, toutes les âmes qui séjournent dans les limbes sont préparées à la résurrection imminente, sans parler de celle d'un saint. D'ailleurs, Donissan n'a jamais péché délibérément ou volontairement. Ce qui le rend coupable devant Dieu, c'est principalement le péché originel, dont Donissan lui-même n'est pas le principal responsable, qui peut être expié par le sang de Jésus versé sur la croix, comme la Bible nous l'a déjà enseigné explicitement.

Si *Campagne* peut faire allusion à toute la terre, qui est le seul endroit où les hommes vivants peuvent habiter, *Lumbres* peut évoquer à la fois l'enfer et le paradis, car il renvoie à un lieu qui est tout près de l'enfer, mais qui ouvre finalement sur le paradis. D'un autre côté, ces deux lieux renverraient à trois états de conscience sur le plan spirituel: ignorance ou hésitation, éloignement de la divinité et fusion définitive avec la conscience divine. Ainsi, *Sous le soleil de Satan* raconte non seulement la vie de Donissan, mais aussi son après-vie. Il convient que cette interprétation s'élargisse jusqu'à toute l'humanité. En d'autres termes, ce roman raconte à la fois le présent et l'avenir de l'humanité.

Non seulement le vicaire de Campagne, mais aussi le curé de Lumbres subissent la tentation de Satan, ce qui prouve justement que Satan est un ennemi extrêmement têtu: il cherche ses cibles presque partout, dans ce monde ainsi que dans les limbes; il court après ses victimes jusqu'à la porte du paradis, dont il est éternellement exclu, où il n'arrivera jamais à s'insinuer.

II.2 Trouver la sainteté dans les épreuves

Pour mieux comprendre la conception bernanosienne de la sainteté, il est nécessaire de nous reposer des questions essentielles concernant la doctrine chrétienne. Puisque Dieu est tout-puissant, pourquoi permet-il l'existence, ou plus exactement, le règne de Satan dans ce monde, au lieu de l'éliminer totalement, une fois pour toutes? Puisque Satan, qui est le « prince du monde »(*SSS*, p.254), est beaucoup plus puissant que les êtres humains, pourquoi n'arrive-t-il pas à effacer complètement Dieu du cœur de chacun?

Pour répondre à ces questions, nous devrions réfléchir au rôle important que Satan joue dans le développement spirituel des chrétiens, dans le processus de sanctification.

II.2.1 La tentation et l'épreuve

La tradition chrétienne révèle que la première forme d'action de Satan est la tentation, « qui dissimule une influence démoniaque supposant la présence constante et universelle des démons »①. C'est la raison principale pour

① HUMMEL Pascale, *Trébuchets: étude sur les notions de pierre de touche et de pierre de scandale*, Berne, P.Lang, 2004, p.221.

laquelle nous ne portons ici notre regard que sur la tentation quand nous parlons de Satan.

La tentation et l'épreuve sont deux termes qui apparaissent souvent en même temps. Donc, il est nécessaire d'analyser leur nature respective et leur relation réciproque.

La tentation est essentiellement l'une des ruses utilisée de temps en temps par Satan, qui a pour objectif de faire entrer le péché, le mal dans le monde humain. Si l'on entre dans la tentation, on n'y succombera pas forcément, mais on se trouvera certainement dans une situation critique où le diable nous aura lancé un défi en profitant de notre faiblesse. C'est pour cette raison qu'on peut considérer la tentation comme une épreuve. L'épreuve, qui engendrerait larmes, faiblesse et persécution, pourrait en revanche avoir pour fonction de faire mourir en nous ce qui n'est pas saint.

Ainsi, il est possible que *tentation* et *épreuve* soient synonymes. En effet, « en hébreu et en grec, le même mot désigne à la fois la tentation et l'épreuve »①.

D'après la Bible, quand le diable a incité Jésus à se jeter du haut d'un temple en bas, Jésus lui a répondu: « Il est dit: Tu ne tenteras point le Seigneur, ton Dieu.» Dans cette réponse, *tenter* signifie *éprouver*.

Dans le roman, Satan révèle à Donissan: « Il nous est permis de t'éprouver [...]. Il m'a envoyé vers toi pour t'éprouver. Veux-tu que je te dise de quelle épreuve? » (*SSS*, p.154) Dans ces phrases, il est tout à fait juste que le verbe *éprouver* puisse être remplacé par *tenter*, et *épreuve* par *tentation*.

En ce qui concerne Dieu, il est nécessaire de différencier l'épreuve de la tentation, car saint Jacques affirme: « dans l'épreuve de la tentation, que personne ne dise: *Ma tentation vient de Dieu.* Dieu, en effet, ne peut être tenté de faire le mal, et lui-même ne tente personne.» (Jacques 1: 13) Bien

---

① http://www.bible-ouverte.ch/cours-formation-biblique/cours-credo-chapitre-3/1455-3-4-1-la-tentation.html. C'est un site placé sous la responsabilité de l'Association des Églises évangéliques Action Biblique de Suisse (ABS).

que Dieu n'accomplisse pas lui-même l'action de tenter, il permet à Satan de l'effectuer. Le diable a pour autant une raison d'être. Pour Dieu, la tentation n'est qu'un moyen, alors que l'épreuve est l'objectif. Avec toutes sortes de tentations, Dieu a pour objectif de mettre à l'épreuve la foi et la fidélité de l'homme et de faire connaître la puissance de sa grâce. Satan ne sert à Dieu que d'outil. Ainsi, nous pouvons en conclure qu'il existe un rapport de cause à effet entre la tentation et l'épreuve. D'ailleurs, nous ne devons pas mettre immédiatement en question le chemin que nous avons pris une fois que nous avons rencontré une tentation, car nous ne pouvons échapper à la tentation sur aucun chemin.

De plus, la parole de saint Jacques nous indique la bonne attitude que l'homme doit adopter face à toute tentation: prendre la tentation pour une épreuve qui vient de Dieu.

Cependant, pour Satan, au contraire, l'épreuve n'est jamais qu'un prétexte et la tentation est justement son objectif. Voilà le stratagème de Satan: quand sa victime tombe dans le piège de la tentation et y succombe, Satan atteint sans incident son objectif et l'épreuve n'a rien à voir avec la tentation; quand sa victime déjoue sa ruse et réussit à vaincre la tentation, Satan se montre vraiment innocent sous le prétexte qu'il ne se conduirait pas ainsi sans la permission de Dieu et qu'il n'a rien fait d'autre que d'obéir aux ordres de Dieu.

Les tentations, qui semblent inévitables, et que l'homme n'a pas besoin de songer à bannir de ce monde, jouent un rôle très important dans la vie spirituelle des chrétiens. En effet, ce qui est à la base de la vie spirituelle, c'est la foi, dont la preuve la plus convaincante réside dans la tentation. Dans une situation favorable, il est bien facile de montrer sa croyance en Dieu, de manifester son obéissance à Dieu, alors que dans une situation défavorable, beaucoup de gens chutent définitivement. D'où la valeur de la tentation qui constitue évidemment une situation défavorable typique. La tentation est « le moyen béni choisi par Dieu pour nous perfectionner »① ou en d'autres termes, « un moyen inestimable d'assurer la progression de notre âme »②. Elle est capable de concourir au développement de la vie spirituelle. Au cours de la tentation, seront éprouvées notre foi, notre patience, notre endurance. On aurait l'impression qu'il est né de nouveau en vainquant la tentation. De même que les fleurs cultivées en serre sont en général plus fragiles, de même les chrétiens qui n'ont jamais subi de tentations seront plus vulnérables et plus présomptueux. D'ailleurs, en fait, la tentation est une occasion de plus pour recevoir la grâce donnée par Dieu. De même que l'or pur supporte toute trempe, de même l'âme pure supporte toute tentation. Dans une certaine mesure, l'abbé Donissan n'est devenu le saint de Lumbres qu'après avoir connu de nombreuses tentations, dont la tentation du désespoir, qui est la plus forte et la plus destructive.

À noter que la tentation ne cesse, ni ne cessera jamais. La Bible nous montre que la vie chrétienne est elle-même un combat persistant. Même dans la Terre Promise, les enfants d'Israël ne pouvaient quand même échapper à la guerre, aux ennemis plus puissants. Comme saint Antoine le dit aussi, l'homme risque de tomber en tentation durant toute sa vie, jusqu'à son dernier soupir, qu'il ait une âme pure ou impure, qu'il s'agisse d'un saint ou non. La différence réside dans le fait que les uns se rendent volontairement ou tombent dans le piège sans s'en apercevoir alors que les autres ne cessent de lutter contre les tentations de sorte qu'ils mènent en apparence une vie très pénible et malheureuse. Mais en fait, ces derniers vivent une période de purification,

---

① SMITH Hannah Whitall, *The Christian's Secret of a Happy Life* (*Le secret d'une vie chrétienne heureuse*), chapitre 12: Concerning temptation (Concernant la tentation), New York, Wilder Publications, 2009, p.122. Sans indication contraire, nous adoptons dans le présent travail la traduction française publiée à l'adresse suivante: http://esaie.free.fr/pdv/articles/A388_tentation. htm.

② SMITH Hannah Whitall, *The Christian's Secret of a Happy Life* (*Le secret d'une vie chrétienne heureuse*), chapitre 12: Concerning temptation (Concernant la tentation), New York, Wilder Publications, 2009, p.123.

ce qui correspond parfaitement à l'objectif de Dieu, qui permet l'existence des tentations. Dans l'œuvre romanesque de Bernanos, les tentations sont beaucoup plus fortes et accablantes chez les saints que chez les gens ordinaires. Cet état de déséquilibre s'explique essentiellement par la vision du monde de l'auteur qui pense que seulement les saints méritent les attaques féroces de Satan étant donné que les gens médiocres s'approchent spontanément du diable sans que ce dernier les y incite. Autrement dit, plus on cherche à vivre une vie sainte pour Dieu, plus on a d'occasions de rencontrer Satan.

Si Bernanos met l'accent sur les fortes tentations qu'on connaîtrait dans la vie spirituelle, c'est parce qu'il croirait qu'une forte tentation est accompagnée fréquemment d'une grande grâce. Dieu le dit clairement dans la Bible: « Heureux l'homme qui supporte patiemment la tentation; car, après avoir été éprouvé, il recevra la couronne de vie, que le Seigneur a promise à ceux qui l'aiment.» (Jacques 1: 12) Écrire la tentation, c'est écrire implicitement Dieu. Bernanos prolonge considérablement le processus, car il pense que le résultat final du combat est tout à fait évident.

En somme, l'œuvre bernanosienne n'est pas décourageante du tout, comme il le dit lui-même: « la prétendue victoire du diable sur mon pauvre saint, on sait bien qu'elle est momentanée.»① Il n'empêche que le chemin vers Dieu est plein d'obstacles, de périls, puisque derrière tout homme « le diable rôde comme un lion rugissant, cherchant qui dévorer » (1 Pierre 5: 8). Cependant, à la différence du lion qui a une apparence méchante et effrayante, et qui attrape sa proie grâce à sa force, le diable est invisible dans la plupart des cas, sinon, il se déguise en Dieu, ange, ou un homme ordinaire.

La Bible nous indique que la tentation peut être aussi une source de joie: « Mes frères, regardez comme un sujet de joie complète les diverses épreuves (ou « tentations ») auxquelles vous pouvez être exposés » (Jacques

---

① Voir BAUDIN Frédéric, *L'abbé Donissan aux prises avec le diable dans* Sous le soleil de Satan. URL: http://www.cemfrance.org/maquignonsssbernanos.pdf.

1 : 2). Apparemment, la joie n'a rien à voir avec la tentation, puisque cette dernière fait naître normalement des sentiments négatifs tels que l'angoisse, la honte, le doute, la douleur, et le découragement. En fait, si un chrétien connaît des tentations, c'est parce qu'il a encore une certaine valeur aux yeux de Dieu, c'est-à-dire qu'il mérite d'être mis à l'épreuve. Une fois que l'homme comprend parfaitement l'intention de Dieu qui permet à Satan de nous éprouver, il arrivera certainement à garder intacte sa foi, quelles que soient les tentations, quelque péniblement qu'on supporte les tentations. La joie se produira naturellement dans son cœur comme une récompense précieuse donnée par Dieu.

Ⅱ.2.2 Le libre arbitre

C'est parce que l'homme possède le libre arbitre qu'il est voué à la tentation, qui est à la fois inévitable et nécessaire pour les êtres humains. Qu'est-ce que le libre arbitre? D'après Larousse, c'est une « faculté de se déterminer par la seule volonté, hors de toute sollicitation extérieure »①. Pourquoi Dieu a-t-il accordé une telle liberté totale à l'homme? Nous pouvons imaginer d'abord les circonstances et les conséquences si Dieu avait créé l'homme dépourvu de libre arbitre. Il y aurait deux possibilités : soit l'homme dans un état végétatif, incapable d'accomplir la volonté de Dieu et de le servir, soit l'homme comme un robot, qui ne sait qu'obéir machinalement aux commandements de Dieu, sans aucune affection pour Dieu, pour les autres, pour lui-même. Évidemment, aucune de ces deux sortes d'hommes dont la présence dans l'univers est sans aucune valeur pour le Créateur, ne peut donc satisfaire les désirs de Dieu qui a pour objectif de créer l'homme heureux, plein d'amour. L'ultime bonheur de l'homme consiste à vivre librement et volontairement dans l'amour, dans la joie, c'est-à-dire vivre en Dieu. Pour

---

① XUE Jiancheng, *Larousse, dictionnaire de la langue française avec explications bilingues*, Beijing, Presse de l'enseignement et de la recherche des langues étrangères, 1999, p.109.

atteindre cet objectif, Dieu est disposé à mettre ses enfants face au combat spirituel entre le bien et le mal. Peut-être beaucoup de gens pensent que c'est un prix énorme. Cependant, aux yeux de Dieu, cela en vaut la peine. De plus, ce prix énorme fait ressortir la valeur inestimable du libre arbitre. C'est grâce au libre arbitre que le monde où nous vivons est plein de dynamisme, de vitalité. C'est également grâce au libre arbitre que l'homme arrive à comprendre véritablement la signification du bonheur, de l'amour, de la joie, et à les répandre dans ce monde de manière efficace, comme Paulo Cœlho affirme: « Seul celui qui est heureux peut répandre le bonheur autour de lui »①. Le libre arbitre, qui distingue l'homme des autres créatures, démontre que l'homme relève de la créature supérieure aux yeux du Créateur. En effet, le libre arbitre est un don de Dieu.

La liberté donnée par Dieu, si précieuse soit-elle, comprend elle-même deux possibilités pour l'être humain: celle de pécher, de succomber à la tentation, et celle de vaincre la tentation, d'accéder à la sainteté. Il faut remarquer que bien que l'homme soit destiné à subir la tentation, cela ne veut pas dire que l'homme sera certainement vaincu par la tentation. Quelque irrésistible que s'avère la tentation, « elle ne va pas sans la résistance salutaire du tenté, se révélant pour lui l'occasion impérative d'exercer sa liberté pour ou contre Dieu »②. Face à une tentation, en usant de son libre arbitre, l'homme réfléchit, compare, pour prendre une décision dont lui-même doit être responsable des conséquences. Bien que le libre arbitre puisse conduire au péché, il permet en même temps de reconnaître la faute, de reprendre une décision qui plaise à Dieu. En un mot, si le tenté use de sa liberté de manière correcte, il est capable de sortir de la tentation et d'arriver à la sainteté; sinon, il deviendra une proie ou un serviteur de Satan, et ne méritera pas de

---

① ANKA, *Tout était écrit mais je ne savais pas lire*, Paris, Publibook, 2009, p.279.

② HUMMEL Pascale, *Trébuchets: étude sur les notions de pierre de touche et de pierre de scandale*, Berne, p.Lang, 2004, p.221.

jouir de la vie véritable, qui ne se trouve que dans l'éternité.

Dieu condamne le fétichisme, c'est-à-dire une adoration aveugle et donc superficielle, stérile. Il attend de ses enfants la véritable adoration — une affaire de cœur, qui est fondée sur la raison, la conscience et la compréhension. Dieu veut que ses enfants choisissent de leur propre chef de l'aimer. Ce n'est qu'en sortant de l'épreuve sous l'effet du libre arbitre qu'on pourrait arriver à Dieu, c'est-à-dire à la plénitude, à la sainteté.

D'autre part, grâce au libre arbitre, l'homme peut voir de ses propres yeux les conséquences catastrophiques de la désobéissance aux ordres de Dieu, de sorte qu'il peut comprendre plus profondément la volonté morale de Dieu à son égard, croire volontairement et de tout son cœur en Dieu.

En un mot, en raison de l'existence du libre arbitre, la tentation s'avère indispensable aux êtres humains, au sens qu'elle permet de distinguer les justes des injustes, de connaître complètement le bien et le mal. La tentation joue le même rôle dans ce monde que l'arbre de la connaissance du bien et du mal dans le jardin d'Éden. Elle ressemble aussi à un feu qui purifie l'or de tout alliage.

Le libre arbitre manifeste justement la grandeur et la sainteté de Dieu, qui n'a rien de commun avec un tyran qui exigerait une obéissance absolue en étouffant la capacité de penser de son peuple et en le privant du droit de choisir, qui aurait donc peur à tout moment de la révolte, et qui finirait par être renversé tôt ou tard. Bien qu'il soit tout-puissant, Dieu n'utilise pas sa puissance pour tout maîtriser. Au lieu de forcer ses enfants à faire sa volonté, Dieu leur lance un appel chaleureux: « Ah! Si seulement tu étais bien attentif à mes commandements! Alors ta paix deviendrait comme un fleuve et ta justice comme les vagues de la mer » (Isaïe 48: 18). En d'autres termes, c'est nous-mêmes qui décidons de notre destin. Quel qu'il soit, nous ne devrons jamais rejeter la faute sur Dieu, qui n'arrête pas de nous avertir, de nous encourager, et de nous guider. L'homme ne peut devenir pécheur que par sa propre volonté. La chose la plus importante que Dieu demande à sa créature préférée, c'est la bonne volonté. Ainsi, si Dieu tolère ceux qui utilisent leur libre arbitre pour faire du mal aux autres, c'est parce qu'il attend leur pénitence sincère. Mais la justice de Dieu et le jugement dernier suggèrent qu'il ne les laissera pas faire indéfiniment.

Ⅱ.2.3 La rencontre de Donissan avec Satan

Envoyé par l'abbé Menou-Segrais pour porter assistance à une paroisse voisine, Donissan rencontre Satan incarné dans le personnage du maquignon au cours d'« une nuit si noire » (*SSS*, p.140) dans laquelle le jeune prêtre est inexplicablement perdu et donc erre dans la plaine.

Le fait que Donissan revient trois fois à son point de départ peut être interprété à la fois littéralement et allégoriquement: d'une part, le relief est si complexe, la nuit est si noire, et Donissan est si épuisé et si étourdi qu'il s'est trompé de direction et de route; d'autre part, comme le pape François nous le dit, quand la tentation se déroule en s'adressant à nous, nous sommes enfermés « dans un milieu dont on ne peut pas sortir facilement », où « nous n'entendons pas la parole de Dieu »①. Donc, l'expérience de Donissan constitue une métaphore pour symboliser la situation critique où l'homme tenté se trouve.

Ce n'est pas toujours facile de repérer les tentations qui nous assaillent, car le Tentateur se déguise fréquemment en Dieu, ou en ange de lumière. Cependant, quelque habile que Satan soit à se déguiser, sa présence a toujours quelque chose d'inquiétant.

Ce petit homme, qui n'est pas du pays, le connaît tellement qu'il est capable de trouver son chemin « les yeux fermés » (*SSS*, p.141). Il connaît chaque coin de ce pays et sait comment éviter les risques potentiels: il « empoigne le fil barbelé d'une clôture invisible » (*SSS*, p.141); il discerne « une haie épaisse et courte, hérissée d'épines » (*SSS*, p.141) et « avec une vivacité singulière, il découvrit une large brèche » (*SSS*, p.142); il avertit

---

① https://w2. vatican. va/content/francesco/fr/cotidie/2014/documents/papa-francesco-cotidie_201 40218.html.

Donissan qu' « il y a près d'ici un fond plein d'eau » (*SSS*, p.142). Il se comporte comme une lumière dans la nuit. Évidemment, un homme ordinaire ne peut y parvenir. Si cet homme aussi charitable et clairvoyant n'était pas Satan déguisé, il serait certainement un ange de lumière. En effet, cette hypothèse est presque vérifiée par Donissan qui se dit ému et reconnaissant : « Le bon Dieu vous récompensera de votre peine [...]. C'est lui qui vous a mis sur mon chemin, en un moment où le courage m'abandonnait.» (*SSS*, p.143) Il attend donc de cet homme « un secours », « une rémission », un « conseil » (*SSS*, p.144) qui auraient dû être donnés par Dieu ou les anges en qualité de représentants de Dieu. Quand Donissan « prend » et « presse » la main du maquignon, « aussitôt son cœur s'échauffe étrangement dans sa poitrine » (*SSS*, p.144), ce qui signifie que la lumière de Satan peut éclairer pendant un certain temps le monde intérieur de l'homme qui, cependant, peut tout de même sentir, consciemment ou inconsciemment, quelque chose d'étrange, d'anormal. Dans ce cas, malheureusement, il arrive trop souvent qu'un autre sentiment tel que l'extase l'emporte sur ce sentiment qui est tellement faible qu'on n'arrive pas à y prêter attention.

Pour endormir la vigilance de Donissan et faire disparaître le doute, Satan lui inspire l'idée qu'il peut se fier à la personne qu'il rencontre dans cette nuit : « Par une nuit si noire, ne pourrait-on s'entraider? A-t-on besoin de se connaître pour aller de compagnie, à travers ce grand silence, cette grande nuit? » (*SSS*, p.140) Satan a déjà supprimé l'obstacle psychologique de Donissan afin qu'il le prenne pour l'ange de lumière. De plus, cette illusion est renforcée par le don exceptionnel de ce « petit homme » qui sait lire le cœur de Donissan : dès que ce dernier s'est dit « cette grande nuit », le « petit homme » l'a abordé en lui disant « Une grande nuit, hein? » (*SSS*, p.140) ; comme il voit que Donissan hésite encore à accepter la compagnie et l'aide d'un inconnu, il essaie tout de suite de le persuader en affirmant que « l'obscurité rapproche les gens » (*SSS*, p.141).

De plus, Satan cherche à réfléchir à la place de ses victimes et à donner des explications. Par exemple, le maquignon-Satan ne cesse de tromper

Donissan en interprétant chaque révolte instinctive de ce dernier comme l'effet de la « fatigue »: quand Donissan ne peut s'empêcher de pleurer à gros sanglots, Satan dit: « Ne vous gênez pas: c'est la fatigue, vous êtes rendu » (*SSS*, p.144) ; quand Donissan lui confie son impuissance et son désespoir, ce qui révèle au contraire sa dépendance de Dieu, Satan dit: « Vous êtes allé jusqu'au bout de vos forces [...]. Il faut seulement patienter » (*SSS*, p.145) ; quand Donissan affirme que la fatigue physique ne peut pas foudroyer un homme « fort, robuste, capable de lutter longtemps » (*SSS*, p.145) comme lui, Satan dit: « Ce n'est qu'un étourdissement... là... rien de plus... Appuyez-vous sur moi: ne craignez rien! Ah! vous avez rudement marché! Que vous êtes las! » (*SSS*, pp.145-146)

Certes, après avoir reconnu Satan en ce maquignon, si l'on revoit ses comportements et ses paroles, il n'est pas impossible de discerner des caractéristiques de Satan, telles que son rire particulier, comme un hennissement, qui est « l'arme du prince du monde » (*SSS*, p.254), comme Donissan l'affirme. Cependant, personne ne peut nier le fait que Satan est un menteur si rusé que tout homme risque de se tromper et d'être la dupe de cet escroc.

Heureusement, Donissan n'est pas absolument aveuglé par les mensonges de ce joyeux compagnon. Bien qu'il ne puisse pas encore identifier totalement son compagnon à ce moment-là, il a déjà réussi à se rendre compte du danger imminent de manière intuitive et confuse. Pour Satan, c'est bien facile d'exercer une influence sur le corps physique et l'âme de l'homme. Mais il ne peut pas contrôler le cœur de l'homme dont Dieu se préoccupe. Dieu n'impose pas sa volonté à l'homme, c'est-à-dire qu'il lui laisse la liberté de choix et d'action. Ainsi, l'homme peut écouter son corps physique, son âme ou son cœur. La sainteté peut justement se manifester par le fait qu'on peut quand même suivre les ordres de son cœur qui est dirigé par le Saint-Esprit au cas où le corps et l'âme seraient tous deux contrôlés par le diable.

Sous l'influence de Satan, le corps de Donissan est déjà tellement épuisé qu'il ne peut s'empêcher de s'appuyer sur les épaules de Satan et qu'il n'a même plus la force de fuir les gestes sacrilèges de Satan quand il l'a reconnu. En même temps, son cerveau tourne évidemment au ralenti. Pris d'un vertige insondable, il parle d'abord comme s'il rêvait, ensuite il répond en murmurant, et enfin il glisse dans un silence durable, ne pouvant plus formuler ses pensées. Cependant, durant cette période, le cœur de Donissan reste toujours éveillé, car il éprouve sans cesse de la crainte au cours de chaque chute réelle ou éventuelle. Cette émotion peut être envisagée comme une alarme donnée par le Saint-Esprit.

Pour dissiper les doutes de Donissan qui reconnaît à ce moment-là « en son compagnon la présence du mal »①, Satan « se fait plus séducteur »②. D'abord, il lui parle en imitant le ton de Jésus-Christ: « Calez-vous bien... ne tombez pas, jusqu'à ce que ce petit accès soit passé. Je suis vraiment votre ami — mon camarade — je vous aime tendrement. » (*SSS*, p. 147) Pour mettre Donissan dans une situation irréparable, cette fois-ci, c'est Satan lui-même qui a des gestes très intimes, en fait très sacrilèges envers Donissan: « Un bras ceignait ses reins d'une étreinte lente, douce, irrésistible. Il laissa retomber tout à fait sa tête, pressée au creux de l'épaule et du cou, étroitement » (*SSS*, p.147) ; et puis, il impose son baiser à Donissan: « la bouche immonde pressa la sienne » (*SSS*, p.147), il appuie « ses lèvres au revers de la main » (*SSS*, p.148). De même que le chien utilise l'urine pour délimiter son territoire, de même Satan utilise ses baisers pour marquer ses proies, comme il l'avoue de sa propre bouche: « Je reconnaîtrais à l'odeur chaque bête de mon petit troupeau » (*SSS*, p.148). Cependant, contrairement au chien, en tant que défenseur dans ce cas, qui a pour objectif d'avertir les autres chiens que le territoire est occupé, Satan, un véritable intrus, cherche à envahir le corps qui est le temple du Saint-Esprit. Il a l'intention de souiller

---

① BENOIT Éric, *Bernanos, la littérature et la théologie*, Paris, Les Éditions du Cerf, coll. « Littérature », 2013, p.72.

② BENOIT Éric, *Bernanos, la littérature et la théologie*, Paris, Les Éditions du Cerf, coll. « Littérature », 2013, p.72.

le « tabernacle de Jésus-Christ » (*SSS*, p. 148) afin de se révolter indirectement contre le Seigneur. Allant à l'encontre du processus de la création de l'homme par Dieu, il introduit la mort et le néant dans le corps humain tout en lui volant « son souffle » (*SSS*, p.147). C'est pourquoi après avoir reçu les baisers de Satan, Donissan a l'impression que « le mouvement même de la vie s'en trouva suspendu, et il crut sentir son cœur se vider dans ses entrailles » (*SSS*, pp.147-148).

En plus des gestes sacrilèges, Satan profère aussi des blasphèmes: « nourrisson de mon cœur », « bête stupide, petit prêtre, mon camarade », « mon chérubin, gueux tonsuré, vieux compagnon pour toujours », « cher nigaud », « petits hommes-dieux », « si singulières créatures » (*SSS*, pp.147-148). À travers ces appellations, nous pouvons dévoiler les intentions de Satan. Premièrement, toujours imitant Dieu le Père et le Fils de l'homme, il a défini sa proie comme son fils, son frère et son bien-aimé dans le but d'imposer un lien étroit et une dépendance fatale. Deuxièmement, il cherche à faire croire que c'est un choix imbécile et misérable d'être le serviteur de Dieu car il délaisse fréquemment son peuple, alors que Satan, lui-même, accompagne toujours ses disciples, comme il dit à Donissan: « je ne suis pas près de t'abandonner »(*SSS*, p.147) ; « je vous quitte peu » (*SSS*, p.148). Troisièmement, il tente de dénigrer le Créateur en dépréciant ses créatures les plus merveilleuses — les hommes. Bref, ce que Satan entend par ces expressions, c'est qu'il peut être aussi puissant que Dieu et qu'il est plus digne d'être aimé que Dieu.

Le passage soudain du vouvoiement au tutoiement démontre que Satan cherche à raccourcir la distance psychologique avec Donissan, puisque dans la culture française, on préfère tutoyer les personnes auxquelles on est uni par des liens étroits de parenté, d'amitié ou de camaraderie. Ce sont justement les trois rôles que Satan voudrait jouer dans la vie de Donissan: parent, ami et camarade. Il tente de faire admettre à Donissan comme un fait établi une relation caractérisée par l'intimité, la proximité et l'affinité.

Ne voulant plus être seulement un étranger ou une connaissance aux yeux de Donissan, Satan veut dire à Donissan qu'ils sont proches l'un de l'autre et qu'ils ne feront qu'un en s'opposant ensemble à Dieu le Créateur. Il veut se lier « étroitement » (*SSS*, p.147) à Donissan jusqu'à le remplir de lui — une union ultime avec le Suprême qui désigne sans aucun doute lui-même aux yeux de Satan. En d'autres termes, son envie de réaliser une telle union se manifeste non seulement par la physique mais aussi par le langage.

D'ailleurs, le tutoiement met ici en relief un état de dépendance. Cependant, il ne s'agit pas d'une dépendance réciproque, comme l'enfant est dépendant de ses parents, et vice versa: Satan veut faire comprendre à Donissan qu'il est totalement dépendant de lui, alors que lui-même n'est pas dépendant de Donissan, car Satan a « bien chassé » (*SSS*, p.147) Donissan qui, ayant couru après lui avec persévérance, a besoin de sa consolation et de sa compagnie.

À travers des apostrophes, des phrases bien courtes et déclaratives, Satan s'adresse, sur le ton impératif ou exclamatif, à Donissan comme si c'était un « nourrisson », un enfant trop petit pour agir raisonnablement, un enfant qui ne fait que demander sans pouvoir donner, un enfant qui manque de jugement à défaut de l'esprit mûr et donc a besoin d'un maître spirituel, d'un protecteur comme Satan lui-même. Satan prétend encore que Donissan ne regrettera certainement pas de lui avoir fait confiance et de l'avoir suivi.

Du côté de Donissan, il est près de vaincre le tentateur en priant et en s'humiliant. « Pareil à une dépouille » (*SSS*, p.154), Satan supplie Donissan de relâcher un peu sa prière. Jusque là, si Donissan est capable de remporter ce combat spirituel, c'est la Volonté de Dieu qui agit à la place de la volonté de Donissan. En entendant les mots « ô créature suppliciée! » (*SSS*, p.153) prononcés apparemment par Donissan, mais appartenant au vocabulaire de Dieu, « le monstre roula de haut en bas du talus sur la route, et se tordit dans la boue, tiré par d'horribles spasmes » (*SSS*, p.153). En fait, il n'est pas tombé volontairement, il a reçu un coup terrible donné par Dieu qui a utilisé l'amour et la charité comme arme. Par conséquent, Satan a perdu son corps trompeur et illusoire, son calme et sa courtoisie feinte, puisqu'il a commencé à tutoyer Donissan d'une voix « perçante, aiguë, lamentable » (*SSS*, p.153) et à employer des termes choquants tels que « chien consacré », « bourreau » et « bête ointe » (*SSS*, pp.153-154).

Ne se résignant pas à sa défaite, Satan essaie encore de tenter Donissan par le pouvoir ou la vaine gloire: « Fais de moi ce qu'il te plaira.» (*SSS*, p.154) En même temps, il essaie de provoquer la curiosité de Donissan en posant une hypothèse: « Mais si tu me pousses à bout...» (*SSS*, p.154) Toutes ces tentations sont inutiles puisque Donissan ne l'écoute pas, ne songeant qu'aux plaintes des « âmes que celui-ci avait perdues » (*SSS*, p.154). À ce moment-là, face à la tentation, Donissan a suivi l'exemple de Jésus-Christ, c'est-à-dire, fermer ses oreilles au lieu de réagir. C'est pour cette raison que le narrateur emploie le terme « saint de Lumbres » (*SSS*, p.154) pour désigner Donissan dont le comportement est digne de ce titre. Satan n'aura pas l'occasion de perdre l'homme à condition qu'il n'écoute pas avec complaisance les paroles impures du malin diable. « Lorsque le vicaire de Campagne se releva, il se tut tout à fait.» (*SSS*, p.154) Avec le terme « vicaire de Campagne », le narrateur met l'accent sur le rôle de serviteur de Dieu, mais pas sur la situation personnelle de Donissan. En un mot, Les périphrases servent à souligner la primauté de la Volonté de Dieu sur la volonté de Donissan lui-même. C'est toujours le secret de sa réussite. Jusque là, Donissan est toujours capable de se détourner immédiatement des suggestions impures ou des blasphèmes du diable.

La situation favorable de Donissan change soudain lorsqu'il pose à Satan une question qui concerne son propre intérêt et sa propre volonté: « Que me voulais-tu, cette nuit? » (*SSS*, p.154) Le fait qu'il répète à plusieurs reprises la même question trahit son fort désir de savoir. À noter que c'est toujours « l'abbé Donissan » qui a interrogé Satan. Pour mieux dire, à cette heure, l'abbé Donissan ne représente que lui-même seul, ayant choisi de s'éloigner de Dieu. Son erreur s'explique par son imprudence, car il pose cette question comme s'il s'adressait « à quelqu'un de ses familiers » (*SSS*, p.154), ce qui veut dire que Donissan a perdu de sa vigilance envers le malin menteur après avoir remporté une victoire, qui risque toutefois de n'être que temporaire. L'habileté de Satan lui permet de saisir immédiatement cette occasion pour riposter. Il se prétend totalement innocent en rejetant toute la faute sur Dieu: « Il nous est permis de t'éprouver, dès ce jour et jusqu'à l'heure de ta mort. D'ailleurs, qu'ai-je fait moi-même, sinon obéir à un plus puissant? » (*SSS*, p.154)

Pourquoi Donissan pose-t-il encore cette question: « Que me voulais-tu? », à laquelle la réponse est évidente, puisqu'il a déjà démasqué Satan, dont la nature est le mensonge? En fait, Donissan est dévoré par l'ambition de transformer le menteur en fidèle. Il espère même entendre la vérité de cette bouche impure: « N'essaie pas de mentir.» (*SSS*, p.154) Autrement dit, il est en train d'essayer de faire quelque chose que Dieu seul est capable de faire. D'où son péché d'orgueil. Donissan commet de nouveau ce péché en affirmant « J'ai le moyen de te faire parler » (*SSS*, p.154).

Ayant perçu l'intention de Donissan, Satan fait preuve tout de suite de docilité et d'humilité: « Je ne mens pas. Je te répondrai. [...] Qui te résisterait, ô mon maître? » (*SSS*, p.154) Remarquons que Satan commence à appeler Donissan « mon maître ». Il s'agit encore d'une des ruses utilisées souvent par Satan et d'une nouvelle tentation: la vaine gloire.

Satan tente d'éveiller la curiosité de Donissan: « Veux-tu que je te dise de quelle épreuve? Je te le dirai.» (*SSS*, p.154) Heureusement, Donissan n'est pas tombé dans la tentation de la curiosité en assurant: « l'épreuve vient de Dieu. Je l'attendrai, sans en vouloir rien apprendre, surtout d'une telle bouche. C'est de Dieu que je reçois à cette heure la force que tu ne peux briser.» (*SSS*, p.154)

Ne se laissant jamais décourager par les défaites et les difficultés, Satan a changé de stratégie. Il revient avec une nouvelle sorte de tentation: celle de « l'introspection »①.

---

① BENOIT Éric, *Bernanos, la littérature et la théologie*, Paris, Les Éditions du Cerf, coll. « Littérature », 2013, p.73.

Et le vicaire de Campagne vit soudain devant lui son double, une ressemblance si parfaite, si subtile, que cela se fût comparé moins à l'image reflétée dans un miroir qu'à la singulière, à l'unique et profonde pensée que chacun nourrit de soi-même. (*SSS*, p.155)

Si Satan se transforme en double de Donissan pour le tenter, c'est aussi de sa curiosité qu'il profite, car presque tout homme a envie de se voir clairement physiquement et mentalement. Il n'est pas étonnant qu'on ait gravé l'inscription « Connais-toi toi-même » sur le fronton du Temple de Delphes. En plus de son corps, Donissan a vu aussi devant lui son esprit et son âme. Autrement dit, ce que Donissan voit, ce n'est pas une image immobile en deux dimensions, semblable à celle d'une photo ou à celle que l'on voit dans le miroir, mais l'ego authentique et « l'ensemble et le détail » (*SSS*, p.155) de lui-même sur le plan temporel et spatial, qui donnent l'impression d'une profondeur saisissante et d'une stéréo-perception impressionnante. Donissan voit d'abord son apparence qui lui est bien familière: « son visage pâli, sa soutane souillée de boue, le geste instinctif de sa main vers le cœur » (*SSS*, p.155). Et puis, à partir de son regard où « il lisait la crainte » (*SSS*, p.155), on entre dans son « univers intérieur » (*SSS*, p.155).

À ce moment, Satan arrive à brouiller les limites de temps et d'espace de sorte que Donissan a l'impression de se transporter dans un autre monde où sont possibles la vision « à la fois une et multiple » et la reconnaissance de toute la vie d'un homme « dans le passé », « dans le présent », et « dans l'avenir » (*SSS*, p.155), qui constituent une tentation vraiment difficile à vaincre. Donissan traverse une épreuve tellement féroce que le narrateur ne peut s'empêcher de l'appeler « le pauvre prêtre » (*SSS*, p.155). Et une autre appellation « le futur saint de Lumbres » (*SSS*, p.155) signifie que Donissan serait capable de résister à cette tentation.

Face à cette illusion effrayante et séduisante, Donissan se sent dénudé devant son ennemi de même qu'Adam et Ève constatent qu'ils sont nus devant

Dieu. Cette nudité a provoqué chez Donissan un certain désespoir: « Seigneur, sommes-nous ainsi transparents à l'ennemi qui nous guette? Sommes-nous donnés si désarmés à sa haine pensive? » (*SSS*, p. 155) Il commence à se rendre compte de l'impuissance de l'homme face à la puissance de Satan. Le but de cette épreuve s'y rapporterait: l'homme doit reconnaître ses propres limites et compter sur la puissance de Dieu pour vaincre Satan. Au lieu d'éprouver « de la terreur », Donissan ressent plutôt « une angoisse » (*SSS*, p.155), puisqu'il n'arrive pas à distinguer totalement sa personne de son double.

En repoussant la curiosité de se connaître (« Que m'importe de me connaître? ») (*SSS*, p. 156), Donissan finit par vaincre le tentateur qui apparaît de nouveau sous la forme d'une dépouille et qui reconnaît que le double de Donissan est en réalité le mal lui-même. Cependant, en entendant l'aveu et le compliment de Satan qui dit: « Tu me brises, tu me mâches, tu me dévores [...]. Quel homme es-tu donc pour anéantir une vision si précieuse avant de l'avoir seulement contemplée? » (*SSS*, p.156) Donissan est atteint de nouveau par la vaine gloire et l'orgueil. Il se définit de plus en plus comme un combattant si courageux qu'il ose lancer des défis à Satan. Pire encore, au fond de sa conscience, la curiosité de se connaître a fait place à celle de connaître le monde surnaturel.

Ce n'est pas insignifiant si Bernanos souligne lui-même le mot « cela » dans la phrase suivante: « Ce n'est pas *cela* dont j'ai besoin » (*SSS*, p.156). En effet, le romancier a une préférence pour le pronom démonstratif « cela » qui sert souvent à désigner le mal avant que sa nature ne soit complètement déterminée. Tout de suite, Donissan explicite lui-même la nature de la tentation dont il est question: tentation de la connaissance de soi-même à l'aide d'une « autre lumière » (*SSS*, p.156) que celle de Dieu.

Alors, de quoi Donissan a-t-il besoin réellement? Il n'est pas impossible qu'il ait besoin de connaître ce qui lui est interdit. Donissan demande à Satan: « Dieu t'a-t-il donné ma vie? Dois-je mourir ici même? » (*SSS*, p.156). Il est clair que Donissan voudrait percer le secret de Dieu. Le fait qu'il devient de plus en plus bavard signifie qu'il est déjà dévoré par le délire. Non seulement Dieu, mais aussi Satan constatent ce changement considérable. C'est pourquoi à la « grande surprise » de Donissan qui « croyait donner toute sa force, irrésistiblement », Satan reprend « une forme humaine » (*SSS*, p.157). Nous avons raison de croire que Dieu intervient à ce moment, puisque Satan, qui ne craint véritablement que Dieu, parle soudain « sur le ton de la terreur » (*SSS*, p.157). Le diable a tellement peur de Dieu qu'il n'a même pas le courage de prononcer le mot « Dieu ». Pour le désigner, il emploie « celui », « Il », « le », et « ce maître » (*SSS*, p.157). Après le départ de son maître, le visage de Satan « s'éclaira de nouveau » (*SSS*, p.157), parce que Dieu lui a permis d'éprouver Donissan une nouvelle fois.

Si Dieu autorise une nouvelle épreuve destinée à Donissan, ce n'est pas parce qu'il est fâché contre Donissan dont le comportement lui a déplu et l'a déçu, mais au contraire, parce qu'il connaît bien la valeur de Donissan et qu'il le croit digne de cette nouvelle épreuve. En ce sens, loin d'être un châtiment, l'épreuve témoigne de la faveur de Dieu à l'égard de ce pauvre prêtre, de même que Dieu a permis à Satan de tenter Job, « un homme intègre et droit, craignant Dieu, et se détournant du mal » (Job 1: 8), dont Dieu était bien fier et qui est sorti pur comme l'or après l'épreuve.

Lorsque le diable dresse un nouveau piège à sa victime en dévoilant un secret: « Aujourd'hui une grâce t'a été faite » (*SSS*, p.157), la curiosité de Donissan est aussitôt éveillée. Sa première question « Quelle grâce? » (*SSS*, p.157) est une réaction instinctive qui démontre la faiblesse de l'homme. À ce moment-là, le péché qu'Ève avait déjà commis dans le jardin d'Éden est commis de nouveau par Donissan. Son interrogation montre qu'il est de nouveau victime d'une duperie, puisqu'il a espéré effectivement que la vérité sortait de la bouche de Satan, le plus grand menteur. D'ailleurs, son interrogation révèle que Donissan aspire, inconsciemment bien sûr, à la capacité de prévision de l'avenir que Dieu possède en oubliant les limites et les missions de l'homme. Le comportement de Donissan constitue une nouvelle transgression de la volonté de Dieu. Par conséquent, comme Satan le dit, « Ta curiosité te donne à moi pour un moment » (*SSS*, p.158). Autrement dit, Donissan a succombé à la tentation et a commis des péchés. Il a déjà été vaincu par le mal juste au moment où il a fait de la suggestion mauvaise le sujet de la conversation avec le Menteur.

Satan affirme que Donissan a payé cher la grâce qui lui a été faite ce jour-là. Évidemment, Satan a menti, puisque tout le monde sait que la grâce ne peut venir que de Dieu et que c'est gratuitement que Dieu donne la grâce à tous. L'homme n'a pas besoin du tout de payer. Satan prédit tout de suite: « Tu la paieras plus cher! » (*SSS*, p.157) Il s'agirait d'un mensonge si Donissan était indifférent à ce que dit le diable. Quel dommage que la curiosité de Donissan soit suscitée instantanément de sorte que « l'autre s'en empara aussitôt » (*SSS*, p. 157). Dans ce cas-là, Donissan paiera effectivement cher la grâce qu'il a reçue, car sa curiosité permet à Satan de souiller la grâce. Donissan est devenu contre son gré un complice de Satan. Le mensonge s'est ainsi transformé en vérité qui participe de la punition infligée au pauvre prêtre. Satan est si rusé et malin qu'il sait profiter de n'importe quelle faiblesse de l'homme ou erreur qu'il a commise. Ainsi l'homme doit-il rester à tout moment très vigilant face à la tentation de Satan. En fait, Donissan s'est déjà rendu compte qu'il avait donné par inattention une occasion à son ennemi: « Il eût voulu retenir cette parole » (*SSS*, p.157), mais l'erreur qu'il a commise est irréparable: le diable a déjà pénétré dans son esprit.

Pour remporter une victoire définitive, Satan finit par recourir à la force: « Il mit les deux mains sur ses épaules, le força à plier les genoux, lui fit toucher le sol des genoux...» (*SSS*, p.159) Cependant, Donissan ne se rend pas, il finit par se révolter courageusement: « d'une poussée, le vicaire de Campagne se rua sur lui.» (*SSS*, p.159) En fait, ni Satan ni Donissan ne gagnent ce combat spirituel.

Un rapprochement entre Donissan et Jésus-Christ pourrait être suggéré. D'abord, dans cette nuit, Donissan a subi les mêmes tentations que Jésus-Christ. Et puis, les tentations se passent toutes en un lieu isolé, où l'on risque notamment d'être accablé par la solitude, la terreur et le désespoir, ce qui peut être considéré comme la meilleure façon de se connaître et d'éprouver sa foi.

Pour Donissan, cette rencontre singulière joue un rôle bien important dans sa croissance spirituelle. Celui qui a été malade comprend mieux l'importance de la bonne santé. À travers cette rencontre, nous voyons clairement les relations entre Dieu, Satan et l'homme, ainsi que le rôle que joue et doit jouer chacune de ces trois parties.

En une seule nuit, Donissan a vécu différentes épreuves, qui lui permettent de mieux connaître ses faiblesses et les ruses de l'ennemi, en particulier de renforcer sa foi et d'atténuer sa peur de Satan. En effet, peu de temps après, il « attendait avec soumission une nouvelle entreprise du mal, et la grâce nécessaire de Dieu [...], la visite du consolateur avec la sécurité candide d'un enfant » (*SSS*, p.162).

Effectivement, Donissan reçoit tout de suite la grâce et la consolation de Dieu. Quelques heures après la fuite de Satan, il rencontre un jeune homme avec qui il se lie d' « une amitié céleste » (*SSS*, p.163). Cette nouvelle rencontre lui donne l'impression d'entrer « dans les jardins du Paradis » (*SSS*, p.163). En plus, il a vraiment le don de lire dans les âmes et il en profite bientôt pour sauver Mouchette — une pécheresse souffrante. En un mot, grâce à ces épreuves, Donissan se fait une idée claire de la sainteté et commence à accomplir véritablement sa vocation en tant que saint.

Chapitre Ⅲ

La sainteté et le corps

En tant qu'êtres humains vivant sur cette terre, les chrétiens ne peuvent contourner le problème du corps. En effet, « le problème de l'âme et du corps est une question centrale de la philosophie contemporaine »①. Les propos de Sainte Thérèse d'Avila qui affirme qu'« on ne peut accéder à Dieu sans passer par le corps »② révèlent clairement qu'il y a un lien étroit entre le corps et la sainteté, que le corps constitue lui-même une voie possible vers la sainteté.

Ⅲ.1 L'aperçu historique sur la notion de corps

Dans le domaine philosophique, la dévalorisation du corps existe depuis longtemps. « Une tradition court dans le monde occidental depuis Platon : le corps comme tombeau de l'âme, comme imperfection radicale »③. Porphyre,

---

① CHABIN Thomas, *Popper et le problème du corps et de l'âme*, dans *Philosophia Scientiæ* [En ligne], 11-1 | 2007, mis en ligne le 27 juin 2011, consulté le 13 octobre 2012. URL : http://philosophiascientiae.revues.org/325.

② SIMON P. Erwan, *La théologie du corps*, 2009, consulté le 12 octobre 2015. URL : http://www. methodes-naturelles. fr/passer-a-laction/que-dit-leglise-catholique/autres-textes-eclairants/theologie-du-corps.-p.-erwan-simon. pdf/view? searchterm = Erwan %20Simon.

③ GAUTHIER Clermont, JEFFREY Denis, *Enseigner et séduire*, Québec, Presses de l'Université Laval, 1999, p.138.

philosophe néoplatonicien, affirme aussi qu'« il faut fuir tout corps »① pour purifier l'âme. Descartes sous-estime aussi la valeur du corps. À ses yeux, le corps n'est qu'un instrument.

Dans le domaine psychologique, la psychothérapeute Marie Lise Labonté, qui a découvert une méthode psychocorporelle, dévoile une facette inconnue de notre corps. Elle② nous indique que notre corps, siège de l'inconscient, est susceptible de percevoir notre mensonge, surtout notre auto mensonge, et d'émettre des signaux à notre cerveau pour attirer notre attention. En d'autres termes, ce que notre corps recherche véritablement, c'est l'authenticité; le mensonge pourrait faire du mal à notre corps qui serait plus éveillé que notre cerveau. Le corps n'est plus un objet passif, il pourrait agir sur notre psychisme. De ce point de vue, notre corps tend par nature à la sainteté dans laquelle il se trouve dans le meilleur état et refuse automatiquement de commettre des péchés.

D'après la Bible, Dieu a créé l'homme à son image. Comme Dieu lui-même existe en trois personnes distinctes mais qui sont d'une seule et même substance, l'homme créé par Dieu est également trinitaire: l'être tout entier de l'homme comprend le corps, l'esprit, et l'âme. Autrement dit, le corps a trois dimensions: charnelle, psychique et spirituelle. Il va de soi que le corps joue un rôle très important dans la vie terrestre de l'homme. Seul le corps permet à l'homme sur terre d'exister concrètement et réellement. Le corps devrait également posséder l'attribut de sainteté, puisqu'il est le temple de Dieu et qu'il fait partie des dons de Dieu.

D'ailleurs, comme Dieu est le Créateur des êtres humains, leurs corps appartiennent à la fois à eux-mêmes et à Dieu. De ce point de vue, on n'a pas raison de mépriser notre corps. Nier la valeur du corps, c'est nier la gloire de

---

① HADOT Pierre, *Citations de Porphyre chez Augustin*, dans *Revue d'études augustiniennes et patristiques*, n° 6, 1960, p.225.

② Voir LABONTÉ Marie Lise, *Du mensonge à l'authenticité*, Québec, Éditions de l'Homme, 2014.

Dieu; refuser de bien traiter notre corps, c'est refuser le don de Dieu.

En nous ramenant au commencement de notre histoire que le livre de la Genèse nous a décrit, le Père Anthony Percy[1] nous indique les quatre qualités fondamentales de l'existence corporelle de l'homme telles que décrites par le pape Jean-Paul II: la nudité originelle, l'unité originelle, la solitude originelle, et le péché originel.

Avant la chute, Adam et Ève n'ont pas honte de leur nudité et, sans doute même, ne s'en aperçoivent pas, la considérant comme un état naturel. Cette nudité témoigne de l'unité somatique et spirituelle des premiers hommes, c'est-à-dire qu'il n'existe pas de conflits entre le corps et l'esprit: l'esprit domine le corps et satisfait ses besoins, le corps exécute sans réserve les directives de l'esprit. Le corps est le signe de la communion, celle avec Dieu, le cosmos et l'autre.

L'homme et la femme vivent dans une ultime liberté. Le regard d'autrui n'est pas une contrainte du tout, car on est regardé par l'autre ainsi qu'on est regardé par soi-même. De plus, on ne trouve pas la raison pour laquelle on a peur d'être regardé, car on est parfait, alors que généralement, ce sont ses défauts qu'on a peur que l'autre découvre.

La fonction du corps ayant la qualité symbolique consiste principalement en l'incarnation du spirituel, du divin. En même temps, il exprime l'intériorité invisible de la personne.

En créant une femme avec la côte d'Adam, Dieu révèle qu'en définitive, l'homme et la femme ne font qu'un, et qu'ils ont besoin l'un de l'autre pour fuir la solitude originelle: seul le corps humain est à l'image de Dieu, aussi seul le corps humain est doué d'esprit, d'auto-conscience et d'auto-détermination, c'est-à-dire qu'il existe une différence absolue et radicale entre les êtres humains et les autres êtres vivants.

L'autre raison pour laquelle la création du corps humain est indispensable

---

[1] Voir PERCY Anthony, *La théologie du corps décomplexée: Introduction aux catéchèses de Jean-Paul II*, Paris, Editions de l'Emmanuel, 2007.

est que les animaux et les végétaux sur terre, qui ont besoin d'un dominateur, n'ont pas la capacité d'abstraction et ne peuvent donc communiquer qu'avec un être visible et concret. Leur manque de raison s'explique par le fait que Dieu ne leur donne pas de commandement, comme il le fait avec l'humanité. D'ailleurs, la nudité démontre la confiance totale en l'autre et la volonté de s'ouvrir sur l'extérieur: si l'on veut montrer aux autres sa part la plus intime, la seule substance matérielle totalement à sa disposition, qu'est-ce qu'il y a d'autre à cacher? À travers la nudité, on manifeste le respect de soi-même et d'autrui. On accepte son propre corps tel qu'il est; on porte sur le corps d'autrui un regard naturel et sain. Le plus important est qu'alors, la nudité n'a aucun trait à la sexualité. Parallèlement, on se montre plus pudique, plus chaste, car rien n'est, ni ne peut être dissimulé. Il s'agit du corps innocent dans cette nudité originelle qui rappelle toujours le jardin d'Éden.

Quand Adam et Ève désobéissent au Créateur en mangeant le fruit de l'arbre défendu, ils prennent conscience de leur nudité, c'est-à-dire qu'ils ont perdu leur perfection, leur plénitude. Voilà la punition infligée par Dieu à l'être humain: la nudité est désormais étroitement associée à la honte. Comme il est dit dans la Bible, « Ta nudité sera découverte, et ta honte sera vue. J'exercerai ma vengeance, je n'épargnerai personne » (Isaïe 47: 3). À cette période-là, le corps demeure un signe, mais celui de l'impureté et de la rupture. Le lien entre l'action de Dieu et la liberté de l'homme, l'harmonie entre l'homme et la femme sont tous altérés, car on commence à avoir peur, à se méfier de Dieu et de l'autre.

Le corps innocent n'a rien à voir avec les vices. C'est après la chute que le corps humain est associé au péché. En fait, le premier péché de l'humanité a été commis parce que l'homme et la femme n'ont pas pu résister à la tentation de la nourriture — le besoin le plus fondamental du corps humain.

Remarquons que c'est après la chute qu'Adam et Ève donnent naissance à un enfant qui s'appelle Caïn, c'est-à-dire que le corps humain commence à assumer la fonction génitale. Dans une certaine mesure, Dieu, bien que coléreux, continue d'exprimer son amour à l'égard de ses créatures en les transformant aussi en créateurs et en leur promettant l'éternité d'une nouvelle manière : grâce aux générations qui se succèdent, toute l'humanité existera infiniment, dynamiquement, bien que l'individu soit voué à la mort. Au cours de la création d'une nouvelle vie grâce à l'union des deux corps, d'une part, l'homme et la femme parviennent de nouveau à la communion qu'ils ont détruite à cause de leur péché, d'autre part, ils participent à la vie de Dieu en faisant l'expérience d'être père ou mère, en comprenant mieux les responsabilités et les desseins de leur Père céleste qui est à la fois sévère et tendre. Ils transmettent ainsi le message contenu dans le corps lui-même : le corps est corps de don. C'est le remède que Dieu prescrit aux êtres humains pour les racheter et les purifier de leurs péchés et recouvrir le corps humain de la sainteté. Dieu n'abandonnera jamais ses enfants qu'il aime tant, quels qu'ils soient. Nous pouvons y voir la preuve irréfutable que l'amour est l'essence, la nature même de Dieu.

Pour purifier le corps humain, Dieu a envoyé dans le monde son Fils unique qui a pris un corps humain. Le corps saint et pur de ce seul Homme parfait permet de voir directement Dieu lui-même, comme il est dit dans la Bible : « celui qui me voit, voit le Père.» (Jean 14 : 9) Ce corps est ainsi la parfaite interprétation de l'amour et du don.

D'abord, c'est Dieu qui a donné à Jésus un corps : « Christ, entrant dans le monde, dit : Tu n'as voulu ni sacrifice ni offrande. Mais tu m'as formé un corps » (Hébreux, 10 : 5), ce qui prouve aussi que Dieu est le seul Créateur. Ensuite, au lieu de paraître d'une manière totalement inexplicable, Jésus-Christ est venu dans ce monde par l'intermédiaire du corps de Marie, ce qui révèle encore une fois que la signification du corps consiste en le don : personne ne peut se donner un corps. Et puis, Jésus-Christ a livré son être tout entier sans plainte ni regret pour ôter les péchés que les autres ont commis ; il s'est fait crucifier et a souffert des peines atroces à sa mort pour aider les êtres humains à dissiper la crainte de la mort : « par la mort, il rendît impuissant celui qui avait le pouvoir de la mort, c'est-à-dire le diable » (Hébreux 2 : 14). D'ailleurs, le corps que Jésus-Christ a offert au Père céleste après avoir accompli sa vocation sur cette terre est aussi saint et pur que celui qu'il avait reçu car il pense à glorifier son Père à tout moment. En livrant son corps et en versant son sang, Jésus-Christ fait le don le plus gratuit, le plus désintéressé.

De plus, le corps de Jésus-Christ implique le mystère de l'incarnation. Jésus-Christ vient dans ce monde en tant que « Premier Vivant » pour montrer aux hommes « leur Vie invisible » comme la lumière des hommes (Jean 1: 9-10). Son corps est à la fois une substance, qui se manifeste par une chair vulnérable et pathétique, et une essence, qui correspond à l'ego transcendantal et à la Vie Absolue. La vérité du corps « ne se trouve pas dans une phénoménologie du monde pour laquelle tout phénomène apparaît dans l'extériorité, mais dans une phénoménologie de la Vie qui concerne le "soi" donné à lui-même en son corps et qui s'y éprouve comme joint à soi »①.

Le corps de Jésus-Christ et celui du croyant se joignent tous à cette phénoménologie de la Vie. Chaque fils de Dieu est capable de trouver son ipséité et d'éprouver « la joie d'être ce "moi" en profusion de soi »② en Jésus-Christ. À travers le sacrement chrétien dans lequel les fidèles consomment une hostie qui symbolise la chair du Christ, et du vin qui symbolise son sang, la Vie entre dans chaque vie. Grâce à l'archipassibilité dont Jésus-Christ fait preuve, d'une part, l'amour de Dieu et la vie sont engendrés en l'homme et entre les hommes; d'autre part, le corps de Jésus-Christ est en mesure d'assumer toutes les peines subies par les êtres humains et de les sauver de la mort.

En tant que vrai Dieu et vrai homme, Jésus-Christ, dont l'identité d'un vrai homme se définit par sa chair, établit un pont entre le Père céleste et ses créatures sur cette terre et cherche à restaurer entre les deux parties, « la

---

① VIDALIN Antoine, *Le corps de la présence réelle*, dans *Nouvelle Revue Théologique*, n° 125, 2003, p.419.

② VIDALIN Antoine, *Le corps de la présence réelle*, dans *Nouvelle Revue Théologique*, n° 125, 2003, p.420.

communion intérieure et mutuelle qu'il vit avec son Père dans l'auto-engendrement de la Vie »①.

Certes, les premiers chrétiens prônaient le stoïcisme, c'est-à-dire la continence, l'abstinence, ou la tempérance. Ils pensaient que le corps devait se soumettre entièrement à l'esprit, et s'engager dans le combat spirituel qui occupait une place prédominante dans la vie chrétienne. En un mot, la mise en lumière de cette pensée visait principalement à lutter contre la concupiscence de la chair qui dominait les êtres humains à cette époque-là. En effet, les hommes allaient de plus en plus loin sur le chemin du péché, ou de la mort. Même dans la Bible, on peut trouver les récits de nombreux péchés que les hommes ont commis, entre autres le meurtre, le viol, l'inceste, et la prostitution, péchés qui se rapportent tous au corps. Dans une certaine mesure, le corps est devenu l'origine du mal : d'une part, on menait une vie de débauche pour combler les besoins du corps seul ; d'autre part, on prenait du plaisir à démolir la vie des autres, ou à faire du mal à leur corps. De nos jours, ces problèmes persistent, même s'aggravent. C'est pour cette raison que le stoïcisme n'est pas démodé.

Jean-Paul II, qui réhabilite et revalorise la valeur du corps, a construit sa propre théologie du corps, susceptible de dissiper les malentendus et de purger l'esprit de préjugés à propos du corps. Jean-Paul II a beaucoup parlé de la sexualité humaine qui est une réalité indéniable, puisqu'elle détermine chaque être humain dès sa naissance et tout au long de sa vie. Pour lui, le corps, la sexualité et l'amour humain, à la lumière de la foi peuvent également participer du sacré, faire preuve d'une dignité divine. On a tout à fait raison d'associer le corps à la sainteté. Alors, la bonne attitude vis-à-vis du corps n'est pas le mépris, mais la considération. Cette théologie du corps nous permet de mieux comprendre le sens de la vie.

D'abord, il est inutile de nier la puissance des pulsions sexuelles.

---

① VIDALIN Antoine, *Le corps de la présence réelle*, dans *Nouvelle Revue Théologique*, n° 125, 2003, p.421.

Cependant, face aux pulsions, ce que les chrétiens, surtout les prêtres, doivent faire, ce n'est pas le refoulement à quelque prix que ce soit, mais la sublimation. On ne doit pas devenir esclave de la sexualité qui est loin d'être le noyau de la vie. Autrement dit, l'amour doit dominer dans ce désir sexuel qui doit refléter le désir d'aimer et celui d'être aimé. La sexualité n'est qu'un moyen, dont la fin est l'amour. Ceux qui ne visent que le plaisir sexuel sont tombés dans la tentation. C'est seulement à la lumière de l'amour que la sexualité devient un merveilleux cadeau que Dieu donne à l'humanité. Au lieu d'être hostiles l'un à l'autre, les deux sexes dits opposés, en fait dépendants l'un de l'autre, doivent refléter ensemble, mais de différents côtés, Dieu lui-même.

Ensuite, les corps humains semblent être des entités indépendantes, mais en fait aucun corps humain ne peut subsister seul, tant du point de vue physique que psychologique, car il a besoin de soins, par exemple en cas de maladie, et de compagnie pour fuir la solitude susceptible de faire périr une vie. En effet, le nécessaire pour un homme sain et saint consiste en deux choses: la nourriture et l'amour. C'est pourquoi Jean-Paul II nous révèle que « le corps est intrinsèquement relationnel » et que « c'est à travers nos relations que nous atteignons la perfection »①. De plus, l'amour lui-même est aussi relationnel, car l'homme doit s'apprêter à la fois à recevoir et à donner de l'amour. Évidemment, l'action de donner doit prédominer sur celle de recevoir. Nous pouvons en déduire qu'une condition nécessaire pour devenir saint est de s'ouvrir aux autres, au lieu d'être toujours enfermé dans son monde intérieur.

Ⅲ.2 La théologie du corps de Bernanos

La sainteté se fait sentir, chez les saints bernanosiens, dans le fait que leur corps ne ment jamais, que le corps, l'esprit et l'âme parviennent à une

---

① PERCY Anthony, *La théologie du corps décomplexée: Introduction aux catéchèses de Jean-Paul II*, Paris, Editions de l'Emmanuel, 2007, p.10.

union parfaite. Ce sont des corps qui sont prêts à se donner à tout moment.

Il est possible que presque chacun de nous ait tendance à mépriser le corps. Même sainte Thérèse de Lisieux a eu honte de son corps où elle se trouvait mal à l'aise. Cependant, elle a réussi plus tard à se réconcilier avec son propre corps, car elle pensait à Jésus-Christ qui a bien voulu se faire chair comme nous et pour nous. Le Tentateur s'insinue pour provoquer des conflits entre le moi-même et le soi, alors que la sainteté se manifeste en l'être humain qui garde ou retrouve la véritable union de son monde intérieur en le corps de Jésus-Christ. Quand survient la discordance entre l'esprit et le corps, les réactions de l'âme décident si l'on va succomber à la tentation ou la vaincre.

Bernanos rappelle que le corps appartient à la fois à l'homme et à Dieu, conformément au commandement de la Bible. Il établit un lien visible et fondamental entre les deux parties : « la santé est un don de Dieu », « la force qui vous a été départie, votre adresse même à certains travaux manuels, c'était là sans doute le signe d'une vocation moins haute, où la Providence vous appelait » (*SSS*, p.94). Étant le temple du Saint-Esprit, le corps est capable de refléter la lumière de la sainteté. Ainsi, l'homme n'a pas le droit d'user de son corps totalement selon sa volonté. Il doit en être responsable et le préserver pour mieux accomplir la volonté de Dieu. D'abord, il faut rompre avec la débauche qui détruit premièrement le corps. Ensuite, on n'a pas raison de maltraiter son corps, car ce comportement est en fait sacrilège. C'est pourquoi l'abbé Menou-Segrais éprouve une profonde inquiétude concernant les mortifications cruelles pratiquées par Donissan, un « jeune prêtre irréprochable » (*SSS*, p.99).

De nos jours, le corps de Jésus-Christ que nous pouvons voir et toucher est principalement son corps supplicié sur la croix, qui rappelle sans cesse son sacrifice et le don de son corps, mais qui veut dire aussi que ce qui peut le blesser véritablement, ce n'est pas la Passion, mais l'incrédulité des hommes. Ainsi, Donissan n'a pas le courage de porter son regard sur la crucifixion quand il s'enfonce dans le désespoir qui trahit son doute et son incrédulité.

Satan a envie de faire du corps humain son propre temple à la place de Dieu. Lui-même le révèle à Donissan ainsi qu'à toute l'humanité: « À parler franc, je vous quitte peu. Vous me portez dans votre chair obscure, moi dont la lumière fut l'essence — dans le triple recès de vos tripes — moi, Lucifer » (*SSS*, p.148). Les propos de Satan impliquent que c'est lui qui est le roi de ce monde — une réalité incontestable, et que c'est de son plein gré que l'homme l'accueille et le sert.

Le corps est un champ que Satan convoite toujours, dont il cherche à s'emparer dans un premier temps, car c'est la trouée qu'il peut réaliser chez l'homme le plus facilement: par rapport à l'esprit ou à l'âme, le corps résiste le moins aux tentations. C'est pour cette raison que les saints bernanosiens réduisent le plus possible leurs besoins quotidiens.

L'esprit n'est capable de diriger, maîtriser le corps ou de lui donner des directives intelligentes qu'en état de conscience éveillée. Sous l'emprise de Satan, Donissan perd progressivement sa conscience comme s'il était tombé dans un profond sommeil: « Puis il défaillit, les yeux grands ouverts, parlant en rêve » (*SSS*, p.145); et son corps éprouve de plus en plus de fatigue, contrairement à sa nature: « Non! Ce n'est pas la fatigue qui m'eût accablé à ce point: je suis fort, robuste, capable de lutter longtemps » (*SSS*, p.145). Donissan souffre pour ainsi dire du déséquilibre entre l'esprit et le corps: quand il veut se dresser debout pour fuir un danger indéterminé, il finit par retomber « pesamment » (*SSS*, p.145); c'est « malgré lui » qu'il incline « la tête sur l'épaule de son singulier compagnon » (*SSS*, p.145). C'est la ruse de Satan: rompre le lien étroit et l'harmonie entre l'esprit et le corps, faire subir une fractureconstitutive dans l'intérieur de l'homme. La difficulté de dominer son propre corps trahit souvent la présence de Satan.

Pour résister à la tentation de Satan, il arrive que le corps devienne un obstacle, dans la mesure où « les sens sont non seulement incertains, mais carrément trompeurs »①. N'oublions jamais que Satan est un incomparable menteur: il se pourrait que ce que nous voyons ne soit qu'une illusion

① PERRIN André, *L'âme et le corps*, dans *Cahiers Philosophiques*, n° 53, 1992, p.3.

produite par Satan, et que ce que nous entendons ne soit qu'un mensonge proféré par Satan, que c'est à travers le corps humain que Satan s'insinue dans le monde intérieur de l'homme.

Quand Donissan se rend compte de la présence du diable, sa première réaction est de choisir d'écouter les appels de l'âme qui « est tout à la fois principe de la pensée et principe de la volonté »① en interrompant le fonctionnement des sens. Autrement dit, il a choisi de ne pas regarder, ni écouter son ennemi : « contracté d'horreur, les yeux clos, comme pour recueillir au-dedans l'essentiel de sa force, attentif à s'épargner une agitation vaine, toute sa volonté tirée hors de lui ainsi qu'une épée du fourreau, il tâchait d'épuiser son angoisse » (*SSS*, p.147) ; « ses yeux durement clos » (*SSS*, p.148) ; « Il restait assis sur le pan du manteau, dans une immobilité sinistre » (*SSS*, p.148). D'ailleurs, quoi que Satan lui dise, Donissan reste toujours silencieux, comme s'il ne l'avait ni vu ni entendu, de sorte que le Menteur n'a pas pu trouver l'occasion d'exercer son emprise sur ce prêtre. Donissan ferme à la fois les yeux, les oreilles et la bouche dans une telle circonstance. Si le corps humain est « le temple du Saint-Esprit » (1 Corinthiens 6 : 19), ce que Donissan fait alors, c'est de fermer toutes les portes pour mieux protéger ce temple, de faire appel à l'habitant de ce temple. Ainsi, le corps devient une forteresse que l'ennemi ne peut pas conquérir facilement.

Donissan a lutté contre le Tentateur d'une manière vraiment efficace, car Satan reconnaît lui-même que c'est la « volonté » de Donissan qu'il n'a pas pu « forcer » (*SSS*, p. 151). Dans cette circonstance, un corps apparemment insensible, inactif est capable de briser les assauts de l'ennemi, de l'empêcher de souiller l'âme. En fait, à ce moment-là, ce corps est dirigé par l'âme, qui est dirigée à son tour par le Saint-Esprit. Platon nous a montré dans quelle condition l'âme peut exercer le mieux ses fonctions : « l'âme ne raisonne jamais mieux que quand rien ne la trouble, ni l'ouïe, ni la vue, ni

---

① PERRIN André, *L'âme et le corps*, dans *Cahiers Philosophiques*, n° 53, 1992, p.3.

la douleur, ni quelque plaisir, mais qu'au contraire elle s'isole le plus complètement en elle-même, en envoyant promener le corps et qu'elle rompt, autant qu'elle peut, tout commerce et tout contact avec lui pour essayer de saisir le réel »①. Pour Donissan, saisir le réel, c'est atteindre la sainteté. Les propos de Platon peuvent bien expliquer la victoire de Donissan sur Satan, bien que celle-là soit temporaire pour l'instant.

Le corps peut être un obstacle à la réflexion, à la recherche de la vérité. Ainsi, Donissan essaie d'entrer dans un état proche de la mort: « Le visage du saint de Lumbres avait la pâleur et la rigidité du cadavre » (*SSS*, p. 148). C'est dans un tel état que Donissan parvient à dépasser les limites du corps aspirant aux plaisirs et exposé à souffrir des maladies, des appétits, de sorte à se tourner vers l'âme.

Le corps de la première Mouchette n'a pas trait à la sainteté et ne peut être que tentateur dans la mesure où son don du corps n'est pas un acte d'amour. Mouchette sait bien profiter de son corps charmant pour tenter les hommes. En effet, bien qu'elle soit issue d'une famille aisée, son corps est sa seule propriété dont elle peut se servir presque au gré de sa fantaisie, mais à laquelle elle ne tient pas du tout. Nous sommes convaincus que « le corps est considéré comme un support majestueux de la séduction en tant que sens et pouvoir de la féminité »②.

Le corps de Mouchette est justement son meilleur leurre. Elle en profite de deux façons: d'abord, elle comprend que son corps féminin plein de charme est irrésistible pour M. le docteur Gallet, qui se montre bien lâche, mais au fond impudique; et puis, pour donner une raison acceptable à ce médecin hypocrite et nul de la fréquenter, elle profite de son corps malade. Cette fois-ci, elle a pour objectif d'accoucher d'un enfant pour Satan.

---

① PLATON, *Phédon* 65*a*, trad. Emile Chambry, Paris, Garnier-Flammarion, 1965, p.14.

② LACHHEB Monia, *Penser le corps au Maghreb*, Editions KARTHALA et IRMC, 2012, p.177.

Mouchette constate avec l'agilité diabolique que le docteur Gallet est un parfait embryon au plus profond duquel se cache le germe du mal. Il ne lui manque qu'un utérus convenable pour qu'il pousse et voie le jour.

Si Mouchette se donne à M. le marquis de Cadignan, et puis à M. le docteur Gallet, elle ne vise pas à établir une relation amoureuse sérieuse et stable, ni à satisfaire un désir parental (bien au contraire, elle cherche toujours à se faire avorter), ni même à découvrir les plaisirs sexuels. Si le don n'est pas basé sur l'amour désintéressé, que le donateur n'en ait qu'une vision purement utilitaire, ce genre de don n'a rien à voir avec la sainteté.

En fait, Mouchette est un personnage sérieusement déchiré: son corps cherche à se ruiner, son esprit appelle la liberté, quelle qu'elle soit, alors que son âme n'arrive pas à remédier aux contradictions entre le corps et l'esprit, et donc n'a jamais ressenti la paix intérieure.

Quant à la deuxième Mouchette, bien qu'elle soit victime d'un viol infligé par M. Arsène, on ne peut pas dire que son corps soit déjà souillé. Bien consciente du danger qui existe quand elle reste toute seule avec cet homme ivre dans un endroit isolé et désert, par un temps si mauvais, Mouchette a choisi quand même de le suivre volontairement: « l'homme qui est là devant elle, dont elle sent déjà le souffle sur sa nuque, est le seul devant lequel — fût-ce pour sauver sa vie — elle ne voudrait pas fuir » (*NHM*, p.73). C'est un homme en qui elle a confiance et avec qui elle peut se montrer telle qu'elle est. C'est aussi un homme pour qui elle éprouve une affection féminine, soit maternelle, soit conjugale, soit toutes les deux. À ses yeux, c'est un « bel » (*NHM*, p.33, p.74) homme; son ivresse est différente de celle de son père, qui manque de tendresse à son égard et qu'elle déteste: « Même ce rictus hagard de l'ivresse qu'elle hait tant sur la face de son père et qu'elle retrouve, hélas! Sur celle de son ami, ne lui inspire qu'une espèce de compassion tendre » (*NHM*, p.59); elle voit en cet homme « un double mystérieux de son propre visage, mais plus cher mille fois » (*NHM*, p.59), « elle déteste sa figure, elle la méprise », tandis que « le visage de M. Arsène ne lui sera jamais odieux ni ridicule » (*NHM*, p.59).

Le véritable sentiment de Mouchette envers cet homme se traduit expressément dans ces contrastes. Quand la maladie de M. Arsène éclate subitement, elle voit en lui « un enfant » (*NHM*, p.61) dont elle tient la tête « chérie ainsi qu'elle tiendrait n'importe quelle chose précieuse, avec la seule crainte de la perdre ou de la briser » (*NHM*, p.64). Au fond de son cœur, Mouchette espère établir une relation de confiance mutuelle avec M. Arsène : « Vous pouvez vous fier à moi » (*NHM*, p. 61). Même après avoir subi l'agression sexuelle, Mouchette est encore capable de garder « un extraordinaire sang-froid » (*NHM*, p. 75). Pour sa part, même si cette relation sexuelle n'est pas recherchée par elle-même, elle peut l'accepter au moins, même avec plaisir. Elle envisage cette relation comme le don de son corps dérisoire à un autre corps précieux pour elle. En un mot, comme le corps de Mouchette exprime l'amour et le don, elle n'a pas perdu sa chasteté.

D'ailleurs, la chasteté ne veut pas dire l'absence absolue de relations sexuelles, surtout quand il y a une dimension procréative dans l'union sexuelle. Quand Mouchette rentre à la maison après avoir fui M. Arsène qui a eu une relation sexuelle avec elle, elle trouve que sa mère est gravement malade et que personne ne s'occupe de son petit frère qui est encore un bébé et dont les cris deviennent insupportables même aux oreilles de leur mère. Cependant, Mouchette lui manifeste une tendresse maternelle et lui apporte ses soins comme une mère. Les comportements de Mouchette pourraient s'expliquer par son envie, peut-être inconsciente d'avoir un bébé à la suite de cette union bien que forcée pour sa part.

Il faut remarquer que chez Bernanos, la description physique possède une connotation métaphysique claire. Les saints sont souvent présentés comme grands, minces et maigres, alors que les tentateurs sont plutôt petits et gros. En effet, le corps constitue un langage susceptible d'exprimer l'état d'esprit et l'état d'âme d'une personne. Le corps, extérieur et visible, extériorise et visualise l'esprit et l'âme qui s'avèrent intérieurs et invisibles. Nous prenons ici pour exemple la description physique de Gallet.

Après avoir établi une relation amoureuse clandestine avec Mouchette, M. le docteur Gallet, « le pauvre diable, de mine si plate » (*SSS*, p.58), qui « eût découragé jadis la hargne de toute autre compagne que la sienne » (*SSS*, p.58), « *prenait du ventre* »① (*SSS*, p.58). C'est « la volupté, la jubilation du plaisir » (*SSS*, p.58) qui, « loin de l'apaiser, lui faisait cette graisse neuve » (*SSS*, p.58).

Grâce à la mise en relief, la satire que l'auteur fait du docteur Gallet se montre beaucoup plus mordante, étant donné que de manière générale, on a déjà tendance à penser un ventre saillant comme un symbole d'une vie de débauche, ou au moins celui d'une vie malsaine.

Ce qui est intéressant, c'est que dans le langage familier, on appelle la graisse abdominale excédentaire les « poignées d'amour ». Cette appellation courante et humoristique traduirait mieux l'intention de l'auteur, cachée derrière ces mots extrêmement simples.

Apparemment, la bedaine de Gallet est à la fois le fruit et la preuve de l'amour. Auparavant, M. le docteur Gallet avait l'air d'un animal décharné et mal nourri, ou d'une plante qui est près de se flétrir. Mais maintenant, Gallet a changé considérablement, tant sur le plan physique que sur le plan spirituel. C'est l'amour de Mouchette qui lui sert d'aliment nourrissant, de produit fertilisant, ou de source de vie.

Bref, chez Bernanos, d'une part, le corps n'est pas l'objet du mépris ni de la maltraitance; d'autre part, il faut savoir maîtriser son corps quand on fait face aux tentations. Les saints bernanosiens sont ceux qui recherchent l'harmonie du corps, de l'esprit et de l'âme.

Ⅲ.3 La maladie

Dans les romans de Bernanos, beaucoup de personnages sont malades,

---

① C'est le romancier qui souligne.

sur le plan médical. En particulier, les saints bernanosiens ont tous attrapé une maladie plus ou moins grave. L'abbé Chevance, par exemple, meurt d'une crise d'urémie. Quelle attitude adopter face à la maladie? À travers ses saints, le romancier Bernanos nous donne sa réponse.

Le romancier Bernanos est un chrétien remarquablement dévoué, si bien que son œuvre est profondément influencée par la Bible, il est donc naturel et nécessaire de passer en revue les genres et les causes des maladies mentionnées dans les Écritures saintes, qui nous permettront de mieux comprendre la signification sous-jacente des maladies décrites par Bernanos dans ses romans.

Ⅲ.3.1 La définition biblique de la maladie

D'après la Bible, la maladie, état imparfait du corps qui provoquerait la mort, n'existe pas lors de la création originelle, Dieu ayant créé l'homme à son image, à sa ressemblance, c'est-à-dire parfait et heureux. Elle est apparue chez les êtres humains à cause du péché commis par Adam et Ève qui ont désobéi au commandement de Dieu en mangeant du fruit défendu. À noter que la maladie, au lieu d'être une punition donnée par Dieu qui aurait voulu donner la vie, la joie et le bonheur à l'homme, n'est qu'une conséquence de la désobéissance que l'homme doit apprendre à supporter.

La Bible nous renseigne sur une origine surnaturelle de la maladie. Si Job souffre d'une maladie grave, c'est la tentation de Satan qui a obtenu la permission de Dieu. À remarquer que Dieu a livré Job à Satan et que c'est Satan qui frappe Job « d'un ulcère malin, depuis la plante du pied jusqu'au sommet de la tête » (Job 2: 6-7). Ce passage prouve que la maladie de Job vient de Satan, non de Dieu, mais que Dieu a pour objectif de soumettre Job à une épreuve à travers cette maladie. L'exemple de Job montre que l'on peut bientôt guérir, pourvu que l'on n'en veuille pas à Dieu, que la foi reste intacte.

L'Évangile selon Matthieu rapporte la guérison d'un enfant atteint d'épilepsie. Il est enfin guéri par Jésus-Christ qui a chassé le démon dont la possession constitue la cause de la maladie de l'enfant. Le cas du possédé aveugle et muet que Jésus-Christ a guéri en offre une autre preuve①. Ces deux cas montrent également que l'une des ruses de Satan consiste à détruire le miroir de l'âme, de sorte que la victime ne puisse plus connaître normalement ou complètement les appels de Dieu. François Delaporte rappelle que l'œil peut être le miroir de l'âme: « l'époque classique tend à privilégier un regard où la vue s'obtient par l'extériorisation de l'intérieur, faisant ainsi de l'œil, à la fois, le miroir de l'âme et l'instrument de son langage »②. Benito Jerónimo Feijoo affirme explicitement que « la conscience est le miroir de l'âme »③. Le point commun entre l'histoire de Job et celle de l'enfant est que la maladie est toujours un assaut lancé par Satan dans le but d'avilir les créatures de Dieu. Leur différence réside dans le fait que cette fois-ci, c'est furtivement, sans la permission de Dieu, que Satan met en œuvre son complot. Jésus-Christ nous indique encore la façon de guérir la maladie due à la possession d'un démon: il ne faut que faire sortir du malade cette sorte de démon en priant et en jeûnant, avec un sentiment de foi des plus fermes, bien sûr. (Matthieu 17: 14-21)

La maladie peut être aussi une leçon donnée par Dieu pour avertir, instruire et discipliner les pécheurs qui n'ont pas observé, ou n'ont pas mis en pratique la Parole divine, et qui ne craignent pas le nom glorieux et redoutable de Dieu: « L'Éternel te frappera miraculeusement, toi et ta postérité, par des plaies grandes et de longue durée, par des maladies graves et opiniâtres » (Deutéronome 28: 59). Le futur simple utilisé dans cette phrase suggère une possibilité qui n'est pas voulue par Dieu en fin de compte.

---

① Voir Matthieu 12: 22: « Alors on lui amena un démoniaque aveugle et muet, et il le guérit, de sorte que le muet parlait et voyait. »

② DELAPORTE François, *Le miroir de l'âme*, dans *Communications*, n° 75, 2004, p.19.

③ FEIJOO Benito Jerónimo, *Théâtre critique ou Discours sur toutes sortes de matières pour détruire les erreurs communes*, Volume 1, traduit en français par d'Hermilly, Chez Pierre Clement, 1742, p.36.

Cependant, cette possibilité est devenue réalité à plusieurs reprises selon les récits bibliques: Dieu « frappa de grandes plaies Pharaon et sa maisonnée, à cause de Saraï la femme d'Abram » (Genèse 12: 17); Dieu frappa les hommes et les animaux dans tout le pays d'Égypte d' « ulcères formés par une éruption de pustules » (Exode 9: 8-11); Dieu frappa de lèpre Miriam qui fut orgueilleuse et jalouse (Nombres 12: 9-15); Dieu « envoya une peste en Israël » au temps de David (2 Samuel 24: 15). Il faut remarquer que dans ces cas, c'est Dieu lui-même qui est à l'origine des maladies atteignant les pécheurs sans faire appel à Satan. Ensuite, les caractéristiques des maladies de ce genre sont la diversité, la gravité et la longue durée, ce qui trahit l'intention de Dieu qui considère la maladie comme un moyen de dissuasion.

En particulier, il est possible qu'un homme juste attrape une certaine maladie à cause des péchés commis par ses ancêtres. C'est pourquoi Bernanos commence l'histoire de Mouchette par une récapitulation succincte de l'histoire de la famille Malorthy. La maladie de Mouchette est due d'abord aux péchés commis par ses ascendants, ensuite aux péchés commis par elle-même. Ces réactions en chaîne se prolongent jusqu'à son enfant mort-né.

Bien sûr, la maladie elle-même n'a rien de saint, mais celui qui arrive à comprendre cette leçon donnée à travers la maladie, à se repentir de ses péchés et s'humilier devant le Seigneur est capable de prendre de nouveau part à la sainteté.

En plus de l'origine surnaturelle, la maladie est susceptible d'avoir une origine naturelle. En tant que descendants d'Adam et d'Ève dépourvus de leur perfection originelle, tous les hommes ont hérité d'un corps imparfait qui est lui-même sujet à diverses maladies, quelles que soient les précautions prises pour y résister.

De plus, on risque fort d'être atteint d'une certaine maladie, si on ne ménage pas sa santé, néglige de se protéger ou glisse dans de mauvaises habitudes telles que l'alcoolisme, le tabagisme, le libertinage, l'explosion de colère, la mauvaise alimentation ou la déprivation de sommeil.

Pour guérir cette sorte d'affections normales, il faudrait faire appel à un médecin ou à des médicaments, ce qui relève des traitements naturels accomplis par Dieu. En effet, l'existence des médecins et des médicaments est une preuve bien convaincante de la puissance et de l'amour du seul Créateur. Ainsi, les chrétiens ne devraient pas avoir honte d'aller voir le médecin ou de prendre des médicaments, à condition qu'ils aient conscience que les médecins et les médicaments sont les outils employés par Dieu pour guérir son peuple.

Ⅲ.3.2 Les saints malades

Si Bernanos laisse presque tous ses saints souffrir d'une maladie, ou d'une douleur, c'est parce qu'après avoir subi soi-même des souffrances, surtout des souffrances insupportables, on pourrait mieux comprendre la valeur de la santé, de la douleur et du besoin d'autrui, comment aider les misérables qui se trouvent dans la même situation. On se montrera également de manière plus convaincante un exemple de piété et de sainteté en profitant de sa propre expérience. Il est facile, et parfois peu crédible, de chanter les louanges de Dieu quand on se trouve dans une situation favorable, alors que l'amour de l'Éternel que l'on éprouve dans l'épreuve est sans aucun doute sincère, incontestable, donc plus pur et plus précieux. Sans doute, c'est aussi un des objectifs de Dieu qui fait attraper une certaine maladie, de manière directe ou indirecte, à ses serviteurs justes, fidèles. La maladie, pierre de touche de la foi, a pour ainsi dire une fonction purificatrice.

En outre, de manière générale, les saints bernanosiens meurent en souffrant plus ou moins à cause de leur maladie, à l'exemple du Christ qui a beaucoup souffert sur la croix. En fait, l'agonie christique interprète la sainteté de la mort — une mort qui ne se limite qu'à celle du corps et qui engendrera la résurrection dans le royaume des cieux auprès du Créateur.

Le chrétien Bernanos a raison de croire que ses saints, en tant que serviteurs fidèles de Dieu, obtiendront le soutien du Seigneur quand ils tombent malades physiquement, à condition qu'ils prient Dieu de leur donner des forces pour supporter leur maladie et rester aussi incorruptibles pendant qu'ils se montrent faibles dans la chair. Car la Bible déclare : « Heureux celui qui s'intéresse au pauvre! Au jour du malheur l'Éternel le délivre; L'Éternel le garde et lui conserve la vie. Il est heureux sur la terre [...]. L'Éternel le soutient sur son lit de douleur [...].» (Psaumes 41 : 1-3). Évidemment, la maladie est un malheur fréquent qui peut toucher tout être humain. La Bible affirme plus clairement : « quand il y aura des fléaux ou des maladies quelconques; si un homme, si tout ton peuple d'Israël fait entendre des prières et des supplications, et que chacun reconnaisse la plaie de son cœur et étende les mains vers cette maison, exauce-le des cieux, du lieu de ta demeure, et pardonne » (1 Rois 8 : 37-40).

Si le curé d'Ambricourt ne refuse pas d'aller voir un médecin, c'est parce que, d'une part, comme nous l'avons analysé plus haut, les médecins et les médicaments n'étant pas contradictoires avec la foi en Dieu, relèvent des outils dont Dieu se sert pour guérir indirectement et naturellement son peuple; d'autre part, Dieu ne dit jamais que la maladie est un bonheur qu'il accorde à ses créatures, que ces dernières doivent la supporter, sans aucune plainte, durant une longue période ou même jusqu'au dernier soupir. En réalité, comme l'abbé Menou-Segrais le dit à l'abbé Donissan dans *Sous le soleil de Satan*, « la santé est un don de Dieu » (*SSS*, p.94). C'est-à-dire que Dieu n'aurait pas voulu que les hommes soient malades, qu'il espère que les malades pourront se débarrasser de la maladie le plus tôt possible en trouvant la cause de leur maladie et en aspirant à la guérison. La maladie elle-même n'est pas un meilleur moyen que la santé de progresser plus vite dans la vie spirituelle, laquelle devrait se nourrir principalement de la Parole de Dieu et de la prière. Par rapport à un corps morbide, un corps sain est assurément une meilleure preuve de la grâce de Dieu, lequel se glorifie à travers la santé de chacun de ses enfants. Pour sortir victorieux du combat contre la maladie, il faudrait d'abord avoir la volonté de guérir, au lieu de se laisser aller, et avoir foi en sa guérison.

Le curé d'Ambricourt finit par prendre conscience clairement de la gravité de sa maladie après l'avoir ignorée ou négligée longtemps : « Je suis sérieusement malade. J'en ai eu hier la certitude soudaine et comme l'illumination » (*JCC*, p.87). Cette réalité ne lui inspire pas la peur, ce qui prouve sa foi en Dieu, son abandon à Dieu et sa bonne connaissance de la vraie vie : la fin de la vie sur terre ne signifie pas la fin de la vie spirituelle, qui est éternelle et plus merveilleuse, et qui peut continuer dans le royaume des cieux. Le curé d'Ambricourt parle de sa maladie avec un étonnant sang-froid, considérant même la découverte de son état physique comme une « illumination » : sans aucun doute, c'est le soleil de Dieu qui pénètre en lui et éclaire son esprit. C'est grâce à Dieu qu'il parvient à adopter la bonne attitude face au malheur. Il a songé aux causes et conséquences de sa maladie à travers laquelle Dieu se révèle et lui transmet un message important. Il relie sa maladie au péché, puisqu'il s'interroge sur le mystère du péché avant de déclarer qu'il est sérieusement malade : « Que savons-nous du péché? [...] Quelle épaisseur a le péché? À quelle profondeur faudrait-il creuser pour retrouver le gouffre d'azur? » (*JCC*, p.87) Il ne fait nullement preuve de rancune à l'égard de Dieu, car il comprend que sa maladie est due au péché, qu'elle lui offre une occasion de rendre compte de ses péchés, de les identifier, et de les confesser pour obtenir la rédemption.

Cependant, le curé d'Ambricourt n'envisage pas sa maladie comme un bonheur, bien qu'elle puisse exercer les fonctions positives mentionnées plus haut. Il a encore la nostalgie des jours où il était en bonne santé : « Voilà juste six mois que j'ai ressenti les premières atteintes de ce mal, et je me souviens à peine de ces jours où je mangeais et buvais comme tout le monde. Mauvais signe.» (*JCC*, p.87) En effet, l'homme ayant un corps sain est capable de mieux servir Dieu. Le curé d'Ambricourt a pris conscience des valeurs de la bonne santé.

La bonne attitude du curé d'Ambricourt face à sa maladie porte tout de suite ses fruits :

Cependant les crises disparaissent. Il n'y a plus de crises. J'ai délibérément supprimé la viande, les légumes, je me nourris de pain trempé dans le vin, pris en très petite quantité, chaque fois que je me sens un peu étourdi. Le jeûne me réussit d'ailleurs très bien. Ma tête est libre et je me sens plus fort qu'il y a trois semaines, beaucoup plus fort. (*JCC*, pp.87-88)

La disparition des crises serait la récompense de Dieu à son enfant le curé d'Ambricourt pour les bonnes œuvres qu'il fait. Dieu ne veut pas le voir souffrir longtemps, que ce soit physiquement ou spirituellement. Écoutons Paul Claudel sur ce point: « Dieu n'est pas venu supprimer la souffrance, il n'est même pas venu pour l'expliquer. Il est venu pour la remplir de sa présence »①. Le curé d'Ambricourt partage tout à fait cet avis. C'est pourquoi il n'a jamais songé à demander à Dieu le pourquoi de sa souffrance. Il ne pense qu'à vivre sa souffrance avec Jésus-Christ.

Comment éprouver la présence de Dieu? Le curé d'Ambricourt y parvient par l'intermédiaire de l'alimentation. D'abord, il obéit à la Parole divine: « Ne sois pas parmi les buveurs de vin, parmi ceux qui font excès des viandes: car l'ivrogne et celui qui se livre à des excès s'appauvrissent » (Proverbes 23: 20-21). En plus d'une alimentation modérée, le jeûne est également recommandé par Jésus-Christ afin de vaincre la maladie. En particulier, la médecine moderne a aussi reconnu les effets bénéfiques de cette pratique capable de soigner naturellement de nombreuses maladies. L'énergie du corps d'un jeûneur peut atteindre son apogée parce qu'il se passe de la digestion de la nourriture consommée qui exige plus de 10% de l'énergie du corps, dont la quantité est en fait limitée. L'énergie économisée sera utilisée pour purifier l'organisme en le débarrassant des toxines nocives. Autrement dit, pendant le jeûne, l'homme peut s'éloigner davantage des sources du mal, réfléchir plus profondément aux questions sérieuses, voir plus clair son intérieur et mieux s'abandonner à Dieu. En outre, Satan peine à accomplir sa tentation, à

---

① ARNOLD Simon Pierre, *La foi sauvage, bilan provisoire d'un théologien perplexe*, Paris, Karthala, 2011, p.33.

pénétrer dans un corps humain. Il est bien naturel que le curé d'Ambricourt se sente « plus fort » et ait une tête « libre », car il risque moins de subir les attaques sournoises de Satan et a l'impression d'être plus proche de Dieu.

Pour le curé d'Ambricourt, la consommation du pain et du vin a une évidente signification surnaturelle. Les chrétiens pensent que le pain et le vin représentent respectivement le corps et le sang de Jésus-Christ. Ils peuvent recevoir la présence du Christ en eux en prenant du pain et du vin. Ils réalisent ainsi leur communion avec leur Créateur et leur Sauveur. Jésus-Christ, pour sa part, est l'agneau pascal sacrifié volontairement. Il fonde une nouvelle Alliance réparatrice entre le Libérateur et les êtres humains en donnant son corps et son sang. Le pain suggère la vie, la vie même de Dieu. Le vin symbolise le sang de Jésus-Christ « qui est répandu pour plusieurs, pour la rémission des péchés » (Matthieu 26: 28). Le régime alimentaire du curé d'Ambricourt évoque de manière explicite le dernier repas de Jésus-Christ lors duquel le Christ a averti clairement ses disciples du risque de chute, et en particulier, a prédit précisément sa résurrection, c'est-à-dire la victoire finale incontestable du bien. Le malheur que Jésus-Christ a subi à cause de nous et pour nous est le plus grand de ce monde. Par rapport à son malheur, tous nos malheurs deviendront supportables. Le geste symbolique de prendre le repas du Christ permet aux croyants de se souvenir des vertus de Jésus, de transporter la vie du Christ en eux-mêmes et de vivre en Jésus-Christ, qui n'est pas disparu, qui se révèle à travers des substances concrètes, visibles, ordinaires mais indispensables.

Sans aucun doute, le curé d'Ambricourt croit entièrement à la transsubstantiation. Pourquoi choisit-il de se nourrir de « pain trempé dans le vin », chaque fois qu'il se sent « un peu étourdi »? D'abord, le « pain trempé dans le vin » contient la semence de vie. Jésus-Christ a affirmé lui-même à ses disciples: « Je suis le pain de vie. Celui qui vient à moi n'aura jamais faim, et celui qui croit en moi n'aura jamais soif. [...] C'est ici le pain qui descend du ciel, afin que celui qui en mange ne meure point. Je suis le pain vivant qui est descendu du ciel. Si quelqu'un mange de ce pain, il vivra éternellement; et le pain que je donnerai, c'est ma chair, que je donnerai pour la vie du monde. [...] Si vous ne mangez la chair du Fils de l'homme, et si vous ne buvez son sang, vous n'avez point la vie en vous-mêmes. Celui qui mange ma chair et qui boit mon sang a la vie éternelle; et je le ressusciterai au dernier jour. Car ma chair est vraiment une nourriture, et mon sang est vraiment un breuvage. Celui qui mange ma chair et qui boit mon sang demeure en moi, et je demeure en lui.» (Jean 6: 35-56) Sur le plan naturel, le « pain trempé dans le vin » a déjà suffi au curé d'Ambricourt pour lui offrir l'énergie dont l'organisme a besoin. Autrement dit, il ne risque pas d'avoir faim ni soif. Sur le plan surnaturel, le curé d'Ambricourt cherche à profiter de la vie donnée par Jésus-Christ pour combattre la maladie qui conduit à la mort. De plus, la Bible permet aussi la consommation du vin avec modération étant donné son effet égayant et ses propriétés médicinales: « Donnez [...] du vin à celui qui a l'amertume dans l'âme » (Proverbes 31: 6); « fais usage d'un peu de vin, à cause de ton estomac et de tes fréquentes indispositions » (1 Timothée 5: 23). En effet, triste la plupart du temps, le curé d'Ambricourt souffre d' « horribles maux d'estomac » (*JCC*, p. 36), de « douloureuses crampes d'estomac » (*JCC*, p. 29), « d'affreuses douleurs d'estomac » (*JCC*, pp.38-39), de maux d'estomac « généralement supportables » mais extrêmement « monotones » (*JCC*, p.43). L'apparition successive de ces mots portant sur une même maladie suggère la haute fréquence et l'intensité des crises dont le curé d'Ambricourt souffre.

Cependant, un objectif plus important du choix du curé d'Ambricourt consisterait à renforcer sa foi. Les sensations d'étourdissement suggèrent une tendance à ne pas faire attention à ce qu'il faut faire, par distraction, c'est-à-dire un risque d'être tenté par Satan. Ce que le curé d'Ambricourt doit faire, c'est de servir Dieu. Et puis, l'étourdissement est capable de provoquer une perte de conscience passagère qui permettrait donc à Satan, toujours prêt à profiter de toutes les occasions, de s'insinuer dans le cœur de l'homme, de le séduire, de le tromper. On est vraiment faible à la fois physiquement et spirituellement quand on est sans conscience. Heureusement, le curé d'Ambricourt est tellement lucide et vigilant qu'il commence à prendre des précautions quand il se sent « un peu » étourdi. La consommation du pain et du vin peut toujours lui rappeler l'amour de Dieu, et lui donner le courage de subir l'épreuve et de vaincre les difficultés de l'existence. Elle lui permet également de s'éveiller et de revenir sur la bonne voie.

N'étant pas sous l'emprise de Satan, le curé d'Ambricourt arrive à avoir la tête « libre ». En effet, la principale entrave à la liberté de l'homme demeure le péché. Parallèlement, « la grâce, soutien et présence de Dieu, rend possible une authentique liberté humanisante et divinisante à la fois »①. C'est dans son amour pour Dieu que le curé d'Ambricourt retrouve cette liberté intérieure, spirituelle, car seule cette sorte d'amour est capable de délivrer les chrétiens de l'esclavage du péché. À proprement parler, le curé d'Ambricourt est délivré de l'esclavage de la convoitise, grâce à son jeûne et à son abstinence. Sans doute, la liberté authentique ne peut résider que dans l'activité spirituelle, car le corps est évidemment soumis à de nombreuses contraintes telles que le temps, l'espace, la pesanteur et les lois de la nature. Bien sûr, le curé d'Ambricourt ne peut jouir que d'une liberté imparfaite qui consiste à éviter de commettre des péchés graves, qui ouvre sur la liberté totale et parfaite qu'on ne peut trouver que dans l'éternité. La tête libre qui signifie l'affranchissement du péché conduirait le curé d'Ambricourt à la sanctification.

Grâce au soutien de Dieu et à sa propre volonté, le curé d'Ambricourt se sent « beaucoup plus fort » à la fois physiquement et moralement. D'une part, il n'apparaît pas comme un homme sérieusement malade: « personne ne s'inquiète à présent » (*JCC*, p.88) de ses malaises; il a même l'air encore bien jeune. D'autre part, n'ayant pas de mal à dormir, il se sent « plein de courage, d'espoir » (*JCC*, p. 88). Cette amélioration de l'état du prêtre constitue elle-même une preuve de la présence du Christ en lui. La présence

---

① DESCLOS Jean, *Resplendir de vraie liberté: lectures de Veritatis Splendor*, Montréal, Médiaspaul, 1994, p.238.

du Christ, qui est « le chemin, la vérité, et la vie » (Jean 14: 6), pourrait également expliquer pourquoi le prêtre malade, déjà extrêmement maigre, est capable de paraître jeune. Comme le Christ lui a indiqué le chemin et la vérité, il se montre tellement calme, lucide. Comme le Christ habite en lui, il peut bénéficier de la source de la vie.

La maladie donne au curé d'Ambricourt une occasion de connaître profondément non seulement lui-même, mais aussi les autres personnes, voire toute l'humanité:

> *Personne ne s'inquiète à présent de mes malaises. La vérité est que je commence à m'habituer moi-même à cette triste figure qui ne peut plus maigrir et qui garde cependant un air — inexplicable — de jeunesse, je n'ose pas dire: de santé. À mon âge, un visage ne s'effondre pas, la peau, tendue sur les os, reste élastique. C'est toujours ça!* (*JCC*, p.88)

Dans ce passage, le curé d'Ambricourt aborde une question primordiale: quelle est la vraie santé? Pour lui, avoir un corps sain, c'est sans aucun doute très important, mais avoir un esprit sain s'avère beaucoup plus essentiel. La « jeunesse » incroyable dont le prêtre fait preuve démontre justement son bon état d'esprit. Le fait qu'il n'est pas bien dans son corps n'empêche pas qu'il est bien dans sa tête. Même si l'esprit sain ne peut guérir complètement certaines maladies, il permet au moins d'atténuer les symptômes et de maîtriser la maladie. La « triste figure » du curé d'Ambricourt révèle la gravité et la persistance de sa maladie. Cependant, il a la conviction qu'il n'est pas spirituellement malade. C'est l'une des raisons principales pour lesquelles il parvient à s'habituer à son mauvais état de santé, quoiqu'il n'ait jamais renoncé à l'améliorer. S'il n'ose pas dire que sa figure garde « un air » « de santé », c'est parce qu'il comprend clairement la vérité fondamentale de la santé physique et spirituelle.

Dans ce passage, le curé d'Ambricourt adresse aussi de manière implicite ses reproches à ceux qui ne portent leur attention que sur l'apparence, ou sur les choses secondaires. Pourquoi « personne ne s'inquiète à présent » de ses malaises? En fait, il y a trois raisons possibles. Premièrement, les gens sont tellement égoïstes et impitoyables qu'ils ne prennent en considération que leur propre intérêt et qu'ils se montrent indifférents à la souffrance d'autrui. Deuxièmement, les gens autour de lui le traitent comme une personne anodine de sorte que personne n'est au courant de sa maladie. Cette négligence à l'égard de sa personne trahit en fait le déclin de l'influence de l'Église ou de la religion dans la société moderne. Troisièmement, comme nous l'avons analysé plus haut, on ne trouve rien d'inquiétant dans son état physique, car il n'apparaît pas comme un homme sérieusement malade.

Le curé d'Ambricourt termine ce passage avec « C'est toujours ça ! ». De quoi parle-t-il? Il mentionne peu avant cette phrase exclamative « visage », « peau » qui font partie du corps et qui se font voir facilement puisqu'ils ne sont pas dissimulés en général, pas complètement, au moins. La plupart des gens ont l'habitude de ne lire que les informations transmises par ces deux parties du corps visibles et touchables.

Certes, dans le milieu médical, il est prouvé que l'état du visage et de la peau est susceptible de résumer l'état de santé d'une personne. Cependant, le visage et la peau sont plutôt les indicateurs de l'état de santé physique. Autrement dit, l'état de santé spirituelle ne se reflète pas sur le visage et la peau. La vérité est que la plupart des gens, y compris les médecins, ne s'intéressent plus qu'à la santé physique, tout en négligeant ou en tournant en dérision la santé spirituelle. Tel est le cas du docteur Gallet, dans *Sous le soleil de Satan*.

Ⅲ.3.3 D'autres malades

Sans aucun doute, la première Mouchette dans *Sous le soleil de Satan* est malade. Le problème est de savoir de quelle maladie il s'agit dans son cas, quelle est l'origine de sa maladie. D'abord, nous sommes convaincus que l'âme de Mouchette est profondément malade.

En fait, le récit ne nous dit pas clairement si Mouchette est vraiment malade physiquement. Elle va chez son amant secret, le médecin M. Gallet, notamment sous prétexte d'être malade. Ainsi, il est bien probable que Mouchette n'est pas malade du tout. De plus, c'est M. Gallet, un vrai menteur, qui interprète l'affreux cri continu de Mouchette comme « une crise de démence furieuse » (*SSS*, p.75). Étant donné la personnalité de Gallet et la circonstance, nous avons totalement raison de croire que Gallet profite de son métier de médecin pour proférer un mensonge capable de détourner l'attention du public et de dissimuler une vérité surprenante et bouleversante. En particulier, même si Mouchette donne l'impression d'être malade physiquement, le récit vise à faire croire au lecteur que Mouchette est enfin en bonne santé:

> *Le soir même, elle était transportée en automobile à la maison de santé du docteur Duchemin. Elle en sortit un mois plus tard, complètement guérie, après avoir accouché d'un enfant mort.* (*SSS*, p.75)

Si nous examinons ce passage avec plus d'attention, nous pouvons trouver des paradoxes ou des ambiguïtés. Si la « crise de démence » est vraiment « furieuse », pourquoi peut-elle guérir en si peu de temps? En outre, la « crise de démence » relève d'une maladie mentale. En général, il n'est pas facile de guérir « complètement » ce genre de maladie, surtout en peu de temps. Alors, pour quelle raison Mouchette est-elle entrée et restée un mois à l'hôpital? Pour son problème mental ou pour son accouchement « d'un enfant mort »? La naissance de cet enfant prouve à son tour que Mouchette a vraiment des problèmes avec son corps. La guérison rapide de Mouchette concerne-t-elle ce domaine? L'histoire de Mouchette se termine précipitamment avec ce passage si bref et si équivoque. Cette fin donnerait à entendre qu'il n'est pas important que Mouchette ait attrapé ou non une certaine maladie physique, car son plus gros problème ne réside que dans l'âme.

À travers le personnage de Mouchette, Bernanos nous avertit sérieusement que la maladie de l'âme est le principal obstacle à l'accès à la sainteté, qu'elle nuira certainement au bon fonctionnement de l'organisme corporel.

Christian Klopfenstein, médecin et président de l'Union Évangélique Médicale et Paramédicale, a abordé le thème de l'âme: « L'âme dépend de lois psychologiques. Ses besoins sont nombreux: maîtrise et juste estime de soi, appartenance, sécurité, valeur, besoins affectifs, intellectuels, relationnels, sociaux, éducatifs... Ils sont source de santé quand ils sont satisfaits et maintenus en équilibre, ils provoquent des désordres ou des troubles mentaux dans le cas contraire.»①

Évidemment, de nombreux besoins de l'âme de Mouchette ne sont pas satisfaits du tout. En matière de vie affective, elle ne peut pas ressentir d'amour au sein de sa famille, ni avec ses amants, puisque son père la traite plutôt comme une marchandise, ou une propriété privée, et que ses amants la prennent pour une femme-objet, qui permet de satisfaire à la fois leur désir sexuel et leur vanité.

En matière d'éducation, au lieu de terminer ses études secondaires, elle est obligée de rester chez elle, car sa mère ne lui permet pas d'aller au lycée et son père lui interdit d'aller suivre le cours du catéchisme.

En matière de relations sociales, elle n'a aucun ami, aucune personne sur laquelle elle puisse compter. Pour elle, les autres sont soit des étrangers, avec qui elle ne peut ni ne veut maintenir une relation harmonieuse, de confiance mutuelle, soit des gens dont elle peut profiter.

Certes, du point de vue de l'âge, Mouchette, qui n'a que seize ans, est encore très jeune. Mais sa façon de penser est tout à fait celle d'une adulte désabusée: contrairement aux filles de son âge qui aspirent sincèrement à l'amour et le considèrent généralement comme la chose la plus merveilleuse et la plus miraculeuse du monde, elle ne rêve point d'amour, « qui n'est qu'un

---

① KLOPFENSTEIN Christian, *Bible et santé: réflexions d'un médecin*, dans *Croire et vivre*, n° 33, 2005, consulté le 7 mai 2016. URL: http://www.publicroire.com/croire-et-vivre/reflexion/article/bible-et-sante-reflexions-dun-medecin.

jeu de société » (*SSS*, p.20) à ses yeux. Mouchette est une enfant précoce qui a un visage très jeune, mais un cœur très vieux. Simon-Michel Treuvé a dit que « l'âme se nourrit entièrement par amour », que « l'âme est plus dans ce qu'elle aime que dans le corps qu'elle anime et qu'elle fait vivre »①. Cette opinion n'est pas contradictoire avec celle de Saint Augustin qui envisage le corps comme « support de l'âme »②. Certes, le corps offre une résidence à l'âme. Mais il ne peut pas garantir l'épanouissement de cette dernière, qui ne dépend que de l'amour. Autrement dit, les fleurs de l'âme se faneront certainement sans l'alimentation en amour. En réalité, ce que Mouchette a nié, ce n'est pas seulement l'amour, mais toutes sortes d'affection. Une jeune fille comme Mouchette qui ne veut aimer ni ne sait aimer n'est-elle pas sérieusement malade?

John Dewey affirme que « la particularité de la vie vraiment humaine est que l'homme doit se créer lui-même par ses propres efforts volontaires; il doit faire de lui-même un être vraiment moral, rationnel et libre »③. Mouchette, elle, est totalement créée par son père. La conséquence sérieuse qui découle de cette privation du droit « d'auto-création » est que Mouchette accomplit la sienne, en fait une autodestruction, d'une manière radicale et indiscrète: elle cherche à faire d'elle-même un être immoral, irrationnel, à trouver la liberté dans l'enfer. Sa révolte contre son père s'exprime davantage par ses actes que par ses paroles. Ses actes démontrent également que Mouchette ne peut pas avoir une idée juste des valeurs, d'elle-même, ce qui constitue exactement un symptôme principal de la maladie de l'âme.

Mouchette souffre d'une solitude tragique et absolue, qui fait partie des

---

① TREUVE Simon-Michel, *Instruction sur les dispositions qu'on doit apporter aux sacrements de Pénitence et d'Eucharistie*, Paris, G. Desprez et J. Desessartz, 1722, p.451.

② HULTGREN Gunnar, *Le Commandement d'amour Chez Saint Augustin: Interprétation philosophique et théologique d'après les écrits de la période* 386-400, Paris, Librarie Philosophique J. Vrin, 2000, p.178.

③ DEWEY John, *Démocratie et éducation: introduction à la philosophie de l'éducation*, Lausanne, L'Age d'homme, 1983, p.122.

choses qu'elle craint le plus au monde. Dans sa relation inappropriée avec M. le marquis de Cadignan, Mouchette ne vise pas à trouver l'homme de sa vie. En réalité, elle a pour objectif de fuir la solitude en trouvant un complice sur la voie du mal. Un tel compagnon lui permettrait de prendre conscience de sa propre existence. Cette vision du monde est sans aucun doute un autre symptôme de la maladie de l'âme. C'est pour cette raison que Mouchette se sent désespérément seule quand sa mère affirme que son amant ne prend jamais au sérieux leur relation et qu'il l'abandonnera certainement tôt ou tard. Son désespoir provient de la possibilité de retomber dans une solitude sans issue, non de celle de perdre l'honneur, la bonne réputation ou la richesse auxquels son père accorde une grande importance, mais qui sont jugés totalement insignifiants par Mouchette.

En effet, du fait de son autodestruction, Mouchette ne se sent jamais en sécurité, de sorte qu'elle préfère se réfugier dans la folie ou dans la mort: « Maman! J'aime mieux mourir! » « Je le deviendrai (folle), bien sûr », « je me tuerai » (*SSS*, p.26)... En même temps, Mouchette n'a pas de sentiment d'appartenance. Elle a du mal à construire sa propre identité.

Effectivement, il existe une identité dite objective et imposée, définie principalement à partir des éléments biologiques et sociaux tels que le sexe et les liens familiaux, qu'on ne peut choisir. Néanmoins, « la construction de l'identité repose sur un double mouvement: celui de l'héritage et celui de l'appropriation »①. En d'autres termes, « l'identité a une face objective: celle qu'indiquent les pièces d'identité ou le curriculum vitae. Elle a aussi une face subjective: la conscience qu'a chacun d'être soi, d'être unique et de rester le même individu tout au long de sa vie.»②

Cependant, l'attitude de Malorthy envers le sexe de sa fille implique déjà

---

① LEGAULT Georges, *Crise d'identité professionnelle et professionnalisme*, Sainte-Foy, Presses de l'Université du Québec, 2003, p.19.

② COSTALAT-FOUNEAU Anne-Marie, LIPIANSKY Edmond Marc, *Le sujet retrouvé*, dans *Connexions*, n° 89, 2008, p.7.

des risques et des incertitudes pour la construction de l'identité de Mouchette. Quand Malorthy est obligé d'accepter que « sa fille fût baptisée sous le nom de Germaine » (*SSS*, p.12) — un nom qui ne lui plaît pas du tout, il dit: « Je n'aurais pas cédé pour un garçon, [...] mais une demoiselle...» (*SSS*, p.12) Évidemment, Malorthy aurait voulu et veut peut-être avoir un garçon. Le fait de n'avoir qu'une fille signifie que son désir n'est toujours pas satisfait. Sa déception, qui est sans doute cachée au fond de son subconscient, a certainement des répercussions négatives sur l'élevage et l'instruction de Mouchette, qui aurait de graves difficultés à s'identifier à son sexe. C'est sans doute une des raisons principales pour lesquelles Mouchette a des traits de caractère extrêmement rebelles, bien qu'elle donne depuis longtemps l'impression d'être très docile et sage.

L'identité doit exprimer surtout « l'appartenance à des "catégories sociales" (familiales, locales, ethniques, sociales, idéologiques, religieuses...) dont chacun tire certaines de ses caractéristiques identitaires »①. D'abord, Mouchette n'appartient à aucune catégorie religieuse, puisque ni sa famille, ni elle-même ne croient en Dieu. Ensuite, sur le plan affectif, Mouchette refuse d'appartenir à sa famille, puisqu'elle a l'impression de vivre dans un tombeau, ou dans une prison. Son village ne peut non plus lui donner un sentiment d'appartenance, puisqu'elle sort rarement et qu'elle ne le considère pas comme attrayant. Surtout après la mort accidentelle de M. le marquis de Cadignan et l'avortement de son projet ambitieux, elle est obligée de retourner chez elle — l'ancienne prison, l'asile et la prison actuels — elle éprouve le même sentiment pour son pays natal qui a l'air d'un monstre plus méchant, plus affreux et plus impitoyable: « L'obscure petite ville qu'elle avait bravée l'avait reprise, se refermait sur elle, la digérait. » (*SSS*, pp.51-52) Mouchette tourne en dérision les idéologies existantes en interrogeant ses semblables: « À quoi bon s'engager une fois dans votre bon chemin, qui ne

---

① COSTALAT-FOUNEAU Anne-Marie, LIPIANSKY Edmond Marc, *Le sujet retrouvé*, dans *Connexions*, n° 89, 2008, p.7.

mène nulle part? … Que voulez-vous que je fasse d'un univers rond comme une pelote? » (*SSS*, p.22) Quant à son origine sociale, si elle pouvait la choisir de nouveau, elle ne choisirait assurément pas d'être issue d'une famille bourgeoise, caractérisée par la vanité et le manque de vitalité. Si nous sommes convaincus qu'il est difficile de construire son identité sans sentiment d'appartenance, nous pouvons en déduire que Mouchette est un personnage sans identité.

Il est certain que Mouchette a une profonde répugnance pour son moi actuel. Cependant, elle n'a pas de compréhension claire de son moi virtuel. Elle ne sait pas exactement ce qu'elle voudrait être ou devenir. Elle n'est qu'une « petite fille ambitieuse » qui « s'est lassée d'attendre on ne sait quoi, qui ne vient jamais » (*SSS*, p.22). Son ambition est de « conquérir le monde », ou de découvrir un nouveau monde, comme l'a fait Christophe Colomb. Autrement dit, elle cherche à lutter contre tout l'univers, toutes les valeurs morales établies. Cette ambition est tellement vaste qu'elle risque de s'y perdre, d'être dévorée. Si l'identité est en même temps « une mémoire et un projet »①, la construction de l'identité de Mouchette s'avère inévitablement difficile, étant donné que pour elle, le passé est « un trou noir » et « l'avenir un autre trou noir » (*SSS*, p.192). D'une part, Mouchette cherche à, et sans doute, réussit à effacer tous les souvenirs; d'autre part, elle n'a même pas le courage de porter un regard sur l'avenir qui n'a aucun sens pour elle. En un mot, comme elle n'arrive pas à établir sa cohérence interne, elle ne peut pas se forger une idée claire de son identité.

En effet, Mouchette finit par tomber dans le néant. Ce résultat n'a rien de surprenant, puisqu'elle a agi en suivant l'exemple de Satan, qui n'est que la négation de Dieu, qui n'est capable que de désobéir aux commandements de Dieu, de démolir les œuvres de Dieu, sans jamais rien créer. Saint Augustin nous a indiqué la nature du mal: « Si le mal, […] n'a pas

---

① COSTALAT-FOUNEAU Anne-Marie, LIPIANSKY Edmond Marc, *Le sujet retrouvé*, dans *Connexions*, n° 89, 2008, p.7.

d'essence propre, si sa seule nature est un mouvement vers le néant, il ne peut qu'être une "révolte contre la réalité".»① De même, Mouchette ne sait que se révolter contre la réalité d'une manière aveugle. Ce qui compte pour elle, c'est l'acte même de révolte, qui lui inspire une joie trompeuse, qui lui permet de ressentir une existence illusoire. Les raisons et les conséquences de sa révolte, peu importent: « si le monde n'avait déjà son maître, dont les filles n'ont nul souci » (*SSS*, p.28).

Bernanos voudrait nous rappeler que l'histoire de Mouchette est loin d'être un cas isolé. Les filles qui ont le même âge que Mouchette sont généralement incapables d'examiner un problème de manière exhaustive et profonde, sont impulsives par nature, et donc plus enclines à se détourner du bien. De toute façon, la tragédie de Mouchette constitue un cas particulièrement représentatif, puisque c'est une fille qui adore le mal, qui recherche obstinément le mal dès son enfance, « chaque désillusion n'ayant été que prétexte à un nouveau défi » (*SSS*, p.192).

Ⅲ.3.4 Les médecins

Il faut indiquer avant tout que Bernanos ne remet pas en question la profession de médecin elle-même, puisque les fonctions du médecin et de la médecine sont reconnues et approuvées dans la Bible. Jésus a dit: « Ce ne sont pas ceux qui se portent bien qui ont besoin de médecin, mais les malades. » (Marc 2: 17) Cette phrase polyvalente peut s'interpréter de plusieurs façons. Le médecin peut désigner à la fois le Christ lui-même et la personne qui exerce le métier de médecin. Parallèlement, les malades comprennent tous ceux qui ont attrapé une certaine maladie, qu'elle soit physique ou spirituelle. De toute façon, le métier de médecin a sa raison d'être. En effet, Jésus-Christ lui-même a rempli « sa fonction de médecin »②

---

① VIEGNES Michel, *Révolte contre la réalité: la métaphysique du mal chez Bernanos*, dans *Cahiers de l'Association internationale des études francaises*, n° 45, 1993, p.165.

② BOVON François, *L'Evangile selon saint Luc*, Genève, Labor et Fides, 2009, p.32.

en guérissant toute sorte de malades. Comme nous l'avons indiqué plus haut, puisque toutes les maladies ne sont pas guéries exclusivement par le moyen de la prière, ou grâce à la foi, les médecins jouent un rôle irremplaçable dans notre vie sur terre. La Bible évoque aussi des médecins respectables tels que Luc, qui a rédigé les Actes et l'Évangile de Luc, et que Paul nomme « mon médecin bien-aimé » (Colossiens 4: 14).

Par ailleurs, la Bible rapporte de nombreux traitements médicaux tels que l'usage d'huile et de vin (Luc 10: 34, Jacques 5: 14, 1 Timothée 5: 23), de bandages (Esaïe 1: 6), de feuilles (Ezéchiel 47: 12) et de baumes (Jérémie 8: 22).

Ce que Bernanos dévoile et condamne, c'est l'imposture de certains médecins, la négligence de la santé spirituelle. L'imposture se manifeste sous deux aspects: d'une part, il y a des médecins qui ne sont pas professionnels; d'autre part, il y a des médecins qui profitent de leur profession, soit pour masquer leurs mauvaises intentions, soit pour en tirer un gain personnel.

Avant d'entrer dans le détail du problème des médecins, nous devons rappeler que Monsieur Gallet, lui-même, est sérieusement malade spirituellement, sans s'en rendre compte. Il a plusieurs identités: « officier de santé », « député », « docteur », ancien « médecin du lycée de Montreuil ». Il s'intéresse beaucoup plus à la politique qu'à la médecine. Cette préférence est facilement expliquée par le fait que c'est principalement grâce à son poste de député qu'il jouit dans le village de Campagne d'une réputation, qu'elle soit bonne ou mauvaise. Même Mouchette, qui sait aussi profiter de l'identité politique de Gallet, est allée le chercher à l'improviste sous prétexte de lui annoncer à la place de son père que « la prochaine réunion du Conseil est remise au 9 courant » (*SSS*, p.49).

En réalité, le métier de médecin ne sert que de prétexte à la débauche de Gallet:

Ainsi parlait Malorthy, sur la foi du député Gallet, que ces délicats problèmes d'éducation féminine ne laissaient pas indifférent. Le pauvre petit homme, en effet, nommé jadis médecin du lycée de Montreuil, en savait long sur les demoiselles, et ne le celait pas.

— Du point de vue de la science... disait-il parfois avec le sourire d'un homme revenu de beaucoup d'illusions, plein d'indulgence pour le plaisir d'autrui, et qui ne le recherche plus lui-même. (*SSS*, p.22)

Malorthy a une très mauvaise image des filles de son pays qui sont « pleines de malice » (*SSS*, p. 22) à ses yeux. Il est bien probable que Malorthy reproche aux filles leur frivolité, leur dérèglement, étant donné qu'il tient tellement à l'honneur, qu'il cherche toujours à former une future dame. Il interdit donc à sa fille de sortir, de communiquer avec les autres, de peur qu'elle soit contaminée par de mauvaises conduites. Le problème est que la conviction de Malorthy est fondée sur les propos de Gallet, qui ne recherche avidement rien d'autre que la volupté. Son « indulgence pour le plaisir d'autrui », le fait qu'il ne recherche plus lui-même cette sorte de plaisir, constituent au contraire une preuve convaincante qu'il a effectivement mis en œuvre son aspiration au plaisir charnel.

Sans doute, une telle image des filles, qui n'est pas conforme à la réalité, n'existe que dans les illusions de Gallet, qui est de sa nature à la fois lâche et luxurieux. Ces illusions trahissent parfaitement ses intentions hideuses à l'égard des filles. Gallet s'intéresse-t-il vraiment à l'éducation féminine? Bien sûr que non, c'est aux filles elles-mêmes qu'il s'intéresse. Il s'agit ici de la perspective du personnage de Malorthy, et non de celle du narrateur, si on affirme que Gallet est un homme « que ces délicats problèmes d'éducation féminine ne laissaient pas indifférent ». Et son métier lui donne une très bonne occasion d'entrer en relation avec des filles, d'avoir accès à leur vie intime et de percer leurs secrets. Ses fantasmes, surtout sexuels, sont ainsi assouvis. Même si ce que Gallet dit des filles est vrai, étant donné leur bas âge, leur manque d'expérience et l'excitation constante de leur cœur, leur mauvaise conduite est due, partiellement, au moins, à la séduction des hommes, y compris du docteur Gallet.

Ce sourire très significatif témoigne d'une complaisance insupportable — la complaisance d'un homme qui a atteint son but inavouable sans se laisser prendre ni faire dévoiler ses intentions réelles. Le « sourire d'un homme revenu de beaucoup d'illusions » évoque aussi celui d'un homme qui a l'habitude de pratiquer la masturbation mentale. C'est plutôt un sourire satanique, impudent. Le sourire démontre que Gallet a la conscience bien tranquille, face au mal qui est fait par qui que ce soit. Il est même fier de sa ruse et de son ingéniosité dont il se croit capable de faire preuve.

Dans *La Joie*, le psychiatre La Pérouse jouit d'une grande réputation: il est considéré comme un « illustre professeur », un « illustre maître ». Cependant, sa profession fait aussi l'objet de la satire de Bernanos qui « caricature une profession prétendant régler, par elle-même, les problèmes posés par la condition humaine »①. Le romancier envisage la psychiatrie comme un mensonge, car cette science, qui touche principalement au psychisme, ainsi qu'au corps, dans une certaine mesure, et non à l'âme, ne parviendrait jamais à accomplir véritablement la guérison d'une maladie spirituelle, qui est la seule maladie mortelle aux yeux du chrétien Bernanos. En particulier, La Pérouse est poussé par « la curiosité impitoyable »② à exercer sa profession. Autrement dit, La Pérouse n'éprouve pas d'amour pour les malades; il se réjouit de surprendre leurs secrets. Cette motivation fait qu'il ne peut pas redonner la véritable vie à ses malades, que lui-même ne vagabonde qu'en dehors de la vie, comme un animal. Ce qu'il voit est destiné à être extérieur, superficiel et illusoire. Cet imposteur à qui beaucoup de gens font confiance sert en fait la cause de Satan qui consiste à semer le désespoir, le néant dans ce monde. M. de Clergerie est ainsi l'une de ses victimes.

---

① ESTÈVE Michel, *Georges Bernanos: Un triple itinéraire*, Hachette, 1981, p.153.

② ESTÈVE Michel, *Georges Bernanos: Un triple itinéraire*, Hachette, 1981, p.153.

Ⅲ.4 Le rire et les larmes

En contraste avec l'abbé Donissan qui est enclin à pleurer, Satan se caractérise encore par son rire. Bernanos donne à travers la bouche de l'abbé Donissan une définition du rire : « Son rire ! voici l'arme du prince du monde » (*SSS*, p.254). Le rire est pour Satan une manière d'être dans ce monde. Dans le cadre de ce travail, nous ne distinguerons pas clairement dans l'analyse le rire du sourire, bien qu'il s'agisse de deux modes d'expression différents. Nous prendrons le sourire pour une variante moins appuyée et moins sonore du rire.

Bien sûr, puisque Satan essaie de se faire passer pour un « joyeux compagnon, plein de bonne humeur » (*SSS*, p.141), il est obligé de rire. Pour Satan, comme pour « l'homme ou la femme politique, le rire et le sourire sont des armes de séduction qui permettent de construire une image agréable, joviale, sympathique »①. En tant que « phénomène de sociabilité, le rire forme [...] les liens à l'intérieur de groupes et joue un rôle prépondérant dans des stratégies sociales, culturelles ou même politiques »②. Le rire contribuerait à rapprocher les gens, à trouver grâce aux yeux d'inconnus, à endormir leur vigilance quand on a de mauvaises intentions. C'est pourquoi Satan « riant à petits coups, d'un rire amical » (*SSS*, p.141) quand il aborde Donissan dans la grande nuit. Un tel rire de Satan révèle qu'il cherche à donner une impression de modestie, à faire preuve de gentillesse, d'humilité, de cordialité. C'est aussi en riant que Satan présente ses excuses pour ne pas pouvoir accompagner Donissan à Campagne. Dans ce contexte, de la part de Satan, le rire est un instrument qui sert à dissimuler la vérité. En fait, il

---

① SANDRE Marion, *Mimiques et politique. Analyse des rires et sourires dans le débat télévisé*, dans *Mots. Les langages du politique*, n° 96, 2011, p.13.

② LE GOFF Jacques, *Une enquête sur le rire*, dans *Annales. Histoire, Sciences Sociales*, 52e année, n° 3, 1997, p.452.

essaie de faire croire à Donissan qu'ils se rencontrent occasionnellement, qu'ils n'ont pas la même destination, qu'il n'a pas de visées sur Donissan s'il se montre tellement serviable et amical avec lui.

Les sociologues interprètent le rire comme un phénomène de quotidienneté①. Cette interprétation nous aide également à comprendre le rire de Satan. Le rire est capable de ramener les hommes à une vie quotidienne généralement considérée comme banale. De plus, celui qui rit attirerait moins d'attention que celui qui pleure. Ainsi, grâce au rire, Satan devient quelqu'un d'ordinaire, arrive à cacher parfaitement son étrangeté, à aborder sa proie sans se faire remarquer ni susciter trop d'inquiétude.

Si « le christianisme a voulu (et il y a partiellement réussi) constituer un système rire / pleurer, rire / larmes, [...] limiter le rire et les larmes à l'horizon du péché et du salut »②, les figures bernanosiennes de Satan et des saints sont de façon incontestable héritées de la tradition chrétienne.

Jacques Le Goff affirme que « les auteurs des règles monastiques du Haut Moyen Âge [...] localisent la source du rire dans le bas du corps humain ce qui l'entraîne dans le domaine de la luxure et du diable »③. En effet, par rapport à la bouche ou au nez par lesquels s'achève le trajet corporel du rire, les yeux qui produisent des larmes sont situés plus haut sur le visage. Ainsi, d'une manière symbolique, les yeux sont supérieurs à la bouche et au nez. Il en va de même pour les larmes et le rire. Sans aucun doute, c'est une des raisons pour laquelle dans le christianisme le rire est déprécié et étroitement lié au péché.

De plus, en tant que miroir de l'âme, les yeux sont incapables de cacher des secrets. L'abbé Donissan a été en effet la dupe des belles paroles, des

---

① LE GOFF Jacques, *Une enquête sur le rire*, dans *Annales. Histoire, Sciences Sociales*, 52e année, n° 3, 1997, p.451.

② LE GOFF Jacques, *Une enquête sur le rire*, dans *Annales. Histoire, Sciences Sociales*, 52e année, n° 3, 1997, p.450.

③ LE GOFF Jacques, *Une enquête sur le rire*, dans *Annales. Histoire, Sciences Sociales*, 52e année, n° 3, 1997, p.451.

gestes de prévenance du maquignon. C'est en fixant une première fois le regard du maquignon que l'abbé Donissan commence à discerner l'imposture. De même, dans la plupart des cas, les larmes, qui ne peuvent s'écouler que des yeux, sont l'expression réelle et fidèle de l'état d'esprit. L'expérience nous apprend qu'il est bien difficile de faire semblant de pleurer tout en versant immédiatement des larmes, alors qu'on peut éclater de rire à tout moment, quel que soit son vrai sentiment, quelle que soit la circonstance. Ainsi, les larmes manifestent avant tout l'authenticité, la sincérité, la compassion, le vrai repentir, et donc la confiance en la grâce de Dieu. C'est justement pour cette raison que les larmes peuvent aussi servir d'armes, exercer une influence directe et féconde tant sur les ennemis que sur les frères. C'est également pour cette raison que Satan n'ose toujours pas regarder Donissan dans les yeux, surtout quand ce dernier y a des larmes: « le maquignon, détournant discrètement les yeux du pauvre prêtre secoué de sanglots » (*SSS*, p.144).

Dans la symbolique du corps, les yeux sont sans aucun doute un signe extrêmement polyvalent. Si nous pouvons classer les yeux parmi les signes positifs grâce à leur lien avec les larmes, leur nature ne changera pas forcément quand ils sont associés au rire. D'après le neurologue français Duchenne, le sourire formé par les muscles de la bouche mais également à partir de ceux des yeux est sain, c'est un vrai sourire de bonheur①.

Dans le christianisme, le rire doit être refoulé, parce qu'il est interprété principalement du point de vue spirituel: d'une part, pour l'homme, « la gravité de sa déchéance, le mal qui l'environne, lui interdisent l'insouciance ou la légèreté, et ils le forcent au sérieux, à la retenue et à la mesure. D'autre part, si Dieu est amour, béatitude, jubilation, le mystère divin ne rit pas. Sa transcendance est surhumaine et absolue: elle exclut tout sentiment humain, et elle anéantit cette distanciation qu'implique toujours le rire. »② Les

① GRIESSMER Fanny, *Les différents types de sourires*, publié le 5 novembre 2010, http://www. terrafemina.com/forme/sante/articles/1283-quel-sourire-adoptez-vous-.html.

② RINGGENBERG Patrick, *Miroirs du Moyen Âge*, Paris, Les Deux Océans, 2004, p.229.

chrétiens n'ont pas raison de rire, étant donné qu'ils doivent se préoccuper de leur vie éternelle, avoir une conscience claire de la condition humaine, qu'ils doivent imiter le Créateur. Le rejet du rire prouve justement qu'on s'efforce de transfigurer les émotions humaines dans une Divinité.

Ensuite, les saints suivent tous l'exemple de Jésus-Christ qui est à la fois Dieu et homme. Cette double identité semble révéler un paradoxe : en tant que Dieu, Jésus-Christ ne rit pas, comme nous l'avons évoqué plus haut ; en tant qu'homme, Jésus-Christ est capable de rire, puisque le rire est le propre de l'homme, comme Aristote l'a révélé il y a bien longtemps. Alors, Jésus-Christ a-t-il ri une seule fois? Les évangiles n'en font nulle part mention. Beaucoup de savants comme Jacques Le Brun, Bernard Sarrazin affirment explicitement que Jésus n'a jamais ri①. Il convient donc aux chrétiens de partager ses larmes. De ce point de vue, la tristesse et le sérieux dont les saints bernanosiens font preuve à travers leurs larmes justifient parfaitement leur imitation de Jésus-Christ et leur recherche de la sainteté. D'ailleurs, l'opposition absolue entre Jésus et Satan se manifeste dans le fait que ce premier n'a jamais ri, alors que ce dernier n'a jamais fondu en larmes.

Nous constatons un fait intéressant, c'est que de manière générale, le mot « rire » est employé au singulier et le mot « larmes » au pluriel. À partir de cet usage, nous supposons qu'il existe un lien étroit entre le rire et Satan, étant donné que ce dernier est destiné à être seul, qu'il ne peut jamais agir par une véritable solidarité avec les autres, qu'il ne veut pas que les autres soient en communion avec lui, le Néant, la Mort. Parallèlement, nous avons raison d'associer les larmes à Dieu, en ce sens que Dieu peut être pluriel, comme il se désigne dès la Genèse : « Faisons l'homme à notre image, selon notre ressemblance » (Genèse 1 : 26). En particulier, Dieu nous donne

---

① Voir LE BRUN Jacques, "*Jésus n'a jamais ri*". *Analyse d'un raisonnement théologique*, Homo religiosus, Paris, Autour de Jean Delumeau, 1997, pp. 431-437 ; SARRAZIN Bernard, *Jésus n'a jamais ri. Histoire d'un lieu commun*, dans *Recherches des Sciences religieuses*, n° 2, 1994, pp.217-222.

l'impression d'être pluriel si nous croyons sincèrement à la Trinité qui est formée par le Père, le Fils et le Saint-Esprit.

L'abbé Donissan lui-même a une opinion négative du sourire et l'associe au mal: « Ô sourire, ô baiser de la trahison! » (*SSS*, p.124) Il considère le sourire comme le baiser donné par le diable, comme la trahison de Dieu. En fait, si Donissan adopte une telle attitude, c'est parce qu'il envisage le rire et le sourire comme un signe de la joie. Il se croit possédé par une joie singulière et anormale, qui provoque sa colère et son désespoir, qu'il voudrait déraciner.

Cependant, Bernanos n'oppose pas distinctement le rire / sourire aux larmes. En d'autres termes, dans ses romans, le rire / sourire n'est pas mécaniquement lié au péché, au mal, puisqu'il arrive quand même que les saints rient ou sourient. En effet, Bernanos ne présente pas tous les rires comme maléfiques, ce qui est aussi conforme à la tradition chrétienne: « La position de l'Église vis-à-vis du rire a sensiblement varié au cours de l'histoire. En accord avec une rigueur ascétique ou le hiératisme de son sacerdoce, elle l'a d'abord refusé catégoriquement, puis l'a partiellement toléré, en opérant des distinctions entre le bon et le mauvais rire.»①

D'ailleurs, la distinction entre le bon et le mauvais rire, le rire positif et le rire négatif, ne se fait pas seulement dans le domaine religieux. Elle s'est déjà profondément incrustée dans toute la culture occidentale. Jacques Le Goff, qui fait aussi une telle distinction, affirme que c'est « une distinction fondamentale dans la culture occidentale, un élément important des systèmes de valeur, un des objets grandissant dans le champ de recherche de nouveaux paradigmes de l'histoire »②.

De toute façon, chez les saints, la fréquence du rire est beaucoup moins élevée que celle des pleurs ou, plus exactement, la fréquence du rire s'avère

---

① RINGGENBERG Patrick, *Miroirs du Moyen Âge*, Paris, Les Deux Océans, 2004, p.229.

② LE GOFF Jacques, *Une enquête sur le rire*, dans *Annales. Histoire*, *Sciences Socia*les, 52e année, n° 3, 1997, p.452.

dérisoire par rapport à celle des pleurs. Mais c'est exactement le cas contraire chez Satan ainsi que chez les personnages sataniques. Cet écart de fréquence correspond aux règles monastiques qui « confinent à une place très secondaire le bon rire, et concentrent ses attaques contre le rire à leurs yeux majoritaire, le mauvais rire »①.

Nous prenons pour exemple l'abbé Donissan. Littéralement, ses pleurs sont évoqués dans le récit au moins dix fois, sans compter les passages qui montrent que Donissan a l'habitude de pleurer. Ce pauvre prêtre ne sourit cependant que trois fois : « il reprit avec un sourire plein d'embarras, mais aussi d'innocente malice » (*SSS*, p.118) ; « il sourit d'un sourire d'enfant » (*SSS*, p.120-121) ; « il hâte le pas sans y songer, avec un sourire si doux et si triste » (*SSS*, p.127).

Évidemment, Donissan, qui rit très rarement, ne se limite qu'au sourire. Donissan nous présente deux sortes de sourire : sourire de compassion et sourire enfantin. Donissan, comme nous l'avons dit plus haut, se conduit toujours comme un enfant, à n'importe quelle période de sa vie. Le sourire d'enfant de Donissan constitue justement une preuve de sa sainteté, car le sourire de l'enfant et celui du saint ne font qu'un : « Deux types d'êtres peuvent rire spontanément, sans arrière-pensée : l'enfant, qui ne connaît pas la malice de l'âge adulte, ou le saint, qui n'ignore rien de l'homme, mais qui connaît suffisamment Dieu pour sourire à l'unisson de l'Esprit.»②

En fin de compte, ces deux sortes de sourire relèvent d'une même catégorie, car ils ont la même source — sourire céleste et divin. Donc, le sourire de Donissan possède de nombreuses qualités : c'est un sourire pur, inoffensif, innocent, rassurant. C'est un vrai sourire : sourire intérieur, sourire qui vient du cœur, donc sourire de l'âme. Sainte-Beuve affirme aussi

---

① LE GOFF Jacques, *Une enquête sur le rire*, dans *Annales. Histoire, Sciences Sociales*, 52e année, n° 3, 1997, p.453.

② RINGGENBERG Patrick, *Miroirs du Moyen Âge*, Paris, Les Deux Océans, 2004, p.242.

que le sourire est « le signe le plus délicat et le plus sensible de la distinction et de la qualité de l'esprit »①. Ainsi, ce sourire est capable de lever les inhibitions des plus récalcitrants. Il est contagieux. Il apporte le calme, la tendresse et le bien-être. Il est étroitement lié à l'amour. C'est une des raisons pour laquelle « un roulier qui passe lui tire son chapeau sans savoir pourquoi...» (*SSS*, p.127) Si le narrateur nous apprend délibérément que le personnage ne connaît pas la raison de son acte, le lecteur omniscient peut ressentir fortement la puissance de ce sourire mystérieux.

Le sourire de Donissan pourrait révéler son attitude envers lui-même, envers les autres, ainsi qu'envers le royaume terrestre: « Plus l'esprit devient joyeux et sûr de lui-même, plus l'homme désapprend le rire bruyant; en revanche il est pris sans cesse d'un sourire plus intellectuel, signe de son étonnement devant les innombrables charmes cachés de cette bonne existence »②. La plupart du temps, Donissan est saisi par une tristesse profonde, ou par un doute incessant. Cela n'empêche pas qu'il éprouve quelquefois un sentiment de joie, de bonheur et de satisfaction. Comme ses larmes, son sourire traduit également son attachement au royaume terrestre. Ainsi, il arrive que Donissan, un homme saint, rie, ou plus précisément, sourie, mais certainement du fond du cœur.

En un mot, au lieu de faire tomber l'abbé Donissan, le rire, ou plus exactement, le sourire contribue à son ascension vers Dieu. L'abbé Donissan se distingue absolument de Satan en ce qui concerne le rire.

Une équipe de chercheurs de l'Université de Californie regroupe les différents types de sourire en deux grandes catégories: les sourires orientés vers soi, qui ne cherchent pas à envoyer des signaux à l'autre, et les sourires sociaux qui cherchent à créer du lien③. Marion Sandré propose une

① SAINTE-BEUVE Charles-Augustin, *MesPoisons*, Paris, José Corti, 1988, p.34.

② NIETZSCHE Friedrich, *Humain, trop humain*, Œuvres I, Paris, Robert Laffont-Bouquins, 1990, p.895.

③ GRIESSMER Fanny, *Les différents types de sourires*, publié le 5 novembre 2010. URL: http://www. terrafemina.com/forme/sante/articles/1283-quel-sourire-adoptez-vous-.html.

classification similaire : « le rire / sourire initié par le locuteur lui-même » et « le rire / sourire motivé par l'interlocuteur »①. Évidemment, le sourire de Donissan relève plutôt de la première catégorie et celui de Satan de la deuxième catégorie. Par conséquent, dans *Sous le soleil de Satan*, il arrive que Donissan sourie tout seul, sans la présence de personne, alors que Satan ne rit que quand il parle avec Donissan. Cette constatation prouve également que le sourire de Donissan est spontané, naturel, pur et intérieur. Il sourit non seulement à lui-même, mais en particulier à Dieu. Il réalise la communion avec Dieu à travers ce sourire. Son sourire peut préparer le retour du pécheur vers Dieu.

Patrick Ringgenberg affirme aussi que le rire divin et éternel ne fait qu'un avec son propre objet — Dieu②. Cela signifie que l'homme, qui doit imiter le Créateur, n'obéit aux ordres de Dieu que quand il rit de lui-même. Ce rire exige une sagesse précieuse, car il émane spontanément d'une auto-conscience de l'Être. C'est dans ce rire que l'homme pourrait ressentir une puissance de dilatation, d'extériorisation, d'objectivation et de contemplation, un fort désir de transfiguration et de métamorphose.

Au contraire, le rire de Satan est évidemment utilitaire, feint et méchant. Son rire ne naît pas de l'épanouissement du cœur. Sans aucun doute, dans beaucoup de cas, s'il rit, c'est pour dissimuler son embarras, ses arrière-pensées. Le rire de Satan est reconnu comme maléfique parce que « Satan n'étant pas seulement un grand praticien de la derisio, du mauvais rire, c'est aussi un inspirateur de mauvais rire, un corrupteur de rieurs humains, un irvisor comme dans un autre registre et il est un inspirateur de mauvais rêves, un Traumsender pervers pour reprendre le langage freudien »③. Le

---

① SANDRE Marion, *Mimiques et politique. Analyse des rires et sourires dans le débat télévisé*, dans *Mots. Les langages du politique*, n° 96, 2011, p.15.

② RINGGENBERG Patrick, *Miroirs du Moyen Âge*, Paris, Les Deux Océans, 2004, pp.229-243.

③ LE GOFF Jacques, *Une enquête sur le rire*, dans *Annales. Histoire, Sciences Sociales*, 52e année, n° 3, 1997, p.453.

mauvais rire, qui est visible, permet de percevoir la présence de Satan, qui est invisible. Ce genre de rire coupe l'homme de la sainteté, le détourne imperceptiblement de la bonne voie.

Quand Donissan demande au maquignon-Satan s'il est marié, ce dernier « éclata de rire: Marié avec la misère. Où voulez-vous que je trouve le loisir de penser sérieusement à tout ça? On va, on vient, on ne s'attache pas. On prend son plaisir en passant.» (*SSS*, p.142)

Après avoir identifié le maquignon à Satan, nous pouvons remarquer que ce que le maquignon dit est partiellement correct. En effet, en tant que source du mal, Satan est marié avec la misère, contrairement à Jésus-Christ qui est marié avec l'Église. Si le pronom « on » désigne Satan lui-même, il a dit la vérité: il est le Néant, la Négation, l'Inexistence, il est « ontologiquement instable », « d'identité insaisissable »①. Si « on » désigne les êtres humains, il dit évidemment un mensonge: Satan veut faire croire que la destination céleste que Dieu prépare pour les hommes n'est sûrement pas aussi bonne qu'ils l'imaginent, qu'ils doivent savoir jouir des plaisirs dans ce monde.

Dans une telle circonstance, le rire de Satan pourrait s'expliquer par son sentiment de supériorité et ses sarcasmes: pour l'instant, Donissan n'est pas encore arrivé à comprendre la profonde signification de ses jeux de mot. Au contraire, le pauvre prêtre se reprocherait d'avoir posé une question si indiscrète à une personne si malheureuse.

D'ailleurs, le mot « plaisir » aurait pu offenser Donissan, qui mène toujours une vie austère et ascétique. Donc, le rire de Satan peut « jouer le rôle d'adoucisseur »②. Il peut avoir pour fonction de « diluer la force illocutoire de l'énoncé » qu'il accompagne, « de réduire la menace » qu'il risque de « constituer pour telle ou telle des parties en présence et de permettre la négociation feutrée de la relation interactionnelle »③.

---

① BENOIT Éric, *Bernanos, la littérature et la théologie*, Paris, Les Éditions du Cerf, coll. « Littérature », 2013, p.64.

② SANDRE Marion, *Mimiques et politique. Analyse des rires et sourires dans le débat télévisé*, dans *Mots. Les langages du politique*, n° 96, 2011, p.20.

③ CATHERINE Kerbrat-Orecchioni, *Théorie des faces et analyse conversationnelle. Le parler frais d'Erving Goffman*, *R. Castel*, *J. Cosnier*, *I. Joseph*, Paris, Minuit, 1989, p.164.

En apparence, le rire de Satan est accompagné par son autodérision. L'insouciance dont Satan fait preuve ici rend en revanche son interlocuteur bourrelé de remords, si bien que ce dernier perd presque totalement la capacité de résistance aux paroles et actes de son compagnon. Ainsi, à travers le rire, Satan pénètre facilement dans le cœur de Donissan, comme l'indique le narrateur un peu plus tard : « Mais à mesure que la fatigue se dissipe une autre faiblesse s'insinue en lui, prend possession, pénètre sa volonté d'un attendrissement si lâche, si poignant ! » (*SSS*, p.142)

Cependant, chez Bernanos, la caractéristique prédominante du rire est son agressivité et son pouvoir destructif. Si le rire peut devenir un instrument d'attaque, ou « l'arme du prince du monde » (*SSS*, p.254), comme le décrit Donissan lui-même, c'est parce que le rire est capable de porter atteinte à la communion avec le Seigneur, de faire obstacle à la contemplation pure, ou tout au moins, de nuire à l'ambiance austère où on accueille le royaume de Dieu : « Dans l'union à Dieu, le saint n'est plus lui-même : il est dépossédé de son moi, de sa volonté, de sa conscience humaine. Dans cet état, le rire et les larmes sont pareillement dépassés. »①

En sens inverse, le rire, dont seul l'homme possède la faculté, rappelle que l'homme n'est qu'un homme, qu'il vit encore dans ce monde, qu'il ne peut se passer des contacts humains, des besoins physiologiques. Ainsi, il risque de tomber dans la tentation de ce monde. Si on dit que la contemplation aide l'homme à monter vers Dieu, le rire le fait descendre vers le charnel, même vers l'enfer. À l'encontre de la volonté de Dieu, qui « pulvérise toute idée de rire et les conditions psychologiques qui le permettraient », lorsque son « aspect ineffable [...] investit l'âme, ou se présente intuitivement à la conscience »②, Satan a un penchant évident pour

① RINGGENBERG Patrick, *Miroirs du Moyen Âge*, Paris, Les Deux Océans, 2004, p.230.

② RINGGENBERG Patrick, *Miroirs du Moyen Âge*, Paris, Les Deux Océans, 2004, p.230.

le rire. Cela se voit non seulement dans la scène de la rencontre de Donissan avec Satan, mais aussi dans le reste du récit où Satan ne quitte jamais véritablement sa victime. Satan aurait voulu profiter du caractère contagieux du rire. En d'autres termes, s'il rit en premier, il a pour objectif de faire rire Donissan avec lui.

De plus, le rire pourrait témoigner d'une attitude d'orgueil, de supériorité, de refus de l'introspection, ou même railleuse et méprisante. Évidemment, cette attitude va à l'encontre des commandements de Dieu, qui exhorte les êtres humains à faire preuve d'humilité, de tolérance à tout moment. Nous pourrions interpréter le rire comme une offense envers Dieu. Satan sait profiter de tout ce qui est susceptible de nuire à l'Éternel.

Pour voir clair l'impact du rire de Satan sur l'homme, nous analyserons une réaction violente de Donissan à son rire:

> *À chaque éclat de ce rire, l'abbé Donissan tressaillait, pour retomber aussitôt dans une immobilité stupide, son cerveau engourdi ne formant plus aucune pensée.* (*SSS*, p.158)

Dans ce passage, à travers les mots « chaque », « tressaillait », « aussitôt », et la négation absolue, nous pouvons ressentir fortement la violence du rire de Satan, qui vise à entraîner sa victime dans la mort, mort spirituelle bien sûr. Être mort spirituellement, c'est être séparé de Dieu. La mort spirituelle est d'abord symbolisée par une mort physique: un corps qui tombe par terre, un cadavre immobile, un cerveau qui ne fonctionne plus. Même le mouvement du corps décrit par le verbe « tressaillir » ne peut pas s'interpréter uniquement comme signe vital ou preuve de sensibilité. Il est beaucoup plus qu'un brusque mouvement du corps d'un être vivant causé par une vive émotion, une sensation inattendue. Il donne l'impression de voir un cadavre s'agiter à cause des coups de feu tirés sur lui.

La préposition « pour », qui sert souvent à marquer le but, aurait pu fourvoyer le lecteur en lui faisant croire que c'est Donissan lui-même qui prend l'initiative de tomber. Le lecteur familier de la personnalité de Donissan refusera cette interprétation ridicule : il ne peut s'agir que d'une illusion de la réalité donnée par le diable. Cette argumentation prouve à son tour que Donissan est certainement sous l'emprise de Satan.

Ensuite, la connotation religieuse du mot « retomber » justifie notre interprétation. Satan lui-même tombe du ciel. Au lieu de nous avertir des pièges qui nous attendent, Satan nous y fait tomber. Satan place toujours des pensées impures dans un homme pour le faire tomber dans le péché.

Cependant, face à l'adversaire puissant et déterminé qu'est Donissan, Satan change de stratégie : il tente de vider le cerveau de sa victime, afin de le crétiniser, de rompre son lien avec le Sauveur. Les neurobiologistes affirment aussi que notre cerveau a horreur du vide①, car notre perception du monde dépend, dans une étonnante mesure, de l'interprétation qui s'opère à l'intérieur de notre cerveau. En d'autres termes, le cerveau de Donissan « ne formant plus aucune pensée », c'est-à-dire ne donnant plus aucune interprétation, il sera insensible à tout, y compris à l'amour de Dieu.

Avant de quitter sa victime Donissan, Satan n'arrête pas de rire tout en proférant des blasphèmes et des insultes contre le pauvre prêtre :

> *Ho ! Ho ! Ho ! quel embarras ! quel silence ! disait-il en bégayant... Vous étiez plus fringant tout à l'heure, terrible aux démons, exorciste, thaumaturge, saint de mon cœur !* (*SSS*, p.158)
>
> *Hi ! Hi ! Hi ! De tous ceux que j'ai vus marqués du même signe que toi, tu es le plus lourd, le plus obtus, le plus compact ! ... Tu creuses ton sillon comme un bœuf, tu bourres sur l'ennemi comme un bouc... De haut en bas, une bonne cible !* (*SSS*, p.159)

---

① RAMACHANDRAN Vilayanur et ROGERS-RAMACHANDRAN Diane, *Notre cerveau a horreur du vide !*, dans *Cerveau&Psycho*, n° 9, 2005. URL: http://www.cerveauetpsycho.fr /ewb_pages/a/arti cle-notre-cerveau-a-horreur-du-vide-21287.php.

Ce qui est intéressant, c'est que les interjections qui servent ici à exprimer le rire singulier de Satan sont toutes répétées à trois reprises. Ces ternaires suggèrent que Satan rit toujours, non seulement dans son monologue (puisque Donissan garde finalement le silence), mais aussi dans les trois dimensions temporelles: passé, présent et avenir. Le rire de Satan révèle évidemment son orgueil, ses moqueries et son arrogance. Il croit l'avoir déjà emporté sur le pauvre prêtre, épuisé et abandonné par Dieu.

Chapitre IV

Obtenir la sainteté sans s'appuyer sur l'Église

La deuxième Mouchette est une sainte particulière. Elle vit dans un monde où on ne trouve la présence d'aucun prêtre. Sans doute, à travers l'absence du prêtre dans ce roman, Bernanos vise à nous montrer que l'Église n'est plus capable d'exercer son influence. De plus, le public visé par ce roman s'est ainsi évidemment élargi. Le cas de la deuxième Mouchette prouve largement qu'on est en mesure d'obtenir la sainteté sans s'appuyer sur l'Église.

Bernanos répète à plusieurs reprises dans *Jeanne relapse et sainte* que « Notre Église est l'Église des saints ». Évidemment, Bernanos envisage la sainteté comme l'essence de l'Église et appelle à la sainteté. Cependant, quelle est l'attitude actuelle de l'Église à l'égard des saints?

L'opinion de M. le doyen de Blangermont est représentative: « Dieu nous préserve aussi des saints! [...] Vous savez parfaitement que l'Église n'élève sur ses autels, et le plus souvent longtemps après leur mort, qu'un très petit nombre de justes exceptionnels, dont l'enseignement et les héroïques exemples, passés au crible d'une enquête sévère, constituent le trésor commun des fidèles, bien qu'il ne leur soit nullement permis, remarquez-le, d'y puiser sans contrôle. » (*JCC*, p. 76) En fait, ce n'est pas Dieu qui préserve les êtres humains des saints. Comme nous l'avons montré plus haut, Dieu appelle chacun d'entre nous à devenir saint. C'est l'Église qui préserve les chrétiens des saints dans la société moderne, car elle n'a pas besoin des saints, elle en a même peur.

Si M. le doyen de Blangermont est un représentant des autorités de l'Église, M. le curé de Luzarnes représente à son tour les prêtres qui sont situés tout en bas de la hiérarchie. Son attitude envers les saints est bien typique: « il n'en déplore pas moins le désordre causé dans une juridiction paisible par un de ces hommes miraculeux qui bouleversent tous les calculs. [...] Un saint ne va pas sans beaucoup de dégâts [...].» (*SSS*, p.230) Évidemment, les prêtres comme le curé de Luzarnes ne se contentent que de la paix apparente. Leur répulsion envers les saints révèle justement leur lâcheté, leur médiocrité.

« l'Église des saints » signifie aussi que tous les chrétiens doivent être saints, ou que la sainteté est accessible à tous les chrétiens, car l'Église est avant tout l'Église des chrétiens. La discrétion, ou plus précisément la mesquinerie dont l'Église scrupuleuse fait preuve dans la canonisation nous permet de voir que l'Église elle-même fait de la sainteté une distinction, une vertu très appréciée car rare, même un privilège qu'ont un tout petit nombre de gens déjà décédés il y a longtemps. Il semble que les saints canonisés soient une propriété privée de l'Église, plutôt mise à la disposition des autorités de l'Église. Évidemment, l'Église ne veut pas que « saint » soit un titre donné à une personne en vie. C'est un aspect considérable que Bernanos a l'intention de dévoiler et de condamner en ce qui concerne l'Église. Il veut dire que l'Église est à la fois l'Église des vivants et des morts, ou l'Église de ceux qui vivent sur terre et de ceux qui vivent dans le royaume céleste. La sainteté doit faire partie intégrante de la mentalité et de la personnalité de chaque chrétien vivant, même de chaque être humain vivant, puisque Bernanos ne se préoccupe pas que du destin des croyants.

Le plus gros problème, c'est la désacralisation et la sécularisation dans l'Église. D'un point de vue spirituel, l'Église, qui aurait été le corps du Christ, aurait rassemblé les fidèles sauvés qui aiment le Christ. Cependant, actuellement, l'Église n'est qu'une institution hiérarchique. Après la séparation de l'Église et de l'État, d'une part, l'État n'est plus sous l'influence de l'Église; d'autre part, l'Église ressemble de plus en plus à l'État. Ce qui intéresse le plus l'Église, ce sont le pouvoir et l'ordre, qui constituent également la première préoccupation de l'État. Dans le contexte où est établie la séparation de l'Église et de l'État, le terme « État » n'est plus associé à Dieu. L'État représente donc ce monde, qui est opposé au royaume céleste. La sainteté de l'Église n'est manifestée que quand elle est isolée de ce monde. Cependant, au lieu de se différencier de l'État, l'Église ressemble de plus en plus à un État, non un État indépendant, mais un État qui est sous l'emprise et le contrôle de l'État profane. Pour ce faire, elle adopte un mode de direction froid, réaliste, soucieux d'efficacité. D'un côté, parmi les membres du clergé, les supérieurs exigent l'obéissance inconditionnelle des inférieurs, ce qui est déjà prouvé dans la conversation entre Donissan et son supérieur l'abbé Menou-Segrais : ce dernier se croit « un maître » (*SSS*, p.94) ordonné par Dieu et l'évêque à Donissan qui, à son tour, prie son supérieur d'ordonner, de commander, tout en promettant « une obéissance entière, absolue » (*SSS*, p.96). De l'autre côté, les autorités de l'Église espèrent que les prêtres ont pour fonction de gouverner, de commander leurs paroissiens, comme le curé de Torcy l'a avoué : « De mon temps, on formait des hommes d'Église [...], des chefs de paroisse, des maîtres, quoi, des hommes de gouvernement.» (*JCC*, p.13) Ce mode de direction exige le respect et le prestige qui sont des éléments favorables au gouvernement, exclut l'humilité et le don de soi qui sont des qualités nécessaires à un saint. C'est pour cette raison que l'Église n'a plus besoin des saints. Elle a peur surtout des « saints à prodiges et à miracles », ou des « aventuriers surnaturels qui font parfois trembler les cadres de la hiérarchie » (*JCC*, p.76).

La hiérarchie se traduit également dans le mode de vie. Pour se différencier de ceux qui sont menés, un chef de paroisse, si pauvre est-elle, doit mener une vie décente. C'est pourquoi l'abbé Menou-Segrais et le curé de Torcy, qui connaissent bien les règles du jeu grâce à leur âge et à leur expérience, vivent conformément au désir de l'Église, non à celui de Dieu : bien se nourrir, s'habiller correctement, habiter un logement confortable et bien meublé, posséder leur propre voiture, être bien servis au lieu de se servir. Il semble que l'Église ait oublié que l'Église est avant tout l'Église des pauvres, c'est-à-dire une Église pauvre et pour les pauvres, que la pauvreté n'est pas une honte, mais une sorte de richesse précieuse. Influencée par le capitalisme et le matérialisme, l'Église a déjà dévié du chemin tracé par Dieu. Elle n'est plus fidèle à la sainte pauvreté qui aurait été sa vraie identité. Elle est de plus en plus dépendante des choses matérielles sous prétexte que l'Église « possède un corps et une âme : il lui faut pourvoir aux besoins de son corps » (*JCC*, p.77). Sur ce point, les saints bernanosiens, qui mènent une vie tout à fait différente de celle recommandée implicitement par l'Église, font de leur mieux pour corriger les idées erronées, ramener l'Église sur le bon chemin. Ils constituent des exemples parfaits qui apprennent à équilibrer le corps et l'âme. En effet, à l'époque de Bernanos, c'est-à-dire dans la première moitié du XXe siècle, l'infidélité à la pauvreté dans l'Église est déjà devenue grave et dangereuse, si bien que le cardinal Giacomo Lercaro a proposé de traiter un seul sujet — la pauvreté lors du Concile Vatican II qui a eu lieu de 1962 à 1965 — et que le pape François devait rappeler sérieusement et clairement l'importance de la pauvreté en 2013. De ce point de vue, Bernanos est vraiment à la fois un témoin fidèle de son temps et un prophète.

Le curé de Torcy dit au curé d'Ambricourt : « Un vrai prêtre n'est jamais aimé, retiens ça. [...] L'Église s'en moque que vous soyez aimés, mon garçon. » (*JCC*, p. 16) Le curé de Torcy connaît bien le mode de fonctionnement de l'Église actuelle, ainsi que ses intentions et ses objectifs. Il montre que l'amour fait l'objet des moqueries de l'Église. Non seulement au sein de l'Église les supérieurs, qui ne se contentent généralement que de la gloire et du pouvoir humains, n'éprouvent pas d'amour pour les inférieurs, mais aussi le clergé n'éprouve pas d'amour pour le peuple. Telle est la réalité : d'une part, aimer n'est plus un comportement apprécié et encouragé ; d'autre part, être aimé n'est plus un résultat vivement souhaité. Le mépris de l'amour est un élément essentiel du pourrissement de l'Église. L'Église doit être sainte, parce que Dieu, qui est son auteur et son objet d'imitation, est saint, et parce que le Christ l'a déjà sanctifiée en se livrant pour elle. Une Église qui n'est plus fondée sur l'amour est déjà étrangère à la sainteté — le premier attribut de son essence — car, comme nous l'avons indiqué plus haut, le premier attribut de la sainteté est l'amour.

Selon la tradition catholique, si un chrétien est devenu prêtre, c'est parce que Dieu l'a appelé à devenir prêtre et qu'il a entendu cet appel dans son cœur et y a répondu de manière positive. Autrement dit, le prêtre doit considérer le sacerdoce comme sa vocation, une vocation sacrée et altruiste. Cependant, dans le monde romanesque de Bernanos, d'innombrables prêtres ne font que pratiquer un métier, un métier ordinaire qui leur permet de se procurer de quoi vivre, qui peut ne plus avoir trait à l'œuvre de Dieu. Une telle attitude est une des raisons importantes pour lesquelles la sainteté du sacerdoce risque de complètement disparaître.

Pour désigner le curé de Luzarnes, le narrateur a employé des périphrases telles que « l'ancien professeur de chimie » (*SSS*, p.234), « le futur chanoine » (*SSS*, p.242). Toute la carrière de ce prêtre est ainsi révélée. Évidemment, ce n'est pas un prêtre qui a suivi une formation religieuse systématique. Ce n'est qu'un homme qui a changé de métier, voilà tout. Il se targue même d'avoir suivi une formation scientifique. En fait, il parle une langue différente de celle que parle le saint de Lumbres. Il ne s'intéresse pas à la vocation sacerdotale. Il se retranche derrière un certain conformisme prudent. Il sait complaire à ses supérieurs. C'est une des raisons principales pour lesquelles il a pu monter en grade. Sa promotion révèle en même temps les besoins et les préférences des dirigeants de l'Église.

À travers le personnage du curé de Luzarnes, Bernanos traite à fond l'influence du rationalisme et de la science sur le christianisme. Ce qui est inquiétant, c'est que le curé de Luzarnes ne croit sans doute pas en Dieu, mais en la science. Dans ce cas, la science est déjà devenue en fait un nouveau Dieu. Ce que le curé de Luzarnes propage parmi ses paroissiens, ce n'est pas la doctrine salutaire du Christ mais la doctrine scientifique ou, tout au moins, la doctrine religieuse filtrée par le scientisme. En effet, à la fin du

XIXe siècle, la science, émergeant comme symbole de la nouvelle espérance et du salut pour l'humanité, a remplacé la religion en un sens①. Les romans de Bernanos nous rappellent les problèmes graves générés par cette inversion, comme le manque d'amour, l'indifférence, l'angoisse, l'ennui, la solitude, le désespoir, etc. Dans ses romans, les saints sont considérés comme source de désordre. Un tel jugement implique l'existence d'un ordre imposé par la science et minutieusement réglé par les dirigeants de l'Église et de l'État. L'ambition de Bernanos consiste à bouleverser le trône apparemment inébranlable de la science et à faire du désordre un nouvel ordre.

L'attitude de l'Église à l'égard du miracle constitue une preuve de l'impact de la science sur la croyance. Pour l'Église, on ne peut devenir saint sans miracles. Cependant, ce qui est paradoxal, c'est que la science ne peut pas expliquer les miracles, car il semble que les miracles qui peuvent être expliqués par la science ne relèvent plus du miracle. En effet, le miracle est par définition ce que nous sommes incapables d'expliquer dans l'état de nos connaissances. Par conséquent, la science et le miracle deviennent incompatibles. Dans une société où la science l'emporte, comment l'Église arrondit-elle les angles? Tout simplement, elle renonce au miracle. Dans l'Église, l'opinion dominante considère le miracle comme source du désordre, symptôme de démence. La négation du miracle implique le refus des saints, le renoncement à la sainteté. D'ailleurs, le miracle n'est pas intelligible sans la foi. Alors, la négation du miracle signifie également le mépris de l'acte de foi.

Le fait que l'abbé Menou-Segrais, si sagace soit-il, quoique lui-même ne remette pas en question ce que Donissan lui a dit sur son don de lire dans les âmes, interdit formellement et absolument à cet homme miraculeux « d'ouvrir seulement la bouche sur un tel sujet, [...] en présence de n'importe qui » (*SSS*, p.200) démontre largement combien le terme *miracle* est effrayant, combien la science est influente, comme l'abbé Menou-Segrais l'a dit à

---

① Voir la thèse de doctorat d'Éléonore Sibourg intitulée *Science et surnaturel dans le cycle de Durtal de Huysmans*, Université Paris-Sorbonne et Université du Kent, 2015.

Donissan : « Nous ne sommes plus au temps des miracles. On les craindrait plutôt, mon ami. » (*SSS*, p. 199) En effet, l'évêque manifeste sa sincère reconnaissance et sa profonde admiration pour le docteur Jolibois qui a traité l'abbé Donissan — un malade imaginaire — et qui « attribue ces troubles passagers à une grave intoxication des cellules nerveuses, probablement d'origine intestinale » (*SSS*, p. 214). Cette explication paraît ridicule, puisque le narrateur omniscient a tout dit au lecteur. Sans doute, le docteur ne fait pas d'erreur de diagnostic. Cependant, il ne touche pas au problème essentiel. À ses yeux, un corps humain n'est qu'un corps animal sans âme. Tout au plus, il sait résoudre les problèmes physiques. Mais il ne peut rien aux problèmes spirituels. N'oublions pas que la santé serait incomplète, même inutile sans la santé spirituelle.

Dans la société moderne, la science a lancé un défi à la religion. Au lieu de suivre la mode qui « est aux sciences [...] neurologiques » (*SSS*, p.199), Bernanos a relevé ce défi à sa manière et a proposé sa solution. En ce qui concerne le miracle, Bernanos a trouvé un compromis. Il affirme que « Les plus grands saints ne sont pas toujours les saints à miracles » (*SSS*, p.193). D'une part, il ne remet jamais le miracle en question, contrairement aux scientistes qui ramènent tout à la science. Remettre en question le miracle, c'est remettre en question la tradition catholique et l'Écriture sainte où nous pouvons relever plein de miracles accomplis par Jésus et des fidèles. D'autre part, il dissocie le miracle du saint, ne considérant plus le miracle comme indispensable pour l'accès à la sainteté. D'une telle manière, Bernanos lui-même a lancé un défi à l'autorité de l'Église. La canonisation n'est plus le seul moyen qui permet de figurer parmi les saints. Le titre de saint n'est plus un objet de luxe. Devenir saint n'est plus une affaire collective qui est totalement prise en charge par les dirigeants de l'Église, mais une affaire personnelle, ou plus précisément une mission urgente dont seuls les chrétiens eux-mêmes sont responsables et qu'ils sont tout à fait capables d'accomplir. C'est seulement sur cette base idéologique que la sainteté peut réellement être accessible à tous.

La superstition de la science reflète en fait l'orgueil de l'homme. La science cherche à tout expliquer, à tout dévoiler. Les scientistes cherchent à tout comprendre, car ils croient que les êtres humains sont capables de tout comprendre tôt ou tard par leur raison. Inconsciemment peut-être, ils se mettent à la place de Dieu omniscient, tout en oubliant leurs propres limites. C'est la curiosité irrésistible et inassouvissable qui se cache derrière l'esprit scientifique.

La science a plutôt affaire à la nature. Elle ne s'intéresse pas au monde surnaturel, car elle est incapable de percer les secrets de ce monde invisible, mais qui existe sans aucun doute et qui est le plus réel pour Bernanos. Dans cette perspective, il n'est pas étonnant que Bernanos adopte une attitude critique à l'égard de la science, car il considère que ce que la science nous dévoile, c'est plutôt des apparences, sinon des illusions, non l'essence. Certes, la science contribue à élargir les connaissances des êtres humains. Mais dans une certaine mesure, elle les enferme parfois dans un endroit isolé.

Dans *Journal d'un curé de campagne*, il y a un personnage important qui révèle la vérité sur l'Église actuelle et la science. C'est M. Delbende. Avec le curé de Torcy, il transmet la vision du monde de Bernanos. Le docteur Delbende affirme clairement qu'il ne croit pas en Dieu, car il voit clair ce qu'est devenue l'Église dans la société moderne. D'abord, l'Église est devenue « une espèce d'État souverain avec ses lois, ses fonctionnaires, ses armées » (*JCC*, p.105). Ensuite, l'attitude de l'Église envers les pauvres est paradoxale: d'une part, elle prétend que le Pauvre est l' « héritier légitime de Dieu » (*JCC*, p.105) ; d'autre part, elle rend hommage aux riches, les « Puissants de la Terre » (*JCC*, p.94) tout en humiliant les pauvres et en leur faisant honte. Le docteur Delbende est déçu par une telle Église corrompue, alors qu'il a une profonde admiration pour les saints qui sont « à genoux devant le pauvre » (*JCC*, p.94). De ce point de vue, ce dont le docteur Delbende n'est pas satisfait, ce n'est pas le christianisme lui-même.

À cause des rumeurs répandues par ses confrères, le docteur Delbende n'a que des pauvres comme clientèle. Ce dont il se plaint, ce n'est pas qu'il gagne très peu avec ces pauvres malades. Mais au contraire, il éprouve de la compassion pour ces misérables et veut bien leur rendre service: « je veux bien que la charge revienne à de vieilles bêtes comme moi de les nourrir, de les vêtir, de les soigner, de les torcher.» (*JCC*, p.93) Cependant, il déplore que ce sont des pauvres « si sales » (*JCC*, p.93). Bien sûr, cette saleté n'est pas d'ordre matériel, mais d'ordre spirituel. Ils traitent un médecin indifférent à la gloire et à la richesse comme un idiot. Ils sont habitués à l'imposture et y excellent comme leurs exploiteurs. Ils subissent l'injustice imposée par les puissants, ne pensant pas à s'en débarrasser. Si le docteur Delbende est « un vieux médecin qui passe pour brutal et n'exerce plus guère » (*JCC*, p.88), c'est parce qu'il est également déçu par ces pauvres lâches, niais, rusés, cruels, et qui ont perdu leur dignité et ont oublié leurs valeurs. À quoi bon les guérir physiquement sans pouvoir sauver leur âme? Une âme saine est beaucoup plus importante qu'un seul corps sain. Le docteur Delbende attribue la dégradation des pauvres à l'Église, car c'est cette dernière qui a la garde des pauvres.

Le diagnostic précis que le docteur Delbende a fait pour le curé d'Ambricourt prouve que Delbende n'est pas du tout un médicastre. Mais au contraire, c'est un médecin éminent qui ne se fie pas aux apparences, car il a découvert avec beaucoup de perspicacité que la principale cause de la maladie du curé d'Ambricourt est l'hérédité dans l'alcoolisme chez ce jeune prêtre dès sa première rencontre avec lui. Le fait que le docteur Delbende « a longuement palpé l'estomac » (*JCC*, p.88) du curé d'Ambricourt nous permet de voir la prudence et le sens des responsabilités d'un bon médecin. Ce qui est intéressant, c'est que le docteur ne manifeste aucune inquiétude à l'égard de sa maladie. Le curé d'Ambricourt est une personne tout à fait différente de ses autres patients. Le docteur Delbende l'adore, car il sait bien que devant lui, c'est une âme bien saine dans un corps bien fragile. Comme nous l'avons déjà indiqué plus haut, ce qui compte le plus pour ce vieux médecin, c'est l'âme. En effet, dans sa conversation avec le curé d'Ambricourt, la plupart du temps, il parle du problème de l'âme, qui n'intéresse cependant plus l'Église.

Le docteur Delbende ne compte plus sur la science, car elle ne peut pas résoudre définitivement les problèmes de l'âme, bien qu'elle puisse sauver la vie aux patients. Le prolongement de l'existence apporté par la science serait peu significatif. Le fait que le docteur Delbende n'exerce plus guère son métier prouve déjà sa perte de confiance en la science et son renoncement à la pratique de la médecine. S'il a accepté de recevoir le curé d'Ambricourt, c'est parce que cette visite est conseillée par le curé de Torcy qui, aux yeux de Delbende, appartient à la même race que le curé d'Ambricourt et lui-même. Tout simplement, c'est parce qu'il adore ces deux hommes. Cette consultation lui offre plutôt une occasion précieuse de rencontrer une autre personne de la même nature que lui, de communier avec elle et d'adoucir sa solitude. Malgré tout, le docteur Delbende n'a pas transgressé son principe de vie: il se contente d'établir un diagnostic tout en conseillant au curé d'Ambricourt d'aller voir un autre médecin, le professeur Lavigne de Lille. En fin de compte, il n'a pas compté faire appel à la médecine pour soigner lui-même une personne adorable. En fait, c'est déjà un signe de son profond désespoir qui annonce son suicide futur.

Le docteur Delbende vit dans une extrême solitude. D'abord, comme il ne croit pas en Dieu, il ne peut pas ressentir le soutien de Dieu, il ne veut pas non plus demander l'aide de Dieu. Ensuite, à cause de son non-conformisme, il est évincé par ses confrères de sorte que sa carrière est presque brisée. En même temps, il est mécontent de ses semblables sauf des gens comme le curé de Torcy et le curé d'Ambricourt. Malheureusement, le nombre de ces gens est trop petit.

Son véritable ami intime, c'est son chien, qui est le seul à vouloir l'écouter à tout moment et le respecter sans réserve, à pouvoir le comprendre complètement. En effet, dans la conversation entre le docteur Delbende et le curé d'Ambricourt, son chien est également un participant important: «Tandis qu'il m'auscultait, son grand chien, couché sur le seuil, suivait chacun de ses mouvements avec une attention extraordinaire, adorante. [...] Le chien a répondu par des aboiements, puis par des sauts de joie. [...] On aurait pu croire que son chien pensait comme moi: il avait interrompu tout à coup ses gambades et couché ventre contre terre, humblement, il levait vers son maître un regard calme, attentif. [...] Le chien était venu poser la tête sur ses genoux.» (*JCC*, pp. 88-95) Le docteur Delbende accorde à son tour une grande importance à son chien: «il avait l'air de prendre son chien à témoin.» (*JCC*, p.89) Il donne toute son admiration et tout son respect au chien dont une des caractéristiques est sa fidélité. Ce sont justement «les yeux de chien» (*JCC*, pp.89-90) qui permettent au docteur Delbende de se classer dans la même race que le curé de Torcy et le curé d'Ambricourt. Enfin, plus le docteur Delbende apprécie le chien, plus il déprécie les êtres humains, plus sa solitude est écrasante, lourde et cruelle.

Le personnage du docteur Delbende nous rappelle un grand écrivain chinois LU Xun qui a renoncé aussi à la poursuite d'une carrière médicale, car il s'aperçoit que la médecine ne permet que de sauver le corps de ses compatriotes tandis que pour la Chine le problème essentiel provient de l'âme. Heureusement, il a trouvé sa manière de sauver l'âme des Chinois: l'écriture. En effet, LU Xun a réussi par ses œuvres à réveiller la conscience des citoyens, à ouvrir une nouvelle ère, à changer plus ou moins la mentalité des Chinois. À la différence de LU Xun, le docteur Delbende en proie à son profond désespoir et à son écrasante solitude n'est pas parvenu à trouver une issue heureuse, si bien qu'il finit par se suicider. Le suicide du docteur Delbende implique le double échec de la médecine — une branche de la science — et de la religion. Cependant, dans une certaine mesure, Bernanos a pris le relais du docteur Delbende et a bien rempli la mission que ce dernier n'avait pas achevée en adoptant la manière que LU Xun avait utilisée avec succès pour sauver l'âme de ses contemporains. En effet, jusqu'à son dernier soupir, Bernanos prend encore le pouls de la société et prescrit ses remèdes par ses écrits.

Notons que Bernanos ne veut pas dire que le corps sain est totalement inutile. Ce qu'il veut souligner, c'est que l'âme doit passer avant le corps. Sans doute, si la plupart des saints de Bernanos ont un corps bien fragile et sont morts d'une certaine maladie grave, c'est partiellement parce que l'auteur voudrait accorder la primauté à l'âme: un homme qui a un corps sain sans une âme saine n'est qu'un vivant mort, ou tout au moins un homme qui est gravement malade, alors qu'un homme qui a un corps fragile avec une âme tout à fait saine a l'heureuse possibilité de devenir saint, de découvrir le mystère de la vie et de l'homme, est donc classé plutôt parmi les gens en bonne santé.

D'ailleurs, si Bernanos a dépeint une Église impuissante, qui exerce même sur le peuple une influence défavorable, cela ne veut pas non plus dire qu'il a envie de voir la dissolution de l'Église. C'est un amour profond qui le pousse à la dénoncer, à la blâmer, à l'alarmer, car il espère toujours une meilleure Église. Aux yeux de Bernanos, les saints représentent l'avenir et l'espoir.

PARTIE III

LES OBSTACLES À LA SAINTETÉ

Chapitre I

La tentation

Certes, la tentation peut agir positivement, comme nous l'avons analysé plus haut. En tant qu'épreuve, elle permet de renforcer la foi, de purifier l'âme. Elle conduirait au péché, mais la tentation elle-même n'est pas un péché commis. Tout au plus, elle implique un péché virtuel. Le choix de l'homme face à la tentation ouvre un chemin vers le bien ou le mal. Autrement dit, l'expérience de connaître la tentation fait partie intégrante de la vie humaine. Derrière la tentation, il n'y a pas que le diable. Invisible mais perceptible, Dieu est toujours là quand l'homme a besoin d'aide. Si l'on confond totalement la tentation et le péché, évidemment, on est tombé dans le piège dressé par Satan. En d'autres termes, sans le moindre effort, Satan a déjà gagné partiellement la bataille avant qu'elle n'ait commencé véritablement.

Cependant, il est incontestable que la tentation constitue effectivement le plus gros obstacle à la recherche de la sainteté. Ainsi, il est bien nécessaire que nous abordions en détail ce thème qui est aussi important que celui de la sainteté. Dans cette partie, nous mettons l'accent sur les facettes négatives de la tentation.

Sans aucun doute, pour les profanes et les croyants, le mot « tentation » ne renverrait pas à la même chose : ces premiers pensent principalement à la tentation matérielle et morale, alors que ces derniers seraient sensibilisés plutôt à la tentation subie par les gens dans leur vie spirituelle ou à une interprétation spirituelle de la tentation matérielle et morale. Dans le présent travail, nous adoptons surtout le point de vue des catholiques qui pensent que le mécanisme et le but définitif de la tentation sont de « nous détourner de Dieu », de nous faire « douter ou nous révolter contre Dieu, enfin retourner à l'idolâtrie et au paganisme »①.

Bernanos traite plutôt des tentations susceptibles d'être affrontées dans la vie spirituelle, qui sont en fait beaucoup plus fortes, plus dangereuses — étant donné qu'invisibles, elles risquent d'être négligées — que de celles qu'on affronte dans la vie matérielle. Ces dernières relèvent de la forme inférieure et superficielle de la tentation. Donc, elles sont beaucoup plus faciles à vaincre.

Bernanos ne met pas l'accent sur la responsabilité de Dieu dans la tentation, car Dieu est absent du monde littéraire de l'auteur. Il fouille plutôt les coins les plus obscurs des âmes, pures ou impures, face à la tentation. En d'autres termes, il accorde de l'importance au surnaturel qui, à ses yeux, est le plus réel du monde. Il écrit des romans « avec la volonté d'affirmer la primauté du surnaturel »②. De ce point de vue, le romancier semblerait préférer une interprétation surnaturelle à une explication rationnelle de ses romans de la part des lecteurs.

La vie spirituelle est centrée sur le combat spirituel dont les principaux protagonistes sont Dieu et Satan. Pour mieux connaître Dieu, il est obligatoire de connaître profondément Satan, le diable. Cependant, tout en s'éloignant de Dieu, les contemporains de Bernanos avaient même tendance à méconnaître, ignorer ou nier l'existence et la puissance de Satan. Dans une telle circonstance, le romancier Bernanos n'a pu s'empêcher de déplorer: « le

---

① Jacquotte, *Epreuves et tentations*, mis en ligne le 20 février 2013, consulté le 10 juillet 2015. URL: http://in-nomine.over-blog.com/article-epreuves-et-tentatons-115534917.html.Jacquotte a fait des études de théologie après ses études de philosophie. Elle enseigne actuellement la théologie morale fondamentale et la théologie spirituelle.

② CANÉROT Marie-Françoise, *Quand la foi devient roman*, dans *Cahiers de l'Association internationale des études francaises*, n° 45, 1993, p.90.

Christ est mort en vain »①. Il a donc décidé d'assumer la responsabilité de dévoiler la réalité du surnaturel en se focalisant sur le mal d'une manière impressionnante, bouleversante, même choquante aux yeux de certains lecteurs.

Satan exerce son influence sur l'homme en semant du mal au fond de son cœur. La perdition ne se réalise que par l'intermédiaire de la volonté et de l'acte de l'homme. Autrement dit, sa manière d'agir réside dans la tentation, qui est pour autant un thème majeur dans l'œuvre romanesque de Bernanos.

I.1 Une interprétation spirituelle de la tentation

Pourquoi les êtres humains sont susceptibles d'être tentés? D'après le pape François, cela est dû à « nos faiblesses intérieures, des blessures que le péché originel a laissées en nous »②. Nous pouvons trouver que le péché originel nous rend imparfait et donc vulnérable. Comme Dieu est parfait, il ne connaîtra jamais de tentations, donc naturellement, il ne tombera jamais dans la tentation. Cette constatation implique une vérité importante : dans ce monde, il est tout à fait normal que l'homme soit confronté à une tentation quelconque, donc ce n'est pas la peine de s'étonner, se troubler, voire se décourager. Si quelqu'un déclare qu'il n'a jamais été tenté, cela ne peut être rien d'autre qu'un mensonge, et c'est seulement parce qu'il ne s'en est pas rendu compte. Personne ne peut échapper à la tentation, y compris l'homme Jésus.

Saint Jacques nous révèle la cause interne de la chute humaine : « Mais chacun est tenté par sa propre concupiscence, qui l'emporte et le séduit. » (Une autre traduction : « Chacun est tenté par sa propre convoitise qui

---

① BERNANOS Georges, *Essais et écrits de combat*, tome I, Paris, Gallimard, 1971, p.1045.

② Pape François, *Méditation matinale en la Chapelle de la maison Sainte-Marthe*, dans *L'Osservatore Romano*, Édition hebdomadaire n° 9 du 27 février 2014.

l'entraîne et le séduit.») (Jacques 1 : 14) D'après le dictionnaire *Larousse*, la concupiscence est le « penchant à jouir des biens terrestres, en particulier des plaisirs sensuels ». Donc, c'est au moment où on prête trop attention à la nourriture du corps, et non à celle de l'âme, que la tentation se présente et mène au péché. Si on adopte l'autre traduction « convoitise » qui est définie comme un « désir immodéré de possession », nous pouvons en conclure que ce n'est pas le désir lui-même qui entraîne la tentation et éventuellement le péché, mais le désir excessif. En effet, le désir ne conduit pas forcément au péché. D'abord, Dieu permet à l'homme de satisfaire ses besoins élémentaires pour qu'il puisse survivre. Et puis, comme Mgr Brouwet nous l'indique, l'appel de Dieu se manifeste dans notre cœur d'abord « par les désirs qui montent en nous »①.

Le pape François nous indique aussi les caractéristiques de la tentation : elle cherche toujours à grandir, à contaminer et à se justifier②. En général, sous forme d'une suggestion ambiguë, la tentation « se présente à nous de manière insidieuse »③. Si elle réussit à survivre dans notre conscience, elle vise ensuite à envahir tout notre cœur, et à répandre son influence néfaste. Pour éviter d'être déracinée par l'esprit grâce à l'inspiration de Dieu, elle est obligée de se déguiser en incitant à rejeter la faute sur autrui (ruse utilisée chez Donissan), en engourdissant l'esprit pour atténuer ou faire ignorer la gravité d'un problème (ruse utilisée chez le vieux confesseur de Donissan), en faisant confondre la réalité et le rêve (ruse utilisée chez le docteur Gallet), ou en falsifiant la doctrine divine (ruse utilisée chez Ève).

---

① Mgr Nicolas Brouwet en parle dans une conférence qu'il a donnée à la Basilique du Sacré-Cœur de Montmartre, lors de la venue des reliques du Curé d'Ars à Paris en mars 2009, mis en ligne le 9 juillet 2012, consulté le 12 mai 2016. URL: http://www.orleans.catholique.fr/ temoignages-et-reflexion/les-reflexions/5578-appel-dieu-manifestation.html.

② Pape François, *Méditation matinale en la Chapelle de la maison Sainte-Marthe*, dans *L'Osservatore Romano*, Édition hebdomadaire n° 9 du 27 février 2014.

③ Pape François, *Méditation matinale en la Chapelle de la maison Sainte-Marthe*, dans *L'Osservatore Romano*, Édition hebdomadaire n° 9 du 27 février 2014.

La tentation est capable d'échapper à la surveillance de notre raison ou de notre conscience, de s'infiltrer comme une graine dans le coin le plus secret de notre âme pour attendre de porter ses fruits. Comme Éric Benoît l'a dit, « la tentation se greffe sur ce que nous sommes au plus profond de nous »①.

Le père Placide Deseille a indiqué le processus de la tentation : « la suggestion, le dialogue ou liaison, le consentement, la passion, la captivité »②. En effet, chez Bernanos, Satan commence généralement par déverser des pensées impures dans les esprits humains dans le but de sonder la foi. Lors de cette étape, les pensées négatives s'infiltrent éventuellement dans le cœur d'un homme d'une façon si imperceptible qu'il lui arrive de croire que ces pensées viennent de lui-même, de sorte qu'il se croit condamné pour avoir commis un péché vraiment grave. D'où vient le désespoir. Ainsi, Satan réalisera parfaitement la première partie de son plan. Cependant, si la personne concernée est capable de se rendre compte que toutes les suggestions malsaines viennent en fait du malin ennemi, le complot de Satan sera déjoué dès le commencement. En tant que créature ayant le libre arbitre, l'homme possède le pouvoir de choisir. Pour Satan, le seul moyen de transformer l'homme en son esclave est d'influencer ses pensées et ensuite ses actes. Il n'a pas encore le pouvoir d'ordonner impérieusement à l'homme de commettre volontairement et consciemment des fautes contre Dieu. Pour l'homme, la seule propriété dont Satan est en mesure de s'emparer est son cœur, un champ invisible où risquent également d'éclater des batailles féroces et dévastatrices.

Pour les chrétiens, résister à la tentation, c'est participer à un combat spirituel. Cependant, l'homme n'est, ni ne doit être un protagoniste du combat contre Satan. Il n'est au plus qu'un participant, ou un assistant. Aux yeux de Satan, son véritable adversaire n'est que le Seigneur. L'homme

---

① BENOIT Éric, *Bernanos, la littérature et la théologie*, Paris, Les Éditions du Cerf, coll. « Littérature », 2013, p.70.

② DESEILLE Placide, "*Nous avons vu la vraie lumière...*" : *la vie monastique, son esprit et ses textes fondamentaux*, Lausanne, L'Âge d'homme, 1990, p.101.

constitue la principale cible que Satan vise pour se révolter contre Dieu: « La tentation est bien plus la marque de la haine que Satan éprouve contre Dieu, que de celle qu'il éprouve contre nous. Il ne peut pas toucher à notre Sauveur, mais il peut blesser notre Sauveur en nous faisant chuter.»①

En fait, l'homme n'est jamais un combattant isolé, car « l'Éternel, votre Dieu, marche avec vous, pour combattre vos ennemis, pour vous sauver » (Deutéronome 20: 4). L'homme doit mener son combat contre Satan sous le commandement de Dieu. Plus exactement, l'homme doit reconnaître son impuissance personnelle, et « confier toute tentation à notre Seigneur, en Lui faisant confiance pour qu'Il remporte la victoire pour nous »②. Sans l'intervention de Dieu, nous ne pourrions jamais remporter la victoire complète sur Satan.

Aux yeux des chrétiens, toutes les choses appartenant au monde d'ici-bas peuvent être considérées comme des tentations à condition qu'elles provoquent notre espoir, notre désir ou notre souci qui occupent à leur tour notre cœur à la place de Dieu. Pour mieux dire, expulser Dieu de notre esprit, c'est y faire entrer le diable. « Ainsi la tentation primordiale à laquelle est soumis l'esprit humain, source unique de toutes les autres tentations, c'est de croire à la réalité de ce monde et de s'y attacher.»③ Face à une telle tentation, l'abbé Donissan est un bon exemple. Il est si attaché à sa vie intérieure tout en délaissant sa vie extérieure. L'univers où l'homme vit peut être divisé en deux mondes: monde matériel et monde spirituel. Pour Donissan, tout ce qui existe dans le monde matériel n'est qu'une illusion, une représentation de la Vérité qui, elle-même, se dissimule dans le monde spirituel que l'homme est

---

① SMITH Hannah Whitall, *Christian's Secret of a Happy Life*, traduit par Henri Viaud-Murat, http://www.latrompette.net/post/A388_tentation.htm.

② SMITH Hannah Whitall, *Christian's Secret of a Happy Life*, traduit par Henri Viaud-Murat, http://www.latrompette.net/post/A388_tentation.htm.

③ STEFANEANU Viorel, *Qu'est-ce que la tentation?*, mis en ligne le 8 septembre 2012, consulté le 3 septembre 2015. URL: http://www.apostolia.eu/fr/articol_1213/quest%E2%80%91 ce-que-la-tentation-.html.

capable de découvrir à travers les pensées et avec l'aide du Saint-Esprit.

La structure de *Sous le soleil de Satan* donne à entendre une lutte contre cette tentation. Il est composé du prologue, de la première partie et de la deuxième partie. Cette construction est bien significative: les trois composantes donnent à ce roman une apparence théâtrale, ce qui pourrait signifier que la vie dans ce monde n'est qu'une représentation temporaire. En particulier, le prologue est intitulé *L'Histoire de Mouchette*, « histoire » ferait allusion au caractère illusoire de la réalité de ce monde. D'ailleurs, la construction donne une impression verticale: *L'Histoire de Mouchette* décrit plutôt la vie infernale dans ce monde qui ressemble à un abîme; *La Tentation du Désespoir* rassemble Dieu, Satan et l'homme, ce qui renvoie à la véritable situation de l'homme; *Le Saint de Lumbres* invite les lecteurs à porter le regard vers le ciel et à se libérer des contraintes de ce monde.

Ⅰ.2 La tentation du pouvoir

Parmi toutes sortes de tentations, celle du pouvoir est la première tentation① contre laquelle les êtres humains doivent se mettre en garde. Ce genre de tentation peut apparaître sous différentes formes, comme Bernanos nous le dévoile dans ses romans.

Ⅰ.2.1 Le pouvoir familial — famille patriarcale

En analysant la majorité des familles dans les romans de Bernanos, nous pouvons reconstituer un modèle de famille bernanosien: la famille est une combinaison non harmonieuse du fort représenté par le père et des faibles représentés par la mère et les enfants; ils sont liés entre eux principalement par le pouvoir, non par l'amour; les relations entre les deux parties sont en déséquilibre, conflictuelles et même hostiles, car le père occupe une position dominante au sein de la famille alors que la mère ainsi que les enfants sont

---

① Nous allons approfondir ce sujet dans le chapitre suivant.

victimes de cette oppression ; il manque la communication efficace, la compréhension mutuelle et la réconciliation dans la famille.

Par exemple, dans *Sous le soleil de Satan*, dans la famille Malorthy, quand l'amour-propre du père était profondément blessé à l'extérieur, « il voulait sa revanche et pensait l'obtenir aisément, par un coup de théâtre domestique, dont sa fille eût fait les frais » (*SSS*, p.23). Pour lui, la famille est « nécessaire » parce qu'elle peut flatter sa vanité en lui offrant des « faibles » devant lesquels il peut éprouver une puissance qui n'est qu'illusoire, car il est un véritable couard devant les autres gens que ses membres de famille ; il jouit du plaisir apporté par le commandement qu'il recherche toujours, et pourtant n'arrive pas à réaliser en dehors de la famille. C'est pour cette raison qu'il a l'habitude d'organiser à son gré la vie de sa fille, de lui parler d'une « voix de commandement » (*SSS*, p.23).

Dès sa naissance, la vie de Mouchette est réglée par son père Malorthy qui aurait voulu lui donner le nom de Lucrèce pour clarifier sa position politique, qui lui impose sans cesse ses idées politiques dans le domaine de l'instruction, ne supporte aucune révolte au sein de sa famille, prend sa fille à la fois pour son souffre-douleur et son pion, lui interdit de se faire des amies, de prendre connaissance de la religion, de faire confiance aux prêtres, de sorte que Mouchette, accablée d'une solitude insupportable, est obligée de s'enfermer dans sa chambre, de mener une vie extrêmement monotone. Ce père est bien fier d'avoir élevé sa fille comme une reine contre le gré de cette dernière qui, en fait, déteste ce mode de vie, et tourne en dérision la prétendue bonne conduite, la richesse, l'honneur. Son père n'est qu'une miniature de la société. Il ne peut échapper à l'influence de la société, en particulier de la classe et de l'idéologie dominantes.

La mère de Mouchette ne fait que partager aveuglément l'opinion de son mari. Dépendante de son mari, elle n'a même plus son propre nom : elle est « la mère Malorthy », la « femme » d'Antoine Malorthy, « maman Malorthy ». Elle sert à son mari de miroir, de porte-parole, de souffre-douleur ; elle est l'ombre de son mari. L'effet négatif est renforcé par la description physique et psychologique: « la vieille Malorthy, née laide » (*SSS*, p.21), « Elle eût été bien embarrassée d'en dire plus, sinon qu'elle le sentait bien » (*SSS*, p.21). Sa raison d'être dans ce roman réside principalement dans la naissance de sa fille Mouchette et la mise en relief du caractère de son mari. Certes, elle n'a pas encore perdu son instinct de mère, car elle est capable de percevoir subtilement, mais plutôt instinctivement les risques tels que l'ennui, la solitude, la grossesse de sa fille; elle a encore envie de protéger sa fille. Cependant, elle ne peut rien à la misère de sa fille, car « Malorthy ne se laissait pas convaincre » (*SSS*, p.21): dans une famille patriarcale, l'autorité et la dignité d'une mère sont tournées en dérision.

Ⅰ.2.2 Le pouvoir politique — société paternaliste française

En fait, la famille bernanosienne est une miniature, ou une métaphore de la société française à caractère paternaliste: l'État joue le rôle d'un père autoritaire, alors que l'Église est une mère lâche, privée de parole, transigeant sans cesse. De même que pour former une famille complète, le père et la mère sont tous indispensables, de même pour garantir le bon fonctionnement de la société, l'État ne peut se passer de l'Église. Leur enfant est le peuple français qui souffre d'ennui et de solitude, qui ne peut ni ne veut faire confiance à l'État ainsi qu'à l'Église et qui aspire tellement à la liberté, voire à l'aventure suicidaire.

Il faut remarquer que c'est au député Gallet, et non au docteur Gallet que Malorthy se fie. Il n'y a rien d'étonnant, car Malorthy, marchand aisé d'origine paysanne, a très envie de pouvoir intervenir dans la vie politique de son pays: il rêve depuis toujours « d'être le premier dans sa petite ville, d'appartenir à la race des maîtres » (*SSS*, p.19). La réalisation de son rêve exige deux choses: l'argent, dont il ne manque plus, et le pouvoir, auquel seule la politique donne vraiment accès. Sa forte aspiration révèle une idée dominante de son époque: on peut tirer beaucoup de profit d'une haute position politique. Ce constat justifie également la préférence de Gallet. La confiance de Malorthy en Gallet reflète à la fois la simplicité de Malorthy, qui manque d'instruction, le charme du pouvoir politique, qui est susceptible de rendre un homme injuste crédible, ainsi que la nature trompeuse de Gallet dont la mauvaise volonté est toujours cachée derrière son métier respectable et la couverture scientifique. En plus, la description physique de Gallet a une évidente signification symbolique: sa petite taille suggère l'imperfection de son esprit ou de son âme, l'obscurité de son intérieur.

Qu'il s'agisse de la famille ou de la société, le pouvoir, à la place de l'amour, devient le noyau des valeurs qui sert à établir des liens entre les individus. Le pouvoir lui-même est susceptible de constituer une tentation. Ceux qui se plongent dans la quête du pouvoir s'éloigneront forcément de plus en plus de la sainteté, car en fin de compte, il s'agit d'une vaine gloire, qui s'est déjà généralisée en réalité à la société tout entière, que ce soit le pouvoir politique ou familial.

La dilatation excessive de la puissance politique a pour effet de réduire l'espace vital et la zone d'influence de l'Église qui aurait dû avoir mission de prêcher la sainteté, d'exhorter à la sainteté. Autrement dit, la sainteté risque de perdre son support dans ce monde, ce qui pourrait expliquer le fait qu'elle est plus ou moins oubliée, négligée ou méprisée, comme si elle était couverte de poussière.

Satan cherche à tenter tout homme par le pouvoir. En effet, lors de sa rencontre avec Satan, Donissan a aussi subi la tentation du pouvoir: « Jouissez de votre pouvoir tout le temps qui vous est donné » (*SSS*, p.153). Heureusement, Donissan sait bien comment s'en sortir: « Je n'ai aucun pouvoir, [...] cette force ne vient pas de moi, et tu le sais.» (*SSS*, p.153) Il doit à Dieu seul sa force de résister à la tentation et sa capacité à voir Satan à l'œil nu. À travers le personnage de Donissan, Bernanos nous a déjà dit expressément quelle est la bonne attitude qu'on doit adopter envers le pouvoir: se comporter comme une brebis sans défense, ne pas faire naître dans le cœur le sentiment d'orgueil.

I .3 La tentation de la curiosité

Dans les romans de Bernanos, la plupart des personnages, y compris les saints bernanosiens, ont subi, plus ou moins, la tentation de la curiosité. Cette tentation est en fait celle de la connaissance car la curiosité, c'est le désir de connaître, de savoir. Elle relève de la nature humaine et du besoin instinctif de l'homme. En fonction des objets qui sont susceptibles d'éveiller la curiosité, on peut la diviser en deux groupes: le désir de connaître les moindres choses, les secrets d'autrui, qui réside dans une certaine propension à espionner; le désir de connaître la vérité, qui est surtout favorable au développement des sciences et à l'instruction des hommes. Évidemment, la première sorte de curiosité est considérée comme négative, comme le dit un dicton français, « la curiosité est un vilain défaut », car la curiosité risque de produire des effets néfastes chez son actant, et de nuire à son objet. La deuxième sorte de curiosité est considérée comme une bonne qualité de l'être humain à condition qu'il sache bien la diriger. En fait, il existe la troisième sorte de curiosité, celle de l'enfant, qui s'intéresse aussi à des choses peu importantes aux yeux des adultes, mais qui regarde ce monde de ses yeux limpides avec amour et joie. C'est la curiosité première qui est vraiment précieuse. C'est vraiment dommage qu'elle se dégrade peu à peu au fur et à mesure que l'homme grandit et connaît mieux ce monde.

Dans le domaine religieux, on condamne la curiosité qui porte sur le désir de connaître ce qui est interdit par la loi de Dieu. Les conséquences de cette curiosité sont aussi très importantes pour la personne qui tombe dans le péché de curiosité. Ce principe est parfaitement illustré dans l'histoire d'Ève, qui a mangé le fruit défendu après avoir été tenté par le serpent. L'expulsion d'Ève hors du jardin d'Éden par Dieu est due totalement à sa curiosité.

Satan sait bien utiliser la connaissance (souvent une fausse connaissance ou une connaissance possible) comme appât en disant « tu sauras, tu vas savoir...» pour inciter à entrer en lui. Satan inflige la tentation de la curiosité non seulement à Donissan, mais aussi à Mouchette, au curé de Luzarnes, à l'écrivain Saint-Marin, surtout à M. Ouine.

L'idée est venue pendant un certain temps à Donissan de tenter le miracle de l'enfant ressuscité. En fait, il s'agit aussi d'une forme de curiosité qui a poussé ce fidèle serviteur de Dieu à éprouver Dieu qui seul est capable de l'aider à accomplir ce miracle.

La curiosité de Mouchette ne relève pas de la curiosité enfantine qui doit être saine, fertile, fraîche et donc rassurante, puisque sa curiosité s'avère gênante, dangereuse, frivole et indiscrète.

M. Ouine a subi la tentation de la curiosité, qui est aussi cruelle et puissante qu'une bête féroce, comme il le confie à Philippe : « La curiosité me dévore [...]. À ce moment elle creuse et ronge le peu qui me reste.» (*MO*, p.312) Devant la curiosité, ce vieux professeur de langues s'est réduit à un objet passif, dépourvu de toute possibilité de se révolter. De plus, cette force ne le relâche pas jusqu'à son dernier soupir. Alors, de quelle curiosité s'agit-il? En fait, M. Ouine n'est pas « curieux des choses » (*MO*, p.312), mais curieux des âmes, ou comme ce qu'il en dit lui-même, il n'a eu « faim que des âmes » (*MO*, p.312). Nous pouvons en déduire que ce prêtre de Satan, qui ne se contente pas d'épier les âmes, cherche finalement à dérober les âmes, qui lui servent de nourriture spirituelle, totalement à l'exemple de son maître Satan. En fin de compte, pour M. Ouine, d'une part, cette curiosité est à la fois irrésistible et indispensable à sa vie; d'autre part, cette curiosité le nourrit tout en l'avilissant. Évidemment, cette curiosité est une sorte de drogue que Satan lui a offerte et à travers laquelle Satan arrive à contrôler son peuple. Sous l'emprise de cette curiosité satanique, M. Ouine n'est plus maître de lui-même, son âme a été vidée en premier lieu de sa substance comme par une pompe.

I .4 La tentation du plaisir et de la joie

Le plaisir constitue aussi une tentation. Il ne conduit pas à la paix de l'âme. Il offre au diable l'occasion de prendre possession de l'esprit humain et de détourner l'homme de Dieu.

Pour mieux comprendre la notion de plaisir, nous devons la distinguer de celle de joie. Dans son sens le plus courant, le mot *plaisir* signifie « sensation ou émotion agréable, liée à la satisfaction d'un désir, d'un besoin matériel ou mental »①. Autrement dit, le plaisir, qui est souvent accompagné du dégoût ou du remords, porte sur des satisfactions d'ordre physique, affectif ou intellectuel. Le dictionnaire *Larousse* définit la joie comme sentiment de plaisir, de bonheur intense, caractérisé par sa plénitude et sa durée limitée, et éprouvé par quelqu'un dont une aspiration, un désir est satisfait ou en voie de l'être. D'où nous pouvons saisir les différences entre ces deux termes bien qu'ils soient souvent considérés comme synonymes. La première différence réside dans le degré de satisfaction: la joie apporte une satisfaction plus profonde et plus forte. La deuxième différence est que la joie a affaire au bonheur qui appartient aux besoins plus avancés de l'homme. Troisièmement, les termes *plénitude* et *aspiration* démontrent que la joie désigne surtout des satisfactions d'ordre spirituel. L'homme pourrait éprouver une vraie joie quand le soleil de Dieu brille dans son monde intérieur.

La psychologue Michelle Larivey a traité le thème de la joie: « À la différence du plaisir, la joie ne porte pas sur des satisfactions d'ordre physique. Et bien qu'elle puisse s'exprimer par de la gaieté, elle est de nature plus intériorisée que le plaisir. La joie est une émotion qui gagne toute notre personne.»② En effet, le plaisir risque d'aboutir au délire, à la folie, alors que la joie, qui donne lieu à l'exaltation, apporte au cœur la paix et la tranquillité. Autrement dit, la joie peut être considérée comme un état de l'âme alors que le plaisir n'est qu'une réaction du corps.

---

① C'est la définition donnée dans la nouvelle édition enrichie pour 2011 du dictionnaire *Le Robert pratique*.

② RONGIER Carole, *Insenti MENT*, *Temps DES Motions*, Saint-Denis, Edilivre, 2011, pp.166-167.

La joie est déjà un thème important dans la Bible. Elle se rapporte au bien. Elle doit être le sentiment le plus salubre pour les âmes. Elle peut même être considérée comme l'arme la plus efficace dont l'homme est en mesure de disposer pour vaincre toute tentation. Ainsi, la joie et le désespoir constituent une antithèse du fait que le désespoir est l'arme la plus tranchante dont le diable est capable de profiter pour faire pécher l'homme, comme Bernanos lui-même l'affirme dans *Nous autres Français*, « Le désespoir est la charité de l'enfer »①.

Où peut-on trouver la joie dans ce monde plein de misères? Comme le dit saint Augustin, la vraie joie ne peut exister que dans la communion divine avec Dieu; les motifs premiers de la joie résident dans la foi.

D'ailleurs, de nombreux philosophes ou penseurs ont réfléchi profondément sur la joie. Le philosophe hollandais Spinoza a défini la joie comme « une passion par laquelle l'âme passe à une perfection plus grande »②. À noter que selon Spinoza, la joie n'est pas la perfection elle-même, elle ne sert que de passage qui permet à l'homme de se perfectionner.

Chez Bernanos, les personnages non-saints succombent facilement à la tentation du plaisir. Par conséquent, ils n'ont pas l'occasion d'éprouver une vraie joie pure, ou bien ils prennent le plaisir pour la joie véritable. Autrement dit, la plupart du temps, seul le plaisir permet à Satan d'atteindre son objectif: faire pécher les hommes. Par exemple, la première Mouchette, M. le marquis de Cadignan et le docteur Gallet sont tous séduits par le plaisir. Ils ne connaissent même pas la joie. Surtout Mouchette qui n'éprouve que du plaisir dans l'aventure, ou plus précisément, dans la révolte, toutes choses qui échouent à lui apporter la paix.

---

① BERNANOS Georges, *Essais et écrits de combat*, tome I, Paris, Gallimard, 1971, p.707.

② SPINOZA Baruch, *L'Éthique* (*Nouvelle édition augmentée*), Troisième partie, Proposition XI, Traduction française de Saisset, Saint Julien, Arvensa Editions, 2015, p.185.

Par contre, les saints sont bien vigilants face à la tentation du plaisir. Pour résister à cette sorte de tentation, ils mènent une vie extrêmement simple, ils réduisent le plus possible leurs besoins. En même temps, ils recherchent une joie intérieure. Dans ce cas, Satan, qui est le plus rusé du monde, change de stratégie: au lieu de tenter les saints par le plaisir, il cherche à s'insinuer dans la joie éprouvée par les saints, comme un ver dans une pomme. N'oublions pas que Satan vise toujours à corrompre tout ce à quoi les saints tiennent.

Une séquence de tentation se déroule furtivement dans la joie que Donissan éprouve quand la grâce de Dieu le touche. C'est une joie si bien dissimulée que même le « vieillard d'expérience et de savoir » (*SSS*, p.109) n'arrive toujours pas à la percevoir, car il affirme qu' « il lui manque (à Donissan) la joie » (*SSS*, p.109). Cependant, la description de cette joie par le narrateur invite le lecteur à se douter qu'il s'agirait d'une joie impure. Sans doute, c'est pour cette raison que Donissan n'ose pas la manifester ouvertement. Pour mieux dire, Donissan éprouve une joie dont la nature est indéfinissable: « Cette joie, à la fois sentiment et plus qu'un sentiment, relève de l'ordre du surnaturel »①. Elle a l'air d'une récompense de Dieu: elle n'est pas « furtive, instable, tantôt prodiguée, tantôt refusée » (*SSS*, p. 109) — ce sont plutôt les caractéristiques du plaisir —, mais « une autre joie plus sûre, profonde, égale, incessante, et pour ainsi dire inexorable — pareille à une autre vie dans la vie, à la dilatation d'une nouvelle vie » (*SSS*, pp. 109-110). La joie divine est capable de donner l'impression d'une renaissance, qui ressemble à une nouvelle vie dans la vie présente. Néanmoins, les mots « inexorable » et « dilatation » se rapportant au manque de clémence et au manque éventuel de mesure font allusion à la présence de Satan. En particulier, « inexorable » ferait penser à un tyran autoritaire qui ne supporte aucune contrepartie.

---

① *Georges Bernanos*: *Sous le soleil de Satan*, extraits commentés par Michel Estève, Paris, Bordas, 1973, p.104.

D'ailleurs, le narrateur compare cette joie étrange à « un périlleux trésor que le maître inconnu va reprendre » (*SSS*, p. 110). « Périlleux » indique explicitement que cette joie est en fait précaire, illusoire, trompeuse, dangereuse, car elle est déjà souillée par le diable bien que la joie elle-même relève effectivement du « trésor » précieux. « le maître inconnu » ne peut renvoyer qu'à Satan, parce que dans l'œuvre de Bernanos, l'existence de Dieu est évidente et incontestable alors que celle de l'enfer n'est pas reconnue par tout le monde (par exemple le docteur Gallet). Nier l'existence de l'enfer, c'est nier le rôle de maître que Satan joue en fait en l'enfer, et même en ce monde.

Quant à Donissan, il jouit de cette joie « avec une avidité craintive » (*SSS*, p. 110), d'où se révèle un vif débat intérieur chez le vicaire de Campagne. D'une part, Satan le pousse à éprouver un désir ardent pour cette joie et à s'y plonger. Pour Donissan, il n'est pas facile d'y résister car c'est une toute nouvelle expérience qu'il n'a jamais vécue, ni même « pressentie » ou « désirée » (*SSS*, p. 110). Dans une telle circonstance, la réaction naturelle de l'homme est la curiosité indomptable accompagnée d'une certaine crainte. D'autre part, Dieu l'appelle toujours à prendre garde aux astuces de Satan. Sa foi lui permet également de flairer les dangers qui s'approchent. Donc, il craint d'être tenté par Satan, alors qu'il tombe quand même dans son piège et qu'il déplaît à Dieu.

Dans *Sous le soleil de Satan*, lors de la rencontre de Donissan avec Satan, le Tentateur, qui comprend très bien la valeur de la joie, donne l'impression qu'il est bien joyeux: « un jovial garçon », « un accent de gaieté secrète », « un joyeux compagnon, plein de bonne humeur », « joyeuse voix » (*SSS*, pp. 140-141), et ses rires incessants qui expriment aussi la joie. Autrement dit, il essaie d'incarner la joie elle-même, mais en fin de compte, cette joie n'est que passagère, illusoire et trompeuse. En effet, Satan n'est pas en mesure d'éprouver véritablement de la joie parce que seul l'amour est capable de générer la vraie joie alors que Satan lui-même ne représente que le non-amour. Quant au choix des termes, l'alternance des mots dérivés de la joie et de ses synonymes tels que « gaieté », « jovial », dont la nature diffère quand même de celle de la joie, fait allusion à la nature trompeuse de Satan, puisque le mot *joie* lui-même n'est jamais employé dans ce passage. C'est pourquoi Donissan perçoit de plus en plus l'inquiétude, après avoir éprouvé la confiance et la sympathie qui durent peu de temps.

D'ailleurs, chez Bernanos, le rire exprime plutôt le plaisir, alors que les larmes sont la semence de la joie, comme il est dit dans la Bible : « Ceux qui sèment dans les larmes moissonneront dans la joie » (Psaume 126 : 5). Ainsi, le rire incessant de Satan trahit exactement la nature de sa joie trompeuse.

Cependant, Satan, qui comprend bien qu'étant la lumière du cœur, la joie peut réduire non seulement nos propres misères, mais aussi celles des autres, a quasiment réussi à jeter de la poudre aux yeux de Donissan à travers la joie qu'il a manifestée. Cette joie feinte a effectivement pu « rassurer le pauvre prêtre » (*SSS*, p.141) à tel point que ce dernier a même pensé à faire plaisir à son compagnon. Cette lumière illusoire a failli lui faire ouvrir la porte du cœur : « Il voudrait parler, se confier, contempler dans un regard, même inconnu, mais amical, compatissant, sa propre inquiétude, le doute qui déjà l'assaille, l'horrible rêve.» (*SSS*, p. 143) Dans ce cas, la joie devient une manière de tenter.

Chapitre Ⅱ

Le Tentateur

Ⅱ.1 Attributs du Tentateur

Satan est le tentateur primitif et le plus grand tentateur. Nous constatons que Satan porte déjà le nom de « tentateur » dans la Bible①. D'abord, l'Écriture nous a déjà révélé que Satan est capable d'accomplir ses desseins abominables en séduisant toute la terre (Apocalypse 12: 9). Satan a procédé à plusieurs tentations. Il a tenté David en l'incitant à faire le dénombrement d'Israël (1 Chroniques 21: 1). Satan a tenté aussi Ananie et Saphire (Actes 5: 3), pour les faire mentir au Saint-Esprit. Notamment, il a tenté trois fois Jésus-Christ dans le désert (Matthieu 4: 1, Marc 1: 13, Luc 4: 2). Quand Jésus avait faim, Satan lui a suggéré de transformer des pierres en pain; Jésus a surmonté cette tentation en proclamant que « ce n'est pas seulement de pain que vivra l'homme »②. Satan a tenté de nouveau Jésus en lui promettant tous

① À ce sujet, nous pouvons donner au moins deux preuves: dans Matthieu 4: 3, il est dit: « Le tentateur, s'étant approché, lui dit: Si tu es Fils de Dieu, ordonne que ces pierres deviennent des pains. »; dans 1 Thessaloniciens 3: 5, il est dit: « Ainsi, dans mon impatience, j'envoyai m'informer de votre foi, dans la crainte que le tentateur ne vous eût tentés, et que nous n'eussions travaillé en vain. »

② Par cette réponse Jésus-Christ sous-entend que le pain spirituel est plus important.

les royaumes de la terre pourvu que ce dernier se prosterne devant lui; Jésus a repoussé cette tentation en affirmant que la seule mission de l'homme est d'adorer et de ne servir que Dieu. Enfin, Satan a incité Jésus à se jeter du haut du temple pour mettre à l'épreuve l'amour de Dieu envers son fils; Jésus n'a pas succombé à cette tentation en révélant une vérité essentielle: « Tu ne tenteras point le Seigneur, ton Dieu » (Luc 4: 12). En un mot, les tentations expérimentées par Jésus sont de même nature: celle du pouvoir. Pour la première tentation, il s'agit du pouvoir exercé sur les choses; quant à la deuxième tentation, il est question du pouvoir exercé sur les hommes; la troisième tentation renvoie au pouvoir exercé sur Dieu. Ces trois tentations sont à l'origine de toute tentation que l'homme est susceptible de connaître.

Satan est un être spirituel puissant. Faisant partie des créatures de Dieu, il est à l'origine de tous les maux dont souffrent les êtres humains. Bien qu'il ne possède pas les caractéristiques de Dieu telles que l'éternité, l'omniprésence, l'omnipotence, l'omniscience, il est plus doué et plus sage que les êtres humains. Ainsi, ce n'est pas la peine de se décourager, ou d'éprouver de la honte si un homme est vaincu par Satan; en même temps, l'homme doit maintenir sa vigilance à tout moment lors de sa rencontre avec Satan.

Dans *Sous le soleil de Satan*, Bernanos nous présente un Satan extrêmement puissant, si puissant que les saints tels que Donissan se plongent de temps en temps dans le désespoir. Dans le récit, Satan est un « ingénieux ennemi » (*SSS*, p. 235), « fort et adroit », « patient » (*SSS*, p. 116), « puissant et vil, magnifique et vil » (*SSS*, p.221), « plus fort et plus rusé » (*SSS*, p.254) que Donissan; Satan se tient « entre Dieu et l'homme », il n'est pas « un personnage secondaire », c'est un être « incomparablement subtil et têtu » (*SSS*, p.249). En un mot, comme Donissan l'affirme avec tristesse, le diable est « prince *de ce monde*, il l'a dans ses mains, il en est roi »① (*SSS*, p.255). En fait, Bernanos n'exagère pas la réalité, mais au

① C'est l'auteur qui souligne.

contraire, il dit la vérité la plus importante.

Satan est à la fois le « singe de Dieu »① et le contraire de Dieu. Pour s'approcher de ses cibles et tromper leur confiance, Satan est obligé de se déguiser en Dieu, en faisant appel à son image, à sa parole et à ses manières d'agir; quand les cibles sont tombées, ou sont près de tomber dans son piège, il choisit d'aller à l'encontre des principes de Dieu, de manière furtive dans la plupart des cas. Quelle que soit la situation, les actes de Satan ne prouvent toujours qu'une vérité: Satan est le néant lui-même; il n'a pas la capacité à créer, donc il ne fait que dérober, détruire et massacrer afin de tout plonger dans le néant.

Pour connaître les ruses utilisées par Satan, nous pouvons revoir la rencontre de Donissan avec Satan incarné dans un maquignon accompagnant ce premier dans la nuit. En fait, Donissan a perçu vaguement l'identité de son compagnon:

> *C'est alors, c'est à ce moment même, et tout à coup, bien qu'une certitude si nouvelle ne s'étendît que progressivement dans le champ de la conscience, c'est alors, dis-je, que le vicaire de Campagne connut que, ce qu'il avait fui tout au long de cette exécrable nuit, il l'avait enfin rencontré.* (*SSS*, p.146)

Dans une telle circonstance, pour ramener Donissan dans les ténèbres, interrompre le bon fonctionnement de sa conscience, Satan lui conseille, ou plutôt ordonne: « Calez-vous bien... [...] Dors sur moi [...]. Repose-toi.» (*SSS*, p.147) Évidemment, Satan vise à endormir la vigilance, la prudence de Donissan. Il espère que la fatigue physique et le sommeil lourd engourdiront l'esprit de Donissan, de sorte qu'il n'ait plus les forces de prier.

---

① BENOIT Éric, *Bernanos, la littérature et la théologie*, Paris, Les Éditions du Cerf, coll. « Littérature », 2013, p.71.

Il veut lui faire fermer à la fois les yeux nus et les yeux du cœur, de sorte qu'il n'entende plus la voix de Dieu ni ne sente sa présence. Il tente de l'empêcher de recevoir la grâce de sagesse donnée par Dieu et nécessaire à vraiment connaître Dieu ainsi que Satan. Les propos de Satan mentionnés plus haut sont à la fois l'imitation et la falsification de la parole de Dieu, car il est dit dans la Bible: « Réveille-toi, toi qui dors, Relève-toi d'entre les morts, Et Christ t'éclairera » (Ephésiens 5: 14). Dans le contexte religieux, dormir sur Satan signifie mourir spirituellement, alors que se réveiller, se relever correspondent à une résurrection spirituelle. Dieu exhorte les êtres humains à garder toujours l'esprit éveillé, à ne pas se faire esclave de la chair qui est elle-même mortelle et qui va aussi emmener son esclave dans la mort, à ne pas se faire dupe de Satan qui sait tirer parti de chaque somnolence.

À la fin de la rencontre de Donissan avec Satan, l'identité de ce dernier est déjà connue. Pour se désigner comme l'ennemi de Dieu et celui des gens de Dieu, Satan emploie plutôt « nous ». Quand il parle de Dieu, Satan affirme: « nous seuls ne sommes point ses dupes et, de son amour ou sa haine, nous avons choisi [...] sa haine » (*SSS*, p.152); quand Donissan lui demande de s'en aller, Satan menace: « On nous accueille avec effroi, [...] mais on ne nous quitte pas sans péril » (*SSS*, p.152); quand Donissan révèle que Satan n'est qu'une « créature suppliciée » (*SSS*, p.153) qui ne pourra jamais s'en sortir, ce dernier crie d'une voix lamentable: « Qui t'a appris que de tout au monde la pitié est ce que nous redoutons le plus » (*SSS*, pp.153-154); pour se défendre et rejeter la faute sur l'autre, Satan indique: « Il nous est permis de t'éprouver » (*SSS*, p.154); quand Donissan l'emporte sur Satan en repoussant la tentation de voir lui-même, il avoue: « Nous ne disposons pas de toi » (*SSS*, p.156); pour faire planer un mystère sur cette singulière rencontre, Satan dissuade Donissan: « Ne t'échappe pas si vite. Ne sois pas trop gourmand de nos secrets » (*SSS*, p.158); quand Donissan est tenté par curiosité, Satan est transporté de joie: « Dans le combat que tu nous livres, il est facile de faire un faux pas » (*SSS*, p.158); pour se vanter et se moquer de Donissan, Satan dit: « Vous ignorez tout de nous [...]. Notre rage est si patiente! Notre fermeté si lucide! Il est vrai qu'Il nous a fait servir ses desseins [...]. Il est vrai [...] que notre entreprise de cette nuit paraît tourner à ma confusion » (*SSS*, p.158); avant de s'en aller, Satan n'oublie pas d'alarmer Donissan et de lui lancer un défi: « Nous te travaillerons avec intelligence [...]. Aie souci de nous nuire. Nous te tarauderons à notre tour. Il n'est pas de rustre dont nous ne sachions tirer parti. Nous te dégraisserons. Nous t'affinerons.» (*SSS*, p.159)

D'abord, ce pronom « nous » est une parodie de la parole de Dieu qui dit: « Faisons l'homme à notre image, selon notre ressemblance » (Genèse 1: 26). Le pluriel employé par Dieu pourrait s'expliquer par la doctrine de la trinité: Dieu est un « en trois personnes (Père, Fils et Saint-Esprit), qui sont distinctes, égales et consubstantielles en une seule et indivisible nature »①. Autrement dit, Dieu est à la fois singulier et pluriel. Cette nature séparerait ainsi Dieu du reste. Le « nous » rappelle la perfection de Dieu, et donne ainsi une impression de grandeur, de dignité et de noblesse. C'est pour cette raison que nous pourrions envisager le pronom « nous » employé par Satan comme « une sorte de nous de majesté »②. Le choix du pronom se rapporte fréquemment à la ruse de Satan. À travers ce « nous », Satan tente de dérober la gloire de Dieu, de bluffer les ignorants et les aveugles.

Et puis, Satan entendrait par le « nous » qu'il n'est pas isolé, solitaire, sans appui. Comme le dit Éric Benoît, « le mal est pluriel, multiforme, se manifeste par une foule de démons ou de pulsions qui envahissent l'homme »③. Cette interprétation pourrait décourager Donissan qui se voit déjà épuisé à lutter contre une seule forme, un seul démon.

---

① XUE Jiancheng, *Larousse*, *dictionnaire de la langue française avec explications bilingues*, Beijing, Presse de l'enseignement et de la recherche des langues étrangères, 1999, p.1961.

② BENOIT Éric, *Bernanos*, *la littérature et la théologie*, Paris, Les Éditions du Cerf, coll. « Littérature », 2013, p.71.

③ BENOIT Éric, *Bernanos*, *la littérature et la théologie*, Paris, Les Éditions du Cerf, coll. « Littérature », 2013, p.67.

Surtout dans les dernières phrases proférées par Satan, agressif, arrogant, avant de quitter Donissan, en juxtaposant la première personne du pluriel et la deuxième personne du singulier, Satan crée une ambiance pesante, pleine de tension: l'opposition entre la pluralité et la solidarité dont Satan se vante et la solitude et l'isolement qui caractérisent Donissan manifeste un déséquilibre évident de puissance. Sur le plan formel, le « te » court et impuissant est inondé par les nombreux « nous », comme un petit bateau qui risque de sombrer à tout moment à cause de violentes vagues.

D'ailleurs, le « nous » capable de désigner Satan et Donissan, implique que Satan cherche à faire basculer Donissan dans son camp. Même dans les phrases où le « nous » exclut Donissan, Satan a quand même pour objectif de le faire changer de position. Satan met délibérément l'accent sur sa prétendue supériorité, son inaccessibilité, dans le but de tenter Donissan par gloire. Il sous-entend que Donissan pourrait mener une meilleure vie, obtenir un statut plus élevé, à condition qu'il s'éloigne de Dieu.

Conformément aux Écritures saintes de la tradition chrétienne, Bernanos présente aussi dans ses romans son personnage de Satan comme l'adversaire ou l'ennemi de Dieu et de l'homme. Dans *Sous le soleil de Satan*, le mot « ennemi » (pp.135, 150, 155, 182, 210, 221, 222, 223, 235, 236, 254, 257, 263, 266, 269, 273) est utilisé à plusieurs reprises pour désigner Satan. C'est à la fois le point de vue du narrateur et de l'abbé Donissan: « Le saint de Lumbres, un jour, connaîtra la face de son ennemi.» (*SSS*, p.116) En effet, Satan est le seul ennemi de l'abbé Donissan et le sera à tout jamais. En d'autres termes, pourvu que Donissan puisse reconnaître l'identité de Satan, sous quelque forme que le Tentateur se présente, ce prêtre fidèle ne se réconciliera absolument jamais avec le diable. De même que le diable ne se transformera jamais en saint, le saint ne s'identifiera jamais au diable. La limite entre les deux adversaires est bien claire, infranchissable. Si le narrateur emploie ici le « saint de Lumbres » pour désigner l'abbé Donissan qui n'est alors que le vicaire de Campagne, c'est justement pour mettre en relief la rivalité entre Donissan et Satan, l'opposition entre la sainteté et la tentation.

Nous pouvons constater qu'au fur et à mesure que Donissan se développe et s'approche de plus en plus de la sainteté, le mot « ennemi » est utilisé de plus en plus fréquemment. La haute fréquence suggérerait que d'une part, Donissan voit de plus en plus clairement le vrai visage de Satan et que, d'autre part, le combat entre Donissan et Satan est de plus en plus intense.

Bernanos nous indique clairement que les saints sont destinés à rencontrer Satan, à affronter leur ennemi commun, car en ce monde ce sont les saints, non les hommes vils, non les hommes ordinaires qui sont la principale cible de Satan. Le diable ne vise qu'à totalement détruire notre foi. S'il était capable de dévorer les saints qui ont la foi la plus solide, la résistance des autres hommes qui sont moins pieux s'avérerait vraiment infime et vaine. Comme Bernanos nous le rappelle, Satan est « l'incompréhensible ennemi des âmes » (*SSS*, p.221), « le tueur d'âmes » (*SSS*, p.150). Pour Satan, seule l'âme des saints mérite son attention.

Remarquons que dans la rétrospection de l'entretien avec l'abbé Menou-Segrais, Donissan n'est déjà plus seul: «"Là où Dieu vous appelle, il faut monter", avait dit l'autre.» (*SSS*, p.110) Dans cette phrase, qui « l'autre » désigne-t-il? À première vue, ce mot désigne certainement l'abbé Menou-Segrais qui a donné un avis semblable. Et pourtant, si nous relisons la phrase prononcée par le doyen de Campagne, nous pouvons discerner une nuance importante. « Là où Dieu vous attend, il vous faudra monter.» (*SSS*, p.101) Telle est la phrase originelle de l'abbé Menou-Segrais qui, avec le futur simple, n'a que l'intention de lui indiquer la bonne direction ou la bonne voie sans lui ordonner une action immédiate pour atteindre tout de suite l'objectif, alors que la certitude et l'ordre exprimés à travers le présent de l'indicatif dans « il faut monter » donnent une impression d'urgence qui exagère la gravité de la situation. D'ailleurs, le fait que Dieu attend Donissan ne veut pas forcément dire que Dieu appelle Donissan qui, en fait, n'est pas prêt à répondre à cet appel. Il faut suffisamment de temps et de patience à Donissan pour se perfectionner. D'une telle manière, « l'autre » qui ne peut être que Satan, remplace à la dérobée la probabilité par la certitude, la non-urgence par l'urgence.

Les deux phrases « Il était appelé » et « Il était perdu » trahissent à la fois la conviction et le désespoir de Donissan. Pour montrer explicitement la profondeur de son désespoir, le narrateur fait appel à trois comparaisons : son sentiment de désespoir est même plus fort que « l'artiste vieillissant qu'on trouve mort devant l'œuvre commencée, les yeux pleins du chef-d'œuvre inaccessible », « le fou bégayant qui lutte contre les images dont il n'est plus maître, pareilles à des bêtes échappées » et « le jaloux bâillonné et qui n'a plus que son regard pour haïr, devant la précieuse chair profanée, ouverte » (*SSS*, pp.110-111). L'autre trace de la présence de Satan se présente dans l'impuissance de Donissan à prier. La prière est l'une des armes que Satan craint le plus. Donc, Satan essaie toujours d'empêcher les chrétiens de prier. Mais Satan est si bien caché derrière Dieu et l'abbé Menou-Segrais que Donissan n'arrive pas encore à identifier le diable en pressentant seulement « une tentation nouvelle plus dangereuse » (*SSS*, p.110). « Il se débattait en aveugle » (*SSS*, p.110), parce que le soleil de Satan ne sert pas à éclairer, à échauffer ce monde, mais à couvrir le soleil de Dieu, à aveugler les hommes.

Si nous croyons que « Dieu et l'homme ne font qu'un seul Christ »①, Satan est effectivement l'autre à tous les égards. Dieu n'a rien de commun avec Satan, dans la mesure où Dieu est l'Être, l'amour, la plénitude et la sainteté ; les hommes ne doivent absolument pas se mêler à la troupe de Satan. Cependant, Satan rêve toujours de ne faire qu'un avec les êtres humains, comme Dieu. De ce point de vue, nous pouvons aussi dire que Satan est le singe de Dieu et le contraire de Dieu.

Dans le roman, Satan a réellement été le compagnon visible de

---

① BUCHON Jean Alexandre, *Choix d'ouvrages mystiques traduits du latin en français*, Charleston, Nabu Press, 2011, p.386.

Donissan, sur le chemin de Campagne, dans une nuit exceptionnellement profonde où Donissan se montre tellement fragile et vulnérable. Satan ne se contente pas d'être seulement une personne qui accompagne momentanément Donissan. Il essaie de faire croire à Donissan qu'il peut être un compagnon fidèle, compréhensif et capable de partager ses joies et ses peines. En particulier, Satan a donné une connotation homosexuelle au terme « compagnon ». Sans doute, c'est pour cette raison que Satan exprime son indifférence à l'égard du mariage normal. Quant à Donissan, au départ, il voit un « joyeux compagnon » (*SSS*, p.141), un compagnon agréable et sympathique en Satan qui s'est déguisé en maquignon serviable, ce qui trahit le manque affectif dont souffre Donissan. Ensuite, « Donissan reconnaît en son compagnon la présence du mal »①. Le compagnon agréable est devenu le compagnon affreux. Plus tard, Donissan comprendra que Satan est un compagnon ennuyeux dont aucun être humain ne pourrait se débarrasser: « Entre Satan et Lui, Dieu nous jette, comme son dernier rempart. C'est à travers nous que depuis des siècles et des siècles la même haine cherche à l'atteindre, c'est dans la pauvre chair humaine que l'ineffable meurtre est consommé.» (*SSS*, p.248) C'est la vérité cruelle mais précieuse que Donissan trouvera après avoir connu de nombreuses tentations. Satan sera effectivement un « vieux compagnon pour toujours » de l'humanité (*SSS*, p.147) tant qu'il ne renoncera pas à sa révolte contre Dieu. En général, Satan le Menteur, le Tentateur a l'air d'un compagnon, toujours prêt à vous rendre service ou porter secours, comme un « serviteur » (*SSS*, p.177) fidèle, à condition que vous en ayez besoin. Au fond, il ne peut être qu'un « bourreau » (*SSS*, p.177) rempli de haine, ayant pour objectif de tuer la vie spirituelle de l'homme, de détruire toute idée de sainteté, et d'abîmer les fruits de sainteté, en tant que « maître » (*SSS*, p.177) de ce monde. Pour soutirer la pitié de son adversaire et faire lâcher sa garde, ce « compagnon » pourrait se faire « plaintif, languissant, source des

---

① BENOIT Éric, *Bernanos, la littérature et la théologie*, Paris, Les Éditions du Cerf, coll. « Littérature », 2013, p.72.

larmes » (*SSS*, p. 177) ; pour l'effrayer, ce « bourreau » deviendrait « pressant, brutal, avide de contraindre » (*SSS*, p.177) ; quand il est sûr de sa victoire, il n'a plus scrupule à montrer son vrai visage : un être « cruel, féroce » qui a « un rire douloureux, amer » (*SSS*, p.177).

Ⅱ.2 Incarnation du Tentateur

Dans les romans de Bernanos, nous retrouvons le visage classique de Satan : c'est un ennemi rusé, tentateur, menteur ; c'est un « vieux rebelle » (*SSS*, p.236), « être obscur » (*SSS*, p.249), l' « étoile reniée du matin », « la fausse Aurore » (*SSS*, p.221).

Cependant, Bernanos réussit à redéfinir à sa façon certains attributs de Satan, tout en se référant majoritairement aux récits bibliques. Dans une certaine mesure, nous pouvons considérer, entre autres, *Sous le soleil de Satan*, comme la réponse faite par Bernanos aux Écritures saintes. La création de Bernanos rend Satan — un être intrinsèquement incompréhensible — plus ou moins visible, perceptible, de sorte que l'homme puisse se faire des idées plus justes de Satan, ou du mal.

Si rusé que soit Satan, quelle que soit la forme sous laquelle il se manifeste, contrairement à la présence de Dieu qui ramène l'homme dans un état de calme et fait se sentir en paix, sa présence fait forcément, tôt ou tard, consciemment ou inconsciemment, se voir dans un état de trouble, avant que sa vraie identité ne soit dévoilée. Plus on est proche de Dieu, plus cette perception est forte.

Ⅱ.2.1 Une apparence trompeuse : le maquignon

Dans son premier roman *Sous le soleil de Satan*, Bernanos prend l'initiative de présenter Satan comme un maquignon — un métier qui est près d'être oublié dans la société moderne, mais qui existe depuis longtemps. Brian T. Fitch affirme aussi que dans ce roman, « Bernanos ne laisse subsister *aucun doute quant à l'identité du maquignon : c'est le Diable lui-même* »①.

D'un point de vue étymologique, le mot « maquignon » signifiait « marchand de chevaux peu scrupuleux et truqueur », ou « négociateur ou entremetteur malhonnête »②. Aujourd'hui, son contenu ne change guère. Même au sens propre, il est employé en particulier péjorativement pour désigner « marchand de chevaux ou de bestiaux rusé et peu scrupuleux, qui cache frauduleusement les défauts de ses bêtes pour les vendre au prix fort »③. Évidemment, il n'y a que la sphère du sens qui s'élargit. Au sens figuré, ce mot signifie encore « négociateur ou entremetteur d'affaires louches ou véreuses »④. Il est clair que le mot « maquignon » n'est jamais employé comme mélioratif, ce qui correspond parfaitement à l'idée que l'on se fait de Satan, relié toujours au mal, et non au bien.

Et puis, ce qui caractérise les maquignons, ce sont leurs ruses, leurs mensonges, leur égoïsme, leur transgression des lois, leur piétinement de la morale, de la justice. Toutes ces caractéristiques sont également celles de Satan. En un mot, il existe des ressemblances frappantes entre le métier de maquignon et Satan. Ainsi, même si les non-croyants ne croient pas que Satan soit vraiment capable de s'incarner dans un maquignon, ils seraient convaincus que le personnage de maquignon est sans doute la meilleure métaphore de Satan, qui lui-même apparaît également comme une figure allégorique, c'est-à-dire l'incarnation, la personnification du mal par excellence.

Comme tout le monde le sait, Jésus est considéré comme le berger de l'humanité. Satan le maquignon forme d'abord un contraste évident avec Jésus le bon berger⑤. La figure de Satan bernanosien fait écho à la tradition biblique et chrétienne. En particulier, elle témoigne de l'innovation accomplie

---

① FITCH Brian T., *Dimensions et Structures chez Bernanos. Essai de méthode critique*, Paris, Minard Lettres Modernes, « Situation », 1969, p.115.

② http://www.cnrtl.fr/etymologie/maquignon.

③ http://www.cnrtl.fr/etymologie/maquignon.

④ http://www.cnrtl.fr/etymologie/maquignon.

⑤ Voir BENOIT Éric, *Bernanos, la littérature et la théologie*, Paris, Les Éditions du Cerf, coll. « Littérature », 2013, p.64.

par le romancier, grâce auquel le personnage de Satan est considérablement enrichi.

La comparaison de Satan à un maquignon révèle l'attitude de Satan à l'égard des êtres humains: le diable ne considère les créatures de Dieu que comme des marchandises, ou des outils, qui lui apporteraient des avantages, qu'il pourrait abandonner à tout moment. Leur relation est basée seulement sur le profit, non sur l'amour, ou la confiance. Il ne s'agit pas d'une relation de dépendance émotionnelle. En d'autres termes, Satan ne veut jouer que le rôle d'intermédiaire, sans vouloir posséder véritablement et perpétuellement les êtres humains.

Au contraire, la relation entre le Bon Berger Jésus et ses brebis est basée totalement sur l'amour, un amour inconditionnel de la part de Jésus. Il est venu dans ce monde pour chercher ceux qui étaient perdus, guérir ceux qui étaient malades, sauver ceux qui étaient pécheurs. Pour atteindre ses objectifs, il veut tout donner à ses brebis, y compris sa vie. Cette comparaison révèle aussi l'attitude que les êtres humains doivent adopter envers leur Créateur. Les brebis, qui sont extrêmement vulnérables, sans défense, ont besoin de la protection de leur pasteur. Elles doivent lui faire confiance inconditionnellement et se mettre entre ses mains. Il ne faut pas avoir honte de reconnaître son impuissance et ses limites.

Sans aucun doute, chez Bernanos, le cheval est l'antithèse du mouton, ou plus exactement de l'agneau. Pour les chrétiens, comme pour tout le monde, la signification de l'agneau est bien évidente: c'est un animal qui représente la pureté, la simplicité, la loyauté; c'est une figure d'un être sans défense et dépendant d'autrui; c'est l'animal le plus souvent prescrit pour les sacrifices. L'agneau sert à désigner non seulement les créatures humaines, mais aussi Jésus lui-même. Dans le Nouveau Testament, l'agneau est employé à plusieurs reprises comme nom ou titre du Seigneur Jésus: « Voilà l'agneau de Dieu qui ôte le péché du monde! » (Jean 1: 29, 36) Pierre appelle Jésus « l'agneau sans défaut et sans tache » dont le sang précieux nous a rachetés (1 Pierre 1: 19). Du point de vue religieux, à travers cet agneau, qui est apparemment si impuissant et si vulnérable, mais qui est enfin glorifié au milieu du trône de Dieu dans le ciel, Dieu nous fait comprendre quelle est la véritable puissance, quelle est la gloire suprême.

Parallèlement, chez Bernanos, le cheval désigne non seulement les êtres humains que Satan cherche toujours à perdre, mais aussi le Tentateur lui-même. D'abord, ce que le maquignon achète et vend principalement, ce sont des chevaux, qui symbolisent en effet les hommes, ou plus précisément les âmes. Et puis dans le passage concernant la rencontre de Donissan avec Satan, le cheval est un signe important qu'on peut percevoir fréquemment, mais d'une manière plutôt implicite. En premier lieu, Satan incarné dans un maquignon montre quelquefois des caractéristiques du cheval : le maquignon « prononça les paroles de la consécration, qu'il termina par un joyeux hennissement » (*SSS*, p.152) ; il « s'ébroua dans un rire hennissant » (*SSS*, p.159). En plus de son rire singulier, semblable au cri de cheval, il se meut aisément et rapidement, ce qui rappelle également l'image du cheval. En second lieu, le passage abonde en mots qui sont généralement utilisés pour qualifier les chevaux : « fringant » (*SSS*, p. 158), « s'ébroua » (*SSS*, p.159), etc.

Alors, quelle est la symbolique du cheval dans le christianisme? Cet animal tient déjà une place importante dans les récits bibliques. Reconnu comme le signe de la force, il reflète une réelle puissance militaire et constitue un énorme atout de combat. Toutefois, ce n'est pas une force que Dieu apprécie et nous recommande, car cette force matérielle a ses limites. C'est pourquoi Dieu n'aime pas qu'un roi ait « une multitude de chevaux » (Deutéronome 1 : 16; 2 Samuel 8 : 4). Si le peuple de Dieu compte trop sur les chevaux dans les combats, cela ne signifie qu'il manque de confiance envers le Tout-Puissant. Satan est un bon exemple à cet égard. Il rêve de former une troupe immense, composée d'innombrables d'hommes, pour attaquer indirectement Dieu.

Généralement, le cheval n'a pas besoin de protection exceptionnelle, sa valeur se manifeste plutôt dans les combats. La Bible décrit le cheval comme

« préparé pour le jour de la bataille » (Proverbes 21 : 31). Par conséquent, il est aussi envisagé comme un symbole de guerre, de domination. En effet, dans l'Antiquité, le cheval était utilisé presque exclusivement comme monture ou bête de trait pour la guerre. Sur ce point, le cheval constitue un contraste évident avec la brebis, qui ne représente aucune force, et donc aucune menace pour personne, qui ne peut être rien d'autre que victime sur un champ de bataille, qui aspire naturellement à la paix, à l'amour, qui demande sincèrement le secours de son maître lorsqu'elle s'engage sur un terrain plus ou moins dangereux. La ressemblance mentionnée plus haut entre Satan et le cheval nous permet de voir l'envie de conquête de Satan, ainsi que sa prédilection pour l'aventure, la violence.

Éric Benoît affirme que le « diable-maquignon [...] est en effet celui qui achète et vend les hommes »①. Alors, à travers le personnage du maquignon qui achète et vend principalement les chevaux, Bernanos voudrait nous montrer qu'aux yeux de Satan, les êtres humains sont justement des chevaux de guerre dont il profite pour lutter contre Dieu, puisqu'il est incapable de nuire directement à Dieu lui-même. Dans cette perspective, Dieu est tout à fait différent de Satan, car dans les combats, ce dernier est obligé de faire appel à des armes, quelles qu'elles soient, alors que ce premier ne sauve son peuple « ni par l'arc, ni par l'épée, ni par la guerre, ni par les chevaux, ni par les cavaliers ! » (Osée 1 : 7)

De plus, Satan serait bien content que l'homme soit tombé dans son piège, se considère comme un cheval de bataille, car dans ce cas-là, l'homme risquerait d'être gonflé d'orgueil, même de haine, d'avoir une fausse idée de ses forces et de ses limites, d'oublier ou de dédaigner de compter totalement sur son seul protecteur et sauveur.

Si Satan s'identifie quelquefois au cheval étant donné son énergie et sa bravoure, la Bible indique clairement les limites de cet animal, ou plus

---

① BENOIT Éric, *Bernanos, la littérature et la théologie*, Paris, Les Éditions du Cerf, coll. « Littérature », 2013, p.64.

précisément, le destin du Tentateur: « Le cheval est impuissant pour assurer le salut. Et toute sa vigueur ne donne pas la délivrance.» (Psaume 33: 17) Malheureux sont ceux qui, en cas de danger, s'appuient sur les chevaux et non sur l'Éternel. Dans ce sens, il n'est pas surprenant du tout que le cheval soit aussi envisagé comme un symbole de mort. Le fait que l'Église chrétienne s'est efforcée d'abolir les pratiques sacrificielles liées au cheval, de diaboliser cet animal montre que les chrétiens accordent au cheval une signification plutôt négative. De ce point de vue, Bernanos respecte totalement la tradition chrétienne, en établissant quelques rapports entre Satan et le cheval.

Dans la « grande nuit » (*SSS*, p.140) où Donissan est perdu, revenu trois fois au point de départ, Satan apparaît pour la première fois sous la forme d'« un petit homme, fort vif, tantôt à droite, tantôt à gauche, devant, derrière » (*SSS*, p.140). À travers cette description, le narrateur a déjà fait allusion à la vraie figure de cet étranger: la petite taille symbolise la bassesse de Satan et ironise sur son arrogance; la rapidité et l'habileté dont Satan fait preuve donnent une impression de frivolité, d'impertinence et d'instabilité; ses actes semblent bien provocants.

Ensuite, pour désigner le maquignon, le narrateur a employé des mots suivants: « le petit homme » (*SSS*, p.140, p.141), « le noir petit marcheur » (*SSS*, p.141), « l'autre » (*SSS*, p.142, p.153), « l'étranger » (*SSS*, p.143, p.145), « l'étrange marcheur » (*SSS*, p.150), « le monstre » (*SSS*, p.153). Cependant, la première impression que le maquignon donne à Donissan est vraiment trompeuse: « un jovial garçon » (*SSS*, p.140), « le joyeux compagnon, plein de bonne humeur » (*SSS*, p.141), « ce rude Samaritain » (*SSS*, p.144), « son singulier compagnon » (*SSS*, p.145). Heureusement, Donissan sent progressivement quelque chose d'anormal, d'inquiétant, jusqu'à voir Satan en maquignon. Évidemment, il s'agit ici d'un narrateur extérieur omniscient qui est capable de saisir les caractéristiques propres à Satan. En plus de la petite taille allégorique, le narrateur met l'accent sur un sentiment d'étrangeté que Satan pourrait susciter. Cette mise en relief révèle que Satan est par nature différent non seulement de Dieu, mais aussi des hommes, que son arrivée n'entraînerait que la disharmonie, la divergence, l'éloignement. En contraste avec Satan, Donissan est décrit physiquement et mentalement comme un personnage grand, maladroit, enclin à la mélancolie, susceptible de passer inaperçu.

Ⅱ.2.2 Homme ou bête

Dans *Sous le soleil de Satan*, c'est Mouchette qui décrit expressément Satan comme étant homme ou bête, bien qu'elle n'ait pas encore pu le reconnaître alors comme tel. L'expérience de Mouchette prouve justement l'inconstance et l'incompréhensibilité de Satan. Autrement dit, l'incapacité de Mouchette à nommer le tentateur est tout à fait raisonnable, car d'une part, Satan, qui n'est en définitive que silhouette, manque de l'Être, d'autre part, il est peu probable que Mouchette, qui n'est qu'une jeune fille, qui n'a jamais fait preuve de piété à l'égard de Dieu, puisse donner consciemment une interprétation métaphysique et surnaturelle. Mouchette ne s'est jamais rendue compte que Satan est la véritable origine de sa souffrance spirituelle. L'expérience de Mouchette montre aussi que la présence et l'œuvre de Satan dans ce monde sont incontestables, que le diable n'épargnera personne, que vous soyez croyant ou non, que vous le reconnaissiez ou non.

D'abord, Mouchette a l'impression d'être « bien tenue » par un être mystérieux, « homme ou bête » (*SSS*, p.56), un être dont l'essence est difficile à définir. En contraste avec Jésus-Christ, qui est homme et Dieu, Satan, qui cherche toujours à imiter le Christ pour fasciner les êtres humains, ne pourrait se montrer que comme un homme ou une bête. En effet, « le mal, comme le veut saint Augustin, n'a pas d'essence propre, [...] sa seule nature est un mouvement vers le néant »①. C'est aussi pour cette raison que Mouchette peut sentir réellement l'existence de cet être sans pouvoir le saisir

---

① VIEGNES Michel, *Révolte contre la réalité: la métaphysique du mal chez Bernanos*, dans *Cahiers de l'Association internationale des études francaises*, n° 45, 1993, pp.163-176.

assurément ni le voir à fond.

Pour Mouchette, Satan joue le rôle d'un « abominable amant » (*SSS*, p.56). Évidemment, le mot « amant » révèle que Satan et Mouchette se sont assurément attirés. Ils ont établi une relation adultérine et donc clandestine, que Satan soit homme ou bête. Cette relation n'inspire cependant que la répulsion de Mouchette et finit par réveiller ses pulsions de mort. Elle est une transgression de la loi divine sur le mariage légitime, fondé sur l'amour mutuel, ou plus exactement sur l'amour de Dieu. Il s'agit ici d'une parodie de la relation entre Jésus-Christ et les hommes. Il est écrit dans la Bible: « Maris, aimez vos femmes, comme Christ a aimé l'Église, et s'est livré lui-même pour elle » (Éphésiens 5: 25). L'union de Jésus et de l'Église offre le parfait exemple du bon mariage.

Lors de la rencontre de Donissan avec Satan, ce dernier apparaît réellement sous la forme d'un homme, ou d'une bête dans une certaine mesure. À première vue, c'est un homme. De ce fait, le narrateur emploie un grand nombre de mots portant sur l'espèce humaine pour qualifier cet homme. Au commencement, aux yeux de Donissan qui ignore tout de la vérité sur cet homme, c'est un « petit homme », « jovial garçon », « joyeux compagnon », « noir petit marcheur ». Quand Donissan ressent quelque chose de particulier et que Satan s'efforce de le rassurer par ses propos et ses actes, c'est un « étranger », « maquignon », « rude Samaritain », « singulier compagnon », « étrange marcheur ». Quand la véritable identité de Satan est enfin révélée, il devient un « adversaire », « ennemi », « bourreau », « lutteur ». Même après cette rencontre, Satan est fréquemment évoqué sous la figure humaine: « rebelle », « bourreau », « prince du monde », « roi », etc., bien qu'il n'apparaisse plus physiquement dans le reste du roman *Sous le soleil de Satan*, ni même dans les autres romans de Bernanos.

En même temps, cet homme ne peut s'empêcher de faire preuve d'animalité: son rire est un joyeux hennissement; il souffle bruyamment en secouant vivement la tête comme un animal; il se déplace rapidement et habilement comme un cheval. C'est la raison pour laquelle la familiarité dont il fait preuve a toujours quelque chose d'inquiétant, même d'effrayant.

À la différence du Christ qui peut être sans aucun doute un véritable homme, Satan ne peut jamais y arriver parfaitement. Même s'il est capable de se déguiser en homme ordinaire, les détails suffisent à trahir son secret. Il est condamné à être un monstre, un hybride, une créature imparfaite et inachevée.

Comme Satan est plus ou moins un homme, il connaît tout de l'homme, surtout ses faiblesses, alors que l'homme ne connaît pas grand-chose de son adversaire, ou ne veut pas le connaître. Le même attribut de Satan lui permet également de passer inaperçu quand il s'approche de sa victime. La victoire de Satan s'explique partiellement par cette réalité.

Si Bernanos confère l'animalité à Satan, sans doute, il voudrait nous indiquer que Satan est en somme un être inférieur à Dieu, ainsi qu'aux êtres humains, que Satan ne sera plus jamais admis dans le royaume des cieux. Satan trouverait sa raison d'être en dévorant et en détruisant les âmes humaines, de même que des bêtes sauvages ne peuvent survivre qu'en mangeant d'autres animaux et des hommes.

Il est possible que Satan devienne plus mystérieux et donc plus séduisant à cause de l'inconstance qui se manifeste dans sa double identité équivoque. L'ambiguïté risque de susciter la curiosité qui risque à son tour de se transformer en goût maladif de l'avilissement, de donner le vertige de l'animalité. N'oublions pas que Satan excelle à profiter de tout. Ainsi, il est nécessaire que l'homme se mette en garde contre les pièges de Satan à tout moment.

Ⅱ.2.3 Une voix

Satan excelle à fasciner et troubler les hommes à l'aide de sa voix. Cette ruse est naturellement aussi employée avec Mouchette: « [Mouchette] approche de la fenêtre ouverte, comme si on [l] 'appelait du dehors; [...] Pas une voix seulement [l] 'appelle, [...] ! Mais des cent! des mille! » (*SSS*, p.55). Cette voix relèverait du surnaturel, car Mouchette ne peut pas s'empêcher de se demander, ainsi qu'à Gallet: « Sont-ce là des hommes? » (*SSS*, p.55) Cette voix semble omniprésente: « Il me semble que ce qui m'appelle — ici ou là, n'importe! » (*SSS*, p.56) Cette voix est tellement irrésistible et trompeuse qu'elle donne à Mouchette l'illusion de devenir beaucoup plus « forte » (*SSS*, p.55), qu'elle arrive à faire abandonner à Mouchette tous ses scrupules pour rechercher exclusivement le plaisir: « C'est vrai que le plaisir doit être recherché pour lui-même... lui seul! Qu'importe l'amant! Qu'importe le lieu ou l'heure! » (*SSS*, p.55)

Pour tenter Mouchette, une jeune fille terrifiée et terrifiante, tout près de la folie, dont le cœur est extrêmement vide, Satan fait appel à la rumeur produite par des voix confuses et indistinctes. Les innombrables voix produisent le vertige où Mouchette se laisse glisser tout en perdant la raison, le bon sens, la honte et la vigilance. Dans une telle circonstance, tout ce qu'elle peut saisir, quoi que ce soit, est considéré comme une paille pour sauver sa vie. Le plus important, c'est qu'elle doit toucher quelque chose de concret, de visible pour faire disparaître son sentiment de néant insupportable, pour sentir son existence même. Le plaisir permet de parfaitement combler ses besoins. Prise d'une terreur apocalyptique, Mouchette fait appel à une folie apocalyptique.

Pour tenter Donissan, Satan apparaît sous la forme d'un maquignon, c'est-à-dire, à travers son apparence physique trompeuse. Mais dans la plupart des cas, Satan procède à ses tentations en profitant de sa voix, une voix qui résonne incessamment et dont l'origine est difficile à identifier. Pour les croyants, il est tout à fait normal que Satan, dont l'existence est surnaturelle mais incontestable, ait aussi la parole. Pour les incroyants, la voix de Satan symbolise les mauvaises pensées qui s'élèvent dans notre esprit. D'où la polyvalence de l'œuvre romanesque de Bernanos.

Pour susciter chez Donissan le remords, le regret qui sont susceptibles de le pousser petit à petit au désespoir, Satan pénètre dans le cœur de Donissan en lui répétant d'« une voix étrangère, mais avec son propre accent » que « nous avons dissipé la grâce de Dieu, [...] nous sommes jugés, condamnés... Déjà je ne suis plus: j'aurais pu être » (*SSS*, p.112). Pour ne pas éveiller l'attention de ce prêtre dévot et vigilant à tout moment, Satan impose à Donissan une illusion que c'est sa propre pensée. Il ne tente pas de nier la puissance de Dieu, mais au contraire, il la met en relief de façon répétitive. Celui qui a dissipé la grâce de Dieu, qui est jugé, condamné, ce n'est pas « je », mais « nous ». À travers ce pronom personnel qui pourrait désigner l'ensemble des êtres humains, Satan présente le destin humain comme déjà déterminé et inévitablement malheureux. Il semble que l'humanité n'ait aucun avenir et que l'humanité elle-même soit la seule responsable de cette situation désespérée, face à laquelle Donissan est également impuissant, car lui-même n'est déjà plus. La porte de la vie éternelle est déjà fermée, donc l'homme ne trouvera pas le sens de la vie dans ce monde, ce qui signifie que la mort est déjà arrivée en avance. Dans ce cas, l'écart entre le rêve et la réalité s'est amplifié infiniment.

Ⅱ.2.4 La mouche

Satan est désigné comme « le roi risible des mouches » (*SSS*, p.263). Donc, en règle générale, la mouche représente la présence de Satan.

Décidé enfin à tenter de ressusciter le petit garçon, Donissan entre de nouveau dans la chambre du mort, où il y a « une mouche, affairée, bourdonne » (*SSS*, p.260). Du point de vue réaliste, le bruit infime fait par la mouche fait ressortir une atmosphère extrêmement silencieuse où on a plus de chances de rencontrer Dieu, ainsi que Satan. Le mot *affairé* décrit parfaitement la nature de Satan: très occupé, il n'abandonne jamais sa prétendue cause, sans finalement rien réussir. Les gens lucides comprennent bien que ce n'est qu'une impression donnée par Satan d'être occupé. La mouche qui est « affairée » forme un contraste avec Donissan qui ne peut rien faire jusqu'ici.

D'ailleurs, la présence de la mouche fait sentir l'odeur de la mort. Ainsi, elle est capable de présager l'échec final de la tentative de Donissan. La présence de la mouche est aussi capable de corrompre la sainteté révélée dans l'agonie d'un enfant innocent. La vivacité dont la mouche fait preuve est également en contraste avec la mollesse manifestée par le cadavre du petit garçon innocent qui aurait dû vivre heureux et en bonne santé. Ce contraste pourrait constituer une tentation à l'égard de Donissan, dont la haine risque d'être soulevée et qui serait incité à accomplir un miracle attendu par son confrère, les parents du garçon.

En un mot, le signe de mouche permet à Donissan et au lecteur de se transporter d'un monde concret à un monde virtuel, voire spirituel. L'apparition de la mouche au début de la scène veut dire que le diable, qui a la capacité à voir les pensées d'un être humain, et qui sait toujours d'avance ce que l'homme pense et ce qu'il va faire, attend quelque part les hommes qui n'en savent rien. Satan est le destructeur des sacrements du prêtre et du projet de Dieu.

Si la mouche est un signe bien polyvalent, toute la question est de savoir si Donissan peut remarquer la présence de la mouche dans une telle circonstance. La réponse doit être affirmative. En premier lieu, après l'entrée de Donissan dans la chambre, c'est plutôt l'ouïe qui fonctionne d'abord. S'il peut entendre le bruit de la mouche, c'est que Donissan est bien tranquille en ce moment, prêt à défier l'ennemi. En second lieu, Donissan doit comprendre la symbolique de la mouche, car c'est lui-même qui considère Satan comme « le roi risible des mouches ». En effet, le narrateur rapporte la psychologie de Donissan dans ce cas en employant le discours indirect libre.

D'ailleurs, une telle incarnation de Satan se voit clairement dans le prénom de Germaine Malorthy, dite Mouchette — une petite mouche ou une enfant de la Mouche. En effet, cette fille est appelée par le narrateur « mystique ingénue, petite servante de Satan, sainte Brigitte du néant » (*SSS*, p.193). Sans aucun doute, Mouchette sert de porte-parole à Satan, car elle est déjà possédée par ce dernier.

Chapitre III

Les tentateurs

Les personnages tentateurs, disciples de Satan, ont l'habitude d'imposer leur propre pensée aux autres. Ils se prennent pour des chasseurs et les autres pour des proies. Au départ, c'est déjà une relation dépourvue d'équilibre, d'harmonie et d'amour.

Nous classons ici les tentateurs en trois catégories : des prêtres — faux enseignants, des laïques brillants et des laïques ordinaires. Ces trois catégories représentant quasiment toute l'humanité nous permettent de comprendre que les tentateurs sont partout sur terre, tant au sein qu'en dehors de l'Église.

III.1 Des prêtres — faux enseignants : l'abbé Cénabre et M. Ouine

Jésus-Christ a averti ses disciples qu'un nombre important de faux enseignants qui se prétendraient chrétiens se montreraient et séduiraient beaucoup de gens. (Matthieu 24 : 5) En plus, « l'Esprit dit expressément que, dans les derniers temps, quelques-uns abandonneront la foi, pour s'attacher à des esprits séducteurs et à des doctrines de démons » (1 Timothée 4 : 1). L'abbé Cénabre fait partie de ces « faux enseignants » ou de ceux qui « abandonneront la foi ». À noter que, si l'abbé Cénabre s'est détourné de la voie de la Vérité, c'est parce qu'il avait été séduit par des esprits pervers ; encore qu'il ne soit pas allé à l'encontre de la doctrine divine dès le début de sa carrière.

Au début du récit, le narrateur attribue à l'abbé Cénabre une « belle voix lente et grave ». Un peu plus tard, il emploie directement « la belle voix lente et grave » pour désigner ce prêtre renégat. S'il met un tel accent sur la qualité de la voix de Cénabre, c'est justement parce qu'il s'agit d'un point commun essentiel entre l'imposteur Cénabre et le Tentateur Satan. En premier lieu, si la plupart des chrétiens ne voient pas Satan sous la forme d'un corps humain, pas mal d'entre eux ne vont pas nier qu'ils ont entendu la voix de Satan qui retentit de temps en temps dans leur univers intérieur. En d'autres termes, la voix est la première manière d'être de Satan dans ce monde.

Ce constat est déjà affirmé dans *Sous le soleil de Satan.* Dans la nuit où Donissan rencontre Satan lui-même, quand Donissan est près de comprendre la vraie identité de son compagnon, la voix à caractère mystifiant de Satan n'arrête pas de sonner à ses oreilles, qu'il le veuille ou non. Quand Donissan a reconnu totalement Satan, ce dernier s'est transformé en dépouille d'où monte encore une voix qui devrait être la forme originelle du Tentateur. Cette fois-ci, Satan lui-même est d'abord entendu, et puis vu, touché par Donissan qui, dans le futur, devra fréquemment « l'entendre encore, jusqu'au définitif élargissement » (*SSS*, p.147).

En second lieu, la voix est également le principal procédé de tentation de Satan. Elle est susceptible de s'insinuer en l'homme sans se faire remarquer. Par opposition à une image qu'on peut choisir de ne pas voir en fermant les yeux, la voix est irrésistible, au moins difficile à dissiper, quand elle a pénétré dans le cœur et qu'il est difficile d'en déterminer la source. Quant à une « belle voix », ayant évidemment un caractère séducteur, elle s'attire naturellement les sympathies, inspire de la confiance. Une « voix lente et grave » donne une impression de lucidité, de pondération et de sagesse. Seule une telle voix qu'a l'abbé Cénabre est capable de fasciner les gens, en particulier les jeunes gens.

En troisième lieu, les noirs desseins sont le mieux cachés quand on laisse entendre seule la voix sans faire voir son corps. Si rusé que soit Satan, ses comportements ne peuvent quand même dissimuler sa nature : sa marche fantomatique autour de Donissan, « tantôt à droite, tantôt à gauche, devant, derrière » (*SSS*, p.140) , son acte étonnant d'empoigner « le fil barbelé d'une clôture invisible » (*SSS*, p.141) , la disproportion entre sa petite taille, ses longs bras et ses larges paumes, rappellent tous un être surnaturel. Le corps n'a pas l'habitude de mentir. Les gestes, la physionomie pourraient tous trahir les idées réelles.

En dernier lieu, ce que la voix transmet, qu'elle soit séductrice ou injurieuse, constitue toujours un piège. On risque d'y tomber seulement à condition qu'on réagisse aux paroles entendues. La réalité est que rares sont ceux qui peuvent garder leur sang-froid et rester silencieux dans une telle circonstance. C'est pourquoi quand il n'a toujours rien dit, Donissan se montre tellement fort qu'il parvient à vaincre Satan, alors que son adversaire s'aperçoit immédiatement et profite de ses points faibles, l'emporte donc de nouveau sur lui, dès qu'il ouvre sa bouche, pour lui répliquer et l'interroger sur ses intentions.

Les comportements et les réactions psychologiques de l'abbé Cénabre dans *L'Imposture* suggèrent explicitement la présence de Satan, ou à proprement parler, un phénomène de possession diabolique. « Ce qui se formait en lui (Cénabre) échappait à toute prise de l'intelligence, ne ressemblait à rien, restait distinct de sa vie, bien que sa vie en fût ébranlée à une profondeur inouïe.» (*I*, p.51) Ce passage permet de percevoir l'existence d'une force mystérieuse, incompréhensible, indéterminable et irrésistible pour les êtres humains. C'est une existence dont la nature est totalement différente de celle du corps humain. C'est pourquoi elle ne peut pas parvenir à la parfaite union avec la vie d'un homme. Elle ne sait que souiller, ébranler ou faire tarir la source de sa vie. Dans la phrase suivante, l'existence de la force mystérieuse est affirmée clairement : « C'était comme la jubilation d'un autre être, son *accomplissement* mystérieux.»①(*I*, p.51) Si l'auteur hésite toujours

① C'est Bernanos lui-même qui le souligne.

à donner manifestement au lecteur le nom de cet « autre être », c'est justement pour renforcer son caractère mystérieux. On aurait l'impression d'entendre le rire arrogant et humiliant de l'ennemi rusé qui a accompli ses projets ténébreux sans se faire comprendre, car Cénabre, qui se montrait clairvoyant la plupart du temps, « ne savait ni le sens ni le but » du travail de cet « autre être » qui se révèle de ce fait de plus en plus mystérieux, de plus en plus effroyable. Une perspective surnaturelle se fait sentir de cette manière de plus en plus intensément. Le diable a accompli son travail en désactivant les fonctions de l'esprit et de l'âme, en satisfaisant parfaitement les besoins du corps seul : « mais la passivité de toutes ses facultés supérieures au centre d'un ébranlement si prodigieux, était justement une volupté, dont son corps vibrait jusqu'aux racines » (*I*, p.51). Un « ébranlement si prodigieux » est capable de donner une impression de vertige, ou de rêve, dans lesquels Satan aurait la plus grande possibilité d'effectuer sa tentation, dans lesquels les êtres humains résistent le moins efficacement à la tentation de Satan, ou y succomberaient sans s'efforcer d'y résister.

D'abord proie de Satan, ensuite son serviteur, Cénabre « acceptait, il recevait dans sa propre nature la force mystérieuse, il la subissait avec une joie terrible » (*I*, p.51). Évidemment, il n'a pas lutté contre les tentations ; il s'abandonne même volontairement à Satan, c'est-à-dire au vide, au néant. Dans ce cas-là, il n'arrivera jamais à éprouver une véritable joie. Comme Michel Estève l'affirme, c'est « un phénomène d'aliénation, corollaire de la dépossession de soi, qui s'insinue en Cénabre »①. Le « moi » profond de Cénabre est corrompu assurément par un autre être puissant, même s'il n'est pas dévoré par ce dernier. En d'autres termes, Cénabre n'est plus un être complet ni harmonieux, il ne lui reste qu'un être hétérogène. Sa volonté de sacrifier son corps pour faire de lui le temple de Satan est si inébranlable qu' « aucune raison si péremptoire, aucune menace, aucune injure n'eût obtenu

---

① ESTÈVE Michel, *Georges Bernanos : Un triple itinéraire*, Paris, Hachette, 1981, p.144.

de lui-même un soupir» (*I*, pp.51-52).

Dans *Monsieur Ouine*, Ouine est un véritable tentateur, puisque Philippe a été fasciné, dès la première rencontre, par ce « prêtre de Satan », « anti-prêtre », « prêtre négatif »①, en le considérant comme son « maître ». Contrairement à ce que nous pouvons constater dans d'autres romans où les prêtres sont appelés l'abbé Donissan, ou le curé d'Ambricourt, par exemple, l'appellation « M. Ouine » ne fait pas penser immédiatement à un prêtre, ce qui implique déjà la vraie identité de ce personnage — un escroc, un faux maître, un mauvais prêtre qui ne mérite pas d'assumer cette fonction. En effet, M. Ouine, qui manque de compassion, d'amour, ne serait qu'un « symbole même du néant, de la stérilité, de la stagnation dans l'espace et le temps »②.

M. Ouine préfère que Philippe l'appelle tout simplement « monsieur », au lieu de « monsieur Ouine », ce qui correspond bien à son essence du vide, car un nom permet de saisir la substance tout en le différenciant des autres. En d'autres termes, un nom représente un être. Tous les êtres obtiennent une vie grâce à Dieu qui leur donne un nom. Avant la nomination, l'univers, en état de chaos, était dominé par les ténèbres. M. Ouine exprime en réalité son aspiration aux ténèbres ou au néant. Il ne veut pas être quelqu'un d'unique, quelqu'un ayant une pleine existence. Ceux qui admettent leur nom et y accordent une grande importance sont généralement responsables de leur propre vie.

M. Ouine est l'incarnation de Satan, dans la mesure où il provoque le désespoir, pervertit l'adolescence et suscite la perte de la volonté d'aimer. D'ailleurs, M. Ouine est également le froid même, comme Jambe-de-Laine le

---

① ESTÈVE Michel, *Georges Bernanos: Un triple itinéraire*, Paris, Hachette, 1981, p.181.

② ESTÈVE Michel, *Georges Bernanos: Un triple itinéraire*, Paris, Hachette, 1981, p.181.

révèle: « Le génie de M. Ouine, voyez-vous, c'est le froid. Dans ce froid l'âme repose.» (*MO*, p.113) Dans *Sous le soleil de Satan*, Satan déguisé en maquignon a déjà avoué: « Je suis le Froid lui-même. L'essence de ma lumière est un froid intolérable » (*SSS*, p.149). Dans *Monsieur Ouine*, le curé de Fenouille continue d'affirmer: « On parle toujours du feu de l'enfer, mais personne ne l'a vu, mes amis. L'enfer, c'est le froid.» (*MO*, p.212)

Ⅲ.2 De grands menteurs comme Satan: Saint-Marin et Cadignan

Le nom de l'écrivain Saint-Marin suggère déjà son hypocrisie. En réalité, c'est un personnage qui n'a rien à voir avec la sainteté, ou plus exactement, un personnage qui ne pratique que le contraire de la sainteté. C'est un véritable menteur, imposteur, parce qu'en apparence, c'est un grand homme respectable, doué d'un esprit profond, qui possède des connaissances bien étendues, qui fait partie de l'Académie française — une institution regroupant les meilleurs talents de la France, et qui jouit donc d'une réputation considérable sur le plan national. Nous nous arrêtons un moment sur un passage consacré exclusivement à la description de Saint-Marin:

> *L'illustre vieillard exerce, depuis un demi-siècle, la magistrature de l'ironie. Son génie, qui se flatte de ne respecter rien, est de tous le plus docile et le plus familier. S'il feint la pudeur ou la colère, raille ou menace, c'est pour mieux plaire à ses maîtres, et, comme une esclave obéissante, tour à tour mordre ou caresser. Dans la bouche artificieuse, les mots les plus sûrs sont pipés, la vérité même est servile. Une curiosité, dont l'âge n'a pas encore émoussé la pointe, et qui est l'espèce de vertu de ce vieux jongleur, l'entraîne à se renouveler sans cesse, à se travailler devant le miroir. Chacun de ses livres est une borne où il attend le passant. Aussi bien qu'une fille instruite et polie par l'âpre expérience du vice, il sait que la manière de donner vaut mieux que ce qu'on donne, et, dans sa rage à*

se contredire et à se renier, il arrive à prêter chaque fois au lecteur un homme tout neuf. (*SSS*, p.280)

Évidemment, dans ce passage, le narrateur, qui représente ici l'auteur, adopte un point de vue omniscient. Il peut même être comparé à Dieu. Donc, ce qu'il dit de Saint-Marin est objectif, rigoureusement conforme à la réalité.

Le narrateur n'a de Saint-Marin qu'une opinion extrêmement défavorable. Il emploie, pour ce faire, plusieurs péjoratifs pour définir clairement Saint-Marin: « artificieuse », « servile », « une esclave obéissante », etc. D'après cette description, nous ne pouvons citer aucune qualité de Saint-Marin. Autrement dit, nous pouvons le considérer comme synonyme du vice, même du mal. Sur ce point, Saint-Marin réalise sa communion constante avec Satan. Cette intégration se manifeste également dans la ressemblance entre la prononciation du mot « Saint-Marin » et celle du mot « Satan ». Nous pouvons même trouver dans le mot « Saint-Marin » toutes les lettres qui composent le mot « Satan ».

La perversion est également traduite par les deux comparaisons: « comme une esclave obéissante », « Aussi bien qu'une fille instruite et polie par l'âpre expérience du vice ». Ce sont deux comparants féminins qui servent à caractériser un même comparé masculin. D'ailleurs, un tel choix n'est pas obligatoire, puisque ces deux comparants existent tous sous forme masculine. Par conséquent, nous pouvons dire que Saint-Marin est un personnage masculin en qui la féminité l'emporte sur la virilité. Dans ce cas, Saint-Marin est-il encore un véritable homme? Dans cette interrogation, le terme « homme » peut être interprété à la fois au sens étroit et au sens large, c'est-à-dire espèce opposée aux femmes ou aux animaux. Il est peu probable que Bernanos choisisse délibérément deux comparants féminins pour exprimer son mépris sous-jacent à l'égard des femmes. De ce fait, il est bien raisonnable de dire que ces deux comparants féminins contribuent à montrer que Saint-Marin est un personnage pervers, un pervers narcissique.

Pour renforcer la prépondérance de la féminité, à ces deux comparants féminins s'ajoutent de nombreux mots au féminin : « la magistrature de l'ironie », « la pudeur ou la colère », « la bouche artificieuse », « une curiosité », « l'espèce de vertu », « la manière de donner », « sa rage ». Nous pouvons classer ces mots en deux catégories : ceux qui portent sur la nature de Saint-Marin, et ceux qui portent sur son apparence. Il est évident que la féminité l'emporte de manière écrasante en Saint-Marin, tant extérieurement qu'intérieurement. Cette constatation prouve à son tour que la perversion de Saint-Marin a déjà atteint un tel degré extrême que nous pouvons donner une toute nouvelle interprétation à la fin de ce passage : « un homme tout neuf » désignerait un castrat — un homme qui agit contre sa propre nature, refuse donc le don divin. En un mot, Saint-Marin est destiné à être un homme qui n'a plus la force procréatrice, qui va tout droit en enfer tout en incitant les autres à prendre la même direction.

Il faut remarquer que dans ce passage, le narrateur emploie le superlatif dans plusieurs fragments : « le plus docile et le plus familier », « les mots les plus sûrs ». Le superlatif s'emploie ici pour désigner que le défaut dont il s'agit se trouve au plus haut degré dans le sujet spécifié. Les adjectifs au superlatif impliquent une contradiction frappante et inconciliable entre l'apparence et la réalité en Saint-Marin : le vrai génie exige une créativité exceptionnelle, une réflexion active et approfondie, un esprit d'innovation, qui s'opposent tous à la docilité inconditionnelle, à l'obéissance aveugle, à la servilité intellectuelle, à la complaisance sans bornes ; le vrai génie peut apporter quelque chose d'original, non toujours de « familier ». En fin de compte, totalement pareil à Satan, Saint-Marin est une existence sans essence, qui n'a que l'apparence éblouissante et insondable. Qui plus est, aussi semblable à Satan, il est capable d'effacer l'essence des autres, de corrompre radicalement tout ce qui relève du bien. C'est pourquoi dans la bouche de Saint-Marin, « les mots les plus sûrs sont pipés, la vérité même est servile ». Le trait de caractère le plus dominant de Saint-Marin est sa servilité, qui n'est pas facile à percevoir, car il est docile plutôt intérieurement à l'égard de Satan — son vrai maître.

Sans aucun doute, Satan est absolument l'être négatif. Pour dévoiler ce point commun entre Saint-Marin et Satan, le narrateur a recours aux mots qui portent sur une négation absolue, ou une idée absolue impliquant en fait une négation absolue: « qui se flatte de ne respecter rien », « se renouveler sans cesse », « chacun de ses livres est une borne », « prêter chaque fois au lecteur un homme tout neuf ».

La négation dont on parle ici est à la fois extérieure et intérieure: extérieure parce qu'elle se manifeste dans les propos et les actes; intérieure parce qu'il s'agit en fait de l'auto-négation de Saint-Marin, qui voudrait, inconsciemment peut-être, se séparer de lui-même. Une telle rupture intérieure reflète un mécontentement permanent de soi, un manque de confiance en soi-même, même une totale répugnance pour soi et son existence. Ce déni de soi est traduit par son changement incessant, par le fait qu' « il attend le passant » à chaque borne établie à travers son livre. Il a besoin du regard de l'autre pour percevoir son propre être; il a besoin des applaudissements de l'autre pour se persuader d'avoir une certaine valeur; il a besoin de la curiosité pour remplir son vide intérieur en créant une illusion de plénitude. Pour Saint-Marin, la curiosité est déjà devenue une « espèce de vertu », un principe majeur de comportement, ce qui prouve largement la perversion de la vision du monde et de la conception de la valeur de Saint-Marin.

Notons que c'est « le passant » que Saint-Marin attend, que c'est « au lecteur » qu'il prête chaque fois un homme tout neuf. Les deux articles définis signifient que les livres de Saint-Marin ne s'adressent pas à qui que ce soit, mais en priorité à celui qu'il admire beaucoup, à qui il cherche à faire plaisir. Il est certainement question de Satan. Si Saint-Marin a écrit des livres, qui sont en fait vides de sens, pleins de mensonges, c'est principalement pour établir un pont qui conduit au royaume du mal, pour exprimer sa fidélité à son maître, pour fournir une nouvelle preuve du règne de ce « prince du monde ». C'est en écrivant des livres que Saint-Marin aide de tout son cœur son maître à étendre son territoire, à délimiter la frontière et à déclarer sa souveraineté.

Il est aussi probable que « le passant » ou le « lecteur » désigne en même temps le lecteur idéal de Saint-Marin, qui est en fait victime de cet escroc, qui sert à ce dernier d'offrande à Satan. Non seulement Saint-Marin lui-même s'engage volontairement dans l'armée de Satan, mais aussi il fait tous ses efforts pour séduire le plus de gens possible, les inciter à se porter vers le mal. De même que la Bible est la parole de Dieu, les livres de Saint-Marin peuvent être considérés comme la parole de Satan. Par conséquent, le fait qu'il prête chaque fois au lecteur un homme tout neuf suggérerait d'abord qu'il offre son corps à Satan pour que ce dernier l'habite, mais encore que chaque homme qui a lu ses livres se ferait une idée toute différente de tout et aurait aussi la volonté de se sacrifier comme offrande à Satan. En tant qu'esclave obéissant de Satan, Saint-Marin exerce une domination spirituelle sur ses lecteurs effectifs en faveur de Satan.

Pour mieux mettre en évidence la nature trompeuse de Saint-Marin, le narrateur fait appel à des termes relatifs à l'imposture, au mensonge tels que « se flatter », « feindre », « piper », « se travailler devant le miroir », « faire des manières », et à une comparaison au « jongleur », un terme qui est employé généralement au sens figuré pour menteur.

Comme Satan, Saint-Marin se révèle aussi « protéiforme, ontologiquement instable, [...] d'identité insaisissable »①: « se renouveler sans cesse », « sa rage [...] à se renier », « prêter chaque fois au lecteur un homme tout neuf ». Son changement incessant est en fait une imitation de Satan, qui ne se présente jamais sous une seule forme.

L'instabilité de l'identité de Saint-Marin se manifeste aussi dans la dénomination de Saint-Marin: tout au début du passage, ainsi que du chapitre, au lieu de désigner clairement Saint-Marin avec son nom propre, le narrateur emploie le mot « vieillard », qui peut renvoyer à d'innombrables personnes, qui prend une connotation péjorative, afin de rendre floue

---

① BENOIT Éric, *Bernanos, la littérature et la théologie*, Paris, Les Éditions du Cerf, coll. « Littérature », 2013, p.64.

l'identité de ce personnage. Pour produire le même effet, le narrateur n'évoque pas une seule fois le nom de Saint-Marin. Le lecteur ne voit que les pronoms et les adjectifs possessifs portant sur la troisième personne au singulier: « il », « se », « sa », « son », « ses », si bien qu'il ne serait sans doute pas tout à fait sûr de la personne dont il est question, s'il ne lisait pas le reste du chapitre.

En fait, tout le passage reste logique et conforme à la réalité, même si nous pensons que le pronom « il » désigne Satan lui-même. Dans ce cas, l'expression « un demi-siècle », qui représente déjà une longue période par rapport à la durée de vie d'un homme ordinaire, ne renvoie qu'à un nombre approximatif, et sert à souligner la longue durée du règne de Satan dans ce monde. En effet, Dieu ne compte pas les jours de la même manière que les êtres humains. Nous pouvons en trouver des preuves dans la Bible.

Parmi les qualificatifs qui servent à caractériser Saint-Marin, le mot « illustre » apparaît le plus fréquemment: « illustre vieillard » (*SSS*, p.280), « illustre écrivain » (*SSS*, p.282, p.289), « illustre maître » (*SSS*, p.284, p.285, p.286, p.287, p.294, p.305, p.310), « illustre auteur » (*SSS*, p.298), « un maître illustre » (*SSS*, p.307), « illustre Saint-Marin » (*SSS*, p.308), « l'homme illustre » (*SSS*, p.314).

Cette fréquence extrêmement élevée elle-même est bien significative et révélatrice. Du point de vue étymologique, le mot « illustre » signifiait « clair, éclairé, bien en lumière; éclatant, manifeste; brillant, en vue »①. Par conséquent, Saint-Marin, « l'illustre écrivain », est littéralement quelqu'un qui est capable d'éclairer ses lecteurs, de leur dévoiler la vérité, de les aider à se débarrasser des ténèbres, de l'ignorance. D'une telle manière, le personnage de Saint-Marin fait écho au titre du roman *Sous le soleil de Satan*. Saint-Marin s'assimile donc à Satan: tous les deux ont trait à la lumière, ou plus exactement, tous les deux ont envie d'établir un certain lien avec la lumière; tous les deux ont une apparence lumineuse, mais trompeuse et

① http://www.cnrtl.fr/etymologie/illustre.

séductrice ; tous les deux exercent une influence apparemment irrésistible dans ce monde ; tous les deux ont de nombreux admirateurs ou disciples. En effet, Saint-Marin jouit même d'une grande réputation dans des endroits isolés tels que Lumbres, qui risquent d'être oubliés par tous. Son arrivée dans ce petit village inspire une évidente crainte chez presque tous ceux qui le rencontrent et l'accueillent, qui s'efforcent de le flatter, de lui complaire. Autrement dit, ces gens ont effectivement l'illusion d'être éclairés par le soleil du savoir, ou celui de l'esprit. Sans aucun doute, Saint-Marin est éclairé par le soleil de Satan. S'il ressemble à une lumière brillante, ce n'est pas lui-même qui produit cette lumière, mais c'est parce qu'il est capable de refléter la lumière du soleil de Satan qui lui-même, est singe de Dieu. Le soleil de Satan n'apporte pas de chaleur, d'amour. Au fond, il est trompeur et illusoire. Ontologiquement, ce soleil est néant. Quant à Saint-Marin, il est doublement néant, ses livres ne feront que plonger ses lecteurs dans le néant. En un mot, Saint-Marin n'est que singe de Satan.

Un autre mot important qui lie Saint-Marin à Satan est « maître ». Évidemment, « maître » signifie littéralement que Saint-Marin possède une compétence exceptionnelle et est particulièrement réputé dans le milieu littéraire, même intellectuel. Cependant, le rôle plus important que l'auteur voudrait accorder à ce mot est de souligner la ressemblance entre Saint-Marin et Satan. De ce fait, il vaudrait mieux que le lecteur fasse référence à d'autres acceptions de ce mot : personne qui a quelqu'un sous sa dépendance, sous son autorité, à son service ; ou personne qui a un pouvoir de domination, a des sujets, gouverne un ou plusieurs peuples①. Bernanos souligne à plusieurs reprises dans son premier roman que Satan est le prince du monde. Sans aucun doute, nous pouvons considérer « prince » comme étant synonyme de « maître ». C'est pour cette raison que parmi les substantifs capables de désigner Saint-Marin, le mot « maître » est employé le plus souvent pour mettre en exergue une telle identité de Saint-Marin. Ainsi, le mot « maître »,

① http://www.cnrtl.fr/etymologie/illustre.

ainsi que le mot « illustre », remplissent une double fonction au niveau de la structure superficielle et profonde du récit. Saint-Marin, ayant écrit plusieurs ouvrages, étant membre de l'Académie française, est reconnu comme étant un homme brillant, a réussi à placer ses lecteurs, ses contemporains sous son autorité, à son service, à exercer un pouvoir de domination spirituelle, à l'image de Satan, qui possède en réalité un pouvoir spirituel, non temporel.

Cet « illustre maître » Saint-Marin appelle sans cesse son véritable et seul maître Satan, devant lequel Saint-Marin n'est qu'un véritable esclave obéissant. Nous pouvons en déduire que Saint-Marin est un être paradoxal: d'une part, en tant que serviteur, il peut faire preuve d'une docilité et d'une humilité extrêmes envers le Maître Satan, comme nous l'avons déjà évoqué plus haut; d'autre part, il se réjouit d'être pris pour maître par ses semblables, de porter une couronne invisible, d'agir exclusivement d'après les principes déterminés par Satan, comme l'indiquent les proverbes suivants: « Nul ne peut servir deux maîtres »; « Tel maître, tel valet ». Quel dommage qu'un tel serviteur loyal soit à l'image d'un maître qui est l'incarnation du mal, et ne l'imite que pour le pire.

D'ailleurs, ce « maître » de la terre, qu'il s'agisse de Saint-Marin ou de Satan, forme un contraste évident avec le divin Maître, le Maître de l'univers, qui ne peut désigner que Jésus-Christ. Le seul point commun entre ces deux sortes de maîtres est qu'ils visent tous à gagner les âmes humaines. La différence majeure réside dans le fait que le Maître de l'univers, si humble et si charitable, n'y réussit que par des actes de bienfaisance et d'amour, alors que le « maître » de la terre fait souvent preuve d'orgueil excessif et attend toujours des autres leur crainte et leur obéissance.

Pour le « maître » de la terre, l'amour n'a rien d'important: d'une part, il n'aime jamais véritablement personne; d'autre part, il est insensible ou indifférent à l'amour des autres. Le manque d'amour chez Saint-Marin est traduit d'abord par sa prédilection pour l'ironie, ensuite par le champ lexical de la haine: « colère », « raille », « menace », « mordre », « rage ». Le Maître de l'univers traite avec le plus profond respect tout homme, si ordinaire soit-il ; le « maître » de la terre rappelle à tout moment une relation hiérarchique. Du reste, si le Maître de l'univers place les hommes sous sa dépendance, c'est pour mieux les aimer, les aider, les protéger. Par contre, si le « maître » de la terre fait la même chose, c'est pour satisfaire sa vanité, assouvir sa soif de conquête, faire parade de son pouvoir, appauvrir et asservir ses captifs.

L'écrivain Saint-Marin n'est qu'un faux saint. Il est l'opprobre du milieu littéraire, aux yeux de Bernanos. L'apparition de ce personnage n'a d'autre fonction que d'être en contraste avec le vrai saint pour faire connaître la sainteté de manière plus approfondie et plus complète. En d'autres termes, au sujet de la sainteté, l'œuvre bernanosienne porte à la fois sur la thèse et l'antithèse. Ce personnage est, à tous les égards, l'inverse du saint de Lumbres : sa propension à mentir, son égoïsme, son outrecuidance, sa vanité, son cynisme, son scepticisme, etc. Ses propos sacrilèges sont des calomnies sur la gloire de Dieu, trahissant sa tendance au néant : « La sainteté, s'avoue-t-il, comme toutes choses en ce monde, n'est belle à voir qu'en scène ; l'envers du décor est puant et laid.» (*SSS*, p.305) Presque tout ce qu'il dit est contraire à la Vérité. Le plus inquiétant, c'est qu'une telle personne jouit d'une grande réputation et que tant de gens délirants l'admirent beaucoup et veulent de bon cœur le suivre. Si Satan est « prince de ce monde » (*SSS*, p. 255), Saint-Marin est le bras droit du diable. C'est un véritable tentateur et imposteur. Pour lui, le mot « sainteté », qui ne s'avère utile que pour ceux qui adorent les jeux de mots, n'a rien de sacré ; la sainteté n'est rien d'autre qu'un mensonge, une illusion, un trompe-l'œil ; elle a perdu sa valeur métaphysique, se réduisant à une « chose », ou une matière. La ruse de Saint-Marin est de néantiser ou matérialiser tout ce qui relève du surnaturel ou du spirituel.

En apparence, il existe bien des ressemblances entre Saint-Marin et Donissan. Par exemple, tous les deux jouissent d'une grande réputation à l'échelle nationale, tous les deux sont des personnalités ayant un charme irrésistible, tous les deux sont reconnus comme simples, tous les deux sont considérés comme des enfants. À travers ces ressemblances trompeuses, le romancier pourrait mettre ses lecteurs en garde contre les imposteurs qui exercent une influence considérable. En réalité, Saint-Marin n'est rien d'autre qu'un contre-exemple qui sert à interpréter la sainteté bernanosienne d'une manière indirecte, qui aide les lecteurs à se faire une idée plus précise et plus complète de cette sainteté.

Nous pouvons saisir les nettes différences entre ces deux personnages opposés sous les apparences trompeuses. D'abord, la grande réputation est imposée à Donissan, qui préfère passer inaperçu plutôt que de se faire remarquer, qui voudrait attirer l'attention sur la grâce de Dieu, non sur ses forces personnelles, qui voudrait fuir ses admirateurs, qu'ils soient sincères ou non, qui est tellement humble et dévot qu'il ne croit qu'en gloire divine et qu'il craint et refuse toute gloire humaine, toute vaine gloire. Une telle attitude pourrait s'expliquer par le fait qu'il « croit grandir la gloire de Dieu à la mesure de l'humiliation de la créature »①. Par contre, Saint-Marin est séduit fortement par la gloire des hommes. Il n'a même aucun scrupule à l'obtenir. Sans doute, pour lui, le bonheur ne réside que dans la renommée ou la gloire. Il sait proférer des affirmations publicitaires pour se vanter ingénieusement: « Je suis le dernier des Grecs » (*SSS*, p.281). Il est un acteur excellent, un véritable poseur, capable de soulever des vagues d'applaudissements, de gagner la faveur du public niais, de se faire remarquer et admirer par ses manières et des paroles réellement flatteuses. Tel est son vrai visage caché derrière le masque: « c'est la coquetterie du hideux vieillard, et sa grâce la plus cynique, de feindre attendre la gloire sur les genoux de l'altière déesse, bercé contre la chaste ceinture où il égare ses vieilles mains » (*SSS*, p.281).

Ensuite, la simplicité dont Saint-Marin fait preuve n'est que l'illusion de ses admirateurs, ou plus exactement, de ses courtisans qui sont aussi

---

① VALADIER Paul, *Jésus-Christ ou Dionysos. La foi chrétienne en confrontation avec Nietzsche*, Paris, Desclée-Mame, 2011, p.115.

hypocrites, aussi vaniteux que lui. À la différence de la simplicité de Donissan sans arrière-pensées, qui est une immense simplicité de son essence, ou de son âme, celle de Saint-Marin est une « simplicité savante » (*SSS*, p.280). Cet adjectif déterminatif suggère que sa simplicité est en fait très compliquée, donc affectée. La nature trompeuse de Saint-Marin est aussi justifiée par la citation de François de La Rochefoucauld : « La simplicité affectée est une imposture délicate ».

La simplicité de Saint-Marin est tout de suite démentie par les syntagmes suivants : « sa phrase aussi rouée qu'une ingénue de théâtre, les détours de sa dialectique » (*SSS*, p.280). Cette comparaison apparemment contradictoire nous permet de voir à la fois de l'extérieur et de l'intérieur cet imposteur, qui joue très bien — terme interprété au sens propre — le rôle d'ingénue devant le public, mais qui est en fait une personne rusée et sans scrupules. Ici, le narrateur emploie un terme de théâtre « une ingénue de théâtre » qui serait capable de faire allusion à l'attitude de Saint-Marin envers la vie : la vie n'est qu'une pièce de théâtre ; la relation entre lui et les autres n'est que celle entre acteur et spectateurs.

De plus, les « détours » et la « dialectique » sont tous contraires à la véritable simplicité en matière de langage, dont Donissan est l'incarnation : il n'a « nulle éloquence » (*SSS*, p.105) ; il pèse chacun de ses mots, même au prix du bégaiement, ou de « l'humiliant silence » (*SSS*, p.106) ; il « ignore le jeu commode du synonyme et de l'à-peu-près, les détours d'une pensée » (*SSS*, p. 105) ; « Il entre dans son sujet d'emblée, à la grâce de Dieu » (*SSS*, p.106) ; « Il dit ce qu'il a à dire » (*SSS*, p.106). À la différence de Saint-Marin qui cherche à attirer et convaincre l'auditoire en s'appuyant sur le style pompeux, les raisonnements brillants, la mystification de choses simples, Donissan parviendra à conquérir le cœur par sa propre simplicité : « les plus grossiers l'écouteront bientôt sans se défendre, ne se refuseront pas » (*SSS*, p.106).

D'ailleurs, le mot « dialectique » peut prendre une connotation péjorative : il s'agirait de raisonnement vide, de discours sans fin. Autrement dit, la dialectique aurait un aspect raffiné, donc artificiel. Elle est vraiment opposée à la simplicité en ce sens que cette dernière désigne en premier lieu « façon d'être naturelle et spontanée, sans affectation ni prétention; caractère de celui qui a des goûts simples, sans excès de luxe, de raffinement »①.

C'est à travers Saint-Marin que le romancier fait connaître son opinion sur le vrai saint. Saint-Marin donne sa définition du vrai saint: « Je voudrais, de mes yeux, voir un autre saint, un vrai saint, un saint à miracles et, pour tout dire, un saint populaire.» (*SSS*, p.282). Pour lui, il y a deux éléments clés: miracles et populaire. Il est vrai qu'en principe, l'Église canonise principalement ceux qui ont accompli des miracles. Cependant, pour Bernanos, les miracles ne sont pas du tout une exigence à satisfaire pour être nommé un saint. C'est pour cette raison que le romancier ne fait pas réussir son miracle à son personnage favori. Le vrai saint n'est pas « un autre saint », mais un saint semblable à nous tous; il n'est pas non plus « un saint populaire », qui fait l'objet d'un enthousiasme privilégié comme une vedette, mais un saint qui s'efforce toujours de se faire oublier, négliger, même humilier.

Les saints de Bernanos tels que Donissan ou Chantal sont souvent considérés comme des proies. L'attention que les autres leur prêtent est pour eux douloureuse, ennuyeuse, accablante, voire insupportable. Ils ont clairement conscience du risque d'être tentés par orgueil. Ils cherchent à échapper au regard des autres.

Si l'écrivain Saint-Marin est venu rendre visite au saint de Lumbres, ce n'est pas parce qu'il admire sincèrement ce prêtre digne de respect, de sorte qu'il veut purifier son âme grâce à cet intercesseur puissant auprès de Dieu, qui est capable d'expulser les mauvais esprits, mais seulement parce qu'il est poussé par une curiosité irrésistible, ayant l'intention cachée de trouver un nouvel argument pour sa philosophie nihiliste. Comme le narrateur le suppose, «“Je tiens mon saint! ” pourrait dire à ce moment l'illustre maître,

① http://www.cnrtl.fr/definition/simplicité.

s'il était d'humeur à plaisanter» (*SSS*, p.310). S'il tient son saint comme s'il attrapait une proie, c'est seulement pour sucer le sang du Christ — la sainteté.

Donissan n'est pas que la proie de Saint-Marin, il est davantage celle de l'humanité pécheresse « qui ne le lâchera plus vivant » (*SSS*, p.108). En règle générale, les pécheurs qui entrent dans son confessionnal ont pour objectif de déverser leurs ordures spirituelles et de puiser l'espérance en lui, au lieu de se repentir sincèrement. Tout est mensonge, y compris les confessions. C'est la raison principale pour laquelle Donissan est obsédé par un sentiment de désespoir tout au long de sa vie. Dans une telle circonstance, « Le désir de cette jeune personne (Mouchette), manifesté publiquement, d'être conduite au pied de l'église pour y expirer » (*SSS*, p.214) est pour Donissan tellement précieux qu'il l'aide à réaliser son dernier rêve sans se soucier des conséquences graves, car il voit en elle un repentir sincère qui apportera à cette jeune fille la chance d'être sauvée, quels que soient les péchés qu'elle ait commis.

Dans *Sous le soleil de Satan*, « l'autre » est déjà un mot polyvalent. Bien sûr, il peut désigner Jésus ou Dieu, mais c'est plutôt le point de vue de Satan. Par exemple, Satan dit à Donissan: « Que de fois encore, tu me dorloteras, croyant presser *l'autre* sur ton cœur »① (*SSS*, p.159). Le choix du mot « l'autre » par Satan pour désigner Jésus peut s'entendre aux deux degrés: premièrement, comme Jésus est un « nom que Satan ne peut prononcer »②, il est obligé de choisir un mot substitutif; deuxièmement, il est tout à fait vrai qu'il n'existe aucune ressemblance entre Jésus et Satan qui sont totalement antithétiques. Autrement dit, dans le cadre du christianisme, Dieu n'est pas un véritable autre. Les chrétiens sont les membres de l'Église

---

① Souligné par Bernanos.

② BENOIT Éric, *Bernanos, la littérature et la théologie*, Paris, Les Éditions du Cerf, coll. « Littérature », 2013, p.75.

qui est le corps de Jésus. Les hommes n'en font qu'un en Jésus-Christ.

Mais dans la plupart des cas, « l'autre » désigne Satan lui-même. Au total, « l'autre » apparaît cinquante-sept fois dans *Sous le soleil de Satan*, dont quatorze fois pour désigner Satan. En effet, c'est le terme le mieux approprié pour désigner Satan, car seul celui-ci est l'Autre absolu avec lequel l'homme ne peut pas accomplir la communion et doit interrompre toute communication. Cet autre n'éprouve jamais de pitié, d'amour envers l'homme qui n'est au fond qu'un outil par lequel Satan entreprend sa révolte contre Dieu et déverse sa haine.

À noter que pour désigner le marquis Jacques de Cadignan, le narrateur a une prédilection évidente pour le mot « l'autre »①. Ce choix ne doit pas être considéré comme une simple coïncidence. En fait, l'amant de Mouchette n'est rien d'autre qu'un Satan personnifié. Il est aussi rusé que Satan. Il est aussi fort en mensonge, tricherie et cynisme que Satan. Il sait bien mener son adversaire par le bout du nez. Quand le père de Mouchette vient chez lui pour lui faire avouer que c'est à cause de lui que Mouchette est enceinte, pour nier l'évidence, tantôt il détourne la conversation en exprimant son opinion sur la République par exemple, ou il cherche à faire croire qu'il fait toujours l'objet d'accusations injustes en sous-entendant que le père de Mouchette lui fait aussi tort: « il ne se fait pas un enfant dans le pays sans que vos sacrées commères ne me cherchent des si et des mais, des il paraît et des peut-être...» (*SSS*, pp.14-15), « Vous, votre satané député, enfin tous les mauvais gars du pays m'ont fait une réputation de Barbe-Bleue. Le marquis par-ci, le marquis par-là, le servage, les droits féodaux — des bêtises » (*SSS*, p.15), tantôt il détourne les soupçons sur une autre personne: « Ce Ravault, l'a-t-elle revu depuis longtemps? » (*SSS*, p. 16), « On peut trouver là un indice[...]! En deux heures, je vous aurais livré le coupable, moi, pieds et poings liés! » (*SSS*, p. 16), ou il se moque de Malorthy de manière

① Dans le passage de la confrontation de Malorthy avec le marquis de Cadignan, « l'autre » apparaît quatre fois pour désigner ce dernier.

implicite, sale, mais vraiment subtile: « Dites-moi franchement quel est l'imbécile qui vous a conseillé de venir ici, chez moi, pour me raconter une histoire désagréable, et m'accuser par-dessus le marché? ... Il y a une femme là-dessous, hein? Ah! les garces! » (*SSS*, p.15) Le marquis de Cadignan est tellement semblable à Satan que le narrateur lui-même ne peut pas s'empêcher de l'appeler « le tentateur » (*SSS*, p.17).

Ⅲ.3 Victime et exécutrice de la tentation: la première Mouchette

Au début du roman, Mouchette est une jeune fille qui a succombé à une double tentation: elle est tentée à la fois par son premier amant, un vieil homme débauché et son propre mauvais esprit. Ce qui pousse Mouchette à s'abandonner à son premier amant, c'est qu'avec lui, elle peut se donner une impression d'aventure qui, d'après elle, la conduirait à une liberté.

Il faut remarquer que dans la théologie chrétienne, la liberté ne veut pas dire qu'on peut faire tout ce qu'on veut, sans aucune contrainte. Les chrétiens sont convaincus que c'est quand nous avons choisi Dieu que nous pouvons obtenir la vraie liberté. L'Apôtre Saint Paul dit à ce sujet: « Vous, frères, vous avez été appelés à la liberté; seulement, ne faites pas de la liberté une occasion pour la chair, mais par la charité rendez-vous esclaves les uns des autres.» (Galates 5: 13) Nous pouvons en conclure que la liberté authentique est fondée sur l'amour et ne peut se réaliser que dans l'amour. Si Dieu accorde la liberté à l'homme, c'est pour qu'il aime Dieu, ses proches ainsi que lui-même, non pour qu'il commette des péchés en usant de sa liberté. Au lieu d'éloigner les uns des autres, la liberté permettrait d'établir une relation plus harmonieuse, plus étroite entre Dieu et sa créature préférée, entre les hommes. La liberté et l'esclavage peuvent être compatibles à condition que le maître soit Dieu.

Évidemment, les comportements de Mouchette vont à l'encontre de la Parole divine, puisqu'elle a envie de prouver qu'elle peut jouir de sa liberté en disposant à son gré de son propre corps. Contrairement aux commandements de Dieu, elle cherche en vain la liberté dans la chair et la haine. Elle ne sait pas qu'on ne peut trouver la liberté totale et parfaite nulle part ailleurs que dans l'Éternité. Si l'union apparemment libre de Mouchette avec ses deux amants ne lui permet pas de se débarrasser de l'impression d'étouffer, c'est totalement à cause du manque d'amour: sans amour, la présence de l'autre deviendra naturellement une contrainte qui entrave ou exclut la liberté. Grâce à l'amour mutuel, les deux individus ne feront qu'un, comme les deux membres d'un corps, dont l'un ne gêne jamais la liberté de l'autre, ni ne donne jamais une impression d'obstacle à la liberté de l'autre.

N'oublions pas que Mouchette envisage la liberté comme la possibilité de devenir maîtresse d'elle-même et des autres. Et pourtant, aux yeux des chrétiens, il s'agit ici évidemment d'une fausse liberté, car la véritable liberté pousse à se rendre serviteur des autres. La volonté de devenir maître s'accomplira certainement au détriment de la liberté des autres. Par conséquent, la liberté ne s'obtiendra jamais si on persiste dans cette volonté.

Cependant, dans ses relations avec le docteur Gallet, Mouchette est devenue elle-même un véritable personnage tentateur. Elle tente à la fois physiquement et spirituellement le docteur Gallet. La nature de la relation entre ces deux personnes est plutôt une relation mère-fils, loin d'être une relation amoureuse ou une relation malade-médecin. Mouchette avait fait de Gallet « une bête venimeuse, connue d'elle seule, couvée par elle, pareille à ces chimères qui hantent le vice adolescent, et qu'elle finissait par chérir comme l'image même et le symbole de son propre avilissement » (*SSS*, p.52). En effet, Gallet est la première œuvre que Mouchette, ou à proprement parler, Mlle Malorthy ait accomplie après que l'enfant Mouchette a été tuée par elle-même et son entourage. Il semble que Mouchette a accouché d'un enfant du diable, en tant que cadeau offert à son maître Satan, auquel elle s'est déjà totalement soumise et abandonnée à la suite du meurtre de M. le marquis de Cadignan. En couvant Gallet, œuf du démon par nature, Mouchette a prouvé sa capacité à faire le mal. La tragédie de cette jeune fille réside dans le fait qu'elle a créé de ses propres mains une « chimère » qui la prend pour la première proie. En fin de compte, ce sont une mère et un fils qui s'entre-tuent. Une des principales raisons est que cette création n'est pas fondée sur le véritable amour, mais sur une totale haine.

La grossesse de Mouchette, qui prouve justement que cette fille est victime de la tentation, pourrait s'interpréter de deux manières différentes. Au niveau de l'intrigue, sa grossesse avant le mariage est sans aucun doute un événement réel, et un incident déclencheur qui parvient à faire exploser divers conflits entre les personnages. C'est aussi à cause de ce scandale que Mouchette devient maîtresse de Gallet, un homme qu'elle n'aime pas du tout. En effet, après la mort de M. le marquis de Cadignan, Mouchette ne pense qu'à l'avortement qui ne se réaliserait facilement qu'avec l'aide du docteur Gallet. Pour atteindre cet objectif, d'abord, Mouchette doit faire croire à Gallet que c'est lui qui est le père de son bébé. Autrement dit, c'est à cause de sa grossesse que Mouchette s'est décidée à tenter Gallet. Et pour faire relâcher la vigilance, Mouchette nourrit le docteur Gallet avec un amour ardent, mais feint. Cet amour est un prétexte sous lequel Mouchette arrive à approcher Gallet, à établir un lien étroit avec lui. Comme on le sait bien, l'amour est capable de changer plus ou moins une personne. Le fait que Gallet prend du ventre est une preuve évidente du changement de Gallet. Ce fait démontre que d'une part, Mouchette a réussi à tenter Gallet pour le perdre, d'autre part, Gallet a effectivement tiré profit, et s'est réjoui de sa relation clandestine avec Mouchette.

De plus, son accouchement d'un enfant mort n'a rien de surprenant, étant donné son mauvais état physique et psychologique. D'une part, elle ne se traite pas comme une femme enceinte en s'habillant insuffisamment, par exemple; elle est effectivement malade, peut-être sérieusement malade, avec des symptômes tels que la sensation de froid, la syncope. Comme M. le docteur Gallet le dit à Mouchette, « tu ne sais pas vivre, [...] ton hygiène est déplorable » (*SSS*, p.53). D'autre part, durant sa grossesse, elle n'éprouve sans cesse que d'extrêmement forts sentiments négatifs: la tristesse, l'effroi, la fureur, la déception, le désespoir, la haine, l'angoisse, etc. Il est incontestable que la dépression d'une femme pendant sa grossesse va affecter le bébé qu'elle porte dans son sein. Compte tenu de la gravité de la dépression de Mouchette, le risque d'enfant mort-né augmente considérablement.

Sur le plan métaphysique, la grossesse de Mouchette pourrait renvoyer à une importante signification surnaturelle. Cet événement, qui témoigne justement de l'ingénieuse conception du romancier, joue un rôle irremplaçable dans ce roman. Ce que Mouchette engendre en elle-même, c'est le mal même, qui est symbolisé par le fœtus — une chair de plus chez Mouchette. Le fait que Gallet prend du ventre pourrait signifier que cette chair de Mouchette est déjà transmise imperceptiblement dans le corps de Gallet, ce qui voudrait dire à son tour que Mouchette a réussi à faire de l'imposteur Gallet un disciple fidèle de Satan, à lui faire abandonner tous ses scrupules et toute sa pudeur. La relation mère-fils entre Mouchette et Gallet est représentée de cette manière.

La naissance d'un enfant mort-né justifie la nature de cette conception: Mouchette donne la mort, au lieu de la vie, à son « enfant » Gallet. D'ailleurs, cet événement présage le destin malheureux de Gallet — la mort spirituelle prématurée de cet homme vivant. Parallèlement, cette naissance apparemment triste suggérerait aussi le renoncement éventuel de Mouchette au mal, puisque le fœtus symbolisant le mal finit par quitter sa substance-mère. En fin de compte, de même que Sainte Marie, qui a donné naissance à Jésus, n'est pas la source du bien, de même Mouchette, qui n'est qu'une servante de Satan, n'est pas l'origine du mal. Elle est à la fois victime et la complice de Satan.

Chapitre IV

Le mauvais langage

Il est évident que le problème du langage occupe une place impressionnante dans les romans de Bernanos. Cette préférence pourrait s'expliquer par sa compréhension de la Bible qui, en tant que Parole de Dieu, a déjà largement prouvé la puissance étonnante du langage. Chez Bernanos, le comportement langagier constitue non seulement un critère important pour juger de la sainteté des personnages de roman, mais aussi un moteur puissant de développement de l'intrigue et des conflits entre personnages.

IV.1 Le mensonge

Dans les romans de Bernanos, un trait majeur de la sainteté est l'authenticité. La recherche de cette vertu se traduit d'abord par celle du moi véritable. Elle se traduit également par la quête de la vérité langagière. De nombreux personnages tels que le marquis de Cadignan, le docteur Gallet, l'écrivain Saint-Marin, illustrent le contraire de l'authenticité: le mensonge. Le mensonge empêche non seulement les menteurs eux-mêmes, mais aussi les victimes du mensonge de connaître la sainteté.

Nous pouvons distinguer deux sortes de mensonges: mensonge contraire à la vérité textuelle, ou mensonge conscient, qui caractérise évidemment des personnages — des vrais méchants — tels que la première Mouchette, son père et ses deux amants; mensonge contraire à la Vérité référentielle, ou mensonge inconscient qui caractérise des personnages imposteurs excellant à se masquer tels que Saint-Marin et l'abbé Cénabre. Tout mensonge conduira à un déchirement ou une trahison.

Mouchette est d'abord victime du mensonge, et ensuite devient elle aussi une grande menteuse. Elle est totalement enfermée dans le mensonge qui ressemble à une prison bien surveillée. Elle a pensé pendant un certain temps à s'évader de cette prison, mais enfin elle n'ose pas le faire, car mentir est déjà devenu sa seule manière d'être. Comme un organisme vivant sur un fond marin et habitué aux ténèbres, Mouchette a été fortement bouleversée quand Donissan lui apporte la lumière de la vérité. En fait, comme Donissan, Mouchette est aussi impliquée dans un combat spirituel féroce entre la vérité et le mensonge, la lumière et les ténèbres, ou le bien et le mal. La différence réside dans le fait que Donissan recherche ce genre de combat et cède rarement à l'ennemi alors que Mouchette s'est déjà rendue il y a bien longtemps et refuse de faire face à sa véritable condition.

Mouchette est obligée de mentir depuis longtemps, car tout son entourage ment et préfère qu'elle mente aussi, par exemple, son père, M. le marquis de Cadignan, M. le docteur Gallet. Bien que Mouchette n'aime pas Gallet, il est incontestable qu'elle a besoin de lui. Mouchette en explique la raison: « parce que tu es le seul homme à présent auquel je puis parler sans mentir » (*SSS*, p.64). Les propos de Mouchette semblent paradoxaux. En réalité, il est sûr que l'amour de Mouchette pour Gallet est un mensonge complet, car Mouchette, accablée par la déception et le néant, n'est plus capable d'aimer depuis longtemps. De plus, aux yeux de la jeune fille Mouchette, Gallet est un vieil homme lâche et laid, un « cafard » « ridicule », « odieux », « à dents jaunes » (*SSS*, p.51), une « autre épave », « un ridicule fantoche », un « goujat sans âme » (*SSS*, p.52). Pour elle, l'amour est le meilleur prétexte pour l'approcher, profiter de lui, le dominer et le transformer. D'autre part, le mensonge la fait vivre dans un espace hermétique, si bien qu'elle risque de mourir d'étouffement à tout moment. Si le mensonge est un océan, la vérité est le rivage. Mouchette comprend clairement qu'elle va se noyer tôt ou tard. Si ses instincts de mort l'amènent dans les bras de Gallet, ses instincts de vie la poussent vers le rivage. Elle éprouve un besoin impératif de dire une vérité qui cependant, porte principalement sur le mal, ou plus précisément, sur un crime. Malheureusement, Gallet, qui est tombé dans le néant au départ, et nourri ensuite de mensonges, ne peut lui offrir en revanche que des mensonges. La communication significative entre ces deux personnes est vouée à l'échec. Pour Mouchette, la seule issue est ainsi bouchée sans merci. Elle ne voit plus aucune lueur avant que Donissan ne lui porte secours.

Le mensonge atteint son apogée quand Mouchette doit même « simuler la folie, non la vivre »①. Cela se voit dans les phrases suivantes : « Elle redevenait par degrés spectatrice de sa propre folie » (*SSS*, p.191) ; « elle s'était joué depuis quelques instants la comédie de la démence » (*SSS*, p.192) ; « elle n'était pas folle, ne le serait jamais » (*SSS*, p.192). Le pire, c'est que la pauvre Mouchette dit des mensonges non seulement aux autres, mais aussi à elle-même, « pour masquer, pour oublier — à quelque prix que ce fût — son mal réel, inguérissable, inconnu » (*SSS*, p.192).

Tout au long de sa vie, Saint-Marin n'est qu'un comédien qui ne se souvient plus de sa propre identité. Son moi véritable, moi profond, supérieur et divin, est déjà mort. Il n'ose plus se démasquer, puisque derrière le masque, il n'y a rien. Pour un comédien, ce qui compte le plus, ce sont d'abord le rôle, ensuite les spectateurs. Sans doute, de même qu'un vampire ne peut se régénérer qu'en suçant le sang des vivants, de même Saint-Marin est obligé de chercher sans cesse l'inspiration, la passion et la raison d'être chez les autres hommes, surtout les hommes brillants. Il ne saura plus vivre s'il n'arrive pas à trouver un rôle adéquat à jouer dans sa vie et que personne n'assiste à sa représentation.

À la fin de sa vie, le rôle que Saint-Marin décide de jouer est celui d'un

---

① *Georges Bernanos* : *Sous le soleil de Satan*, extraits commentés par Michel Estève, Paris, Bordas, 1973, p.160.

« philosophe campagnard, désabusé, pacifié, à point dévot » (*SSS*, p.309). Cette décision est totalement inspirée par l'exemple du saint campagnard. L'expression « à point dévot » est déjà capable de laisser pressentir un coup de publicité et un projet soigneusement élaboré, car la véritable dévotion n'a pas de limites. Pour entrer dans son rôle, « Il trouvera quelque part, à la lisière d'un bois, une de ces maisons mi-paysannes, *mi-bourgeoises*, entre deux humides *pelouses vertes* »①(*SSS*, p.310). La description de sa maison idéale révèle l'impureté et la tromperie cachées dans son choix: tout au moins, il n'abandonnera toujours pas le confort de sa vie; son désabusement, sa pacification ne sont que des mensonges, puisqu'il espère encore « le cri de triomphe des dévots... la première interview... une délicate mise au point...» (*SSS*, p.311). « La conversion de Saint-Marin, sa retraite à Lumbres » (*SSS*, pp. 310-311) sont la dernière représentation qu'il offre à ses admirateurs, d'une manière nouvelle mais trompeuse.

Comme Satan, Saint-Marin a l'intention de se déguiser en ange de lumière. Il se croit capable d'éclairer et de diriger le peuple par sa prétendue sagesse et son écriture. Cependant, au fond de son cœur et de son œuvre, il n'y a que le « scepticisme » (*SSS*, p.282) et la haine. Encore comme Satan, Saint-Marin est un grand voleur. En effet, l'image de voleur de Satan est déjà révélée dans la Bible: « Le voleur ne vient que pour dérober, égorger et détruire » (Jean 10: 10). Dans *Sous le soleil de Satan*, cette figure est aussi mentionnée: « le voleur d'hommes » (*SSS*, p.262). Si Saint-Marin décide enfin de s'installer et de mourir dans un endroit si désert comme Lumbres, c'est parce qu'il a envie de faire relier étroitement son nom à celui du saint de Lumbres. En d'autres termes, il veut jouir sans faire aucun effort de la même renommée que Donissan et prendre sa sainteté pour l'idéale décoration de sa philosophie pour dissimuler son envers puant et laid. Il a pour objectif d'embellir sa théorie et sa personne dans une merveilleuse atmosphère mystique. Bref, il tente de s'approprier les richesses du saint, y compris sa

① C'est nous qui soulignons.

réputation, sa sainteté et sa paix. C'est pour cette raison que Donissan s'écrie à la fin du roman: « TU VOULAIS MA PAIX, [...] VIENS LA PRENDRE!...» (*SSS*, p.314)

D'ailleurs, les êtres de ce genre ne peuvent pas exister ontologiquement puisqu'ils sont eux-mêmes le néant. Ils dépendent des autres qui leur permettent d'avoir une existence illusoire. Contrairement aux saints bernanosiens, ils doivent vivre sous le regard des autres. Ils espèrent devenir leurs idoles, exercer une influence importante. Ils attendent de leurs spectateurs des compliments, des applaudissements, faute de mieux, des reproches. En un mot, ce qui est catastrophique et insupportable pour eux, ce sont le silence, l'indifférence et l'oubli.

Le mensonge est un thème central abordé dans *Un crime* de Bernanos. Dans ce roman policier, le lecteur ne peut croire personne, y compris le narrateur. Sinon, il ne pourrait jamais trouver le véritable assassin. En fait, c'est à cause de nombreux mensonges que l'intrigue s'avère si complexe, que l'enquête menée par la police devient si longue et si difficile. Mlle Évangéline, l'auteur du double meurtre, est une grande menteuse, car personne ne l'avait soupçonnée d'avoir commis ce crime. C'est une femme dévorée par le mensonge érigé en sa règle de vie. Même son nom, qui rappelle facilement le mot « Évangile », constitue lui-même un mensonge. C'est en mentant qu'elle rêve d'échapper à la médiocrité de son sort, de se transformer en dominatrice. Comme Évangéline aime le mensonge! C'est ce qu'elle-même a avoué et sa copine a remarqué. (*C*, p.230) Évangéline comprend bien les conséquences affreuses du mensonge: « il finit par tuer » (*C*, p.230). Mais elle ne s'en soucie pas, car son moi véritable est déjà tué par le mensonge. Elle usurpe même l'identité du curé de Mégère. Cette vérité surprenante n'est découverte qu'à la fin du récit, quand Évangéline et le faux curé de Mégère dit: « Je ne suis pas le curé de Mégère » (*C*, p.225). Son aveu explique son comportement bien différent de celui de Donissan: le faux curé n'arrête pas de sourire, il lui arrive d'ironiser. Où est le véritable curé de Mégère? Il est considéré comme un inconnu par ses paroissiens et tué par Évangéline. Ces événements ont une forte valeur symbolique : beaucoup de prétendus prêtres ne sont que des imposteurs ; l'essence du christianisme est oubliée, ignorée, même rejetée.

Un Mauvais Rêve reprend le mensonge — un des thèmes habituels de Bernanos. Le lien entre « rêve » et « mensonge » est clarifié par Bernanos dans *Un crime* : « Rêver, c'est se mentir à soi-même, et pour se mentir à soi-même il faut d'abord apprendre à mentir à tous » (*C*, p.225). En apparence, *Un Mauvais Rêve* raconte un meurtre commis par Simone Alfieri, qui est même prise pour « une espèce de sainte » (*MR*, p. 58). Bernanos en profite davantage pour sonder les zones les plus noires de l'âme humaine, pour faire une peinture sévère d'un monde pervers. Dans ce roman, le crime est un événement absurde : Alfieri n'a aucun prétexte pour assassiner la vieille femme. Cependant, ce crime est inévitable, car il constitue la seule issue pour une personne vivant dans le mensonge et naturellement dans le délire.

À noter que pour Satan, la vérité et le mensonge ne sont pas absolument incompatibles. De même que Dieu a créé le monde en énonçant des mots, de même Satan tente de souiller la sainteté par le biais du langage à caractère tentateur ou insultant. Il dérobe des mots sacrés, soit pour leur donner une connotation sacrilège et hérétique (par exemple, « nous ») , soit pour changer leur sens en ajoutant des qualificatifs péjoratifs ou injurieux (par exemple, petit prêtre). D'ailleurs, il emploie des mots ordinaires principalement pour ses mensonges. Cependant, cela ne veut pas dire que Satan ne dit jamais de vérités. La ruse de Satan réside justement dans le fait qu'il « brouille aussi les limites entre vérité et mensonge »①. Il sait bien profiter du libre arbitre que l'homme possède. En mélangeant vérité et mensonge, il fait naître dans la tête de l'homme le doute où il trouverait l'occasion de le séduire jusqu'à le perdre.

---

① BENOIT Éric, *Bernanos, la littérature et la théologie*, Paris, Les Éditions du Cerf, coll. « Littérature », 2013, p.74.

Personne ne niera que c'est entièrement pour assouvir ses vils desseins que Satan dit des vérités. De plus, comme Shakespeare le fait dire à son personnage dans Macbeth, « Souvent, pour nous attirer à notre perte, les instruments des ténèbres nous disent des vérités; ils nous séduisent par d'innocentes bagatelles, pour nous pousser en traîtres aux conséquences les plus profondes »①.

Ⅳ.2 L'ironie

En tant qu'écrivain, Saint-Marin pratique une ironie institutionnalisée, qui est déjà devenue sa manière de vivre, son refuge, qui crée une distinction très nette entre Saint-Marin et le saint de Lumbres. L'ironie de Saint-Marin reflète son orgueil, son complexe de supériorité. En même temps, elle cache son sentiment d'infériorité, de néant et sa crise d'angoisse. La prédilection pour l'ironie montre que d'une part, Saint-Marin a peur des autres, a envie de s'éloigner des autres, d'autre part, il a besoin des autres, sans lesquels il ne pourrait pas avoir une image de lui-même, ni même avoir l'impression de vivre dans ce monde. Dans ce sens, l'ironie offre à Saint-Marin un repère, un ancrage.

La signification même du mot « ironie » nous aide également à comprendre la personnalité de Saint-Marin: « Figure de rhétorique par laquelle on dit le contraire de ce qu'on veut faire comprendre »②. Autrement dit, ceux qui font de l'ironie ne disent pas directement la vérité, mais son contraire. Il s'agit d'une négation de la vérité. Si Dieu est la Vérité, Satan n'est que le contraire de la Vérité. Dans cette perspective, Saint-Marin et Satan se ressemblent en la manière de penser et d'agir. Par l'ironie, Saint-Marin creuse le même sillon que par « sa rage à se contredire et à se renier »

---

① SHAKESPEARE, *Œuvres complètes*, tome 3, traduction Hugo, Paris, Pagnerre, 1866, p.82.

② http://www.cnrtl.fr/definition/ironie.

(*SSS*, p.280). Il ne dit pas expressément la vérité non seulement aux autres, mais aussi à lui-même. Il dit sans cesse le contraire de ce qu'il a affirmé lui-même précédemment. Pour lui, la vérité est toujours ailleurs. Sans doute, il ne sait pas du tout quelle est la vérité. Il dissimule son ignorance, son embarras dans la négation incessante qui donne une impression mystérieuse de vertige. Sans doute, il ne croit pas du tout en la vérité, qui est absente de ce monde à ses yeux. Dans ce cas, il nie l'existence de la vérité d'une manière claire et directe. En créant d'innombrables illusions, il tente de se moquer non seulement de la soi-disant vérité, mais aussi de ceux qui recherchent stupidement et obstinément la vérité.

Certains considèrent l'ironie comme étant une façon d'atténuer le désespoir. Cependant, cette méthode est vaine et condamnée à l'inefficacité, car l'ironie elle-même est justement la marque d'un grand désespoir, comme l'affirment l'écrivain américain David Foster Wallace① et le professeur américain Jedediah S. Purdy②. Une telle interprétation correspond parfaitement au cas de Saint-Marin. En effet, les hommes comme Saint-Marin, qui prennent Satan pour leur maître, consciemment ou inconsciemment, s'abandonneront forcément au désespoir. Saint-Marin est déjà au comble du désespoir, ce qui est capable d'expliquer son institutionnalisation de l'ironie, sa curiosité inassouvissable et « sa rage à se contredire et à se renier » (*SSS*, p.280).

Par contre, le saint de Lumbres n'a jamais ironisé sur personne ni rien. À ses yeux, l'ironie est une arme dont seul Satan se sert fréquemment. Ainsi, en tant que manière de représenter le mal, l'ironie permet de voir clair le vrai visage de Satan, de plonger au fond du gouffre: Donissan se rend compte que

---

① Voir David Foster Wallace, *A Supposedly Fun Thing I'll Never Do Again* (*Un truc soi-disant super auquel on ne me reprendra pas*), traduit par Julie et Jean-René Étienne, Vauvert, Au Diable Vauvert, 2005.

② Voir Jedediah S. Purdy, *For Common Things: Irony, Trust, and Commitment in America Today*, New York, Vintage, 1999.

Satan est « cet être obscur, incomparablement subtil et têtu, à qui rien ne saurait être comparé, sinon l'atroce ironie » (*SSS*, p.249). Avec l'adjectif « atroce », Donissan ne fait pas la classification de l'ironie. Il indique clairement la caractéristique majeure de l'ironie : la cruauté affreuse et la violence dont l'ironie témoigne montrent qu'elle repose sur le manque d'amour ; par conséquent, elle est par sa nature méchante, insupportable et abominable. Dédaigneux de ses interlocuteurs, l'ironiste se comporte en prédateur, soumis à ses pulsions agressives et cruelles. L'humilité dont Donissan fait preuve lui permet non seulement de ne jamais avoir recours à l'ironie, mais aussi de répondre paisiblement à toute ironie dont il est victime, d'atténuer, même d'effacer les effets ironiques.

La théorie du philosophe André Comte-Sponville sur la différence entre l'humour et l'ironie justifie à son tour l'attitude de Donissan envers l'ironie : « L'ironiste rit des autres. L'humoriste, de soi ou de tout. Il s'inclut dans le rire qu'il suscite. C'est pourquoi il nous fait du bien, en mettant l'ego à distance. L'ironie méprise, exclut, condamne ; l'humour pardonne ou comprend. L'ironie blesse ; l'humour soigne ou apaise.»① En effet, au lieu de juger les pécheurs, de se mettre à l'écart des autres, Donissan cherche à être en communion avec tout le monde, en particulier avec les pécheurs, qui sont malheureux en fin de compte, car ils sont aveuglés par le diable. Tous les pécheurs avaient été les enfants de Dieu. Donissan ne se sent jamais supérieur aux pécheurs, dont il a « seulement pitié » (*SSS*, p.176) — une violente pitié semblable à la pitié divine, qui n'est pas « le déguisement du mépris, mais une pitié douloureuse, ardente » (*SSS*, p.169) —, pour qui il fait preuve de la « charité » d'une grande âme, d'une « surnaturelle compassion », susceptibles de le « porter d'un coup au plus intime des êtres » (*SSS*, p.176).

D'ailleurs, Donissan ne pratique pas l'ironie, ni l'humour, étant donné qu'il existe quand même, plus ou moins, la moquerie dans l'humour, que

---

① COMTE-SPONVILLE André, *Dictionnaire philosophique*, Paris, Puf, 2013. URL : http :// www.philomag.com/les-idees/humour-par-andre-comte-sponville-8202.

l'humour relève d'une figure de style, que les humoristes apprécient les aspects comiques, absurdes ou insolites de la réalité, alors que Donissan prend tout au sérieux. Il parle simplement et concrètement pour se faire comprendre d'emblée, sans compter sur des jeux de mots ou des figures de rhétorique. Son humilité lui fait éviter toute sorte de moquerie, tant à l'égard des autres que de lui-même. Évidemment, c'est à l'image de Jésus-Christ.

Cette théorie prouve aussi que la pratique de Saint-Marin relève à l'évidence de l'ironie, non de l'humour, car son ironie ne s'adresse qu'aux autres.

Ⅳ.3 Le langage somptueux

Le diable cherche toujours à s'emparer du corps d'un homme pour le rendre incapable de contrôler ses actes, le frapper de maladie ou de folie, ou le tourmenter. Nous prenons la première Mouchette comme exemple. Auparavant, avec ses parents, la plupart du temps, au lieu de beaucoup parler, elle écoute plutôt. Certes, avec M. le marquis de Cadignan, elle parle beaucoup plus. Et pourtant, elle est obligée de parler pour riposter du tac au tac, et de proférer beaucoup de mensonges. Dans la conversation entre Mouchette et son amant, c'est ce dernier qui a la main pour jeter les dés. En tout cas, elle ne peut pas se classer parmi les bavards ou les personnes éloquentes. Avec le docteur Gallet, la situation est tout à fait différente, car cette fois-ci, c'est Mouchette qui tient le fil de la conversation et parle « avec une volubilité extrême » (*SSS*, p.54), contrairement à son comportement ordinaire. Mouchette se montre incapable de contrôler sa langue. En fait, ce n'est plus la jeune fille Mouchette qui parle, mais le diable lui-même parle, ou plus exactement, c'est le diable qui fait dire par Mouchette, une de ses porte-parole, ce qu'il veut répandre dans ce monde. Satan se cache derrière le langage somptueux.

L'extraordinaire volubilité de Mouchette forme un contraste saisissant avec le manque d'éloquence de l'abbé Donissan. Donissan est un homme qui ménage toujours ses paroles car il est extrêmement maladroit dans ses propos : « Autrefois, prenant sa place au coin le plus noir et pétrissant son vieux chapeau dans ses doigts, le malheureux cherchait longtemps en vain une transition adroite, heureuse, inquiet de placer le mot, la phrase méditée à loisir, puis partait sans avoir rien dit.» (*SSS*, pp.104-105)

La maladresse et le silence de Donissan s'expliqueraient par sa recherche constante de l'authenticité du langage. Michel Estève a très bien analysé la fonction du langage dans le roman : « L'une des constantes de la vocation de Donissan est de transmettre, par la parole, un témoignage profondément sincère : celui de la réalité du surnaturel, de l'existence du divin. C'est par le langage que le prêtre témoigne de la vérité de Dieu. »① De ce fait, non seulement Donissan ne dit jamais de mensonges, ni d'injures, mais aussi il dit rarement ce qui est insignifiant.

Cependant, il n'est pas facile pour Donissan d'accomplir cette vocation, compte tenu des deux obstacles auxquels il doit faire face. D'abord, si « Dieu est tout puissant, il est indicible »②. Bien sûr, Donissan s'en est déjà rendu compte et a vécu une expérience personnelle directe : « Il a souffert longtemps de l'impuissance à exprimer ce qu'il sent, de cette gaucherie qui faisait rire.» (*SSS*, p.106) Sans aucun doute, ce qu'il sent, c'est la présence de Dieu. En effet, beaucoup de chrétiens affirment qu'il est tout à fait possible de la sentir lors de moments d'adoration particulièrement intenses.

Alors, comment dire ce qui est indicible? Donissan, ainsi que le romancier, ne peut faire appel qu'à « des mots familiers qui, par définition, ne correspondent pas exactement à ce qu'il[s] voudrai[ent] suggérer »③. Le bégaiement de Donissan traduit parfois en fait son hésitation dans le choix

---

① *Georges Bernanos* : *Sous le soleil de Satan*, extraits commentés par Michel Estève, Paris, Bordas, 1973, p.103.

② BRYKMAN Geneviève, *Berkeley et le voile des mots*, Paris, Librairie philosophique J. Vrin, 1993, p.59.

③ *Georges Bernanos* : *Sous le soleil de Satan*, extraits commentés par Michel Estève, Paris, Bordas, 1973, p.106.

d'un terme approprié. Bien qu'il soit presque impossible de trouver les termes les plus adéquats pour représenter les mystères de l'univers surnaturel, Donissan ne renonce jamais à chercher les mots les plus justes possible. Il est vrai que « la parole du futur curé de Lumbres est difficile »① (*SSS*, p.105). Et pourtant, il « ne se dérobe plus, il va quand même » (*SSS*, p.106). D'une part, il ne considère plus l'éloquence comme une précieuse qualité digne d'orgueil; d'autre part, il ne craint plus d'être l'objet de moqueries à cause de son mutisme ou de son manque d'humour.

À noter que Donissan est un saint en devenir, non un saint né. Certes, il a eu honte de ne pas avoir le don de la parole et a essayé de se surmonter en parlant plus en public et en prenant l'initiative de parler. Il finit par accepter son prétendu défaut, car la plupart des gens considèrent la difficulté de parole comme un défaut, alors que pour Donissan, il s'agit quand même d'un don de Dieu dont on n'a qu'à obéir aux ordres. D'ailleurs, même les saints ne sont que des hommes ordinaires, ayant leurs défauts, leurs faiblesses, au lieu d'être des hommes inaccessibles, parfaits et à part. Ce qui distingue les saints des autres, c'est que les saints se donnent totalement à Dieu et se mettent aux affaires de Dieu.

Ensuite, Donissan déplore que les mots soient déjà déformés par l'usage et aient perdu leur sens originel, sens que Dieu y avait attaché. Par conséquent, les mots ont perdu leur capacité à toucher l'âme des hommes. Il arrive qu'on parle beaucoup sans rien dire d'important. Il semble donc qu'on participe à une compétition d'agilité à manipuler des signes déjà dépourvus de signifiés②. S'il est vrai que « Dieu utilise notre langage pour traduire son

---

① Dans cette phrase, le romancier désigne le jeune prêtre par le « futur curé de Lumbres », non par « l'abbé Donissan », ou le « vicaire de Campagne », ce qui signifie que la difficulté de parole de Donissan demeure toute sa vie. Soit il ne penserait jamais à changer cette situation, soit il n'arriverait toujours pas à surmonter cette difficulté.

② D'après la théorie de Saussure, un signifiant ne peut pas exister sans signifié, alors que Derrida avalise la notion de « signes sans signifiés ».

secret »①, un des péchés que beaucoup d'entre nous ont commis est qu'on utilise notre langage pour tromper, divertir, ou se moquer, mais non pour connaître les mystères du royaume de Dieu et communiquer avec lui.

Pour lutter contre cette tendance, Donissan a fait ses efforts: « D'un regard, de ce regard profond, anxieux, qui ne cède pas, il a traversé les menues politesses, les mots vagues. Déjà il interroge, il appelle. » (*SSS*, p.105) Dans ces deux phrases l'auteur imite parfaitement le style de communication de Donissan, caractérisé par la simplicité, la brièveté, la clarté et l'exactitude. Il est facile pour nous de compléter la dernière phrase qui manque de complément: il interroge son interlocuteur sur sa foi, il l'appelle à la sainteté. Évidemment, Donissan parle directement à l'âme de son interlocuteur. Ainsi, même si ce dernier méprise encore ce pauvre prêtre et tourne en dérision sa foi, bien que Donissan demeure, aux yeux de son entourage, un homme rude, qui manque de savoir-vivre, qui ne sait pas faire plaisir aux autres, il ne peut pas résister à la force pénétrante de ses propos. Son regard pénétrant trahit sa charité envers ses semblables, la fermeté de sa foi et sa recherche de l'essentiel, de la réalité des choses, sans se borner aux seules apparences. En effet, sur le plan de l'âme, nous ne sommes tous qu'Un, car les âmes sont reliées entre elles par l'amour divin.

Le romancier nous invite aussi à faire attention à diverses fonctions du langage: conquérir, « persuader ou séduire » (*SSS*, p.105). Pour Bernanos, le langage de Dieu est capable de tout conquérir, alors que le langage du péché cherche toujours à persuader ou à séduire.

Conquérir peut signifier par les armes ou par la force, devenir maître ou étendre la domination. Bien sûr, Donissan, qui se montre toujours extrêmement humble, ne pense absolument pas à devenir supérieur hiérarchique. Cependant, il parvient vraiment à conquérir sa pauvre paroisse. Il faut remarquer qu'en tant que serviteur de Dieu, Donissan cherche à

---

① ANTONIOTTI Louise-Marie, *Le mystère de Dieu un et trine*, Paris, Beauchesne, 2000, p.5.

conquérir l'âme des gens qu'il connaît et veut sauver. En effet, ce que Dieu et Satan se disputent depuis toujours, c'est l'âme humaine.

Alors, comment Donissan arrive-t-il à conquérir l'âme des gens? Il y arrive en parlant le langage de Dieu, non le langage du péché. Comme Dieu peut être décrit comme le « Conquérant divin des âmes, des sociétés et des peuples de la terre »①, son langage possède aussi un pouvoir tellement fort qu'il a pu créer toute chose, par exemple la lumière: « Dieu dit: Que la lumière soit! Et la lumière fut.» (Genèse 1: 3) Plus loin, la Bible nous dit clairement: « Que toute la terre craigne l'Éternel! Que tous les habitants du monde tremblent devant lui! Car il dit, et la chose arrive; Il ordonne, et elle existe.» (Psaumes 33: 8-9) En plus de ce merveilleux pouvoir créateur, le langage de Dieu lui permet aussi de conquérir le territoire de Satan. Dieu donne à ses fidèles disciples les pouvoirs extraordinaires. Donissan n'agit pas en prenant en considération son propre intérêt. Il se consacre entièrement aux affaires de Dieu. En revanche, il devient tellement fort qu'il peut faire peur à Satan.

D'ailleurs, le langage de Dieu n'est pas pour Dieu lui seul, mais pour toutes les créatures, y compris les êtres humains et la nature. C'est un langage que tout le monde peut comprendre, qui peut faciliter la communication et la communion entre les hommes et Dieu, aussi entre les hommes, qui permet d'ouvrir la porte de notre cœur. Mais seulement celui qui croit de tout son cœur en Dieu est à même de parler le véritable langage de Dieu, de le faire agir positivement.

À partir du premier chapitre de la Genèse, nous pouvons voir que le langage de Dieu se caractérise par la simplicité, la concision et la conviction. Il s'agit là aussi des caractéristiques des propos de Donissan. En quelques mots simples mais concis, Donissan est capable d'« entre[r] dans les âmes comme par la brèche » (*SSS*, p.105). En d'autres termes, les paroles saintes permettraient d'adoucir, de toucher toutes sortes de gens, même s'ils ont un

---

① CANIONI Maurice, *Avec Jésus à Gethsémani*, Toronto, AEMC, 2015, p.222.

cœur extrêmement dur. Donc, nous pouvons considérer les paroles pures comme une des armes toutes puissantes de Dieu, alors que l'une des armes les plus redoutables et les plus efficaces de Satan est le mensonge.

Comme nous le savons bien, Dieu est la source de toute vérité, la vérité suprême. Alors le langage de Dieu sert à représenter cette vérité absolue qu'on n'a pas besoin de justifier, qu'on ne peut pas interroger ni contredire. Ce langage nous offre des modèles idéaux par rapport auxquels le mensonge et l'à-peu-près sont toujours une déviation. Ce que l'homme doit faire, ce n'est que d'obéir aux commandements transmis avec ce langage, d'accepter la vérité révélée par ce langage. En parlant le langage de Dieu, nous aurions la possibilité de retrouver en nous la pureté et la vérité originelle.

Pour conquérir l'âme des autres, Donissan se fait conquérir d'abord par la vérité que le langage de Dieu transmet: « La dure vérité, qui tout à coup d'un mot longtemps cherché court vous atteindre en pleine poitrine, l'a blessé avant vous. On sent bien qu'il l'a comme arrachée de son cœur. » (*SSS*, p.106) Comme le dit le proverbe français: « Il n'y a que la vérité qui blesse.» Cependant, la vérité ne sert pas qu'à blesser. A proprement parler, ce qui est susceptible de blesser les hommes, c'est la vérité sur Satan, alors que la vérité sur Dieu, qui ressemble plutôt à un remède très efficace, peut cicatriser les plaies, rassurer et éclairer les hommes, apaiser leur âme. Si la vérité sur Satan est « dure », capable de « vous atteindre en pleine poitrine », c'est justement parce que cette vérité est oubliée, délibérément ou non, depuis très longtemps, si bien qu'on refuse, ou n'a pas le courage, de l'admettre, de l'accepter. Cette tendance s'est déjà révélée dans la phrase même: le narrateur fait appel à la description de cette vérité, au lieu de la nommer directement. En effet, la plupart des gens sont déjà très habitués à proférer le nom de Dieu, qu'ils soient chrétiens ou non-croyants. Et pourtant, la fréquence d'utilisation du nom de Satan est beaucoup moins élevée. Peut-être, c'est parce qu'on a peur de lui; peut-être, c'est parce qu'on pense que l'existence de Satan n'est qu'une légende, et le tourne en dérision. Quelle qu'en soit la raison, ce phénomène est apparemment ordinaire, infime, mais en fait très dangereux et inquiétant. Ainsi, pour Bernanos, il est vraiment nécessaire et urgent de faire reconnaître Satan et d'encourager à affronter Satan. C'est aussi une condition indispensable pour que Donissan devienne saint. S'il ne connaissait ni ne rencontrait Satan, sa connaissance de la réalité divine ne serait pas complète, sa compréhension de la sainteté ne serait pas exhaustive. C'est-à-dire qu'il n'aurait pas l'occasion de devenir un véritable saint. En effet, les plantes qui grandissent dans la nature, sous la pluie, sous le vent, auront certainement une vitalité beaucoup plus grande que les plantes cultivées en serre.

De même, pour conquérir l'âme des autres, on doit avoir un parler prestigieux. Évidemment, Donissan peut y arriver: « celui-là, il faut qu'on l'écoute, voilà tout...» (*SSS*, p.106) La parole du conquérant a une telle force de dissuasion que les autres n'ont plus le courage de lui parler, de le réfuter, qu'ils jouent de leur plein gré le rôle d'auditeur, de récepteur. Nous aurions raison de dire que dans cette phrase, « celui-là » désigne l'abbé Donissan. Mais il est aussi raisonnable de dire que « celui-là » désigne Dieu. En fait, ces deux interprétations ne sont pas contradictoires du tout, car en tant que représentant de Dieu dans ce monde et médiateur entre les hommes et Dieu, Donissan, en qui habite l'Esprit de Dieu, n'exprime pas ses propres opinions, mais transmet les messages de Dieu aux hommes. D'ailleurs, comme Donissan est tout à fait d'accord avec Dieu, ses propres opinions sont sans aucun doute conformes à la volonté de Dieu.

D'après Platon, nous portons en nous la vérité originelle. Alors, notre âme aurait pu se mettre en garde contre le péché. Les paroles de Satan doivent échapper de prime abord à l'examen de conscience et soulager l'âme de sa pesanteur. C'est-à-dire que Satan est obligé de « persuader » ou de « séduire », car ce qu'il dit est soit faux, soit illusoire. Si l'on parle le langage du péché caractérisé par le mensonge et l'approximatif, on doit faire beaucoup d'efforts pour que notre âme s'apaise et se taise. Pour persuader, on doit présenter de nombreux arguments, donc il faut faire appel à plus de mots. C'est pour cette raison que celui qui parle le langage du péché se montre généralement éloquent ou bavard. Pour séduire, on commence fréquemment par éveiller l'envie pour qu'elle gagne l'âme et la fait chuter dans une enveloppe corporelle. Ainsi, les séducteurs ont tendance à privilégier les mots doux, la rhétorique, les jeux de mots, les phrases longues, compliquées et ambiguës. Sinon, il serait bien difficile de tendre un piège, de tisser des rêves trompeurs en manipulant des signes linguistiques. En un mot, le conquérant divin vise à réveiller l'âme dans le corps et à parler directement avec elle, alors que le séducteur cherche à endormir l'âme et à se détourner d'elle.

L'attitude de Donissan envers le langage témoigne largement de sa persévérance, de son courage, étant donné qu'il cherche à rendre l'impossible possible, le possible probable et le probable réalisé, à lutter contre l'usage, c'est-à-dire la puissance collective, en s'appuyant sur ses forces individuelles, car l'usage est généralement établi par plusieurs générations, par d'innombrables individus. Mais aux yeux de son entourage, Donissan est plutôt un homme entêté, naïf, bizarre, asocial, même incompréhensible.

Donissan s'efforce de changer l'attitude des habitants locaux à l'égard du langage en se donnant en exemple: il utilise un « langage, toujours volontairement simple et familier » (*SSS*, p.102) ; il fait souvent « une prière d'actions de grâces dont l'extrême brièveté surprit longtemps l'abbé Menou-Segrais » (*SSS*, p. 103) ; chaque fois qu'il va voir ses paroissiens, « la maisonnée attentive, pressée autour du poêle, attendait son premier mot, lent à venir » (*SSS*, p. 104), et puis, il ne prononce qu'un « petit discours » (*SSS*, p. 104) ; il « entre dans son sujet d'emblée, à la grâce de Dieu » (*SSS*, p.106) ; il « dit ce qu'il a à dire » (*SSS*, p.106) ; quand il parle, il ne recherche « nulle éloquence, et même aucune de ces naïvetés savoureuses dont les blasés s'émerveilleront plus tard » (*SSS*, p.105) ; « il ignore le jeu commode du synonyme et de l'à-peu-près, les détours d'une pensée qui suit le rythme verbal et se modèle sur lui comme une cire » (*SSS*, pp. 105-106). Donissan nous rappelle que le bon langage est un langage simple, bref, concis, précis, familier, sobre, franc et compréhensible.

Heureusement, les efforts de Donissan sont fructueux:

*Ainsi que jadis il traverse la cour du même pas rapide, parmi les flaques de purin et le vol effarouché des poules. Comme autrefois le même marmot barbouillé, un doigt dans la bouche, l'observe du coin de l'œil tandis qu'il frotte à grand bruit ses souliers crottés. Mais déjà, quand il paraît sur le seuil, chacun se lève en silence. Nul ne sait le fond de ce cœur à la fois avide et craintif, que le plus petit obstacle va toucher jusqu'au désespoir, mais que rien ne saurait rassasier.*①(*SSS*, p.105)

Les termes soulignés montrent clairement qu'apparemment, Donissan n'a pas changé: son comportement s'avère encore rude, grossier, incultivé, mais franc; avec la même humilité et le même amour, il parcourt encore fréquemment sa paroisse pauvre et déserte. Les « flaques de purin » reflètent non seulement la pauvreté qui règne dans la paroisse, mais aussi le fait que les paroissiens se laissent salir par le péché auquel ils sont indifférents. Le « pas rapide » de Donissan, comme son geste de « frotte[r] à grand bruit ses souliers crottés », démontreraient son envie de se débarrasser de cette situation ennuyeuse. L'atmosphère animée par « le vol effarouché des poules », c'est-à-dire par la frayeur éprouvée par les animaux, suggère en fait la faible densité de population dans cette région, le manque de dynamisme et de sentiment de sécurité chez les habitants.

Le changement se réalise à l'intérieur de chacun. Pour Donissan, son changement extérieur mais imperceptible reflète en fait son changement intérieur, considérable et important: si « la haute taille ne se courbe plus, les longues mains ont à peine un tressaillement » (*SSS*, p.105), c'est parce qu'il a déjà trouvé une bonne manière de réaliser sa vocation, d'accéder à la sainteté. Sa foi est d'autant plus vivace qu'il s'est décidé à parler exclusivement le langage de Dieu.

Très étonné et inquiet, l'abbé Menou-Segrais a remarqué le changement

---

① C'est nous qui soulignons.

brutal de l'attitude des habitants locaux envers le pauvre prêtre : « Mais que leur contez-vous donc, à nos bonnes gens? demande l'abbé Menou-Segrais. Les voilà tout retournés. Quand je parle de vous, pas un qui ose me regarder en face. » (*SSS*, p. 106) En effet, actuellement, Donissan, qui n'était toujours que l'objet du mépris et de la négligence, est de nature à inspirer la crainte chez son entourage. Il donne au moins l'impression d'être mystérieux et complexe. En même temps, Donissan a un cœur « à la fois avide et craintif ». Épicure a raison de dire qu' « on ne peut pas être sans crainte quand on inspire la crainte ».

Dans la Bible, Jésus-Christ a inspiré la crainte de Dieu chez le peuple : « Tous furent saisis de crainte, et ils glorifiaient Dieu, disant : Un grand prophète a paru parmi nous, et Dieu a visité son peuple.» (Luc 7 : 16) Même si on ne peut pas voir Donissan comme un autre Jésus, au moins, le comportement de Donissan fait penser tout de suite à Jésus. En fait, celui qui fait peur aux habitants de Campagne, ce n'est pas Donissan lui-même, mais son maître Dieu.

Il est bien facile de comprendre la crainte de Dieu éprouvée par Donissan dont on ne met jamais en doute le « zèle » et la « piété » (*SSS*, p.107). Nous pouvons en conclure que Donissan traite Dieu et tout ce qui vient de Dieu avec une crainte constante, car il connaît certainement par cœur la Bible qui dit clairement : « Dans la crainte de l'Éternel, il y a la sécurité de la force, et il y a un refuge pour ses fils. La crainte de l'Éternel est une fontaine de vie pour faire éviter les pièges de la mort. […] La crainte de l'Éternel mène à la vie, et on reposera rassasié, sans être visité par le mal.» (Proverbes 14 : 26-27 ; 19 : 23)

Il est nécessaire d'interpréter la crainte éprouvée par l'abbé Menou-Segrais. En tant que prêtre droit et intègre, il serait impossible qu'il ne craigne pas Dieu. Cependant, en plus de cela, ce vieux prêtre craint aussi quelque chose d'autre. De quelle crainte s'agit-il? Le narrateur donne une réponse satisfaisante : « Le travail de la grâce dans ce cœur déjà troublé a un caractère de violence, d'âpreté, qui le déconcerte.» (*SSS*, p. 106) D'une part, le personnage de Donissan est pour ainsi dire beaucoup plus vivant et plus impressionnant, puisque jeté dans le trouble face à la grâce de Dieu, il se comporte comme un homme ordinaire, même médiocre. Cette réaction est raisonnable. N'oublions pas que pour Bernanos, les saints ne sont jamais des hommes parfaits ni des surhommes. D'autre part, les vives inquiétudes que l'abbé Menou-Segrais éprouve à l'égard de son confrère Donissan traduisent sa perspicacité, sa sensibilité extraordinaire au danger, au péché, parce que l'abbé Menou-Segrais est le seul personnage romanesque à avoir prévu l'intervention de Satan dans la grâce de Dieu donnée à Donissan.

En opposition avec l'abbé Menou-Segrais tellement minutieux et inquiet, « aucun des confrères qui approchent [Donissan] n'a remarqué en lui de changement » (*SSS*, p. 107). Cela prouve que la majorité écrasante des prêtres ne se fie qu'aux apparences, est indifférente ou insensible au péché, aux ruses et complots de Satan. Il est possible qu'ils répètent machinalement, plutôt que par conviction, les paroles de Dieu sans jamais y réfléchir profondément, ni les comprendre vraiment, contrairement à Donissan qui semble planter les mots dans son cœur, les intérioriser et les assimiler à son corps, à tel point que quand il vous dit une certaine vérité transmise par les mots qu'il cherche longtemps et sérieusement, « on sent bien qu'il l'a comme arrachée de son cœur » (*SSS*, p.106).

Il faut remarquer que quand il interroge Donissan sur son travail, l'abbé Menou-Segrais utilise le verbe « conter », qui signifie raconter une chose surprenante ou peu convaincante. Sans doute, l'abbé Menou-Segrais ne sait vraiment pas ce que Donissan a dit à ses paroissiens. Mais il est certain qu'il a déjà connu la réaction de ces « bonnes gens » au prêche de Donissan. Si nous prenons en considération le contexte, nous pouvons en conclure que pour eux, les propos de Donissan sont plutôt surprenants, au lieu d'être peu convaincants, étant donné que ses propos ont inspiré leur crainte, ont exercé une influence importante sur leur manière de penser et d'agir, ont déjà touché leur âme. Cette surprise révèle une réalité triste et décevante : le langage de Dieu devient inconnu, ou tout au moins peu familier pour les hommes contemporains.

Quand Donissan paraît sur le seuil, « les paysans du canton, race goguenarde » (*SSS*, p.104), ne peuvent s'empêcher de se lever « en silence » (*SSS*, p.105), « quand il se tait, se taisent aussi » (*SSS*, p.106). Ce silence traduit non seulement la crainte de Donissan lui-même, mais aussi celle du langage, en particulier celle du langage de Dieu. Avant de savoir parler ce langage sacré, le silence vaut beaucoup mieux que les blasphèmes. D'ailleurs, le silence est présenté par Bernanos comme une vertu, au sens où on garde le silence pour mieux écouter Dieu, ou ceux qui transmettent les messages de Dieu, et puis mettre en pratique les commandements de Dieu, au lieu de se contenter de donner des coups de gueule.

D'une part, Donissan est capable d'imposer silence au mensonge, aux médisances chez ses interlocuteurs. D'autre part, Donissan lui-même est rarement bavard. Il préfère rester silencieux plutôt que de dire n'importe quoi, même si le silence le met dans une situation embarrassante: « Il n'esquive plus l'humiliant silence, lorsque la phrase commencée arrive à bout de course, tombe dans le vide.» (*SSS*, p.106). Jean-Jacques Rousseau pourrait expliquer ce silence: « L'indifférence et la froideurtrouventaisémentdesparoles, mais la tristesse et le silencesontalors le vrailangage de l'amitié »①. En fait, son silence est une autre sorte de langage. Dans de nombreuses circonstances, ses regards, ses gestes, ses attitudes expriment déjà ce qu'il a à dire.

La réaction des paysans face à Donissan prouve largement que le bon langage permet de devenir saint. Ces paysans, qui ont perdu plus ou moins leur essence, changé leurs habitudes de communication, n'osent même plus le regarder en face: « Ils l'observent de biais » (*SSS*, p.106). Ce geste est significatif: d'une part, ces pauvres pécheurs portent un vif intérêt à cette personne étrange, d'où l'espoir de leur salut; d'autre part, ils ressentent sans aucun doute la majesté et la puissance de cette personne cachées derrière son

---

① ROUSSEAU Jean-Jacques, *Julie, ou la Nouvelle Héloïse*, Paris, Chez Ledoux et Tenrè, 1819, p.266.

étrangeté. Cette scène nous rappelle la Bible où personne n'était capable de regarder en face Dieu l'Éternel, y compris Moïse, qui n'a pas vu Dieu en face, mais de dos①, que les autres n'osaient non plus regarder, car « la peau de son visage rayonnait » (Exode 34: 35) après son entretien avec Dieu. La Bible nous informe déjà clairement que le regard des pécheurs ne doit ni ne peut salir la sainteté. À travers ce personnage de Donissan, Bernanos vise à nous démontrer également que les saints sont capables de refléter la lumière de la sainteté.

En plus de la crainte, Donissan inspire encore la honte chez les paysans: « [ils] répondent avec embarras, s'excusent, plaident l'ignorance ou l'habitude » (*SSS*, p.106). Sous les yeux de Donissan, ils ont l'impression d'avoir un corps nu, comme Adam et Ève le ressentaient devant Dieu dans le jardin d'Éden, après avoir mangé du fruit défendu. Bien sûr, il est question de la nudité psychique qui est également susceptible d'engendrer le sentiment de honte. Cependant, la honte peut jouer un rôle positif dans le processus du salut. Comme des patients comateux, les paysans ne peuvent pas s'apercevoir de ce qu'ils ont fait. Ils ignorent qu'ils ont commis des péchés, car ils ne se souviennent plus des paroles de Dieu. De même que les patients comateux éprouvent souvent de la honte quand ils reprennent connaissance, de même, les pécheurs auraient la même réaction quand ils sont éclairés par la lumière divine. Dans ce cas-là, « cette honte vient témoigner de la relance de l'activité consciente »②. La conscience, qui peut être vue comme essence même de l'âme, ou lumière de l'intelligence, permettrait de distinguer le bien du mal. Sans conscience, on deviendrait un vivant mort. Si l'on pratique l'examen de conscience tout en raffermissant sa foi en Dieu, on pourra résister assez

---

① Voir « L'Éternel dit: Tu ne pourras pas voir ma face, car l'homme ne peut me voir et vivre. [...] Et lorsque je retournerai ma main, tu me verras par derrière, mais ma face ne pourra pas être vue. » (Exode 33: 20-23)

② RAPHAEL Minjard, JEAN-MARC Talpin, ALAIN Ferrant, *Les familles en réanimation: un soutien pour l'éveil de coma?*, dans *Dialogue* 1, n° 199, 2013, p.121.

efficacement à toutes sortes de tentations. En effet, pour Bernanos, ce qui est le plus dangereux, le plus inquiétant, ce ne serait pas le diable qui continue de faire d'affreux ravages partout sur terre, mais l'indifférence générale et mortelle des êtres humains aux péchés, au diable.

Comme nous l'avons dit plus loin, Donissan est apte à exercer une influence profonde et durable sur ses paroissiens :

> *Les mots les plus communs, les plus déformés par l'usage reprennent peu à peu leur sens, éveillent un étrange écho.* « *Quand il prononçait le nom de Dieu presque à voix basse, mais avec un tel accent, disait vingt ans après un vieux métayer de Saint-Gilles, l'estomac nous manquait, comme après un coup de tonnerre...* » (*SSS*, p.105)

Pour Donissan, comme pour le romancier, il est tout à fait naturel que les « mots les plus communs, les plus déformés par l'usage » désignent le mot « Dieu » et ses mots dérivés. Le narrateur, qui confirme tout de suite notre hypothèse, prend comme exemple le mot « Dieu » qui nous est très familier. Si le mot « Dieu » doit faire partie des « mots les plus communs », c'est parce que Dieu est à la fois le seul Créateur et le seul Sauveur, dont le nom mérite d'être connu, retenu, invoqué et répandu par tout le monde.

Cependant, quelle est l'attitude générale des êtres humains à l'égard du mot « Dieu »? En particulier de nos jours, combien de personnes considèrent encore vraiment le mot « Dieu » comme un mot sacré, le prononcent avec crainte, et l'interprètent a priori comme l'être éternel, incréé, infini, parfait, suprême, ou le premier être, l'Être des êtres, l'Être souverain? Donissan partagerait certainement l'avis de Saint-Martin, qui a adopté une attitude juste, mais qui ne pouvait quand même représenter tout le monde, ou au moins, la majorité des hommes : « Tu prendras quelque idée des perfections de ce grand être qui est au-delà du temps, et dans qui tous ces divins attributs sont éternels comme lui, parce qu'ils n'existent et n'agissent que dans sa sainte et sublime unité.»①

Pour les chrétiens, le mot « Dieu » n'est pas du tout un seul signe linguistique abstrait, mais un « être éminemment concret »②, dont l'existence est incontestable. De ce fait, prononcer le nom de Dieu, c'est loin d'être un acte simple d'articuler une syllabe courte, mais s'approcher de Dieu, communiquer avec Dieu.

Le mot « Dieu » possède une puissance incroyablement grande et peut faire des miracles à condition que vous le prononciez avec la crainte et la foi nécessaires. Dieu peut toujours entendre l'appel de ses serviteurs et s'apprêter à y répondre. Le témoignage du vieux métayer est une preuve convaincante. Le fait qu'un vieil homme pauvre, mal instruit, est en mesure de garder encore un souvenir profond et frais de Donissan, de sa voix, après une si longue période, d'exprimer exactement ses impressions, de saisir d'un coup l'attribut essentiel des propos de Donissan, prouve largement la force pénétrante des mots sacrés, susceptibles de briser les obstacles posés par le corps, le temps et l'espace.

À partir de ce passage, nous pouvons conclure que bien que le travail de Donissan ait porté ses fruits, son travail ne s'est pas déroulé sans être gêné par le moindre obstacle, les affaires de Dieu ne sont pas encore parfaitement accomplies. En effet, c'est « peu à peu » que les « mots les plus communs, les plus déformés par l'usage reprennent leur sens ». De la part de Donissan, il faudrait beaucoup de patience et de courage pour y arriver. D'ailleurs, c'est « un étrange écho » que ces mots éveillent chez les interlocuteurs de Donissan. Le qualificatif « étrange » suggère qu'auparavant, les compatriotes de Donissan, même ses contemporains, ont mal connu, même ignoré l'existence de Dieu, sa manière d'être présent dans ce monde, qu'actuellement, ils ont encore des soupçons sur la toute-puissance de Dieu, et hésitent à répondre à l'appel de Dieu, à se donner totalement à Dieu.

---

① Saint-Martin, *Homme de désir*, Lyon, Chez J. Sulp. Grabit, 1790, p.51.

② TURLOT Fernand, *Idéalisme dialectique et personnalisme: essai sur la philosophie d'Hamelin*, Paris, Librairie philosophique J. Vrin, 1976, p.45.

PARTIE IV

L'ÉCRITURE DE LA SAINTETÉ

Chapitre I

L'intertextualité

Les romans de Bernanos sont vraiment polyphoniques. Ainsi, il est nécessaire d'effectuer une analyse intertextuelle afin de comprendre profondément et complètement la sainteté bernanosienne. Il faut établir des rapports non seulement entre les romans de Bernanos et la Bible, mais aussi entre ses différents romans, même entre Bernanos et d'autres écrivains catholiques. Cette tâche est tout à fait réalisable, car la sainteté est sans aucun doute le même thème récurrent dans la Bible et les romans de Bernanos. C'est grâce à l'intertextualité que l'appel à la sainteté résonne sans cesse aux oreilles des lecteurs, que la définition de la sainteté est progressivement enrichie et aboutie.

I.1 À l'image de Jésus-Christ et des Livres Saints

La sainteté se manifeste chez Donissan étant donné qu'il suit toute sa vie Jésus-Christ. Donissan regarde « quarante ans le pécheur avec le regard de Jésus-Christ » (*SSS*, pp.111-112). Il fait preuve d'une profonde compassion pour les pécheurs qui se confessent devant lui ; il s'efforce toujours de leur redonner espoir, de crainte qu'ils ne soient envahis par le désespoir, signe de la présence de Satan ; il sacrifie même de bon cœur son propre salut pour celui de Mouchette.

De même que le Christ est la Lumière, source de toute lumière, de même Chantal est une lumière capable d'éclairer l'œil intérieur de toutes les personnes autour d'elle, attirées par sa sainteté, consciemment ou inconsciemment, volontairement ou involontairement, quelquefois comme des insectes. Cette ressemblance fait de Chantal une sainte. L'apparition fréquente du mot *lumière* dans *La Joie* ne devrait pas être considérée comme un hasard. Comme cette fille, le romancier lui-même a pour mission de transmettre la Lumière divine dans ce monde. D'ailleurs, cette répétition semblerait impliquer que la Lumière est juste la source de la joie.

Comme Michel Estève nous l'indique, « *la vision du monde* du romancier Bernanos est par essence *christique*. [...] Une vision du monde selon laquelle la réalité première est le Christ, source même de la connaissance de Dieu et de soi-même, garant de notre épanouissement profond, " Homme-Dieu " incarné et crucifié pour notre propre salut. [...] C'est pourquoi les " saints" de Bernanos inscrivent leur itinéraire personnel dans le sillon tracé par la Passion du Christ, ouverte sur la Résurrection »①. Tous les romans de Bernanos sont placés sous le regard du Christ. Tous ses saints visent à suivre l'exemple du Christ. C'est en Christ qu'on parvient à déchiffrer le mystère du réel et celui du salut. Quelque impressionnante que soit la souffrance subie par les êtres humains, et en particulier par les saints, le thème dominant commun à tous ses romans ne peut être rien d'autre que celui de la Rédemption. De ce point de vue, nous pouvons classer Georges Bernanos parmi les romanciers optimistes.

En effet, pour l'homme qui est enfermé dans son corps mais désireux de connaître, ou même d'accéder à l'Infini dans ce monde, une seule voie est offerte, qui ne peut être offerte que par le Christ, l'Homme-Dieu.

I .1.1 Le désert

De même que Jésus-Christ a été tenté par Satan dans le désert, de même

---

① ESTÈVE Michel, *Georges Bernanos: Un triple itinéraire*, Paris, Hachette, 1981, p.120.

Donissan est tenté par Satan dans un endroit désert. D'ailleurs, Donissan exerce son ministère et jouit d'une grande réputation à Lumbres — un « lieu désert » (*SSS*, p. 215). De ce point de vue, l'œuvre de Bernanos est une réécriture moderne de la Bible. L'abbé Donissan peut être pris pour Jésus, sinon un nouvel Adam dans la société contemporaine.

Certes, même dans la Bible, le désert n'est pas un lieu plaisant, il est considéré comme « le pays des steppes et des pièges, pays de la sécheresse et de l'ombre mortelle, pays où nul ne passe, où personne ne réside » (Jérémie 2: 6). Pourtant, cela n'empêche pas le désert d'être un thème non-négligeable et très significatif. Le désert est un lieu propice aux tentations car dans le désert, face au spectre de la pénurie, en état de dépendance totale à l'égard de Dieu, la volonté de ne compter que sur Dieu est mise à l'épreuve, on est tenté soit de retourner en Égypte pour continuer d'être esclave, soit de se précipiter vers Canaan, la Terre Promise où coulent le lait et le miel, pour jouir du confort et de l'abondance.

Le fait que le Saint-Esprit ait conduit Jésus dans le désert, un lieu exemplaire où règne le vide, implique qu'on risque davantage de tomber dans la tentation quand on est accablé du sentiment de vide, que ce soit géographique ou intérieur. C'est le cas de Mouchette. Évidemment, elle n'a pas l'occasion de voir un désert naturel ou d'y vivre, mais elle se trouve dans un désert spirituel. Elle manque d'amour, de foi et d'espérance, les trois essentielles vertus théologales chrétiennes.

Mais en même temps le désert est un lieu de victoires qui permet de mieux se connaître, de mieux connaître la générosité divine et de fortifier sa foi, car « c'est au désert que Dieu se donne à voir dans sa splendeur de libérateur et de créateur »①.

L'expérience de parcourir le désert représente une aventure spirituelle qui conduirait elle-même à deux issues: le bien ou le mal. Les grands prophètes

---

① BILLON Gérard, *Le désert dans la Bible*, Le Service Biblique catholique Évangile et Vie, http://www.bible-service.net/extranet/current/pages/1164.html.

tels que Moïse ou Abraham, sont tous susceptibles de nous servir de modèles, bénéficiant de cette aventure spirituelle en se perfectionnant et en s'approchant davantage de Dieu, qui préfère se révéler dans le désert, c'est-à-dire dans le silence et dans la solitude, autrement dit, au moment où l'homme se croit abandonné et le plus faible.

Au lieu d'être dévalorisé à cause des tentations subies dans le désert, Jésus-Christ a fait preuve d'une sainteté manifeste. Plus la tentation est forte, féroce même, plus la sainteté s'avère précieuse et sacrée, à condition que l'homme puisse enfin surmonter la tentation suscitée par Satan, pour qui la tentation est une épée à double tranchant. Pour les faibles et les injustes, elle est toujours une arme vraiment ingénieuse et efficace alors que pour les justes, elle n'est plus qu'un tigre en papier dont seule l'apparence est terrifiante. Le romancier veut montrer aux lecteurs qu'on ne pourra comprendre la saintetéet y entrer qu'après avoir subi des tentations. En d'autres termes, la tentation est un chemin incontournable pour arriver à la sainteté. C'est pour cette raison que l'homme Jésus a été guidé par l'Esprit Saint dans le désert, lieu de tentations. Cet événement n'est pas un épisode dans sa vie qui a eu lieu par hasard, mais une démarche prévue par Dieu et conforme à sa volonté.

Le désert symbolise le monde d'ici-bas plein de misère tandis que l'Égypte symbolise l'enfer, et Canaan le paradis. Donc, le désert représente une étape de la vie à laquelle l'homme ne peut jamais échapper, et qui exerce une influence importante sur sa vie future. D'ailleurs, le désert stérile, qui symboliserait aussi le Chaos avant la création de l'univers par Dieu, est susceptible de rappeler la toute-puissance et l'amour de Dieu. C'est pour cette raison que dans l'œuvre romanesque de Bernanos, en plus de l'abbé Donissan, presque tous les autres saints vivent dans un endroit très éloigné comme un désert. Saint-Exupéry a dit: « Ce qui embellit le désert, [...] c'est qu'il cache un puits quelque part.»① L'homme ne peut perdre l'espérance en

---

① DE SAINT-EXUPERY Antoine, *Le Petit Prince*, Paris, Gallimard, 2006, p.213.

aucun cas et sous aucun prétexte. À noter qu'en fin de compte, le désert n'est qu'un refuge temporaire, puisque sauf exception, la plupart des gens ne s'installent pas au désert. Cela signifie que les chrétiens ne devraient pas prendre le monde d'ici-bas pour leur destination finale. Pour eux, le passé, le présent et le futur sont également importants.

En apparence, la vie de Mouchette et celle de Donissan sont toutes bien monotones comme le désert. La vie monotone offre plus de possibilités d'affronter des tentations. La différence réside dans le fait que la personne sans bonne foi risque d'y succomber sans défense ou résistance, alors que Satan aura beaucoup de peine à vaincre la personne qui a une foi ferme.

À la différence de Jésus qui connaissait la fatigue, le découragement et la chaleur quand il traversait le désert, Donissan éprouve la fatigue, le découragement et le froid, ce qui constitue une des particularités de l'œuvre romanesque de Bernanos qui prend l'initiative de définir le diable comme Froid. En effet, Donissan éprouve une sensation de froid, qui suggère déjà la présence de Satan, avant que Satan ne se présente devant lui dans le personnage du maquignon. C'est aussi pour cette raison que l'auteur a employé de nombreux termes relatifs au froid pour décrire Mouchette. Chez son amant M. Gallet, Mouchette dit: « Je ne sais ce qui m'a pris [...] ; j'ai froid...» (*SSS*, p. 53) Apparemment, Mouchette avait froid parce qu'elle ne se couvrait pas bien: « elle était nue dans son léger manteau de laine » (*SSS*, p. 53). Quant à Gallet, il expliquait les symptômes du point de vue médical: « La crise est terminée, [...]. Le pouls un peu vif; c'est l'habitude. Rien de grave. [...] Tousses-tu? » (*SSS*, p.53) Cependant, les propos de Mouchette évoquent logiquement une interprétation chrétienne: c'est le signe de la possession diabolique.

I.1.2 La révolte contre les trois manières primitives de tenter

Jésus-Christ et Adam, tous les deux, sont tentés « de gourmandise, de vaine gloire et d'orgueil »①. La révolte des saints contre les tentations chez Bernanos se rapporte également à ces trois manières de tenter. Si l'abbé Donissan et l'abbé Chevance mangent très peu presque tous les jours, c'est pour ne pas commettre le péché de gourmandise. Et puis, pour éviter la vaine gloire, ils préfèrent être des prêtres méconnus, passer inaperçus. Saint Ambroise utilise la jactance pour remplacer la vaine gloire②, ce qui ne change pas le résultat de notre analyse. L'abbé Donissan et l'abbé Chevance font preuve tous les deux d'humilité, de docilité, de sincérité et d'indulgence, toutes les qualités qui sont les contraires de jactance. Le fait qu'ils sont peu bavards, ou qu'ils ne sont pas doués du tout en communication forme aussi un contraste avec la jactance. Théophane substitue la cupidité et l'avarice à la jactance et à la vaine gloire③. Dans le domaine matériel, l'abbé Donissan et l'abbé Chevance se contentent de peu: d'un abri quelconque, de haillons. Ils ne souffrent jamais du manque d'argent. Leur seul trésor est leur amour envers tous et tout, qu'ils donnent sans parcimonie depuis toujours.

Dans le monde littéraire de Bernanos, l'orgueil est un péché récurrent qui est généralement négligé, mais qui risque d'avoir des répercussions profondes. L'orgueil, qui est la racine de tous les vices, constitue une barrière entre l'homme et Dieu. En fait, parmi les trois types de tentations mentionnés ci-dessus, l'orgueil est la tentation la plus difficile à vaincre, c'est pour cela qu'il est aussi la tentation à laquelle l'homme doit le plus prendre garde. Dans une certaine mesure, Satan lui-même, un ancien ange de lumière auprès de

---

① Jacquotte, *Epreuves et tentations*, mis en ligne le 20 février 2013, consulté le 10 juillet 2015. URL: http://in-nomine.over-blog.com/article-epreuves-et-tentatons-115534917.html.

② Jacquotte, *Epreuves et tentations*, mis en ligne le 20 février 2013, consulté le 10 juillet 2015. URL: http://in-nomine.over-blog.com/article-epreuves-et-tentatons-115534917.html.

③ Jacquotte, *Epreuves et tentations*, mis en ligne le 20 février 2013, consulté le 10 juillet 2015. URL: http://in-nomine.over-blog.com/article-epreuves-et-tentatons-115534917.html.

Dieu, a été révolté contre Dieu et donc expulsé du ciel à cause de la passion de l'orgueil. C'est-à-dire que même les êtres surnaturels ont encore de la peine à résister à la tentation de l'orgueil, sans parler des hommes vivant sous l'emprise du péché originel. C'est pour cette raison que l'abbé Donissan arrive à résister facilement et spontanément à la tentation de la gourmandise et à celle de la cupidité, alors qu'il a commis quand même le péché d'orgueil. Dans la troisième partie du roman, Donissan a eu l'idée de ressusciter un enfant, laquelle laisse entendre qu'il veut accomplir par ses seules forces un miracle susceptible de prouver qu'il est un vrai saint. En fait, cette idée lui vient sous l'influence de Satan. Il est question de la tentation de l'orgueil. Il va de soi que seul Dieu est capable d'accomplir toutes sortes de miracles sans demander secours à personne. D'autre part, si un homme a accompli un miracle, ce n'est pas parce qu'il en est capable, mais qu'il fait partie des élus de Dieu pour mettre en œuvre sa volonté. Autrement dit, Dieu accomplit un miracle par l'intermédiaire d'un homme qui n'est plus qu'un représentant de Dieu et qui agit après avoir reçu l'appel de Dieu. Cependant, dans le texte même, nous ne pouvons trouver aucune révélation de la volonté de Dieu. Au contraire, la présence de Satan se fait ressentir de plus en plus clairement. Si nous pensons que Dieu peut s'humilier jusqu'à subir les souffrances sur la croix et que la mort peut nous humilier jusqu'à nous transformer en nourriture pour les vers, avons-nous encore raison de faire preuve d'orgueil?

L'orgueil révèle le désir, souvent inconscient, de défier Dieu. Marie-Françoise Canérot a bien analysé la nature de l'orgueil dont les saints bernanosiens font preuve: « Si Donissan manifeste dans son défi à Dieu l'orgueil du saint [...], ce n'est pas pour jouir de sa propre sainteté, mais en faisant reculer la mort, pour arracher les hommes au désespoir qui signe leur condamnation. »① Ici, il est question de la particularité des saints bernanosiens: dans la plupart des cas, s'ils ont commis tel ou tel péché, ce

---

① CANÉROT Marie-Françoise, *Quand la foi devient roman*, dans *Cahiers de l'Association internationale des études françaises*, n° 45, 1993, p.95.

n'est pas pour leur propre intérêt. Le cas de Donissan démontre également que non seulement l'égoïsme, mais aussi l'altruisme pourront conduire au péché.

Ⅰ.1.3 Satan, prince de ce monde

Chez Bernanos, Satan est « prince *de ce monde* » (*SSS*, p.255). C'est Bernanos lui-même qui l'a souligné. Sans doute, l'auteur veut laisser entendre que d'une part, on ne peut pas être aveuglément optimiste, car on doit reconnaître la réalité de la vie présente: l'existence et la puissance de Satan se tenant entre nous et Dieu et ayant l'intention d'empêcher toute communication avec Dieu, toute demande de secours à Dieu, sont non seulement incontestables, mais aussinon négligeables; d'autre part, on ne peut pas non plus être aveuglément désespéré, car la sphère d'influence bien limitée de Satan, qui n'est que prince de ce monde, non de tout l'univers, ne pourra nullement s'élargir au royaume des cieux, aboutissement suprême de la vie humaine.

En réalité, ce n'est pas Bernanos qui est le premier à définir Satan comme « prince de ce monde ». Dans la Bible, Satan est déjà appelé « prince de ce monde » à plusieurs reprises: « C'est maintenant le jugement de ce monde; c'est maintenant que le Prince de ce monde va être jeté dehors. » (Jean 12: 31); « Je ne m'entretiendrai plus guère avec vous, car le Prince de ce monde vient et il n'a rien en moi » (Jean 14: 30); « Au sujet du jugement, parce que le Prince de ce monde est déjà jugé » (Jean 16: 11). Cette appellation prouve encore une fois que la théologie de Bernanos revient dans les valeurs traditionnelles.

Jésus-Christ a déjà averti de manière explicite ses disciples que Satan va dominer ce monde, que son règne est condamné à l'effondrement, que Satan est absolument incompatible avec Jésus. Ce qui est significatif, c'est qu'avant de mentionner l'arrivée de Satan au pouvoir, le Seigneur parle du jugement de Satan. En particulier, ce jugement est répété plus tard de manière très affirmative. Nous pouvons en conclure que Jésus-Christ met l'accent sur le destin incontestable de Satan. En tant que croyant bien fidèle, Bernanos va certainement dans le même sens que son Maître. Autrement dit, les lecteurs devraient également interpréter ses romans dans le cadre de la certitude de la défaite de Satan. La différence réside dans le fait que Bernanos voudrait focaliser l'attention de ses lecteurs sur la domination de Satan qui est une étape inévitable de l'histoire humaine, car ses contemporains étaient indifférents à cette réalité — l'existence et la puissance de Satan. Cette indifférence dont Satan lui-même est très satisfait, aurait pour conséquence de susciter la colère de Dieu qui conserve le droit de punir les pécheurs dans le but de les faire revenir dans le chemin de la justice. De ce point de vue, Bernanos, comme ses saints, est, d'une part, optimiste à l'égard de l'avenir de toute l'humanité, d'autre part, pessimiste à l'égard du destin de tant de particuliers pécheurs qui ne savent jamais se repentir de leurs péchés. Bernanos cherche à faire sentir tout le poids de l'expression « prince de ce monde » en décrivant les souffrances déchirantes et impressionnantes que ses saints ont subies. De plus, si Donissan se met tout à coup en colère quand il répète ce statut de Satan, c'est également parce que tant d'hommes ignorent cette réalité qui crève les yeux.

I .2 L'autotextualité

I .2.1 Donissan et le curé d'Ambricourt

Donissan, vicaire à Campagne, et le curé d'Ambricourt, un curé de campagne se font écho à travers le mot « campagne ». Pourquoi ne pouvons-nous pas considérer ce dernier comme survie de ce premier?

Dans une certaine mesure, la figure du curé d'Ambricourt est une rectification, ou un perfectionnement de celle de l'abbé Donissan. Si nous sommes convaincus que dans son premier roman, Bernanos dépeint à travers le héros Donissan « les premières phases de la vie des saints, pleines d'obscure violence et qui nous semblent passer les bornes »①, nous pouvons

① URS VON BALTHASAR Hans, *Le Chrétien Bernanos*, traduit par Maurice de Gandillac, Paris, Editions du Seuil, 1956, p.279.

dire que dans *Journal d'un curé de campagne*, à travers le personnage du curé d'Ambricourt, le romancier nous montre un saint mûr, dont la vie est plutôt caractérisé par le calme et la paix, et qui agit plus raisonnablement à nos yeux.

Sans aucun doute, l'abbé Donissan est un saint que Bernanos a l'intention de nous montrer. Cependant, à vrai dire, ce saint se montre bien étrange, si bien qu'il ne semble pas être un exemple qu'on peut suivre facilement. Par contre, le curé d'Ambricourt est un saint extrêmement ordinaire qui se comporte justement comme une de nos connaissances. Son exemple s'avère beaucoup plus plausible et plus imitable.

L'abbé Donissan a effectivement subi les tentations de l'orgueil, de la curiosité et du satanisme. Il a même succombé à ces tentations bien que temporairement. Autrement dit, il a commis les péchés d'orgueil, de curiosité; il a eu tendance à exagérer la puissance de Satan. Ces péchés constituent des imperfections de l'abbé Donissan. En revanche, le curé d'Ambricourt n'est jamais tombé dans ces trois tentations. Sa réflexion sur Satan est bien plus calme et plus raisonnable.

Une comparaison serait significative: dans *Sous le soleil de Satan*, le mot *Satan* apparaît plus de cent fois, sans parler de son apparition dans le titre même, alors que dans *Journal d'un curé de campagne*, le mot *Satan* ne se répète que trois fois. Évidemment, Satan occupe quasiment tout l'esprit de l'abbé Donissan, qui pense encore à la lutte contre ce Tentateur à la fin de sa vie, tandis que ce n'est plus le cas pour le curé d'Ambricourt, qui ne pense qu'à Dieu à la fin de sa vie. Sur ce point, le récit lui-même nous a offert une preuve donnée par le témoin de la vie de Donissan: « Satan! le nom revenait sans cesse sur ses lèvres » (*SSS*, p.252). D'autre part, le curé d'Ambricourt mentionne de temps en temps le nom de Dieu dans son journal, alors que dans les passages où le narrateur décrit l'intérieur de l'abbé Donissan, la fréquence d'apparition du mot *Dieu* est beaucoup moins haute.

En plus, nous pouvons constater que les appréciations respectives des deux saints sur Satan sont considérablement différentes. Pour clarifier ce point, nous allons citer respectivement certains extraits des deux romans:

Entre Satan et Lui, Dieu nous jette, comme son dernier rempart. C'est à travers nous que depuis des siècles et des siècles la même haine cherche à l'atteindre, c'est dans la pauvre chair humaine que l'ineffable meurtre est consommé. (*SSS*, p.248)

«*Ah! Satan nous tient sous ses pieds*», *dit-il enfin, d'une voix douce et désarmée.* (*SSS*, p.253)

Nous sommes sous les pieds de Satan, reprend-il après un silence. Vous, moi plus que vous, avec une certitude désespérée. Nous sommes débordés, noyés, recouverts. Il ne prend même pas la peine de nous écarter, chétifs, il fait de nous ses instruments; il se sert de nous, Sabiroux. (*SSS*, p.255)

Non! Non! cette immense duperie, ce rire cruel, cette manière de profaner ce qu'il tue, voilà Satan vainqueur! (*SSS*, p.256)

Je me dis parfois que Satan, qui cherche à s'emparer de la pensée de Dieu, non seulement la hait sans la comprendre, mais la comprend à rebours. Il remonte à son insu le courant de la vie au lieu de le descendre et s'épuise en tentatives absurdes, effrayantes, pour refaire, en sens contraire, tout l'effort de la Création. (*JCC*, p.82)

Satan est un maître trop dur: ce n'est pas lui qui ordonnerait, comme l'Autre, avec sa simplicité divine: Imitez-moi! Il ne souffre pas que ses victimes lui ressemblent, il ne leur permet qu'une caricature grossière, abjecte, impuissante, dont se doit régaler, sans jamais s'en assouvir, la féroce ironie de l'abîme. (*JCC*, p.158)

Nous pouvons remarquer que l'abbé Donissan se préoccupe davantage de la condition des êtres humains qui doivent faire face à Satan, un ennemi extrêmement puissant et rusé. Les êtres humains ont l'obligation de se protéger contre les attaques de Satan pour défendre la sainteté de Dieu. Si l'homme perd sa sainteté personnelle, ce n'est pas du tout une affaire privée qui ne regarde personne d'autre, mais au contraire, cela signifie qu'il laisse Satan porter atteinte à la sainteté divine. C'est pourquoi il se comporte toujours, jusqu'à son dernier soupir, comme un soldat vaillant. Certes, son esprit est dominé par la sensation du désespoir. Mais son désespoir est plutôt le reflet d'un fort sentiment de crise d'un héros. Il est incontestable que l'humanité n'est pas abandonnée par Dieu. Mais Dieu a créé l'humanité tout en lui assignant une lourde tâche qui constitue justement le sens de l'existence de l'humanité sur terre.

Cependant, l'intention de Bernanos n'est pas comprise par tout le monde. Nombreux sont les reproches qu'on lui a adressés à cause de son premier roman. Le reproche que Jean Guiraud lui a fait est bien représentatif: « l'action de Satan nous est présentée avec une telle puissance qu'elle éclipse celles de la liberté humaine et de la grâce divine »①.

Sans doute, pour répondre à ces reproches, ou pour éviter de susciter les mêmes reproches, Bernanos ne mentionne plus fréquemment Satan de manière explicite dans *Journal d'un curé de campagne*. Satan n'apparaît plus comme un vainqueur. Il est présenté plutôt comme un clown ridicule qui cherche toujours à imiter Dieu tout en visant à détruire les œuvres de ce dernier. Le curé d'Ambricourt ne nie cependant pas que Satan est puissant. Mais il fait preuve de sang-froid, de lucidité et de perspicacité face à cet ennemi hideux. À ses yeux, les véritables protagonistes sur le champ de bataille spirituelle ne sont que Dieu et Satan, les hommes étant plutôt des spectateurs. À travers les commentaires que le curé d'Ambricourt fait sur Satan, nous pouvons ressentir vivement la foi et la confiance de ce prêtre en Dieu.

L'abbé Donissan et le curé d'Ambricourt sont tous fils de paysan. Sans aucun doute, les paysans appartiennent à la couche la plus basse de la société où vivent les deux personnages. Nous pouvons dire qu'un paysan est né humilié. Dans cette perspective, les deux saints bernanosiens sont nés pour vivre les souffrances, à l'image de Jésus-Christ, non pour se réjouir d'exister.

---

① *Georges Bernanos*: *Sous le soleil de Satan*, extraits commentés par Michel Estève, Paris, Bordas, 1973, p.225.

Leur vie commence par une humiliation générale qui va les accompagner leur vie durant. Une personne humiliée pourrait nous montrer d'une manière plus convaincante ce qu'est la vraie humilité.

Cette origine sociale leur permet également de mieux incarner la pauvreté: Bernanos a recours à la pauvreté matérielle qui caractérise ses deux saints pour faire allusion à leur pauvreté spirituelle.

Bien qu'il soit vraiment pauvre, l'abbé Donissan n'a jamais eu de souci d'argent: il n'a pas besoin de s'inquiéter pour son logement, sa nourriture, son habillement et son déplacement. De plus, Donissan n'a jamais pensé à sa famille; le narrateur n'a pas non plus mentionné d'informations sur sa famille. Il semble que Donissan vive dans son univers coupé du reste du monde, son univers composé seulement de Dieu, de Satan et de lui, où le manque de savoir-vivre ne constitue plus un défaut majeur, où il se concentre exclusivement sur des problèmes spirituels sans jamais accorder d'importance aux affaires courantes d'ordre profane. Par conséquent, Donissan est un personnage qui paraît plus ou moins idéalisé et légendaire, dont les aventures fabuleuses étonnent et impressionnent les lecteurs. Sans doute, nombreux sont les lecteurs qui admirent vraiment ce prêtre-héros, alors que peu de lecteurs auraient une envie irrépressible de suivre cet exemple: d'abord, il faut un très grand courage pour s'infliger régulièrement des mortifications extrêmes; ensuite, peu de gens, même s'ils sont croyants, croient pouvoir rencontrer Satan manifesté en personne, ou pouvoir posséder un don surnaturel même s'ils y croient. En effet, la plupart d'entre nous sont obligés de passer la plupart du temps à gagner leur pain en travaillant dur, d'avoir affaire à toutes sortes de personnes, de se préoccuper de leurs parents ou de leurs enfants.

Contrairement à l'abbé Donissan, le curé d'Ambricourt se trouve toujours dans une situation financière difficile. Il a besoin de temps en temps d'aides financières accordées par un de ses proches: par exemple, sa tante Philomène lui a envoyé « deux billets de cent francs, — juste ce qu'il faut pour le plus pressé » (*JCC*, p.10) ; le curé de Torcy lui a donné un billet de cent francs en disant que ce jeune homme était certainement « sans le sou » (*JCC*, p.26). Il doit s'occuper tout seul des tâches ménagères: faire la cuisine, faire la lessive, faire des courses et faire le ménage, parce qu'il a décidé de «[se] passer des services d'une femme de ménage» (*JCC*, p.28). Évidemment, il a pris une telle décision principalement pour réduire ses dépenses quotidiennes.

Malgré son grand et constant manque d'argent, le curé d'Ambricourt n'a aucun désir d'accumuler des richesses, les problèmes financiers ne peuvent jamais bouleverser son intérieur, ou exacerber ses émotions, car il n'envisage l'argent que comme un moyen, non comme un but, contrairement à « la plupart des laïques» (*JCC*, p.11).

Dans son journal, le curé d'Ambricourt a mentionné la sottise dont il fait preuve et l'astuce que l'épicier M. Pamyre montre dans les affaires. Littéralement, ce prêtre ne donne aucune appréciation négative pour ce commerçant. Mais au contraire, il emploie plutôt des mélioratifs: « un brave homme», « avec beaucoup d'amitié», « gentiment», « sincèrement» (*JCC*, pp. 10-11). Cependant, la réticence du curé d'Ambricourt est également évidente: en fait, il n'apprécie pas M. Pamyre, même pas le métier de commerçant. M. Pamyre est un représentant des commerçants: « Mais les affaires sont les affaires, je ne puis donner ma marchandise pour rien», « Nous autres, commerçants, nous avons aussi nos devoirs d'état» (*JCC*, p. 11). Comme nous le savons bien, le commerçant est un métier qui a pour objectif de gagner de l'argent. Normalement, le don qu'un commerçant fait exige une revanche. Sur ce point, les commerçants se distinguent intrinsèquement de Dieu qui fait toujours des dons gratuits aux hommes, à chacune de ses créatures. Dans cette perspective, l'amitié et la sincérité dont les commerçants font preuve sont conditionnelles et donc impures, même affectées. L'argent risque de nuire aux relations originelles entre les hommes telles que déterminées par Dieu. Bernanos a exprimé nettement son opinion sur l'argent dans *Les grands cimetières sous la lune*: « Vous ne pouvez servir Dieu et l'Argent. La Puissance de l'argent s'oppose à la puissance de Dieu.»①

① BERNANOS Georges, *Les grands cimetières sous la lune*, Paris, Librairie Plon, 1938, p.43.

Ainsi, c'est la foi en Dieu qui détermine l'attitude du curé d'Ambricourt envers l'argent. En d'autres termes, son attitude envers l'argent et le métier de commerçant reflète justement sa foi inébranlable.

Le curé d'Ambricourt a une idée complète de l'homme qui possède à la fois l'âme, l'esprit et le corps, qui ne peut se passer ni d'une vie spirituelle ni d'une vie matérielle. Ainsi, pour pouvoir communiquer plus facilement et plus efficacement avec les âmes de sa paroisse où habitent principalement des paysans, pour qui la vie matérielle l'emporte évidemment, il s'oblige à acquérir plus de connaissances agricoles, par exemple sur « les assolements et les engrais » (*JCC*, p.40). De plus, pour s'intégrer aux jeunes gens de la paroisse qui « se passionnent pour le football, la boxe ou le tour de France » (*JCC*, p.40), il projette de « fonder une société sportive » (*JCC*, p.40), d'obtenir des informations sportives en lisant *L'Echo de Paris*. Il comprend très bien que sa vocation consiste à sauver les âmes, et que ses paroissiens n'ont pas le temps ou la passion de discuter des problèmes de l'âme avec lui. Il est obligé de chercher à atteindre son objectif d'une manière indirecte. Les idées du curé d'Ambricourt sont tout à fait réalistes. Un effort de sociabilité est bien visible chez ce jeune prêtre. Il ne se contente pas de s'occuper des affaires d'ordre spirituel; son regard ne se limite pas non plus à sa paroisse.

Par opposition au curé d'Ambricourt, l'abbé Donissan donne toujours l'impression d'essayer de fuir la foule. Ayant une faible capacité à communiquer, il a peur d'entrer en contact avec les autres. Il a le don de lire d'emblée dans les âmes, et il semble qu'il ne se préoccupe que des problèmes de l'âme et y consacre tout son temps et toute sa vie. Dans *Sous le soleil de Satan*, les passages concernant l'abbé Donissan racontent principalement sa réflexion sur le surnaturel, son expérience surnaturelle et ses conversations aussi surnaturelles, de sorte que lui-même est déjà devenu un personnage surnaturel. Sans doute, pour remédier à ce prétendu défaut, Bernanos a mentionné de nouveau dans *Journal d'un curé de campagne* le curé de Lumbres qui se préoccupe considérablement des affaires d'ordre profane: « le curé de Lumbres, spécialiste en ces matières, a traité supérieurement le problème des caisses rurales et des coopératives agricoles» (*JCC*, p.38).

À la différence de l'abbé Donissan qui parle rarement de sa famille, le curé d'Ambricourt mentionne de temps en temps dans son journal sa famille qui exerce une grande influence sur lui. C'est une famille bien pauvre depuis plusieurs générations: « je descends d'une lignée de très pauvres gens, tâcherons, manœuvres, filles de ferme, [...] mon père ressemblait à mon grand-père qui ressemblait lui-même à son père mort de faim pendant le terrible hiver de 1854.» (*JCC*, pp.39-40)

La première conséquence qui découle de la pauvreté est que sa famille se montre bien humble et docile: «maman [...] avait cet air humble, furtif, ce pauvre sourire des misérables qui élèvent les enfants des autres» (*JCC*, p.40), «je reste le fils de très pauvres gens qui n'ont jamais connu l'espèce de jalousie, de rancune, du propriétaire paysan aux prises avec un sol ingrat qui use sa vie, envers l'oisif qui ne tire de ce même sol que des rentes» (*JCC*, pp. 41-42). L'humilité dont le curé d'Ambricourt fait preuve est partiellement justifiée par cette tradition familiale.

Ensuite, à cause de la pauvreté, «le sens de la propriété [...] manque» (*JCC*, pp.39-40) à cette famille. Dans la société moderne qui tourne autour de l'argent, évidemment, c'est un défaut. Cependant, du point de vue religieux, il s'agit d'une qualité précieuse. Dans une certaine mesure, la propriété nuit à l'unité humaine et sépare les gens les uns des autres. Le sens de la propriété donnerait naissance à l'avidité, à la jalousie et à la haine. Une telle conception de l'argent du curé d'Ambricourt explique à la fois sa dépense sans compter de chaque somme d'argent, sa maladresse en affaires et son absence d'intérêt pour l'argent.

Pour réagir face à la misère, la mère du curé d'Ambricourt a donné un bon exemple. Comme son oncle Ernest le dit souvent, c'est une femme qui «était une dure» (*JCC*, p.44). Aux yeux du curé d'Ambricourt, une femme pauvre et dure désigne «une ménagère infatigable, jamais malade, et qui ne coûte pas cher pour mourir» (*JCC*, p.44). Cette mère est capable de donner de l'espoir à son fils et de faire de lui un homme résistant et invincible. En effet, le curé d'Ambricourt l'a avoué lui-même: « je ne suis pas douillet, je ressemble à ma mère » (*JCC*, p.44). Sans doute, sous la bonne influence de sa mère, le curé d'Ambricourt se montre beaucoup plus paisible et affecté moins facilement par le désespoir, par rapport à l'abbé Donissan.

Une autre conséquence de la pauvreté est l'alcoolisme dont souffre sa famille depuis au moins trois générations: « Une pièce de vingt sous leur brûlait la poche et ils couraient retrouver un camarade pour faire ribote » (*JCC*, p.40). L'ivrognerie, qui joue le rôle d'un anesthésiant, permet aux hommes de la famille du curé d'Ambricourt d'oublier temporairement le malheur causé par la pauvreté. Comme nous le savons bien, l'alcoolisme est bien favorable aux œuvres de Satan, puisque l'alcool risque de nous faire perdre nos facultés de jugement et d'endormir notre vigilance envers le travail de Satan. Ainsi, l'alcoolisme est clairement défini comme un péché et condamné dans la Bible: « Prenez donc garde à vous-mêmes, de peur que vos cœurs ne soient appesantis par la débauche, par l'ivrognerie et par les inquiétudes de cette vie » (Luc 21: 34). La consommation excessive d'alcool détruira certainement le corps humain. Il arrive que ce dégât terrible n'apparaisse pas tout de suite chez le buveur. Pourquoi ne pouvons-nous pas dire que le cancer de l'estomac dont souffre le curé d'Ambricourt est dû à l'usage abusif d'alcool de son père, ainsi que de son grand-père, même de son arrière-grand-père? De nombreuses études médicales ont aussi démontré les répercussions importantes de l'alcoolisme sur les enfants. Dans le roman, le médecin sérieux et juste qu'a consulté le curé d'Ambricourt a affirmé qu'il subit l'hérédité de sa famille d'alcooliques: « Et l'alcool, qu'est-ce que vous en faites, de l'alcool? Oh! pas celui que vous avez bu, naturellement. Celui qu'on a bu pour vous, bien avant que vous ne veniez au monde. » (*JCC*, p.89) Évidemment, le chrétien Bernanos a traité d'un même problème dans *Journal d'un curé de campagne* que l'athée et scientiste Zola dans *Les Rougon-Macquart*. De plus, n'est-ce pas à cause de sa famille alcoolique que le curé d'Ambricourt est considéré aussi comme un alcoolique par ses paroissiens quand ils apprennent qu'il a l'habitude de prendre du pain trempé dans du vin sucré? Quel malheur il subit quand les passants ramassent dans un fossé le pauvre prêtre qui vomit du sang et perd connaissance et prennent le sang pour du vin rouge! Ce préjugé et ce malentendu risquent de lui faire perdre la confiance de ses paroissiens, qui est essentielle à l'exercice de son ministère.

Il faut indiquer que l'alcool lui-même n'est pas interdit par Dieu, à condition qu'on en use avec modération. Comme nous venons de le dire, l'ébriété, chronique et même occasionnelle, est condamnée par Dieu. Certes, le curé d'Ambricourt prend régulièrement du vin. Mais il n'est jamais en état d'ivresse. À cause de sa maladie, il ne peut prendre rien d'autre que du pain avec du vin. Dans cette circonstance, ce sont ces deux substances qui garantissent la survie de ce jeune prêtre. Le vin et le pain sont la source de vie qui provient de Jésus-Christ dont le sang est le vin et le corps le pain. Ainsi, le fait que le curé d'Ambricourt boit du vin n'a rien à voir avec l'iniquité. Mais au contraire, sa consommation d'alcool prouve qu'il est en train de souffrir pour racheter les péchés de sa famille.

En un mot, la famille du curé d'Ambricourt joue un rôle très important dans la construction de sa personnalité. D'une part, il peut absorber de sa famille les éléments nutritifs nécessaires à sa croissance spirituelle. D'autre part, il doit lutter contre les mauvais penchants de ses ancêtres ainsi que de sa propre âme et essayer de racheter leurs péchés. De même que le mal qu'un homme a fait affecte non seulement son salut, mais aussi celui de ses descendants, de même le bien qu'un homme a fait profite non seulement à lui-même, mais aussi à ses descendants ainsi qu'à ses ancêtres. Le cas du curé d'Ambricourt prouve encore une fois que tous les hommes ne font qu'un.

À travers ces comparaisons entre l'abbé Donissan et le curé d'Ambricourt, nous pouvons voir que ce dernier est un personnage romanesque qui paraît plus réaliste, plus semblable à un homme ordinaire, plus acceptable par les lecteurs, et donc un saint qui est plus imitable. Grâce à ces changements, nous pouvons conclure que Bernanos appelle de plus en plus de gens à rechercher la sainteté, puisqu'il nous rappelle que la sainteté est accessible à tout homme, si ordinaire qu'il soit ou qu'il se croie. Autrement dit, personne ne peut faire preuve de paresse spirituelle sous prétexte qu'il ne serait pas digne de la sainteté.

Nous pouvons trouver un prototype dans l'histoire française pour chacun de ces deux saints bernanosiens. De nombreuses études ont démontré que le curé d'Ambricourt est le frère spirituel de sainte Thérèse de l'Enfant-Jésus. Ce qui unit étroitement les deux personnages, c'est principalement leur même conception de la sainteté: tous les deux considèrent la fidélité aux plus petites choses comme le moyen d'être saint.

En fait, il existe également une ressemblance frappante entre l'abbé Donissan et Jeanne d'Arc, car tous les deux font preuve d'un héroïsme inimaginable. Dociles à l'appel de Dieu, ils se montraient bien vaillants face à leurs ennemis respectifs qui ne sont en définitive qu'un même ennemi — Satan: l'un a participé au combat spirituel, et l'autre a affronté des ennemis visibles. Tous les deux ont pratiqué les vertus théologales de foi, de charité, et les vertus morales d'humilité, de chasteté. La grande influence de Jeanne d'Arc sur Bernanos pourrait sans doute s'expliquer d'abord par le fait que le romancier a épousé une descendante d'un des frères de Jeanne d'Arc. Ensuite, au cours de sa carrière, Bernanos a écrit plusieurs articles consacrés à cette sainte, entre autres, *Jeanne, relapse et sainte*, et *Prière à Jeanne d'Arc*. Donc, il ne serait pas étonnant que cette humble fille demeure une source d'inspiration de la création littéraire de Bernanos.

Ce qui est intéressant, c'est que ces deux saintes se sont métamorphosées en deux personnages masculins dans les deux romans bernanosiens. Sans doute, à travers cette complémentarité sexuelle entre les personnes réelles et les personnages fictifs, Bernanos voudrait nous apprendre encore une fois que la sainteté est accessible à tout le monde. Les deux saintes, ou bien les deux saints bernanosiens représentent deux voies différentes vers la sainteté: l'accomplissement de la volonté de Dieu d'une manière bouleversante et impressionnante, ou d'une manière silencieuse et prosaïque. Pour faire le bon choix, on doit apprendre à écouter sa voix intérieure, celle du Saint-Esprit.

I .2.2 Les deux Mouchette

Dans *Sous le soleil de Satan*, il y a un personnage féminin qui s'appelle Mouchette. C'est un personnage très important, car Bernanos a consacré presque le tiers de son premier roman à cette pauvre fille. Certes, cette jeune fille a commis pas mal de péchés : adultère, mensonge, tentative d'avortement, meurtre, suicide, etc. Elle est même appelée par le narrateur « petite servante de Satan, sainte Brigitte du néant » (*SSS*, p.193). Elle s'est totalement donnée au diable. Elle est déjà abandonnée par l'Église, puisque cette dernière considère comme une atteinte à la dignité du ministère le fait que Donissan transporte la mourante et la folle Mouchette au pied de l'église, malgré les objections de tous, comme l'évêque l'a écrit dans sa lettre : « Le désir de cette jeune personne, manifesté publiquement, d'être conduite au pied de l'église pour y expirer, ne devait pas être pris en considération. [...] Grâce au ciel, le scandale a heureusement pris fin. » (*SSS*, pp. 214-215) Cependant, Bernanos a éprouvé la plus tendre compassion, compassion indicible pour cette fille qui aurait pu choisir un autre chemin, qui a été poussée dans les bras de Satan à la fois par ses parents et ses connaissances, en particulier par ses deux amants. Cette compassion vive se fait sentir dans le fait que Bernanos a décrit l'intérieur de Mouchette d'une manière impressionnante, ce qui permet aux lecteurs de voir quelle douleur Mouchette subit tous les jours. Malheureusement, chaque fois qu'elle veut se repentir et retourner sur la bonne voie, elle est poussée plus loin vers l'enfer par l'indifférence, le mensonge et l'incompréhension. La compassion du romancier pour Mouchette se justifie aussi par la création d'un autre personnage l'abbé Donissan, dont la fonction consiste à sauver l'âme de Mouchette. Bernanos ne veut pas que son personnage préféré soit mort sans l'espoir du salut. C'est pourquoi Donissan a certainement rencontré Mouchette : il doit lire dans l'âme de cette fille, la comprendre et la sauver. De ce fait, il a pu avoir le courage d'aider Mouchette à réaliser son dernier rêve, c'est-à-dire à accomplir vraiment son salut. L'imprudence apparente dont Donissan fait preuve dans cet événement a une double fonction : aider Mouchette à retourner dans les bras de Jésus-Christ, et aider Donissan à devenir un saint plus mûr.

Mouchette est sauvée non seulement par l'abbé Donissan, mais aussi par la fille qui porte le même nom dans *Nouvelle Histoire de Mouchette*. En fait, le titre même de ce roman fait écho à la première partie du roman *Sous le soleil de Satan* qui est intitulée *Histoire de Mouchette*.

Il faut remarquer que la première Mouchette est appelée aussi Germaine Malorthy, Mlle Malorthy. Les différents noms représentent les différentes identités de Mouchette, ou plus précisément, correspondent aux différentes périodes de la vie spirituelle de Mouchette. Ces noms nous permettent également de voir l'évolution historique de la psychologie de cette fille : elle n'est pas née impure, elle n'est pas non plus devenue « petite servante de Satan » tout d'un coup. Les causes de sa chute sont nombreuses.

Le nom de Germaine implique l'enfance de cette fille, en particulier son enfance spirituelle. En effet, l' héroïne est toujours appelée Germaine avant qu'elle n'ait glissé dans l'abîme du désespoir, qu'elle n'ait commencé elle aussi à proférer des mensonges sans scrupules, qu'elle ne se soit décidée à se donner entièrement à Satan. Germaine ne veut pas le mensonge, ni la trahison ; Germaine se montre assez docile et fragile ; Germaine est capable de ressentir de la honte et de la pudeur ; Germaine a son rêve et ses principes. Pour cette fille elle-même, son vrai être s'appelle aussi Germaine, ce qui pourrait se voir dans le fait qu'elle se désigne par le nom de Germaine : « je ne me connaissais pas du tout moi-même — moi — Germaine » (*SSS*, p.36).

Le nom de Mouchette est toujours étroitement lié au mal. D'abord, elle est toujours appelée Mouchette par son amant M. le marquis de Cadignan, qui est l'incarnation du mal dans le roman. Dans le chapitre où est décrite la rupture de Mouchette avec de Cadignan, le narrateur tarde à désigner la fille par le nom de Mouchette. Pour ce faire, il emploie toujours le pronom *elle* : tout ce qu'*elle* dit est conforme à la vérité. Ce *elle* est remplacé par *Mouchette* dès que cette fille décide de dire adieu à son enfance. C'est alors que la fille commence à dire des phrases qui étonnent, ou plus exactement, bouleverse de Cadignan, car ce dernier croit que la fille est folle, qu'il ne la connaît plus: « il voyait avec plus d'étonnement encore se dresser devant lui une Germaine inconnue, les yeux mauvais, le front barré d'un pli de colère viril, et la lèvre supérieure un peu retroussée, laissant voir toutes les dents blanches.» (*SSS*, p.34). Évidemment, c'est une fille qui se caractérise par la colère, la méchanceté, la rancune, la moquerie et l'agressivité. Mouchette devient un être tout à fait différent de celui de Germaine. C'est Mouchette qui se sert du mensonge comme une arme forte pour sa révolte et sa vengeance, à l'image de M. le marquis de Cadignan et de Satan. C'est Mouchette qui a tué son amant. Après la mort de M. le marquis de Cadignan, l'être de Germaine est enfermé①. Certes, dans ce chapitre, le narrateur a employé une fois *Germaine* pour désigner la fille blessée: « Aux derniers mots, Germaine rougit.» (*SSS*, p.39) Ce changement soudain prouve justement que l'enfant Germaine n'est pas immédiatement vaincue chez cette pauvre fille. Autrement dit, à ce moment-là, Mouchette peut encore ressentir quelque honte, bien que ce sentiment disparaisse peu de temps après. Même plus tard, cette fille déteste encore son être de Mouchette enveloppé par le mal. C'est pourquoi elle interdit à son deuxième amant de l'appeler Mouchette.

Dans le chapitre qui parle de la rencontre de Mouchette avec M. le docteur Gallet, cette première est appelée fréquemment Mlle Malorthy. En fait, ce nom correspond à un masque que Mouchette est obligée de porter après le meurtre de Cadignan. Autrement dit, ce nom représente une fausse image de Mouchette. Gallet connaît la vraie image de Mouchette. Mouchette ne veut ni n'a besoin de se déguiser devant sa proie. Ainsi, le nom de Mouchette l'emporte quand même dans le dialogue entre ces deux personnes.

---

① Nous disons ici que l'être de Germaine est enfermé, non mort, car le nom de Germaine apparaît quand même quelquefois dans le reste du récit. Cette apparition rare suggère que cette pauvre fille n'a pas totalement perdu son moi, qu'elle a encore l'occasion de retrouver son enfance, c'est-à-dire d'être sauvée. C'est une des différences majeures entre Mouchette et d'autres tentateurs tels que M. le marquis de Cadignan.

Aux yeux des autres, Mlle Malorthy n'est plus une petite bourgeoise courtoise, agissant décemment, comme auparavant, mais une malade qui souffre de temps en temps de troubles mentaux. D'une part, cette maladie sert de prétexte à ces deux adultères. D'autre part, à cause de cette prétendue maladie, les paroles de la fille ne sont plus crédibles. Le respect que l'expression *Mlle Malorthy* pourrait traduire constitue une ironie tranchante si on prend en considération le vrai rôle joué par cette fille dans le village. En outre, *Mlle Malorthy* pourrait servir à désigner n'importe quelle fille de la famille Malorthy. L'identité de Germaine ou de Mouchette est ainsi effacée. Dans une certaine mesure, Mlle Malorthy est une personne dépourvue d'existence, et donc un équivalent du néant. En fait, c'est la personne de Mouchette qui a donné naissance à la personne de Mlle Malorthy.

En un mot, dans *Sous le soleil de Satan*, la pauvre fille existe en trois personnes distinctes: Germaine, Mouchette et Mlle Malorthy. C'est la personne de Mouchette qui est obsédée par Satan, qui domine le plus longtemps et existe le plus réellement au cours de la vie de cette jeune fille, qui a vraiment besoin de la rédemption. Sans doute, c'est pour cette raison que le prologue de *Sous le soleil de Satan* est intitulé *Histoire de Mouchette*, non de Germaine ou de Mlle Malorthy. Le mot *histoire* suggérerait que Bernanos voudrait que la vie de Mouchette dépourvue de sainteté ne soit qu'une fiction, sinon, un événement passé. Dans cette perspective, l'appel à la sainteté se fait entendre de manière implicite. Sans doute, pour répondre à cet appel, Bernanos a choisi comme le titre du roman *Nouvelle Histoire de Mouchette*, qui implique une renaissance de la pécheresse Mouchette.

La deuxième Mouchette forme un contraste parfait avec la première Mouchette sur de nombreux points. La première Mouchette est une jeune bourgeoise bien élevée, issue d'une famille bien prospère. La deuxième Mouchette est privée de tout ce que la première Mouchette possède matériellement: cette fille habite une maison qui risque de s'effondrer à tout moment; elle n'a pas un vêtement décent et à sa taille; elle souffre toujours de la faim et du froid... En un mot, elle vit dans le plus complet dénuement.

Pourquoi ne pouvons-nous pas dire que cette misère extrême que la deuxième Mouchette subit est une rançon payée pour racheter les péchés que la première Mouchette a commis?

Pour la première Mouchette, la richesse ne lui apporte pas la liberté, ni le bonheur. Bien au contraire, la richesse constitue des barrières invisibles qui empêchent cette fille d'entrer en contact avec des gens qui appartiennent à une classe inférieure, car le père de Mouchette, qui s'imagine appartenir à une classe supérieure étant donné sa richesse, vise à former une demoiselle. La richesse l'oblige également à apprendre à se déguiser. Autrement dit, elle ne peut pas vivre en manifestant son moi le plus véritable. Elle est obligée de mentir sans cesse pour répondre aux mensonges innombrables.

Quant à la deuxième Mouchette, à cause de sa misère, elle est déjà classée par tout le monde dans la classe la plus basse. Certes, la plupart des gens lui font preuve de mépris, de préjugés. En revanche, personne n'attend rien d'elle. Par rapport à la première Mouchette, la richesse la plus précieuse que la deuxième Mouchette possède, c'est sa liberté. Elle n'a pas besoin de se déguiser, ni de chercher à faire plaisir aux autres, ni de faire ou dire quelque chose à contrecœur. Ainsi, elle ose contredire Mme l'institutrice; elle ose faire face aux moqueries de ses camarades et de ses voisins. Grâce à l'indifférence dont sa famille fait preuve envers elle, elle peut aller là où qu'elle veut, faire ce qu'elle veut. Par conséquent, elle n'est aimée presque de personne. Ce n'est pas important. L'essentiel, c'est que grâce à sa liberté, elle vit authentiquement. N'oublions pas que si Satan peut réussir à tenter la première Mouchette, une des raisons principales est qu'il profite de l'aspiration excessive et insensée de Mouchette à la liberté. L'authenticité dont la deuxième Mouchette fait preuve l'a déjà mise sur la voie de la sainteté.

À la différence de la première Mouchette qui est appelée de façons diverses, la deuxième Mouchette porte toujours le même nom tout au long du récit. La cohérence de l'appellation de l'héroïne dans *Nouvelle Histoire de Mouchette* implique l'unité du moi de cette jeune fille. Cette unité est une garantie de son authenticité. Ces deux qualités contribuent toutes à l'accès à la sainteté. Contrairement à cette fille, la première Mouchette souffre de son déchirement. En effet, avant de dévorer ses victimes, Satan les déchire généralement. La néantisation d'une existence commence par sa division.

Bernanos lui-même a expliqué les similitudes entre les deux Mouchette tout au début de *Nouvelle Histoire de Mouchette*: « La Mouchette de la Nouvelle Histoire n'a de commun avec celle du Soleil de Satan que la même tragique solitude où je les ai vues toutes deux vivre et mourir.» La solitude a conduit la première Mouchette à l'enfer, alors que la solitude a conduit la deuxième Mouchette au royaume céleste. La solitude n'est qu'un symptôme de la soif de l'âme, elle ne peut être guérie que par un remède spirituel.

Bien que les deux Mouchette souffrent toutes de la solitude, une des différences majeures est que chez la première Mouchette, la flamme de l'amour s'est déjà éteinte alors que la deuxième Mouchette est toujours capable d'aimer: aimer M. Arsène, son petit frère ainsi que sa mère, aimer chanter.

La solitude fait de l'intérieur de la première Mouchette un désert émotionnel. Satan met des idées folles et toxiques dans la tête de cette jeune fille pour qu'elle fasse face à la solitude: rechercher une liberté quelconque à tout prix en empruntant une route qui doit « être tentée, droite, inflexible, qui s'écarte toujours, et dont nul ne revient» (*SSS*, p.22). Peu importe son futur: d'abord le reste de sa vie terrestre, puis le destin après sa mort. La solitude finit par corrompre sa raison et néantiser toutes les bonnes choses. Ou bien ses critères pour discerner ce qui est bien de ce qui est mal sont devenus irrationnels, ou bien elle a l'intention de violer les critères reconnus et déterminés.

Quant à la deuxième Mouchette, la solitude est plutôt le résultat de son propre choix. Peut-être qu'à son âge, elle n'est pas encore capable d'avoir une conscience claire du mal qui règne autour d'elle. Mais elle le refuse et le fuit instinctivement. Ainsi, elle ne pense pas à entretenir une bonne relation, au moins harmonieuse apparemment avec sa maîtresse, ses camarades, ses voisins, même sa famille, par lesquels elle est donc isolée. Le plus tragique, ce serait qu'au moment où elle décide de se livrer pour la première fois en découvrant à sa mère sa souillure ineffaçable, cette dernière agonise. La mort vole sa seule chance d'échapper à sa solitude étouffante. Bien qu'elle vive vraiment dans la solitude comme la première Mouchette, elle n'éprouve pas de haine envers le monde, contrairement à la première Mouchette: elle sait s'amuser dans la vie quotidienne; elle est beaucoup attachée à la vie bien qu'elle finisse également par se suicider; elle est enfin morte dans la solitude où elle voit cependant un meilleur monde. À cause de la solitude et de son bas âge, elle ne peut pas trouver une meilleure issue que le suicide pour échapper à tout ce dont elle a horreur.

Malgré tout, les deux Mouchette ont toutes choisi un destin tragique à cause de la solitude. Elles auraient pu ne pas se suicider à condition que leurs familles et leurs voisinages leur donnent plus d'amour: si M. le docteur Gallet avait reconnu le meurtre que la première Mouchette avait commis, elle aurait eu l'occasion de se confesser, de retrouver son moi véritable et d'éviter de se jeter entièrement et déterminément dans l'abîme du désespoir et de la folie; si le passant que la deuxième Mouchette a rencontré avant son suicide avait jeté un coup d'œil sur elle, elle aurait changé d'avis et retrouvé l'espoir en la vie. De ce point de vue, il s'agit vraiment d'une tragique solitude, comme le romancier lui-même l'a écrit.

Bernanos a affirmé que la naissance des deux Mouchette est due aux guerres. La première Mouchette est relative à la Première guerre mondiale. D'une part, Bernanos n'aurait pas pu écrire *Sous le soleil de Satan* sans son expérience douloureuse de la Première guerre mondiale①. D'autre part, *Sous le soleil de Satan* a été conçu autour du personnage de Mouchette, comme l'auteur lui-même nous l'a indiqué: «... Je me vois encore, un soir de septembre, la fenêtre ouverte sur un grand ciel crépusculaire. Je pensais à l'ingénieux P.-J. Toulet, à sa jeune fille verte, à ses charmants poèmes, tantôt ailés, tantôt boiteux, pleins d'une amertume secrète... Puis cette petite

---

① À ce sujet, voir Yves Baudelle, *Bernanos, le rayonnement de l'invisible* (*Sous le soleil de Satan*), Paris, Presses Universitaires de France, « CNED », 2008, pp.11-17.

Mouchette a surgi (dans quel coin de ma conscience?) et tout de suite elle m'a fait signe, de ce regard avide et anxieux. — Ah! comme la naissance d'un livre sincère est chose légère, furtive et difficile à conter... J'ai vu la mystérieuse petite fille entre son papa brasseur et sa maman. J'ai imaginé peu à peu son histoire. J'avançais derrière elle, je la laissais aller. Je lui sentais un cœur intrépide... Alors peu à peu, s'est dessinée vaguement autour d'elle, ainsi qu'une ombre portée sur le mur, l'image même de son crime...»①

La deuxième Mouchette est née de la guerre civile espagnole qui a éclaté le 19 juillet 1936. Bernanos a avoué qu'il n'aurait pas écrit *Nouvelle Histoire de Mouchette* s'il n'avait pas vu mourir dans la guerre civile espagnole des Espagnols malheureux, innocents, traqués par l'injustice, incapables de se révolter, mais courageux et n'ayant jamais perdu leur dignité②.

Ces deux personnages féminins contribuent tous à nous faire voir les ravages éventuels que la guerre peut faire: la première Mouchette montre comment la guerre rend une personne pure et fragile perverse et agressive; la deuxième Mouchette nous fait comprendre combien la guerre est absurde et l'humanité est malheureuse. Bernanos nous dit également que même si nous n'y pouvons rien face à la misère, à l'injustice, nous pouvons quand même choisir de mourir dans la dignité. À condition qu'on puisse toujours garder sa dignité, on ne peut jamais être réellement abattu.

De plus, la première Mouchette est considérée comme une figure mythique et le prototype de tous les héros bernanosiens③. Dans cette perspective, il existerait forcément un lien étroit entre ces deux jeunes filles, même si elles ne portaient pas le même nom. À noter que le même nom a pour fonction de visualiser ce lien caché et de le mettre en relief.

---

① BERNANOS Georges, *Satan et nous*, dans *Essais et écrits de combat*, tome I, Paris, Gallimard, 1971, p.1099-1100.

② À ce sujet, voir l'interview que Bernanos a accordée à André Rousseaux et qui a été publiée dans *Candide*, le 17 juin 1937.

③ Voir Colin Nettelbeck, *Les Personnages de Bernanos romancier*, Paris, Minard Lettres Modernes, 1970, p.89.

La première Mouchette est un agneau qui s'est écarté du bon chemin — le chemin de la sainteté bien sûr pour le romancier Bernanos. À travers son expérience, elle a montré les conséquences terrifiantes et décevantes de son égarement et de son aventure. Elle a servi de cobaye à tous ceux qui sont curieux du mystère du mal. Ainsi, Mouchette, cette figure mythique elle-même, appelle d'une manière indirecte à revenir sur le bon chemin. Les personnages postérieurs, y compris la deuxième Mouchette, abordent et développent le même thème sous différents aspects. D'un point de vue subjectif, la première Mouchette n'a pas la conscience claire de se sacrifier en faveur des autres. Mais d'un point de vue objectif, elle est effectivement un sacrifice. Elle est sacrifiée par le romancier qui la considère comme son personnage préféré, au point de surnommer sa propre femme « Mamouchette »①. Grâce à ce sacrifice, bien qu'involontaire, elle est à la fois une violatrice et un défenseur de la sainteté.

Les deux Mouchette peuvent aussi représenter les deux tendances opposées qu'on peut avoir face à une même circonstance. En effet, chez nous, il existe en même temps deux parts hétérogènes: une part diabolique et une part christique. Les deux Mouchette nous montrent respectivement ce qui se passera si la part diabolique et la part christique sont respectivement réveillées. C'est à nous-mêmes de choisir de devenir la première ou la deuxième Mouchette. Le facteur clé qui détermine ce choix est l'amour. Si les deux Mouchette sont interprétées comme deux moi potentiels d'une même personne, il est naturel qu'elle ne puisse détester ou maudire aucune de ces deux Mouchette, car quand on a commis des erreurs, on doit essayer de se purifier, au lieu de se haïr.

I .2.3 Les deux Chantal

Dans *La Joie*, Chantal de Clergerie est une jeune fille caractérisée par sa

---

① C'est Yves Bernanos, petit-fils de Georges Bernanos qui l'a montré dans une interview accordée à Michel Pilorgé.

beauté, sa pureté et sa joie. Son nom complet implique déjà que ce serait une enfant de Dieu qui chante la gloire divine. À la différence des autres saints bernanosiens tels que l'abbé Donissan et le curé d'Ambricourt qui exercent tous la fonction pastorale, Chantal de Clergerie est une chrétienne laïque. Cependant, son nom de famille qui évoque le mot *clergé* suggère que ses ancêtres auraient travaillé pour Dieu, sinon qu'elle jouerait le même rôle dans sa famille qu'un prêtre dans sa paroisse. En effet, Chantal doit s'occuper de gouverner la maison « dès sa sortie du couvent » (*J*, p.50), et un curé est chargé de commander sa paroisse, comme ce qu'a dit le curé de Torcy dans *Journal d'un curé de campagne*. La famille est une miniature de la paroisse. La famille chrétienne peut être une courroie importante de transmission de la foi. C'est dans *La Joie* que Bernanos vise à montrer comment une fille essaie de rendre saints non seulement elle-même, mais aussi ses proches. C'est une manière de pratiquer la petite voie de sainte Thérèse de Lisieux: l'influence de Chantal qui se limite au sein de sa famille est si petite; les choses que Chantal a accomplies sont si faciles et si infimes, puisqu'elle semble n'avoir rien fait. Quelles sont les valeurs des petites choses? Voilà la réponse donnée dans *Journal d'un curé de campagne*: « Les petites choses n'ont l'air de rien, mais elles donnent la paix. [...] La prière des petites choses est innocente. Dans chaque petite chose, il y a un Ange.» (*JCC*, p.225) À travers le personnage de Chantal, Bernanos nous apprend deux choses importantes: d'une part, la quête de la vérité ne doit pas être seulement la mission de l'Église, ou du clergé, mais de toute la société; d'autre part, chaque homme, qu'il soit prêtre ou non, a la possibilité de trouver et répandre la vérité, au moins dans son entourage.

Chantal est entourée par des gens de différents métiers, de différents caractères, dont l'un des traits communs est le tissage d'une vie par le mensonge et l'illusion. Son père est un historien médiocre qui rêve toujours de remporter un grand succès dans la carrière académique et s'imagine posséder un talent brillant. Sa grand-mère qui a sombré dans la folie ne peut plus distinguer la réalité de la rêverie et vit dans le mensonge que symbolise la détention d'un trousseau de clés. Leur chauffeur Fiodor étant un Russe drogué se jette volontairement dans l'abîme du mal et répand le mal dans toute la maison en exerçant un subtil envoûtement. Il est attiré par la pureté de Chantal, de même que Satan prend plutôt les saints pour cible, comme Bernanos l'a souligné dans *Sous le soleil de Satan.* Sa profession et sa nationalité elles-mêmes suggèrent que c'est un homme qui vise à conduire la famille de Chantal à un endroit apparemment exotique et mystique, mais en fait infernal en prônant le mysticisme. Le fait qu'il est drogué prouve largement qu'il est déjà un serviteur du diable. La Pérouse est un psychiatre qui s'intéresse plutôt aux secrets des autres en profitant de son métier pour satisfaire sa curiosité insatiable, au lieu de vouloir sincèrement aider ses malades. Le prêtre Cénabre ayant perdu sa foi continue d'exercer son ministère en tant que prêtre respecté et influent. Tous ces personnages se sont aliénés et sont devenus, consciemment ou inconsciemment, victimes et disciples de Satan, le plus grand imposteur de ce monde.

De même que le curé d'Ambricourt, s'abaisse le plus possible, n'ayant pas suivi le conseil du curé de Torcy, c'est-à-dire n'ayant pas agi comme un homme de gouvernement alerte, réaliste et autoritaire, de même, Chantal garde sa famille comme un serviteur, non comme une reine. Auprès des personnages redoutables, Chantal de Clergerie se comporte toujours comme une enfant simple, pure, innocente et fragile. Elle ressemble à une belle fleur qui s'épanouit silencieusement. Elle imite les saints et se rend ainsi un modèle qui est réellement là, sous les yeux des pécheurs, un modèle qui se présente seulement, et donc se donne en se laissant voir, admirer ou offenser. En tant qu'incarnation de l'enfance elle-même, elle est là pour former un contraste avec l'univers obscur des adultes, leur rappeler ce qu'ils ont été, il y a bien longtemps, et leur signaler le chemin du retour. De même que la beauté de la fleur et l'éclat de la lumière se voient, au lieu de se dire, de même, la sainteté de Chantal peut se découvrir sans qu'elle prêche sans cesse, qu'elle impose ses idées par force. Elle est à la fois une fleur qui apporte de la joie et une lumière qui apporte de l'espoir. Ayant la conviction que le bien l'emportera finalement sur le mal, qu'elle est en train d'accomplir la volonté de Dieu, elle reste là, vit au jour le jour sans prendre aucune décision, laissant Dieu choisir pour elle.

La deuxième Chantal apparaît dans *Journal d'un curé de campagne*. Elle est aussi issue d'une famille aisée, habitant dans un château, dont le père est un comte. À part ça, elle n'a presque aucune ressemblance avec la première Chantal. Plus précisément, elle est le contraire de la fille sainte. D'abord, elle n'est pas une fille adorable, car « il paraît que cette jeune fille s'aigrit de plus en plus » (*JCC*, p.82), si bien que même sa famille ne peut plus la supporter: « sa présence au château est devenue impossible », « il conviendrait de la mettre en pension » (*JCC*, p.82). Elle n'éprouve d'amour pour personne: elle ne « témoigne aucune sympathie » à son institutrice Mlle Louise et « même semble prendre plaisir à l'humilier, à la traiter en domestique » (*JCC*, p.31); déçue de son père qui pour elle « était tout »: « un maître, un roi, un dieu — un ami, un grand ami » (*JCC*, p.149), elle le méprise et le hait à cause de son inconduite; elle déteste même sa mère amorphe et inactive. Accablée de tristesse, elle n'éprouve pas de joie, elle ne peut non plus apporter de joie aux autres: même le curé d'Ambricourt se sent gêné à cause de sa présence.

Si cette Chantal se montre ennuyeuse, même perverse, ce n'est pas totalement sa faute. Sa nature n'est pas mauvaise, comme Mlle Louise a dit d'elle: « Chantal est une nature passionnée, bizarre. Je ne la crois pas vicieuse.» (*JCC*, p.83) De plus, dans une société où d'innombrables gens sont habitués au mensonge — un péché très grave, même mortel, mais généralement négligé, Chantal « n'aime pas mentir » (*JCC*, p.270). Même si elle a fait le mal, elle est une personne authentique. Cette qualité précieuse pourrait garantir son salut. En outre, elle ne refuse pas le bien au fond de son cœur, comme elle a avoué au curé d'Ambricourt: « je désire tout, le mal et le bien » (*JCC*, p.272).

Le comportement douteux de Chantal est plutôt une révolte spontanée, mais aveugle, désespérée, contre le mal qui l'entoure et l'étouffe, à cause du manque d'un bon guide spirituel : sa mère elle-même est révoltée contre Dieu ; son père, qui est l'amant de son institutrice, n'est pas digne d'être guide ; son institutrice ne l'est pas non plus pour la même raison ; en filigrane, nous pouvons voir que l'ancien curé n'avait aucune influence sur les habitants (le saint dont il s'agit dans ce roman est le curé qui vient d'être nommé à Ambricourt). Sa révolte se traduit principalement par sa vengeance : elle se venge en faisant « le mal pour le mal » (*JCC*, p.272). Chantal est en train de perdre son esprit d'enfance. En fait, elle n'est pas complètement sortie de l'enfance, elle est « à l'heure où l'adolescence étend ses ombres, où le suc de mort, le long des veines, vient se mêler au sang du cœur ! »①

En fin de compte, la deuxième Chantal est heureuse, car elle a rencontré avant sa chute totale le curé d'Ambricourt, qui parle avec elle âme pour âme, qui ne la juge pas selon le précepte ou la morale, selon ce qu'il a vu ou entendu. Finalement, ce jeune prêtre arrive à lui inspirer confiance : habituée à répliquer méchamment, à désobéir, elle veut bien continuer la conversation avec le prêtre, l'écouter attentivement, obéir à ses ordres, et se confesser à lui sans lui cacher la vérité de son âme. Tout au long du récit, c'est la première fois que Chantal s'ouvre aux autres, en particulier à une personne qu'elle ne connaît pas depuis longtemps. Le dialogue avec un prêtre est déjà le signe efficace de la réconciliation avec Dieu. D'une manière apparemment bien simple, mais vraiment efficace, le curé d'Ambricourt a conduit Chantal au bon chemin.

Lors de l'entretien avec Chantal, le curé d'Ambricourt fait appel à la prière qui lui permet de communier avec « cette créature blessée » (*JCC*, p.147), de vivre le même sentiment qu'elle, de partager sa douleur : « Ma prière était triste, et l'image était triste comme elle. Je pouvais à peine soutenir cette tristesse, et en même temps, je souhaitais de la partager, de l'assumer tout entière, qu'elle me pénétrât, remplît mon cœur, mon âme,

---

① BERNANOS Georges, *Les Grands Cimetières sous la lune*, dans *Essais et écrits de combat*, tome I, Paris, Gallimard, 1997, p.355.

mes os, mon être.» (*JCC*, p.148) Comme nous l'avons mentionné plus haut, le prêtre s'inquiète beaucoup de Chantal qui est accablée par une immense tristesse. Donc, il souhaite délivrer cette fille de la tristesse en l'endossant tout entière, à l'image de Jésus-Christ qui accepte d'assumer les péchés de toute l'humanité. Sa prière est finalement efficace: « elle rétablissait le silence d'autrefois, le bienheureux silence au-dedans duquel Dieu va parler — Dieu parle... » (*JCC*, p. 148). D'abord la prière apporte la paix au curé d'Ambricourt, et implicitement à Chantal; ensuite, elle leur permet de recevoir l'aide de Dieu, qui est indispensable pour le salut de Chantal.

Chantal est heureuse, aussi parce qu'elle est à la fois aidée et sauvée par le curé d'Ambricourt et l'autre fille qui porte le même nom. Contrairement à l'exemple de Mouchette, la première Chantal, une sainte bernanosienne, apparaît dans *La Joie*, roman publié pour la première fois en 1929 alors que la deuxième Chantal, une fille pécheresse, sinon terrible, est un personnage important dans *Journal d'un curé de campagne*, roman publié pour la première fois en 1936. Si la deuxième Mouchette a pour vocation de sauver l'âme de la première Mouchette, c'est le même cas pour la première Chantal. Ce qui est étrange, c'est que le sauveur, né beaucoup plus tôt que la victime, est déjà mort avant la naissance de cette dernière. Comment peut-elle accomplir une telle vocation? Jésus-Christ est la réponse. Comme nous le savons bien, Jésus-Christ est mort pour l'expiation des péchés de l'humanité. Il faut remarquer que Jésus s'est sacrifié sur la croix pour tous les hommes qui désignent d'un côté les hommes de chaque coin du monde, de l'autre les hommes de tous les temps, c'est-à-dire à la fois les hommes du passé, les hommes contemporains et les hommes du futur, comme ce qui est écrit dans la Bible: « Il est lui-même une victime expiatoire pour nos péchés, non seulement pour les nôtres, mais aussi pour ceux du monde entier.» (1 Jean 2: 2) Jésus est mort une fois pour toutes: il est capable de sauver ceux qui sont nés après sa mort sur la croix. L'offrande du corps de la première Chantal est semblable à celle de Jésus-Christ. Bien sûr, elle n'est pas capable de sauver tous les hommes. La vocation de cette sainte consiste à sauver une personne déterminée, qu'elle soit ou non une de ses contemporaines.

Le lien entre ces deux Chantal nous invite également à méditer sur le mystère de la communion des saints. D'après ce dogme chrétien, tous les membres de l'Église visible et invisible sont en union profonde. Autrement dit, les saints morts vivent auprès du Seigneur et à cet effet, peuvent intercéder pour ses frères et sœurs vivant sur terre. Cette intercession elle-même est l'incarnation de l'amour de Dieu. Rappelons que l'amour de Dieu n'est pas limité par l'espace ni par le temps: « Oui, j'en ai l'assurance, ni mort ni vie, ni anges ni principautés, ni présent ni avenir, ni puissances, ni hauteur ni profondeur, ni aucune autre créature ne pourra nous séparer de l'amour de Dieu manifesté dans le Christ Jésus notre Seigneur.» (Romains 8: 38) Cette intercession est non seulement possible, mais aussi obligatoire pour les habitants du ciel, qui doivent continuer d'apporter leur contribution à garder la sainteté de l'Église, à diriger les habitants de la terre vers le bon chemin. Nous citons ici deux exemples pour montrer la vocation des saints après leur mort. Lors de son agonie, Saint Dominique dit à ses frères: « Ne pleurez pas, je vous serai plus utile après ma mort et je vous aiderai plus efficacement que pendant ma vie.»① Sainte Thérèse de l'Enfant-Jésus a déjà défini avant sa mort son projet pour sa vie au royaume céleste: « Je compte bien ne pas rester inactive au Ciel, mon désir est de travailler encore pour l'Église et les âmes, je le demande au bon Dieu et je suis certaine qu'Il m'exaucera. Les Anges ne sont-ils pas continuellement occupés de nous sans jamais cesser de voir la Face divine, de se perdre dans l'Océan sans rivages de l'Amour? Pourquoi Jésus ne me permettrait-Il pas de les imiter? »②

D'ailleurs, seul le corps d'un saint est mort. Son âme demeure vivante. Ce que le saint mort effectue, c'est un dialogue entre deux âmes. Grâce à l'immortalité de l'âme, ce genre de dialogue est faisable. Comme tous les

---

① CHEVREUIL Claude, *De Solesmes au Mont Athos*, Paris, Publibook, 2007, p.69.

② URS VON BALTHASAR Hans, *Thérèse de Lisieux: histoire d'une mission*, traduit de l'allemand par Robert Givord, Paris, Médiaspaul, 1996, p.51.

chrétiens ne forment qu'un seul corps dans le Christ, la mort du corps n'arrive pas à couper les liens mutuels, à effriter la solidarité entre les chrétiens vivants et morts, ou plus précisément, terrestres et célestes. En effet, « la tendresse fraternelle [des saints] devient plus grande encore qu'elle ne l'était sur la terre, c'est pour cela qu'ils ne cessent de nous protéger et de prier pour nous »①. De ce point de vue, il est tout à fait possible que la première Chantal ressente la souffrance qui obsède la deuxième Chantal et œuvre à la rédemption de la deuxième Chantal.

Si Bernanos attribue à plusieurs reprises le même nom à un personnage différent dans un autre roman, c'est parce qu'il a l'intention de rappeler et de souligner un lien étroit qui existe entre tous les êtres humains et que même Satan n'a pas le moyen de supprimer à travers la mort. Ce que Satan cherche à faire, c'est de faire oublier par les hommes le lien inhérent entre les êtres humains ainsi que le lien entre Dieu et ses créatures.

Sur le chemin de la sainteté, les hommes doivent et peuvent s'aider les uns les autres à avancer, à croître. Il s'agit à la fois d'une entraide entre les vivants, et de celle entre les vivants et les morts. En effet, non seulement la première Chantal, mais aussi le curé d'Ambricourt s'efforcent de sauver l'âme de la deuxième Chantal. En outre, il est ici question de la communion d'un saint vivant et d'une sainte morte, si le temps dans *Journal d'un curé de campagne* sert de référence.

Dans *La Joie*, Chantal est bien attachée à sa mère, une femme parfaite et digne de respect. Dans *Journal d'un curé de campagne*, Chantal déteste sa mère, une femme brisée et ayant perdu sa foi depuis la mort prématurée de son jeune fils. Comme nous le savons bien, dans le christianisme, Jésus-Christ est comparé à un mari et l'Église à une femme. Si c'est le cas, les chrétiens sont des enfants à qui ce couple a donné naissance. Ainsi, dans ces romans de Bernanos, Chantal peut représenter les chrétiens, et leur mère

---

① *Thérèse de Lisieux*, textes recueillis par Hélène Mongin, Paris, Médiaspaul, coll. « Une pensée par jour », 2008, p.94.

symbolise l'Église. À travers ces deux filles qui portent le même nom, Bernanos rappelle le grand rôle que l'Église a joué dans l'histoire humaine et avertit ses contemporains de la situation critique où elle se trouve. Quant aux pères de ces deux filles, le fait qu'ils sont tous issus d'une famille noble implique la sainteté de Jésus. Cependant, il faut remarquer qu'aucun de ces pères n'a donné le bon exemple: le père de la première Chantal est un historien médiocre qui aspire toujours à la gloire terrestre et vit plutôt dans le mensonge; le père de la deuxième Chantal n'est pas fidèle à sa femme. Cette contradiction apparente pourrait s'expliquer par le fait que la place de Jésus est usurpée temporairement par Satan. C'est dans cette prémisse majeure que Bernanos nous dévoile la condition et le destin des chrétiens. En fait, tous les romans de Bernanos sont construits sur le même fond: Satan, qui ressemble à un ver, s'est insinué dans la pomme qui est la grâce de Dieu.

Leurs pères étant identiques, pourquoi les deux filles n'ont-elles pas choisi le même chemin: l'une est devenue une sainte alors que l'autre est plutôt une pécheresse? La fonction que leurs mères respectives ont exercée est un facteur clé de cette divergence. Ayant hérité de la beauté et de la bonté de sa mère, la première Chantal reste une fille extrêmement pure comme un ange. L'influence de sa mère est si grande qu'elle arrive à résister à toutes sortes de tentations. Malheureusement, sa mère est déjà morte. Autrement dit, l'époque où l'Église s'avérait sainte et respectable est déjà révolue. Alors, qu'est-ce qu'elle est devenue maintenant? Comme la mère de la deuxième Chantal, l'Église est devenue une institution administrative froide qui a déjà perdu son unité, sa solidarité et sa foi. Elle se plonge dans les souvenirs de sa gloire passée, si bien qu'elle ne se préoccupe plus du destin de ses enfants vivants, ni même de son propre destin. Une telle Église inspire naturellement au peuple du dégoût pour elle-même, mais aussi pour les prêtres, les serviteurs de Dieu. Mais la conséquence la plus grave est que les jeunes chrétiens deviennent des révoltés sans savoir comment se révolter correctement. Satan sait toujours bénéficier de leur révolte aveugle: après la mort subite de sa mère, Chantal est devenue une menteuse hideuse en faisant courir le bruit que le prêtre a provoqué cette crise par sa dureté.

D'une part, Bernanos souligne que l'Église est en péril. Par exemple, le curé d'Ambricourt regrette vraiment que l'Église ait « besoin d'ordre » (*JCC*, p.16), non d'amour, d'administrateurs compétents, non de saints. D'autre part, Bernanos garde quand même l'espoir en cette Église corrompue, étant donné qu'à la fin du roman, la mère de la deuxième Chantal s'est réconciliée avec Dieu et est morte dans la paix. Dans une certaine mesure, cette mort ne conduit pas à l'enfer. Elle est plutôt une renaissance. C'est grâce au curé d'Ambricourt que la mère de Chantal réussit à retrouver sa foi, ce qui signifie que pour sauver l'Église du danger, les prêtres doivent et peuvent exercer une fonction importante et nécessaire. En effet, la plupart des saints bernanosiens sont des prêtres.

Ⅰ.2.4 Bernanos et les saints bernanosiens

Il faut rappeler que Bernanos, en tant que romancier, est également l'incarnation de la sainteté. Magdalena Padilla García a très bien analysé la production littéraire de Bernanos « à la lumière d'une recherche constante de mysticisme qui rapproche la vocation littéraire de la vocation sacerdotale à laquelle plus jeune, il s'était senti appelé »① et a qualifié Bernanos d'écrivain de la sainteté.

Dans la vie quotidienne, Bernanos suit l'exemple de ses saints et marche fermement vers la sainteté. Pour lui, l'univers romanesque n'est pas totalement imaginaire, de même que ce que nous avons vu dans les rêves n'est pas totalement absurde ou incroyable. Les textes qu'il a écrits sont plutôt une révélation, et donc un appel.

Comme le curé d'Ambricourt, Bernanos vit la plupart du temps dans la misère qui l'oblige à déménager sans cesse principalement pour fuir les difficultés financières, mais qui ne le fait pas aspirer à une vie bourgeoise

---

① VIGNERON Denis, *Les grands cimetières sous la lune de Georges Bernanos: témoignage d'un homme libre ou imposture ?*, dans *Acta fabula*, vol. 10, n° 7, Notes de lecture, Août -Septembre 2009. URL: http://www.fabula.org/acta/document5145.php, page consultée le 30 juillet 2016.

centrée sur l'argent à ses yeux. S'il a tenu des propos apparemment antisémites, c'est seulement parce qu'il a considéré les Juifs comme un symbole du pouvoir de l'argent, puisqu'ils sont généralement associés à la banque, à la finance. Il faut remarquer que durant la Seconde Guerre mondiale, Bernanos dénonce expressément et courageusement l'antisémitisme, qui lui fait de plus en plus horreur.

Comme l'abbé Donissan, Bernanos lutte contre l'injustice comme un brave soldat. Pour lui, le fascisme et la guerre sont le diable, son seul ennemi. Il est hostile à la collusion de l'Église avec Franco; il reproche à Maurras de s'être rallié à Franco; il dénonce l'imposture de Vichy; il devient un des animateurs spirituels de la Résistance en rédigeant des écrits de combats.

Comme tous ses saints, Bernanos ne recherche pas la gloire terrestre ni le pouvoir. Il refuse trois fois la Légion d'honneur; il refuse le siège à l'Académie française; il refuse également l'offre d'un poste dans le gouvernement proposée par le général de Gaulle, pour qui Bernanos éprouve une profonde admiration.

Si la vocation sacerdotale est un des rêves d'enfance de Bernanos, il finit par réaliser ce rêve en créant plusieurs figures de prêtres. En même temps, il n'est pas étonnant que sa vocation littéraire prenne enfin le pas sur sa vocation sacerdotale, car il vit à l'époque où la littérature peut offrir plus de possibilités et atteindre un public plus vaste qu'une Église en déclin. N'oublions pas que Bernanos figure parmi les écrivains catholiques qui « sont animés par le dessein d'universaliser leur vision du monde et d'agir pour conformer la société à celle-ci »①.

En un mot, nous ne pouvons pas séparer l'homme Bernanos du romancier Bernanos. Nous ne pouvons pas non plus séparer le romancier Bernanos de son œuvre romanesque. Ces trois éléments ne font qu'un seul Bernanos, qui

---

① HERVESerry, *Littérature et religion catholique* (18801914). *Contribution à une socio-histoire de la croyance*, dans *Cahiers d'histoire. Revue d'histoire critique* [En ligne], 87 | 2002, mis en ligne le 01 avril 2005, consulté le 14 décembre 2016. URL: http://chrhc.revues.org/1656.

croit à la sainteté de Dieu, participe à cette sainteté divine et appelle sans cesse toute l'humanité à y participer.

I.3 Le dialogue avec d'autres grands écrivains français

Sans doute, Bernanos s'est inspiré de nombreux écrivains. Dans notre présente étude, notre ambition se limite à citer quelques grands écrivains français qui ont vécu à la même époque ou presque que Bernanos et qui ont aussi abordé le thème de la sainteté. De plus, nous risquons de trouver des liens qui ne soient cependant pas le fruit d'un acte intentionnel de l'auteur. Dans ce cas, il ne s'agirait que d'une de nos remarques.

I .3.1 Bernanos et Flaubert

Bien qu'il ne soit pas croyant, Flaubert s'intéresse beaucoup au mystère du salut et « le thème de la sainteté apparaît régulièrement dans la correspondance de Flaubert »①. De ce fait, la conception flaubertienne de la sainteté ne se limite pas au domaine religieux. L'incroyance de Flaubert et sa préoccupation de la sainteté démontrent justement que la sainteté est susceptible de devenir une vertu universelle, de rapprocher les gens.

La simplicité constitue un point commun entre la sainteté flaubertienne et la sainteté bernanosienne. Il semble que c'est la première condition de base qu'on doit remplir pour devenir saint. Ces deux écrivains sont lucides et leurs paroles sont prophétiques, lorsque la plupart des gens se réjouissent des progrès remarquables, de l'énorme enrichissement des connaissances, qui risquent cependant de tout compliquer, de déchirer l'homme, donc de le chasser dans un labyrinthe susceptible d'engendrer des sentiments d'impuissance et de désespoir, même celui de néant. Flaubert et Bernanos font face aux même problèmes sociaux, et donc ont les mêmes soucis, car la

---

① SARGA Moussa, *Le souffle de Flaubert*, dans *Littérature*, n° 99, 1995, p.101.

fin du XIXe siècle, où Flaubert est mort et Bernanos est né, « se présente comme un condensé de tous les siècles »①. Autrement dit, les problèmes inquiétants ont déjà émergé au XIXe siècle et ils se sont aggravés considérablement au XXe siècle.

Bernanos et Flaubert mentionnent tous des obstacles sur le chemin de la sainteté : il y a, entre autres, la préoccupation excessive à l'égard du monde matériel. D'abord, tous les deux remettent en question la science, qui est quasiment devenue une nouvelle religion. De plus, ils ont une opinion négative vis-à-vis du commerce : pour Flaubert, les arts doivent être supérieurs au commerce, car les premiers ont une vie presque éternelle dans une certaine mesure ; pour Bernanos, le commerce lui-même est le diable, puisque Satan est représenté sous la forme du maquignon — une sorte de commerçant. Les deux écrivains sont capables de prendre le pouls de l'époque, car la société moderne, qui est gravement malade, est justement caractérisée, ou plus précisément, dominée par la science et le commerce.

À la différence de Bernanos, Flaubert associe la sainteté et la bêtise, comme Michel Foucault l'a remarqué : « Le rapport entre la sainteté et la bêtise a sans doute été fondamental pour Flaubert. »② Bernanos se borne à dépeindre des personnages qui ont fait des bêtises. Mais la bêtise elle-même est loin d'être un thème fascinant cet auteur, alors qu'elle fait l'objet des études de Flaubert : « Je connais la Bêtise. Je l'étudie. C'est là l'ennemi. Et même il n'y a pas d'autre ennemi. Je m'acharne dessus dans la mesure de mes moyens. L'ouvrage que je fais pourrait avoir comme sous-titre : "Encyclopédie de la Bêtise humaine". »③ Philippe Sollers affirme que Flaubert « aura été le premier à sonder ce continent infini, la Bêtise [...], avant lui, on ne savait

---

① SOLLERS Philippe, *La rage de Flaubert*, dans *Le Nouvel Observateur*, n° 2250 du 20 décembre 2007.

② FOUCAULT Michel, *Un "fantastique" de bibliothèque*, dans *Cahiers Renaud-Barrault*, n° 59, 1967, p.29.

③ FLAUBERT Gustave, *Correspondance*, tome SIV, Paris, Conard, 1926, p.170.

pas que la Bêtise gouvernait le monde.»①

Évidemment, la bêtise flaubertienne correspond au Satan bernanosien qui est l'ennemi de l'homme et qui est le roi du monde. Cette différence des façons de nommer l'ennemi est due à celle des manières de penser. En tant que non-croyant, Flaubert recherche les causes de la chute de l'homme plutôt chez l'homme lui-même, son opinion pourrait s'inscrire dans le cadre de la philosophie. Bernanos, dont la foi est inébranlable, croit que l'homme ne s'écarte du chemin de la sainteté que quand il devient un esclave de Satan. Ainsi, pour Bernanos, les pécheurs sont aussi des victimes, car c'est Satan qui sème le mal et tente les enfants de Dieu. Bernanos aborde le thème plutôt du point de vue théologique.

Flaubert façonne à nouveau des personnages de saints qui ont déjà existé dans l'histoire ou la légende chrétiennes. Sa création littéraire consiste à désacraliser les saints renommés, ou à démystifier la sainteté qui renverrait au pouvoir, même à l'idolâtrie. Il nous montre des saints qui sont bien simples, peu intelligents, ou plus précisément, vraiment idiots. Ce ne sont pas des hommes parfaits. Au contraire, ils ont pas mal de défauts, de faiblesses. Malgré tout, ce sont des saints quand même. En fait, cette idée est reprise par Bernanos. Mais il repart en sens inverse: si Flaubert fait des saints des hommes ordinaires, Bernanos fait des hommes ordinaires des saints. Autrement dit, Flaubert rend l'histoire littéraire, alors que Bernanos rend la littérature historique. Certes, les saints bernanosiens ne sont que des personnages de fiction. Mais l'ambition de Bernanos est de les intégrer dans notre histoire, d'actualiser une possibilité qui existe réellement, mais que tout homme n'a pas la chance de réaliser. En outre, les personnages de fiction pourraient représenter chaque individu. Autrement dit, chaque individu pourrait s'identifier aux personnages de saints, puisqu'il s'agit d'une sainteté accessible à tout homme. En fin de compte, dans une certaine mesure,

---

① SOLLERS Philippe, *La rage de Flaubert*, dans *Le Nouvel Observateur*, n° 2250 du 20 décembre 2007.

l'œuvre de Bernanos s'inscrit dans la même lignée que celle de Flaubert.

Flaubert est reconnu comme écrivain-saint. Il existe beaucoup de ressemblances entre Flaubert et ses saints. Saint Antoine, entre autres, est le personnage auquel Flaubert peut s'identifier vraiment. L'expérience de ce saint est tout à fait celle de l'auteur: « À la place de saint Antoine, par exemple, c'est moi qui y suis; la Tentation a été pour moi et non pour le lecteur »①. Flaubert lui-même ne dissimule pas son désir d'être saint, comme Sartre l'a remarqué: Flaubert « se tient carrément pour un saint »②. En effet, Flaubert consacre la plupart du temps à l'écriture à laquelle il s'acharne tout au long de sa vie; comme un saint chrétien, il mène une vie bien simple et d'ascèse.

Il est à noter que Flaubert ne croit pas en Dieu dans le christianisme, mais en l'art, qui est aussi sacré pour lui que Dieu l'est pour les chrétiens: « Aimons-nous donc en l'Art, comme les mystiques s'aiment en Dieu, et que tout pâlisse devant cet amour »③. Sa pratique littéraire est un véritable martyre pour l'art. Sa foi est aussi inébranlable que celle d'un chrétien authentique. En un mot, il a pour vocation la création artistique.

Évidemment, Bernanos a tiré parti de cette « vocation ». Dans son premier roman, il a déjà emprunté le mot « vocation » et a défini la sainteté comme vocation — la vocation du saint ainsi que de l'écrivain. Pour Flaubert, les images chrétiennes ne sont que des outils, ou plus précisément, des métaphores qui l'aident à exprimer ses idées philosophiques. Par exemple, il compare le vrai poète au prêtre④. C'est pour la même raison que Flaubert ne craint pas que les manifestations du diable et du Christ dans son œuvre donnent une impression mystique, au lieu d'une impression de réalisme. Par contre, Bernanos a pour ambition de retrouver, de rappeler le sens propre des

---

① FLAUBERT Gustave, *Correspondance*, tome II, Paris, Conard, 1926, p.462.

② SARTRE Jean-Paul, *L'Idiot de la famille*: *Gustave Flaubert de* 1821 *à* 1857, tome II, Paris, Gallimard, 1971, p.2055.

③ FLAUBERT Gustave, *Correspondance*, tome III, Paris, Conard, 1926, p.294.

④ FLAUBERT Gustave, *Correspondance*, tome III, Paris, Conard, 1926, p.215.

termes tels que *Dieu*, *Satan*, *le saint* et *le prêtre*. Cependant, pour ne pas choquer les lecteurs conditionnés par la science, Bernanos ne fait pas appel aux manifestations du diable ou du Christ, sauf dans *Sous le soleil de Satan*, où le diable apparaît sous la forme d'une personne et cette manifestation donne toujours l'impression d'une rêverie. De plus, Bernanos a montré un très bon exemple qui sait parfaitement assumer en même temps la vocation d'un artiste et celle d'un chrétien, qui ne font qu'un pour lui. Enfin bref, Flaubert parle de ce qui relève du profane de manière religieuse, alors que Bernanos cherche à parler du religieux de manière non religieuse.

Ⅰ.3.2 Bernanos et Claudel

Sans aucun doute, Paul Claudel figure parmi les grands écrivains catholiques du XXe siècle. Ce qui est intéressant, c'est que « Bernanos le déteste »①. En effet, Bernanos ne dissimule jamais sa tendance anti-claudélienne. Son œuvre va justement à l'encontre de celle de Claudel. Autrement dit, ce que Bernanos a à faire, ce n'est pas de dialoguer avec Claudel, mais de le réfuter. Michel Estève indique qu'à travers le personnage de Saint-Marin, « le romancier fustige l'écrivain Anatole France »②. Cependant, nous avons raison de croire que le même personnage est aussi une caricature de Paul Claudel dans une certaine mesure.

Sans doute, le mépris cinglant de Bernanos est dû d'abord à l'homme Claudel, qui n'est pas parvenu à résister aux tentations telles que le pouvoir, la gloire, l'honneur, ou le confort terrestre. Ce qui inspire du dégoût à Bernanos, ce seraient en particulier les idées de Claudel, telles que transmises par son œuvre. Notre étude ne se limite qu'à l'analyse de la conception claudélienne du christianisme, ou plus précisément, de la

---

① SOLLERS Philippe, *Connaissance de Claudel*, dans *Le Monde* du 18 décembre 1998 (repris dans *Eloge de l'infini*).

② *Georges Bernanos*: *Sous le soleil de Satan*, extraits commentés par Michel Estève, Paris, Bordas, 1973, p.204.

sainteté.

Claudel a donné sa définition de la sainteté dans le prologue de la pièce *L'Annonce faite à Marie* :

> La sainteté n'est pas d'aller se faire lapider chez les Turcs ou de baiser un lépreux sur la bouche,
> Mais de faire le commandement de Dieu aussitôt,
> Qu'il soit
> De rester à notre place ou de monter plus haut.

Cette définition montre clairement que pour Claudel, la sainteté ne consiste pas à faire quelque chose de dérisoire avec humilité. C'est pour cette raison que Claudel a une préférence marquée pour la description de grands événements, ainsi que de grands personnages tels que le général, le conquérant, qui sont des hommes d'action intrépides. En un mot, l'œuvre de Claudel impressionne le lecteur par sa grandeur. Cependant, c'est aussi à cause de la grandeur que les personnages de Claudel donnent l'impression de n'être que de purs esprits qui manquent de chair. Dans ce cas, la sainteté se réduit à un concept abstrait. Ainsi, l'œuvre de Claudel entrerait dans le genre didactique.

D'ailleurs, Claudel représente des saintes reconnues en France : Jeanne d'Arc, sainte Geneviève, qui sont considérées comme de véritables héroïnes, capables de changer le cours de l'histoire, d'influencer le destin du pays et du peuple. Les principaux points communs qu'on peut observer chez les deux saintes sont leur foi ferme et leur ardent patriotisme. Évidemment, la sainteté de ces deux femmes est également le fruit de leur grandeur. Il vaut mieux chercher cette sainteté dans l'histoire, non dans la fiction, car la grandeur fictive risquerait toujours de ne pas être prise au sérieux.

Comme nous l'avons déjà analysé plus loin, Bernanos recherche une sainteté au quotidien caractérisée par le sacrifice et l'humilité, sainteté qui reflète justement un lien surnaturel — l'amour et l'obéissance à Dieu, mais qui se réalise obligatoirement dans le contact avec les autres sur terre. Par conséquent, Bernanos dépeint plutôt des personnages bien ordinaires, même médiocres à première vue. Cependant, ces personnages, qui donnent l'impression de réalisme, sont capables de nous émouvoir, et puis de nous édifier.

De plus, chez Claudel, la sainteté est une puissance capable de produire des miracles. Autrement dit, le surnaturel y intervient de temps en temps. Par exemple, dans *L'Annonce faite à Marie*, la sainte Violaine a réussi à ressusciter l'enfant de sa sœur Mara dont les yeux deviennent bleus comme ceux de Violaine alors qu'ils étaient noirs comme ceux de Mara. Évidemment, à cause de ce miracle réussi, Violaine risquerait d'être envisagée comme étant une sainte légendaire, capable d'exciter notre admiration, mais très éloignée de nous. Cette œuvre risquerait aussi de choquer le lecteur non-croyant, voire le lecteur croyant mais peu amateur de merveilleux chrétien.

Une scène semblable est apparue dans *Sous le soleil de Satan* de Bernanos, qui conçoit cependant un dénouement contraire: le miracle est raté, l'enfant n'est finalement pas ressuscité. Michel Estève a analysé cet échec: pour vaincre Satan qui s'est insinué dans le corps de l'enfant, Donissan « exige de Dieu un miracle au lieu de le lui demander par amour »①, alors que « Dieu ne se donne qu'à l'amour » (*SSS*, p.264). À ce sujet, Guy Gaucher pense que son échec est dû à son orgueil: « Il fait appel à ses propres forces, non à celles de Dieu. »② Dans une perspective théologale, l'échec de Donissan est inévitable.

Du point de vue de la réception du lecteur, la tentative de Donissan est également destinée à l'échec. Sinon, Donissan risquerait d'être exclu de l'humanité, ou même d'être pris pour quelqu'un n'ayant pas de bon sens, et

---

① *Georges Bernanos*: *Sous le soleil de Satan*, extraits commentés par Michel Estève, Paris, Bordas, 1973, p.197.

② GAUCHER Guy, *Le thème de la mort dans les romans de Georges Bernanos*, Paris, Minard Lettres modernes, 1967, p.82.

donc de n'être qu'un personnage fictif et mort. En un mot, Donissan ne serait pas un saint acceptable, imitable. Bernanos renonce enfin à attribuer un caractère surhumain à son héros, car il cherche à montrer la force incroyable de l'impuissance, à rechercher une sainteté humaine, qui est apparemment paradoxale.

Claudel aborde un thème de manière récurrente : le conflit éternel entre l'amour divin et l'amour humain, ou plus précisément, l'amour sensuel. Il considère que la sainteté se trouve dans la victoire totale de l'amour divin sur l'amour sensuel. L'intrigue de l'œuvre de Claudel est bien attachante et impressionnante, car il est apte à concevoir des histoires d'amour émouvantes et passionnantes, qui se passent dans des endroits exotiques, à une époque plus ou moins mystérieuse et donc intéressante. Tous ces trucs sont rejetés par Bernanos qui recherche la sainteté en empruntant d'autres chemins, c'est-à-dire en éludant le conflit mentionné plus haut. Sans doute, Bernanos le considère comme un cliché ; sans doute, il ne considère pas l'amour divin et l'amour humain comme étant opposés. En tout cas, aucun saint bernanosien ne souffre de l'amour charnel. Tout au moins, un tel amour occupe rarement l'intrigue principale qui est caractérisée par la simplicité, voire la fadeur. Contrairement à Claudel, Bernanos situe son intrigue plutôt dans un endroit isolé et banal, à une époque terne. Voilà les caractéristiques de l'œuvre de Bernanos : l'intrigue est simple, le contexte historique manque d'intérêt, mais la représentation de l'univers intérieur des personnages est saisissante et bouleversante. L'univers intérieur de l'homme est le seul véritable champ de bataille, Satan y investit tous ses efforts afin d'étouffer toute envie d'atteindre la sainteté.

En examinant l'ensemble de l'œuvre de Claudel, nous pouvons constater la vive admiration de l'auteur pour la femme parfaite : soit il chante des femmes saintes, qui ont existé réellement dans l'histoire, soit il imagine des femmes saintes, qui se comportent justement à l'instar de Vierge Marie. La piété de Claudel ne se borne qu'à ce fort sentiment. Sans doute, c'est pourquoi il écrit plutôt des poèmes et des pièces, genres favorables à l'expression des sentiments. Certes, consciemment, Claudel montre toujours la victoire de l'amour divin. Mais inconsciemment, il aspire sans doute à l'amour humain. Tout au moins, pour lui, un tel amour demeure une obsession.

Or ce n'est pas le cas chez Bernanos. Remarquons que la majorité des saints bernanosiens sont des hommes. Ce choix est bien signifiant: d'une part, l'auteur se préoccuperait du destin de l'espèce humaine, puisque le mot *homme* peut désigner tous les êtres humains sur terresans distinction de sexe ni d'âge; d'autre part, le parcours de sainteté des personnages de Bernanos représenterait le rêve de l'auteur lui-même: il ne se contente pas d'être un écrivain qui chante la sainteté, il veut surtout devenir un homme saint comme ses personnages. En ce qui concerne son identité, Bernanos se considère comme un chrétien qui écrit, non comme un écrivain catholique, comme nous l'avons évoqué dans l'introduction de ce travail. Contrairement à ce que Roland Barthes a proclamé, l'auteur n'est pas mort chez Bernanos. Il existe toujours, parle et écoute, de la manière la plus authentique. En un mot, si Claudel donne l'impression d'être un spectateur de sa propre œuvre, Bernanos ressemble plutôt à un acteur, ou plus précisément, un personnage dans ses propres romans.

Chapitre II

L'incipit et la fin des romans

Après avoir lu tous les romans de Bernanos, nous pouvons mettre en évidence certaines constantes dans le style : en règle générale, un roman commence par des images relatives au mal, alors qu'il se termine par une allusion au bien. L'itinéraire de chaque texte contribue à la manifestation de la foi de l'auteur : c'est le bien qui l'emportera finalement sur le mal. Ainsi, aucun effort ne sera vain pour rechercher le bien. Chez Bernanos, devenir saint, c'est pratiquer le bien. Ici, nous chercherons à illustrer notre point de vue en analysant les deux romans les plus célèbres de Bernanos : *Sous le soleil de Satan* et *Journal d'un curé de campagne*.

II.1 *Sous le soleil de Satan*

Voici l'incipit de *Sous le soleil de Satan* :

Voici l'heure du soir qu'aima P.-J. Toulet. Voici l'horizon qui se défait — un grand nuage d'ivoire au couchant et, du zénith au sol, le ciel crépusculaire, la solitude immense, déjà glacée, — plein d'un silence liquide… Voici l'heure du poète qui distillait la vie dans son cœur, pour en extraire l'essence secrète, embaumée, empoisonnée.

Déjà la troupe humaine remue dans l'ombre, aux mille bras, aux mille bouches; déjà le boulevard déferle et resplendit... Et lui, accoudé à la table de marbre, regardait monter la nuit, comme un lis.

Dès le début, les lecteurs peuvent ressentir une forte ambiance nocturne: « l'heure du soir », « l'horizon qui se défait », « le ciel crépusculaire », « la solitude immense », « au couchant », « plein d'un silence », « l'ombre », « la nuit ». Apparemment, dans l'incipit, il s'agit plutôt de la description neutre de paysages naturels. En fait, le romancier a pour objectif de transmettre des messages surnaturels. Comme tout le monde le sait, Satan est considéré comme prince de la nuit. Tant de signes renvoyant à la nuit suggèrent que l'humanité est sous le règne de Satan.

En fait, le règne de Satan est déjà révélé explicitement dans le titre du roman *Sous le soleil de Satan.* Le titre lui-même est aussi un élément important qui contribue à la rhétorique de l'ouverture et fait partie intégrante de l'incipit. Dans ce roman, le titre du roman et les deux premiers paragraphes du roman se font écho et s'interprètent. Ils constituent ensemble le fond nécessaire sur lequel est édifié le texte du roman. Le roman est ainsi ancré dans un univers à la fois naturel et surnaturel. Ce n'est pas paradoxal, car pour Bernanos, le naturel et le surnaturel relèvent tous du réel.

Le règne de Satan est traduit par le titre tant du point de vue du contenu que de la forme. Sans aucun doute, l'humanité vivait sous le soleil de Dieu. Si on vit sous le soleil de Satan, cela signifie que Satan a usurpé le trône. D'ailleurs, le titre du roman peut être abrégé en *SSS*. Évidemment, la lettre *S* évoque le serpent — l'incarnation de Satan. La même lettre représentant le mal se répète trois fois. Dans le christianisme, le chiffre trois symbolise l'apogée, la plénitude. D'une part, Bernanos rappelle d'une manière figurative que Satan est le singe de Dieu, existant en trois personnes. D'autre part, Bernanos souligne d'une manière répétitive qu'il va traiter de l'apogée du mal, ou de l'origine du mal, où il n'y a que Satan.

Le règne de Satan est également révélé dans le travail du poète lucide. L'expression *distiller la vie* signifie déjà que la vie n'est plus pure, qu'elle est déjà corrompue par le mal. Cette affirmation peut être prouvée par les trois qualificatifs *secrète*, *embaumée*, *empoisonnée* : *secrète* signifie que la vérité n'est pas facile à saisir, car Satan craint que l'humanité connaisse la vérité, donc établit partout des obstacles; *empoisonnée* nous montre encore une fois la présence de Satan; *embaumée* nous permet de voir d'abord la conséquence horrible de l'œuvre de Satan, capable de priver les hommes de la vie de Dieu, ensuite la ruse principale de Satan qui excelle à produire des illusions. Parallèlement, ces trois adjectifs nous apprennent aussi que le poète est courageux, lucide et persévérant, tout comme le romancier et son personnage principal.

Le premier paragraphe nous apprend que le règne de Satan s'accomplit d'une manière trompeuse. L'horizon pourrait symboliser la frontière entre le bien et le mal. Cette frontière ne disparaîtra jamais. Ce que Satan peut faire, c'est la voiler par « un grand nuage d'ivoire ». Comme l'ivoire est une couleur qui symbolise la pureté, l'innocence, l'incorruptibilité, ce grand nuage ne peut être rien d'autre qu'un déguisement de Satan. À cause de ce trompe-l'œil, on a l'impression de ne voir que le ciel « du zénith au sol ». Autrement dit, on a l'impression que le mal n'existe plus dans ce monde, que le bien a dominé tout l'univers.

L'incipit de ce roman a une valeur d'annonce: il annonce presque tous les thèmes importants abordés dans le roman. En plus du règne de Satan et de son mensonge que nous avons analysés plus haut, nous pouvons trouver la solitude — un thème important et récurrent chez Bernanos, qui rapproche évidemment les deux Mouchette, le froid — l'essence de la lumière de Satan, le silence — l'apparente absence de Dieu, la condition humaine sous le règne de Satan — aveuglement ou lucidité, soumission ou révolte, la vocation de l'humanité — traverser la nuit pour rencontrer l'aurore, la vocation de l'écrivain — démasquer le complot de l'ennemi commun et révéler la vérité du bien.

Dans l'incipit, Bernanos a déjà évoqué la présence de Dieu dont l'omniprésence est toujours incontestable, mais qui se tait auprès de l'humanité. Vladimir Jankélévitch a affirmé que Dieu est le poète suprême. Le roman commence par le souvenir d'un poète humain pour rappeler le poète des poètes, ou la source d'inspiration, qui renvoient tous à Dieu. Littéralement, c'est le poète Toulet qui « distillait la vie dans son cœur, pour en extraire l'essence secrète, embaumée, empoisonnée ». Mais l'omission délibérée du nom du poète implique déjà l'intervention de Dieu. Le mot « poète » devient le pont qui relie l'humanité et la divinité. N'est-ce pas grâce au Saint-Esprit que le poète Toulet a la faculté de saisir l'essence cachée par l'apparence éblouissante? Dans le premier paragraphe, les trois « voici » suffisent à produire une impression de réalité et de tension lors de l'affrontement de deux armées. En effet, dès le début, Bernanos présente de manière implicite les trois participants du combat spirituel: Satan, Dieu et l'humanité. Il nous apprend aussi que Dieu est certainement avec ceux qui refusent consciemment le mal en ne faisant qu'un avec eux.

Dans le deuxième paragraphe, Bernanos porte son regard sur ses semblables. Dans « la troupe humaine », on peut constater l'agitation, la rumeur, le désordre, la divergence, même le désespoir. L'animation et la prospérité qu'on voit dans le boulevard ne sont qu'une illusion, qui permet d'oublier l'angoisse, la crainte et le désespoir. Le mot « troupe » invite aussi à entrer dans une ambiance de guerre. Les deux « déjà » et les fragments de plus en plus courts produisent une ambiance plus tendue et soulignent la gravité de la situation.

À la fin du deuxième paragraphe, Bernanos emploie un pronom « lui » qui peut être polyvalent. Littéralement, « lui » désigne le poète Toulet. Quelle est son attitude véritable envers la nuit? Comme il est écrit expressément dans le premier paragraphe, Toulet aime la nuit. Son amour est traduit par son regard sur la nuit: à ses yeux, la nuit ressemble à une belle fleur. Évidemment, dans son regard, on ne voit pas de haine, ni de fureur, ni de flatterie. C'est un regard doux, calme et pénétrant. Il faut remarquer qu'il ne s'agit pas ici de l'amour d'un disciple pour son maître. Nous devons interpréter le regard du poète en nous reportant au premier paragraphe, surtout à sa fin:

il connaît bien le secret de la nuit; il a pour vocation d'aider les autres à connaître l'essence de la nuit. Il aime la nuit comme Jésus-Christ aime les pécheurs. En fait, il est tout à fait possible que « lui » désigne Dieu. Dans cette optique, il s'agit du regard de Dieu plein de compassion et de pitié, capable de transformer et de pardonner. Le lis symbolise la pureté. La comparaison ne signifie pas que la nuit est par essence pure, mais que la nuit ne peut devenir pure que sous le regard de Dieu. Ainsi, la dernière phrase de l'incipit annonce non seulement la présence de Dieu, mais aussi sa victoire finale.

Dans le premier paragraphe, pour faire allusion à Satan, Bernanos emploie une phrase assez longue et compliquée avec une proposition relative, une proposition intercalée et de nombreuses épithètes. La structure de la phrase correspond parfaitement à l'essence de Satan. Premièrement, Satan ne peut jamais occuper qu'une place dépendante et subalterne: il ne peut exister seul. Deuxièmement, comme un ver dans un fruit, Satan cherche toujours à se mêler de l'œuvre de Dieu. Troisièmement, comme Satan est le néant, il est obligé de faire appel à des décors, à des mensonges, pour dissimuler son essence. Dans le deuxième paragraphe, pour dépeindre l'humanité, Bernanos emploie deux propositions indépendantes juxtaposées qui donnent une impression de voir des débris flottants. Cet agencement veut dire que les êtres humains ont déjà perdu leur unité originelle, leur raison, si bien qu'il est plus facile d'être victime de Satan.

À première vue, il n'y a pas de lien entre l'incipit et le reste de ce roman. Les premiers mots du roman se présentent plutôt comme une dédicace à P.-J. Toulet que comme une introduction. Dans cette perspective, le poète P.-J. Toulet et ses poèmes font partie du paratexte du roman, qui peut aussi fournir des informations essentielles. D'abord, P.-J. Toulet est un noctambule. Il ne profite pas de « l'heure du soir » pour se divertir, mais pour « extraire l'essence » de la vie. Dans une certaine mesure, Bernanos, comme son personnage Donissan, sont aussi des noctambules. Si c'est le cas, ce n'est pas parce qu'ils aiment la nuit. Mais au contraire, ils détestent, même haïssent la nuit. Face à cet ennemi, ils ne choisissent pas de s'enfuir, ou de se détourner, mais de se plonger au cœur de la nuit pour percer à jour sa supercherie et se frayer un chemin vers la sainteté.

Ensuite, une des caractéristiques des poèmes de Toulet est la sobriété. C'est aussi le mot adéquat pour qualifier le premier roman de Bernanos. Dans ce roman, il n'y a pas d'intrigue compliquée et palpitante. En ce qui concerne le langage, Bernanos a une préférence marquée pour les mots simples et populaires, les phrases courtes et les propositions indépendantes. Le romancier ne fait pas souvent appel aux jeux de mots, aux figures de rhétorique. Quant à la typographie, tout le roman se divise clairement en trois parties intitulées respectivement *Prologue*: *Histoire de Mouchette*, *Première partie*: *La tentation du désespoir* et *Deuxième partie*: *Le saint de Lumbres*. Seuls ces titres nous permettent de comprendre d'emblée qui est le personnage principal, ce qui lui est arrivé et quel est son destin final. L'intention de l'auteur est très claire: bien que nous soyons sous le règne de Satan, il nous est quand même possible d'accéder à la sainteté. Chaque partie du roman est à son tour divisée en plusieurs sections par des chiffres romains. Au sein de chaque section, il ne manque pas de signes typographiques tels que l'astérisme, l'interligne, qui servent à indiquer une rupture dans le texte. En un mot, le roman présente une structure bien traditionnelle. Avec la structure linéaire, l'espace bien précisé et le temps chronologique, Bernanos n'a pas pour objectif l'innovation littéraire avec ce premier roman.

Sans aucun doute, Toulet est un grand poète sagace. Mais sa valeur n'est pas encore découverte ou reconnue par le plus grand public. Il reste en marge des grandes tendances de la poésie du XXème siècle. Sur ce point, le cas de Toulet ressemble beaucoup à celui de Donissan. Pour Bernanos, Donissan est un vrai saint. Mais ce saint n'est pas reconnu par l'Église, qui l'a considéré même comme une personne faisant scandale; il est méprisé et soupçonné par ses confrères et la prétendue élite intellectuelle; il est isolé par ses paroissiens. Peu de gens s'intéressent véritablement à sa grandeur d'âme. Même s'il a joui d'une certaine réputation dans sa vieillesse, ce qu'il inspire chez le public, ce n'est pas le respect, mais plutôt la curiosité. Il demeure un homme exclu de toute la communauté, un homme étrange, sinon, un monstre inoffensif. La quête de la sainteté sera reconnue et encouragée le jour où la valeur des gens tels que Donissan sera appréciée et affirmée.

En plus de son souvenir d'un poète brillant, le romancier Bernanos écrit l'incipit de son premier roman sous la forme d'un poème composé de deux strophes avec des rimes pauvres, qui se font écho, dont la structure est identique. L'influence évidente de la poésie pourrait s'expliquer par la vocation de la poésie. Une de ses visées les plus répandues est la célébration de l'amour. Tous les romans de Bernanos sont destinés à honorer Dieu qui est l'amour même. Comme nous l'avons analysé plus haut, l'amour est un élément essentiel de la conception bernanosienne de la sainteté. C'est l'amour qui relie le romancier au poète, le roman au poème. Ainsi, nous pouvons dire que cet incipit annonce que le roman est un hymne à l'amour. Ensuite, en règle générale, la poésie a pour objectif d'exprimer des sentiments, non de raconter une histoire. Autrement dit, la poésie dépeint plutôt le monde invisible que le monde visible. C'est justement un trait commun avec *Sous le soleil de Satan*. Dans ce roman, l'intrigue est un élément secondaire, une amorce, ou un pont qui permet d'accéder au coin le plus obscur du monde intérieur de chaque personnage. Bien que Satan soit incarné dans un maquignon sous une forme visible, il s'agit plutôt d'une métaphore, d'une personnification. En fait, la principale incarnation de Satan, ou sa principale façon de tenter, que Bernanos met en scène dans ce roman, est le désespoir, qui est lui-même un sentiment négatif. Alors, où est Satan? Il est chez nous. Il s'est insinué dans notre corps. Il nous rend impurs et déchirés. On aurait l'impression de lutter contre soi-même pour lutter contre Satan. Ce combat est condamné à être difficile et dangereux. À travers cet incipit-poème, Bernanos annonce qu'il va utiliser un registre lyrique et pathétique dans le roman.

D'ailleurs, la poésie ne dit pas explicitement ce qu'elle veut dire. Pour comprendre un poème, on ne peut pas s'arrêter au sens littéral des mots utilisés. *Sous le soleil de Satan* exige la même manière de lire, car ce que

Bernanos veut dire dans ce roman est par nature indicible. Le romancier est donc obligé de faire appel à des mots courants, à des scènes quotidiennes pour représenter le mystère. Il emploie une langue dotée d'une force d'évocation considérable.

Comme nous le savons bien, un bon poète peut être un voyant. Le cas de Toulet est une bonne preuve. N'est-ce pas le rêve de Bernanos? Même s'il est incapable de recréer le monde, ou de créer un monde nouveau, il peut au moins dévoiler les faces cachées de ce monde, dépeindre un meilleur monde, tracer un itinéraire pour y accéder.

D'après Saint-John Perse, poète est celui-là qui rompt avec l'accoutumance. Cette définition correspond bien à l'ambition de Bernanos. Il a pour vocation de dévoiler et de lutter contre le conformisme bourgeois qui empêche d'accéder à la vérité et pousse à s'habituer à la lâcheté intellectuelle.

Enfin, la poésie est avant tout un travail sur le langage. Elle a pour fonction de ressusciter les mots usés. La recherche sur le langage est aussi un thème essentiel dans *Sous le soleil de Satan*, comme nous l'avons abordé plus haut. Bref, en tant que romancier, Bernanos a envie d'accomplir les fonctions du poète.

Comme l'imaginaire occupe une place prédominante dans le roman, les lecteurs risquent de ne pas le prendre au sérieux. Au contraire, on relie rarement la poésie au mensonge, à la fiction. Elle est un genre littéraire fondé sur le réel. Sans doute, c'est aussi pour atténuer l'impression d'irréalité que Bernanos commence son roman en évoquant un poète qui a existé réellement et en adoptant la manière d'écrire un poème.

Sous le soleil de Satan se termine par les phrases suivantes: « TU VOULAIS MA PAIX, S'ÉCRIE LE SAINT, VIENS LA PRENDRE! ...»

Remarquons que le narrateur emploie « le saint » pour désigner l'abbé Donissan, qui est appelé « le saint de Lumbres » dans le reste du roman. L'omission du déterminant « de Lumbres » suggère que Bernanos a déjà pris Donissan pour un véritable saint. Bernanos voudrait nous rappeler que

Donissan a déjà obtenu la sainteté avant sa mort, ce qui correspond parfaitement à la théologie de Bernanos sur la sainteté : la sainteté est tout à fait accessible aux hommes vivants. D'ailleurs, à travers ce sujet qui peut correspondre non seulement à une personne déterminée, mais aussi à une catégorie de personnes, l'auteur suggérerait que Donissan est déjà entré en communion avec les autres saints : au moment de sa mort, Donissan n'est cependant pas seul, ce qui explique partiellement l'audace dont Donissan fait preuve sans cesse. Le saint peut même désigner Dieu lui-même, puisque l'Ancien Testament nous révèle clairement que Dieu est saint. Ainsi, l'histoire de Donissan se termine par son retour dans les bras de son Père céleste.

En apparence, Donissan semble lancer un défi à l'écrivain Saint-Marin. En fin de compte, c'est à Satan que Donissan s'adresse. En premier lieu, sans aucun doute, Saint-Marin, un vrai menteur et imposteur, fait partie de l'armée de Satan, avec qui il ne fait qu'un. En deuxième lieu, Donissan, qui a l'habitude de vouvoyer tous ceux qu'il rencontre, n'a tutoyé que Satan incarné dans un maquignon pour exprimer son mépris. Évidemment, dans cette phrase, il s'agit aussi du tutoiement méprisant, non du tutoiement affectueux. Malgré tout, Saint-Marin fait partie des semblables de Donissan, pour lesquels Donissan n'a que de la sympathie, de la compassion, que Donissan a envie de sauver à tout prix. En d'autres termes, Donissan, qui n'a qu'un seul ennemi — Satan, ne prend aucun autre être humain pour son rival. Il reste humble devant tout le monde, qu'il soit vieux ou jeune, respectable ou médiocre, un inconnu ou une connaissance. En troisième lieu, le fait que toutes les lettres de la phrase sont mises en majuscule suggérerait que le récit a accédé au plan métaphysique, ou au plan surnaturel. La mort de Donissan signifierait qu'il va laisser place à Dieu et à Satan — les deux véritables antagonistes dans le domaine du surnaturel. Du reste, Dieu lui-même est le Saint, la sainteté suprême. De ce point de vue, Dieu lance aussi directement un défi à son adversaire en même temps que son enfant. L'union de Donissan à Dieu est révélée par les termes tout en majuscule « LE SAINT ». Il est donc sous-entendu que Dieu est déjà venu accueillir l'âme de Donissan au moment de sa mort. Ainsi, c'est une mort purificatrice, une garantie de sa renaissance à la vie éternelle.

Si ce défi est effectivement lancé à Satan, il nous permet de voir non seulement la bravoure de Donissan, en tant que soldat de Dieu, mais en particulier l'entêtement de Satan: il ne va même pas laisser un défunt tranquille; il tente de bloquer tous les chemins possibles vers le royaume des cieux.

C'est un défi lancé à la fois à Satan et à Saint-Marin. Ce « dernier cri » (*SSS*, p. 314) du saint de Lumbres est imprégné de l'optimisme du romancier: bien que jusqu'à présent, la victoire de Satan semble écrasante, sa victoire est condamnée à être temporaire et sa défaite définitive est incontestable, car la mort d'un saint n'est pas du tout la fin de sa vie, c'est juste le contraire: cette mort lui permet de commencer une nouvelle vie auprès de l'Éternel. Le fait que « le corps tout entier mime un affreux défi » (*SSS*, p.314) après sa mort suggère le prolongement de la vie de Donissan. Sans aucun doute, Satan n'ose pas courir après ses proies jusqu'à la maison de Dieu dont il a toujours très peur car il a quand même conscience de sa propre force: rien ni personne ne peut triompher de Dieu. Satan ne peut lutter contre Dieu qu'indirectement en avilissant les êtres humains. Si ces derniers entrent tous dans le paradis céleste en empruntant la voie de la sainteté, cela veut dire que c'est quand même l'humanité qui remportera la victoire finale grâce à Dieu.

La défaite finale de Satan est aussi symbolisée par le naufrage du projet hideux de Saint-Marin: comme il n'a même pas l'occasion de voir le saint de Lumbres de ses propres yeux, il a perdu l'occasion de faire semblant de réaliser sa conversion auprès de Donissan; la mort imprévue de Donissan empêche que ce voleur dérobe et salisse sa sainteté. Cette fois-ci, Donissan a vaincu ces tentateurs (Satan, Saint-Marin, etc.) par sa propre mort.

La victoire finale inéluctable sur Satan se prédit aussi à la fin du roman *Sous le soleil de Satan*: c'est Donissan, le saint de Lumbres, ou plus exactement, Dieu, non Satan, qui dit le dernier mot, qui a le dernier mot. À travers une telle affabulation, Bernanos nous informe sur son intention et sa prise de position.

Ⅱ.2 *Journal d'un curé de campagne*

Ce roman commence par une scène désespérante :

> *Ma paroisse est dévorée par l'ennui, voilà le mot. Comme tant d'autres paroisses ! L'ennui les dévore sous nos yeux et nous n'y pouvons rien. Quelque jour peut-être la contagion nous gagnera, nous découvrirons en nous ce cancer. On peut vivre très longtemps avec ça.*

Le narrateur ainsi que le personnage principal affirment clairement que c'est un monde où règnent la maladie fatale et la mort, c'est-à-dire les ténèbres. Les gens sont plutôt des vivants morts. Dès le début, le romancier nous montre le déséquilibre entre la vie et la mort : d'une part, la vie est dépourvue de qualité, d'espoir ; d'autre part, la menace de la mort est tellement évidente, irrésistible. Le pire, c'est qu'aucune paroisse ne fait exception : « Ma paroisse est une paroisse comme les autres. Toutes les paroisses se ressemblent. Les paroisses d'aujourd'hui, naturellement. » Ces trois phrases constituent une réitération qui sert à mettre en relief le côté négatif de la condition humaine et les conséquences dramatiques potentielles. En fait, ce passage ne peut susciter une profonde inquiétude que quand il est associé au deuxième paragraphe où la réalité des paroisses est clairement dévoilée : « Ma paroisse est dévorée par l'ennui. » En effet, le style terne qui caractérise ce début du roman correspond parfaitement au souci du curé d'Ambricourt — l'ennui : le texte, comme la paroisse, qui se montrent tous les deux monotones, mornes, manquent de vivacité, d'élan. C'est quand le lecteur a lu le reste du journal qu'il peut s'apercevoir que le curé d'Ambricourt a écrit ces lignes avec une extrême douleur, une profonde tristesse, même un désespoir invincible.

Le verbe *dévorer* introduit l'image de Satan dans ce roman, puisqu'il est écrit dans la Bible: « Soyez sobres, veillez. Votre adversaire, le diable, rôde comme un lion rugissant, cherchant qui il dévorera. » (1 Pierre 5: 8) En effet, *Journal d'un curé de campagne* nous paraît, à nous les non-croyants, plus raisonnable, et donc plus acceptable, car dans ce roman, le diable, qui ne se manifeste pas sous une forme visible et matérielle, est perçu comme une puissance spirituelle s'insinuant dans le cœur des hommes. En effet, l'ennui est l'incarnation de Satan dans l'univers romanesque de Bernanos. Dans *Un Mauvais Rêve*, l'ennui est présenté comme capable de porter préjudice à la sainteté qui risque d'être « peu à peu empoisonnée, pourrie, liquéfiée par l'ennui » (*MR*, p.58). L'ennui est un symptôme typique de la maladie de l'âme. Comme « l'ennui, [...] touche l'âme quand elle est privée de cet aliment indispensable que sont pour elle les pensées »①, « le seul remède authentique à l'ennui, devrait venir de l'intérieur, et être la recherche constante du chemin qui mène à Dieu »②. Nous pouvons dire aussi qu'un remède à l'ennui réside dans la capacité de réfléchir de l'homme.

En fait, le curé d'Ambricourt ne nie, ni n'est contre l'existence du mal dans ce monde: « le bien et le mal doivent s'y faire équilibre, seulement le centre de gravité est placé bas, très bas. Ou, si vous aimez mieux, l'un et l'autre s'y superposent sans se mêler, comme deux liquides de densité différente. » Ce dont il se plaint, c'est que ses semblables confondent le bien et le mal, si bien que les limites entre le bien et le mal ne sont plus distinctes. Le bien est sali par le mal, car le mal peut régner dans ce monde sous l'apparence du bien. Le curé d'Ambricourt veut dire que l'équilibre entre le bien et le mal a été rompu, ou plus précisément, que le mal l'emporte actuellement sur le bien. Ce prêtre sous-entend aussi que le bien a perdu sa

---

① LE VIGAN Pierre, *L'ennui et la condition humaine*, mis en ligne le 30 août 2010, consulté le 2 juillet 2016. URL: http://www.europemaxima.com.

② LE VIGAN Pierre, *L'ennui et la condition humaine*, mis en ligne le 30 août 2010, consulté le 2 juillet 2016. URL: http://www.europemaxima.com.

sainteté originelle. Dans ce passage, le curé d'Ambricourt exprime son opinion à M. le curé de Norenfontes. Alors, quelle est la réaction de ce dernier? La voilà: « M. le curé m'a ri au nez. C'est un bon prêtre, très bienveillant, très paternel et qui passe même à l'archevêché pour un esprit fort, un peu dangereux.» Les qualificatifs mélioratifs qui servent à caractériser M. le curé suggèrent que ce curé pourrait représenter la plupart des gens, sinon, la classe dominante. Sa moquerie à l'égard du curé d'Ambricourt prouve à son tour que raressont les gens, sensibles aux ruses de Satan et vigilants envers le danger imminent, comme ce saint bernanosien. D'une telle manière, la solitude dont le saint bernanosien souffre est également mise en scène. Alors, le curé d'Ambricourt est-il capable d'exercer les fonctions du sel dans ce monde?

Ainsi, Bernanos dévoile de manière différente la même réalité sociale dans *Journal d'un curé de campagne* que dans *Sous le soleil de Satan*: tous les personnages vivent sous le soleil de Satan. Cependant, plus la puissance de Satan s'avère irrésistible, plus l'appel à la sainteté s'avère nécessaire et éclairant. N'oublions pas que Jésus-Christ est venu dans ce monde principalement pour guérir les malades.

Le journal du curé d'Ambricourt se termine ainsi:

Certes, je regrette ma faiblesse devant le docteur Laville. Je devrais avoir honte de ne sentir pourtant aucun remords, car enfin quelle idée ai-je pu donner d'un prêtre à cet homme si résolu, si ferme? N'importe! c'est fini. L'espèce de méfiance que j'avais de moi, de ma personne, vient de se dissiper, je crois, pour toujours. Cette lutte a pris fin. Je ne la comprends plus. Je suis réconcilié avec moi-même, avec cette pauvre dépouille.

Il est plus facile que l'on croit de se haïr. La grâce est de s'oublier. Mais si tout orgueil était mort en nous, la grâce des grâces serait de s'aimer humblement soi-même, comme n'importe lequel des membres souffrants de Jésus-Christ.

À la fin de sa vie, le curé d'Ambricourt est parvenu à la réconciliation avec lui-même, ou plus précisément, à la réconciliation de son âme avec son corps. Les souffrances physiques qu'il a connues pendant longtemps contribuent exclusivement à la purification de son âme, au rachat des péchés des autres, à la communion des saints. Son corps est loin de faire obstacle à sa voie de sainteté. Mais au contraire, il y joue un rôle irremplaçable.

Mais pour les chrétiens, la réalisation de la réconciliation avec soi-même exige la confession de son état de pécheur, la demande de pardon de ses fautes et la réception de la grâce divine. C'est à cause des péchés que l'homme a perdu l'unité de son âme et de son corps si bien qu'il se sent brisé et divisé, qu'il plonge dans une crise de sens, une crise de repères, c'est-à-dire une crise identitaire. En apparence, Dieu, qui est alors absent, n'intervient pas dans la vie du curé d'Ambricourt. En réalité, Dieu lui a pardonné tous ses péchés, ce qui lui permet d'atteindre la sainteté. C'est la grâce de Dieu qui lui redonne de l'espoir et la confiance en lui-même. La réconciliation avec soi-même est un acte de libération. Elle constitue un des secrets du bonheur. Elle permet à l'homme de se protéger des attaques insidieuses de Satan, de mieux s'ouvrir aux autres et à Dieu.

Si nous disons que Dieu est évoqué de manière indirecte dans l'avant-dernier paragraphe du journal du curé d'Ambricourt, le dernier paragraphe du journal est par contre totalement concentré sur Dieu. D'abord, le dernier mot du journal est *Jésus-Christ*, celui qui est envoyé par Dieu dans ce monde et égal à Dieu. Si Jésus-Christ apparaît distinctement à la ligne finale, cela veut dire aussi que malgré tout, c'est Dieu qui va remporter la victoire finale et faire le jugement dernier. De même que la mort de Jésus-Christ est suivie de sa résurrection, de même, le mot *Jésus-Christ* ne marque que la fin d'un texte visible, et en même temps annonce le commencement d'un texte invisible, mais extrêmement riche. En d'autres termes, la vie terrestre du curé d'Ambricourt est sur le point de finir, mais en revanche, il va entrer dans la vie éternelle, qui est inconnue et mystérieuse pour l'instant aux yeux d'un homme vivant.

Ensuite, la conclusion finale que le curé d'Ambricourt a tirée dans son journal est qu'on doit « s'aimer humblement soi-même ». Comme tout le monde le sait, Dieu est éternellement amour. Si on parle de l'amour, on parle justement de Dieu. Alors nous, les êtres humains, comment nous pouvons vivre l'amour divin dans la vie quotidienne et le répandre autour de nous? Sans doute, l'amour de soi-même pourrait conduire à l'amour divin. Ou plus précisément, l'amour de soi-même constitue un reflet de l'amour divin. Si un homme ne pouvait pas s'aimer lui-même, comment pourrait-il aimer les autres et Dieu? Cependant, l'amour de soi-même peut avoir différentes motivations. Si un homme s'aime lui-même exclusivement pour ses propres profits, il s'agit alors d'un amour égoïste qui est totalement différent de l'amour divin absolument inconditionnel. Ainsi, pour que l'amour de soi-même ait trait à l'amour divin, une condition indispensable est de se comporter humblement. Pour y parvenir, on doit s'aimer tout en s'oubliant soi-même. Cela semble un paradoxe, mais cela est la vérité.

Comme nous l'avons montré plus haut, la sainteté est un amour parfait, l'humilité permet d'accéder à la sainteté. À la fin de sa vie, le curé d'Ambricourt accorde de l'importance à Jésus-Christ, à l'humilité, et en particulier à l'amour. D'une part, « l'amour est le point focal de notre imitation de Jésus-Christ »①; d'autre part, les auteurs spirituels ont caractérisé la sainteté comme une « imitation de Jésus-Christ »②. Ainsi, non seulement ce pauvre prêtre comprend la signification de la sainteté, mais aussi il trouve la voie de sainteté; non seulement il croit en Dieu durant toute sa vie, mais aussi il essaie toujours d'imiter Jésus-Christ. De plus, la dernière phrase de ce passage cité nous permet de déduire qu'aux yeux du curé d'Ambricourt,

---

① BAUDRILLART Sylvestre, *La sainteté, une vocation pour tous*, dans *La Nef*, n° 194, juin 2008. URL: https://www.lanef.net/t_article/la-saintete-une-vocation-pour-tous-24859.asp.

② BAUDRILLART Sylvestre, *La sainteté, une vocation pour tous*, dans *La Nef*, n° 194, juin 2008. URL: https://www.lanef.net/t_article/la-saintete-une-vocation-pour-tous-24859.asp.

chacun d'entre nous, à condition qu'il croie en Dieu, a l'obligation de comprendre ce qu'est le vrai amour — l'élément primordial de la sainteté. Pour lui, la sainteté est destinée à tous, donc elle est une vocation pour tous. Ainsi, comme l'abbé Donissan, le curé d'Ambricourt a aussi pour vocation la recherche de la sainteté, bien que le narrateur ne l'ait jamais dit expressément. Si nous sommes convaincus que « l'appel à la sainteté est une déclaration d'amour que Dieu adresse à chaque homme »①, nous pouvons dire que l'appel à l'amour que le curé d'Ambricourt a lancé est en fin de compte celui à la sainteté.

D'ailleurs, le mot *grâce* apparaît trois fois dans ce court passage. Ce mot lui-même fait naturellement penser à la grâce de Dieu. Ce rapport s'avère bien évident et convaincant étant donné la répétition triple du terme *grâce*, de même que le mot *saint* est répété trois fois dans la Bible pour définir Dieu (Esaïe 6: 3, Apocalypse 4: 8). Dans la culture chrétienne, le nombre trois, qui est sans doute le plus sacré des nombres, pourrait servir à exprimer la sainteté, la révérence et la confiance: Dieu se manifeste en trois personnes; Dieu existe éternellement, c'est-à-dire dans le passé, dans le présent et dans le futur; les séraphins criaient « Saint, saint, saint est le Seigneur Dieu, le Tout-Puissant ». Le nombre trois pourrait aussi exprimer la totalité: pour représenter toutes les tentations que Jésus a rencontrées au cours de son existence terrestre, la Bible a décrit les trois tentations auxquelles Jésus a réussi à résister dans le désert. En répétant trois fois le mot *grâce*, le personnage du curé d'Ambricourt comme le narrateur montrent la plénitude de la grâce divine tout en répondant à l'appel à la sainteté. Même les non-croyants auraient la possibilité de ressentir la sainteté que le romancier vise à clarifier dans ce passage. Dans la culture chinoise, un extrait de *Dao De Jing* est bien célèbre: « Le Tao a produit un; un a produit deux; deux a produit

---

① BAUDRILLART Sylvestre, *La sainteté, une vocation pour tous*, dans *La Nef*, n° 194, juin 2008. URL: https://www.lanef.net/t_article/la-saintete-une-vocation-pour-tous-24859.asp.

trois ; trois a produit tous les êtres.» Nous pouvons voir que les Chinois considèrent le nombre trois comme symbole de la fécondité. De ce point de vue, la fin du journal pourrait s'expliquer par le fait que le curé d'Ambricourt attend de Dieu des dons innombrables de la grâce divine, pour lui bien sûr, mais en particulier pour tous les autres êtres humains, qu'il exprime sa confiance en la grâce divine d'une manière répétitive et insistante. Nous pouvons percevoir une puissance irrésistible que possède cette grâce particulière, si bien que les éléments négatifs tels que la haine et l'orgueil s'avèrent tellement infimes et fragiles.

La fin du journal du curé d'Ambricourt est en fait une déclaration d'amour. Il commence par le contraire de l'amour — la haine. Si l'on se hait, que ce verbe pronominal ait le sens réfléchi ou le sens réciproque, c'est généralement parce qu'il accorde une trop grande importance à sa personne. Alors, un remède efficace est l'oubli de soi. Le texte lui-même permet de connaître la volonté du curé d'Ambricourt de s'oublier, étant donné que ce saint bernanosien ne manifeste pas le moindre souci de son destin individuel. Le *je* est totalement disparu dans ce passage. En fait, le *je* réfléchit en tant qu'homme ordinaire. Le *je* se dissipe derrière le *nous* qui peut désigner naturellement tous les habitants de sa paroisse, mais aussi tous les êtres humains. À la fin de son journal ainsi que de sa vie, il cherche à transmettre la vérité dans ce monde et à prescrire un remède contre l'ennui, qui a dévoré sa paroisse, et qui risque de dévorer toute la société moderne.

En fait, s'oublier peut non seulement effacer la haine, mais aussi conduire à l'amour, même devenir synonyme de l'amour. Comme René Barjavel le dit expressément, « l'amour, c'est l'oubli de soi »①. Henri-Frédéric Amiel affirme aussi que « l'amour véritable se reconnaît à deux signes authentiques, la constance et l'oubli de soi »②. L'amour véritable est un

---

① BARJAVEL René, *La faim du tigre*, Paris, Denoël, 2007, p.43.

② Henri-Frédéric Amiel a exprimé cette opinion dans son journal intime écrit le 16 juin 1874.

amour désintéressé et inconditionnel, qui exclut la préoccupation et la recherche de son propre intérêt. Ainsi, l'oubli de soi mentionné ici est avant tout l'oubli de son propre intérêt en faveur de celui des autres.

L'oubli de soi et l'amour de soi deviennent compatibles à condition qu'on s'aime soi-même avec humilité et sans le moindre orgueil, c'est-à-dire de manière désintéressée. L'amour de soi pourrait permettre de s'ouvrir à Dieu et aux autres, d'accéder à la sainteté. Cela s'explique par deux faits: premièrement, tous les êtres humains sont des créatures de Dieu à son image, ce qui signifie qu'aimer soi-même équivaut à aimer Dieu, ou qu'aimer Dieu exige aussi de s'aimer soi-même; deuxièmement, la relation entre le moi et les autres aurait dû ressembler à celle entre les différentes parties d'un corps, ce qui signifie qu'il n'existe pas de différences essentielles entre l'amour de soi et celui des autres. Autrement dit, quand le sujet aimant voit dans lui-même — l'objet aimé un absolu, ou une perfection, il est capable de s'aimer tout en s'oubliant. Quant à l'amour de soi dont parle le curé d'Ambricourt, il essaie d'établir un lien, ou de saisir une similitude entre l'acte d'un homme quelconque et celui de Jésus-Christ, ce qui prouve qu'il ne considère plus sa personne comme auparavant, c'est-à-dire comme un objet ordinaire, mais qu'il voit une perfection derrière sa personne.

Certes, pour les êtres humains, l'amour de soi peut se diviser en deux catégories: « amour de soi imparfait » et « amour de soi parfait ». Dans l'amour de soi imparfait, on peut discerner de l'orgueil, de l'égoïsme, alors que dans l'amour de soi parfait, le moi se met tout au plus au même rang que les autres, ou plus fréquemment, se met au dernier rang, ou même n'a pas de place qui lui est réservée. Évidemment, le curé d'Ambricourt appelle ses semblables à rechercher un amour de soi parfait, puisqu'il a supposé que « tout orgueil était mort en nous ». La mort d'un mal sera certainement compensée par la naissance d'un bien. Cet appel est mis en relief à travers la comparaison utilisée à la fin du journal du curé d'Ambricourt: « comme n'importe lequel des membres souffrants de Jésus-Christ ». Si « l'amour —

n'importe lequel — ne peut être parfait qu'en s'accordant avec la vérité »①, le curé d'Ambricourt parle incontestablement de l'amour de soi parfait, car Jésus-Christ représente sans aucun doute la vérité. Le curé d'Ambricourt appelle à faire preuve d'amour de soi à l'image de Jésus-Christ.

De plus, l'expression *s'aimer humblement soi-même* veut dire qu'on s'aime pour l'amour lui-même. Cela est tout à fait réalisable, parce que « non seulement notre amour est lui-même un bien autre que l'objet que nous aimons par cet amour, mais l'acte lui-même par lequel on aime l'objet ne s'identifie pas avec l'acte par lequel on aime l'amour qu'on veut à l'objet aimé »②. Si on ne s'aime que pour sa personne même, cet amour est en fin de compte un amour bas, matériel et peu durable, car cette personne finira certainement par mourir. Dans ce cas, si l'objet aimé disparaît, l'amour s'évanouira tôt ou tard. Mais si on s'aime pour l'amour lui-même, cet amour est pur et éternel, car Dieu — la source de l'amour est éternel. Ainsi, s'aimer humblement veut dire qu'on s'aime soi-même pour l'amour lui-même tout en reconnaissant qu'il est fait de la poussière de la terre, comme il est écrit dans la Bible (Genèse 2: 7). N'oublions pas que Jésus-Christ est le fils de Dieu, l'équivalent de Dieu, c'est-à-dire la source de l'amour. Alors, le fait que Jésus-Christ s'aime signifie justement qu'il aime l'amour lui-même. Si on dit que Jésus-Christ s'aime humblement, cela veut dire qu'il ne nie pas qu'il est à la fois homme et Dieu, qu'il aime aussi son existence terrestre.

S'aimer humblement signifie aussi qu'on aime soi-même tout en ne se plaignant pas des souffrances qu'il a subies, de même que Jésus-Christ a voulu se sacrifier pour sauver les hommes en subissant des souffrances et des supplices insupportables avant sa mort sur la croix, au lieu de profiter de sa transcendance et de sa puissance pour échapper à n'importe quel malheur.

---

① RAMIREZ J.-Roland, *L'amour de soi base de l'amour d'autrui*, dans *Laval théologique et philosophique*, vol.14, n° 1, 1958, p.79.

② RAMIREZ J.-Roland, *L'amour de soi base de l'amour d'autrui*, dans *Laval théologique et philosophique*, vol.14, n° 1, 1958, p.81.

Nous pouvons dire que le journal du curé d'Ambricourt se termine dans l'amour et la paix.

Peut-être que certains doutent que l'état d'âme final du curé d'Ambricourt soit tel que nous l'avons montré plus haut, puisque ce prêtre n'a cependant pas pu écrire quelques lignes à la fin de sa vie. Autrement dit, du point de vue du temps, la fin du journal ne s'identifie pas totalement avec celle de sa vie. Sans doute, c'est en prenant en considération cette possibilité que le romancier ne termine pas son roman par le journal du curé d'Ambricourt, mais par une lettre de Monsieur Louis Dufréty à Monsieur le curé de Torcy, où il raconte en détail et de manière convaincante le dernier moment de la vie du curé d'Ambricourt.

La fin de ce roman se caractérise par la simplicité et la puissance: « Tout est grâce ». Le romancier suggère la victoire de la vocation sacerdotale du prêtre, qui se mue dès lors en saint. Cette fin associe étroitement le curé d'Ambricourt à sainte Thérèse de Lisieux, une sainte béatifiée et canonisée, puisque cette dernière a dit la même phrase: « Je suis prête [...] à tout accepter, même la mort sans sacrements. Qu'est-ce que cela fait? Tout est grâce. »① Évidemment, ce qui rapproche le curé d'Ambricourt de sainte Thérèse de Lisieux, ce n'est pas seulement d'avoir prononcé les mêmes paroles, mais aussi d'avoir accompli le même acte. En effet, à la fin du roman, le curé d'Ambricourt est mort dans la solitude, sans avoir reçu les derniers sacrements. Malgré ça, nous avons l'impression qu'il ne regrette rien.

---

① BERNANOS Georges, *Correspondance I*, Paris, Plon, 1971, p.520.

Chapitre Ⅲ

L'appel à la sainteté

Dans son premier roman *Sous le soleil de Satan*, Bernanos touche déjà à l'essence de la sainteté en affirmant clairement que la sainteté est « une vocation », « un appel » (*SSS*, p. 101). Cette idée est également mise en valeur dans le reste de ses romans. La sainteté devient ainsi un thème récurrent et important chez Bernanos.

Ⅲ.1 Dans le sillage de la tradition biblique

Toute sainteté a pour origine, ou source, Dieu lui-même. À l'égard de l'appel de Bernanos à la sainteté, nous trouvons une résonance biblique extrêmement forte : « Recherchez la paix avec tous, et la sanctification, sans laquelle personne ne verra le Seigneur » (Hébreux 12 : 14) ; « Soyez saints, car je suis saint, moi, l'Éternel, votre Dieu » (Lévitique 19 : 2) ; « puisque celui qui vous a appelés est saint, vous aussi soyez saints dans toute votre conduite » (1 Pierre 1 : 15-16) ; « Vous serez saints pour moi, car je suis saint, moi, l'Éternel ; je vous ai séparés des peuples, afin que vous soyez à moi » (Lévitique 20 : 26) ; « Dieu ne nous a pas appelés à l'impureté, mais à la sanctification » (1 Thessaloniciens 4 : 7). Évidemment, cette liste n'est pas exhaustive. Mais elle suffit largement à montrer « ce qui fait l'essence même de la sainteté : appel pressant, urgent, universel ; ultime commandement —

comme celui qui viendrait récapituler et parachever tous les autres »①. Ce n'est pas du tout une affaire entièrement privée d'accéder à la sainteté. Le problème n'est plus de savoir si l'homme est digne d'être saint, s'il veut arriver à la sainteté, mais de savoir comment y arriver. Ceux qui n'osent pas ou ne veulent pas répondre à cet appel sont des enfants désobéissants aux yeux de Dieu.

La Bible nous apprend que la sainteté ne représente pas un privilège réservé à un petit nombre d'âmes d'élite chrétiennes. La sainteté est un appel lancé par Dieu à tous ses fils. Si la sainteté est accessible à tous, c'est parce que Dieu respecte le principe d'égalité, incarne la justice, et éprouve un amour gratuit envers toutes ses créatures. De là provient l'espérance. Il est à noter qu'il s'agit d'un attribut stable et perpétuel en ce qui concerne Dieu, alors qu'il serait question d'un état d'âme instable et temporaire à l'égard des êtres humains.

Remarquons que d'après la Bible, c'est après avoir atteint l'état de sainteté dans ce monde que les chrétiens ont la chance d'entrer dans le paradis de Dieu. Ce n'est pas après l'accès au paradis éternel qu'on paraît en état de sainteté. Autrement dit, la sainteté ne doit pas être considérée comme une récompense donnée par Dieu, ou du bien-être offert par le paradis, mais une première exigence envers les chrétiens vivant encore dans ce monde.

Ⅲ.2 Remède aux maux de la société

Bernanos a une vision eschatologique de l'humanité. Pour lui, le plus inquiétant, c'est que le christianisme est en train de se décomposer. L'homme moderne remet en question la notion de Dieu, tourne la foi en dérision. Au lieu de continuer de rechercher le spirituel, l'éternel, qui sont capables de lui apporter la paix intérieure, il concentre son attention sur le matériel, le

① J.-M. M., *La Sainteté*, dans *Sénevé* (journal des aumôneries catholique et protestante de l'école Normale Supérieure et de l'école des Chartes), Pentecôte 2011, p.4.

naturel, qui sont voués à la mort, de sorte qu'il tombe peu à peu dans le néant. Il a hâte de détruire l'ancien monde sans cependant avoir une idée claire d'un meilleur monde. Par conséquent, le même mal du siècle — l'ennui, qui est synonyme de désespoir, d'angoisse — sévit toujours, à partir du XIXe siècle (on ne sait pas encore jusqu'à quand). Bernanos cherche à avertir l'homme moderne qu'il risque de se détruire, s'il abandonne sa foi.

L'homme moderne est un angoissé. L'angoisse s'est substituée à la foi. D'innombrables gens sont réalistes, pratiques, matérialistes, enragés à conquérir les biens de ce monde. Leur activité délirante trahit justement leur angoisse métaphysique. Ils ont l'air de courir après la fortune, mais en fait ce n'est pas après la fortune qu'ils courent: c'est eux-mêmes qu'ils fuient①.

Bernanos a connu les deux Guerres mondiales. Ces catastrophes historiques marquent elles-mêmes le règne du mal dans ce monde, ce qui explique bien sa vision eschatologique. Nous croyons que la plupart des gens sont convaincus que la guerre est ignoble, qu'elle est le signe de l'abjection. En effet, incapable de résoudre véritablement les problèmes existants, la guerre ne peut conduire les hommes qu'à la folie, ou qu'au bout de l'enfer. Kant a raison de dire que « la guerre crée plus de méchants qu'elle n'en supprime »②. Antoine de Saint-Exupéry, comme Diderot, considèrent la guerre comme une « maladie »③ violente. Benjamin Franklin affirme également qu'« il n'y a jamais eu de bonne guerre ni de mauvaise paix »④. En un mot, la guerre rend visibles et apparemment légaux le mal déchaîné et le péché collectif.

Dans ses romans, Bernanos ne dépeint aucune scène de guerre sanglante⑤, mais on peut y trouver facilement la guerre intérieure — la métaphore de la

---

① Voir Georges Bernanos, *La liberté pour quoi faire*?, Paris, Gallimard, 1953, p.176.

② http://www.citations-proverbes.fr/citations-guerre-1.html.

③ http://www.espacefrancais.com/citations/? searchq=guerre&show=100.

④ http://www.espacefrancais.com/citations/? searchq=guerre&show=100.

⑤ Ce choix est raisonnable, car l'auteur ne veut pas évoquer aux survivants de la guerre le souvenir trop douloureux.

guerre, et la représentation du traumatisme qui persiste après la guerre. Donissan, à la fois un saint et un soldat, cherche la paix pour les autres et pour lui-même en se faisant la guerre. Ce trait de caractère pourrait s'expliquer par le fait que Bernanos commence l'écriture de son premier roman après l'armistice de 1918, c'est-à-dire quand il vient de quitter la tranchée, ou le champ de bataille, quand il a encore un souvenir très présent de la guerre. Dans les romans qui sont écrits à la fin des années 1920 et au début des années 1930, où les répercussions de la guerre sont moins évidentes, les saints se comportent avec moins de violence et plus de douceur. Malgré cette nuance, tous les saints bernanosiens font preuve de courage, d'altruisme, d'abnégation dans la guerre intérieure, ils sont aussi fermes dans la foi. En tant qu'exemple, ils montrent comment vivre en temps de guerre (*guerre* au sens le plus large), comment y réagir et comment atténuer, même dissiper son impact négatif.

La décomposition du christianisme est due en partie aux progrès de la science. La société moderne est caractérisée par la toute puissance de la science. Dans une certaine mesure, on peut dire que la science est « le cancer de notre culture profane »①. Remarquons d'abord que « la science moderne est essentiellement athée, négatrice de Dieu »②. D'une part, les fruits de la science n'ont rien à voir avec Dieu. Autrement dit, la science n'a pas besoin de l'aide de Dieu, elle n'a pas non plus pour objectif de servir Dieu, ou de le glorifier. D'autre part, la science remet en question la puissance de Dieu, même son existence. Et qui plus est, elle « usurpe la place de Dieu, elle prétend se substituer à l'Église pour assurer aux hommes un salut terrestre »③. La science met en exergue la raison humaine. Pour ce faire, elle rejette

① FOUILLOUXÉtienne, *Une vision eschatologique du christianisme: Dieu vivant* (1945-1955), dans *Revue d'histoire de l'Église de France*, tome 57, n° 158, 1971, p.53.

② FOUILLOUXÉtienne, *Une vision eschatologique du christianisme: Dieu vivant* (1945-1955), dans *Revue d'histoire de l'Église de France*, tome 57, n° 158, 1971, p.53.

③ FOUILLOUXÉtienne, *Une vision eschatologique du christianisme: Dieu vivant* (1945-1955), dans *Revue d'histoire de l'Église de France*, tome 57, n° 158, 1971, p.53.

le spirituel hors du monde tout en prônant excessivement le rationnel. Apparemment, c'est la science qui est devenue une nouvelle idole de l'homme. En réalité, c'est l'homme lui-même qui finit par s'ériger en idole. D'ailleurs, Frédéric Roux a très bien exprimé la relation entre la science et la guerre: « Au fur et à mesure que la science met de l'ordre dans le monde, ses produits y sèment le désordre. La guerre est le désordre rendu visible par tous. »①

Sans aucun doute, la science a une certaine valeur en elle-même. Par exemple, elle permet à l'homme d'avoir un corps plus fort, une vie plus longue, d'acquérir de plus en plus de connaissances. En fin de compte, elle est favorable au corps et à l'esprit humains, non à l'âme humaine. Il faut signaler que dans la civilisation occidentale, c'est l'âme qui définit l'homme, qui est principe de vie pour l'homme. Nous pouvons affirmer que la science n'est cependant pas susceptible de délivrer l'homme du mal. Par contre, il arrive qu'elle contribue à commettre des crimes, à répandre le mal. Ayant pour objectif d'aller jusqu'au fond des choses, la science les rend justement de plus en plus compliquées. En particulier, la longévité et l'accroissement de l'intelligence de l'homme encouragent son arrogance, son égoïsme et son orgueil, éveillent sa curiosité. Évidemment, pour Bernanos, en ce qui concerne la science, ce sont les inconvénients qui l'emportent sur les avantages: la science apporte des facilités tout en portant atteinte à l'essence même de l'homme.

Sous l'influence de la science, on a tendance à tout intellectualiser, y compris les émotions et la foi. On est fier de pouvoir se livrer à une interprétation savante du réel. Naturellement, le christianisme n'échappe pas non plus à cette intellectualisation qui est desséchante, car elle incite l'homme à développer son intellect tout en refoulant ses émotions. Par conséquent, l'homme ressemble de plus en plus à un robot, ou à un animal intelligent, qui sont tous dépourvus de la pratique spirituelle. L'homme court

---

① http://www.espacefrancais.com/citations/? searchq=guerre&show=100.

ainsi un risque d'isolement : d'une part, les gens s'éloignent les uns des autres ; d'autre part, la communication entre Dieu et l'homme devient de plus en plus rare et de plus en plus difficile. Le pire, c'est que la construction identitaire de l'individu devient généralement difficile, voire impossible pour certains. Autrement dit, à cause du refoulement d'émotions l'homme ne se connaît plus complètement, donc plus véritablement. Cette dénonciation montre que Bernanos est vraiment un écrivain prophète, car actuellement on partage l'avis que « le recours à l'émotion devient le registre légitime de validation et de reconnaissance de soi en public »①.

Dans ce cas, Bernanos propose l'esprit d'enfance pour lutter contre le vieillissement inquiétant dans le domaine de la vie spirituelle. Évidemment, du point de vue physique et intellectuel, l'enfant est beaucoup plus faible et beaucoup moins savant que l'adulte. Cependant, en ce qui concerne l'âme, l'âge ne servirait à rien. Ou plus précisément, il ne fait que porter atteinte à l'âme. Ainsi, l'enfance est la période où l'homme est un vrai homme. Chez Bernanos, l'esprit d'enfance est interprété par les saints. Pour y parvenir, tous les saints bernanosiens sont fragiles, soit à cause du bas âge, soit à cause d'une certaine maladie, soit à cause de la vieillesse ; aucun saint n'est un génie (Donissan, entre autres, souffre toujours de faibles mémoire et intelligence) ; tous les saints se trouvent souvent dans un état mélancolique et font preuve d'une excellente sensibilité ; tous les saints ressentent la Parole de Dieu au fond du cœur et la vivent authentiquement au lieu d'y réfléchir sans cesse rationnellement.

Si Bernanos dénonce la science dans ses romans, c'est parce qu'il ne veut pas que l'humanité porte l'espoir sur la science qui entraînera peut-être de grandes catastrophes, surtout si l'humanité la voit avec les yeux de la foi, sans jamais penser à la contrôler. Il n'est pas étonnant que Stephen Hawking,

---

① BOBINEAU Olivier, *La troisième modernité, ou "l'individualisme confinitaire"*, dans *Sociologies* [En ligne], Théories et recherches, mis en ligne le 06 juillet 2011, consulté le 14 novembre 2016. URL : http://sociologies.revues.org/3536.

un des plus grands scientifiques de l'histoire, estime lui-même aussi que les principales menaces pour l'homme proviennent de la science①. À une époque où presque tout le monde est fou de la science, Bernanos garde son sang-froid, sa lucidité, agit comme un prophète. Il essaie de chasser la science du trône et y replace Dieu, le véritable maître et le seul digne d'adoration.

Après avoir analysé des facteurs externes, nous pouvons constater une désagrégation du christianisme dans les milieux d'Église. Ce qui l'emporte, c'est un « christianisme dégradé qui a perdu son caractère de foi vivante pour n'être plus qu'une structure sociale »②. Autrement dit, c'est un christianisme qui n'a plus rien à voir avec le Christ, donc un christianisme qui a perdu son caractère essentiel de sainteté. En fin de compte, Dieu est chassé, même tué non seulement par ses adversaires, mais aussi par ses enfants. N'est-ce pas le pire aux yeux de Bernanos? Cependant, il n'hésite pas à dépeindre en détail cette réalité triste dans ses romans. À travers ces scènes apocalyptiques, Bernanos exprime son attente de l'avènement du Christ. C'est aussi pour la même raison que Dieu est presque absent des romans de Bernanos.

Chez Bernanos, l'eschatologie n'est pas une doctrine abstraite qui n'attire que l'attention des théologiens. Elle guide réellement la vie de foi des saints bernanosiens; elle est vécue par eux dans la vie quotidienne. À travers ses personnages de saints, Bernanos propose à ses lecteurs un véritable modèle de vie chrétienne: « Vivre comme si je devais mourir aujourd'hui martyr »③, comme Charles de Foucauld l'avait écrit dans son *Testament*.

Il est à noter que de manière générale, le mal lui-même n'est cependant pas exterminé par les saints bernanosiens qui ne sont capables de sauver qu'un tout petit nombre de pécheurs. Autrement dit, bien qu'ils jouent un rôle

---

① http://www.europe1.fr/sciences/les-principales-menaces-pour-lhomme-proviennent-de-la-science-estime-stephen-hawking-2652867, mis en ligne le 19 janvier 2016.

② *Dieu vivant*, n° 1, liminaire, 1945, pp.5-6.

③ CHATELARD Antoine, *La mort de Charles de Foucauld*, Paris, Karthala, 2000, p.153.

irremplaçable et exercent une influence ineffaçable dans leur paroisse respective, les saints ne sont pas en mesure de changer le cours de l'histoire, ils n'arriveront jamais à faire échapper ce monde sous l'emprise du diable à la condamnation qui pèse sur lui. Les limites des saints font ressortir la puissance et la grandeur de Dieu. Dans la perspective prophétique eschatologique, il est tout à fait naturel que Bernanos ne fait le portrait que de saints humbles et chétifs comme des agneaux, non de héros saints et tout-puissants. Sinon, l'auteur risquerait d'appliquer une religion de l'homme, non celle de Dieu.

La vision eschatologique ne veut pas dire que les chrétiens doivent attendre totalement passivement et oisivement le retour du Christ. Ils doivent avoir pour vocation de s'engager courageusement et activement dans la guerre inévitable et atroce entre Ténèbres et Lumière tout en prenant fermement et clairement position contre le règne du mal. Pour ce faire, il est nécessaire de se maintenir à tout moment en état d'alerte. Plus concrètement, ils doivent non seulement garder leur foi intacte, mais aussi faire tous leurs efforts pour convertir les pécheurs, puisque dans le christianisme eschatologique, comptent seules « la conversion du cœur et la récapitulation finale en Jésus-Christ de toute l'humanité sauvée de son péché »①. C'est justement ce qu'ont fait les saints bernanosiens. Le sens de leur vie et leur fonction littéraire y résident principalement. En un mot, les saints bernanosiens sont du sel parsemé par Dieu dans ce monde, qui ne pourrit guère et en même temps préserve de la pourriture.

La vision eschatologique pourrait encore expliquer le fait qu'aucun saint bernanosien n'échappe à la souffrance, à la douleur. D'une part, l'eschatologie du christianisme nous apprend que la souffrance persistera jusqu'à la fin du monde. Ainsi, la description de toute sorte de souffrance contribue à la création de l'illusion de réalité dans les romans. Il faut remarquer qu'il existe

---

① BOURGEOIS Christophe, *Le Saint-Siège exhorte à la paix : prophétisme ou réalisme?*, http://www.revue-resurrection.org/Le-Saint-Siege-exhorte-a-la-paix.

des nuances entre les souffrances diverses : par exemple, la souffrance de Donissan a un caractère d'épreuve, celle du curé d'Ambricourt est due aux fautes commises par ses parents, celle de la première Mouchette est plutôt la punition de son péché.

D'autre part, l'eschatologie du christianisme croit que la souffrance est bien nécessaire, car elle peut être rédemptrice. À travers les saints qui souffrent beaucoup, même plus que les méchants, Bernanos veut rappeler que toute souffrance n'est pas provoquée par le péché, que celui qui souffre n'est pas forcément coupable. À l'image du Christ, les saints souffrants ont pour mission de porter les souffrances et les péchés des autres, en particulier de leurs proches, car c'est l'une des conditions d'entrée dans le Royaume. De plus, la souffrance permet à eux-mêmes d'avoir la chance de parvenir à la béatitude, car la Bible déclare « heureux ceux qui endurent quelque souffrance que ce soit à cause du Christ — la pauvreté, l'affliction, la faim et la soif, les persécutions, les insultes et les calomnies »①.

En ce qui concerne la souffrance, les saints bernanosiens sont vraiment irréprochables, car non seulement ils acceptent sans murmure leur propre souffrance, même la recherchent volontairement quelquefois, mais aussi ils essaient de délivrer de la souffrance leurs proches sur qui ils ne portent jamais un regard indifférent. N'oublions pas que la souffrance est par nature un mal à combattre. Les saints ne sont jamais insensibles au mal. Cependant, l'acceptation de la souffrance, ou la lutte contre la souffrance, n'excluent pas les sentiments négatifs tels que l'effroi, l'angoisse ou la tristesse. Elles suscitent parfois un profond désespoir en les saints qui ont même l'impression, bien que toujours provisoire, d'être abandonnés par Dieu. Il ne s'agit ici pas d'un défaut, ou d'une faute de l'homme, mais justement de la condition humaine. Le fait que c'est de la même manière que Jésus-Christ a vécu la souffrance suffit à justifier cette réaction humaine apparemment imparfaite.

---

① MARET Michel, *L'euthanasie : alternative sociale et enjeux pour l'éthique chrétienne*, Paris, Éditions Saint-Augustin, 2000, p.235.

Il semble que le cas de Donissan constitue une exception. Il se fait souffrir à travers une insupportable mortification corporelle. Il recherche une souffrance intense à cause de sa haine contre le Menteur. Dans ce cas, il prend son propre corps pour bouc émissaire. Autrement dit, sa souffrance est le fruit de sa haine, alors que sa souffrance ne peut cependant pas dissiper sa haine. Il est ainsi enfermé dans un cercle vicieux. C'est son guide spirituel l'abbé Menou-Segrais qui l'a averti d'un danger et l'a aidé à s'en sortir. Finalement, il n'est pas dupe de Satan. Dieu veut bien pardonner son péché. Aussi l'abbé Donissan figure-t-il quand même parmi les saints bernanosiens.

Un des traits fondamentaux du christianisme eschatologique est « une méditation sur la Croix, à la lueur de l'expérience de la déportation »①. Les saints bernanosiens éprouvent tous un très fort sentiment de solitude. Cette solitude est due à l'incompréhension, l'éloignement, et même la répugnance de leur entourage. Dans une certaine mesure, les saints bernanosiens sont des hérétiques déportés par leurs contemporains. Au cœur de cette déportation métaphorique, les saints bernanosiens consacrent la plupart du temps à la méditation sur la Croix, c'est-à-dire sur le Christ, le péché, la souffrance et le salut. C'est pourquoi les romans de Bernanos accordent une très grande importance au combat spirituel atroce, aux conflits intérieurs aigus. Le journal du curé d'Ambricourt est le récit de sa méditation sur la Croix. Les autres romans ne manquent pas de dialogues, ni de monologues, ou plus précisément de monologues intérieurs, qui rapportent la méditation des personnages sur la Croix.

La vision eschatologique débouche forcément « sur une recherche qui se doit sans relâche, celle de la sainteté »②. Ainsi, il n'est pas du tout étonnant que la sainteté devienne une préoccupation constante de Bernanos. La

---

① FOUILLOUX Étienne, *Une vision eschatologique du christianisme: Dieu vivant* (1945-1955), dans *Revue d'histoire de l'Église de France*, tome 57, n° 158, 1971, p.63.

② FOUILLOUX Étienne, *Une vision eschatologique du christianisme: Dieu vivant* (1945-1955), dans *Revue d'histoire de l'Église de France*, tome 57, n° 158, 1971, p.64.

recherche de la sainteté est assumée à la fois par Bernanos lui-même, qui est un chrétien exemplaire, et par ses saints, qui sont non seulement des porte-parole de leur créateur, mais aussi des personnages mythologiques et prophétiques: en tant que « personnage essentiellement eschatologique »①, le saint est capable d'incarner de manière symbolique et magique « le Royaume inséré dans l'Histoire, l'anticipation du siècle futur »②. Thérèse de l'Enfant Jésus sert à Bernanos de modèle de sainteté, qui doit subir des épreuves, même nombreuses, sans jamais perdre sa foi ni sa confiance, sans jamais renoncer à la mission de convertir les pécheurs à travers son amour désintéressé et son abandon total.

Ⅲ.3 Tentative d'innovation littéraire

Bernanos s'est fait connaître du grand public par son roman *Sous le soleil de Satan* publié en 1926. Ce n'est pas un hasard s'il choisit d'exprimer sa foi à travers la littérature, car les années 1920 sont marquées par un mouvement de renaissance littéraire catholique, « dont les débuts remontent aux années qui précèdent la Première Guerre mondiale »③. Ce mouvement est lancé dans le contexte de la séparation des Églises et de l'État, à l'époque où la littérature catholique est généralement remise en question. Les écrivains catholiques doivent d'abord se libérer de la tutelle de l'Église qui, de crainte de perdre son autorité déjà considérablement restreinte, impose des contraintes susceptibles de porter atteinte à l'autonomie de la création. Ils doivent encore viser la reconnaissance par l'ensemble du monde littéraire, qui tend à préconiser l'incompatibilité entre moralisme et littérature.

---

① FOUILLOUX Étienne, *Une vision eschatologique du christianisme: Dieu vivant* (1945-1955), dans *Revue d'histoire de l'Église de France*, tome 57, n° 158, 1971, p.64.

② FOUILLOUX Étienne, *Une vision eschatologique du christianisme: Dieu vivant* (1945-1955), dans *Revue d'histoire de l'Église de France*, tome 57, n° 158, 1971, p.64.

③ HERVE Serry, *Les écrivains catholiques dans les années* 20, dans *Actes de la recherche en sciences sociales*, vol. 124, septembre 1998, De l'État social à l'État pénal, p.80.

Face à la crise moderniste, c'est-à-dire au règne du matérialisme et à la tendance irrésistible à la laïcisation, la réaction de l'Église n'est pas satisfaisante: soit la compromission qui risque de nuire à la sainteté de Dieu ainsi que de l'Église, soit l'intransigeance qui finirait par exclure de l'élite le clergé opposé carrément à la science, à la civilisation moderne. Il n'est pas étonnant que les écrivains catholiques, qui considèrent leur religion comme le dernier refuge de l'esprit, endossent la responsabilité de défendre les valeurs spirituelles et la tradition catholique. Dans une certaine mesure, il s'agit à la fois du choix de l'individu et de celui de l'Histoire. Aux yeux des écrivains eux-mêmes, il s'agit de leur vocation, autrement dit, du choix de Dieu.

En même temps, l'Église est indulgente avec les écrivains catholiques, ou plus précisément, elle leur apporte son soutien sur le plan spirituel et matériel. À ce sujet, Serry Hervé a déjà trouvé trois raisons: d'abord, « c'est ce repli imposé à la cléricature hors des débats intellectuels qui conduit l'institution à rechercher une alliance avec les écrivains, pour reconquérir une légitimité culturelle. Au point de vue de leur spécialité, les écrivains présentent l'avantage de ne pas soulever de questions de doctrines. En outre, leur statut de convertis est souvent un gage de leur docilité »①.

Malgré la reconnaissance et le soutien de l'Église, les écrivains catholiques n'apparaissent pas comme porte-parole de l'institution romaine. Ce qu'ils défendent, ce n'est pas le pouvoir de Rome, mais les valeurs spirituelles du catholicisme. Grâce à leur autonomie, ils ne donnent pas l'image d'automates, ou plus précisément, de lettrés à la solde du magistère romain.

Bernanos a bénéficié des efforts que ses contemporains avaient faits dès les années 1910 pour conquérir la légitimité de la littérature catholique en publiant de nombreux ouvrages destinés à la définir. Cette base théorique favorisera la réception de l'œuvre bernanosienne par les lecteurs, surtout ceux qui sont non-croyants et qui donc auraient des préjugés. Il y a, entre autres, le

① HERVE Serry, *Les écrivains catholiques dans les années* 20, dans *Actes de la recherche en sciences sociales*, vol. 124, septembre 1998, De l'État social à l'État pénal, p.81.

philosophe Jacques Maritain, qui est un animateur ardent de ce mouvement: « Les travaux de Jacques Maritain — notamment *Art et scolastique* (1919) qui contribue fortement à la renommée du philosophe auprès des écrivains —, apportent une armature théorique à ces questions très en vogue dans les années 1920 »①. Selon lui, la reconnaissance du primat pratique de la moralité ne déroge pas aux règles de l'art, c'est-à-dire l'autonomie de l'art. La liberté de l'artiste ne devrait pas être absolue, car il a une certaine responsabilité à assumer. De plus, Dieu a aussi besoin de l'art, qui incarne la beauté. N'oublions pas que « la beauté est un des Noms divins »② et qu'à travers « le mépris [...] de la beauté, [...] le diable marque un point »③. Ainsi, la littérature catholique a obtenu un statut légitime à la fois au sein des milieux littéraire et religieux.

Sans aucun doute, Bernanos lui-même a porté son regard sur le mouvement de renaissance littéraire catholique. Par exemple, il a écrit à Jacques Maritain④ et à Robert Vallery-Radot⑤. Ce dernier est « un des chefs de file les plus déterminés de ce mouvement »⑥.

Certes, Bernanos n'est pas un pionnier du mouvement de renaissance littéraire catholique. Mais sans aucun doute, il est un représentant important,

---

① HERVE Serry, *Les écrivains catholiques dans les années* 20, dans *Actes de la recherche en sciences sociales*, vol. 124, septembre 1998, De l'État social à l'État pénal, p.84.

② MARITAIN Jacques et Raïssa, *Œuvres complètes*, tome 10, Fribourg-Paris, Éditions universitaires - Éditions Saint-Paul, 1985, p.319.

③ HERVE Serry, *Les écrivains catholiques dans les années* 20, dans *Actes de la recherche en sciences sociales*, vol. 124, septembre 1998, De l'État social à l'État pénal, p.84.

④ BERNANOS Georges, *À Jacques Maritain*, Paris, le 13 février 1926, dans *Correspondance I*, Paris, Plon, 1971, pp.211-212.

⑤ BERNANOS Georges, *À Robert Vallery-Radot*, Bar, le 20 mars 1925, dans *Correspondance I*, Paris, Plon, 1971, p.188.

⑥ HERVE Serry, *Les écrivains catholiques dans les années* 20, dans *Actes de la recherche en sciences sociales*, vol. 124, septembre 1998, De l'État social à l'État pénal, p.82.

comme Serry Hervé l'a bien affirmé: « François Mauriac, Georges Bernanos ou Jacques Maritain incarnent ce "renouveau" »①. Avec son œuvre romanesque, Bernanos contribue formidablement à « construire les modalités esthétiques spécifiques d'une littérature catholique »②, qui permettent de conquérir un vaste public au-delà du cercle catholique. Comme Maritain encourage et prône l'autonomie de la création littéraire, la conception bernanosienne de la sainteté est bien différente de celle définie par l'Église.

Le roman est un genre qui a été déprécié pendant longtemps. En effet, en tant que genre récent, le roman ne figure pas « dans la division des genres littéraires par Aristote; du coup il est en crise perpétuelle de légitimité pour n'avoir pas existé dans le berceau de l'humanité »③. De plus, « la critique du roman a des accents platoniciens — la vérité ne serait pas accessible par la littérature "divertissante". [...] Le roman plus encore que la poésie relève du simulacre. Il mime la réalité, il l'utilise, mais il ne lui est pas fidèle.»④. Ainsi, le roman a été accusé d'immoralité, d'athéisme, de perturbation de l'ordre social.

Le roman est un genre littéraire qui déplairait à l'Église et l'offenserait, car « le roman explore une piste singulière pour décrire la sainteté en refusant toute dimension sacrée, et y compris toute image, toujours susceptible de devenir un support pour l'idolâtrie »⑤, alors que l'Église « s'invente comme

---

① HERVE Serry, *Les écrivains catholiques dans les années* 20, dans *Actes de la recherche en sciences sociales*, vol. 124, septembre 1998, De l'État social à l'État pénal, p.87.

② HERVE Serry, *Les écrivains catholiques dans les années* 20, dans *Actes de la recherche en sciences sociales*, vol. 124, septembre 1998, De l'État social à l'État pénal, p.82.

③ TAUSSIG Sylvie, *Le roman, saint et bâtard*, mis en ligne le 8 juillet 2016, consulté le 16 octobre 2016. URL: http://www.implications-philosophiques.org/actualite/une/le-roman-saint-et- batard/.

④ TAUSSIG Sylvie, *Le roman, saint et bâtard*, mis en ligne le 8 juillet 2016, consulté le 16 octobre 2016. URL: http://www.implications-philosophiques.org/actualite/une/le-roman-saint-et- batard/.

⑤ TAUSSIG Sylvie, *Le roman, saint et bâtard*, mis en ligne le 8 juillet 2016, consulté le 16 octobre 2016. URL: http://www.implications-philosophiques.org/actualite/une/le-roman-saint-et- batard/.

corps du Christ — corps idolâtré »①. Ainsi, les théologiens traditionnels n'ont jamais pris en considération le roman pour exprimer leur doctrine.

Cependant, les romans de Bernanos ont démontré que le roman, genre peu sérieux, est tout à fait capable d'aborder des thèmes sérieux de manière profonde et impressionnante. Loin de semer le trouble dans l'esprit, ils contribuent à la reconstruction spirituelle.

Nous pouvons dire que Bernanos est à la fois romancier et théologien. Ses idées sérieuses et réalistes se présentent sous la forme du roman, un genre caractérisé pour l'essentiel par un récit fictionnel, mais « qui consiste à vider l'enfer de toutes les âmes modernes au nom de la miséricorde de Dieu »②. Bien que l'imagination soit indispensable à l'écriture du roman, il n'est pas du tout synonyme de mensonge, de néant ou d'illusion. Il est capable de présenter une possibilité actualisée qui fait partie de l'histoire réelle, cependant que tout homme n'a pas la chance de vivre à cause de nombreuses contraintes. Apparemment, le roman réalise un monde plus ou moins illusoire. En fait, ce monde est profondément enraciné dans le réel: le roman est un « genre le plus rempli de monde et le plus relié au monde, genre d'un contexte certes en soi fini, mais présupposant de l'infini et renvoyant à de l'infini »③. De ce fait, le roman est capable d'élargir notre champ de vision et d'action, de rallonger notre vie dans une certaine mesure. Il nous permet de nous ouvrir d'une autre manière à une réalité où nous pouvons rencontrer réellement Dieu ainsi que Satan.

L'œuvre de Bernanos fait preuve de modernité. Charles Taylor fait de la

---

① TAUSSIG Sylvie, *Le roman, saint et bâtard*, mis en ligne le 8 juillet 2016, consulté le 16 octobre 2016. URL: http://www.implications-philosophiques.org/actualite/une/le-roman-saint-et- batard/.

② TAUSSIG Sylvie, *Le roman, saint et bâtard*, mis en ligne le 8 juillet 2016, consulté le 16 octobre 2016. URL: http://www.implications-philosophiques.org/actualite/une/le-roman-saint-et- batard/.

③ BLUMENBERG Hans, *Le Concept de réalité*, Paris, Seuil, 2012, p.57.

notion d'authenticité le concept clef de la modernité spirituelle①. Il faut rappeler que la notion d'authenticité fait partie intégrante de celle de sainteté bernanosienne. Un saint est forcément avant tout un homme qui est pleinement et vraiment. La quête constante de l'authenticité se manifeste notamment dans le refus du mensonge, ou de l'imposture, comme nous l'avons analysé plus haut.

En fait, il existe « bien des points communs entre le roman et la foi chrétienne: le refus du mythe, le refus du dieu des philosophes ou monde des idées, l'affirmation du caractère indépassable de l'incarnation, de la diversité des vies humaines, de la liberté, et cela jusqu'à la bâtardise »②. Ainsi, ce n'est pas par hasard que Bernanos exprime sa foi chrétienne sous forme de roman. Il n'est pas un aventurier aveugle.

---

① Voir Charles Taylor, *Les Sources du moi. La formation de l'identité moderne*, Paris, Le Seuil, 1998.

② TAUSSIG Sylvie, *Le roman, saint et bâtard*, mis en ligne le 8 juillet 2016, consulté le 16 octobre 2016. URL: http://www.implications-philosophiques.org/actualite/une/le-roman-saint-et -batard/.

CONCLUSION

Pour comprendre la sainteté bernanosienne, deux points méritent de retenir toute notre attention: premièrement, au lieu d'être un rêve, une illusion, ou un état qu'on ne peut atteindre qu'après l'entrée dans le royaume des cieux, la sainteté est une réalité, celle que l'homme est capable de connaître dans ce monde; deuxièmement, l'homme ne pourrait pas connaître cette réalité sans la grâce divine. Bernanos affirme à la fois la puissance de Dieu et le bel avenir qu'a l'homme dans ce monde et qui est en fait une récompense merveilleuse donnée par Dieu à ceux qui l'aiment vraiment.

Bernanos n'a pas pour ambition de démontrer dans ses romans la sainteté absolue, réservée naturellement à Dieu le Créateur. Il nous invite à reconnaître principalement une sainteté relative, accessible aux créatures. Cependant il est à noter que cette sainteté relative est le reflet, l'imitation et donc une preuve incontestable de la sainteté absolue. En d'autres termes, sans la sainteté absolue, la sainteté relative ne serait jamais possible. Nous pouvons donc dire que la description de la sainteté incarnée par les personnages bernanosiens implique déjà sa reconnaissance de la sainteté de Dieu.

Pour les êtres humains qui ne peuvent s'exempter du péché originel, la sainteté ne veut pas dire un état constant mais un cheminement. Autrement dit, la sainteté est en devenir, et non un état d'être. On ne naît pas saint; on est appelé à rechercher la sainteté; on apprend à devenir saint. Chez Bernanos, la structure romanesque contribue aussi à révéler cette vérité: en règle générale, le roman commence par le règne de Satan, c'est-à-dire l'absence ou l'étouffement de la sainteté, alors qu'il finit par l'éclosion ou l'épanouissement de la sainteté, ou la victoire imminente de la sainteté.

L'Église catholique prend en considération les miracles qu'une personne a accomplis avant sa canonisation. Même pour les deux saintes préférées de Bernanos, Jeanne d'Arc et sainte Thérèse de Lisieux, les miracles ne manquent pas. Cependant, sauf dans *Sous le soleil de Satan*, Bernanos n'évoque jamais dans ses romans les miracles accomplis par ses saints. Cette omission volontaire pourrait s'expliquer par plusieurs raisons. D'abord, on ne croit plus aux miracles dans notre société moderne, dominée par la science. Ainsi, pour raccourcir la distance entre le monde du texte et celui de son lecteur, pour rendre son œuvre plus réaliste aux yeux de ce dernier, Bernanos ne fait pas appel aux événements mystiques pour rendre ses saints plus puissants, plus admirables. Mais une raison plus importante est que Bernanos veut nous apprendre qu'il n'existe pas de lien nécessaire entre la sainteté et les miracles. Il veut nous montrer une voie vers la sainteté sans s'appuyer sur les miracles. Il faut rappeler ici que Bernanos lui-même croit quand même aux miracles. Mais chaque époque a ses particularités qui influencent ou entravent chaque individu. Les saints, dont la vie n'est pas abstraite, ne peuvent pas se séparer de leur époque. Donc, nous devons réfléchir sur les moyens adéquats d'être saints tout en prenant en compte les nouvelles circonstances. De plus, de même que les facultés surhumaines ne constituent pas la raison la plus importante pour laquelle Jésus-Christ a tant de disciples, de même, les miracles ne doivent pas devenir un critère obligatoire, ni même un élément clé, de la sainteté.

À partir des saints bernanosiens, nous pouvons dégager quelques attributs essentiels de la sainteté: amour parfait, sacrifice complet et foi inébranlable. Évidemment, ces attributs n'ont rien de mystique, de fantastiqueou de surnaturel. La sainteté bernanosienne peut être définie comme l'accomplissement volontaire d'un petit devoir au niveau le plus haut, quasiment proche de l'infini. Une telle définition permet aux hommes ordinaires de voir une lueur d'espoir face à la misère répandue à l'échelle mondiale et devenant de plus en plus grave; elle contribue également à la dimension œcuménique de la notion bernanosienne de sainteté.

Aucun des saints bernanosiens n'est un héros surhumain. Ils se montrent tellement indulgents, bienveillants avec les autres que même les plus méchants ne pourraient s'empêcher de leur faire confiance. Au lieu d'éprouver une haine farouche envers les pécheurs, ils témoignent de la charité de Jésus-Christ. Ils sont aussi innocents qu'un enfant, n'étant pas influencés par les visions dominantes d'un monde dont les principales caractéristiques résident dans l'utilitarisme, le conformisme et l'hypocrisie. Ils ne manifestent pas une intelligence remarquable. Ils sont capables d'accorder la paix aux autres en s'appropriant leur misère en contrepartie, alors qu'eux-mêmes sont souvent privés de paix.

Il est vrai que les saints de Bernanos méritent notre respect, notre admiration. Mais les lecteurs ne peuvent pas s'en tenir là. Ses saints ne sont nullement des idoles, ni des idéaux qui sont loin de nous, hors de notre portée. Ils sont plutôt des modèles que chacun d'entre nous doit suivre, et peut suivre. En un mot, ils sont tout à fait imitables. Eux-mêmes, ils imitent aussi d'autres saints. Donissan, par exemple, imite le Saint curé d'Ars① qui sert de bon exemple à tous les prêtres diocésains. Chantal, elle, imite sainte Thérèse②, religieuse qui jouit d'une réputation mondiale et d'une vénération sans bornes. Bernanos ne cherche pas à décrire des saints canonisés, c'est-à-dire des saints reconnus officiellement après leur mort, qui ne représentent qu'une toute petite portion des chrétiens. Le romancier nous montre que ce n'est pas parce que les vertus sont reconnues par l'Église catholique qu'on

---

① Non seulement le narrateur, mais aussi les autres personnages dans ce roman voient Donissan comme « le nouveau curé d'Ars » (*SSS*, p.215), ou « un autre curé d'Ars » (*SSS*, p.235).

② Le narrateur appelle Chantal « la petite fille préférée de sainte Thérèse » (*J*, p.32).

devient saint. Il nous est tout à fait possible de devenir saints quand nous sommes en vie. Le saint est beaucoup plus qu'un titre, ou qu'un honneur. Il représente en fait le souhait de Dieu pour tout homme sur terre. S'il y a encore quelque chose d'extraordinaire dans la vie de Donissan①, les autres saints tels que le curé d'Ambricourt ou Chantal de Clergerie font sans aucun doute partie des personnes ordinaires. À travers leurs expériences personnelles, ils nous appellent sans cesse à rechercher la sainteté, car la plupart d'entre nous ne sont que des hommes ordinaires, semblables à ces saints.

Il y a au moins un saint dans chaque roman de Bernanos. Chaque personnage de saint représente une catégorie de personnes et un moyen possible d'être saint. Tous ses romans contribuent à la révélation d'une vérité importante: la sainteté est accessible à tous les êtres humains, aux hommes comme aux femmes, aux prêtres comme aux laïques, aux croyants comme aux non-croyants, aux gens âgés comme aux jeunes gens, aux gens issus d'une famille aisée comme aux gens issus d'une famille pauvre. Contrairement à ce que croient la plupart d'entre nous, la sainteté n'exige pas l'expérience ni la politique. Ce qu'elle exige, c'est avant tout l'esprit d'enfance symbolisé dans les romans de Bernanos par le bas âge ou la jeunesse de ses saints. L'abbé Menou-Segrais, qui représente les vieillards pleins d'expérience et de politique, n'est tout au plus qu'un prophète. À travers ces jeunes saints, non seulement Bernanos met en scène l'esprit d'enfance, mais aussi il voudrait lancer un appel aux jeunes générations: apprenez à être saints dès votre jeunesse, car vous êtes tout à fait capables de réaliser ce rêve.

En réalité, les saints bernanosiens ont à la fois une dimension réaliste et une dimension mythologique: d'une part, ils sont des hommes ordinaires, comme les autres, ils vivent humblement et authentiquement dans ce monde, à l'instant présent; d'autre part, ils incarnent la Sainteté, l'éternité insérées dans ce monde et dans le temps, anticipent l'avenir de l'humanité. Ce sont les

---

① Il a le don de lire dans les cœurs; il a rencontré Satan dans une nuit profonde; il a pratiqué des mortifications presque au-delà des frontières du possible.

saints qui montrent concrètement et intelligiblement ce qu'est la sainteté, comment elle permet de résister au mal, conduisent enfin les pécheurs devant Dieu.

Dans ses romans, Bernanos met en relief le rôle irremplaçable que les saints ont joué dans la vie spirituelle du peuple. Ils ont joué effectivement le rôle du sel, conformément aux commandements de Dieu. Bernanos attend qu'apparaissent de plus en plus de saints. Il a confiance sur ce point: « l'heure des saints vient toujours. Notre Église est l'Église des saints. »① Parallèlement, à travers la description de la douleur, de l'angoisse, du désespoir qui tourmentent ses saints, Bernanos rappelle à tous ceux qui veulent répondre à cet appel qu'il faut du courage, de la patience et la préparation psychologique nécessaire pour devenir saints, car « la sainteté est une aventure, elle est même la seule aventure »②. Pour réussir cette aventure, la foi est évidemment obligatoire, mais insuffisante. On doit garder à tout moment sa lucidité et sa raison pour réagir efficacement face à toutes sortes de risques de perturbations et d'imprévus.

Certes, la sainteté est avant tout un don gratuit de Dieu. Mais elle est aussi un fruit de l'effort de sanctification des êtres humains. L'homme doit trouver la voie qui lui convient et se mettre en garde contre tout dérapage dans sa quête de la sainteté.

En interprétant la sainteté, Bernanos nous dévoile quel est le vrai bonheur. En fait, la voie de la sainteté est en même temps la voie du bonheur. Bernanos crée des personnages de saints que nous pouvons considérer comme heureux en fonction des critères établis dans la Bible: « Heureux les pauvres en esprit [...]. Heureux les affligés [...]. Heureux les débonnaires [...]. Heureux les miséricordieux [...]. Heureux ceux qui ont le cœur pur [...]. Heureux ceux qui procurent la paix » (Matthieu 5: 3-9). La

① BERNANOS Georges, *Jeanne relapse et sainte*, Paris, Plon, 1934, p.80.

② BERNANOS Georges, *Jeanne relapse et sainte*, Paris, Plon, 1934, p.80.

sainteté conduit directement à la béatitude. Cela veut dire que la sainteté peut apporter aux êtres humains un vrai bonheur ou une félicité. Comme la sainteté, le bonheur est aussi un appel, une vocation. Évidemment, nous parlons d'un bonheur dans la religion catholique, et non du bonheur profane et individuel, qui n'a trait qu'à la vie présente. En effet, le bonheur profane et la souffrance sont opposés, alors que la souffrance fait partie intégrante du bonheur en christianisme. En plus, le bonheur profane repose sur l'état de complète satisfaction qui découle d'un bon résultat, c'est-à-dire la réalisation des rêves, l'accomplissement de la volonté des individus, alors que d'après la doctrine chrétienne, les croyants obtiennent le bonheur en accomplissant la volonté de Dieu. Le bonheur en christianisme met l'accent sur le point de départ, le processus. Nous pouvons dire que le bonheur profane est plutôt une récompense du destin qui n'est pas destinée à tous les êtres humains, alors que le bonheur en christianisme concerne tous les croyants, même tous les hommes sur terre. Le contenu du bonheur profane varie selon les personnes et les époques, alors que le contenu du bonheur en christianisme est clairement exprimé dans l'Évangile.

Aux yeux des autres hommes, la vie des saints est bien curieuse, mais malheureuse et donc non souhaitable, parce que cette vie est caractérisée par « leur pauvreté, leur désir d'humilité, leur attente impatiente de la mort, leur disposition à la souffrance, leur secret désir du martyr »①. En apparence, les saints subissent des souffrances insupportables; mais au fond, pour un vrai croyant, la souffrance est justement la source du bonheur. Bernanos fait partie des romanciers réalistes dans la mesure où il dépeint la réelle situation humaine dans ce monde: personne ne peut échapper à la souffrance; l'homme est obligé de vivre entre le temps et l'éternité. Dans le cadre catholique, il ne s'agit pas là du pessimisme, puisque les souffrances que l'homme subit ici-bas auront assurément pour récompense un bonheur éternel dans le royaume des cieux et que le vrai bonheur n'existe que dans l'au-delà et y existe incontestablement.

---

① RAHNER Karl, *Vivre et croire aujourd'hui*, Paris, DDB, 1967, p.36.

La nature des êtres humains force chacun à aspirer au bonheur. La différence réside dans la façon d'y parvenir : les saints désirent le bonheur final céleste qui est profond et durable, en renonçant consciemment aux bonheurs éphémères et superficiels qu'on peut acquérir sans peine dans ce monde, et qui ne mènent pas à la plénitude, à la quiétude de l'âme.

Une des caractéristiques les plus marquantes des romans bernanosiens est que l'auteur met au centre du récit Satan, le plus grand caractère négatif. En particulier, il met au premier plan la puissance du diable. *Sous le soleil de Satan* donne même l'impression que Satan est invincible. Bernanos a dépeint un univers si obscur, où tous les personnages se sont engagés dans les royaumes du mal, où même les saints se débattent désespérément. Il accorde tellement d'importance et d'attention au mal qu'il semble subir la tentation du manichéisme. La dichotomie occupe une place centrale dans la structure de l'œuvre romanesque de Bernanos.

En fait, dans tous les romans bernanosiens sauf *Sous le soleil de Satan*, le romancier ne mentionne pas expressément la présence de Satan, ou plus précisément, la manifestation de Satan sous une forme visible, mais il décrit un monde où règne le mal. S'il est vrai que l'homme a été créé à l'image de Dieu, il est raisonnable de croire que l'homme est saint par nature, que l'homme ne risque de pécher qu'à cause de la tentation infligée par Satan. Autrement dit, on ne peut pas parler du péché sans parler du Tentateur. Si le marquis de Cadignan, M. Gallet, Malorthy et Mouchette ont commis certains péchés, c'est justement l'exploit de Satan. Donc, Satan est effectivement le prince de l'univers romanesque et réel, comme le titre *Sous le soleil de Satan* l'indique et Donissan le révèle. Installé paisiblement sur son trône, Satan regarde pécher les personnes qu'il peut éloigner de la bonne voie avec le moindre effort. Les véritables adversaires de Satan ne sont jamais que des saints, seuls ces derniers méritent son attention. C'est pour cette raison que le romancier ne peut pas parler des saints sans parler du Tentateur et des tentateurs, qu'il ne peut pas non plus parler de la sainteté sans parler de la tentation. Chez Bernanos, Satan ou ses serviteurs guettent toujours les saints, pour faire obstacle à leur quête de la sainteté, de sorte que même la sainteté peut être prise pour une tentation.

Dans l'œuvre romanesque de Bernanos, nous pouvons voir que la tentation aboutit non seulement au péché, mais aussi à la sainteté. La tentation et la sainteté ne sont jamais contradictoires par nature. Le fait de ne jamais subir de tentations ne peut jamais être considéré comme une preuve de sainteté. Mais au contraire, il est nécessaire de subir des tentations, qui sont en fait des épreuves, pour connaître véritablement et atteindre la sainteté. Parallèlement, celui qui finit par sortir de la tentation n'en sera pas moins digne de la sainteté. Pour le mettre en relief, Bernanos crée des personnages de saints qui ont commis plus ou moins de péchés. Sans doute Satan ne s'est-il jamais attendu à ce que la tentation soit susceptible de donner accès à la sainteté, bien qu'on n'y parvienne pas sans peine. Personne ne peut résister à la tentation sans aucune peine. Personne ne peut entrer dans la sainteté sans avoir traversé un chemin plein d'épines.

Qu'il écrive la tentation ou la sainteté, Bernanos a pour objectif de rendre au langage son authenticité. Il voudrait débarrasser ses contemporains d'« une certaine lâcheté intellectuelle », d'« une béatitude paresseuse »①. La plupart des gens répètent les mots « tentation » et « sainteté » sans jamais réfléchir à ce qu'ils veulent dire ou à ce que Dieu veut nous dire. Ainsi ces mots sacrés ont perdu leur sens si bien qu'ils deviennent des signifiants sans signifié, et même des mensonges. Bernanos cherche à dévoiler la vérité de la tentation et de la sainteté d'une manière bouleversante et impressionnante.

L'itinéraire de la tentation à la sainteté affirmé dans les romans de Bernanos prouve qu'il est plutôt optimiste. S'il décrit d'une façon impressionnante le désespoir, ce n'est pas pour rendre ses lecteurs totalement

① ESTÈVE Michel, *Georges Bernanos: Un triple itinéraire*, Paris, Hachette, 1981, p.129.

désespérés, mais au contraire, c'est pour révéler la vraie figure du diable, et inspirer de nouveau la confiance en Dieu et donc l'espérance. S'il préfère mettre l'accent sur la mort, c'est parce que les valeurs de la vie et l'attitude envers la vie sont le mieux éclairées à travers la mort. Pour les chrétiens, la mort, qui ne signifie que la fin de la vie organique, sert de transition qui permet d'accéder à une autre vie, que ce soit dans le royaume des cieux ou en enfer. Pour tout le monde, la mort est incontestablement le moment le plus grand et le plus dramatique d'une vie. C'est pourquoi la mort demeure un thème prépondérant dans l'histoire littéraire.

L'optimisme de l'auteur se fait ressentir également dans le fait que presque dans tous ses romans, quand un personnage est tenté et risque de tomber, il y a un autre personnage qui est capable de l'aider ou tout au moins, de l'en avertir. Personne n'est absolument isolé, solitaire. Bernanos croit à la communion entre les hommes. Ainsi, dans son univers romanesque, les différents textes, les différents personnages se font écho, interprètent ensemble la notion de sainteté. L'auteur franchit déjà la frontière entre fiction et réalité: d'une part, le romancier Bernanos crée des figures de saints qui représentent le prolongement de sa vie, ou tout simplement, des hommes Bernanos potentiels; d'autre part, dans la vie quotidienne, l'homme Bernanos suit l'exemple de ses saints apparemment fictifs, mais en réalité qui font déjà partie de l'histoire réelle à ses yeux. Avec ses romans, Bernanos dialogue encore avec d'autres écrivains qui s'intéressent à la sainteté.

L'optimisme dont Bernanos fait preuve peut aussi se justifier par la présence de sainte Thérèse de Lisieux dans l'œuvre romanesque de Bernanos. Il faut remarquer que sainte Thérèse de Lisieux est généralement considérée comme « la sainte de l'espérance »①. Autrement dit, non seulement Thérèse elle-même avait une espérance aveugle, mais aussi elle est capable d'insuffler une joyeuse espérance à ceux qui sont tourmentés. Puisque Bernanos est si

---

① DE MEESTER Conrad, *Thérèse de Lisieux: sa vie, son message*, Paris, Médiaspaul France, 1997, p.5.

profondément influencé par cette sainte, il n'est pas raisonnable qu'il ne soit pas guidé dans sa création littéraire ainsi que dans sa vie quotidienne par l'espérance, une des trois vertus théologales chrétiennes que sainte Thérèse a déjà parfaitementpratiquées. Bernanos, comme sainte Thérèse de Lisieux, ont l'invincible espérance en la miséricorde divine. L'interprétation des romans de Bernanos doit être fondée avant tout sur cette constatation.

Les romans de Bernanos sont caractérisés par un paysage désertique et une ambiance molle. D'une manière métaphorique, l'auteur représente en fait des friches spirituelles. Dans une telle perspective, les saints bernanosiens ressemblent plutôt à des graines d'arbres qui manifestent une vitalité surprenante et donnent espoir.

L'espérance que les romans de Bernanos nous ont montrée n'est pas un sentiment d'exaltation, ni une réaction psychologique, mais une connaissance qu'on acquiert dans un état lucide, un fruit que la raison porte. Cette espérance est donc plus convaincante, plus durable.

Bernanos prône une sainteté dépourvue de sacré, de pouvoir dans le contexte de la séparation définitive de l'Église et de l'État, à l'époque où la laïcisation de la société est une tendance irrésistible, où les valeurs républicaines et démocratiques sont généralement reconnues. On lutte contre tout pouvoir absolu, sur le plan politique, intellectuel et religieux. La pensée de Bernanos reflète justement cette réalité historique. Il ne chante plus les saints canonisés par l'Église: d'une part, l'Église elle-même fait l'objet de critiques, car elle est aussi une institution détenant un certain pouvoir absolu; d'autre part, les saints canonisés, représentant le magistère ecclésiastique, sont considérés comme supérieurs, sacrés. En effet, la canonisation est le fruit de la hiérarchie. Nous saisissons une démocratie religieuse dans la pensée de Bernanos qui affirme que la sainteté est accessible à tout homme sur terre, en dépeignant des saints qui se montrent même inférieurs aux hommes ordinaires. Sans aucun doute, ce sont des saints qui ne seraient pas reconnus par l'Église, car ils n'agissent souvent pas au gré de l'Église.

Chez Bernanos, dans la plupart des cas, le narrateur est aussi capable de résister à la tentation du pouvoir. Il ne se montre pas omniscient, omniprésent, omnipotent comme Dieu. Il se contente de raconter objectivement ce qu'il voit, et tout au plus ce qu'il en pense. Pour montrer ses limites, il préfère utiliser successivement plusieurs mots pour exprimer la même chose. D'ailleurs, il préfère les phrases interrogatives, qui servent à témoigner d'incertitudes et de doutes, aux phrases affirmatives, qui trahissent l'aspiration à l'autorité, voire à la dictature.

La sainteté est un remède que Bernanos prescrit pour lutter contre les maux de la société moderne. L'auteur a une opinion négative du commerce et de la science. Certes, nous ne pouvons pas dire que cet auteur a tout à fait raison. Mais grâce à lui, nous pouvons voir l'autre côté des choses. Nous sommes convaincus que les hommes tirent beaucoup de profit du commerce et de la science. En même temps, nous devons reconnaître les problèmes liés à ces deux piliers de la société moderne. Si Bernanos considère le commerce comme le diable, c'est parce que les commerçants sont enclins à mettre au premier rang leurs intérêts individuels, au point de violer les principes de la morale, et même ceux de la justice. Les commerçants ont une attitude hostile face à leurs clients. L'argent usurpe la place de Dieu. C'est pareil pour la science qui pique sans cesse la curiosité de l'homme et gonfle son orgueil. En un mot, le commerce et la science sont susceptibles de corrompre l'âme humaine. Ainsi, pour faire réfléchir aux conséquences de la superstition du commerce et de la science, Bernanos crée des saints hostiles au commerce ainsi qu'à la science.

Les romans de Bernanos sont des réécritures de la Bible. La sainteté bernanosienne a justement pour origine ce livre saint qui prône la vocation universelle à la sainteté. La sainteté aurait dû être le premier attribut de l'homme créé à l'image de Dieu qui est la sainteté même. En effet, le premier homme avait été saint. Dans une certaine mesure, la recherche de la sainteté est également celle des racines; atteindre la sainteté, c'est rentrer dans le paradis céleste. D'ailleurs, Bernanos cherche à corriger de fausses conceptions de la sainteté — des conceptions non conformes à la Parole de Dieu — qui existent même au sein de l'Église catholique.

L'œuvre romanesque de Bernanos constitue elle-même une réponse à l'appel à la sainteté. Elle se distingue des romans médiocres d'amour, ou d'aventure, par sa recherche constante des valeurs divines essentielles. C'est pour cette raison que Bernanos ne cherche pas à rendre l'intrigue complète, originale ou séduisante. Autrement dit, il ne tente pas ses lecteurs, il ne pense pas à satisfaire leur curiosité. Ainsi, l'authenticité de l'histoire est devenue secondaire pour faire place à autre chose de plus important. Mouchette a-t-elle vraiment commis un meurtre? L'autre Mouchette est-elle vraiment violée par M. Arsène? Au lieu de donner une réponse nette, l'auteur décrit ces événements d'une façon si équivoque que le lecteur pourrait supposer qu'il s'agit d'un rêve. Donc, la réalité et le rêve constituent une autre antithèse. Celui qui ne se soucie que de l'authenticité de ces événements s'attache trop à la réalité superficielle de ce monde. L'auteur voudrait nous indiquer que même si ces événements sont réels, ils sont quand même aussi illusoires que des rêves par rapport à la vérité divine et éternelle. Dans un roman distractif, le dénouement est un élément primordial. Mais pour Bernanos, le problème reflété à travers l'événement est le plus important. Le lecteur doit aussi retenir sa curiosité pour réfléchir profondément avec l'auteur.

Les romans de Bernanos forment à leur tour un appel adressé à tous les lecteurs: recherchez la sainteté comme les personnages bernanosiens, ou même comme Bernanos lui-même. La sainteté ne doit pas être seulement une notion abstraite, dont les théologiens ou les savants parlent dans le milieu académique. Elle doit avant tout être une pratique, une dimension réelle du monde. Pour y parvenir, Bernanos fait appel à la notion de vocation.

Littéralement, Bernanos nous révèle la vocation du saint — la sainteté. En profondeur, il nous révèle la vocation de l'écrivain ainsi que celle du lecteur. L'auteur a déjà interprété la notion de vocation: « Chaque vocation suppose une sanctification particulière. Le devoir de l'artiste est de faire son *œuvre* »①, « Il faut que ma vocation, mon travail et ma vie ne fassent qu'un, que je soulève tout cela jusqu'à Lui »②, « Toute vocation est un appel — vocatus — et tout appel veut être transmis »③. Ces déclarations nous permettent de comprendre le lien entre vocation, sainteté et appel chez Bernanos. C'est la notion de vocation qui permet de réaliser la communication entre le personnage, l'auteur et le lecteur. Ces trois parties répondent à l'appel à la sainteté en accomplissant leurs vocations respectives.

Si Bernanos choisit d'appeler tout homme à la sainteté à travers la littérature— particulièrement le roman — plutôt qu'à travers le sacerdoce, c'est parce qu'il vit à une époque caractérisée par le déclin de l'Église, sa corruption dans une certaine mesure et l'apparition d'un mouvement de renaissance littéraire catholique. La littérature peut offrir plus de possibilités et atteindre un public plus vaste. Un des exploits de Bernanos est qu'il réussit à interpréter à fond un thème sacré en faisant appel à un genre généralement considéré comme n'ayant pas de dimension sacrée. D'un autre côté, Bernanos réalise la désacralisation du thème de la sainteté, ce qui correspond parfaitement à la définition de la sainteté bernanosienne.

La sainteté bernanosienne est bien différente de la sainteté chinoise. En Chine, généralement, l'intelligence et la morale sont deux critères élémentaires pour juger de la sainteté. C'est-à-dire que les saints sont ceux qui sont les plus sages, qui n'ont rien à se reprocher dans le domaine moral. Ainsi, la sainteté chinoise est plutôt un fruit de l'esprit hiérarchique: les saints ne peuvent être reconnus qu'après être comparés avec les autres. Il

---

① BERNANOS Georges, *À Robert Vallery-Radot*, Bar, le 20 mars 1925, dans *Correspondance I*, Paris, Plon, 1971, p.188.

② BERNANOS Georges, *À Amoroso Lima*, Pirapora, 13 mars 1940, dans *Correspondance II*, Paris, Plon, 1971, pp.311-312.

③ BERNANOS Georges, *Les Grands Cimetières sous la lune*, Paris, Plon, 1938, p.354.

existe une frontière assez claire entre les saints et les autres. Donc il est difficile aux saints de passer inaperçus. Ce n'est pas le cas chez Bernanos. Ses saints peuvent exister ontologiquement. Ils ne sont pas au sommet d'une hiérarchie. Ils ne sont que des hommes comme les autres. La sainteté bernanosienne est intériorisée. Elle est principalement en rapport avec l'âme, ou avec la conscience humaine — termes plus acceptables pour les non-croyants.

D'ailleurs, pour les Chinois, surtout pour les intellectuels chinois, la sainteté est un objectif ultime. Cependant, pour Bernanos, la sainteté ne signifie jamais une fin, ni un point culminant. Elle représente une étape primordiale vers la sainteté absolue. Elle est une expérience que tout homme a des chances de vivre dans ce monde.

Les saints chinois ont pour vocation de transmettre les messages du ciel et de pratiquer la Voie. C'est-à-dire que les saints eux-mêmes ne sont pas l'Être suprême, qu'ils ne font qu'imiter l'Être suprême. Sur ce point, la sainteté chinoise et la sainteté bernanosienne convergent, puisque les saints bernanosiens ne font qu'imiter Jésus-Christ en qui ils ont une foi inébranlable. En un mot, la notion de sainteté établit un pont entre la culture occidentale et la culture chinoise.

Les non-croyants pourraient envisager Dieu — la sainteté absolue — comme une loi universelle, un idéal sublime, une valeur suprême, sans rapport avec la théologie ou le surnaturel. Ce Dieu est capable d'inspirer la crainte chez les hommes. L'Histoire a déjà maintes fois prouvé que les hommes sans foi ni loi ne sont rien d'autre que des monstres, des animaux fous, cruels et donc redoutables, qui rendent impossibles la paix, la liberté et la tranquillité dans ce monde, qui finissent sans exception par tomber dans le néant. Il est bien nécessaire de croire en quelque chose d'éternel, d'inaltérable, pour comprendre le sens de la vie, ou donner du sens au monde. Évidemment, rien de ce qui est physique ne résiste au temps. Autrement dit, ce qui relève du spirituel a la possibilité de combler un tel besoin des êtres humains. De plus, en tant qu'idéal sublime, Dieu est de nature à protéger les êtres humains du désespoir. Grâce à cet idéal, les hommes ne cesseront de s'améliorer, la société s'avancera sans cesse vers une direction claire.

De nos jours, soit plus d'un demi-siècle après le décès de M. Georges Bernanos, ses romans donnent encore à réfléchir. Sans doute, nous avons besoin plus que jamais de saints incarnant l'amour, le sacrifice et la simplicité, dans la société actuelle où les haines et les conflits raciaux, ethniques et sociaux s'intensifient considérablement, où l'individualisme, même l'égoïsme risquent de devenir un nouveau principe de morale, où nos contemporains vivent fréquemment dans l'angoisse et sous tension car tout se révèle beaucoup plus compliqué qu'avant. La valeur universelle et œcuménique de la sainteté bernanosienne contribuerait à résoudre les problèmes que nous rencontrons dans le contexte de la mondialisation.

BIBLIOGRAPHIE

I. Les romans de Georges Bernanos

Sous le soleil de Satan. Paris, Plon-Nourrit et Cie, 1926.

L'Imposture. Paris, Plon, 1927.

La Joie. Paris, Plon, 1929.

Un crime. Paris, Plon, 1935.

Journal d'un curé de campagne. Paris, Plon, 1936.

Nouvelle Histoire de Mouchette. Paris, Plon, 1937.

Monsieur Ouine. Paris, Plon, 1946.

Un Mauvais Rêve. édition posthume. Paris, Plon, 1951.

II. D'autres œuvres citées de Georges Bernanos

Jeanne relapse et sainte. Paris, Plon, 1934.

Les Grands Cimetières sous la lune. Paris, Plon, 1938.

La liberté pour quoi faire? Paris, Gallimard, 1953.

À Amoroso Lima. Pirapora. 13 mars 1940, dans *Correspondance* II. Paris, Plon, 1971.

À Jacques Maritain. Paris. le 13 février 1926, dans *Correspondance* I. Paris, Plon, 1971.

À Robert Vallery-Radot. Bar, le 20 mars 1925, dans *Correspondance* I. Paris, Plon, 1971.

Les Enfants humiliés. dans *Essais et écrits de combat*. tome 1. Paris,

Gallimard, 1971.

Satan et nous. dans *Essais et écrits de combat*. tome I. Paris, Gallimard, 1971.

La Vocation spirituelle de la France. Paris, Plon, 1975.

Ⅲ. Les ouvrages consacrés à Georges Bernanos

BAUDELLE Yves. *Bernanos, le rayonnement de l'invisible* (*Sous le soleil de Satan*). Paris: Presses Universitaires de France. « CNED », 2008.

BÉGUIN Albert. *Bernanos par lui-même*. Paris, Seuil: « Écrivains de toujours », 1954.

BENOIT Éric. *Bernanos, la littérature et la théologie*. Paris, Les Éditions du Cerf, coll. « Littérature », 2013.

Bernanos et le monde moderne. textes recueillis par Monique Gosselin et Max Milner. Lille, Presses universitaires de Lille, 1988 (actes du colloque organisé pour le centenaire de la naissance de Bernanos).

BRASILLACH Robert. *Georges Bernanos ou la tentation du désespoir*. Paris, Editions Balzac, 1944.

BRIDEL Yves. *L'Esprit d'enfance dans l'œuvre romanesque de G. Bernanos*. Paris, Lettres modernes Minard, 1966.

BUSH William. *Souffrance et expiation dans la pensée de Georges Bernanos*. Paris, Lettres modernes Minard, 1962.

DAUDET Léon. *Ecrivains et artiste*. tome 4. Paris, Editions du Capitole, 1928.

DEBLUE Henri. *Les Romans de G. Bernanos ou Le défi du rêve*. Neuchâtel, La Baconnière, 1965.

ESTÈVE Michel. *Le sens de l'Amour dans les romans de Bernanos*. Paris, Lettres modernes, 1959.

ESTÈVE Michel. *Georges Bernanos: Un triple itinéraire*. Paris, Hachette, 1981.

ESTÈVE Michel. *Le Christ, les symboles christiques et l'incarnation dans l'œuvre de Georges Bernanos*. Lille, service de reproduction des thèses, 1982.

FITCH Brian T. *Dimensions et Structures chez Bernanos, Essai de méthode critique.* Paris, Lettres modernes Minard. « Situation », 1969.

GAUCHER Guy. *Le thème de la mort dans les romans de Georges Bernanos.* Paris. Lettres modernes Minard, 1967.

GAUCHER Guy. *Georges Bernanos ou l'invincible Espérance.* Paris, Cerf, 1994.

Georges Bernanos : Sous le soleil de Satan, extraits commentés par Michel Estève. Paris, Bordas, 1973.

GILLE Pierre. *Bernanos et l'angoisse, étude de l'œuvre romanesque.* Nancy, Presse Universitaires de Nancy, 1984.

GILLE Pierre et MILNER Max. *Bernanos continuité et ruptures.* Nancy, Presses universitaires de Nancy, 1988.

GIL Marie. *Les deux écritures : Étude sur Bernanos.* Paris, Éditions du Cerf, coll. « Littérature », 2008.

GOSSELIN Monique. *Bernanos, militant de l'éternel.* Paris, Michalon, 2007.

GOSSELIN Monique. *Bernanos, romancier du surnaturel.* Paris, Pierre-Guillaume de Roux, 2015.

GREGOR Paul. *La Conscience du temps chez Georges Bernanos.* Zurich, Juris Druck-Verlag, 1966.

GUILLEMIN Henri. *Regards sur Bernanos.* Paris, Gallimard, 1976.

GUIOMAR Michel. *Miroirs de ténèbres. Images et reflets du double démoniaque. Tome II. Georges Bernanos, "Sous le soleil de Satan" ou les ténébres de Dieu.* Paris, José Corti, 1984.

HEYER Astrid. *La femme dans le monde imaginaire de Georges Bernanos.* Paris, Peter Lang, 1999.

JURT Joseph. *Les Attitudes politiques de Georges Bernanos jusqu'en* 1931. Fribourg, éditions Universitaires, 1968.

LAPAQUE Sébastien. *Sous le soleil de l'exil, Georges Bernanos au Brésil* 1938-1945. Paris, Grasset, 2003.

LEFEVRE Frédéric. *Georges Bernanos.* Paris, la Tour d'ivoire, 1926.

LE TOUZE Philippe. *Le Mystère du réel dans les romans de Georges Bernanos, le style d'une vison*. Paris, Nizet, 1979.

MILNER Max. *Bernanos*. Paris, Librairie Séguier, 1989.

MILNER Max. *Exil, errance et marginalité dans l'œuvre de Georges Bernanos*. Paris, Presses sorbonne nouvelle, 2004.

NETTELBECK Colin. *Les Personnages de Bernanos romancier*. Paris, Lettres modernes Minard, 1970.

NOT André. *Les dialogues dans l'œuvre de Bernanos*. Toulouse, Editions Universitaires du Sud, 1989.

RINFRET Edith. *Bernanos et la pauvreté*. Montréal, Bellarmin, 1994.

RIVARD Yvon. *L'imaginaire et le quotidien, essai sur les romans de Bernanos*. Paris, Lettres modernes Minard, 1978.

Sœur Marie-Céleste. *Le sens de l'agonie dans l'œuvre de Georges Bernanos*. Paris, Lethielleux, 1962.

URS VON BALTHASAR Hans. *Le Chrétien Bernanos*. traduit par Maurice de Gandillac. Paris, Editions du Seuil, 1956.

WHITEHOUSE John Colin. *Le réalisme dans les romans de Bernanos*. Paris, Lettres modernes Minard, 1969.

YUCEL Tahsin. *Bernanos et Balzac*. Paris, Lettres modernes Minard, 1974.

IV. Les articles consacrés à Georges Bernanos

BAUDIN Frédéric. *L'abbé Donissan aux prises avec le diable dans* Sous le soleil de Satan. http://www.cemfrance.org/maquignonsssbernanos.pdf.

CAHNÉ Pierre. *Les deux Mouchette et la pauvreté*. dans *Transversalités*, n° 111, 2009, pp.13-22.

CANÉROT Marie-Françoise. *Quand la foi devient roman*, dans *Cahiers de l'Association internationale des études francaises*. n° 45, 1993, pp.85-104.

CELLIER Léon. *Aperçus sur la genèse de* Sous le Soleil de Satan, dans *Études bernanosiennes*. n° 12, 1971, pp.7-22.

DELAROCHE Philippe. *Bernanos, inclassable anticonformiste*. publié le

23 septembre 2013, http: //www.lexpress.fr/culture/livre/bernanos-inclassable-anticonfor miste_1284522.html.

GALLON Stéphane. *Sous le Soleil de Satan, à l'ombre des dénominations*, dans *Questions de style*. n° 6, 2009, pp.107-159.

GOSSELIN Monique. *Bernanos et le « pays d'Artois »*, dans *Revue du Nord*, tome 56. n° 220, 1974, pp.49-65.

GOSZTOLA Matthieu. *Georges Bernanos en La Pléiade*. http://www.lacauselitte raire.fr/georges-bernanos-en-la-pleiade.

JOSSUA Jean-Pierre. *Le crime au cœur des romans de Bernanos. Une interprétation théologique*, dans *Revue des sciences philosophiques et théologiques*. n° 3, 2005, pp.523-547.

LOUET Maëva. *A la (re) découverte de Bernanos*. mis en ligne le 18 novembre 2015, http://www.viabooks.fr/article/a-la-redecouverte-de-bernanos-51900.

VIEGNES Michel. *Révolte contre la réalité: la métaphysique du mal chez Bernanos*, dans *Cahiers de l'Association internationale des études francaises*. n° 45, 1993, pp.163-176.

RENARD-GEORGES Pierrette. *Métamorphoses et spiritualité du paysage*, dans *Etudes bernanosiennes*. n° 9, 1968, pp.31-54.

VIGNERON Denis. Les grands cimetières sous la lune de Georges Bernanos: témoignage d'un homme libre ou imposture? dans Acta fabula, vol. 10, n° 7, Notes de lecture, Août-Septembre 2009, http://www.fabula.org/acta/document5145.php.

柳鸣九.圣徒文学的一个样本.读书,1990,5:108-114.

柳鸣九.一部有特定精神内涵的书——贝尔纳诺斯:《一个乡村教士的日记》.当代外国文学.2000,3:141-145.

张琰."他处"的跋涉者——评法国小说《乡村教士日记》.外语教学,2008,4: 66-69.

V. D'autres ouvrages et articles consultés

AKOA-MONGO François. *Les 365 Méditations: Pour Les Couples*

Chrétiens. New York, Xlibris Corporation, 2011.

ANKA. *Tout était écrit mais je ne savais pas lire*. Paris, Publibook, 2009.

ANTONIOTTI Louise-Marie. *Le mystère de Dieu un et trine*. Paris, Beauchesne, 2000.

ARNOLD Simon Pierre. *La foi sauvage, bilan provisoire d´un théologien perplexe*. Paris, Karthala, 2011.

BACHELARD Gaston. *L'intuition de l'Instant*. Paris, Stock, « Le livre de poche », 2003.

BARJAVEL René. *La faim du tigre*. Paris, Denoël, 2007.

BARTHES Roland. *Le Degré Zéro de l'Écriture*. Paris, Seuil, 1953.

BAUDRILLART Sylvestre. *La sainteté, une vocation pour tous*, dans *La Nef*. n° 194, juin 2008, https://www.lanef.net/t_article/la-saintete-une-vocation-pour-tous-24859.asp.

BERGSON Henri. *Durée et simultanéité*. Paris, Presses Universitaires de France, 1968.

BIZEUL Yves. *Le statut de la sainteté dans les "religions politiques"*, dans *Conserveries mémorielles*. n° 14, 2013, mis en ligne le 1er juillet 2013, http://cm.revues.org/1643.

BOBINEAU Olivier. *La troisième modernité, ou "l'individualisme confinitaire"*. dans *Sociologies* [En ligne], Théories et recherches, mis en ligne le 06 juillet 2011, http://sociologies.revues.org/3536.

BOVON François. *L'Evangile selon saint Luc*. Genève, Labor et Fides, 2009.

BLUMENBERG Hans. *Le Concept de réalité*. Paris, Seuil, 2012.

BREMOND Henri. *Histoire littéraire du sentiment religieux en France depuis la fin des guerres de religion jusqu'à nos jours*. 11 tomes, Paris, Armand Colin, 1967.

BRYKMAN Geneviève. *Berkeley et le voile des mots*. Paris, Librairie philosophique J. Vrin, 1993.

BUCHON Jean Alexandre. *Choix d'ouvrages mystiques traduits du latin en français*. Charleston, Nabu Press, 2011.

CAILLOIS Roger. *L'homme et le sacré*. Paris, Gallimard, 1950.

CANIONI Maurice. *Avec Jésus à Gethsémani*. Toronto, AEMC, 2015.

CHABIN Thomas. *Popper et le problème du corps et de l'âme*. dans *Philosophia Scientiœ*, mis en ligne le 27 juin 2011, http://philosophiascientiae.revues.org/325.

CHATELARD Antoine. *La mort de Charles de Foucauld*. Paris, Karthala, 2000.

CHEVREUIL Claude. *De Solesmes au Mont Athos*. Paris, Publibook, 2007.

COMTE-SPONVILLE André. *Dictionnaire philosophique*. Paris, Puf, 2013, http://www. philomag. com/les-idees/humour-par-andre-comte-sponville-8202.

COSTALAT-FOUNEAU Anne-Marie. LIPIANSKY Edmond Marc. *Le sujet retrouvé*, dans *Connexions*. n° 89, 2008, pp.7-12.

DELAPLACE Anne. « *Intermittences* » *et* « *moments de vie* »: *l'esthétique de la discontinuité chez Marcel Proust et Virginia Woolf*. TRANS- [En ligne], 2007, mis en ligne le 4 février 2007, http://trans.revues.org/493.

DELAPORTE François. *Le miroir de l'âme*. dans *Communications*, n° 75, 2004, pp.17-31.

DE MEESTER Conrad. *Thérèse de Lisieux*: *sa vie*, *son message*. Paris, Médiaspaul France, 1997.

DE SAINT-EXUPERY Antoine. *Le Petit Prince*. Paris, Gallimard, 2006.

DESCLOS Jean. *Resplendir de vraie liberté*: *lectures de Veritatis Splendor*. Montréal, Médiaspaul, 1994.

DESEILLE Placide. " *Nous avons vu la vraie lumière...* ": *la vie monastique*, *son esprit et ses textes fondamentaux*. Lausanne, L'Age d'homme, 1990.

DEWEY John. *Démocratie et éducation*: *introduction à la philosophie de l'éducation*. Lausanne, L'Age d'homme, 1983.

DUPONT-ARMANT Dominique. *Méditations sur le mystère du temps*, *du devenir et de l'éternité*. Paris, Editions Publibook, 2002.

ELIADE Mircea. *Images et symboles, essais sur le symbolisme magico-religieux*. Paris, Gallimard, 1952, renouvelé en 1980.

FLAUBERT Gustave. *Correspondance*. tome II. Paris, Conard, 1926.

FLAUBERT Gustave. *Correspondance*. tome III. Paris, Conard, 1926.

FLAUBERT Gustave. *Correspondance*. tome SIV. Paris, Conard, 1926.

FOUCAULT Michel. *Un "fantastique" de bibliothèque*, dans *Cahiers Renaud-Barrault*. n° 59, 1967, pp.7-30.

FOUILLOUX Étienne. *Une vision eschatologique du christianisme: Dieu vivant* (1945-1955). dans *Revue d'histoire de l'Église de France*. tome 57, n° 158, 1971, pp.47-72.

GAUTHIER Clermont. JEFFREY Denis. *Enseigner et séduire*. Québec, Presses de l'Université Laval, 1999.

GENBACH Jean. *Satan à Paris*. Paris, Passage du Nord-Ouest, 2003.

GENETTE Gérard. *Figures I*. Paris, Seuil, 1966.

GILLES Veinstein. *Les voies de la sainteté dans l'islam et le christianisme: Présentation*. dans *Revue de l'histoire des religions*, 1998, n°1, pp.5-16.

GREIMAS Algirdas Julien. *Sémantique structurale, recherche de méthode*. Paris, Larousse, 1966.

GUILLET Jacques. *Jésus-Christ dans notre monde*. Desclée De Brouwer, Bellarmin, 1974.

HADOT Pierre. *Citations de Porphyre chez Augustin*, dans *Revue d'études augustiniennes et patristiques*. n° 6, 1960, pp.205-244.

HERVE Serry. *Les écrivains catholiques dans les années* 20, dans *Actes de la recherche en sciences sociales*. vol. 124, septembre 1998, pp.80-87.

HERVE Serry. *Littérature et religion catholique* (18801914). *Contribution à une socio-histoire de la croyance*, dans *Cahiers d'histoire. Revue d'histoire critique* [En ligne]. 87 | 2002, mis en ligne le 01 avril 2005, http://chrhc.revues.org/1656.

HOUDMAN S. Michael. *Que signifie le fait que Dieu soit « saint, saint, saint » (3 fois)?* http://www.gotquestions.org/Francais/saint-saint-saint.html.

HULTGREN Gunnar. *Le Commandement d'amour Chez Saint Augustin: Interprétation philosophique et théologique d'après les écrits de la période* 386-400. Paris, Librarie Philosophique J. Vrin, 2000.

HUMMEL Pascale. *Trébuchets: étude sur les notions de pierre de touche et de pierre de scandale*. Berne, p.Lang, 2004.

Jacquotte. *Epreuves et tentations*. mis en ligne le 20 février 2013. http://in- nomine.over-blog.com/article-epreuves-et-tentatons-115534917.html.

KLOPFENSTEIN Christian. *Bible et santé: réflexions d'un médecin*, dans *Croire et vivre*. n° 33, 2005. http://www. publicroire. com/croire-et-vivre/reflexion/article/bible- et-sante-reflexions- dun-medecin.

LABONTÉ Marie Lise. *Du mensonge à l'authenticité*. Québec, Éditions de l'Homme, 2014.

LEGAULT Georges. *Crise d'identité professionnelle et professionnalisme*. Sainte-Foy, Presses de l'Université du Québec, 2003.

LE GOFF Jacques. *Une enquête sur le rire*. dans *Annales. Histoire, Sciences Sociales*, 52e année, n° 3, 1997, pp.449-455.

LE VIGAN Pierre. *L'ennui et la condition humaine*. mis en ligne le 30 août 2010, http://www.europemaxima.com.

MACARTHUR John. *The power of integrity*. Wheaton, Crossway, 1997.

MARET Michel. *L'euthanasie: alternative sociale et enjeux pour l'éthique chrétienne*. Paris, Éditions Saint-Augustin, 2000.

MARITAIN Jacques et Raïssa. *Œuvres complètes*. tome 10, Fribourg-Paris, Éditions universitaires — Éditions Saint-Paul, 1985.

MAXIME Vasiljević. *La conception de la sainteté dans l'œuvre hagiographique de Syméon le Métaphraste*, dans *Revue des études byzantines*. 2008, n° 1, pp.191-207.

MO Weimin. *Entre continuité et discontinuité du temps, l'espace de la traduction*, dans *Rue Descartes*. n° 78, 2013, pp.101-106.

NIETZSCHE Friedrich. *Humain, trop humain*. Œuvres I, Paris, Robert Laffont-Bouquins, 1990.

PALUCH Michal. *La profondeur de l'amour divin: évolution de la doctrine de la prédestination dans l'œuvre de saint Thomas d'Aquin*. Paris, Librairie philosophique J. Vrin, 2004.

PÉGUY Charles. *Le Mystère de la charité de Jeanne d'Arc*. Paris, Cahiers de la quinzaine, 1910.

PÉGUY Charles. *Œuvres poétiques complètes*. Paris, Gallimard, « Bibliothèque de la Pléiade », 1984.

PERCY Anthony. *La théologie du corps décomplexée: Introduction aux catéchèses de Jean-Paul II*. Paris, Editions de l'Emmanuel, 2007.

PERRIN André. *L'âme et le corps*. dans *Cahiers Philosophiques*, n° 53, 1992.

PLATON. *Phédon* 65*a*. trad. Emile Chambry, Paris, Garnier-Flammarion, 1965.

POULET Georges. *Etude sur le temps humain*. Paris, Pocket, Agora, 1996.

RAHNER Karl. *Vivre et croire aujourd'hui*. Paris, DDB, 1967.

RAMACHANDRAN Vilayanur et ROGERS-RAMACHANDRAN Diane. *Notre cerveau a horreur du vide!*, dans *Cerveau&Psycho*. n° 9, 2005, http://www. cerveauet psycho. fr/ewb _ pages/a/article-notre-cerveau-a-horreur-du-vide-21287.php.

RAMIREZ J.-Roland. *L'amour de soi base de l'amour d´autrui*, dans *Laval théologique et philosophique*. vol. 14, n° 1, 1958, pp.77-88.

RAPHAEL Minjard. JEAN-MARC Talpin, ALAIN Ferrant, *Les familles en réanimation: un soutien pour l'éveil de coma?* dans *Dialogue* 1, n° 199, 2013.

RINGGENBERG Patrick. *Miroirs du Moyen Âge*. Paris, Les Deux Océans, 2004.

RONGIER Carole. *Insenti MENT, Temps DES Motions*. Saint-Denis, Edilivre, 2011.

ROULLET Antoine. *Corps et pénitence: Les carmélites déchaussées espagnoles* (*ca* 1560-*ca* 1640). Madrid, Casa de Velázquez, 2015.

ROUSSEAU Jean-Jacques. *Julie, ou la Nouvelle Héloïse*. Paris, Chez

Ledoux et Tenrè, 1819.

SAINTE-BEUVE Charles-Augustin. *MesPoisons*. Paris, José Corti, 1988.

SANDRE Marion. *Mimiques et politique. Analyse des rires et sourires dans le débat télévisé*. dans *Mots. Les langages du politique*, n° 96, 2011, pp.13-28.

SARGA Moussa. *Le souffle de Flaubert*. dans *Littérature*, n° 99, 1995, pp.97-111.

SARTRE Jean-Paul. *L'Idiot de la famille: Gustave Flaubert de* 1821 *à* 1857. tome II, Paris, Gallimard, 1971.

SHAKESPEARE. *Œuvres complètes*. tome 3, traduction Hugo. Paris, Pagnerre, 1866.

SIMON Pierre-Henri. *Témoins de l'homme: la condition humaine dans la littérature contemporaine*. Paris, Payot, 1967.

SMITH Hannah Whitall. *The Christian's Secret of a Happy Life*. New York, Wilder Publications, 2009.

SOLLERS Philippe. *Connaissance de Claudel*. dans *Le Monde* du 18 décembre 1998 (repris dans *Eloge de l'infini*).

SOLLERS Philippe. *La rage de Flaubert*. dans *Le Nouvel Observateur*. n° 2250 du 20 décembre 2007.

SPINOZA Baruch. *L'Éthique* (*Nouvelle édition augmentée*). Troisième partie. Proposition XI, Traduction française de Saisset, Saint Julien, Arvensa Editions, 2015.

STEFANEANU Viorel. *Qu'est-ce que la tentation*? mis en ligne le 8 septembre 2012. http://www.apostolia.eu/fr/articol_1213/quest%E2%80%91ce-que-la-tentation-.html.

TAUSSIG Sylvie. *Le roman, saint et bâtard*. mis en ligne le 8 juillet 2016, http://www.implications-philosophiques.org/actualite/une/le-roman-saint-et-batard/.

TAYLOR Charles. *Les Sources du moi. La formation de l'identité moderne*. Paris, Le Seuil, 1998.

Thérèse de Lisieux. textes recueillis par Hélène Mongin. Paris, Médiaspaul, coll. « Une pensée par jour », 2008.

TODOROV Tzvetan. *Introduction à la littérature fantastique*. Paris, Seuil, 1970.

Traduction œcuménique de la Bible. édition intégrale, Ancien Testament. Paris, Villiers-le-Bel, Les Éditions du Cerf, Société biblique française, 2004.

Traduction œcuménique de la Bible. édition intégrale, Nouveau Testament, Paris, Villiers-le-Bel, Les Éditions du Cerf, Société biblique française, 2000.

TURLOT Fernand. I*déalisme dialectique et personnalisme*: *essai sur la philosophie d'Hamelin*. Paris, Librairie philosophique J. Vrin, 1976.

URS VON BALTHASAR Hans. *Thérèse de Lisieux*: *histoire d'une mission*, traduit de l'allemand par Robert Givord. Paris, Médiaspaul, 1996.

VALADIER Paul. *Jésus-Christ ou Dionysos. La foi chrétienne en confrontation avec Nietzsche*. Paris, Desclée-Mame, 2011.

VIDALIN Antoine. *Le corps de la présence réelle*, dans *Nouvelle Revue Théologique*. n° 125, 2003, pp.418-428.

WEIL Simone. *La pesanteur et la grâce*. Paris. Plon, 1948.

图书在版编目(CIP)数据

贝尔纳诺斯小说中的圣洁观：法文/董艳丽著．—武汉：武汉大学出版社，2017．12
中外语言文化比较研究丛书/许明武，谭渊主编
ISBN 978-7-307-19747-3

Ⅰ．贝…　Ⅱ．董…　Ⅲ．贝尔纳诺斯—小说研究—法文　Ⅳ．I565．074

中国版本图书馆 CIP 数据核字(2017)第 247927 号

责任编辑：李　玚　　　责任校对：汪欣怡　　　版式设计：汪冰滢

出版发行：**武汉大学出版社**　（430072　武昌　珞珈山）
（电子邮件：cbs22@ whu. edu. cn　网址：www. wdp. com. cn）
印刷：虎彩印艺股份有限公司
开本：720×1000　1/16　印张：26　字数：398 千字
版次：2017 年 12 月第 1 版　　2017 年 12 月第 1 次印刷
ISBN 978-7-307-19747-3　　定价：59.00 元